Borys.

Les

paresseux de Paris.

LES PARESSEUX

DE PARIS

PAR

GONTRAN BORYS

PARIS

AUX BUREAUX DE L'ADMINISTRATION DU *FIGARO*

3, RUE ROSSINI, 3

1870

LES

PARESSEUX DE PARIS

PREMIÈRE PARTIE

I

Le 30 avril 1865, vers six heures du matin, vous eussiez en vain cherché dans Paris quelqu'un de plus remarquablement ivre que le jeune Gédéon Frédouille.

Il sortait de chez mademoiselle Florinde, artiste dramatique, laquelle avait, cette nuit-là, pendu la crémaillère. Après le bal et le baccarat de rigueur, on s'était attablé jusqu'à l'aube. Gédéon s'en ressentait.

Non qu'il eût bu outre mesure ; mais le sang de ce joyeux viveur était si appauvri par les veilles ! Trois gorgées de chambertin lui incendiaient le cerveau. L'on prétendait même qu'il lui aurait suffi de traverser le boulevard à l'heure de l'absinthe et de regarder le verre d'un consommateur pour cesser immédiatement de marcher droit.

Le fait est que Gédéon manquait de vigueur. A bien examiner ses tibias en fuseaux, ses bras minces comme des allumettes, sa poitrine rentrée et ses épaules tombantes, on ne concevait pas qu'il pût se permettre une autre boisson que l'huile de foie de morue.

Petit, chétif, exténué, voûté, traînant la jambe, il semblait n'avoir pas vingt-quatre heures devant lui ; si bien que ses amis, en le rencontrant, s'écriaient avec une stupéfaction toujours nouvelle :

— Comment ! c'est toi, je te croyais au Père-Lachaise !

Gédéon Frédouille ne songeait guère à ce lieu de repos. Il avait élevé le culte du plaisir à la hauteur d'un sacerdoce, et, chose phénoménale, l'existence qu'il menait, en dépit de sa fragilité reconnue, aurait anéanti un carabinier.

Sous aucun prétexte, il ne se couchait ; toutes les nuits, il mangeait des truffes ; tous les matins, il avait une indigestion. Point de première représentation sans lui, point de solennité publique ou privée qu'il n'empoisonnât de sa présence. A partir de minuit, quiconque s'égarait dans un couloir de restaurant ou dans un salon du quart de monde était sûr de se heurter contre le pince-nez de Gédéon. Il se multipliait comme les poissons de l'Evangile, promenant partout son profil d'oiseau malade, ses cheveux clairsemés et ses dents jaunâtres, au milieu desquelles on en distinguait de trop blanches ; car ce vieillard âgé de vingt-huit ans avait déjà remplacé par des osanores la plupart de ses molaires.

Tel quel, il plaisait à ces dames. Aux courses, quand il apparaissait avec sa lorgnette en sautoir, il y avait émeute parmi les faux chignons. On le trouvait jovial. Nul mieux que lui n'imitait l'organe et les gestes de l'acteur en vogue ; nul ne savait mieux crier : « Ohé ! Lambert ! » ou propager ces refrains idiots qui font le tour de l'Europe sur l'aile des orgues de Barbarie. Et sa conversation, Monsieur !... Imaginez-vous l'argot le plus fantaisiste, une suite non interrompue de

« mots de la fin » laborieusement récoltés dans les petits journaux de la veille. Et si bien mis, ce Gédéon !... toujours à la mode du mois prochain. Ce n'est pas lui qui aurait arboré des gants lilas lorsque le « cachet » suprême était de les porter rouges.

Ce matin-là, toutefois, la tenue de Gédéon laissait à désirer. Son veston court et son pantalon étroit réclamaient un coup de brosse; les caprices d'une danse échevelée avaient terni sa chaussure, défloré son faux-col, et, j'ose le dire, étiolé ses manchettes. N'importe! Gédéon Frédouille, en proie à une gaieté navrante, descendait triomphalement la rue des Martyrs en se cramponnant au bras d'un ami.

Celui-là n'était pas gai, mais du moins il était solide.

Il avait trente ans environ. Sa moustache très blonde et très frisée formait un étrange contraste avec le noir d'ébène de ses cheveux. Grand, svelte, fort soigné dans toute sa personne, il embaumait le patchouli et portait un ruban de nuance indécise à sa boutonnière. Malgré le monocle incrusté dans son orbite gauche, c'eût été un très joli homme si l'impudente fixité de ses yeux bleus, trop grands et trop largement fendus, n'eût communiqué à sa physionomie une expression désagréable. Il le savait sans doute, car un perpétuel sourire, rivé à poste fixe sur ses lèvres, mitigeait autant que possible l'effronterie de son regard. Néanmoins, ce garçon-là inspirait à première vue un sentiment voisin de la défiance.

Pour le moment, il paraissait goûter assez peu la compagnie de son acolyte, et il s'épuisait en efforts infructueux ayant pour but de lui faire lâcher prise. Mais l'avorton n'entendait pas de cette oreille.

— Amaury, — grasseyait-il d'une voix pâteuse, — Amaury, mon excellent bon, méfie-toi. Je pénètre tes desseins. Tu brûles de t'aller coucher...

— Et je m'en vante, riposta l'autre.

— Il s'en vante, le misérable ! Si jeune et déjà si affaissé !... Il s'en vante, au lieu de respirer pieusement l'haleine balsamique de l'aurore.

— Voilà une heure que je la respire, une heure que, malgré moi, tu me fais vaguer au hasard. J'en ai assez.

— On n'a jamais assez de l'aurore. Ton prétexte est mal charpenté. Avoue plutôt que tu es un vil matérialiste et qu'il n'y a pas pour cinq centimes de poésie sous ta mamelle gauche.

— Je l'avouerai si tu consens à me lâcher le bras.

— Y penses-tu !... Mais le jour se lève, Amaury !...

— Après?

— C'est l'heure suave et moelleuse où les laitières introduisent frauduleusement une onde pure dans le produit argenté de leurs génisses...

— Tu m'ennuies.

— Contemple ces pittoresques balayeurs qui soulèvent autour de nous des tourbillons de nuées blondes. Ecoute monter vers le ciel ému les premiers gazouillements des marchands d'habits. L'air s'imprègne de vagues senteurs ; on dirait un mélange confus de soupe à l'oignon et de café au lait. C'est le jour, Amaury, c'est le jour !... Et tu restes froid devant ce réveil de la nature !

Amaury essaya de dégager son bras.

— Mon petit Gédéon, dit-il en contenant son impatience, veux-tu être bien gentil, bien gentil?

— Non !... proclama Gédéon. Je me refuse à être gentil, et je m'attache à toi comme une ventouse.

— Mais, sacrebleu, je suis courbaturé.

— Moi pas. Jamais la fatigue n'a entamé mon corps de bronze. Ah ! je possède une riche nature !

— C'est même tout ce que tu possèdes pour le quart d'heure.

— Et je n'en rougis pas. Est-ce ma faute, à moi, si le baccarat m'a ratissé jusqu'à la moelle ? Amaury, je pleure mon dernier napoléon. Délaisseras-tu un ami que le chagrin dévore ?

— Tu l'as noyé, ton chagrin.

— Il surnage. Renonçons néanmoins à le submerger derechef. Je suis gris comme tous les tableaux de monsieur Ingres.

— Tu es même gris-pommelé. Tu as le tour des yeux jaune, le teint vert, le front rouge et les lèvres blanches. Tu es hideux. Va te mettre au lit.

— Au lit, moi... quand j'ai soif de verdure et d'immensité, quand je rêve le ciel bleu des Espagnes !... Amaury, partons pour Asnières.

— Et la Bourse?

— Malédiction !... Cet homme a dit vrai. Et la Bourse !... Après ça, elle n'ouvre qu'à midi.

— Et tes clients.

— Enfer et liquidation !... c'est juste. J'ai des clients à carotter. Ah! les froides nécessités de la vie ! Pourquoi faut-il qu'avec un cœur affamé d'idéal, je sois remisier chez Saint-Gobain, agent de change !

— Voyons, Gédéon, finissons-en.

— Avec la vie? Soit. Elle est pleine d'amertume. Embrassons-nous et que le soleil s'éteigne.

— Vas-tu rester tranquille! Les passants s'ameutent.

— Alors, tu ne veux pas m'embrasser?

— Non.

— Alors, adieu. Je te conspue.

— Adieu.

Là-dessus, Amaury, se jugeant libéré, pivota sur ses talons avec un empressement difficile à décrire. Soudain Gédéon le ressaisit au collet en s'écriant :

— Ciel ! qu'aperçois-je !

— Qu'est-ce encore ?

— Là-bas... à l'angle de la rue Lamartine...

— Quoi ?

— Cette ombre vaporeuse... cette femme... ou plutôt, cet ange...

— Eh bien ! quoi ? une soupeuse attardée qui regagne son nid.

— Ah ça ! tout le monde a donc la rage de rentrer chez soi, ce matin ? C'est infect. Escortons-la.

— Plaît-il ?

— Je dis : Dans son sillage élançons-nous !

— Ah ! pour cela, non, par exemple !... fit Amaury avec explosion.

— Comment, non ? Et cette vieille chevalerie française ?... Amaury , les rues sont pavées de malfaiteurs ; voici une demoiselle exposée aux plus grands périls. Je n'ajouterai pas une syllabe. Si tu as du cœur, tu m'as compris.

— Gédéon, gronda l'autre entre ses dents serrées, lâche-moi et va-t'en au diable !

— Sans toi ? Inutile. Je ne serais pas reçu.

— Gédéon, la patience humaine a des bornes !

— Oui. Mais, comme l'a si ingénieusement versifié l'illustre Ponsard :

Quand la borne est franchie, il n'est plus de limites.

— Ma parole d'honneur, cet animal-là est fou !

— Qui ?... Ponsard ?

— Imbécile !

— Amaury, voilà un gros mot que je te sommerai de rétracter à trois heures cinq. Présentement, l'amour m'appelle. O amour ! jeunesse ! aurore !... En avant !

Et Gédéon entraîna son ami.

II

Malgré le laisser-aller toujours croissaut de nos mœurs, il y a de certaines heures où une femme qui se respecte ne saurait s'aventurer seule, à pied, dans les rues, sans donner matière aux suppositions les plus désobligeantes. C'est ce dont allait s'apercevoir aux dépens de l'élégante personne signalée par Gédéon Frédouille.

Jeune, elle l'était à coup sûr ; la souplesse de sa taille et l'élasticité de sa dé-

marche le prouvaient surabondamment. Jolie, on pouvait presque l'affirmer en dépit de l'épaisse voilette qui, rabattue sur son visage, ne laissait en évidence que la proupre des lèvres et le contour exquis du menton. Mais à la façon timide dont sa bottine effleurait le sol, à voir sa main délicatement gantée se crisper d'émotion sur sa jupe, un observateur eût compris que cette femme n'avait point l'habitude de pareilles équipées.

Par intervalles, sans interrompre sa course, elle jetait autour d'elle un regard anxieux ; puis, ne découvrant aucune voiture de place à l'horizon, elle filait tête basse, en rasant les murailles.

Cependant Gédéon, remorquant toujours son ami, avait fini par la rejoindre.

— Chère madame, lui dit-il à brûle-pourpoint quoique Lagardiole s'efforçât de lui imposer silence, si plusieurs douzaines d'Ostende... arrosées d'un sauterne généreux, et offertes par un cavalier plus généreux encore...

Ce timbre d'ivrogne, éclatant tout à coup à son oreille, fit bondir l'inconnue. Elle s'enfuit comme un oiseau effarouché prend son vol.

— Impressionnable enfant ! nasilla Frédouille. La pudeur unie à la célérité ! Une sensitive et un vélocipède !...

Il titubait comme un navire en détresse. Ce roulis désordonné ne l'empêcha pourtant point de s'accrocher de plus belle au récalcitrant Amaury, afin de l'associer, de gré ou de force, à ses exploits ridicules.

Derrière eux, çà et là, des curiosités s'éveillaient. L'ouvrier qui cheminait la pipe aux dents et son pain sous le bras, le marchand de vin qui ouvrait sa boutique, les servantes qui balançaient leurs boîtes de fer-blanc, faisaient volte-face pour admirer ce *steeple-chase* d'un nouveau genre.

Cela n'intimida point Gédéon.

— Vous allez vous essouffler, chère madame, et vous aurez tort, reprit-il dès qu'il eut atteint pour la seconde fois la fugitive. Nous sommes deux jeunes seigneurs considérablement chics. Permettez-moi de vous présenter mon noble ami. le vicomte Amaury de Lagardiole, grand propriétaire foncier. Es-tu grand propriétaire foncier ? Non ? Ça ne fait rien. Quant à moi, chère madame...

A ce nom de Lagardiole, l'inconnue avait sursauté.

Elle tourna la tête, lança du côté d'Amaury un coup d'œil stupéfait, puis repartit comme emportée par un souffle de terreur.

Mais, si bref qu'eût été son mouvement involontaire, le vicomte, à travers la dentelle du voile, avait distingué l'ensemble de ses traits. Il poussa une exclamation étouffée.

— Tu la connais ? vociféra Gédéon. Ça va marcher tout seul. Pourvu qu'elle ne s'appelle pas Galatée, ô mon Dieu !..... Eulalie ou Pétronille, passe encore...

Les yeux d'Amaury brillaient d'un éclat sinistre. L'étonnement, le doute et la joie, — se succédèrent sur sa figure soudainement éclaircie.

Elle à Paris !... balbutia-t-il. Ne me trompé-je pas ? Vive Dieu !... ce serait trop de chance.

— Puisque tu la connais, continua Frédouille, — je consens à lui payer du homard. Soyons prudents. Les perdreaux sont hors de prix...

Lagardiole, par une secousse brusque, se dégagea de l'étreinte de son ami, dont la marche devenait de plus en plus chancelante, et se précipita seul à la poursuite de la jeune femme.

Celle-ci, par contre, se remit à fuir avec une vitesse triplée par l'épouvante, On eût dit que son existence allait dépendre de sa promptitude à éviter Amaury.

Haletante, aux abois, elle traversait la rue à toute minute, courait d'un trottoir à l'autre, faisait mille crochets inattendus. Deux ou trois fois, avec un geste désespéré, elle ralentit le pas comme si elle se fût résolue à braver l'ennemi. Cependant, elle ne s'arrêta point.

Mais, au moment où elle débouchait dans la rue Lafayette, le vicomte réussit à la dépasser, se planta devant elle, et lui dit sur un ton d'ironique menace :

— Ah ça ! madame la duchesse, il paraît que vos pieds sont décidément plus légers que votre conscience ?

Elle recula. Ses dents s'entrechoquèrent, et, instinctivement, elle fit mine de vouloir rebrousser chemin.

— Oh ! ricana Lagardiole, n'espérez pas m'échapper comme il y a dix-huit mois. Je vous tiens, et, morbleu ! je ne vous lâcherai plus.

En même temps, il la saisit au poignet ; mais elle le repoussa violemment, s'élança sous une porte cochère et disparut.

Amaury, déconcerté, se mordit la moustache.

— C'est elle, pourtant ! gronda-t-il ; c'est bien elle, j'en jurerais !

— Tiens ! exclama de loin Gédéon, qui accourait en décrivant des festons extraordinaires, — elle demeure donc ici, Zéphyrine ?

— Allons donc ! c'est une ruse, fit Lagardiole.

Et il s'engagea résolûment sous le vestibule.

C'était une ruse, en effet. La fugitive avait cherché asile dans la première

maison venue ; elle avait fait halte au bas de l'escalier, et là, pâle, anéantie, comprimant de ses deux mains les palpitations de son cœur, elle murmurait des paroles fiévreuses.

— Vivant !... il est vivant !... disait-elle d'une voix entrecoupée. Voilà donc ce qu'avait à m'annoncer ce misérable Guérard !...

Comme elle achevait ces mots, un bruit de pas lui retentit jusque dans la poitrine. Amaury arrivait. Elle se dressa d'un bond et, perdant tout à fait la tête, elle gravit deux ou trois étages avec une rapidité vertigineuse.

Aussitôt un éclat de rire insolent lui démontra que le vicomte allait la suivre.

— Oh ! fit-elle avec égarement, la mort... la mort plutôt que de retomber au pouvoir de cet homme !

Une fenêtre éclairait le palier. Elle y courut, elle se pencha sur l'appui d'une manière effrayante, et, prête à se précipiter, elle mesura du regard l'horrible distance qui la séparait du pavé de la cour..,

Heureusement, le courage lui manqua, et, hors d'haleine, épuisée, défaillante, elle s'adossa au mur.

On entendait monter Amaury.

Soudain, la jeune femme eut un sourire de folle.

En face d'elle était une porte ; à cette porte, une clef. Sans hésiter, sans réfléchir, sans même en avoir conscience, elle entra, retira la clef de la serrure, referma la porte, appuya son oreille au battant, et, à demi pâmée, elle écouta.

Lagardiole passa comme une trombe. Arrivé au dernier étage et déçu dans son attente, il épancha sa colère en une formidable série de blasphèmes. Gédéon qui, tant bien que mal, était parvenu à se hisser auprès de lui, trouva plaisant de faire chorus, sans savoir au juste de quoi il s'agissait.

— Où allez-vous ?... Qui demandez-vous ? hurla d'en bas une voix de Stentor.

— Diable ! fit Amaury, le portier nous a vus.

— Et il nous prend pour de jolis filous, appuya Gédéon. La situation devient ruisselante d'inouïsme.

— Faut-il que je monte ! hennit le cerbère en furie.

Les deux complices redescendirent et furent accueillis d'une façon peu courtoise. Mais Lagardiole arrangea tout en faisant miroiter dans sa main une pièce de cinq francs ; après quoi, il en exhiba une seconde et il pria le portier de lui dire si la dame qui venait de les précéder dans la maison était au nombre de ses locataires.

Le concierge ouvrit de grands yeux. L'inconnue avait franchi si vite l'espace compris devant sa loge qu'il ne l'avait point aperçue. Il l'avoua ingénument.

— Eh bien !... insista Lagardiole, approchez-vous, je vais vous la nommer.

Et, tout bas, de peur que Gédéon n'entendit, il lui murmura un nom à l'oreille.

— La duchesse de quoi ? bégaya le portier d'un air incrédule.

Amaury répéta le nom.

Sur ce, le brave homme examina fixement le vicomte d'abord, puis Gédéon, qui, à trois pas de là, lui adressait d'atroces grimaces tout en suçant avec gravité la pomme de sa canne.

L'aspect du vacillant Frédouille n'était pas de nature à prévenir les gens en sa faveur. Le concierge crut à une mauvaise plaisanterie, et, campant ses poings sur ses hanches :

— Dites donc, dites donc, farceurs, est-ce que vous comptez me faire poser longtemps ? Il n'y a pas de duchesses ici, et vous le savez bien, mes gaillards!

— Nous ne sommes pas vos gaillards, prononça doucement Gédéon. Appelez-nous citoyens, mon cher cloporte.

— Cloporte ! exclama le fonctionnaire indigné.

Et, sans consentir à parlementer davantage, il expulsa les deux intrus.

Leur victime était restée à la même place, clouée pour ainsi dire derrière la porte de cet appartement inconnu à l'intérieur duquel la pauvrette avait cherché un refuge. Ne percevant plus aucun bruit, elle exhala un long soupir de soulagement et leva son voile pour essuyer la sueur glacée qui baignait ses tempes.

Puis, le sang-froid lui revenant peu à peu :

— Mais où suis-je donc ? balbutia-t-elle.

Et elle se retourna.

Aussitôt, un nuage pourpre envahit son visage, et elle demeura immobile, interdite.

C'était une vaste chambre au mobilier modeste quoique confortable. Il y régnait une demi-obscurité. Par deux fenêtres ouvertes, mais dont les persiennes avaient été rabattues, pénétraient les rumeurs atténuées du dehors en même temps que les fraîches brises de ce matin printanier. Dans un coin, luisaient les touches d'un piano; contre les murs, des armes anciennes, des gravures rares, des pipes curieuses, quelques figurines de bronze et d'argile. A terre, sur un élégant tapis fond blanc à fleurs roses, des livres, des journaux, des brochures, gisaient en désordre. Enfin, au milieu de la pièce, l'inconnue entrevit une table de chêne encombrée de manuscrits et de feuilles volantes, et debout, les deux mains appuyées sur cette table, un grand jeune homme qui la regardait souriant et surpris.

Que lui dire ? Comment s'excuser ?

La dame bégaya des paroles sans suite, fit un un pas en arrière, voulut se retirer... Tout d'un coup, vaincue par l'émotion, elle chancela. Son hôte improvisé n'eut que le temps de lui avancer un fauteuil et de saisir précipitamment sur son bureau un flacon de sel anglais.

III

— Etes-vous mieux maintenant, madame ? demanda au bout de quelques minutes le maître du logis à son étrange visiteuse.

Elle le remercia par un geste languissant. Confuse de la situation fausse où le hasard l'avait jetée, elle profitait de sa faiblesse apparente pour reculer l'instant des explications. Ses paupières demeurèrent closes ; néanmoins, à travers leurs cils baissés, elle observa curieusement son vis-à-vis.

Il était vêtu d'une vareuse de velours noir, et sa cravate lâche, négligemment nouée, dégageait son cou blanc comme celui d'une vierge. Il avait vingt-quatre ou vingt-cinq ans. D'énormes masses de cheveux d'un blond très fauve encadraient sa physionomie plus spirituelle que régulière. Ses joues imberbes offraient la transparence et le poli de la porcelaine ; mais cet ensemble un peu féminin du visage était racheté par une haute stature et par le regard mâle et franc de ses yeux d'un blond sombre.

Sans se douter qu'on l'étudiait lui-même, il faisait respirer des sels à la malade et dissimulait avec peine une forte envie de rire. Cette femme tombant chez lui comme un aérolithe et s'évanouissant à point nommé entre ses bras lui inspirait une confiance médiocre. Il redevint sérieux quand il l'eut considérée de près.

Avait-elle plus ou moins de trente ans ? On n'aurait pu le dire. Cependant la plénitude des contours, la pulpe ferme et bien nourrie des chairs permettaient de la classer aux environs de cet âge.

Rien de séduisant comme sa petite tête impérieuse. Autour du front, uni et bas, se crépelait une chevelure d'un noir bleu. L'arc des sourcils semblait tracé au pinceau. Sa pâleur chaude, la molle flexibilité de sa taille, ses mains, à la fois menues et potelées, trahissaient une nature sensuelle. Peut-être eût-on trouvé dans la commissure de ses lèvres ombrées d'un léger duvet, et dans le pli de ses narines délicates, ce je ne sais quoi de voluptueux et de cruel qui se remarque sur certains camées d'Italie. Cette figure passionnée faisait songer aux impératrices romaines de la décadence.

Son trouble dura peu. L'admiration manifeste dont elle était l'objet acheva de lui rendre de l'assurance. Elle releva ses grands yeux noirs énergiques, fiers et doux, puis d'une voix enjouée, mais très émue encore, elle entama le récit de sa mésaventure.

Elle raconta que, la veille au soir, comme elle revenait des Italiens, on lui avait remis une lettre, à elle adressée par un ancien serviteur de sa famille, lequel était mourant et demandait à la voir avant d'expirer.

Ce brave homme l'avait connue enfant. Elle lui avait voué une affection presque filiale. Ne voulant pas lui refuser la suprême consolation qu'il sollicitait, et craignant d'arriver trop tard si elle différait sa visite, elle s'était mise en route au point du jour, et seule, parce qu'elle comptait prendre une voiture au plus prochain coin de rue.

De voiture, elle n'en avait rencontré aucune; en revanche, elle avait rencontré deux insolents qui s'étaient attachés à ses pas. Le plus simple, en pareille occurrence, étant de réclamer l'intervention d'un sergent de ville, elle allait se résoudre à ce parti, lorsque, dans l'un des deux individus qui la poursuivaient, elle avait reconnu un ennemi à elle, un homme qu'elle avait mille raisons de redouter et de fuir...

Ici, la narratrice hésita. Elle sentait que l'histoire devenait obscure, et elle appréhendait quelque question embarrassante.

Mais son auditeur n'eut garde de prononcer un mot.

Jusqu'à ce moment, du reste, il avait à peine écouté. Penché en avant, dans une pose attentive et respectueuse, il ne s'était occupé en somme que de rechercher à quel genre de créature il avait affaire.

Maintenant il était fixé.

La correction du langage, l'assurance du maintien, la riche simplicité de la mise, l'aristocratie des manières, tout lui prouvait qu'il avait devant lui, — non pas une intrigante comme il l'avait supposé en premier lieu, — mais une femme bien née et d'une éducation supérieure.

Elle continua d'un accent altéré :

— J'arrive de voyage. Pendant dix-huit mois j'ai vécu à l'étranger. Il y a huit jours à peine que je suis rentrée à Paris sur la nouvelle, malheureusement fausse, de la mort de cet homme. Jugez de mon effroi quand je le retrouvai sur mes pas plus menaçant que jamais ! Ce fut alors que, folle de peur, serrée de près par ce misérable, je me suis élancée aveuglément dans cette maison, dans cet escalier, dans cette chambre, et que... O mon Dieu ! s'interrompit-elle soudain.

Et elle courut vers l'une des deux fenêtres, car elle venait de songer que le vicomte n'avait pas dû s'éloigner ainsi et que sans doute il était encore là, dans la rue, posté en sentinelle.

Effectivement, elle le vit installé, juste en face d'elle, à l'extrémité d'un café. Il était fort pâle et pourtant son sourire habituel, ce sourire d'acrobate ou de danseuse qui rarement quittait ses lèvres, semblait s'être accentué davantage. Quant à Gédéon, il avait disparu.

La jeune femme eut une exclamation de colère. Avec un coup-d'œil haineux, avec un geste farouche, elle désigna du doigt Lagardiole à son hôte qui, silencieux, regardait en même temps qu'elle à travers les lames des persiennes.

— Monsieur, interrogea-t-elle vivement, une question, de grâce !

— Parlez, madame.

— Cette maison a-t-elle deux issues ?

— Non, madame. Elle n'en a qu'une.

— Alors, balbutia-t-elle en pleurant, je suis perdue !

— Perdue ?... répéta l'autre stupéfait.

— Quand je sortirai d'ici, cet homme me suivra...

— C'est probable.

— Il finira par découvrir où je demeure...

— Eh bien !... qu'en peut-il résulter ? Que croyez-vous donc avoir à craindre ?

— Tout !... s'écria-t-elle d'une voix sombre.

Tout, c'était bien vague. Le grand jeune homme en fit à part lui la remarque et, involontairement ce vers grotesque lui chatouilla la langue :

Je crains tout, cher Abner, et n'ai pas d'autre crainte.

Mais il se le reprocha aussitôt comme un délit. A vingt-quatre ans, on n'a guère le courage de rire devant les larmes d'une femme belle, innocente ou non, et persécutée.

— Cependant, madame, reprit-il, à moins que ce monsieur n'ait, à un titre quelconque, des droits sur votre personne, je ne saurais m'imaginer...

— Des droits ! Lui ! Mais il me connait à peine ! Mais je ne lui ai pas parlé dix fois dans ma vie !...

— En ce cas...

— Monsieur, — interrompit-elle en se tordant les mains, — laissez-moi vous adresser une prière... une prière ardente et désolée.

— Une prière à moi, madame ?

— La voici. Ne m'interrogez pas. Ne me demandez rien. Ne me forcez pas à vous dire pourquoi j'ai peur de cet espion, et ce que je redoute de lui. Il y a là un secret, un secret terrible... Pardonnez-moi...

— Ce serait à moi de m'excuser, madame. Peut-être ai-je été indiscret.

— Nullement.

— Quoi qu'il en soit, veuillez être persuadée que mon profond désir de vous être utile en a seul été la cause.

— Oh !... Dieu, j'en suis bien convaincue et j'ai honte de vous montrer si peu de confiance. Hélas ! tout ce que je puis vous apprendre, c'est que ce misérable me hait, qu'il me glace d'épouvante et qu'il pèse effroyablement sur ma vie.

— Mais, dans votre entourage, madame, il n'y a donc pas un homme de cœur ? Vous n'avez donc pas un ami, un parent... qui serait heureux de prendre en main votre cause et d'écraser sous son talon cet être venimeux ?

— Je n'ai plus ni amis, ni parents, dit-elle. Et je suis veuve.

Elle trembla en prononçant ce dernier mot. Sa figure contractée exprima une souffrance si amère que son interlocuteur crut avoir réveillé quelque douleur récente.

— Voyons, fit-il après un silence, si j'envoyais chercher un fiacre ! On l'introduirait dans la cour, et...

— Gardez-vous-en bien. Cet homme n'aurait qu'à noter le numéro de la voiture pour retomber immédiatement sur ma trace...

— C'est vrai. La situation est embarrassante.

— Mon Dieu !... que j'y échappe seulement aujourd'hui, et je suis à jamais sauvée de mon tyran, dussé-je repartir ce soir, dussé-je m'expatrier de nouveau.

— Eh bien ! voulez-vous que j'aille parler à cet individu ?

— A quoi bon ?

— Vous profiterez de notre entretien pour vous enfuir. Soyez tranquille, je l'occuperai de telle sorte qu'il n'aura point le loisir de courir après vous.

— Vous ne le connaissez pas. Que pourriez-vous lui dire ?

— Cela n'importe guère. Je lui réciterai, s'il le faut, une tragédie. Et je vous réponds que, bon gré mal gré, il l'entendra... jusqu'au moment du moins où vous serez mise hors de ses atteintes.

La belle affligée arrêta complaisamment son regard sur la franche et loyale physionomie de son interlocuteur, puis elle lui tendit la main.

— Merci, murmura-t-elle. Votre proposition est généreuse, elle me touche, mais je ne l'accepte pas.

— Pour quelle raison ? demanda le jeune homme tout ému de serrer dans la sienne cette main tiède et douce.

— Je ne veux pas que cet homme vous enveloppe avec moi dans sa haine ; je ne veux pas qu'il vous provoque et qu'il vous tue.

— Bon !... répliqua-t-il en haussant les épaules, — c'est donc un Croquemitaine, ce monsieur ?

— C'est un spadassin de la pire espèce !

— Ne croyez donc pas cela. En général, ces foudres de guerre, si terribles vis-à-vis des femmes, sont de fort petits garçons en face d'une épée... Tout bien réfléchi, je m'en tiens à mon plan.

— Et moi, je vous conjure d'y renoncer.

Il s'inclina, n'osant insister davantage.

— Alors, dit-il, tâchons d'inventer autre chose.

IV

Il y eut une pause assez longue.

La dame allait et venait, agitée, nerveuse, le sourcil froncé. Par moments elle s'arrêtait, poussait un gros soupir, frappait le tapis de son pied mignon, puis recommençait à tourner sur elle-même, comme une hirondelle étourdie qui, par mégarde, se serait emprisonnée dans un appartement.

Son compagnon la regardait, ou plutôt il la dévorait des yeux. Jamais plus attrayante vision n'avait illuminé ses rêves.

— Quelle est cette femme ? se demandait-il. D'où vient-elle ? Où va-t-elle ? Pourquoi le hasard l'a-t-il amenée chez moi ? Est-ce le hasard ou ma destinée ? Si l'on était superstitieux, cependant !

— Il est toujours là ! s'écria-t-elle soudain, penchée à la fenêtre.

— Eh bien ! qu'il y reste, exclama l'autre. J'ai une idée.

— Ah !... tant mieux.

— L'idée la plus simple et la plus infaillible...

— Voyons l'idée.

— Selon moi, votre unique chance de salut est de lasser la patience de votre adversaire. Ne vous montrez pas, luttez d'entêtement avec lui et demeurez ici aussi longtemps qu'il sera nécessaire.

La fugitive avait déjà songé à cela ; seulement elle n'avait point osé formuler son avis. Rêveuse, indécise et fort tentée en somme, elle murmura :

— Vous avez peut-être raison. Cet homme n'est pas sûr de m'avoir reconnue ; en ne me voyant pas reparaître...

— Il s'en ira, c'est incontestable.

— Oui, mais quand ?

— Dans une heure ou dans douze, à son choix. Le temps ne fait rien à l'affaire,

— Pardon ! Il y a là une question très délicate... Je ne saurais abuser indéfiniment de votre hospitalité.

— Mon Dieu, madame, s'il ne vous faut que cette assurance pour vous mettre l'esprit en repos, je vous certifie que, dussiez-vous m'honorer de votre compagnie pendant un quart de siècle, je ne considèrerais pas cela comme un abus.

Un sourire involontaire de l'inconnue découvrit à son admirateur les plus magnifiques dents du monde.

— Sérieusement... reprit-elle, que devez-vous penser de moi ? Ma présence ne s'est déjà que trop prolongée... et les convenances...

— Ah ! madame, les convenances... Il s'agit bien de ces niaiseries-là, vraiment ! Vous voici en sûreté, n'est-ce pas l'essentiel ? Quand ma conversation vous fatiguera, je m'éclipserai ; quand vous aurez faim, l'on vous apportera des vivres ; quand,...

— Y songez-vous ?

— J'y songe avec enthousiasme.

— Quelle folie !... Vous voulez que je m'installe chez vous, moi que vous ne connaissiez pas, il y a une demi-heure !... Que je vous dérange dans vos travaux, dans vos habitudes...

— J'ai en horreur les habitudes, madame. Et quant à mes travaux, ah ! ciel..... si vous saviez comme ils sont peu pressés !

— Pourtant, vous écriviez lorsque j'ai envahi votre retraite, à six heures du matin !... C'est méritoire, cela, monsieur..... Tenez, votre plume est encore humide.

— Elle pleure d'ennui. Je la force à tracer tant de sottises !

— Appelez-vous de la sorte le contenu de ces cahiers, de ces manuscrits !

— Ces manuscrits !... Préparez-vous à frémir, madame, ils recèlent dans leurs flancs des scénarios de vaudevilles, des embryons de nouvelles, des plans de dramas, des projets de romans et, j'en ai peur, d'affreux lambeaux de tragédies.

— Vous êtes homme de lettres ?

— En espérance. La presse a jusqu'à présent refusé de gémir en ma faveur.

— Pourquoi donc ?

— Il paraît que mes œuvres sont des filles sans dot. Personne ne consent à s'en charger.

— Cela m'étonne. Vous avez trop de modestie pour être sans talent.

— J'ai du moins le talent de vous faire croire à ma modestie, dit-il en riant. Mais, de grâce, ne parlons pas de moi...

— Parlons-en, au contraire. Ainsi, vous êtes poëte, monsieur ?... Et musicien, ce me semble ?

Elle s'était approchée du piano.

— Musicien, moi, madame !... Hélas, non ! J'aime la musique.

— Et moi, donc ! Celle de Rossini surtout. Ah ! — soupira-t-elle — les Italiens ! l'Opéra !... Quand serai-je libre d'y retourner, maintenant ?

— Qui vous en empêche ?

— Lui, dit-elle d'une voix sombre en désignant la rue. Ne vais-je pas être contrainte de me cacher, de retourner en exil...

Elle s'assit tristement devant le clavier. Ses doigts coururent sur les touches qui dégagèrent un frisson harmonieux.

Et comme son hôte s'empressait de feuilleter une partition.

— Vous ne supposez pas que je vais chanter ? demanda-t-elle ébahie !

— Pourquoi non ?

— Mais... d'abord on pourrait m'entendre.

— Qui ?... Croquemitaine ?... N'ayez crainte : il est trop loin.

— Ensuite, je n'ai pas le cœur à la joie.

— Qu'à cela ne tienne. Il y a ici de la musique lugubre.

Elle se mit à rire.

— Vous avez réponse à tout, monsieur... monsieur ?

— Roger, madame.

— Roger... tout court ?

— Roger Destrel.

Penchée en arrière, la taille cambrée et les lèvres entr'ouvertes, elle fixa un instant ses grands yeux de velours sur les yeux de Roger. Soudain, elle les détourna et quitta le piano. Son regard fureta curieusement à travers la chambre.

— Avouez, murmura-t-elle, que l'aventure est bizarre.

— Bizarre pour vous, merveilleuse pour moi, répliqua Destrel. Depuis que vous êtes entrée ici, mon pauvre appartement se transforme et s'éclaire. Mes livres ont l'air de vouloir se refermer tout seuls. Ce bouquet de violettes qui se mourait du spleen sur mon bureau, tenez... il ressuscite et nous envoie son parfum timide. Il n'y a pas jusqu'à mes statuettes qui ne lèvent au ciel des bras ravis et qui ne tressaillent d'aise. Quant à moi, je me pince toutes les cinq minutes pour être bien sûr que je ne dors pas, tant l'apparition d'une robe en ce logis de garçon est un fait invraisemblable.

— Vous m'effrayez. Aurais-je, à mon

insu, franchi le seuil d'un sanctuaire interdit aux personnes de mon sexe ?

— Interdit, non. Inaccessible.

— Je vous embarrasserais fort si je vous priais d'en faire le serment.

— Je suis prêt à vous le jurer par le Styx.

— Quoi ! jamais une femme n'a pénétré ici ?

— Jamais.

— Pas même les deux charmantes jeunes filles que voilà ?

L'inconnue montrait deux miniatures placées sur la tablette de la cheminée.

— Celle-ci n'est plus précisément une jeune fille, dit Roger en lui donnant à examiner l'une d'elles. C'est ma mère à vingt-cinq ans.

— Quelle douce et sympathique figure ! Mais l'autre portrait.... si je ne me trompe, il est d'une date récente ?

— En effet, il a été peint l'an dernier.

— Et il représente une délicieuse enfant de dix-huit ans à peine. Votre sœur, sans doute ?

— Oui, madame. C'est-à-dire... oui et non.

— Comment !

— C'est ma cousine. Je l'appelle ma sœur par habitude. Nous avons grandi ensemble. Constance était orpheline dès le berceau ; ma mère l'a élevée...

— Elle se nomme Constance ? En vérité, ce nom sied à sa physionomie chaste et sereine. Et, ajouta l'inconnu, en lançant à Roger un coup d'œil tout aiguisé de malice, il est d'un heureux augure pour l'homme qu'elle aimera.

— Je le crois comme vous, répliqua tranquillement Destrel. Constance est une excellente personne, calme, sensée, réfléchie... Elle fera le bonheur de son mari quand nous lui en aurons trouvé un, — entreprise assez difficile, car elle a peu de fortune.

— Mais elle est remarquablement belle.

— On le dit.

— Est-ce que ce ne serait pas votre opinion? Vous en parlez avec une froideur...

— Toute fraternelle, acheva Roger en riant. Que voulez-vous? accoutumé à la voir presque chaque jour, je suis naturellement moins frappé qu'un autre de la transformation graduelle de ses traits. Pour moi, Constance est encore la petite fille désagréable qui battait sa poupée, et qui se barbouillait de confitures.

— Elle habite cette maison, je présume, ainsi que madame votre mère ?

— Non, madame. Ma mère et ma cousine habitent la campagne. Fort près de

Paris, du reste, ce qui me permet de les visiter souvent.

— Et ces dames vous rendent quelquefois vos visites ?

— Malheureusement, non. La santé de ma mère est délicate ; le moindre déplacement la fatigue et la brise. Je ne pense pas qu'elle soit venue à Paris depuis la mort de mon père, c'est-à-dire depuis dix-sept ans environ.

— Votre père suivait-il la même carrière que vous ?

— Lui, juste ciel !... C'était un honorable négociant, plein d'intelligence et d'activité, mais qui, probablement, m'aurait maudit plutôt que de me laisser choisir la profession des lettres. La mort lui a épargné ce chagrin.

— Vous étiez fort jeune à cette époque ?

— J'avais sept ans, et j'étais bien la créature la plus chétive qui ait jamais traîné sous le ciel ses membres endoloris. On ne m'avait conservé jusqu'alors qu'au prix de soins constants et de précautions extraordinaires; mais les médecins déclaraient que mon existence était un vrai miracle et qu'il ne fallait point s'attendre à la voir se prolonger.

— Quelle douleur pour votre mère !

— Elle refusa de les croire, s'écria que la science se trompait. Puis, un jour, elle abandonna Paris, le monde, sa famille, ses relations et, me serrant contre son cœur comme pour infuser dans mes veines la flamme de sa propre vie, elle m'emporta au fond des bois, à Chaville, au milieu d'un site ravissant, dans une atmosphère vivifiante et salubre. Elle avait acheté là une jolie maison sise à mi-penchant d'un côteau, voilée sous les frais ombrages d'un parc. Elle s'y ensevelit pour lutter pied à pied contre la consomption lente qui me dévorait.

— Et je constate avec plaisir qu'elle a remporté la victoire.

— Oui, mais que cette victoire fut chèrement payée ! Pendant huit ans, ma pauvre mère ne cessa de trembler, à toute heure, à toute minute. D'études, il n'en fut point question pour moi. N'avais-je pas assez à faire de m'étendre sur les pelouses et de réchauffer au soleil mon corps souffreteux? On me laissa grandir au sein d'une oisiveté rêveuse. On éloigna de moi tout ce qui eût été de nature à me coûter une larme ; il fut sévèrement interdit aux serviteurs de me contrarier: enfin je ne rencontrai autour de moi que des baisers et des sourires.

— Je pressens néanmoins ce qu'a dû être votre enfance. Isolée, triste et sédentaire, elle a, j'en suis sûre, décidé de votre vie ; elle a déterminé en vous ce goût irrésistible qui vous entraîne à présent vers les choses de l'art, vers les jouissances de l'esprit.

— Vous dites vrai,madame, répliqua Roger. Oui,c'est chez les êtres les plus étiolés, les plus forcément inactifs, que l'imagination se développe outre mesure. Condamné, quant à moi, à une immobilité maladive, je me réfugiai dans l'idéal comme dans un paradis prestigieux dont seul j'aurais eu la clef. Doux, timide et taciturne, tendre passionnément, doué d'une sensibilité frémissante, j'avais horreur de la vie réelle, parce qu'elle se présentait à moi hérissée de souffrances. J'avais soif de l'inconnu et de l'incompréhensible. Je me créais des amis chimériques, des protecteurs aériens ; je me faisais le héros de mille aventures qui, d'elles-mêmes, s'échafaudaient dans mon cerveau précoce.

L'hiver, assis devant le feu, mes deux mains débiles posées sur mes genoux, je contemplais les charbons pendant de longues heures. Quels drames se déroulaient pour moi dans les reflets changeants de la braise ! Et quels spectacles merveilleux ! C'étaient de rapides salamandres, des Mages vêtus de pourpre, des ponts d'escarboucles, des gnômes à cheval sur les étincelles, des millions de paysages incandescents qui se transformaient, s'écroulaient, se reconstruisaient à l'infini...

L'été, couché entre les hautes herbes, je passais des journées entières à noyer mon regard dans le bleu. Il me semblait par moments y voir flotter des ailes blanches ou luire le casque d'or d'une fée en voyage. D'autres fois, je m'enfonçais dans la pénombre des taillis ; là, je retenais mon haleine, je marchais sur la pointe des pieds, espérant surprendre, au détour des clairières, un bal de farfadets habillés de nacre fluide. Sous la voûte des grands arbres, mon regard cherchait, parmi les vertes profondeurs des feuilles, un être mystérieux que j'y supposais caché, un être indécis de forme, de contour, de couleur, que j'appelais à voix basse en lui tendant les bras. Je m'intéressais au bourdonnement des insectes, au murmure indistinct des plantes ; je tâchais de saisir au vol les phrases cabalistiques égrenées par le vent et scandées par les ramures...

Mais surtout, — ce qui me préoccupait sans trêve, — c'était l'idée de la mort. Avec la pénétration subtile que possèdent tous les enfants affaiblis et nerveux, j'avais depuis longtemps interprété selon leur véritable sens les sanglots étouffés de ma mère, les chuchottements des domestiques, les demi-mots imprudents échappés aux amis de la maison. Je me savais marqué pour une fin prochaine et j'en attendais le moment avec curiosité. Mourir, ne serait-ce pas m'envoler vers ce pays lumineux que j'entrevoyais en songe ? Il me tardait d'y courir, de voguer dans l'immensité sans bornes, de me mêler à ces abeilles de feu qui sont les étoiles, de poursuivre à travers les nuages ces figures fantastiques qui tour à tour ondoient et se déforment dans leur robe de neige et d'argent.

Quand on me demandait : — A quoi penses-tu, Roger ?... je tressaillais comme si l'on m'eût réveillé en sursaut, et je ne trouvais pas une syllabe à répondre. Qu'eussé-je dit ? Comment dépeindre l'essaim de rêves qui m'enveloppaient dans leur cercle magique ? Je l'essayerai un jour. Mes bonnes éclatèrent de rire ; ma mère pleura. Il leur parut évident que je devenais insensé. Elles ne se trompaient pas de beaucoup ; je devenais poëte...

— Mais, — interrompit Roger en rougissant, — je m'aperçois un peu tard que je m'oublie... Mes impressions d'enfant doivent être pour vous d'un intérêt médiocre et je ferai mieux, je crois, de vous entretenir de choses plus récréatives.

V

C'était bien par pure politesse que Destrel manifestait la crainte d'ennuyer sa mystérieuse compagne. Muette, le coude appuyé sur la table de travail, le menton dans la main dégantée, elle écoutait Roger avec une attention singulière, elle le considérait avec une sorte d'étonnement.

Pour une femme du monde, en effet, ce garçon-là devait être un type assez curieux, car il ne ressemblait guère à ces jolis messieurs, décolletés et avachis, qui peuplent les salons à la mode. La noblesse naturelle de ses attitudes n'avait aucun rapport avec leur élégance de convention. Son langage imagé ne rappelait en rien leurs flasques commérages, où la niaiserie prétentieuse s'allie à une grossièreté ingénue.

A défaut de beauté, Roger avait l'air bon, ouvert et brave. Ses yeux bleus montraient son âme. Ce qui lui traversait l'esprit, il le disait vite et bien sans se préoccuper de l'effet à produire. Son enthousiasme contenu trahissait un cœur chaud, un tempérament d'artiste ; mais sa qualité principale était la jeunesse. Il était jeune franchement et sans honte. Le matin de la vie imprégnait de fraîcheur sa voix, son regard, son sourire et sa pensée.

Etait-ce là ce qui séduisait la dame inconnue ? N'avait-elle jamais rencontré un caractère de ce genre ? Ou bien regardait-elle en arrière et retrouvait-elle parmi ses souvenirs une figure d'adolescent, poétique et douce comme celle de Roger ? Immobile, elle le contemplait, ne songeant déjà plus à l'effrayant péril qu'elle venait de courir ; et pourtant sa nature forte, sanguine, toute d'action, chauffée au feu de la trentaine, n'avait point coutume d'incliner vers la mélancolie. Peut-être n'écoutait-elle qu'en apparence, peut-être s'attachait-elle moins au sens des paroles qu'au timbre de cette voix printannière.

Quoi qu'il en soit, elle pria instamment Roger de poursuivre.

Il continua en ces termes :

— On craignit alors que la trop constante solitude au milieu de laquelle je me complaisais n'aggravât mes tendances exaltées. On me chercha des camarades ; on attira les enfants du voisinage ; mais leurs ébats tapageurs, loin de m'égayer, m'attristèrent. A peine avais-je pris part à leurs jeux, que je revenais m'asseoir, trempé de sueur, la tête lourde, la poitrine sifflante. En comparant ma face pâle à leurs joues roses, ma faiblesse à leur vigueur exubérante, ma gaucherie à leur gracieuse adresse, j'éprouvai de l'amertume et de la honte ; leur étonnement me blessa ; je me sentis gêné, presque irrité d'être pour eux un objet de compassion et, m'isolant de nouveau, je me fis de plus en plus silencieux, susceptible et sauvage.

On disait de moi tout haut : — Quel enfant bizarre !... et tout bas : — Quel désagréable enfant ! Ma mère le sut ; son amour-propre en souffrit. Quand elle me reprochait doucement de ne pas faire le moindre effort pour me vaincre : — A quoi bon me tourmenter, mère, lui répondais-je, puisque je ne dois pas vivre ! Et, d'un baiser, je lui fermais la bouche.

Contre toute attente cependant, je vécus. Le bambin maussade et bizarre, l'enfant livide et souffreteux se changea par degrès en un adolescent plein de sève. Une hygiène bien entendue accéléra mon développement musculaire. Je fis des armes, j'appris à nager, je montai à cheval et, à quinze ans, j'étais aussi vigoureux qu'un autre. Alors on me donna un précepteur. En quatre ou cinq années, il me fit regagner le temps perdu et me mit en état de subir les examens qui terminent les études universitaires.

Toutefois, si j'étais régénéré sous le rapport physique, au moral j'étais resté le même. Mon cerveau continuait à se nourrir de rêveries ; des visions m'agitaient encore durant la veille et durant le sommeil ; seulement, elles se rapprochaient peu à peu de la réalité. J'avais un sentiment plus vif du beau, de l'horrible et du ridicule ; j'observais autour de moi ; je combinais les images, j'analysais les caractères. Pas plus qu'autrefois je n'aurais su traduire mes sensations intérieures, et pourtant elles m'étouffaient ; elles se pressaient sur mes lèvres, cherchant une issue, un idiome, une forme intelligible.

Ce fut à ce moment que tombèrent sous mes yeux les chefs-d'œuvre d'Hugo, de Musset et de Lamartine. La lumière m'inonda. Elle m'était révélée, cette langue merveilleuse qui est l'expression la plus haute et la plus noble de la pensée humaine !... Chaque vers me sembla un sillon de feu, chaque strophe une porte de cristal subitement ouverte sur ce monde prodigieux dont j'avais soupçonné l'existence. Il m'apparut enfin tout entier dans sa sérénité grandiose, et je m'affaissai sur moi-même, ébloui, écrasé.

A dater de cette heure, la lecture devint pour moi une frénésie. A travers le champ immense de la littérature contemporaine, je me laissai emporter avec délices par ces coursiers bondissants qu'on nomme les poëtes, les romanciers, les historiens, les philosophes. Je m'enivrai aux trois grandes sources où ils s'abreuvent : Dieu, la nature et l'humanité. Ce ne fut pas uniquement afin d'assouvir la dévorante soif de mon imagination ; ce fut surtout un apprentissage, car désormais ma vie avait un but. Je voulais, moi aussi, à un moment donné, parler à la foule, l'émouvoir, la bercer, la consoler, la distraire, la soulever au-dessus du cercle étroit où elle rampe, garrottée par ses appétits brutaux et par ses intérêts matériels.

Oui, je sentais, je sentais encore en moi les forces vives, les facultés patientes qui font l'écrivain. Me trompé-je ? Est-ce orgueil ou présompion ? L'avenir décidera. Toujours est-il que lorsque j'eus communiqué mes projets à ma mère, elle poussa un cri d'épouvante :

Vous connaissez, n'est-ce pas, madame, les risibles préventions qui, dans un certain monde naïf, s'acharnent contre tout homme existant de sa plume ? Pour beaucoup de gens, un « auteur » est un individu affamé, pâle, amaigri, crotté, qui souffle entre ses doigts sous une lucarne, a perpétuellement besoin de cent sous, et meurt tôt ou tard d'inanition sur un grabat d'hôpital. Ma pauvre mère était imbue de ces traditions bourgeoises. Elle me jugea perdu.

Non qu'elle doutât de mes capacités : sa tendresse aveugle croit admirer en moi le plus intelligent, comme aussi le plus beau, le meilleur et le plus parfait des êtres. Mais toutes sortes de légendes sinistres surgirent devant elle. Vainement essayai-je de lui démontrer que les hôpitaux n'ont plus de grabats, que les écrivains d'aujourd'hui vivent et meurent avec autant de dignité que s'ils payaient patente, et qu'enfin, quant à moi personnellement, j'étais à l'abri de la misère, puisque nous jouissions d'une aisance relative, elle continua de se désespérer.

Ma résolution d'ailleurs renversait tous ses plans. Elle avait rêvé pour moi la carrière commerciale. Eu égard au souvenir de mon père, j'y eusse rencontré à chaque pas des protecteurs ou des amis. En me voyant préférer à cet avenir positif une profession très aléatoire, elle éprouva un tel saisissement que je me pris à trembler à mon tour.

Je la savais atteinte d'une maladie grave. Une affection organique du cœur dont les progrès, pour être lents, n'en sont pas moins redoutables, couve en elle depuis quelques années. On ne m'avait point caché qu'une émotion violente pouvait la tuer. Que faire, sinon renoncer à mes espérances? Je m'y résignai; je feignis de me rendre à ses observations, et, peu de jours après, j'entrais comme surnuméraire dans une maison de banque.

Hélas! j'avais trop présumé de mon courage. Tout s'éteignit en moi. Un insurmontable dégoût brisa les ressorts de ma volonté. Je tombai dans une apathie stupide, dans un fade et lourd demi-sommeil. J'avais beau accomplir mécaniquement ma tâche, enfouir ma pensée dans un linceul de chiffres, ne lui permettre d'autres horizons que les bordereaux et les comptes courants, — la répugnance, le bâillement, la nausée me montaient à la gorge; mes nerfs se révoltaient, et, malgré moi, de vagues tentations de suicide me sillonnaient le cerveau.

Un an ne s'était pas écoulé quand mon adorable mère devina tout et me supplia en pleurant d'abandonner cette existence horrible. Elle avait réfléchi, elle s'était habituée peu à peu, sans secousse, aux idées qui, d'abord l'avaient effrayée tant.

— Pardonne-moi, me dit-elle, et suis ta vocation. En y mettant obstacle, j'ai failli commettre un crime. L'argent n'est rien. L'essentiel est que tu sois heureux.

Il était temps. Le marasme m'avait terrassé; j'étais redevenu faible et nerveux comme autrefois, et ma santé ne paraissait pas devoir reprendre facilement son équilibre. A ce mal, il n'y avait qu'un remède : la distraction. L'on m'ordonna de voyager.

Voyager! ce seul mot illumina mes ténèbres. Voyager, c'est-à-dire ressusciter, renaître, boire à long straits l'espace, la lumière, la liberté, quel éblouissement

pour un captif! Je partis. Ma joie tenait de la puérilité, du délire. Pendant deux ans, je parcourus l'Europe. Je visitai l'Espagne et l'Angleterre, la Suisse et l'Allemagne; je vis Rome, Naples, Florence, Venise, Palerme et la Sicile, emplissant mes yeux d'images, mon esprit de sensations, mon âme de souvenirs, me laissant aller aux mille brises de la fantaisie et ne comptant pas plus avec mes caprices que n'eût pu le faire un fils de famille. Tout à coup, je reçus de ma cousine Constance une lettre qui me terrifia.

Elle m'écrivait secrètement. Certaines circonstances lui avaient donné à craindre que ma mère ne s'imposât des sacrifices pénibles afin de subvenir à mes dépenses. Inquiète, elle me conseillait de les restreindre, ou plutôt de revenir.

J'étais à Livourne en ce moment. Saisi de remords, maudissant mon insouciance et mon égoïsme, je m'embarquai à la hâte.

J'ignorais complétement quelle était la fortune de ma mère.

Comme elle avait toujours fait face à mes demandes d'argent, sans une observation, sans une plainte, je ne m'en étais jamais inquiété; mais cette fortune, à en juger d'après notre train de vie ordinaire, ne devait pas être bien considérable. Or, dans ces deux années d'excursions et de plaisirs, j'avais dévoré à moi seul environ cinquante mille francs. Constance avait raison. Il était impossible que je n'eusse pas absorbé le double au moins de notre revenu.

Dès mon arrivée, au milieu des caresses du retour, je provoquai une explication et je grondai doucement ma mère de s'être dépouillée ainsi. Je pus mesurer alors la sensibilité exquise de ce cœur aimant. La chère créature ne s'était pas encore pardonné le mal qu'elle m'avait fait en s'opposant au libre essor de mes aptitudes; elle se reprochait d'avoir été la cause de ma maladie et elle n'avait point osé troubler ma convalescence, jeter une ombre sur mon extase par le refus de quelques milliers de francs. Il en résultait que j'avais écorné son capital et dissipé entièrement les économies réalisées par elle depuis la mort de mon père.

Dix mille francs de rentes environ lui restaient. C'était le strict nécessaire pour deux femmes accoutumées, il est vrai, à l'ordre et à la simplicité, mais obligées par leur éducation même à tenir un certain rang.

Il ne s'agissait donc plus de rêver, l'heure était venue pour moi de me conquérir une indépendance.

Il fut arrêté que j'habiterais Paris et

que j'y demeurerais seul, la vie artistique exigeant une absolue liberté d'allures. Ma mère fut la première à le comprendre. Elle m'alloua une pension — beaucoup trop forte, à mon avis — en attendant les monceaux d'or que je ne puis manquer de gagner un jour ou l'autre avec ma plume. Et depuis un an je suis ici, travaillant sans relâche, entassant manuscrit sur manuscrit, amoncelant brin à brin les matériaux de ma gloire future, peu favorisé jusqu'à présent de la fortune, mais joyeux, allègre, plein d'espérance et soutenu par la certitude de réussir.

Voilà mon histoire, madame, acheva Roger ; elle est unie comme une grande route, et l'on en tirerait difficilement un roman d'aventures.

— Ne vous en plaignez pas, répondit la dame. Les aventures ne sont agréables que dans les livres ; partout ailleurs elles sont dangereuses... ridicules surtout. Celle qui m'a précipitée ici en est la preuve.

— Oh ! celle-là, — se récria Destrel, — si j'étais sûr qu'elle n'aura point pour vous de dénoûment fâcheux, je la bénirais de grand cœur.

— Eh bien !... et moi aussi, fit-elle avec une franchise imprévue. Je suis heureuse de vous connaître, monsieur Roger. Quelle admirable chose, mon Dieu ! que la jeunesse. Tandis que vous parliez, un souffle rafraîchissant apaisait mes angoisses. Figurez-vous un damné que l'on promènerait par la main à travers les sentiers du paradis. Je me disais avec surprise : — La terre n'est donc pas uniquement peuplée de railleurs, d'hypocrites et d'infâmes ! Il y a donc encore quelque part de l'enthousiasme, des croyances, des ambitions nobles, des aspirations généreuses ! Puis je me représentais votre intérieur de famille, si calme et si doux ; il me semblait entendre votre mère, il me semblait voir cette jolie Constance dont les traits purs me souriaient dans ce cadre d'or... Oui, je l'avoue, votre récit m'a fait du bien... Et, de plus, il m'a inspiré, pour votre caractère...

— De grâce, achevez, madame ?

— Pourquoi mentirais-je ?... de l'estime et de la sympathie.

— Vous me rendez bien fier, accentua Roger de sa voix harmonieuse et tendre ; car ces deux mots-là, confondus en un seul, signifient amitié.

— Hélas non ! Il n'y a point d'amitié possible là où la confiance n'est pas réciproque. Vous m'avez donné la vôtre, mais que savez-vous de moi ? Je ne vous en ai rien dit ; je ne puis, je ne veux rien vous en dire.

— Quoi ! pas même votre nom ?

Elle hésita un instant et finit par murmurer :

— Je m'appelle Marie.

— Marie... tout court ? demanda Roger en souriant.

Elle hésita encore ; puis après un silence :

— Oui répondit-elle. Rien que Marie Est-ce que ces deux syllabes ne vous suffisent pas ?

— Il faut bien que je m'en contente, si tel est votre bon plaisir ; mais laissez-moi espérer que plus tard...

— Oh ! plus tard vous serez célèbre, acclamé, riche, enivré par le triomphe. Vous ne songerez guère à la pauvre femme qui, du fond de sa retraite, en feuilletant quelque beau livre signé de vous, se rappellera cette paisible matinée... et la jolie chambre où elle a trouvé asile... car elle est vraiment charmante, votre chambre, monsieur Roger, ajouta-t-elle en se levant, peut-être pour couper court à la tendance trop affectueuse de l'entretien.

VI

Roger demeura pensif. Une émotion poignante et délicieuse lui gonflait la poitrine. En regardant sa nouvelle amie, il ne savait lequel admirer le plus, ou de la pâleur passionnée de ses traits, ou de leur mobilité incroyable. Tout, chez elle, trahissait un caractère primesautier, fort dédaigneux des préjugés admis, et obéissant tour à tour à mille impressions contraires. Depuis qu'elle était là, il avait vu se réfléter sur cet adorable visage l'épouvante et l'ironie, la colère et la résignation, la haine et l'insouciance, la tristesse et la gaieté. De ces contrastes inattendus jaillissait un charme fascinateur, une séduction souveraine.

Elle semblait maintenant avoir chassé de son esprit toute préoccupation sinistre. Animée, causeuse, familière, elle soulevait un à un, d'une main preste, les menus objets d'art, disséminés sur les meubles, s'informant de ce qu'était ceci, d'où provenait cela, manifestant parfois des surprises enfantines et des joies de pensionnaire,

— Montrez-moi votre salon, monsieur Roger, dit-elle enfin.

— Vous y êtes, madame,

— Non pas. Je suis dans un cabinet de travail.

— Qui me sert de salon, de bibliothèque et de salle à manger.

— Bah ! Mais vous avez d'autres pièces !

— Si j'en ai d'autres ! fit-il en se rengeorgeant. Je le crois bien. J'ai encore une chambre à coucher.

— Alors, vous êtes logé en étudiant?

— De première année, je l'avoue.

— Et moi, reprit-elle, est-ce que je n'ai pas un peu l'air, en ce moment...

— De qui, madame !

— D'une étudiante? dit-elle en éclatant de rire.

— Oh! vous, madame, quelque part que vous soyez, vous ne pourrez jamais ressembler qu'à une reine.

— Triste reine, en vérité! Reine dépossédée, errante, sans défenseurs et sans couronne.

Elle s'assit devant le piano, muette, un peu rêveuse.

— Connaissez-vous la *Norma* de Bellini? demanda-t-elle tout à coup.

Et, sans attendre la réponse, elle préluda lentement à la touchante cavatine : *Casta diva.*

Dès les premières mesures, Roger devint pâle ; un frisson passa dans ses cheveux ; la divine mélodie, soupirée avec une rare puissance de sentiment, bruissait comme un vaporeux murmure. Bientôt elle s'éleva par molles ondulations, puis se déroula majestueuse et sereine. Le poëte sentit son cœur se fondre ; un nuage voila ses yeux ; loin du monde, loin de la réalité, il se laissa emporter à la dérive.

Quand le timbre d'or s'éteignit, quand Roger se réveilla de son extase, ses lèvres effleuraient la main de Marie, dont le regard ému semblait lui pardonner sa hardiesse.

Ce ne fut qu'un éclair. La bizarre créature se redressa brusquement.

— Mais je perds la raison !... mais je suis folle !... balbutia-t-elle avec une sorte de colère.

Roger voulut la retenir ; elle le repoussa par un geste hautain et s'élança vers la fenêtre. Là une exclamation de dépit lui échappa. Lagardiole n'avait pas bougé. Il était toujours à la même place, vis-à-vis de la maison, et il n'en détournait point sa vue.

En ce moment, huit heures sonnèrent à la pendule. L'inconnue tressaillit.

— Mon Dieu !... s'écria-t-elle, qu'ai-je fait !... Huit heures déjà ! Et il y a deux heures que l'on m'attend... Et si je tarde. Oh ! non, mille fois non ! mieux vaut partir, coûte que coûte...

— Partir !... répéta Destrel éperdu.

— Oui, à l'instant même.

— Au risque d'être suivie, insultée...

— Il le faut, vous dis-je.

— Au moins, permettez que je vous accompagne.

— Je vous le défends.

— Mais, au nom du ciel, que signifie cette détermination subite? Peut-être qu'en patientant une heure. une demi-heure encore...

— A quoi bon ! interrompit-elle fiévreusement. Cet homme ne s'en ira pas qu'il ne m'ait vue sortir. D'ailleurs, il faut que je parte, je vous le répète. Chaque minute de retard enfante un danger pour moi.

Roger baissa la tête.

— Eh bien ! un quart d'heure !... s'écria-t-il éclairé par une inspiration soudaine. Accordez-moi un quart d'heure et je m'engage à vous faire sortir sans que ce misérable vous aperçoive.

Elle le regarda, stupéfaite, incrédule.

— Par quel miracle ? fit-elle railleusement.

— Ceci est mon secret. Consentez-vous !

— Certes, oui. Ne serait-ce que par curiosité.

— Je vous quitte alors, et vais tout préparer pour votre délivrance.

— Et vous m'assurez que dans un quart d'heure...

— Avant un quart d'heure, madame, vous passerez, invisible, devant votre ennemi.

Roger sortit à la hâte.

Elle le suivit des yeux jusqu'à ce que la porte se fut refermée. Ses paupières battirent et s'abaissèrent; sa tête s'inclina vers sa main, il y eut sur son front comme l'ombre d'un rêve...

Mais presque aussitôt elle secoua cette langueur involontaire, et elle tira de son corsage une lettre froissée qu'elle relut.

Puis, accoudée contre l'appui de la fenêtre, elle concentra son attention sur le beau vicomte de Lagardiole. Peu à peu ses traits s'imprégnèrent d'une dureté implacable.

— Fuir ! murmura-t-elle. M'exiler encore, m'expatrier à cause de ce bandit ! Oh ! non... non, je lutterai.

. . . .

Roger Destrel demeurait au troisième. Il descendit rapidement deux étages, s'arrêta devant la porte du premier, et sonna.

Un valet de chambre aux cheveux gris, à la figure honnête et bonne, vint ouvrir.

— Bonjour, Félix, lui dit Roger, M. Clairbault est-il visible?

— Mon maître est toujours visible pour monsieur, répondit le domestique ; cependant...

— Cependant, quoi ?

— Il a passé la nuit au cercle, et comme il y a tout au plus deux heures qu'il est rentré, je crains...

— Ah ! mon Dieu ! c'est juste, interrompit Destrel consterné. Il est huit heures à peine... Clairbault repose...

— Monsieur désire-t-il que je m'en assure ?

— Volontiers. Mais s'il dort, ne l'éveillez pas.

Le valet de chambre fit traverser à Destrel plusieurs vastes pièces très richement et surtout très artistement meublées, l'introduisit dans un petit salon d'attente, souleva une portière et disparut.

Au bout d'un instant, une voix cria :

— Entrez, cher ami, entrez donc !

Roger obéit.

La chambre dans laquelle il pénétra contrastait par sa simplicité avec la magnificence du reste du logis. Des armes précieuses, deux ou trois étagères garnies de livres, et des portraits de chevaux de courses en constituaient tout l'ornement.

Louis Clairbault était couché. Le coude plongé dans son traversin, il fumait des cigarettes. Une masse de brochures et de journaux, éparpillés sur la courte-pointe de soie, attestaient qu'il avait en vain cherché le sommeil. A portée de sa main, une petite table de bois de rose soutenait un carafon d'absinthe et un verre à demi plein de cette liqueur verte. Sur cette même table s'étalaient plusieurs poignées de pièces d'or jetées-là pêle-mêle avec des billets de banque roulés en chiffons.

Tout le monde connaît de nom Louis Clairbault. Il n'est personne aujourd'hui qui n'ait lu son beau roman intitulé *Camille*. A une époque où pullulent les écrivains de talent et où le génie lui-même a tant de peine à se dégager de la foule, Clairbault a eu cette rare bonne fortune d'arriver du premier coup à la célébrité. Il est vrai que son livre — un des produits les plus bizarres de notre civilisation raffinée — passe aux yeux de beaucoup de gens pour un pur chef d'œuvre. Les lecteurs de ce temps-ci sont avides de piment littéraire ; ce volume de trois cents pages, où les ironies du style ne le cèdent en rien aux étranges bigarrures de la forme, ce volume incisif, railleur, à la fois sceptique et passionné, tantôt brutalement réaliste et tantôt idéalement tendre, était bien la pâture nécessaire aux cervaux blasés de notre siècle. Il eut trente éditions consécutives et valut à son auteur le ruban rouge.

Ceci se passait en 1860. Depuis lors, c'est en vain que le public réclame un pendant à cette œuvre originale. Clairbault n'a jamais écrit que ce livre, il n'en écrira jamais d'autre. Plus tard, nous dirons pourquoi.

Longtemps avant d'avoir rencontré Clairbault, Roger professait pour son talent un enthousiasme qui tenait du féti-

chisme. Il était à cet âge candide où tout apprenti littéraire contemple avec respect le moindre rédacteur de petit journal. Qu'on juge de son émotion quand il eut découvert que l'auteur de *Camille* habitait la même maison que lui ! Ce qu'il imagina de ruses innocentes afin de se rapprocher de l'homme illustre emplirait un in-octavo ; mais l'occasion tardant néanmoins à s'offrir, il se décida, non sans un terrible battement de cœur, à la faire naître.

Il se présenta chez l'écrivain, lui exposa ses projets d'avenir et sollicita timidement sa bienveillance. Clairbault fut séduit sur-le-champ. La spirituelle ingénuité de ce débutant l'étonna ; son air de franchise lui plut ; ses délicates flatteries le touchèrent d'autant mieux qu'elles étaient dictées par une admiration sincère. Puis, en écoutant, en regardant Roger, il se revit lui-même tel qu'il avait été à vingt ans plein de foi, d'ardeur, de générosité, de présomption naïve. Nous aimons vite ceux qui nous ressemblent, soit par leurs qualités, soit par leurs défauts. Louis tendit la main à Destrel et, de ce jour leur intimité commença.

Dans cette première entrevue cependant, Roger avait ressenti une déception assez singulière. Il s'était fait de Clairbault le portrait le plus romanesque. il se l'était figuré jeune et beau, et fougueux. En réalité, Clairbault avait quarante ans et il était d'une laideur peu commune.

Doué d'une physionomie impassible, il parlait peu, souriait rarement et ne riait aux éclats que lorsqu'il était en colère. Son grand corps maigre, ses yeux creux retroussés à la chinoise, ses narines dilatées, ses cheveux touffus, roides, emmêlés, rebelles au peigne et à la brosse, enfin sa longue bouche sarcastique aux lèvres minces et ornées à chaque coin d'un étrange bouquet de poils, tout en lui rappelait le personnage de Méphistophélès.

Sur ce visage diabolique s'épandait une pâleur verdâtre. On prétendait — peut-être était-ce un conte — que Clairbault, à dix-huit ans, trahi par sa maîtresse, avait fait infuser des gros sous dans un verre de vitriol et s'était inoculé l'effroyable breuvage. En souvenir de son suicide manqué, il conservait, ajoutait la chronique, et devait conserver jusqu'à la fin de ses jours, d'atroces douleurs d'entrailles. De là, son teint de moribond.

Quoi qu'il en fût, on se sentait mal à l'aise en serrant sa main toujours humide et glacée. Il y avait dans ses gestes lents, dans sa voix calme et grave, quelque chose de froidement goguenard qui faisait fuir la sympathie. Jamais on ne l'avait vu s'enthousiasmer ou s'émouvoir. Racontait-on devant lui un acte ignoble, un procédé révoltant, s'indignait-on d'une infamie, d'une apostasie, d'une lâcheté,— il écoutait silencieux ; puis, tout en roulant une cigarette, il murmurait de son air le plus tranquille : — Bah !... qu'est-ce que ça fait !... Phrase cynique qui semblait résumer ses opinions, sa morale et ses croyances.

A vrai dire, Clairbault, avant d'être riche, avait affronté tant de misères, subi tant d'humiliations, avalé tant de couleuvres, côtoyé si longtemps et de si près les fondrières de la bohème, que l'on excusait quelquefois son attitude désabusée.

Seulement, — ce que l'on ignorait, — c'est que cette attitude était un masque, ou plutôt une armure. Derrière cette couche affectée d'indifférence se cachaient une bonté de cœur inépuisable et une sensibilité de femme nerveuse. Les amères leçons de la vie avaient cinglé cette âme sans l'endurcir ; aussi avait-elle été mille fois le jouet des fripons et des traîtres. Soyez agneau, les loups vous mangent. A force d'expérimenter à ses dépens ce dur axiome, Clairbault avait fini par se couvrir de son égoïsme postiche, comme d'un bouclier.

Tel était l'homme chez lequel venait d'entrer Roger Destrel.

— Mon cher Louis, lui dit-il, rendez-moi un service. Vous voyez, ajouta-t-il en riant, que je vais droit au but, sans même rougir de vous importuner à l'heure qu'il est.

— Vous ne m'importunez pas, Roger. Tenez, puisez là-dedans ce qu'il vous faut. Vous tombez à merveille. Il y a sur cette table quatre ou cinq cents napoléons qui ne savaient que devenir.

— Tudieu ! quelle nappe d'or ! Cela vous vient du jeu, je suppose ?

— D'où voulez-vous que cela me vienne ? D'un prix de vertu ?

— Oh ! non.

— Eh bien ! fouillez dans cette mitraille, cher ami, et prenez garde d'y roussir vos doigts. Tant de mains l'ont tripotée cette nuit, qu'elle est encore chaude.

— Oui, mais je vous connais, Clairbault, vous l'aurez reperdue avant qu'elle ait eu le temps de refroidir.

— Vous refusez donc de m'en débarrasser ?

— Je n'ai nullement besoin d'argent.

— Au fait, j'oubliais que vous êtes un ange, vous. L'ange de l'économie...

— Forcée.

— Bref, en quoi puis-je vous être utile ?

— Voici. Vous servirez-vous de votre coupé ce matin ?

— Non.

— Consentez-vous à me le prêter ?

— Certainement.

— Alors, veuillez ordonner qu'on attelle.

Clairbaut frappa sur un timbre et fit transmettre l'ordre à son cocher. Après quoi, il reprit :

— Vous voilà en l'air de bien bonne heure. Cela m'inquiète. S'agirait-il d'un duel ?

— Allons donc ! un ange, se battre ! Y songez-vous ?

— D'ailleurs, vous m'eussiez choisi pour votre témoin. Ah ça ! indiscrétion à part, qu'est-ce qui vous oblige à sortir sitôt ? Rien de fâcheux, j'espère ?

— Mon bon ami, je vous dois un aveu...

— Diable !

— Ce n'est pas moi qui vais avoir l'honneur d'occuper votre voiture, c'est... Comment dirai-je ?

— Dites : une personne. Cela ne vous compromettra point, ni elle non plus.

— Justement, c'est une personne... extrêmement intéressante.

— Qui est en ce moment chez vous ?

— Oui.

Clairbault chassa lentement par ses narines deux jets de fumée blanche.

— Il paraît, dit-il, que si vous êtes un ange, vous n'êtes pas tout à fait un saint !

— Erreur. Je suis un saint greffé sur un ange. Quand vous connaîtrez mon aventure...

— Il vient donc de vous arriver une aventure ?

— Enigmatique et romanesque.

— Contez-moi ça.

— Impossible. On m'attend là-haut.

— En ce cas, sauvez-vous vite et revenez déjeuner avec moi.

— Convenu.

Roger serra la main de son ami ; mais soudain un voile de tristesse assombrit sa figure animée et expressive.

— Vous savez, Clairbault, que vous avez la fièvre, dit-il d'une voix grave.

— Pardieu, si je le sais !

— Votre main brûle comme un tison. Quelle vie avez-vous encore menée, cette nuit ?

— Ma vie habituelle.

— Et vous vous calmez en buvant de l'absinthe ?

— C'est la seule tisane qui convienne à mon tempérament.

— Mon pauvre Louis, vous vous tuez.

— Il faut bien s'occuper à quelque chose.

Destrel haussa les épaules.

— Ma parole d'honneur, s'écria-t-il avec exaspération, il y a des instants où je me demande si vous méritez que l'on vous aime.

— Ceci, dit Clairbault, s'appelle en rhétorique : un exorde *ab irato*. Je vois poindre un sermon...

— Et vous goûtez peu ce genre de littérature !

— Je ne le hais point quand il émane de votre bouche inspirée. Mais, présentement, j'en jouirais mal. Je serais distrait par la pensée de cette personne intéressante qui plane sur nos têtes.

— Allons, je m'en vais. Mais vous ne perdrez rien pour attendre.

— Je m'en doute.

— Promettez-moi de dormir un peu, Louis.

— J'essayerai.

— Au revoir donc, pêcheur endurci.

— A tantôt, prédicateur austère.

VII

Destrel remonta au galop ses deux étages, et rentra chez lui tout rayonnant.

— Eh bien ? lui demanda vivement sa protégée.

— Eh bien, madame, vos inquiétudes touchent à leur terme. Ainsi que j'ai eu l'honneur de vous le dire, vous passerez tout à l'heure sous les yeux de votre espion sans qu'il vous aperçoive.

— Est-il possible ? Ce serait de la féerie, cela, monsieur Roger. Etes-vous un spirite ou un magicien ?

— Ni l'un ni l'autre. J'ai tout bonnement emprunté à un de mes amis sa voiture. Vous monterez dans cette voiture dont nous aurons préalablement baissé les stores, et.... fouette cocher ! En voyant sortir d'ici un coupé de maître, il est peu probable que ce monsieur ira s'imaginer...

— Admirable, interrompit-elle, triomphante et ravie. Oh ! merci, monsieur, merci un million de fois ! Vous me sauvez !

— Je n'ai droit qu'à la moitié de votre reconnaissance, madame. L'idée seule est de moi, tandis que mon ami Clairbault.....

— Clairbault ! exclama-t-elle ; votre ami se nomme...

— Louis Clairbault, oui, madame. C'est l'auteur d'un livre splendide... que vous avez lu sans doute... et qui...

La parole expira sur les lèvres de Roger.

Immobile, le front couvert de pâleur, les prunelles fixes, la jeune femme paraissait frappée de la foudre.

— Clairbault !... balbutia-t-elle avec un rire nerveux. Il habite ici !... Et cette voiture que vous me proposez lui appartient !...

Elle pressa son front de ses deux mains comme pour y retenir un flot de pensées tourbillonnantes.

— Il est donc riche maintenant ? s'écria-t-elle.

— Clairbault ?... Il a, je crois, trente ou quarante mille francs de rentes.

— D'où lui vient cette fortune ? Est-ce que son père est mort ?

— Je ne sais, répliqua Destrel confondu de surprise. Du reste, vous me semblez, madame, le connaître aussi bien, sinon mieux que moi.

Elle fut quelque temps avant de répondre. Son sein s'agitait violemment, ses yeux demeuraient fixés sur le parquet. Quand elle les releva, toute trace d'émotion avait disparu de son visage.

— Je ne l'ai jamais vu, reprit-elle d'un ton calme ; mais j'ai beaucoup entendu parler de lui. On dit que c'est un grand cœur, un noble caractère...

Si chaudement qu'il affectionnât son ami, Destrel éprouva une sensation douloureuse. Etait-ce de la jalousie ? Aimait-il déjà cette femme ? Elle niait avoir connu Clairbault et cependant son trouble affirmait le contraire. Pourquoi ce trouble ? Quelles relations avaient existé entre eux ?

A cette minute on frappa, et le vieux Félix, à travers la porte, annonça discrètement que la voiture était prête.

— Allons, dit la dame, il faut nous séparer.

Un frémissement magnétique les poussa l'un vers l'autre. Roger devint pâle. Il le remercia de son hospitalité par quelques paroles brèves. Bien qu'elle s'efforçât de n'être que polie, il y eut de la tendresse dans son regard et du regret dans le son de sa voix.

Roger murmura :

— Vous reverrai-je ?

Et elle répliqua sans hésiter :

— Si j'étais maîtresse de mes actions, je vous répondrais : Oui, sur-le-champ. Il n'en est pas ainsi. Un courant fatal m'emporte et me domine. Où m'aura-t-il entraînée demain ? Je l'ignore. C'est adieu que je vous dis et non point au revoir.

Elle prononça ces mots d'un accent doux et mélancolique. Destrel crut remarquer une larme dans ses yeux, et sa digne âme fut soulevée par une indignation chevaleresque.

— Ecoutez-moi, dit-il avec résolution. Il m'est impossible de concevoir comment un homme qui n'a aucun droit sur vous peut influer à ce point sur votre destinée. Je ne comprends qu'une chose : c'est qu'il vous persécute parce que vous n'avez ni àmi ni défenseur. Donc cet homme est un lâche et je le hais. Le jour où vous serez fatiguée de cette menace vivante, le jour où vous aurez besoin d'un bras dévoué, loyal, prêt à tout, pensez à moi, madame, appelez-moi. Ce que vous m'ordonnerez de faire, je le ferai avec bonheur, sans exiger de récompense. et, je vous le jure, sans réclamer ma part de votre secret.

Le premier mouvement de l'inconnue fut un élan de joie et d'espérance. Puis, un nuage passa sur ses traits et elle regarda Roger d'un air indécis.

— Ne vous hâtez pas de refuser, supplia-t-il. Ne me dites pas que nous sommes des étrangers l'un pour l'autre, ce serait manquer de franchise. Je vous ai parlé en toute sincérité de cœur; pourquoi ne me répondriez-vous pas de même? Voulez-vous de moi pour allié? M'appellerez-vous à l'heure du péril?

— Eh bien! dit-elle enivrée, oui... peut-être!

— Merci, prononça tout bas Roger.

Et il sentit trembler la petite main qu'il élevait jusqu'à sa lèvre.

Ils descendirent.

Le coupé de Clairbault attendait sous le vestibule. Destrel fit monter sa compagne et lui demanda où elle désirait qu'on la conduisît.

Cette question parut l'embarrasser.

— Boulevard de la Chapelle, dit-elle enfin. Je ferai signe au cocher d'arrêter quand il sera temps.

Ils échangèrent un dernier salut, un dernier coup d'œil, et les chevaux partirent.

Roger alors s'avança sous la porte cochère, et promena indolemment ses yeux à droite et à gauche. En réalité, il épiait l'attitude d'Amaury.

Le vicomte s'était fait servir à déjeuner. Il mangeait en plein air avec la sage lenteur d'un homme qui prévoit que sa faction sera longue. Au roulement de la voiture, il tendit le cou brusquement; à la vue des stores abaissés, il se dressa tout debout, et un éclair jaspa le bleu d'acier de ses prunelles.

En ce moment, il aperçut Roger d'un regard rapide, curieux et profond; il sembla l'inventorier des pieds à la tête. Après quoi il se rassit, et poursuivit tranquillement son repas.

Destrel n'avait pu réprimer un sourire méprisant.

— Va, grommela-t-il, que tu soupçonnes ou non la vérité, ta victime t'échappe. Libre à toi maintenant de rester là jusqu'à demain!

Il regagna sa chambre et tenta de se remettre au travail. Ce fut en vain. Son imagination escortait le coupé de Clair-

bault et galopait à la portière. Au bout d'un quart d'heure d'efforts, n'ayant pas réussi à tracer une ligne, il jeta sa plume avec lassitude; puis il se prit à marcher çà et là, songeur, absorbé, en se remémorant chaque geste, chaque intonation de sa visiteuse. Tout à coup, un papier blanc, plié en forme de lettre, se rencontra sous son pied. Machinalement il le ramassa.

C'était une lettre en effet, une lettre décachetée. L'adresse, écrite par une main visiblement grossière, présentait ces mots, émaillés de quatre fautes d'orthographe : *Madame la duchesse de Santelda.*

Et plus bas, dans un angle, en gros caractères : *Personnelle.*

Du reste, nulle indication de rue. La lettre avait dû être portée à domicile.

Une joie enfantine s'empara de Roger. Ce nom qu'on avait refusé de lui dire, il l'avait, là, sous ses yeux! Duchesse de Santelda... Marie de Santelda... Mille et mille fois il répéta ces syllabes magiques; il s'en délecta comme il eût savouré un parfum ou une harmonie. Le titre de duchesse l'offusquait bien un peu sans qu'il s'en rendît compte, mais il finit par s'y habituer.

— C'est la lettre de ce vieux serviteur mourant dont elle m'a parlé, pensa-t-il, et elle court chez lui de ce pas, la noble femme! Boulevard de la Chapelle... Il n'y a qu'un ancien domestique qui puisse demeurer là, évidemment.

Comme il tournait et retournait le papier entre ses doigts, brûlant de l'ouvrir et s'en abstenant par délicatesse, le valet de chambre de Clairbault vint lui dire que son maître le priait de descendre, s'il n'avait rien de mieux à faire.

Roger se rappela soudain l'émotion de la duchesse quand elle avait entendu prononcer le nom de Clairbault, et il glissa le billet dans sa poche avant de se rendre chez son ami.

VIII

Clairbault se tenait dans une sorte de fumoir contigu à sa chambre à coucher. Quoique la matinée fût tiède, presque chaude, il s'était fait allumer du feu et, frileusement penché vers la flamme, les coudes sur ses genoux, il roulait, selon sa constante habitude, des cigarettes entre son pouce et son index jaunis par le tabac.

A l'entrée de Destrel, il releva son visage plus blanc que de la porcelaine. Une expression cordiale brilla sous ses paupières gonflées et rougies.

— J'en use un peu sans façon avec vous, Roger, lui dit-il. Excusez-moi. Je suis en proie ce matin à mes papillons noirs, et il n'y a que vous qui ayez le don de les chasser. Cependant je ne voudrais pas interrompre vos travaux.

— J'ai fini pour aujourd'hui, répliqua Roger. Mais comme vous êtes pâle! Gageons que vous n'avez pas essayé de dormir?

— Si, vraiment. J'ai dormi pendant au moins vingt minutes...

— Tant que cela?

— C'est tout ce que j'ai pu faire, malgré mon désir de vous être agréable. Encore ai-je eu le cauchemar. Je me suis levé pour m'arracher de ses griffes...

— Il était donc bien effrayant?

— Monotone surtout et de mauvais présage.

— Vous êtes superstitieux?

— Comme une vieille femme. Question de nerfs, vous savez. Ça ne se raisonne pas. Oui, j'ai vu en rêve une figure qui ne m'annonce rien de bon. Chaque fois qu'elle m'apparaît, il m'arrive une contrariété ou un ennui.

— A quel sexe appartient-elle, cette figure?

— Au sexe traître. A la seule femme que j'aie passionnément aimée.

— Elle vous a trahi?

— Naturellement.

— Serait-ce à la suite de cette trahison que vous vous êtes si maladroitement empoisonné?

— Tiens! vous avez eu vent de cette ridicule aventure?

— Elle est donc vraie?

— On en a défiguré les détails. Je vous la conterai un de ces jours.

— Et cette femme, qu'est-elle devenue?

— Je l'ignore.

— Elle s'appelait Marie, n'est-ce pas?

— Marie?... répéta Clairbault étonné. Non. Elle s'appelait Blanche.

Roger respira librement.

— Alors, reprit-il, ce n'est pas la même personne que celle dont voici le nom sur cette adresse?

Clairbault prit la lettre et en examina la suscription.

— Madame la duchesse de Santelda... lut-il. Ce nom m'est inconnu.

— Vous en êtes sûr?

— Parbleu!

— Vous ne vous êtes jamais rencontré avec cette dame, dans le monde ou ailleurs?

— Jamais. Qu'est-ce que c'est que cette duchesse?

— Un mystère vivant qui s'abrite à l'heure qu'il est dans votre voiture.

— Ah! ah!... mes compliments, Roger. Vous avez d'aristocratiques relations. De mon temps, à six heures du matin, nous recevions beaucoup plus de blanchisseuses que de duchesses. Mais pourquoi diable avez-vous supposé un instant que celle-ci pourrait bien être la femme de mon cauchemar?

— Parce que madame de Santelda vous connaît.

— Bah! elle vous l'a dit?

— Au contraire, elle l'a nié. Mais en apprenant que vous demeuriez ici, elle a paru interdite, d'abord; puis elle s'est écriée: D'où lui vient sa fortune? Il a donc hérité de son père!

— Et voilà tout?

— Oui.

— Cela prouverait simplement qu'elle a entendu parler de moi. J'ai longtemps été pauvre, en effet, et je le serais encore si mon père avait pu me déshériter.

— Vous étiez brouillé avec lui?

— Depuis des années.

— Vous voyez bien!... la duchesse était au courant de cette brouille.

— Comme tout le monde. Est-ce qu'un homme qui possède une notoriété quelconque peut dissimuler le moindre incident de sa vie? A quoi serviraient les biographies, les notices, les chroniques?

— Pourtant, le trouble évident de la duchesse...

— N'a existé que dans votre imagination, Roger. Ah ça! maintenant, à quel propos vous est-elle tombée des nues, cette duchesse?

Destrel raconta l'histoire de sa matinée, sans souffler mot toutefois de ses propres impressions. La physionomie railleuse de son ami lui inspirait une réserve instinctive. Il parla de sa visiteuse en termes détachés, vanta sa distinction et ses charmes, appuya sur les périls qui l'environnaient, mais se garda bien d'avouer qu'il s'était offert à elle, et qu'elle l'avait presque accepté pour champion.

Clairbault fumait, morne et impassible.

— Très piquante, ma foi, votre aventure, dit-il, lorsque Destrel eut terminé. Comme début de roman, elle fournirait deux ou trois chapitres assez réussis. Il n'y a que l'héroïne qui me déplaise. J'ai, de cette gaillarde-là, une opinion désastreuse.

— Comment!... s'écria Roger, pourpre d'indignation.

— Dame! soyons logiques. Voilà une femme dont toutes les allures sont empreintes d'indépendance, de vigueur, d'énergie... Et cette femme tremble, et elle se cache, et elle fuit piteusement devant je ne sais quel ténébreux gredin!... Pourquoi cette épouvante? Le gredin en question est-il un mari jaloux, un amant trompé? Ni l'un, ni l'autre; elle prétend le connaître à peine, et elle se dit veuve.

Est-ce un entrepreneur de chantage ? Lui a-t-il volé quelque secret compromettant et réclame-t-il le prix de son silence ? Qu'elle le paye alors, ou bien qu'elle le fasse arrêter... Mais non ; elle pleure, elle se désole, elle songe à s'expatrier lorsque, pour se débarrasser de ce monsieur, elle n'aurait qu'à déposer une plainte chez le procureur impérial, voire même chez le plus prochain commissaire de police ! Vous m'alléguerez qu'elle redoute le bruit, le scandale. Mon bon ami, elle n'avait rien de malpropre sur la conscience, elle ne redouterait rien. Il y a, soyez-en sûr, une tache dans le passé de cette femme...

Roger eut un sourire contraint. Il répondit avec une nuance d'aigreur.

— Vous êtes sévère dans vos déductions, Clairbault. Vous vous basez sur une hypothèse et vous partez de là pour condamner une malheureuse femme, digne de respect et de pitié.

— Digne de respect.... Qu'en savez-vous ?

— Si vous aviez été à même, comme moi, de la voir et de l'entendre, vous n'en douteriez pas une minute.

— Autrement dit : Cette femme est belle et s'exprime à ravir, donc elle est le modèle de toutes les vertus... Permettez-moi, mon cher, de ne pas m'incliner devant cet argument. Tenez, dois-je vous avouer jusqu'où va mon scepticisme ? Eh bien, je ne crois pas du tout, mais du tout, au sentiment pieux qui, selon vous, aurait déterminé la duchesse à courir les rues au point du jour.

— Cela va sans dire. Du moment où c'est une femme perdue, elle ne peut être sortie que dans un but inavouable.

— Oh ! oh !... Roger... De l'exagération !... de l'ironie !... Vous aurais-je froissé à mon insu ?

— Non, mais véritablement, Clairbault, vous envisagez toutes choses sous un point de vue tellement lamentable...

— Il est possible que je me trompe et j'en serais charmé. Ouvrons cette lettre. J'ai idée qu'elle nous éclairera.

— Diable ! un instant, Louis... Lire une lettre oubliée chez moi... Le procédé me semble vif.

— Calmez-vous. Je prends l'indélicatesse à mon compte.

Et Clairbault lut à haute voix ces quelques lignes, constellées de taches de graisse, et dont l'orthographe aurait fait bondir un grammairien :

« Madame la duchesse,

» Hier soir, vous ayant vue descendre de voiture devant votre porte, c'est » comme ça que j'ai appris votre retour » et votre nouveau domicile. Je n'ai pas » eu la chose de m'y présenter, rapport » à ma figure qui pourrait vous compro- » mettre. Je mets donc la main à la » plume, à seule fin de vous annoncer » que j'ai quelque chose à vous dire de » passablement embêtant pour vous, dont » auquel votre départ précipité de Paris » m'a empêché de vous le communiquer » plus tôt. On me trouve chez moi tous » les matins, de six à huit heures. Ça » n'est pas pour vous effrayer ; mais si » vous retardiez de trop de venir, il en ré- » sulterait du vilain. Je ne vous cache » pas non plus qu'un billet de cinq cents » me ferait plaisir, vu les temps diffi- » ciles.

» Avec lequel je suis, madame la du- » chesse, votre très humble et très dé- » voué,

» PIERRE GUÉRARD,

» 109, boulevard de la Chapelle. »

— Eh bien !... reprit Clairbault en posant la lettre sur la cheminée, que pensez-vous de cette épître ?

— Comme style, répliqua Roger qui affecta de rire, je préfère celui de madame de Sévigné.

— Quant à moi, je déclare celui-ci plus instructif. Nous sommes loin du vénérable serviteur qui s'obstinait à ne point expirer avant d'avoir béni sa noble maîtresse...

— Mon Dieu, Clairbault, cette dame me voyait aujourd'hui pour la première fois; était-elle obligée de me soumettre sa confession générale et de m'initier d'emblée à ses secrets.

— Rien ne l'obligeait du moins à vous débiter un mensonge. Mais voilà : vous êtes jeune, assez beau garçon, il ne lui répugnait pas de coqueter un peu avec vous, et vite elle a inventé une touchante histoire pour justifier sa sortie matinale.

— En tout cas, le crime serait mince.

— D'accord, et je le lui pardonnerais volontiers si elle n'avait jamais perpétré que celui-là.

— Bon ! vous allez en faire une criminelle, à présent !

— Relisez ces phrases insolentes, cher ami, et remarquez leur ton de sourde menace. Le sieur Guérard implore cinq cents francs à la façon de ces mendiants espagnols qui demandent l'aumône au coin d'un bois, en épaulant leur escopette...

— Et vous en concluez ?...

— Que madame de Santelda patauge dans un effroyable gâchis. Elle a commis quelque méfait ; ce méfait a eu des témoins et des complices... et la coupable est exploitée par les uns aussi impitoyablement que par les autres.

—Bravo! s'écria Déstrel avec une gaieté nerveuse. Ajoutez que cette abominable mégère, souillée de mille attentats, va monter un ces jours sur l'échafaud... Ce sera la moralité du drame, le couronnement de votre édifice. Vive Dieu! mon cher, vous n'avez pas la plaisanterie joviale, ce matin !

— Je ne plaisante pas. J'analyse et je raisonne.

— Comment se fait-il que vous, si bon, si généreux, si indulgent d'ordinaire, vous vous abaissiez à flétrir une femme par des suppositions cruelles, — et certainement erronées ? Pourquoi tant d'animosité contre une inconnue?

— Pourquoi ! dit Clairbault, en se levant tout à coup. Parce que cette inconnue m'inquiète. Elle marche sur un terrain dangereux, et j'ai peur qu'elle ne vous y entraîne.

— Moi !

— Croyez-vous que vos réticences, que vos rougeurs furtives m'aient échappé? Même en ce moment, tenez, votre colère vous trahit. Vous aimez la duchesse...

— Quelle folie ! Une femme que je ne dois plus revoir...

— L'affirmeriez-vous sur l'honneur ?

Roger baissa les yeux.

— Sa beauté vous a ému, ses larmes vous ont attendri, son titre a flatté votre amour-propre. Quand elle le voudra, vous lui appartiendrez corps et âme. Or, elle a trente ans, et vous vingt-quatre ; elle est violente et passionnée, vous êtes faible et impressionnable ; vous serez dominé, dompté, annihilé par elle...

— Me prenez-vous pour un lycéen ?

— Je vous prends pour ce que vous êtes, pour un artiste, c'est-à-dire pour un grand enfant crédule, vaniteux et enthousiaste. Faites-y attention, Roger, vous voici à l'heure décisive où l'homme prépare sa destinée. La vôtre peut être splendide, car vous réunissez les conditions les plus favorables pour devenir un écrivain. Vous êtes fier, honnête, ardent, laborieux; vous n'avez pas besoin, pour vivre, de vous épuiser en productions hâtives et imparfaites ; plus heureux que mille autres, vous avez le temps de ciseler et de polir votre œuvre ; enfin,— qualité essentielle,— vous avez beaucoup de talent, un talent vigoureux, un talent original et rare.

A ce compliment inattendu, prononcé par un écrivain de valeur, par un homme froid, peu expansif, avare d'éloges et sobre d'encouragements, les joues de Roger se couvrirent d'une rougeur brûlante et son cœur battit d'orgueil.

— Mais, poursuivit Clairbault, ce qui vous manque, c'est la volonté, c'est l'esprit de résistance, et votre avenir dépend de la première femme qui vous dominera. Malheur à vous si vous accouplez votre âme vibrante et claire avec une âme basse et troublée! D'une telle rencontre, il ne peut jaillir qu'une passion malsaine; elle vous consumera, je vous le prédis; elle absorbera vos forces, elle engloutira peu à peu votre talent, votre dignité, vos espérances, et alors, que restera-t-il de vous? L'étoffe d'un déclassé, d'un impuissant, d'un bohème... Allons, Roger, mon enfant, de l'énergie ! Arrachez-vous du cœur cette mauvaise herbe. Etouffez cette inclination naissante tandis que l'effort vous est facile. Laissez votre problématique duchesse retourner seule à son ombre et à ses mystères, et si son souvenir vous tracasse, eh bien ! mordieu, plongez-vous dans le travail comme on plonge un acier dans la source où il se retrempe.

IX

— Décidément, Louis, interrompit Destrel, nous avons changé de rôle. Je vous avais menacé d'un sermon et c'est moi qui le récolte.

Clairbault eut un sourire plein de tristesse.

— Je vous comprends, murmura-t-il. Le langage dont je me sers vous étonne, vous choque peut-être dans la bouche d'un oisif livré, comme je le suis, à une existence sans règle et sans frein. Vous trouvez que je ne prêche pas assez d'exemple.

— Dieu m'est témoin, protesta le jeune homme avec feu, que je n'ai pas eu cette ingrate pensée ! Vos conseils vous sont dictés par l'affection, je le sais...

— Oui, je vous aime sincèrement, Roger. Cette amitié, tard venue, occupe dans mon cœur une place désertée par bien des tendresses mortes; elle a un côté paternel et grondeur qu'il vous faut subir. Que voulez-vous ! Ma carrière, à moi, est finie. Je ne suis plus ambitieux que pour vous.

— Votre carrière est finie ! se récria impétueusement Roger. Quoi ! vous avez débuté, il y a quatre ans, par un coup de maître, par un chef-d'œuvre; son retentissement n'est pas apaisé; vous êtes dans la force de l'âge, dans la maturité du talent, et vous osez prétendre que votre carrière est finie ! Clairbault, mon bon ami, vous allez m'expliquer à l'instant ces paroles fantastiques. A mon tour de vous laver la tête... Aussi bien, il y a trop longtemps que je m'abstiens de vous interroger; pourquoi ne travaillez-vous plus? pourquoi ne donnez-vous pas un pendant à votre beau roman de *Camille*?

Un sentiment de malaise, de pénible embarras se peignit sur les traits de Clairbault. Sa figure revêtit une expression railleusement amère. Sa voix se fit rauque et triviale.

— Travailler, moi! dit-il, merci. Assez comme ça. J'ai quarante ans et je n'ai jamais eu de jeunesse. Durant un quart de siècle, je me suis repu de vache enragée. A présent qu'un peu de fortune m'est échue, j'en veux jouir.

— Vous ne parlez pas sérieusement.

— Si fait, ou que le diable m'emporte!

— Mais vos admirateurs eux-mêmes vous accusent de paresse; ils déplorent qu'un esprit organisé comme le vôtre s'énerve, se gaspille, se suicide au milieu des dissipations les plus sottement meurtrières.

— Mes admirateurs sont bien bons. Répondez-leur que je jette ma gourme.

— Voyons, Clairbault, par respect pour votre renommée...

— Je me moque de ma renommée. Qu'elle s'en aille comme elle est venue!

— Ah! tenez, vous me révoltez, à la fin! exclama Destrel avec colère. Comment!... lorsque votre splendide intelligence pourrait enfanter tant d'œuvres éblouissantes.

Clairbault partit d'un éclat de rire. Rire funèbre derrière lequel se masquait un sanglot.

— Mon cher, reprit-il d'un ton cynique, l'enfantement d'un livre ne vaut pas, — pour ma splendide intelligence, — une belle et bonne orgie, bien bruyante et bien sensuelle.

— Je ne crois pas un mot de vos blasphèmes, repartit Roger en secouant tristement la tête. Tout cela, je le parierais, c'est de la pose ou du paradoxe. Vous n'êtes qu'un viveur factice, un débauché sans conviction.

— Sans conviction!... Moi qui vais au plaisir avec ponctualité, avec zèle, comme un excellent employé irait à son bureau! Le vin, le jeu, l'écurie et les coulisses, je ne sors pas de là. Je déjeune avec des maquignons, je dîne avec des escrocs, je soupe avec des cocottes... Avez-vous parfois pratiqué ce genre de divertissement?

Roger haussa les épaules.

— C'est adorable, poursuivit Clairbault. On s'entasse à huit ou dix dans un étroit cabinet où l'air manque. Les hommes tâchent d'être aussi grossiers que possible; quant aux femmes, elles n'ont aucun effort à faire pour obtenir ce résultat; issues de la boue des rues, elles sont tout naturellement canailles. On mange sans avoir faim, on boit sans avoir soif, on hurle sous prétexte d'être drôle, et quelquefois — mais bien rarement, — on se distribue des gifles pour la clôture.

— Et vous me soutiendrez que ces ignominies vous amusent?

— Énormément. Rien de gai comme ces petites fêtes. On voudrait s'ennuyer, on ne le pourrait pas. Cependant, lorsqu'un tel malheur arrive, on se relève le moral avec un léger baccarat de santé. Pendant sept ou huit heures d'horloge, on manipule des cartons, sous la chaleur desséchante du gaz, au milieu d'une atmosphère empuantie par la fumée des cigares. Ce que l'on gagne, on le reperd le lendemain avec usure; en revanche, on ne regagne jamais ce qu'on a perdu. La partie achevée, on rentre chez soi la tête brûlante, les yeux rougis, les mains sales. On se couche les tempes battantes et les genoux courbaturés, bien convaincu à l'avance que le sommeil ne viendra pas. Il vient pourtant, lourd, fiévreux, convulsif et interrompu de minute en minute par des soubresauts involontaires. A la longue, il vous fatigue. On se dresse palpitant, la gorge sèche. On promène autour de soi des yeux hagards; la chambre est sombre; un jour blafard dessine sur les rideaux le squelette des volets fermés. Alors une fade et nauséabonde tristesse vous serre le cœur et l'on retombe sur son traversin en murmurant : — Encore une nuit absurde après une journée stupide! Combien de nuits encore et combien de journées pareilles suis-je condamné à subir? La vie moyenne est trop longue.

Roger était debout, pâle, consterné, l'œil humide.

— Louis, prononça-t-il à voix basse, mon cher Louis, quel est donc l'âpre chagrin qui vous dévore? Qu'avez-vous donc à oublier!

X

Il se fit un morne silence.

Clairbault, sombre, les bras croisés, arpentait la chambre à pas fiévreux. Soudain, par un geste violent, il lança au feu sa cigarette et, saisissant la main de son ami :

— Vous êtes le seul homme au monde, articula-t-il, à qui je puisse confier ce que je vais dire. Un autre rirait, car ma plaie est ridicule aux yeux du plus grand nombre, et je la dissimule avec angoisse. Vous me comprendrez, vous, mon poëte. Ecoutez donc, et que jamais, dans la suite, ce sujet-là ne soit agité entre nous...

Il y a quatre ans que mon livre a paru ; il y en a qninze qu'il est écrit...

— Comment ! s'écria Roger stupéfait.

— Lorsque je composai *Camille*, continua Clairbault, j'avais votre âge. J'étais pauvre, obscur, isolé ; je n'appartenais à aucune coterie littéraire. Pas un éditeur n'accepta mon manuscrit ; pas un directeur de journal ne consentit à l'insérer. Je sentais pourtant que ce n'était point une œuvre banale ; j'y avais mis le plus pur et le meilleur de mon être ; durant des années, je l'avais mille fois revue, retouchée, ciselée phrase par phrase... et avec quels soins, quelle passion, quelles alternatives d'espérances et de désespoir ! Efforts perdus. Je me brisai contre l'indifférence de ceux qui, d'un mot, auraient pu assurer mon avenir ; j'ensevelis mon roman au fond d'un tiroir, et, pour vivre, je me jetai dans le journalisme.

J'y fus médiocre, comme la plupart des gens d'imagination. Je m'en aperçus vite, et je renonçai à écrire. De vingt-cinq à trente-cinq ans, je vécus de plusieurs métiers infimes, gagnant mon pain au jour le jour et subissant d'atroces misères. Je me fatiguai, je m'épuisai de corps et d'âme à ce labeur de tâcheron. Puis, un matin, je me réveillai riche ; mon père était mort.

Cette opulence subite fut accueillie par moi très froidement.

J'étais si las, si écœuré, si dégoûté des hommes et de moi-même ! Vainement essayai-je de me cramponner à une ambition ou à un désir ; il n'y avait plus en moi qu'une insensibilité profonde et un immense besoin de repos. De mes aspirations premières, l'art, le beau, la poésie, — il ne restait point de vestiges. La pauvreté avait écrasé tout cela sous son lourd genou...

Un jour, tandis que je remuais d'anciens papiers, le fameux manuscrit me tomba sous la main. Je le feuilletai. Quoiqu'il eût sommeillé dix ans dans la poussière, son style n'avait point vieilli. J'éprouvai à le relire une volupté mélancolique ; il me semble redescendre les verts sentiers de mes vingt ans, respirer le frais parfum de mes illusions disparues. La fantaisie me vint de faire imprimer ces pages, moins pour le public que pour ma satisfaction personnelle. J'avais maintenant quarante mille francs de rentes ; je pouvais me passer d'éditeur : c'est pourquoi il s'en présenta chez moi quelques uns à l'instant même.

Camille eut le retentissement que vous savez. Je n'avais prévu rien de semblable. Surpris, enivré, je fus envahi par un regain d'enthousiasme. Une flamme chaude me monta au cœur, fondit les glaçons de mon scepticisme. Mes rêves sacrés d'autrefois ressuscitèrent, me soulevèrent, sur leurs ailes dorées. Je crus à mon génie, je crus que j'allais rentrer triomphateur dans ce monde intellectuel d'où j'avais été banni par le sort et je saisis ma plume avec une confiance orgueilleuse.

Hélas ! quand je voulus concevoir, quand je voulus produire une œuvre, sinon supérieure, du moins égale en mérite au livre ardent de ma jeunesse, toute cette exaltation s'évanouit en fumée. Quel réveil ! La destinée a de terribles ironies. Si le succès m'avait souri dix ans plus tôt, qui sait vers quels sommets lumineux j'eusse dirigé mon essor !

Trop tard ! Voilà le secret de mon inaction. Ma paresse, Roger, c'est de l'impuissance. Je suis incapable d'écrire dix pages. Il n'y a plus, sous ce crâne, ni chaleur, ni invention, ni haleine. Je suis usé, lassé, fini, avachi, vidé. Entre le Clairbault d'aujourd'hui et le Clairbault que l'on acclame, il y a une telle distance que, si l'on vante mon talent, je rougis de honte comme si j'avais signé le livre d'un autre et usurpé sa réputation.

Riche, envié, célèbre, mais rongé par le stérile regret de mes facultés perdues, je m'en vais flottant dans la vie, sans but, sans direction, comme une barque désemparée après la tempête. Que faire ? A quoi me rattacher ? La seule carrière où j'ambitionnais m'est interdite. Je n'ai plus de croyance et point de famille. L'ennui m'écrase, la solitude me pèse, la réflexion me fait peur... Il faut bien que je me réfugie dans la débauche.....

Clairbault essuya son front mouillé de sueur ; puis il appuya en souriant sa main sur l'épaule de Destrel qui, muet et terrifié, le regardait.

— J'ai tout avoué, reprit-il. A présent, ne me demandez plus jamais pourquoi j'ai renoncé au travail et surtout ne parlez de ceci à personne. On se moquerait de moi.

— Ah ! pardieu, dirait-on, ce monsieur est bien à plaindre ! il est riche ; il est libre de son temps ; il peut flâner d'un bout de l'année à l'autre, et parce qu'il se sent hors d'état de griffonner quelques niaiseries, le voilà qui pose pour l'incompris et pour l'inconsolé !...—Ces gens-là auraient peut-être raison, après tout. Il y a des instants où je me compare moi-même à ces héros surannés des romans de 1828 qui, millionnaires et crevant de bien-être, s'exténuaient à maudire la fatalité.

— Non, Louis, ces gen-là auraient tort, dit Roger en lui étreignant la main. Survivre à son génie !... il ne doit pas exister de plus affreux malheur au monde ! Mais vous n'en êtes point là, vous, je vous le jure. Quoi ! quelques années de misère auraient suffi pour dessécher, pour paralyser à jamais votre esprit! Allons-donc, est-ce que c'est possible? Vous êtes la dupe d'une idée fixe. Ce que vous prenez pour un anéantissement complet n'est qu'une léthargie passagère.

— Alors indiquez-moi le moyen de la faire cesser, dit railleusement Clairbault, vous me ferez plaisir.

— Le moyen, le voici. Au lieu de cette vie corrosive, égoïste, bruyante, qui vous mine et qui vous tuera, menez une vie calme et studieuse ; ayez un intérieur; créez-vous une famille ; entourez-vous d'affections douces et de tendresses dévouées...

— Superbe, votre moyen, mais peu réalisable. C'est exactement comme si vous disiez à un phthisique : Ah ! mon Dieu, c'est bien simple, ayez des poumons neufs et vous guérirez.

— Puisque vous ne m'avez pas compris, je vais être plus clair. Mariez-vous, Clairbault.

— Avec qui, Roger ? Examinez-moi de face et de profil. Je suis vieux et très désagréable à voir. En outre, je n'ai plus de talent. Ajoutez que ma réputation d'homme sans mœurs est horriblement répandue. Quand j'apparais dans un salon, les mères se hâtent d'en faire sortir leurs filles nubiles, comme ces bourgeois prudents qui, en entendant crier au feu, précipitent d'avance leur mobilier par la fenêtre.

— Ces mères-là ne vous ont pas étudié de près, autrement elles ne vous craindraient guère, car les femmes sont perspicaces. J'en sais deux, pour ma part, qui vous ont percé à jour, malgré votre écorce glaciale et sardonique.

— Vous m'intriguez. Quelles sont ces deux personnes si pénétrantes?

— Ma mère, d'abord. — Et, entre parenthèses, elle se plaint de la rareté de vos visites. Ma mère vous apprécie beaucoup.

— A cause de l'amitié que je vous porte.

— Et aussi, en raison de votre caractère.

— Votre mère est une sainte. Elle ignore le mal. Elle ne pourrait même pas soupçonner le triste emploi que je fais de mon temps.

— Détrompez-vous. Le bruit de vos fredaines a couru jusqu'à Chaville.

— Eh bien ! murmura Clairbault, vous me croirez si vous voulez, cela m'afflige profondément.

— Bah ! l'on ne vous en estime pas moins chez nous, vous allez voir. C'était le mois dernier ; il y avait déjà quelques semaines que je vous avais présenté là-bas. Nous étions à table, et l'on causait littérature. Un de nos voisins de campagne, vieux commerçant retiré qui m'a paru fort à la piste des cancans du boulevard, prit ce texte pour point de départ d'une violente catilinaire contre le débraillé des artistes en général et des gens de lettres en particulier. Il vous cita comme preuve à l'appui. Ce Prudhomme était à mille lieues de se douter que nous vous connussions, et il répéta bêtement les potins exagérés qui circulent à propos de vous dans les brasseries. Il prononça même les gros mots de cynisme scandaleux, d'immoralité révoltante.

— J'espère bien que vous ne m'avez pas défendu ?

— Je n'en ai pas eu le loisir. Un autre avocat m'a coupé la parole.

— Qui donc?

— Un joli petit avocat en jupons, Constance.

— Votre cousine!... bégaya Clairbault d'une voix singulière.

— Elle commença par déclarer au voisin stupéfait que nous avions l'honneur de vous compter au nombre de nos amis. Puis elle ajouta : — La conduite de M. Clairbault le regarde seul ; mais serait-elle aussi déréglée qu'on le prétend, cela ne nous empêcherait point de le considérer comme le meilleur et le plus honnête homme de la terre. Quand un esprit tel que le sien se plonge éperdûment dans les plaisirs grossiers, c'est qu'il y cherche l'oubli de tout et de lui-même, c'est qu'il veut s'étourdir, c'est qu'il souffre d'une secrète blessure. Plaignons-le et ne le jugeons pas.

Un flot de sang monta au visage de Clairbault, ordinairement livide. Il se détourna pour cacher son trouble.

— Que dites-vous de la subtilité de cette petite fille? acheva Destrel. Lorsque je ne savais que penser de vos allures, moi qui vous entretiens tous les jours, moi à qui vous avez fait une part privilégiée dans votre affection, — elle avait déjà, elle, deviné en partie la vérité...

— Oui... en partie, fit Clairbault avec un sourire étrange.

Sa tête s'inclina sur sa poitrine.

— Mais on étouffe ici, s'écria-t-il soudain.

Il se dirigea en chancelant vers la croisée, l'ouvrit et se pencha vivement au dehors.

Roger, sans remarquer son agitation, s'accouda auprès de lui. Le premier objet qui frappa sa vue, fut le coupé dont s'était servie la duchesse. Il rentrait à vide et s'engouffra bruyamment sous la porte cochère.

— La voilà désormais en sûreté !...

pensa le jeune homme. A-t-elle un souvenir pour moi? Tiendra-t-elle sa promesse?

Et il refoula un soupir, sans respect pour les conseils de son ami Clairbault.

En ce moment, celui-ci lui poussa le coude.

— Voyez donc, Roger, dit-il, on vous salue.

— Où cela?

— En face de nous, devant ce café.

— Qui? Cet individu? Allons donc! exclama Roger. C'est l'homme en question. Le persécuteur, le mouchard de la duchesse.

— Comment! il est encore là... Quelle patience!

— Pourquoi dites-vous qu'il me salue?

— Parce que c'est vrai. Tenez, il se découvre pour la seconde fois.

— Oui, mais ce n'est pas à moi, c'est parbleu bien à vous, Louis, qu'il adresse son coup de chapeau.

— A moi! Etes-vous fou! Je n'ai jamais vu ce personnage.

— Ni moi non plus.

— A qui en a-t-il alors?

Comme ils s'interrogeaient de la sorte, le salueur se leva, traversa la rue, et pénétra dans la maison.

Les deux amis se regardèrent ébahis.

— Viendrait-il ici, par hasard? dit Clairbault.

— Ce serait drôle.

Un quart d'heure s'écoula. Rien n'ayant donné raison à leurs conjectures, ils commençaient à s'inquiéter de ce que pouvait faire le quidam, lorsque la sonnette de l'appartement retentit.

L'instant d'après, Félix apporta une carte à son maître, et l'avertit qu'un monsieur était là, désirant lui parler.

— Vicomte Amaury de Lagardiole, — lut Clairbault. Le nom m'est aussi inconnu que la figure. N'importe. Faites entrer.

— Que diable est-ce que cela signifie?.. murmura Drestrel.

On annonça le vicomte.

Calme et correct, l'œil caressant, la bouche ornée de son sempiternel sourire. M. de Lagardiole opéra son entrée.

Il marchait sans bruit, à la façon des chats. Et, de fait, toute sa personne avait une grâce féline; ses manières étaient obséquieuses; il se courbait moëllement, se redressait avec souplesse, en aiguisant sa blonde moustache et en découvrant ses gencives.

XI

Dès le premier abord, il déplut à Clairbault, qui s'enveloppa, pour l'accueillir, de son flegme le plus réfrigérant. Roger s'était retiré à l'écart et feuilletait un album.

— Avant de vous exposer le but de ma visite, dit Amaury d'une voix mielleuse, voulez-vous me permettre, monsieur, de vous demander si ma physionomie a laissé quelque trace au fond de votre mémoire?

— Aucune, monsieur, répondit froidement Clairbault.

— Le contraire m'aurait surpris, repartit le souriant vicomte. Vous ne m'avez vu qu'une seule fois, pendant l'espace de dix minutes, et ce jour-là, d'ailleurs, je n'avais pas figure humaine. Néanmoins, ces dix minutes m'ont suffi, à moi, pour graver vos traits dans mon souvenir.

— Etes-vous bien certain, monsieur, de ne pas commettre une méprise?

— Oh! parfaitement certain. Lorsque vous avez paru tout à l'heure à cette fenêtre, je vous ai reconnu sur le champ. Ce que c'est que le hasard! Sans cette bienheureuse fenêtre, je ne vous eusse peut-être jamais retrouvé, car j'ignorais votre nom, monsieur Clairbault. Je viens de l'apprendre par un de vos domestiques, et je me félicite doublement d'une circonstance qui me fait rencontrer une de nos gloires littéraires dans l'homme courageux auquel j'ai tant d'obligation.

Clairbault s'inclina, roide et cérémonieux.

— Monsieur, dit-il, pardonnez-moi de vous interrompre; mais vous parlez d'une obligation de vous à moi... et je persiste à croire à un quiproquo.

— Non, non, je suis positivement votre obligé, votre débiteur. Et je vous cherche depuis dix-huit mois, non pour m'acquitter de ma dette, — la chose serait impossible, — mais pour vous remercier du service que vous m'avez rendu.

— Je vous ai rendu un service, moi?

— Vous m'avez sauvé la vie, tout bonnement.

Clairbault et Roger regardèrent le vicomte d'un air incrédule. Le vicomte regarda le plafond. Depuis qu'il était là, ses yeux toujours en mouvement n'avaient cessé de fureter à travers la chambre, sans s'arrêter jamais sur ceux de son interlocuteur.

— Parbleu, monsieur, dit Clairbault, vous piquez ma curiosité. A quelle époque, je vous prie, a eu lieu cet événement extraordinaire?

— Au mois de décembre 1863. Vous traversiez, vers minuit, le pont Royal. Un homme se débattait dans la Seine. Vous vous êtes précipité à son secours et vous l'avez ramené sain et sauf. Cet homme, c'était moi.

Le visage de Clairbault se radoucit. Il avait cru à un prétexte inventé par Lagardiole pour s'introduire chez lui dans un but quelconque. Or, le fait que lui citait Amaury était exact; il se le rappela aussitôt.

— Quoi! s'écria-t-il, vous êtes la personne que j'ai eu la maladresse de repêcher?

— Comment! la maladresse...

— Ah! je me la suis reprochée bien souvent! Mais j'ai une insupportable nature de terre-neuve; — un corps tombe à la rivière, paf!... je saute après lui. C'est instinctif, involontaire et bête. Recevez mes excuses.

— Vous plaisantez.

— Non pas. Moi qui déteste les gêneurs, j'aurais été furieux à votre place. Car enfin, si vous vous êtes jeté à l'eau, c'est que vous aviez l'intention formelle de vous noyer.

— Mais, du tout, du tout. Je ne me suis pas jeté à l'eau le moins du monde.

— On vous y a jeté, alors?

— Et bien contre mon gré, je vous assure.

— Des voleurs?

— Non. Des bandits soudoyés par quelqu'un qui désirait se débarrasser de moi.

— Et ce quelqu'un...

— C'est la dame que votre coupé vient de reconduire.

Roger tressaillit violemment. L'album lui glissa d'entre les mains. Au bruit, le vicomte se retourna, et, comme si seulement alors il eût aperçu Destrel, il lui adressa un salut d'une élégance ineffable.

Clairbault, impassible, puisait du maryland dans une coupe de malachite et se confectionnait des cigarettes.

— Mon coupé? dit-il entre deux bouffées de tabac. Vous êtes sûr?

— Très sûr.

— Vous m'étonnez véritablement. Que vous m'ayez reconnu, moi, cela était déjà merveilleux; mais mon coupé...

— Monsieur, dit Amaury en se levant, nous voici arrivés au sujet qui m'amène. Daignez m'accorder quelques minutes d'attention; je serai bref et n'abuserai point de votre courtoisie.

— A vos ordres, monsieur le vicomte.

Lagardiole ébaucha une gracieuse courbette; puis, debout, le dos tourné au feu, il s'établit en homme qui se prépare à discourir.

Soudain, comme il appuyait son coude sur le marbre de la cheminée, le nom de la duchesse de Santelda lui sauta aux yeux.

Son regard avait rencontré la lettre lue un instant auparavant et oubliée là par Clairbault.

Que renfermait ce papier? Que faisait-il là? Double problème qui sillonna la pensée d'Amaury.

Avec un geste lent et plein de nonchalance, il déposa son chapeau sur la lettre. Ni Clairbault ni Roger ne remarquèrent cet incident.

— Voici les faits, commença le vicomte. En 1863, à la suite de circonstances inutiles à raconter, j'eus le malheur de m'attirer la haine d'une femme riche, puissante et vindicative. Elle aposta contre moi des assassins, puis, convaincue que j'avais succombé à son guet-apens, elle quitta Paris. Dix-huit mois plus tard, c'est-à-dire ce matin, le hasard nous remet, elle et moi, face à face. Epouvantée à ma vue, et redoutant ma juste colère, elle fuit, elle se précipite en aveugle dans cette maison où je sais pertinemment qu'elle ne connaît personne. Cependant deux heures s'écoulent sans qu'elle ait reparu. Au bout de ce temps, je vois sortir d'ici un coupé dont on a mystérieusement abaissé les stores. Aussitôt, je pressens ce qui a dû se passer. Mon adversaire est belle, hardie, artificieuse, très séduisante encore : à force de mensonges, elle aura réussi à intéresser quelqu'un en sa faveur, et, grâce à cet allié trop crédule, elle m'échappe... Ai-je deviné, dites-moi, monsieur Clairbault?

— Veuillez poursuivre, monsieur. Je vous répondrai tout à l'heure.

— Elle m'échappe, — continua le vicomte, — et néanmoins je n'abandonne pas tout espoir de retrouver sa trace. Un moyen s'offre à moi, je le saisis. J'attends le retour du coupé, j'entre derrière lui dans la cour et j'interroge le cocher.

— Ah! ah!... grommela Clairbault.

— Je le questionne sur son maître d'abord, et il vous nomme; sur la dame ensuite... et il me la dépeint. Je lui demande où il l'a conduite...

— Et il vous le confie?

— Hélas! je n'en suis pas plus avancé pour cela. Aux environs du boulevard de la Chapelle, ma fugitive a voulu descendre, et elle a continué sa route à pied. Votre cocher alors a tourné bride. Là se bornent ses renseignements.

— N'importe, fit Clairbault. Il a droit à une récompense.

Et il sonna.

— Félix, dit-il à son valet de chambre, réglez le compte de Joseph et qu'il s'en aille. Je le congédie.

Lagardiole, malgré son aplomb, fut décontenancé.

— J'intercède pour ce pauvre diable,

balbutia-t-il. On ne lui avait pas recommandé de se taire.

— Libre à vous, monsieur, de le prendre à votre service. J'ai horreur, quant à moi, des domestiques indiscrets.

Le vicomte se mordit les lèvres.

— Vous me faites sentir cruellement, reprit-il, que j'ai commis une inconvenance en interrogeant ce brave garçon avant de vous avoir consulté. Que voulez-vous! Le temps me presse et j'ai la tête perdue. Quand on est en péril de mort, on ne réfléchit guère.

— En péril de mort, vous?

— Oui, tant que je ne serai point parvenu à rejoindre cette femme et à l'empêcher de me nuire.

Clairbault lança un coup d'œil à Roger. Celui-ci haussa les épaules.

— En vérité, fit-il d'un ton railleur, à écouter monsieur, on croirait que nous vivons à Rome, au quinzième siècle, et que son ennemie s'appelle Lucrèce Borgia.

— Ma foi, monsieur, l'époque ne fait rien à l'affaire, et cette créature, sans être la fille d'Alexandre VI, m'a fourni un assez vif échantillon de ses instincts meurtriers pour que je me considère comme averti. Elle sait maintenant que j'ai survécu à ses coups. Etant donnés son caractère et ses antécédents, que d'embûches ne va-t-elle pas me tendre! Tenez, représentez-vous un voyageur égaré dans une forêt d'Amérique; — il est brave et il est armé. A quoi bon? Se défend-on contre l'invisible? Chaque arbre lui cache un piége, chaque touffe d'herbe un danger. Il marche, oppressé par une effroyable angoisse; sondant d'un œil effaré les buissons et se figurant, à toute minute, entendre siffler la flèche qui s'enfoncera dans sa gorge. Eh bien! je ressemble à ce misérable. Oui, messieurs, à dater d'aujourd'hui, je vais être mille fois moins en sûreté au milieu de Paris que ce voyageur dans sa forêt infestée de peaux-rouges.

— Triste perspective, dit Clairbault, si elle était possible ou même vraisemblable. Mais évidemment votre imagination l'exagère.

Et Roger, entre ses dents, ajouta :

— « Exagère » est le mot poli.

— Sur mon âme et sur ma conscience, s'écria Lagardiole d'une voix émue, — je suis menacé de mort violente et je périrai si vous ne me venez en aide !

— Moi ?

— Oui, vous, monsieur Clairbault, qui déjà une fois m'avez sauvé la vie.

— Eh! bon Dieu! que dois-je faire ?

— M'apprendre où demeure cette femme, — ou bien me dire où elle est allée en sortant d'ici.

— Ah ça ! vous supposez donc que c'est moi qui lui ai donné asile ?

— Oui.

— Eh bien ! mon cher monsieur, vous vous trompez.

Amaury eut un sourire équivoque.

— Vous doutez de ma parole ?... articula doucement Clairbault, en fixant sur lui ses claires prunelles.

— Le ciel m'en préserve. Seulement, comme elle est partie dans une voiture à vous, il faut nécessairement que vous ayez prêté cette voiture à un ami, — à monsieur, par exemple, — qui lui, à son tour, la lui aura offerte.

— Vous êtes plein de sagacité, monsieur, dit Roger avec hauteur. Les choses en effet se sont passées ainsi.

— Alors monsieur, et quoique n'ayant pas le moindre titre à votre bienveillance, oserai-je vous prier...

— Désolé de ne pouvoir vous satisfaire, monsieur. J'ignore absolument l'adresse de cette dame.

— Mais peut-être savez-vous où elle est en ce moment ?

— Non, monsieur. Je le saurais, du reste, que je m'abstiendrais de vous le dire.

— Même si je vous affirmais que je ne lui veux aucun mal ?

— Ceci me semble difficile à admettre.

— Mon unique intention, je vous le jure, serait d'obtenir d'elle un entretien. Quelques minutes de conversation avec moi lui ôteraient toute envie de renouveler ses odieuses tentatives.

— Inutile d'insister, monsieur. Je ne crois pas aux tentatives en question.

Très pâle et plus que jamais souriant, Amaury se redressa. Une lueur de haine flambait dans ses yeux.

— Fort bien ! accentua-t-il. La duchesse, je le vois, a mis le temps à profit et j'essayerais en vain de lutter contre son prestige. Je vais donc faire en sorte de me sauver tout seul. Adieu, monsieur. Nous nous reverrons.

Destrel répliqua sèchement :

— C'est peu probable.

— J'ai peur que si ! murmura Lagardiole.

Et revenant à Clairbault :

— Quant à vous, monsieur, malgré le mauvais succès de ma démarche, je suis toujours votre dévoué serviteur et je désire avoir un jour l'occasion de vous prouver ma reconnaissance.

Le vicomte prit congé sur ces mots et se retira. Clairbault l'accompagna jusqu'à la porte.

— Voilà un monsieur, dit-il, que je regrette presque d'avoir conservé à ses concitoyens. Il leur jouera de vilains tours.

Avez-vous analysé son regard, Roger? Moitié nicotine et moitié miel.

— Ce monsieur est un drôle, riposta Destrel. Si je n'avais été chez vous, Louis, je l'eusse reconduit à coups de talons de bottes. A-t-on idée d'une pareille impudence! Calomnier une femme, se poser en victime lorsqu'au contraire...

— Là, là... Gardons-nous des jugements précipités. Ce bon M. de Lagardiole a, j'en conviens, l'air faux comme un serment politique; toutefois rien ne démontre qu'il ait menti.

Roger se tut.

Sombre et préoccupé, il n'entendit même pas Clairbault et, pendant près d'un quart d'heure, il ne lui répondit que par monosyllabes.

— Et la lettre? fit-il tout d'un coup. Vous ne me l'avez pas rendue.

— Quelle lettre?

— La lettre oubliée là-haut par madame de Santelda?

Clairbault se pencha sur la tablette de la cheminée.

— Je l'avais mise là, dit-il. Elle n'y est plus, donc le vicomte l'a volée. C'est limpide.

Roger frappa du pied avec colère.

— Il est décidément très fort, le vicomte, reprit Clairbault. S'il absorbe l'argenterie avec autant d'aisance que les lettres, il doit posséder une fortune imposante. Où donc allez-vous, Roger?

— Souffleter ce misérable.

— Baste! il a décampé depuis vingt minutes et il se rit maintenant de votre courroux.

— Ainsi, exclama Destrel, cette malheureuse femme aura été perdue par ma faute!

— Comment?

— La lettre contient une adresse.

— Oui, l'adresse du nommé Pierre Guérard. Encore un joli type!

— Madame de Santelda est chez lui, et le vicomte va l'y découvrir.

— Qu'est-ce que cela nous fait?

— Ah!... vous êtes aussi par trop cruel! gronda Roger en se dirigeant vers la porte.

Clairbault lui saisit les mains.

— Roger, mon enfant, halte-là! Vous méditez une énorme sottise. Vous brûlez de courir au boulevard de la Chapelle et de vous interposer en médiateur. Eh bien, vous n'irez pas.

— Clairbault!

— Vous n'irez pas. Connaissez-vous ces deux personnes? Non. Vous haïssez l'une d'instinct; l'autre vous intéresse à cause de son sexe et de sa beauté. Tels sont les étonnants motifs qui vous poussent à prendre rôle dans un drame dont vous ne savez pas le premier mot. On soigne, à Charenton, des maladies moins graves que la vôtre.

— Voyons, Clairbault!...

— S'il ne s'agissait que d'une équipée ridicule, à la rigueur, je vous la laisserais faire. Le ridicule assomme, il ne souille pas. Mais cette histoire-là, c'est la bouteille à l'encre. Il s'en dégage, selon moi, un vague parfum de cour d'assises. Et vous iriez, de gaieté de cœur, — vous, mon noble, mon honnête Roger, — vous compromettre là-dedans, vous y salir peut-être! Non, sacrebleu!... quand je devrais vous enfermer ici à double tour?

Roger, frémissant, indécis, tiraillé par vingt sentiments contraires, se rongeait silencieusement les ongles.

— Monsieur est servi! annonça Félix.

Clairbault passa son bras autour du cou de son ami et l'entraîna vers la salle à manger.

— Toi, — pensa-t-il en considérant avec affection le jeune homme abîmé dans sa rêverie, — tu es plus sérieusement entamé que je ne l'aurais cru. Je veillerai sur toi malgré toi, mon camarade!

XII

Pour l'intelligence du drame qui se prépare, il faut maintenant expliquer quelles relations existaient entre la duchesse de Santelda et le vicomte de Lagardiole. C'est pourquoi nous prions le lecteur de vouloir bien rebrousser chemin avec nous.

Ce que nous allons raconter se passait deux années environ *avant* les scènes qui précèdent.

Après minuit, l'été, lorsque s'apaise enfin le grondement formidable qui, pendant dix-huit heures, a plané sur la ville en travail, il est un coin de Paris dont l'aspect se transforme et prend tout à coup une originalité particulière.

C'est le boulevard des Italiens.

A ce moment, la masse des promeneurs s'est éclaircie. Le torrent humain vomi par les théâtres s'écoule peu à peu à travers les rues, abandonnant de rares épaves qui viennent s'échouer devant une demi-glace ou un sorbet. Tous ceux qui, durant le jour, sont attelés à une occupation quelconque, tous les nécessiteux pour lesquels chaque aurore éclaire un nouveau sillon à creuser, ont fui depuis longtemps et retrempent leur énergie dans le sommeil. Les oisifs seuls demeurent. Comme un métal cesse de bouillonner après la fonte et rejette ses scories en se refroidissant, ainsi la foule s'est nivelée au fond de sa cuve gigantesque et n'a laissé à la surface que ses éléments inutiles.

Le boulevard acquiert alors la sonorité des solitudes. Les trottoirs blancs qui se prolongent à perte de vue frémissent par intervalles sous la traîne d'une robe de soie, ou bien répercutent le pas mélancolique d'un sergent de ville. L'air qui passe entrecoupe des bouffées de paroles, des rires contenus ; et si quelque voiture attardée rase le macadam, son murmure assourdi fait songer au bruissement d'une ondée lointaine.

Cependant la lune baigne les toits de sa lueur tranquille, plaque des glacis d'argent contre les vitres luisantes, accuse les saillies des balcons et se mire dans les grandes lettres dorées des enseignes. A droite et à gauche de la chaussée, d'interminables files de fiacres stationnent immobiles. Les cercles et les restaurants nocturnes commencent à s'animer. Leurs fenêtres resplendissent. Largement ouvertes à la brise, elles démasquent de riches tentures, des cristaux étincelants et des lustres dont les flammes ne s'éteindront qu'au point du jour.

Vers le milieu de juillet 1863, par une nuit claire et tiède, un jeune homme assis à l'extérieur d'un café contemplait pour la première fois ce paysage parisien.

Il était vêtu de deuil ; et, grâce à leur coupe départementale, ses habits eussent révélé qu'il débarquait de province, quand bien même son honnête figure, toute ronde et toute fraîche, n'aurait pas trahi de naïfs étonnements. Ce n'était plus un jouvenceau ; il avait vingt-six ou vingt-sept ans ; mais la candeur se conserve tard au village. Pour un campagnard ayant toujours vécu à l'ombre de son clocher, ne devait-ce pas être un palais digne de *Mille et une Nuits* que ce cabaret somptueux, ruisselant de lumières, éblouissant de dorures, dont le seuil disparaissait derrière une quadruple rangée de groupes élégants ?

Sylvain Duclos nageait en plein rêve.

Çà et là, disséminées parmi les consommateurs, de jeunes et jolies personnes à l'œil scintillant, à la mine évaporée, étalaient leurs toilettes excentriques et leurs coiffures bizarres. Ces dames ne ressemblaient en rien à celles qu'il avait rencontrées jusqu'alors, car elles riaient à grands éclats et tutoyaient tout le monde. Puis il n'en vit pas une qui n'eût du rouge aux pommettes, du noir au bord des paupières, du carmin sur les lèvres, du blanc un peu partout.

Respirant des bouquets, agitant leurs éventails, buvant des grogs et fumant des cigarettes, elles jacassaient très haut dans un idiome absolument inconnu au malheureux Sylvain. Il était pourtant bachelier ès lettres ; mais l'argot du boulevard ne s'apprend pas au lycée. Il y avait là — chose humiliante pour lui — de nobles étrangers, venus des points les plus reculés du globe, qui comprenaient ce langage et qui le parlaient correctement.

C'est ainsi que l'Américain à barbiche et que l'Anglais à favoris roulés ne se berçaient plus d'aucune illusion, lorsque, en retour de propositions honorables mais insuffisantes, il leur était répondu : Tu peux te fouiller !...

L'Allemand rose, blond, massif et ingénu malgré ses lunettes, prenait docilement son chapeau dès qu'on le suppliait de « jouer la fille de l'air avec accompagnement de guibolles à la clef. »

Un Brésilien chétif, jaune comme le tabac de son pays, s'écriait sans le moindre accent : — Chère belle, mon oncle a dévissé son billard ; on vient de m'abouler le sac à braise... Allons casser les reins au cardinal des mers !

Retroussant sa noire moustache, un Espagnol disait : — Senorita, vous me la faites à l'oseille ! tandis qu'un gros italien expansif et couvert de bijoux, feignait de chercher sous la table en murmurant : — Oùs qu'est mon fusil ?

Nul de ces gens-là n'aurait pu lire couramment la page la plus limpide de Voltaire ; en revanche, le dialecte du bal Mabille n'avait plus pour eux de secret. Aussi, quelle béatitude triomphante sur toutes ces physionomies exotiques ! ils le foulaient enfin, cet asphalte au long duquel se déroule une fête continuelle !... Ils leur parlaient, à ces sirènes tant vantées par nos chroniqueurs !... ils les avaient admirées, ces héroïnes de bals publics dont les sobriquets ignobles sont plus célèbres à l'étranger que les chefs-d'œuvre de nos artistes ! Ils y avaient mordu, à ce fruit doré qu'on nomme le Plaisir parisien !

Et maintenant, rassasiés de spectacles, de gaudrioles, de musique folâtre, de vins suspects, de mets frelatés et d'exhibitions de jambes, ils se demandaient si on leur en avait donné pour leur argent, et ils échangeaient entre eux le même sourire lassé quoique inassouvi.

Pêle-mêle avec ces viveurs cosmopolites, se prélassait, ricanait et fumait la fine-fleur de nos petits crevés. Population étrange qui, à l'instar des chauves-souris, semble redouter les rayons du soleil ; absurdes fainéants dont les types ont mille fois défrayé le roman et le théâtre et que par conséquent, nous nous garderons bien de peindre à notre tour.

Quant à Sylvain Duclos, n'ayant de sa vie lu un roman ni franchi le péristyle d'un théâtre, il n'avait aucune raison de ne pas prendre au sérieux ce brillant ramassis d'adolescents imberbes, de vieux bohèmes exploiteurs, de fils de famille au bout de leur rouleau, de parasites en quête d'un souper, de calicots nouant des intrigues à prix réduit, et de grecs raccolant des imbéciles pour le lansquenet de tout à l'heure. Dans l'innocence de son âme, Sylvain se jugea tombé du premier coup sur l'élite de la société parisienne. Il ne vit plus autour de lui que des lords, des hospodars, des feld-maréchaux, des marquis et surtout d'opulents capitalistes.

Ce qui le confirma dans cette dernière opinion, c'est que le mot « louis » pétillait sans trêve à son oreille. On ne comptait que par louis. Vous eussiez juré que tous ces messieurs remuaient les louis à la pelle. Vingt fragments de dialogues faisaient tinter ce vocable métallique.

— Clorinde, des Fantaisies-Dramatiques? Parbleu, mon cher, c'est une femme de cinquante louis, pas davantage.

— Alphonse, aurais-tu cinq louis à me prêter?

— J'emporte quinze louis et pas un fichtre avec. Je ne perdrai pas un sou de plus à votre satané baccarat.

— T'ais-je dit que j'ai gagné quarante louis à la Marche?

— Ce cheval-là, mon bonhomme, tu ne l'aurais pas pour cent cinquante louis!

Que de louis!... Sylvain Duclos fut pénétré de respect, mais il se reprocha sévèrement d'avoir fait halte en cette oasis de millionnaires. Craignant qu'on ne lui réclamât des sommes incalculables en payement de la modeste chope où il trempait ses lèvres, il se disposait à appeler l'un des garçons lorsque plusieurs phrases rapides, prononcées derrière lui, piquèrent sa curiosité.

— Mauvaises nouvelles, messieurs, disait un survenant. On ne dansera pas cet hiver à l'hôtel de Santelda.

— Est-ce que le duc serait plus mal? demanda quelqu'un.

— Le duc agonise.

— Il aura été emporté vite. Je l'ai salué au club, il y a trois mois, et il était encore vigoureux comme un chêne.

— Parbleu! il n'avait guère que soixante ans.

— De quoi meurt-il, en somme?

— Les avis sont partagés. Le docteur Herbelin penche pour un squirrhe à l'estomac, et le docteur Roussel...

— Toujours la même histoire. Quand vous montrerez deux médecins d'accord...

Que diantre! on aimerait pourtant à savoir de quelle maladie on s'en va. Ce serait une consolation.

— Le duc souffrait depuis longtemps. Il aurait dû se plaindre ou se soigner, mais baste!...

— La duchesse va se trouver bien isolée.

— Pauvre petite femme! Il paraît qu'elle a été admirable de dévouement pour lui.

— Elle lui devait bien ça. Le duc l'a épousée sans fortune. Elle était institutrice à Londres, et...

— N'importe! Elle ne mourra pas de chagrin.

— Du moins elle le regrettera; son mari l'adorait.

— Oui, à sa manière. Et il lui rendait la vie insupportable.

— Je sais qu'il la tenait un peu en charte privée, et qu'après huit années de ménage, il était aussi jaloux que le premier jour, mais....

— Jaloux?,... Dites enragé. Pour oui et pour non il se montait la tête, il concevait les soupçons les plus injurieux, et alors c'étaient des scènes, des violences...

— Ma foi, mon cher, à sa place vous eussiez peut-être agi de même. La duchesse est d'une beauté hors ligne, et dame!... elle a des yeux inquiétants.

— En tout cas elle n'a rien à se reprocher.

— Vous êtes sûr! interrogea d'un ton moqueur un des assistants qui ne s'était pas encore mêlé à la conversation.

— Je suis sûr... je suis sûr... Autant qu'on peut l'être de ces choses-là: Que diable avez-vous l'intention d'insinuer, vous, Brossac, avec votre : Vous êtes sûr?

Ce Brossac était un homme de trente-huit ans, gros, court, ramassé, rubicond et très commun d'allures. Des favoris roux, taillés à l'anglaise, moussaient autour de ses joues vernies par la pléthore. Quoique habillé avec une recherche pleine de prétention, quoique pincé dans son gilet blanc et sanglé, selon toute apparence, par une ceinture élastique, il avait l'air d'un marchand de bœufs endimanché. Aucune pâte d'amandes n'aurait eu la puissance de pâlir ses mains violettes, épaisses, aux ongles carrés, aux doigts velus et surchargés de bagues. A première vue, on flairait en lui le manieur d'argent et le brasseur d'affaires. La vanité, la rapacité, la goinfrerie et la luxure s'étalaient sur sa large face avec une insolence quasi-bestiale.

— D'abord, mon cher, répliqua-t-il, je ne procède jamais par insinuation. Je suis un homme pratique, moi, et, en cette

— 33 —

qualité je m'étonne de l'aplomb avec lequel vous vous portez garant de la vertu d'une femme, quelle qu'elle soit.

— Permettez, reprit l'autre. Il y a femme et femme. Celle-ci a la réputation d'une sainte...

— Nitouche? ricana Brossac.

— Voyons, que savez-vous sur elle? Quant à moi, jusqu'à plus ample informé, je la croirai digne de tous les respects. Je ne prétends pas, notez bien, que livrée à elle-même, elle n'aurait pas caracolé comme une autre sur le chemin de Cythère. J'affirme que l'occasion, la possibilité de faillir lui ont fait défaut.

— Et moi, je vous répète : — En êtes-vous sûr?

— Au surplus, fit un troisième, la voilà veuve. Nous verrons de quelle manière, et au profit de qui elle usera de sa liberté.

— Oh! son veuvage ne sera pas long. Elle est riche; on va la pourchasser à outrance.

— Le duc lui a tout assuré, dit-on, par contrat de mariage.

— Oui. Trois millions, ou à peu près.

— C'est engageant. Avis aux amateurs, messieurs.

Brossac haussa les épaules.

— Ne vous exaltez pas, mes très chers, dit-il en se dandinant : les amateurs en seront pour leurs frais. Il y a un élu.

— Déjà! Pas possible! s'écrièrent dix voix stupéfaites.

— Comment! elle aurait désigné son numéro deux avant d'avoir enterré le numéro un!... Quelle commère !

— Elle n'a désigné personne, dit Brossac. Elle a distingué quelqu'un, ce qui est bien différent. Et ce quelqu'un là me paraît réunir toutes les chances.

— Brossac s'amuse à nos dépens, observa le plus sérieux des causeurs. Où se serait-il renseigné? Il ne connaît pas la duchesse.

— C'est vrai, avoua Brossac. Je la connais si peu que j'ignore si elle est brune ou blonde. Quant à mes renseignements, ils sont exacts.

— Mais cet élu, quel est-il?

— Ah! voilà. J'ai juré de me taire.

— Il ne fallait pas nous mettre l'eau à la bouche, alors... Exécutez-vous, mon bon.

— Je ne sais si je dois...

— Allons donc, Brossac, allons donc! Pas d'enfantillage.

— Eh bien! articula Brossac en regardant ses amis à la ronde, car il était extrêmement curieux de voir quel genre d'effet il allait produire, — j'ai lieu de supposer...

— Que?

— Que notre ami Lagardiole épousera madame veuve de Santelda.

— Lagardiole!..... exclama-t-on en chœur.

Il y eut un silence plein d'émotion et d'incrédulité. Puis tout le monde éclata de rire.

Sylvain Duclos, qui écoutait sournoisement, avait bondi sur sa chaise.

— Lagardiole!... murmura-t-il. Est-ce qu'il serait question d'Amaury, par hasard?... Mon pauvre petit camarade du lycée épouserait une duchesse!... Après ça, pourquoi non? L'on prétend qu'il a fait fortune.

Et Sylvain prêta l'oreille avec un redoublement d'attention.

XIII

L'énorme gandin, luisant et rouge, qui répondait au nom de Brossac, parut plus contrarié que surpris de la manière dont on accueillait sa communication.

Les sourcils froncés, les pouces suspendus aux entournures de son gilet, il attendit, pour reprendre la parole, que l'hilarité de ses voisins se fût calmée. Un nuage avait obscurci sa face apoplectique.

— Lorsque vous m'aurez suffisamment ri au nez, — grommela-t-il, — me ferez-vous l'honneur de m'expliquer en quoi mon assertion est extravagante?

— Mais, mon bon ami, riposta l'un des rieurs, on n'épouse pas Lgardiole.

— Pourquoi? C'est un charmant compagnon. Je vous l'ai entendu dire à vous-mêmes.

— Un charmant compagnon d'orgies. Hors de là, il n'offre aucune consistance. Car enfin, de quoi ça vit-il? d'où ça sort-il? quel monde ça fréquente-t-il, excepté le demi-monde?

— Eh! pardieu! si l'autre l'ennuie...

— Quant à cela, mon cher, il n'en sait rien, n'y étant pas reçu.

— Mon cher, le vicomte de Lagardiole sera reçu partout quand il le voudra.

Un vicomte! pensa Sylvain. Décidément, ce n'est pas mon Lagardiole.

— Mais, poursuivit Brossac, rentrons dans la question. Que lui manque-t-il, je vous prie, pour plaire à une femme? Et j'ajoute : à une femme de la plus haute volée? N'est-il pas un beau garçon?

— D'accord.

— Aimable?

— Trop.

— Spirituel?

— Ça dépend des goûts.

— Décoré?

— Oh!... décoré!... Décoré d'un ruban quelconque, acheté mille écus en Italie...

L'ordre du Parmesan d'honneur... ou de la Mortadelle-Etoilée...

— Enfin, acheva Brossac, quand ce serait le dernier des vagabonds... Est-ce que l'amour ne saute pas à pieds joints pardessus tous les préjugés ?

— Pour être amoureuse du vicomte, encore faudrait-il que madame de Santelda l'ait rencontré quelque part. Or, il n'a jamais été admis chez elle.

— Elle l'a rencontré à Dieppe.

— Quand ?

— Il y a deux mois. Le duc était déjà souffrant, on lui avait ordonné les bains de mer et sa femme l'y avait accompagné. Lagardiole, qui flânait par là, s'éprit de la duchesse, lui fit un doigt de cour et...

— Sous les yeux du mari ?... On voit bien, mon pauvre bon, que vous ne connaissez pas le duc. Si Lagardiole s'était seulement permis une œillade, le duc l'aurait haché menu comme chair à pâté...

La figure de Brossac se rembrunissait de plus en plus.

— Je ne connais ni le duc, ni la duchesse, appuya-t-il, — et néanmoins je suis certain de ce que j'avance.

— A savoir que le vicomte est l'amant de madame de Santalda ?

— On le dit.

— Qui, on ?

— Eh ! morbleu, ce sont des bruits... des rumeurs...

— Des mensonges. Tenez, Brossac, je vais, en quatre mots, vous démontrer à quel point cette calomnie est absurde.

Brossac pâlit légèrement. Il aurait évidemment préféré qu'on lui démontrât le contraire.

— Apprenez donc, — reprit son interlocuteur, — que depuis le jour de son mariage, c'est-à-dire depuis huit ans, la duchesse a vécu littéralement séquestrée. A part deux dîners d'apparat et deux grands bals pendant lesquels son mari ne la quittait pas d'une seconde, il n'y avait, d'un bout de l'année à l'autre, aucune réception à l'hôtel. Lorsque M. de Santelda conduisait sa femme au spectacle, c'était en loge fermée. Sortait-elle, il la faisait suivre, car il avait une police à lui, des espions qui lui rendaient compte heure par heure, minute par minute, de la manière dont la duchesse employait son temps. Pas une lettre n'était remise à madame avant que monsieur ne l'eût décachetée... Mon cher Brossac, voilà des faits. Ils sont de notoriété publique. Si j'exagère d'une syllabe, que ces messieurs me démentent.

— Non, non, se récria-t-on à la ronde. Tout ceci est parfaitement exact.

— Alors, pensa Sylvain Duclos qui écoutait toujours, elle a mené une jolie existence, la pauvre femme !

— Au milieu de cet atroce genre de vie, continua le narrateur, où voyez-vous la probabilité d'un amant ?

— Nulle part, j'en conviens, maugréa Brossac. Il est clair que je suis un sot, que l'on s'est moqué de moi et que, si la duchesse devient veuve, ce ne sera point Lagardiole qu'elle épousera.

— On dirait que cela vous fâche.

— Moi ?... Non.

— Si fait.

Brossac se mordit les lèvres.

— A parler franc, murmura-t-il, je m'intéresse à ce garçon. Un tel mariage eût été pour lui une affaire excellente.

— Je le crois parbleu bien. D'autant plus qu'il doit être fort près de ses pièces...

— Chut ! messieurs !... fit un des causeurs. Le voici.

Un élégant phaéton à deux chevaux s'arrêtait en face du café. Le vicomte de Lagardiole mit pied à terre.

On changea aussitôt de conversation et Brossac, lançant au nouveau venu un coup d'œil venimeux, gronda entre ses dents :

— Ah ! tu n'es pas l'amant de la duchesse, toi !... Eh bien ! nous allons rire !

A mesure que s'approchait Amaury, — pimpant, souriant et doucereux comme à l'ordinaire, — la partie mâle de l'assistance prenait une attitude de plus en plus réservée. Les femmes, en revanche, se répandaient en cris d'allégresse.

— Tiens ! c'est le plus gentil des vicomtes !

— Bonsoir, prince Charmant !

— Monstre ! on ne t'a pas vu à Mabille !

— Où soupes-tu, le bébé ?

— Par ici, par ici, mon grand chien, il y a une petite place pour toi !

En réponse à ces interpellations flatteuses, le vicomte exhibait ses dents blanches, saluait du bout des doigts, multipliait les signes télégraphiques. Il allait se frayer un chemin vers l'une ou l'autre des belles impatientes, lorsque soudain retentit le double fracas d'une chaise qu'on renverse et d'un verre qui se brise.

Au même instant, l'auteur du dégât lui sauta au cou, lui frotta sa barbe sur la figure et s'écria entre deux baisers de nourrice ;

— Amaury !... mon cher Amaury !... Saprelotte, en voilà une chance, par exemple !

Représentez-vous un monsieur recevant une douche à l'improviste, et vous aurez une idée affaiblie de la grimace qui décomposa les traits du vicomte.

— Sylvain !... bégaya-t-il. Quoi! Sylvain Duclos !...

Et il ajouta mentalement :

— Que le diable l'emporte !

Sylvain rayonnait. Il entraîna son ami comme une proie.

Tous deux s'assirent à l'écart, et trente paires d'yeux les y suivirent.

Si Duclos s'en fût douté, il se serait certainement recroquevillé de confusion jusqu'au fond de ses bottes ; mais son cœur battait la charge, et il ne regardait plus qu'Amaury.

— Ah ! que je suis content! vociférait-il, rouge de plaisir, en dressant vers le ciel deux horribles gants chocolat. Vieux, encore une poignée de main, ça me ravigotte ! Comme on se rencontre, mon Dieu ! Encore une, tant pis ! Et moi qui me désolais de ne pas avoir ton adresse ! J'avais beau me répéter : « Une fois dans la capitale, tu le chercheras... » Ah ! ouiche... retrouvez donc une aiguille dans une botte de foin ! Mais quelle inspiration j'ai eue d'aller ce soir à l'Opéra-Comique, et surtout de m'arrêter ici pour boire ma chope! A propos, est-ce qu'on peut t'offrir quelque chose ?

— Non, merci, mon bon Sylvain.

— Sans cérémonie, au moins !

— Non, vrai. D'ailleurs, on va fermer.

— Bigre ! il n'est pas trop tôt, dis donc? Une heure du matin. Il y a beau jour qu'ils dorment, ceux de chez nous, à Saint-Martin-du-Pont.

— Parles moins haut, de grâce.

— Pourquoi donc? A cause de tes amis ?

— Ces messieurs ne sont pas mes amis,

— Tant mieux. De jolis cocos, va ! Ils t'arrangent bien. Je les écoutais jaser tout à l'heure.

— Ah ! fit Amaury dont le front se plissa ; ils ont daigné s'occuper de moi?

— Et d'une drôle de manière.

— Comment cela ?

— Que sais-je !... Lagardiole par-ci, le vicomte par-là ; d'où ça sort-il? on ignore de quoi ça vit; ça ne fréquente que le demi-monde... Moi, je me disais : — Ça n'est pas mon Amaury. Alors un petit gros.:. Il est là-bas, tiens, veux-tu que je te le montre?

— Non, je devine ; c'est Brossac.

— Juste. Il leur a soutenu que tu es l'amant d'une duchesse.

Lagardiole devint très pâle.

— Et eux... qu'ont-ils répondu? interrogea-t-il d'une voix sourde.

— Ils ont ri à se tordre. — Lui, son amant! Impossible. Elle ne l'épousera pas. On n'épouse pas le vicomte... Ah çà! quelle rage ont-ils de t'appeler vicomte !

— Chut ! plus bas, je t'en prie, balbutia Lagardiole avec embarras. Je t'expliquerai... Mais laissons cela. Depuis quand es-tu à Paris ?

— Depuis hier matin.

— Et par quel hasard ?

— Ce n'est pas le hasard... Au fait, j'y songe, tu ne sais pas... Amaury, mon vieux camarade, un grand malheur m'a frappé cet automne...

— Un malheur? En effet, j'aurais dû remarquer... Tu es en deuil. Ton père?..

Sylvain hocha tristement la tête.

— Sans cela, — reprit-il d'un accent étranglé, tu conçois, je ne serais pas ici. Le vieux n'aurait jamais consenti à se séparer de moi, — même pour quelques jours. Il m'aimait tant !

— Tu le lui rendais bien.

— Ah ! le cher brave homme ! s'écria Sylvain, les prunelles humides, en le chérissant avec toute mon âme, je ne lui ai pas voué la centième partie de l'affection qu'il méritait. Que de sacrifices, que de sueurs, que de travaux il s'était imposés pour mon éducation ! Est-ce qu'on se serait douté, au collége, que j'étais le fils d'un paysan ? Il n'est pas bourgeois aisé qui, plus que moi, ait été à même de tout apprendre, le nécessaire comme le superflu.

— Oui, dit Lagardiole, je me souviens. En dehors de nos études, on t'a enseigné les armes, le dessin, la danse, la musique...

— Et, sauf la musique, je n'ai rien pu me fourrer dans la tête. Le père aurait pourtant souhaité que je devinsse un homme brillant, mais la nature s'y refusait. Si je suis resté un lourdaud, ce n'est pas sa faute.

— Ni la tienne.

— Enfin, lorsqu'il s'est aperçu que je n'avais pas d'autre ambition que de vivoter à l'ombre et sans souci, au lieu de se fâcher, sais-tu ce qu'il a fait? Il s'est encore saigné à blanc pour me meubler chez lui une petite chambre élégante, un paradis ! Et vogue la galère ! J'eus un piano, un violon, des livres. Malgré ça, pauvre bonhomme, il tremblait que je ne m'ennuyasse à la maison. Il me semble entendre sa bonne voix cassée : — Ne t'en va pas, Sylvain, mon garçon. Tu ne t'amuses guère ; mais prends patience ! Attends que je n'y sois plus. Si tu me laissais seul, vois-tu, le bon Dieu me rappellerait trop vite.

De grosses larmes coulaient des yeux de Sylvain. Il les essuya au revers de sa manche et poursuivit :

— Je ne l'aurais pas quitté pour un royaume, tu comprends bien. J'ai passé auprès de lui sept années paisibles, sept années heureuses. Heureuses, oh ! oui. Que me manquait-il? N'avais-je pas mes bouquins, mon fusil, mes filets, ma musique, les montagnes, les bois, l'air libre? Quand il me plaisait d'aller à la ville, je trouvais toujours au fond de ma poche trois ou quatre écus que le père y avait glissés. Lui, pendant ce temps-là, debout avant l'aube, il peinait, il trimait sous le soleil et sous la pluie. Je me promenais vêtu comme un prince ; il est mort dans sa blouse et dans ses sabots.

On ne regardait plus Sylvain en ce moment: mais l'eût-on regardé, personne n'aurait songé à rire de lui; la douleur profonde qui faisait vibrer sa parole ennoblissait ses traits un peu vulgaires.

XIV

Amaury lui prêtait une attention distraite. Son esprit voltigeait ailleurs. Il alluma un cigare et murmura :

— Si j'ai bonne mémoire, il devait être fort âgé, ton père ?

— Mais non, répartit naïvement Duclos. Quatre-vingt-deux ans à peine... et il était bâti pour vivre cent ans. C'est le chagrin qui l'a tué.

— Le chagrin ?

— Mon Dieu oui. Comme la plupart des cultivateurs, il avait la passion de la terre, la manie de s'arrondir, d'acheter tantôt un lopin de vigne, tantôt un bout de champ, tantôt un carré de seigle. C'était son orgueil de penser qu'il m'enrichissait. Tu juges s'il se privait pour économiser !... Un beau matin, le notaire auquel il avait confié son épargne a pris la fuite. Plus un sou, mon ami, plus rien, et d'énormes engagements à remplir ! Dame, il a fallu emprunter à gros intérêts. Puis les mauvaises récoltes sont venues, puis la gêne, puis les expédients. Bref, quand les huissiers ont frappé à la porte, ça été le coup de la fin. Alors moi, pour payer, j'ai tout vendu.

— Tout !

— Excepté la maison. Mais quant à l'habiter encore, je ne m'en suis pas senti le courage. Chaque meuble m'y parlait de l'absent; il semblait sans cesse que la chère tête blanche allait reparaître ; à table, si mes yeux s'arrêtaient sur sa place vide, mon pain devenait amer et m'étouffait. Je me suis résolu à partir. D'ailleurs, où cela m'aurait-il conduit de rester à Saint-Martin ? Je n'entends rien à la culture, et le peu d'argent que j'ai sauvé du naufrage ne...

— Deux mots, vicomte, interrompit une voix.

Lagardiole se retourna.

— Tiens ? c'est vous, Brossac, dit-il sur un ton de surprise assez bien joué. Je vous croyais en voyage.

Brossac, évidemment, couvait une violente colère. Elle se manifesta malgré lui dans un petit rire sec et nerveux.

— En effet, répliqua-t-il, je viens de faire une excursion délicieuse... instructive surtout.

Et il ajouta, d'un accent significatif :

— J'arrive d'Auvergne.

Lagardiole tressaillit. Par une contraction involontaire, il écrasa son cigare entre ses dents.

Sylvain Duclos n'avait remarqué ni le trouble d'Amaury, ni l'air insolemment gouailleur de Brossac. Aux dernières paroles de ce dernier, il s'écria d'un ton ravi :

— Vous arrivez d'Auvergne !... Ah ! monsieur, moi aussi j'en arrive... Un pittoresque pays, n'est-ce pas ?... C'est le mien et celui de Lagardiole.

Brossac, de la façon la plus impertinente, se planta son lorgnon sur l'œil et contempla Sylvain au travers, avec l'expression ébahie d'un homme qui, par mégarde, aurait mis le pied sur un phénomène.

Il est incontestable que le chapeau de Sylvain était d'une hauteur de forme insensée, que sa redingote avait l'air d'être en zinc, et que le nœud de sa cravate voyageait en ce moment du côté du son dos. Mais Sylvain avait une physionomie si bienveillante et si douce, qu'un tigre eût été désarmé.

Brossac n'était pas un tigre; c'était un sot, et, comme tous les sots, il éprouvait le besoin de faire de l'esprit.

— Ah! fit-il après quelques secondes d'examen, monsieur est un compatriote du vicomte ?

— Son compatriote et son ami, monsieur.

— Fouchtrrra !!

— Son plus ancien ami, même. J'étais son *copin* au lycée de Clermont.

— Ferrand?

— Oui.

— Monsieur, articula flegmatiquement Brossac, à quelle heure daignerez-vous recevoir les populations désireuses de vous étreindre? et dans quelle rue les voitures prendront-elles la file?

Sylvain ouvrit de grands yeux.

— Il y aura encombrement, reprit Brossac. Avoir été le copin du vicomte, voilà une de ces chances qui mettent un homme en relief pour le restant de ses jours.

— Plaît-il? murmura l'honnête Sylvain étonné.

— Ah! poursuivit Brossac, que votre amour-propre doit être flatté, mon cher monsieur. Car, sans nul doute, le vicomte vous a présenté à son illustre famille ? A l'époque des vacances, vous avez été admis à visiter les immenses domaines du vicomte. Vous avez chassé dans les taillis du vicomte, pêché dans les étangs du vicomte, galoppé dans les haras du vicomte, caressé le menton de nombreuses fermières du vicomte. Mieux que personne, vous allez pouvoir me dire où est situé le château héréditaire du vicomte. Le vicomte, en un mot...

La calme figure de Sylvain s'était empourprée peu à peu. Il ressemblait maintenant à un coquelicot.

— Le vicomte... le vicomte... grommela-t-il. Morbleu ! monsieur, je ne connais ici...

— Mon cher Brossac, interrompit Lagardiole, qui se leva très vivement, obligez-moi de ménager mon ami Duclos. Il n'est pas au courant de nos plaisanteries parisiennes, je crains...

— Ah ça ! mon bon, où prenez-vous 'que je plaisante ? Vous nous avez répété vous-même à satiété...

— Voyons, Brossac, assez !... insista Lagardiole, blème de fureur contenue. Si vous désirez m'entretenir en particulier, je suis à vos ordres...

— A Dieu ne plaise, mon cher, que je termine d'une façon aussi brusque vos épanchements et ceux de monsieur votre copin. Je suis un homme pratique, moi, je sais attendre. Seulement, comme vous m'avez semblé jusqu'ici ne pas vous être aperçu de ma présence, je tenais à vous avertir...

— C'est bien. Avant dix minutes, je vous rejoindrai.

— J'y compte.

Sur ce, Brossac ôta son chapeau, et, adressant à Sylvain un salut cérémonieux :

— Veuillez, monsieur, je vous prie, agréer, avec mes respectueuses salutations, la parfaite assurance de ma considération la plus distinguée.

Et il alla se rasseoir à quelques pas derrière eux.

Sylvain étranglait de colère.

— Quel animal !... exclama-t-il dès qu'il eut rattrapé sa respiration. Est-ce qu'ils ressemblent tous à celui-là tous ton gueux de Paris ? Ma parole d'honneur, j'ai été sur le point de... J'ai rongé mon frein à cause de toi, mais...

— Bah ! bah ! dit Lagardiole en s'efforçant de sourire, tu aurais eu tort de te formaliser. Les Parisiens sont railleurs de leur naturel, tu t'y habitueras.

— Non, Amaury, non. J'admets la raillerie entre camarades ; mais ce paroissien-là, de quel droit prétend-il me goguenarder ? A-t-on jamais vu !... Et puis, que

signifiaient ses allusions à ta famille ? Est-ce qu'il en a, lui, des taillis et des étangs ? Pourquoi souffres-tu qu'il tourne tes parents en ridicule ? ils sont ce qu'ils sont, que diable ! et pauvreté n'est pas vice.

Amaury, livide, les yeux baissés, la bouche tordue, tambourinait sur la table en homme qui a besoin de toute sa force d'âme pour ne point égorger son interlocuteur.

— Je te remercie, dit-il amèrement, de l'intérêt que tu me témoignes. Mais je ne suis pas sourd et il est inutile de crier.

Sylvain partit d'un éclat de rire retentissant.

— C'est juste ! se ravisa-t-il. Nous autres de la campagne, nous avons le verbe haut. J'oublie toujours que c'est mauvais genre.

— Acheve ton récit, soupira Lagardiole forcément résigné.

— Où en étais-je ? Bon, j'y suis. Je te narrais que, n'ayant plus les moyens de bayer aux corneilles, je dus songer au travail. Or, ce n'était pas à Saint-Martin que j'aurais pu me tirer d'affaire, et je me sentais fort embarrassé lorsque Bachu.... Tu te rappelles Bachu ?

Amaury, perdu dans ses pensées, demeura muet. Sylvain éleva la voix de rechef.

— Tu ne te rappelles point Bachu ?... Joseph Bachu, notre condisciple du lycée...

— Eh bien ! quoi, Bachu ? fit Amaury qui trépignait sur place.

— Il est juge de paix à Prévieux, un village à trois kilomètres de chez nous...

— Après ?

— Et comme il s'est marié l'année dernière, il a payé le voyage de Paris à sa jeune femme. Ah ! les mâtins s'en sont-ils donné !.., Ils ont passé ici deux mois, le plus beau quartier de leur lune de miel...

— Quel rapport ?...

— Tu vas voir. Il paraît que Bachu t'a rencontré au bois de Boulogne, en équipage.

— Je ne l'ai pas remarqué.

— Naturellement. Mais il t'a, lui, reconnu tout de suite. C'est par lui que j'ai su que tu avais fait fortune.

— Oh ! fortune.

— Comment ! oh ! excusez ! Voiture, chevaux, laquais et le reste. Qu'est-ce qu'il faudrait donc pour contenter l'ambition de monsieur ?

— Enfin, Bachu ?

— Bachu, consulté par moi, m'a répondu : « Mon gros, puisque Lagardiole a réussi là-bas, pourquoi n'y réussirais-tu pas de même ? File sur Babylone, va trou-

ver Amaury, demande-lui son secret. »
Ma foi, j'ai saisi la balle au bond, et me
voici. C'est à toi, désormais, de me guider, de me piloter. Ah ça! maintenant,
mon gaillard, raconte-moi, s'il te plait,
comment tu t'y es pris pour t'enrichir en
cinq ou six années ?

Une rougeur intense monta au front de
Lagardiole.

— Ce serait bien long à t'expliquer,
dit-il. Je... me suis lancé dans l'industrie.

— Va pour l'industrie. Tu me lanceras
à mon tour.

— Et des capitaux ?

— J'en ai.

— Toi ?

— Un peu. Toutes nos dettes rembour-
sées, il me reste un léger magot. Trois
mille deux cents francs.

Amaury haussa dédaigneusement les
épaules et Duclos balbutia interdit :

— Avec ça, on marche...

— Pas très loin.

— Mais, Amaury, tu ne possédais pas
beaucoup plus, le jour où tu es venu me
faire tes adieux à Saint-Martin. Aujour-
d'hui cependant tu es au pinacle. Seigneur
Dieu ! qui est-ce qui l'aurait prévu à cette
époque-là ? Je te vois encore avec ta petite redingote râpée, ton pantalon trop
court et tes bas bleus... Et ton bagage, ah !
ah ! ah !...

Lagardiole grinçait des dents. Il asséna
un coup de poing sur la table.

— Qu'as-tu ? interrogea Sylvain ébahi.

— Rien... pardon... un souvenir subit.
Je pensais à ce rendez-vous avec Brossac.
Un rendez-vous d'affaires... c'est pressé.
Tu m'excuseras.

— Parbleu, oui. Je suis bête moi ! Je
bavarde, je t'accapare. Les affaires avant
tout. D'ailleurs, il est tard, et les yeux me
picotent. Ainsi, c'est entendu, tu me pous-
seras dans l'industrie?

— Non. L'industrie, mon cher, exige
une activité, une intelligence... enfin certaines facultés qui, je le crains, te manquent d'une manière absolue.

— Tu as peut-être raison.

— Ce qui te conviendrait le mieux, ce
serait, je crois, une place de comptable,
d'employé dans une administration...

— Oh! pour cela, non, Amaury. Je suis
habitué à courir, à trotter...

— Quoi, alors? que sais-tu faire ?

— Pas grand'chose. Mais je suis assez
bon musicien. A la rigueur, je pourrais
donner des leçons de piano, de violon et
de flûte. Tu me dénicherais des élèves
parmi tes connaissances.

— Soit. Je verrai... je réfléchirai...
Adieu.

— A demain, pas vrai, cher ami ?

— Certainement.

— Eh bien ?... eh bien ?... tu te sauves
sans me laisser ton adresse.

Amaury fit mine d'ouvrir son calepin ;
puis il se ravisa.

— Non, dit-il. Tu te perdrais en route.
Inscris-moi là-dessus le nom de ton hôtel. J'irai te prendre demain à onze heures ; nous déjeunerons ensemble.

Sylvain écrivit son adresse aussi lisi-
blement que possible, étreignit vingt fois
les mains de son ami et s'en alla le cœur
joyeux, l'âme contente.

— Ouf! quelle tuile ! murmura Lagardiole en s'épongeant le front.

Si celui-là me rattrape jamais, je serai
bien maladroit. A l'autre, maintenant, —
et jouons serré.

Le café s'était vidé peu à peu. L'on étei-
gnait le gaz et l'on rentrait les tables.
Brossac, seul, guettant Amaury, n'avait
pas bougé de place.

Dès qu'il eut vu s'éloigner Sylvain, il
adressa un signe impérieux à Lagardiole
et tous deux, côté à côté, arpentèrent le
boulevard désert.

Il y eut d'abord un long silence.

XV

De part et d'autre, on s'observait.
Amaury se tenait sur la défensive et Brossac, faisant tournoyer sa canne, cherchait
un moyen prompt et vigoureux d'attaquer
l'entretien.

— Vicomte, commença-t-il tout à coup,
bien qu'il soit fortement question d'abo-
lir la contrainte par corps, vous n'ignorez
pas qu'elle existe toujours et que, jusqu'à
nouvel ordre, un débiteur récalcitrant
peut, bel et bien, être incarcéré à Clichy?

Lagardiole s'attendait à ce début.

Il ôta son cigare d'entre ses lèvres et
poussa insoucieusement devant lui un
mince filet de fumée bleue.

Puis, d'un air surpris :

— Quel singulier sujet de conversation
vous choisissez là, dit-il avec tranquillité.
Où voulez-vous en venir ?

— A ceci. Vous m'avez souscrit, il y a
six semaines, une lettre de change de
vingt mille francs. Elle échoit le quinze
juillet, c'est-à-dire après-demain. Etes-
vous en mesure de la payer quand on
vous la présentera ?

— Mais, mon cher, on ne me la présentera pas.

— Pourquoi donc, s'il vous plaît ?

— Parce qu'il a été convenu entre nous
que vous ne la mettriez point dans la circulation, que vous la garderiez en portefeuille et que je la renouvellerais à l'é-

chéance. M'avez-vous promis cela, oui ou non ?

— Promettre et tenir sont deux.

— Pour les gens de mauvaise foi, oui. Vous, Brossac, vous êtes un galant homme. On le prétend du moins.

— Je suis avant tout un homme pratique. J'ai eu besoin d'argent et j'ai négocié votre traite.

— Imprudence, mon bon ami, grave imprudence !

— Qu'entendez-vous par là ?

— J'entends par là que, comme je ne possède pas les fonds nécessaires, c'est vous, premier endosseur, qui rembourserez l'effet dont il s'agit.

— Oui-dà !... Et vous comptez vous libérer de la sorte !

— Allons donc, Brossac, pour qui me prenez-vous ? Je vous dois de l'argent, je vous le rendrai... à la longue, par exemple. Mais, soyez tranquille, j'ai des relations, du crédit... Je me remuerai,

— Vous vous remuerez en prison, mon camarade ! On ne se joue pas de moi, mille tonnerres ! Je me vengerai à fond.

— De quoi vous vengerez-vous ? De m'avoir indignement trompé.

— Si quelqu'un a trompé l'autre, s'écria Brossac en fureur, c'est vous, monsieur Lagardiole, et vous en subirez les conséquences. Ah ! ah ! quand vous aurez passé trois ans sous les verroux, nous verrons ce qu'il en restera de votre crédit et de vos relations... surtout lorsque j'aurai tambouriné par-dessus les toits ce que j'ai appris sur votre existence et sur votre origine.

Lagardiole, bien qu'en proie à une violente angoisse, se montrait toujours plus calme à mesure que s'échauffait son adversaire.

— Et qu'avez-vous appris de moi de si affreux ? demanda-t-il gaiement.

— Est-ce votre biographie que vous désirez entendre ? riposta l'autre.

— Pourquoi pas ?

— Soit. J'arrive de votre pays natal. Et d'abord vous n'y possédez pas un pouce de terrain. On ne vous y connaît ni un sou de rente ni un centime de patrimoine. Vous êtes vicomte comme je suis évêque. Vous avez pris naissance dans les rangs les plus infimes de la populace. Votre père...

— Halte-là, Brossac ! Respectez, je vous prie, le vénérable auteur de mes jours.

— Je n'ai aucun mal à en dire. Monsieur votre père a pu être, de son vivant, un parfait honnête homme. Seulement, il achetait les verres cassés et il allait par les rues, en criant : — Peaux de lapin !... Après cela, tel est peut-être le cri de guerre de votre chevaleresque famille !

Lagardiole souriait, mais ses lèvres étaient livides.

— Quant à l'écu de vos aïeux, poursuivit Brossac, ce devait être un écu de six francs, car le grand-papa Lagardiole, quoique exerçant en apparence l'honorable profession d'étameur, était véhémentement soupçonné de prêter à la petite semaine.

— Eh bien ! mais.... et vous, mon garçon ?

— Comment, moi ! balbutia Brossac interloqué. Je n'exploite pas les pauvres, moi !... je ne m'engraisse pas des sueurs du peuple.

— C'est vrai. Vous préférez une nourriture plus substantielle.

— Je ne prête qu'à mes amis...

— Uniquement pour les obliger.

— Et j'accepte les intérêts qu'ils veulent bien me fixer eux-mêmes.

— Oui. Pourvu que lesdits intérêts représentent un taux de mille ou quinze cents pour cent.

— Après ? Est-ce que je vais les chercher, moi, ces messieurs ?

— Oh ? non. L'araignée n'a point coutume d'aller chercher les mouches.

— Ils viennent sangloter chez moi, ils viennent me supplier à domicile, tandis que votre grand-père, avec ses casseroles sur le dos, courait après sa clientèle.

— Je ne saisis pas très bien la différence.

— Elle est énorme. Votre aïeul était un ouvrier, donc ses besoins étaient minces, donc il aurait pu se contenter du produit de son travail, sans recourir à des manœuvres honteuses pour augmenter son lucre. Moi, je sors de la bourgeoisie. Mes instincts, mes goûts, l'éducation que j'ai reçue, m'entraînent à de fortes dépenses. Or, j'ai un capital très médiocre, et cependant je mène la grande vie. Qu'est-ce que cela prouve ? Que je suis un homme pratique et que je place avantageusement mes fonds.

Lagardiole pouffa de rire.

— Ah ! vous appelez cela des placements avantageux ! Cher ami, c'est de l'usure à haute pression. Que dis-je, de l'usure ? la langue française est si indigente qu'il n'existe pas de terme pour qualifier votre ignoble petit commerce.

— Mon commerce est moins ignoble que le vôtre, monsieur le gentilhomme de carton, et je le démontrerai à tout Paris.

— Voyons, voyons, Brossac, causons gentiment. Que diable signifient ces réclamations tardives, cette colère inattendue ? Eh ! mon Dieu, admettons que je ne sois ni riche, ni noble, ni brillamment apparenté ; vous vous doutiez bien un peu de tout cela, hein, Brossac, lorsque vous m'avez prêté vos billets de banque? Vous êtes un gaillard trop malin, trop pratique — selon votre expression, pour n'avoir pas été d'avance aux renseignements. Néanmoins, vous avez passé outre. Un tel prodige permet de supposer qu'à ce moment là vous considériez l'opération comme excellente. A propos de quoi vos idées ont-elles changé depuis lors.

— Monsieur, à l'époque dont vous parlez, j'avais la garantie morale d'être remboursé un jour ou l'autre. Aujourd'hui, je ne l'ai plus... ou du moins je n'y ajoute plus foi.

— Par la raison?

— Par la raison que vous m'avez menti impudemment, par la raison que vous n'êtes pas, que vous n'avez jamais été l'amant de madame de Santelda. J'en ai acquis, ce soir, la certitude.

— Mais, créature primitive, réfléchissez donc avant d'affirmer. Est-ce que je n'ai pas étalé sous vos yeux, est-ce que je n'ai pas laissé entre vos mains des preuves assez palpables de...

— Tenez, Lagardiole, trêve aux finasseries. Jouons cartes sur table. Il y a six semaines, vous tombez chez moi, pâle, effaré, tremblant. Vous vous jetez dans mes bras, vous vous écriez pathétiquement : — Brossac, tout mon avenir dépend de vous, et je viens confier à votre honneur un secret de vie ou de mort.

— J'aventurais quelque peu ma confiance, par parenthèse... Et ce fameux secret, vous l'avez divulgué ce soir à dix personnes.

— Non, monsieur. J'ai hasardé une simple question sous la forme la plus dubitative.

— Et l'on vous a ri au nez. D'où vous avez conclu que tout Paris n'étant pas au courant de mon intimité avec la duchesse. j'avais dû nécessairement vous induire en erreur. Homme sagace, va !

— Ma défiance a une base plus sérieuse, comme vous allez le voir. — Mon cher Brossac, me dites-vous encore, apprenez que j'ai une amie de cœur, une amie tendre et dévouée. Son mari est vieux, souffrant, valétudinaire. Les médecins l'ont condamné; il n'a pas deux mois à vivre, et la fortune qu'il laissera est immense. Lui mort, j'épouserai sa veuve; elle s'y est formellement engagée. Mais vous concevez bien que jusqu'à l'heure où elle sera libre, je dois conserver un certain décorum, éviter le scandale, tenir mon rang dans le monde, fuir les protêts, les huissiers, les dettes criardes. Or, je me trouve à bout d'expédients. Voulez-vous me tirer d'embarras? Vous me sauverez plus que la vie, et ma reconnaissance sera éternelle.

— Vous ai-je réellement parlé ce langage?

— Mot pour mot.

— En ce cas, je suis plus bête que je ne l'aurais cru.

— Vous vous souciez bien de la reconnaissance d'autrui.

— Je me souciais fort peu de la vôtre, en effet. Aussi fis-je la sourde oreille. J'élevai même quelques doutes sur la véracité du récit. Ce fut alors que, pour me convaincre, vous commîtes une... comment dirai-je? une légère turpitude.

— Monsieur Brossac !

— Permettez, ceci est de l'histoire. Vous me donnâtes à lire quatre lettres, signées : « Marie, duchesse de Santelda. » Ces lettres étaient empreintes d'une passion ardente. On vous y tutoyait; on s'y tordait à vos pieds; on y invoquait à grands cris le jour mille fois heureux où l'on pourrait s'envoler avec vous dans quelque ville d'Italie, sur les bords parfumés du lac de Côme.

— Passons...

— Bref, je fus ébranlé. Je vous connaissais pour un homme adroit, tenace, plein de ressources; je compris qu'un joli garçon comme vous peut tout obtenir d'une femme riche et affolée d'amour... Et, ma foi, en retour de ces lettres que je gardai par devers moi, j'eus la faiblesse de vous prêter vingt mille francs...

— Pardon, dix mille.

— Allez-vous contester le chiffre de votre dette ?

— Je rétablis le chiffre de la somme prêtée. Vous m'avez avancé dix mille francs espèces, — moyennant quoi je vous ai signé une lettre de change de vingt mille francs, à six semaines de date. Encore un placement avantageux, n'est-ce pas ?

— Ah ! pardieu, pour ce qu'il vous en coûte, vous m'eussiez aussi bien signé une obligation de cent mille livres... En attendant, moi, je suis floué.

Lagardiole s'arrêta et regarda Brossac fixement.

— Vous dites !... prononça-t-il avec hauteur.

— Je dis... Eh bien ! je dis que, ce matin même, j'ai eu l'occasion de voir l'écriture de la duchesse, — son écriture vraie, entendez-vous?

— J'entends, mais je ne comprends pas.

— Alors, je vais mettre les points sur les i. L'écriture vraie de madame de Santelda ne ressemble en rien à celle de ses prétendues lettres. Donc, ces lettres sont fausses; donc, elles ont été fabriquées par vous.

La figure du vicomte devint effrayante,

— Brossac, gronda-t-il en pâlissant, prenez garde !... Vous m'insultez !...

— Bon ! répartit Brossac d'un ton de mépris suprême, — est-ce que l'on vous insulte, vous !

— Misérable !

— Oh ! vos yeux blancs ne me font pas peur, monsieur de Lagardiole. Je sais que vous êtes de première force à l'épée et que vous coupez à vingt-cinq pas une balle sur la lame d'un couteau, mais je m'en moque. Je suis un homme pratique, moi, je ne me bats qu'à coups de poing...

— Lâche ! on vous traînera sur le terrain par les oreilles ?

— Jamais. Qui, moi, j'irais stupidement me faire tuer par un escroc ! Serviteur. C'est bien assez d'avoir été sa dupe !

Amaury saisit Brossac à la gorge.

— Un mot de plus, dit-il en bégayant de rage, et je vous soufflette sur les deux joues.

— Essayez ! touchez-moi seulement, nom d'un diable ! je vous fais coffrer comme un vil faussaire que vous êtes.

— Vous en avez menti ! cria Lagardiole, qui leva la main.

Mais la laissant retomber aussitôt :

— Une lutte de crocheteur ! murmura-t-il avec dégoût. Pouah ! Tenez, allez-vous-en, Brossac. Quand votre accès de folie sera calmé, nous renouerons cet entretien.

— Il n'y aura plus d'entretien entre nous ! accentua Brossac ivre de colère. Rappelez-vous que si, après-demain à midi, mes vingt mille francs n'ont pas été soldés, j'irai, proclamant partout que votre grand-père était un étameur, votre père un marchand de chiffons, et que vous êtes, vous, un chevalier d'industrie !

Les cheveux d'Amaury se hérissèrent. Néanmoins il fit bonne contenance.

— Mon cher, dit-il du bout des lèvres, pour un homme pratique, vous me paraissez être singulièrement arriéré. Diffamer un débiteur ! mais c'est s'enlever à soi-même une dernière chance d'être payé.

— Oh ! vous me payerez, vous, j'en réponds bien. Ou sinon votre faux en écriture privée sera déposé au parquet.

Amaury eut un frémissement.

— Brossac ! s'écria-t-il, vous ne ferez pas cela !

— Je le ferai, ou que la foudre me brûle !... Ah ! ah ! mon gaillard, voilà que vous tremblez, à cette heure...

— Oui, je tremble... et ce n'est pas pour moi, car ces lettres sont authentiques, je vous le jure par tout ce qu'il y a de sacré sous le ciel !

— Fadaises !

— Ecoutez, Brossac. Tout à l'heure vous m'accusiez d'une infamie, et je n'ai pas daigné m'en défendre ; maintenant, vous menacez l'honneur d'une femme, sa réputation, son repos !... Cette fois je m'humilie, je demande grâce... Eh bien ! oui, vous aviez raison. En vous livrant sa correspondance, j'ai commis une turpitude ; oui, je me repens avec douleur, avec amertume, d'avoir compromis cet ange, d'avoir mêlé son nom chéri à mes tristes préoccupations d'argent. Mais est-ce à elle d'expier mon crime ?... Auriez-vous le cœur de la déshonorer de sang-froid ?

Brossac avait fourré ses mains dans ses poches et sifflotait d'un air triomphant.

— Tout ça, voyez-vous, dit-il cyniquement, pour moi, c'est de la blague. Il me faut mes vingt mille francs, je ne sors pas de là.

— Où voulez-vous que je les prenne ?

— Ça vous regarde.

— Encore si vous m'accordiez du temps !

— Vous avez trente-six heures.

— Est-ce que l'on déterre mille louis en trente-six heures !...

— Adressez-vous à votre duchesse, ricana Brossac.

— Ah ! la pauvre femme !... soupira Lagardiole, si elle soupçonnait les ennuis qui m'accablent, elle vendrait jusqu'à son dernier joyau pour me venir en aide. Mais avoir recours à elle !... en ce moment surtout où le devoir, où le remords l'enchaînent au chevet de son mari ! Non, oh ! non... Ce serait indigne.

— Ainsi, vous persistez à soutenir que madame de Santelda vous aime ?

— Et vous persistez, vous, à en douter ?

— Plus que jamais. Car enfin, cher monsieur de Lagardiole, soyons logique. La duchesse est surveillée de près. A quelle minute, en quel lieu la rencontrez-vous ?

— Eh ! monsieur, j'ai un rendez-vous avec elle pour cette nuit même.

— Où cela ?

— Chez elle, comme d'habitude.

— Prouvez-le moi !... exclama Brossac. Prouvez-moi que vous dites vrai, Amaury, et alors... Oui, morbleu, on renouvellera la lettre de change.

Lagardiole hésita un instant.

— Vous l'exigez ?... dit-il comme à regret. Soit. Aussi bien ne suis-je pas à votre merci ?...

Il se rapprocha de son phaéton, réveilla le groom et fit asseoir Brossac à ses côtés. Après quoi, ayant ramassé les guides, il lança ses chevaux dans la direction de la Madeleine.

Deux heures du matin sonnaient.

— Ah ! le gredin ! grommela Brossac

toujours incrédule, son aplomb me stupé-
fie... Comment va-t-il se tirer de là ?

Le phaéton remonta rapidement les
Champs-Elysées et fit halte aux environs
de l'environ Marbeuf. Lagardiole sauta à
terre.

— Quand vous aurez vu et touché, dit-
il en riant, désirez-vous que la voiture
vous reconduise ?

— Non. Renvoyez-la.

— Cependant vous n'avez pas l'intention
de m'attendre, je pense ? La séance sera
longue.

— N'importe. Je m'en retournerai à
pied.

Le vicomte congédia son groom, qui
tourna bride ; puis, insinuant son bras
sous celui de son créancier, il lui désigna
un édifice dont les balcons étincelaient au
clair de lune.

— Brossac, homme pratique, mais de
peu de foi, reconnaissez-vous cette maison
pour être l'hôtel de Santelda ?

— Oui, riposta l'autre fort intrigué,
quoique de plus en plus railleur. Allons,
vicomte, mon bel ami, introduisez-vous
là-dedans devant moi, et je vous voterai
des excuses.

— Venez ! chuchota Lagardiole.

L'hôtel de Santelda formait l'angle d'une
rue. Amaury s'engagea dans cette rue et
côtoya une muraille peu élevée au-dessus
de laquelle apparaissaient des massifs de
feuillages.

— Derrière ce mur, dit-il à voix basse,
il y a un jardin...

— Le jardin de l'hôtel, parbleu !

— Vous en êtes certain, mon cher
Brossac.

— Parfaitement.

— Alors, murmura le vicomte, regardez.

Il tira une clef de sa poche et ouvrit une
petite porte pratiquée dans l'épaisseur du
mur.

— Etes-vous convaincu, maintenant !
demanda-t-il à son compagnon ébahi.

— J'avoue, balbutia celui-ci, que saint
Thomas lui-même serait fortement ébranlé.....

— En ce cas, bonne nuit, Brossac. N'oubliez pas votre promesse, et préparez les
fonds, mon ami.

Lagardiole entra dans le jardin et referma la porte.

XVI

Le soi-disant vicomte Amaury de Lagardiole était — on l'a deviné déjà — un
de ces élégants aventuriers dont les ressources pécuniaires seraient plus diffi-
ciles à définir que l'âge de notre pla-
nète.

Lors de son arrivée à Paris, sa fortune
se composait de quatre ou cinq billets de
mille francs ramassés par lui au fond de
l'humble et crasseuse escarcelle de son
défunt père. Cependant Amaury, depuis six
ans, s'épanouissait au sein d'une oisiveté
luxueuse. L'or ruisselait entre ses doigts,
et son train de vie représentait, au mini-
mum, trente ou quarante mille francs de
revenu.

En province, ces existences problémati-
ques sont impossibles ; ici, elles abondent
et nul ne songe à en chercher le mot. Il y
aurait trop à faire s'il fallait déchiffrer
les centaines de rébus en bottes vernies
que l'asphalte voit éclore annuellement
sur ses dalles, Amaury avait compté là-
dessus.

Altéré de jouissances, dévoré du désir
de paraître, il s'était donné pour programme d'exploiter à son profit l'innocence de ses contemporains et, sans perdre une minute, il mit ce plan à exécution
avec un sang-froid méthodique.

D'abord quelques profusions adroitement calculées lui assurèrent d'utiles ca-
maraderies. Les gens de plaisir sont ac-
cessibles ; un peu d'esprit et de bonne humeur suffisent pour les séduire. Amaury
possédait mieux que ces qualités banales.
Souple, insinuant, complimenteur, plein
de déférence pour le talent, de respect
pour l'âge, d'égards pour les femmes,
il savait chatouiller l'amour-propre du
prochain sans lui entamer l'épiderme.

Ses dehors brillants, sa politesse excessive, la façon charmante avec laquelle il
offrait ses services à quiconque n'en avait
pas besoin, le firent admettre dans cette
colonie flottante d'artistes et de viveurs
qui se meut perpétuellement de l'angle du
faubourg Montmartre à l'angle de la
Chaussée-d'Antin. Six mois après son arrivée, Amaury s'était créé des relations à
tous les degrés de l'échelle sociale, et il
n'y avait pas un seul de ses amis qui ne
contribuât à son bien-être.

Les écrivains l'entretenaient de fauteuils d'orchestre aux premières représentations, de loges durant l'année entière.
Aux sculpteurs et aux peintres il arrachait
à propos, soit une toile prétendue manquée, soit un groupe de valeur médiocre ;
et l'objet d'art, entré chez lui à titre de
souvenir affectueux, était le lendemain
vendu très cher à d'opulents bourgeois.
Expert en hippiatrique, il amenait de riches clients aux marchands de chevaux,
et prélevait secrètement des pots-de-vin
sur les marchés conclus. Si tel ou tel
financier lançait une entreprise, Amaury
se faisait attribuer des actions au pair, et
les recédait avec prime, sans bourse dé-
lier. Ou bien, grâce à des renseignements

extorqués, Dieu sait comme, il risquait à coup sûr une opération à terme, et réalisait, parfois, un bénéfice important.

Aux yeux de la plupart des gens du monde, ces divers moyens de battre monnaie n'ayant rien d'absolument répréhensible, Lagardiole ne s'en cachait qu'à demi. Mais ce hardi condottiere avait bien d'autres cordes à son arc. Le jeu, par exemple, formait la base fondamentale de son budget ; il y était heureux autant qu'habile, et y récoltait, bon an mal an, un millier de napoléons.

Le succès exalta son impudence. Il se meubla un appartement somptueux, eut un coupé, un phaéton, quatre chevaux dans ses écuries. Dès lors, on l'accueillit partout ; les jeunes gens les plus à la mode lui serrèrent la main ; des célébrités le tutoyèrent ; des courtisanes en renom se disputèrent ce gentilhomme aimable, beau joueur, fin cavalier, danseur irrésistible, n'ayant pas son pareil pour conduire un cotillon. Quelques-unes s'éprirent de lui ; Lagardiole se laissa idolâtrer par ces dames, les battit comme plâtre et les ruina bel et bien, ce dont elles n'allèrent se vanter à personne.

Mais tout n'est pas rose dans le métier de pirate. Au milieu de sa prospérité fiévreuse, Amaury subissait de vilains quarts d'heure ; derrière son éternel sourire, des angoisses poignantes se dissimulaient quelquefois. Il se lassait, il s'usait à cette existence aléatoire, pleine de contrastes et de brusques alternatives. Avoir aujourd'hui cinquante mille francs en poche et ne pouvoir, une semaine après, dîner même à vingt-deux sous, était une situation à laquelle il se trouvait fréquemment exposé. Dans ces moments-là, des soubresauts nerveux secouaient ses membres. Il ressemblait à un homme qu'un mince plancher séparerait de l'abîme et qui, par intervalles, le sentirait plier sous son poids.

Certes, il avait réalisé son rêve : le luxe et la considération l'entouraient. Mais cette considération, il fallait la justifier sans cesse ; mais ce luxe, il fallait le soutenir longtemps, le soutenir toujours au même niveau. A quel prix ! Au prix de quels expédients, de quels efforts d'intelligence, de quels dégoûts allant parfois jusqu'à la nausée ! N'importe, il le fallait sous peine de déchoir. Une faute, une défaillance, quinze jours de déveine... et son prestige si laborieusement acquis s'effondrerait sans retour. Plus de crédit, plus de maquignonages fructueux, plus de dupes complaisantes !... Que devenir alors ?

Travailler ?... Quelle chute ! Travailler, c'est-à-dire solliciter un emploi de douze à quinze cents francs : multiplier les courbettes pour l'obtenir, et s'en aller ronger honnêtement des croûtes à Montmartre ou aux Batignolles ! Travailler, c'est-à-dire abdiquer son faste, être englouti sous des huées, perdre à tout jamais la compagnie des jolis messieurs, l'admiration des petites dames, l'estime des garçons de restaurant... Allons donc était-ce possible !...

Ainsi se récriait Amaury, et la vanité lui remettait le feu au ventre, et il se replongeait éperdûment dans la mêlée.

L'accès passé, du reste, il reprenait confiance en son étoile. Les chevaliers d'industrie sont superstitieux comme les joueurs, comme les prostituées, comme tous les déclassés indolents dont les rentes sont inscrites sur le grand-livre du hasard. Amaury ne croyait pas en Dieu, mais il croyait à la chance.

— A force de me promener sur le boulevard, je finirai bien par la rencontrer, murmurait-il avec conviction.

Ce fut à Dieppe qu'il la rencontra, ou du moins qu'il s'imagina un instant l'avoir rencontrée.

On était aux premiers jours chauds, et Lagardiole qui, précisément alors, traversait une terrible crise monétaire, avait quitté Paris moins pour obéir aux lois du bon ton que pour fuir les aboiements de ses créanciers.

Chaque matin, sur la plage, il croisait un couple étrange.

L'homme était vieux et de haute stature ; mais sa taille robuste semblait comme brisée par la maladie ; il se traînait avec peine, appuyé au bras d'une jeune femme que ses prunelles inquiètes enveloppaient pour ainsi dire dans un cercle dévorant.

Elle, très pâle, l'œil vague, les lèvres serrées, — elle allait droit devant elle, morne et muette, guidant et comblant de soins le moribond, jusqu'au moment où, celui-ci étant las, ils s'éloignaient l'un et l'autre pour ne plus reparaître.

Nul ne les approchait. A peine deux ou trois vieillards échangeaient-ils de loin avec eux quelque salut.

Au milieu de la foule rieuse, ils demeuraient isolés volontairement. Mais leur nom circulait de bouche en bouche, et, parmi les baigneurs, M. de Santelda et son absurde jalousie servaient de texte à mille propos railleurs ou indignés.

Quant à la duchesse, il n'y avait qu'une voix sur son compte. On plaignait cette victime du mariage, on admirait cette martyre du devoir. Si charmante, si bien faite pour les plaisirs du monde, elle avait, disait-on, renoncé d'elle-même aux hommages flatteurs, aux enivrants triomphes qui sont le diadème de la beauté heureuse.

Elle avait sacrifié sa jeunesse au repos moral de son époux, et, sans un murmure, elle s'était emprisonnée avec lui dans un éternel tête-à-tête.

Le ciel prenait-il à la fin en pitié cette noble et sainte créature ? On l'espérait. Frappé par un mal subit, implacable, le duc s'en allait mourant et l'on pouvait prévoir l'heure prochaine où Paris compterait une veuve de plus, une veuve riche à millions, belle à damner un ange.

C'était là une proie de nature à tenter Lagardiole, et il résolut d'essayer sur-le-champ de la conquérir. Il ne se dissimula point qu'il aurait des rivaux, qu'il en avait déjà peut-être de redoutables ; néanmoins, fort de son expérience, de son tact, de sa parfaite connaissance du cœur féminin, il se flatta de les vaincre.

Eveiller l'attention de madame de Santelda était une entreprise malaisée : durant son unique et quotidienne promenade, elle ne voyait, elle ne regardait personne. Il importait donc avant tout de préparer les voies ; il fallait qu'elle entendît parler du vicomte et que, même au sein de sa retraite, un écho lui apportât le nom romanesque d'Amaury.

Le flibustier dressa ses batteries en conséquence.

Réunissant le ban et l'arrière-ban de ses ressources — ressources que l'écarté d'ailleurs alimentait plantureusement chaque soir — il s'attacha d'abord à donner aux moindres détails de sa personne et de son existence une tenue supérieure. Puis il fit feu des quatre pieds. Duels excentriques, paris extravagants, traits de générosité, bons mots improvisés à loisir, folles gageures ayant pour résultat de mettre en relief son incomparable adresse à tous les exercices du corps, il ne négligea rien pour s'environner de tapage.

Cette tactique fut couronnée de succès. Au bout de huit jours, Lagardiole eut la satisfaction de voir les yeux de la duchesse se lever sur lui avec une sorte de curiosité naïve. Il laissa lire dans les siens une tendresse émue, un respectueux intérêt et cette expression chevaleresque qui plaît tant aux femmes parce qu'elle semble leur dire : —Je suis votre esclave; disposez de mon sang. Sous ce regard enflammé, madame de Santelda rougit, et le vicomte, cette nuit-là, s'endormit sous les drapeaux dorés de la victoire.

Mais le lendemain il chercha vainement de tous côtés la future veuve. Elle n'était plus à Dieppe. Le duc avait intercepté au passage la déclaration muette d'Amaury, et il s'était hâté d'emmener sa femme.

Ainsi fut interrompue à l'état d'ébauche l'œuvre patiente de Lagardiole ; ses filets si artistement tendus s'affaissèrent déchirés sans qu'il lui restât aucun espoir d'en renouer les mailles. La rage dans le cœur, il revint à Paris. Là, des embarras inextricables l'attendaient. Le papier timbré envahissait sa demeure ; on avait saisi son mobilier, vendu par autorité de justice ses voitures et ses chevaux ; une liasse de reconnaissances du mont-de-piété remplaçait désavantageusement son argenterie et ses bijoux. La dégringolade était imminente.

Amaury mesura d'un coup d'œil le gouffre entr'ouvert sous ses pas, et l'épouvante, comme un plomb fondu, lui brûla les entrailles,

— Ah! gronda-t-il, si ce misérable duc avait eu l'esprit de mourir là-bas! Si seulement je possédais quatre lignes tracées par elle... Quatre lignes!... le salut, car mes créanciers patienteraient.

Soudain germa en lui une idée infernale. Il s'écrivit à lui-même quelques lettres passionnées, il les signa du nom de la duchesse et il les porta au sieur Léon Brossac, gros débauché calculateur qui pratiquait l'usure à ses moments perdus.

Brossac, madré comme un villageois normand, avait son opinion faite sur Lagardiole. A des conditions ordinaires, il ne lui aurait pas prêté vingt francs; il lui en prêta dix mille au simple aperçu des lettres et de leur contenu.

C'est que Brossac avait flairé là une opération certaine, splendide, éblouissante.

Avec de tels papiers pour garantie, qu'avait-il à craindre? Une rupture entre Amaury et la duchesse? Mais, en ce cas, cette dernière rachèterait à tout prix les témoignages de sa faute. Une amélioration dans la santé de M. de Santelda? Mais à supposer que le duc vécût, ce serait à lui qu'on pourrait vendre les billets doux de sa femme, et alors il ne s'agirait plus de dix malheureux mille francs à empocher, mais de cent mille au bas mot.

Les deux forbans se valaient comme moralité. Chacun d'eux se promettait de duper l'autre ; l'affaire fut vite conclue et Lagardiole, après s'être engagé par lettre de change à rembourser le double de la somme au bout de six semaines, palpa cinq cents louis et recouvra une tranquillité éphémère.

Un mois ne s'était pas écoulé lorsqu'il remarqua, non sans terreur, que son obligeant ami l'épiait. Effectivement, l'infortuné Brossac qui, trop tard, avait conçu des soupçons sur l'authenticité des lettres, cherchait avec l'énergie du désespoir à éclaircir ses doutes.

Lagardiole comprit que cet homme exaspéré le mènerait loin s'il découvrait son abjecte supercherie. Prévoyant l'heure où Brossac le sommerait de prouver sa liaison avec la duchesse, il gagna un valet congédié de l'hôtel de Santelda et se fit livrer une clef du jardin.

Puis, le jour où son créancier furieux éclata en menaces, il le calma et le rassura tout d'un coup en jouant sous ses yeux, avec un art consommé, la comédie que nous avons dite.

Elle eut un plein succès.

Brossac, stupéfait et ravi, Brossac s'imaginant que ses informations avaient été mal prises, passa subitement de la haine à la tendresse, du mépris à la considération, du doute à une confiance aveugle.

Il se représenta Lagardiole marié, dans un délai prochain, à la duchesse de Santelda. Il le vit propriétaire de plusieurs millions, recherché dans le monde du plaisir, influent dans le monde des affaires. Il reconnut qu'un pareil homme était à cultiver; il regretta très-amèrement de lui avoir lancé certaines épithètes mal sonnantes et frémit en songeant que le vicomte allait peut-être lui en garder rancune.

Or, comme il eût été imprudent de laisser Amaury sur cette impression mauvaise, Brossac résolut de l'attendre, d'implorer son pardon, de lui présenter au besoin les excuses les plus plates et les plus humbles.

C'est pourquoi, ayant allumé un cigare, il arpenta lentement le pavé de la rue en se disant qu'au milieu des circonstances actuelles, l'entrevue des deux amants ne pourrait être que rapide et furtive, et que, par conséquent, sa faction serait de courte durée.

De l'autre côté du mur, dans ce jardin où il s'était glissé comme un voleur, Lagardiole riait sous cape et s'applaudissait de sa fourberie.

Fourberie d'autant plus audacieuse que le duc de Santelda touchant à sa dernière heure, tout le monde était probablement sur pied dans l'hôtel. Amaury le savait et s'en inquiétait médiocrement. Le danger ne déplaisait point à ce bohème.

D'ailleurs, entre deux dangers, il est bon de choisir le moindre, et celui qu'il venait d'éviter était terrible. Amaury maintenant respirait. Il avait joué son créancier par dessous jambe et se faisait fort d'octenir de lui, pour sa lettre de change, un renouvellement de trois mois. En trois mois, un homme inventif ac-

complit des prodiges. Amaury se jugea sauvé.

Il est vrai que pour atteindre ce résultat, il avait odieusement compromis une honnête femme. Mais, grommela le vicomte, si l'on s'arrêtait à ces menus détails, on ne réussirait à rien. Chacun pour soi et le hasard pour tous.

Il se faufila sans un berceau et s'assit. Il s'agissait de tuer le temps pendant un quart d'heure ou vingt minutes.

La nuit était limpide et chaude. Pas un souffle n'agitait les feuillages. Entre les arbres, par-dessus les messifs, Amaury distinguait confusément l'hôtel, enseveli dans un profond silence.

Au rez-de-chaussée seulement, deux fenêtres éclairées découpaient leurs carrés lumineux sur le noir opaque de la façade. La chambre du mourant était là et, san nui doute, la duchesse se trouvait auprèss de lui.

— Qu'adviendrait-il, se demanda en souriant Lagardiole, si, lasse de respirer un air enfiévré, il lui prenait fantaisie d'errer sous ces charmilles? Elle a dû oubier mon nom, elle ne se rappelle évidemment plus ma figure... Comment expliquerais-je ma présence ici?

— Eh! parbleu, se reprit-il, j'alléguerai une passion insensée. Les femmes sont indulgentes pour les témérités qu'elles inspirent. Je me prosternerai à ses genoux... je lui débiterai les phrases les plus poétiques de mon répertoire... Qui sait! il y aurait peut être là une une chance à tenter.

Dans un cerveau fertile comme celui du vicomte, une pareille hypothèse devait engendrer de nombreux développements. Absurde ou non, la péripétie qu'il rêvait n'était pas impossible. A mesure qu'il y songeait, son regard jetait des flammes.

Mais, à cette heure de nuit, qu'elle apparence y avait-il que madame de Santelda descendit au jardin? Etait-ce bien elle qui veillait le duc? Brisée de fatigue, n'avait elle pu céder sa place à une sœur de charité, à une garde quelconque?

— Voilà ce dont il faudrait s'assurer, pensa Lagardiole. Les volets n'ont pas été clos et je suis sûr que, du dehors on peut voir.

Il réfléchit, hésita, puis, marchant sur la pointe des pieds, il se dirigea vers la maison.

XVII

L'aube se lève de bonne heure en juillet. A trois heures et demie, il faisait grand jour, et Brossac s'étonna de ne point voir reparaître Amaury.

— Est-ce qu'il perd la tête? murmura-t-il en consultant sa montre. Que dia-ble !... au premier chant de l'alouette, Roméo lui-même abrégeait la scène des adieux, Lagardiole est moins pratique que Roméo. Quant à Juliette, je la trouve quelque peu éhontée de roucouler aussi tard lorsque son mari agonise.

Brossac alluma un cinquième londrès. Bientôt son étonnement se changea en in-quiétude, en frayeur. Quatre heures son-nèrent, puis quatre heures et demie. Point de Lagardiole !

Que lui était-il arrivé ? Surpris au mi-lieu de son entretien adultère, avait-il succombé sous les coups du mari ?

A cette pensée, Brossac eut la chair de poule, car tout créancier ressent, pour la vie de son débiteur, des anxiétés de mère. il fut sur le point de crier, d'appeler main forte, de se faire ouvrir l'hôtel, d'y récla-mer son ami...

Heureusement, il se rappela que le duc, cloué sur son lit de mort, était hors d'état de tuer personne. Cela le calma sans le rassurer.

Vers cinq heures du matin, après avoir épuisé toutes les suppositions possibles et impossibles, il se décida pour le parti le plus sage, et se retira.

Or, s'il avait patienté une demi-heure encore, il aurait vu la porte du jardin tourner sur ses gonds, et livrer passage à Lagardiole.

Il y avait maintenant quatre heures que le vicomte, tête basse et cœur battant, s'était introduit dans l'hôtel de Santelda. Il en sortait le front haut, la figure épa-nouie par une expression de triomphe in-time et de joie délirante.

Rapidement, il descendit les Champs-Elysées, regagna la rue du Helder où il demeurait, et s'enferma dans sa chambre.

Puis, tombant sur un fauteuil, il balbu-tia comme en extase :

— Quelle aventure!... quel coup de for-tune !

Longtemps il resta immobile, les mains dans ses poches, les yeux fixés au plafond, plongé dans une méditation qui, à en ju-ger par sa physionomie, devait être ex-cessivement agréable.

Enfin il tira de son pardessus deux objets qu'il se mit à contempler avec une véritable vénération.

Le premier de ces objets, était un rou-leau de billets de banque.

L'autre, une enveloppe de lettre ordi-naire. Elle ne portait aucune suscription, n'était point fermée et contenait un papier plié en quatre.

Amaury déplia ce papier sur lequel étaient tracées quelques lignes. Il les dé-vora vingt fois du regard. On eut dit qu'il ne pouvait se rassasier de les lire.

Toutefois il les abandonna un instant pour vérifier le nombre des billets de banque. Il en compta quarante-sept.

— C'est peu, fit-il à demi-voix. Juste de quoi vivoter pendant une quinzaine de jours. Mais quand il n'y en aura plus... il y en aura encore.

Il déposa les quarante-sept mille francs en lieu sûr, puis revint au mystérieux écrit, le replaça dans son enveloppe, qu'il cacheta soigneusement, et regarda autour de lui en se demandant ce qu'il allait en faire.

Sans doute il attachait une importance énorme à la conservation de ce papier, car tout d'abord aucun meuble ne lui sembla digne de le recevoir.

A la fin, cependant, son choix se fixa sur un coffret d'acier niellé, très-élégant, orné à ses quatre angles de charmantes figurines et présentant, incrusté dans son couvercle, le mot : *Cigares*.

Il abritait effectivement de délicieux *puros* de la Havane. Amaury les vida pêle-mêle sur la table. Le fond du coffret ap-parut alors, tout guilloché de ciselures bizarres. Lagardiole introduisit son ongle sur la rainure d'une de ces arabesques, et aussitôt un ressort poussa en avant une sorte de tiroir qui était le double fond du coffret.

Ce fut dans cette cachette que le vi-comte enfouit le précieux document. Après quoi il se déshabilla, revêtit un négligé du matin, prit une plume, de l'encre, une feuille volante, et s'assit.

— Une vie nouvelle se dessine à mon horizon, murmura-t-il d'un ton moqueur. Il s'agit de rompre avec le passé, de deve-nir un homme sérieux. Commençons par payer nos dettes.

Et il inscrivit un à un, en s'arrêtant quelquefois pour consulter sa mémoire, les noms de ses créanciers ainsi que les sommes qu'il devait à chacun d'eux.

La liste était longue. A dix heures, il achevait de la remplir lorsqu'on frappa vivement à sa porte. En même temps il entendit la voix de Brossac qui alternait avec celle de son domestique, lequel s'ef-forçait d'éconduire ce trop matinal visi-teur.

Un sourire effleura les lèvres de Lagar-diole.

Il se leva et ouvrit.

Brossac entra comme une tempête.

— Ah ! sacrebleu ! s'écria-t-il, quelle peur vous m'avez faite ! Je suis à moitié mort d'inquiétude. Enfin, vous voilà, cher ami... Je vous tiens. Il ne vous est rien arrivé de fâcheux ?

— Et que voulez-vous qu'il m'arrivât ? prononça froidement Amaury.

Brossac raconta ses terreurs, s'essuya

désespérément le front, protesta de son amitié, serra dix fois les mains du vicomte.

— Quelle tendresse ! ricana celui-ci. Vous me chérissiez beaucoup moins que cela, je crois, la nuit dernière.

— Ne m'accablez pas ! soupira piteusement l'usurier amateur. J'ai eu d'immenses torts envers vous, et j'accours ici pour les réparer.

— Ne vous donnez pas cette peine.

— Si fait. Hier soir, dans un moment d'humeur, je vous ai dit que cette lettre de change était en circulation.

— Oui. Eh bien ?

— Eh bien, pas du tout. Elle n'a jamais quitté mon portefeuille.

— A quoi bon ce mensonge ?

— Dame, vous concevrez... Je suis un homme pratique... Je craignais... Je désirais m'assurer... Enfin, c'était une épreuve.

— Ah ! ah !

— Bref, nous allons renouveler votre traite pour trois mois, pour six mois, pour un an, pour aussi longtemps qu'il vous conviendra...

— Vous êtes mille fois trop bon.

— Et sans augmentation d'intérêts, encore ! Monseigneur est-il content ? Suis-je assez gentil ?

— Adorable, fit sèchement Lagardiole. Mais je ne profiterai point de votre excès d'obligeance.

— Tiens, pourquoi donc ça ?

— Parce que je vais vous payer à l'instant même.

Amaury prit vingt mille francs dans sa caisse et les jeta devant Brossac.

— Saprelotte ! quel genre !... exclama l'usurier stupéfait. Ah ça ! vous avez donc de l'argent, vous ?

— Il paraît.

— Hier, cependant, vous prétendiez...

— C'était une épreuve, interrompit à son tour le vicomte.

Brossac joignit les mains avec admiration ; puis il cligna de l'œil d'un air cynique.

— Connu !... compris !... saisi !... murmura-t-il. Voilà ce que c'est que d'être joli garçon. Ah ! que n'ai-je du galbe, moi aussi ! La Providence vous est venue en aide, hein ? Mes compliments. Elle est rudement toquée de vous, la Providence ! Et il allongea ses doigts crochus pour ramasser les billets. Amaury l'arrêta en disant :

— Les lettres d'abord.

— Quelles lettres ?... Ah ! diantre, les autographes de la Providence ?

— Pardieu !... Croyez-vous que je vais vous en faire cadeau ?

— C'est que... je ne sais trop... si je les ai sur moi...

— Alors, allons chez vous.

— Non, non, se reprit Brossac qui fouilla dans sa poche. Les voici.

Avec une émotion singulière, il tendit au vicomte quatre lettres attachées ensemble par un ruban.

Lagardiole négligea de les examiner. Il alluma une bougie, s'empara du léger paquet et le réduisit en cendres. Ce qu'ayant vu, Brossac exhala un soupir de satisfaction.

— Maintenant, dit Amaury, payez-vous.

— Soit. Mais je vous donne ma parole d'honneur sacrée que j'eusse préféré un renouvellement.

— Pas possible !

— Si, vraiment. J'aurais été heureux d'avoir à vous rendre service. Vous me plaisez, Amaury. Plus je vous étudie, plus je vous considère comme un malin.

— Vous allez me faire rougir !

— Non, vrai, je parle sérieusement. Et quel avenir vous avez devant vous ! Car enfin le duc de Santelda va laisser quatre millions au moins, et, dans quelques jours, vous brouterez à même...

— Croyez-vous ?

— J'en suis sûr. La duchesse est désormais incapable de vous rien refuser.

— C'est assez mon avis.

— Néanmoins, il faudra conduire adroitement votre barque. Vous êtes fort, mais il vous manque un peu de pratique. Peut-être qu'en vous adjoignant un conseiller prudent, expérimenté...

— Vous, par exemple !

— Mais, oui. Tenez, unissons-nous. Soyons amis, Cinna.

Lagardiole éclata de rire.

— Monsieur Brossac, dit-il du bout des lèvres, on ne fait pas commerce d'amitié avec des drôles de votre espèce.

— Hein ! s'écria Brossac en pâlissant.

— Vous avez beau, poursuivit le vicomte, être ce matin aussi humble et aussi plat que vous étiez lâche et insolent hier soir, vous ne m'exploiterez plus, je vous le promets.

— Je vous ai exploité, moi !

— Sur ces vingt mille francs, il y en a dix mille que vous me volez. Emportez-les vite, avant qu'il me vienne fantaisie de vous les reprendre. Et surtout, retenez bien ceci, mon garçon : si jamais il vous échappe un traître mot sur moi ou sur madame de Santelda, je vous étrillerai publiquement de telle manière que, malgré vos préjugés d'homme pratique, vous serez contraint de vous battre autrement qu'à coups de poing. Or, — et vous ne l'ignorez pas, — un duel avec votre serviteur, c'est le Père-Lachaise en perspective. Basez-vous là-dessus et débarrassez-moi le plancher.

Brossac, blême de rage, avait écouté ce discours sans proférer une syllabe.

— Est-ce votre dernier mot, monsieur de Lagardiole ? prononça-t-il d'une voix rauque. Prenez-y garde ! Les drôles de mon espèce ont plus d'une arme au fond de leur sac. Je vous écraserai, vous et la femme honnête qui vous entretient...

— Hors d'ici !.. commanda le vicomte.

Brossac planta fièrement son chapeau sur sa tête.

— Je sortirai si je veux ! dit-il encore. Je n'obéis à personne, moi !

Lagardiole lui posa délicatement son doigt sur l'épaule, et, imprimant à son regard cette fixité lugubre qui est particulière aux duellistes de profession :

— La porte ou la fenêtre, ajouta-t-il. Choisissez.

Brossac était trop pratique pour ne pas choisir la porte. Il s'en alla.

Quant au vicomte, il se rassit devant la liste de ses créanciers oubliant qu'il avait rendez-vous avec Sylvain Duclos, son ami d'enfance. S'en fût-il souvenu, du reste, il n'aurait pas bougé davantage.

Quarante-huit heures après, les obsèques du duc de Santelda eurent lieu, en grande pompe, à Saint-Philippe-du-Roule.

Il y eut peu de monde à la cérémonie. Le duc, par son humeur farouche, s'était aliéné beaucoup de gens, et la nouvelle de sa mort, d'ailleurs prévue depuis plusieurs mois, avait été froidement accueillie. Parmi l'assistance, on remarqua le vicomte de Lagardiole. Lui seul se montra contristé. Cette douleur apparente étonna d'autant plus qu'il n'avait jamais eu aucun rapport, même indirect, avec le défunt.

Mais Amaury réservait bien d'autres ébahissements à la curiosité publique.

Tout d'un coup, sans transition, du jour au lendemain, on le vit passer de son faux luxe, de sa gêne dorée, à un véritable train de millionnaire.

D'abord on supposa qu'il avait dévalisé au jeu quelque prince moldo-valaque ou mené à bien quelque spéculation clandestine et malpropre. Dans les occasions de ce genre, sa prospérité resplendissait d'un vif éclat, très promptement suivi par une éclipse soudaine.

— Feu de paille ! disait-on alors sur le boulevard.

Cette fois, on arrondit les yeux. Il ne s'agissait plus de prodigalités intermittentes, l'opulence du vicomte s'étala dans des proportions tellement sérieuses que ses ennemis eux-mêmes commencèrent à le saluer.

On saluerait à moins. Après avoir payé ses dettes rubis sur l'ongle, Amaury acheta et solda comptant un petit hôtel évalué trois cent mille francs, monta d'une façon princière ses écuries, son mobilier, sa cave et ses voitures, se choisit parmi les filles à la mode trois maîtresses dont la plus jeune avait trente-six ans, — ce qui, comme chacun sait, pose tout de suite un homme en fils de famille, — et s'établit enfin aussi coûteusement que si sa fortune eût été bâtie sur le roc.

En même temps, il sembla vouloir introduire quelque moralité dans sa vie. Il s'écarta de la bohême, rechercha la bonne compagnie, ne toucha plus à une carte, renonça aux tripotages véreux. En un mot, il essaya d'être honorable, puisque ses moyens le lui permettaient.

— Quelle mine d'or as-tu canalisée à ton profit ? lui demandait-on en riant.

— Je viens d'hériter d'un cousin, répliqua-t-il, et je le mange...

On ne crut guère au cousin. En revanche, les hypothèses les moins flatteuses coururent au sujet de cette richesse instantanée. Brossac, il est vrai, qui se vantait partout de posséder le mot de l'énigme, avait donné à entendre qu'Amaury puisait ses revenus à des ressources extrêmement troubles ; mais, se souvenant des menaces du vicomte, il s'était borné à de vagues insinuations. Le nom de madame de Santelda ne fut donc point prononcé au milieu de ces propos du monde interlope, toujours si friand d'anecdotes et de scandales.

Malheureusement il n'en fut pas de même dans le monde aristocratique auquel la duchesse appartenait, et où, jusqu'alors, on l'avait considérée comme une sainte.

Depuis la mort de son mari, madame de Santelda s'était condamnée à une retraite absolue. De toutes les personnes de son entourage, aucune n'avait été admise à la voir. Or, on apprit bientôt que sa porte, si rigoureusement close pour les autres mortels, s'ouvrait presque chaque jour devant un beau jeune homme, de réputation assez équivoque, lequel n'était ni son allié, ni son parent, et que l'on n'avait jamais rencontré chez elle du vivant de M. de Santelda. Quelques narrateurs dignes de foi prétendirent même avoir vu, à différentes reprises, le coupé de cet intrigant arrêté vis-à-vis de l'hôtel.

Là-dessus, incrédulité des uns, stupeur et indignation des autres. On s'émut et l'on discuta ; les dames crièrent à la calomnie. Cependant, trois d'entre elles résolurent d'aller au fond des choses. Elles se transportèrent chez la duchesse, forcèrent la consigne et trouvèrent la jeune veuve plongée dans une effrayante prostration.

Pâle, amaigrie, changée au point d'en être méconnaissable, elle eut à peine la force de recevoir ses visiteuses. Insensible à leurs consolations. à leurs caresses, elle garda une attitude morne qui se fondit en un déluge de larmes quand on lui parla de son mari. C'était là une douleur vraie, profonde, incompréhensible même si on se rappelait l'existence d'esclave que lui avait imposée le duc. Elle semblait regarder sa perte comme irréparable. Rien ne la calmait et son désespoir paraissait ne devoir s'éteindre qu'avec sa vie.

En présence d'un chagrin aussi poignant, les très nobles dames sentirent s'accroître la haute estime qu'elles professaient déjà pour les vertus et pour le caractère de leur protégée. Pendant un instant, elles hésitèrent à l'entretenir de la question scabreuse qui les amenait. Toutefois, elles finirent par s'y décider.

Après des ménagements infinis, elles avertirent la pauvre affligée des bruits fâcheux qui circulaient sur son compte, et de l'imprudence qu'elle commettait en tolérant les assiduités d'un inconnu, lorsque-tant de gens ayant des droits à son affection demeureraient exclus de sa présence. Elles se déclarèrent persuadées, pour leur part, de la complète innocence de ces tête à tête, mais elles avouèrent que le monde les interprétait mal, et que, si les visites de ce jeune homme n'étaient point nécessitées par quelque motif impérieux, il serait sage d'y mettre un terme plus tôt que plus tard.

La duchesse, un mouchoir sur ses yeux, avait accueilli ces conseils en silence. Soit que l'indignation la rendît muette, soit qu'abîmée dans ses regrets elle dédaignât de se justifier avant de répondre, elle fut obligée de faire sur elle-même un très visible effort.

Après une longue pause, d'un air de fatigue et de dégoût, elle répliqua qu'en effet la personne qu'on venait de lui nommer fréquentait assidûment la maison.

— Mais, poursuivit la duchesse, ce n'est point par moi qu'est reçu ce monsieur ; je ne l'aperçois jamais, je ne crois pas lui avoir adressé en tout dix paroles

Et, comme on la suppliait de s'expliquer, elle le fit en ces termes :

— Vous savez que le duc s'occupait beaucoup d'archéologie. C'était chez lui une passion. Dans ces derniers temps, il s'était lié avec un certain vicomte de Lagardiole, à qui, dit-on, l'étude de cette science est également familière, et tous deux avaient entrepris en collaboration un grand ouvrage spécial qu'interrompit la mort de M. de Santelda.

Se résignant à le terminer seul, M. de Lagardiole me fit demander l'autorisation de venir consulter, dans la bibliothèque de mon mari, les livres, notes et matériaux qu'ils y avaient accumulés de concert.

Je ne songeai pas une minute à repousser cette requête, tant elle me sembla juste et naturelle. Je ne songeai pas non plus à m'informer si ce monsieur était beau ou laid, jeune ou vieux, bête ou spirituel, car l'idée ne me vint pas que ses travaux, dans un corps de logis éloigné de celui que j'habite, seraient de nature à me compromettre.

Votre démarche me prouve que j'ai eu tort. Dès demain je ferai refuser à M. de Lagardiole l'entrée de mon hôtel, non à cause de moi, — l'opinion m'est indifférente, — mais par respect pour la mémoire de l'homme dont je porte le nom.

Ainsi s'exprima la duchesse.

Cet éclaircissement, donné d'un ton simple et digne, fut colporté en vingt endroits par les trois belles officieuses. On l'accepta tel quel. Amaury étant absolument inconnu dans le milieu austère où vivait madame de Santelda, il ne s'y rencontra personne pour taxer le récit d'invraisemblable.

Mais les compagnons du vicomte eussent été singulièrement étonnés en apprenant que ce gentilhomme d'occasion passait, dans le faubourg Saint-Germain, pour un érudit de premier mérite, et Lagardiole lui-même aurait bien ri s'il eût su que la duchesse le transformait en archéologue.

Il n'en sut rien probablement. Ses visites à l'hôtel de Santelda continuèrent. A mesure que le temps s'écoulait, sa réputation d'homme riche s'asseyait sur des bases de plus en plus solides. Déjà elle lui avait facilité l'accès de plusieurs salons recommandables et l'on s'accordait généralement à lui attribuer des revenus fabuleux.

Vers la fin de novembre, c'est-à-dire en moins de cinq mois, Lagardiole avait dépensé environ six cent mille francs, et, loin de restreindre ses profusions, songeait plutôt à leur imprimer un plus vaste essor, car il était sur le point d'acquérir un château dans la Touraine, et il manifestait l'intention formelle de faire courir au printemps prochain.

C'est pourquoi Brossac étouffait de colère. En étudiant de loin la marche ascendante de son ancien client, il ne lui pardonnait pas de dévorer à lui seul le magnifique gâteau dont lui, Brossac, avait jadis caressé l'espoir de grignotter quelques miettes.

— Comme il va, l'animal, comme il va ! s'écriait-il avec une rage mêlée d'admiration. Encore deux ou trois ans, et des millions de ce pauvre duc il ne restera plus que le souvenir. Ah ça ! la duchesse est donc aveugle, ensorcelée, archifolle ! Elle se dépouille, elle se ruine !... Son Amaury la flanquera sur la paille avant de l'épouser. Que dis-je ! il en épousera une autre, car il est énormément pratique, le gredin, on ne peut pas dire le contraire.

Brossac oubliait trop que la roche Tarpéienne est près du Capitole.

A l'heure même où il déblaterait contre l'insolente fortune de son ex-ami, le destin préparait aux splendeurs du vicomte de Lagardiole un dénoûment aussi imprévu que lamentable.

XVIII

On était au 1er décembre.

Amaury avait dîné, ce soir-là, dans une maison de la rue du Bac, chez de riches bourgeois auxquels on l'avait présenté depuis peu, et qui, ayant une fille à marier, comblaient le fortuné vicomte de truffes et de prévenances.

Quand il se retira, vers une heure du matin, le domestique chargé de faire avancer la voiture lui annonça qu'elle ne se trouvait point parmi celles qui stationnaient encore à la porte.

Amaury avait pourtant recommandé à son cocher de l'attendre. Surpris et furieux de sa maladresse, il se promit de chasser, le drôle, releva le collet de son paletot et se mit en marche ni plus ni moins qu'un simple mortel.

Il faisait un de ces temps humides et brumeux du début de l'hiver. Le vent soufflait avec violence, la pluie tombait, les passants étaient rares. Lagardiole, hâtant le pas, venait de s'engager sur le pont des Saints-Pères, lorsqu'une femme sortit de l'ombre, s'approcha et lui demanda, en souriant, la route à suivre pour aller rue de Rambuteau.

Elle était vêtue comme une ouvrière aisée, grande, blonde, assez jolie, autant qu'on en pouvait juger à la lueur du gaz ; elle produisit au vicomte l'effet d'une chercheuse d'aventures. Néanmoins, il lui donna les indications qu'elle sollicitait.

Soudain, au moment où il prenait congé de lui avec force remerciments, Amaury reçut derrière le crâne un formidable coup de gourdin qui l'étendit la face contre terre.

Si son chapeau n'eût amorti le choc, il est probable que Lagardiole aurait dit un éternel adieu aux joies de ce monde.

Il en fut quitte pour un évanouissement.

Tandis qu'il reprenait peu à peu connaissance, il aperçut, penchée sur lui, la créature de tout à l'heure. Un individu dont il ne distingua point les traits se tenait à côté d'elle, et tous deux fouillaient activement ses poches en échangeant à voix basse des paroles pressées.

— As-tu déniché l'oiseau ? grommelait le bandit ?

— Ah ! ouiche, — riposta l'autre, — il n'a même pas de portefeuille.

— Aucun papier ?

— Rien de rien.

— Affaire manquée, alors.

— Manquée en plein.

— Filons.

— Tu sais qu'il n'a pas tourné de l'œil.

— Bah !

— Vois plutôt. Il remue.

— Eh bien ! il peut se flatter d'avoir la tête solide. Tant mieux pour lui.

— Oui, mais tant pis pour nous.

— Comment ça ?

— Il m'a regardée assez longtemps pour se rappeler comment j'ai le nez fait, et dame ! s'il nous dénonce, mon signalement...

— Tonnerre !... tu as raison. Aide-moi.

— Que veux-tu faire ?

— Le jeter à l'eau, pardieu !

Ce dialogue parvenait au vicomte comme au travers d'un brouillard douloureux. Frappé de terreur, il essaya de se mouvoir, mais ses membres engourdis, paralysés, refusèrent de lui obéir. L'homme le souleva par les épaules, la femme par les pieds, puis, l'ayant hissé à grande peine par-dessus le parapet, ils le précipitèrent et s'enfuirent.

Lagardiole, en tombant, avait poussé un effroyable cri, presque aussitôt étouffé dans le fleuve. Cette clameur fut entendue, ainsi que le bruit rejaillissant de la chute. De différentes directions, des passants accoururent. L'un d'eux, — un homme de quarante ans environ, mince, pâle, décoré, mis avec une extrême élégance, — chercha des yeux l'endroit où la victime avait été engloutie, reconnut ce point aux bouillonnements de l'eau et s'élança du haut du pont.

Deux fois il plongea en vain. A la troisième tentative, il reparut soutenant d'une main Lagardiole, et, de l'autre nageant vers la berge.

Alors les quatre ou cinq témoins de ce drame inattendu descendirent à la hâte les marches du quai. On s'empressa autour des deux hommes, et le sauveur du vicomte, sans consentir à ce qu'on s'occupât de lui-même, fut le premier à lui prodiguer des soins.

L'immersion forcée de Lagardiole ayant duré fort peu, elle n'avait déterminé qu'un commencement d'asphyxie. Au bout de dix minutes, il s'agita, respira, ouvrit les yeux et se dressa sur son séant.

Son regard rencontra l'inconnu.

La figure de celui-ci avait, jusqu'à ce moment, reflété cet intérêt mêlé de compassion que chacun éprouve vis-à-vis d'un être humain en péril de mort. Maintenant, sa physionomie revenait par degrés à son expression habituelle qui paraissait être une sorte d'indifférence railleuse.

— Allons, dit-il, voici monsieur hors d'affaire, mais j'ai bien peur, moi, de m'être enrhumé.

Amaury lui saisit la main.

— Votre nom? balbutia-t-il d'une voix faible.

— Pourquoi faire? répondit l'autre.

— Je vous en prie.

— Bon, riposta Clairbault — car nous savons que c'était lui — cela n'en vaut pas la peine...

Et il s'esquiva tout ruisselant.

Des sergents de ville étant survenus, on demanda au vicomte où il désirait être transporté.

Amaury demeurait loin ; ses habits trempés d'eau le glaçaient; son crâne était en sang; il se fit conduire à l'hôtel garni le plus proche.

Là, un médecin fut mandé, prescrivit quelques cordiaux et affirma que le malade avait principalement besoin de chaleur et de sommeil. Au milieu de la nuit cependant, un accès de fièvre se déclara ; une grande faiblesse s'ensuivit, et, pendant huit jours, Lagardiole se sentit assez souffrant pour être contraint de garder la chambre.

Ces huit jours, il les passa dans un isolement complet. Personne ne fut averti de son accident. Amaury méprisait trop ses amis des deux sexes et se savait trop méprisé par eux pour se soucier beaucoup de leur compagnie. Quant à ses gens, il leur avait enjoint une fois pour toutes de ne jamais s'inquiéter de ses absences.

Il resta donc seul, livré à lui-même, tournant et retournant dans son esprit une question qu'il ne parvenait point à résoudre. Quel avait été le mobile de l'attentat commis sur sa personne. Le vol? Non, puisque ses assassins ne lui avaient enlevé ni son argent ni sa montre. Pourtant, ils l'avaient fouillé. Qu'espéraient-ils trouver sur lui? Que cherchaient-ils? Par quel ennemi du vicomte avaient-ils été soudoyés?

Sans cesse il se heurtait à ce problème. Bien des fois aussi, durant ces heures lentes où l'immobilité du corps double l'activité du cerveau, il se remémora le visage ironique et pâle de l'homme auquel il devait la vie, et il regretta que ce personnage bizarre se fût dérobé si vite à sa reconnaissance.

Dès qu'il fut en état de se tenir debout, Lagardiole envoya prendre chez lui des vêtements. Ce fut son cocher qui les lui apporta, et, à la vue de cet homme, cause première de sa mésaventure, Amaury entra dans une violente colère.

— Pourquoi, lui demanda-t-il sévèrement, ne m'avez-vous pas attendu, l'autre soir, rue du Bac, ainsi que je vous en avais intimé l'ordre ?

— Monsieur le vicomte oublie donc, riposta le cocher interdit, que ce soir-là, vers onze heures, il m'a fait transmettre l'ordre contraire ?

— Moi !... Par qui ?

— Par un domestique de la maison où monsieur le vicomte avait dîné. Je suppose, du moins.

— Etait-il en livrée, ce domestique ?

— Je ne l'affirmerais pas. Je dormais à demi. Mais je me souviens parfaitement de ses paroles.

— Et il vous a dit ?

— Il m'a dit : « Votre maître vous fait prévenir qu'il passera la nuit dehors, qu'il n'a pas besoin de vous et que vous pouvez vous retirer. »

Amaury eut un sourire amer.

Ainsi donc, ses soupçons étaient justes; ainsi donc, il avait survécu par miracle, non pas à une vulgaire attaque nocturne, mais à un guet-apens bel et bien prémédité.

On avait éloigné sa voiture, on l'avait forcé à parcourir à pied des rues désertes, afin de le livrer plus sûrement aux bandits apostés sur son passage.

Restait à découvrir qui le lui avait tendu, ce guet-apens. Un nom lui monta aux lèvres, le nom de la seule personne au monde qui aurait eu intérêt à se défaire de lui.

Puis, il secoua la tête en murmurant :

— Non, non, c'est impossible. Elle n'oserait descendre à de pareils moyens.

Tandis qu'il réfléchissait de la sorte, son cocher, tout en l'aidant à se vêtir, balbutia d'un air embarrassé :

— Je dois annoncer une bien mauvaise nouvelle à monsieur le vicomte.

Lagardiole tressaillit.

— Qu'est-ce encore? fit-il brusquement.

Le cocher raconta que, huit jours auparavant, c'est-à-dire le lendemain même du jour fatal où Lagardiole avait été assommé à demi et noyé aux trois quarts, une dame s'était présentée chez le vicomte, dans le charmant petit hôtel dont il avait récemment fait l'acquisition et qui était situé rue de Boulogne.

Cette dame, voilée et vêtue de noir, paraissait être sous le coup d'une émotion extraordinaire. Sans voir et sans interroger le concierge, elle avait traversé la cour, et, d'un pas saccadé, s'était dirigée vers le corps de logis principal.

A moitié chemin, elle avait rencontré Julien, le valet de chambre, qui, s'avançant au-devant d'elle, avait cru devoir lui dire que M. le vicomte était absent.

— Je sais… Je sais… avait-elle répondu d'une voix haletante. Mais Amaury va rentrer. Il me suit. Je viens de lui parler.

Les visiteuses, — voilées ou non, — n'étaient point rares chez M. de Lagardiole. Celle-ci d'ailleurs le désignait par son nom de baptême. Julien s'était incliné et avait introduit l'inconnue au salon.

Au bout d'une heure de solitude et d'attente vaine, elle en était sortie en disant qu'elle reviendrait dans la soirée.

On ne l'avait plus revue. Mais longtemps après son départ, Julien étant par hasard entré dans l'appartement du vicomte, avait été foudroyé de surprise et de consternation.

Le salon, la chambre à coucher, le cabinet de travail offraient l'image du plus affreux désordre.

Les meubles étaient bouleversés, les tiroirs ouverts, les serrures forcées, les papiers éparpillés çà et là…

Le premier mouvement des domestiques avait été de courir chez le commissaire de police et d'y faire leur déposition. Toutefois, ils s'étaient ravisés.

D'abord, rien ne prouvait qu'ils eussent eu affaire à une voleuse. A leur connaissance, aucun objet de prix n'avait été soustrait. Puis, en songeant à la profonde émotion de l'inconnue, au tremblement de sa voix lorsqu'elle avait prononcé le nom d'Amaury, quelqu'un insinua que cette dame était peut-être tout simplement une maîtresse jalouse, venue pour s'assurer de quelque trahison du vicomte et pour s'emparer des lettres d'une rivale.

Cette supposition, fort admissible en somme, avait déterminé les valets à ne point agir avant le retour de leur maître. C'est pourquoi ils s'étaient contentés de fermer à double tour les portes des trois pièces saccagées, et ils en avaient confié les clefs à Julien.

Telle fut la narration du chef d'écurie.

Lagardiole l'avait écouté avec plus d'étonnement que d'inquiétude. Mais soudain il se frappa le front et devint d'une pâleur mortelle.

Un éclair avait illuminé sa pensée. Il commençait à saisir la signification et l'enchaînement de tous ces faits singuliers qui se succédaient coup sur coup.

Muet et soucieux, il acheva de s'habiller, se jeta dans une voiture de place et se fit ramener à son hôtel.

Une fois chez lui, il s'arrêta au seuil de son appartement. Il hésitait à y pénétrer, il redoutait de se trouver face à face avec une catastrophe.

Enfin, réunissant tout son courage, il entra.

Son cœur battait à se rompre. Ses tempes sifflaient. Sans accorder un coup d'œil aux traces d'effraction partout visibles autour de lui, d'un seul bond il s'élança vers un porte-cigares en acier qui luisait sur un guéridon de sa chambre, et ce fut avec un frémissement nerveux qu'il en fit jouer le ressort secret.

Aussitôt un immense soupir de soulagement dilata sa poitrine.

L'enveloppe était là, intacte, immaculée !

Amaury tomba sur un siége en bénissant l'heureuse inspiration qu'il avait eue d'enfouir le précieux papier dans ce meuble, — dont, sans doute, madame de Santelda n'avait pas su deviner le double fond.

Car Amaury comprenait tout maintenant :

C'était cette enveloppe qu'avaient cherchée sur lui avec tant d'acharnement ses agresseurs du quai des Saints-Pères ; c'était pour lui ravir cette enveloppe que la duchesse elle-même avait osé, — chose incroyable, — non seulement s'introduire chez lui, mais crocheter ses serrures et fracturer ses tiroirs.

— Allons, murmura-t-il en essuyant son visage inondé de sueur, je l'échappe belle ?… A nous deux, aimable veuve !… Dieu merci, les gens que vous tuez se portent assez bien !

Un quart-d'heure après, Largardiole mettait pied à terre devant l'hôtel de Santelda.

Sa physionomie rayonnait. Il jouissait par avance de la terreur qu'il allait produire. En effet, la duchesse avait de bonnes raisons pour le croire au fond de la Seine. Quelle épouvante lorsqu'elle le verrait surgir sinistre et menaçant comme un fantôme !

Il sonna de main de maître. La porte s'ouvrit, et le concierge, en livrée de deuil, s'inclina respectueusement pour lui barrer le passage.

— Vous ne me reconnaissez pas ? fit Amaury d'un ton hautain.

— Je reconnais parfaitement monsieur le vicomte. Si je me permets de l'arrêter, c'est afin de lui éviter des pas inutiles.

— Comment cela ?

— Il n'y a personne à l'hôtel.
— Madame la duchesse est sortie ?
— Elle est partie, monsieur le vicomte.
— Partie !... Où ?... En voyage ?
— On le suppose.
— Depuis quand ?
— Depuis cinq jours.
— Où est-elle allée ?
— On l'ignore.
— A quelle époque reviendra-t-elle ?
— Jamais. Elle a congédié sa maison et l'hôtel est en vente.

Les jambes d'Amaury plièrent. Il blêmit si affreusement que le concierge effrayé lui offrit un verre d'eau.

Mais déjà l'aventurier avait reconquis son masque impassible. Il s'éloigna, le sourire aux lèvres.

Deux mois plus tard, l'hôte de Santelda devint la propriété d'une famille allemande qui, par la même occasion, s'accommoda des meubles et de l'argenterie, des tableaux, chevaux et voitures. Dès lors, Amaury ne douta plus du départ de la duchesse.

Il serait trop long de raconter ici ce qu'il dépensa de ruses, d'argent et d'efforts afin de retrouver sa trace. D'ailleurs, il en fut pour ses frais. La fugitive n'avait laissé derrière elle aucun indice de nature à la trahir, et le notaire chargé de percevoir ses revenus garda un silence imperturbable sur la direction qu'elle avait prise.

Dans le monde, on pensa généralement que l'inconsolable veuve avait été s'ensevelir au fond d'un couvent. Durant quarante-huit heures, on ne s'entretint pas d'autre chose ; au bout de trois jours, on n'y songea plus.

Quand à Lagardiole, il continua quelque temps encore à briller d'un éclat nonpareil ; cependant il se dispensa de faire courir le turf et n'acheta point le château de ses rêves. Par contre, il se débarrassa de son immeuble de la rue de Boulogne. Il s'en disait dégoûté.

Or, cette bonbonnière, qui lui avait coûté trois cent mille francs, lui en produisit cent vingt mille avec lesquels il partit, vers la fin d'août, pour le département des Alpes-Maritimes. En septembre, un télégramme expédié de Monaco apprit à l'univers civilisé que le vicomte avait perdu quatre-vingt mille francs à la roulette.

Ce fut le dernier éclair de ce météore ; à dater de cet instant, il ne fit plus que décroître et pâlir. Quinze mois après la disparition de la duchesse, Amaury, dépouillé de ses rayons, évitait de se montrer sur le boulevard ; et Brossac riait abondamment dans sa barbe d'homme pratique, car il se représentait déjà Lagardiole habitant des garnis ténébreux, fréquentant d'obscures tables d'hôte et ne roulant plus qu'en omnibus.

Brossac se pressait trop de rire.

Quoique Lagardiole se fût prudemment écarté des centres de la haute vie, quoiqu'il ne jetât plus au vent des sommes colossales, il conservait encore de reluisantes apparences. Avec les débris de sa splendeur, il masquait assez convenablement sa situation véritable. Mais il avait des dettes énormes, mais on lui refusait crédit partout ; mais à aucune époque il n'avait dissimulé autant d'angoisses sous des allures plus pimpantes.

Néanmoins, chose singulière, tant qu'il eut un peu d'argent, il ne tenta rien pour s'en procurer. La prospérité l'avait-elle amolli ? s'était-il rouillé durant ces quelques mois d'une existence quasi-royale, et avait-il désappris l'art tortueux de faire éclore la pièce de cent sous ? Non. Mais il se berçait de chimères ; d'heure en heure, il se flattait de retrouver la duchesse, et il consumait ses journées à la recherche de cette poule aux œufs d'or. Il se disait :

Une femme de sa trempe ne peut vivre qu'à Paris. Elle me croit mort, donc elle est revenue ou elle reviendra. Soyons patient. Me voici posé en homme honorable ; on a oublié mes débuts ; il serait absurde de me déconsidérer de nouveau par des escroqueries déguisées.

Sage résolution si Lagardiole eût été maître de la tenir.

Par malheur, la duchesse demeura introuvable, et le jour où, ayant épuisé son numéraire, Amaury songea forcément à se créer des ressources, il constata qu'il avait trop tardé.

XIX

Pour recourir à ses anciens tripotages, une mise de fonds quelconque lui aurait été nécessaire ; le jeu, entre autre autres, exigeait un certain capital. Or, il ne lui restait pas un sou.

Alors, entre lui et la mauvaise fortune commença une lutte sourde, furieuse, acharnée. Il y a-dit-on, cent mille individus qui se lèvent chaque matin sans savoir s'ils dîneront. Amaury fut un de ceux-là. Mais dévoré de rage et crevant de faim, il s'appliqua plus que jamais à paraître insouciant et riche.

Nul solécisme ne se fit remarquer dans sa toilette ; ses cravates, ses boîtes et ses gants continuèrent à être des phénomènes de fraîcheur.

La pauvreté, à Paris, est méprisée par les pauvres eux-mêmes ; aussi employa-t-il tout son génie à se garer de la misère au paletot râpé, au chapeau à reflets roux et aux chaussures veuves de semelles. Cette misère-là est irrémissible : on ne s'en relève pas.

Force allait lui être d'y tomber cependant. Un jour, après quarante-huit heures de jeûne, il appela un marchand d'habits qui passait et il lui céda, moyennant trois louis, le superflu de sa défroque.

— J'ai brûlé mes vaisseaux, se dit-il avec un rire amer.

Le soir même, ne possédant au monde que ces soixante francs et les vêtements qu'il avait sur lui, Lagardiole assistait, calme et souriant, à une fête donnée par une Aspasie de deuxième classe. A l'issue du souper, on joua, et certes, si le vicomte eût eu en poche le moindre rouleau d'or, il lui eût été bien facile de se reconstituer une opulence, grâce aux refaits tout préparés qu'il avait la vertueuse habitude d'insinuer parmi les cartes. Mais avant d'oser s'asseoir et de tailler une banque, il lui fallait une centaine de napoléons. Les emprunter ? C'eût été trahir sa gêne. A qui, d'ailleurs ? Il ne connaissait personne là, excepté Gédéon Frédouille, et ce joyeux avorton venait d'être décavé.

En proie au supplice de Tantale, les yeux incendiés par la fièvre, Amaury jeta négligemment sur la table un louis... le tiers de son avoir ! Il le perdit et s'en tint là. Le matin venu, il sortit accompagné de Gédéon. Et tout en répondant par des plaisanteries aux divagations alcooliques du jeune crevé, le vicomte s'adressait intérieurement ce langage ;

— C'est fini de rire, mon bon. Que faire ? Mendier !... Voler ? Non. Mieux vaut brusquer le dénoûment. Je vais tout bêtement m'introduire deux balles sous le crâne.

Ce fut alors que, dans une femme poursuivie par Gédéon, il rencontra son insaisissable ennemie.

Nous avons raconté les suites de cette rencontre. Qu'on nous permette pourtant de les rappeler en quelques lignes.

Le voyageur haletant de soif, brûlé du soleil et suffoqué par la poussière, qui, près d'expirer, aperçoit une source d'eau vive, ne ressent pas une extase comparable à celle qu'éprouva tout d'abord Amaury.

A l'heure même où, sur le point d'être englouti dans les cloaques d'une misère fangeuse et méritée, il reculait d'épouvante et se raccrochait à l'idée du suicide, le salut lui apparaissait.

Et mieux que le salut, — la richesse, les années radieuses, les mille satisfactions de la chair et de l'orgueil !

Il n'avait qu'à prononcer une phrase à l'oreille de cette femme, — et ses mains allaient s'ouvrir, et il s'en échapperait des torrents d'or.

Aussi, quelle ne dut pas être la stupeur d'Amaury quand la duchesse lui eut glissé entre les doigts comme une couleuvre ! Quelle ne dut pas être sa furie en découvrant que — dans cette maison inconnue où elle s'était réfugiée — elle avait trouvé moyen de se conquérir des protecteurs !

Lorsque sortit le coupé de Clairbault, lorsque, se hasardant sous la porte cochère, Roger d'Estrel enveloppa d'un regard de sollicitude la voiture qui s'éloignait, le vicomte eut une intuition rapide de la vérité. L'aspect de ce beau jeune homme lui expliqua tout. On faisait évader la duchesse.

Le sang monta aux yeux de Lagardiole. Soudain, il s'apaisa. Le destin semblait vouloir lui offrir une compensation.

A la fenêtre du premier étage, — et à coté de ce même beau jeune homme qu'il exécrait déjà de tout son cœur,—Amaury reconnut le passant original qui, dix-huit mois auparavant, l'avait si fort à propos retiré de la Seine.

Un pareil service méritait bien une visite de remercîment. Le vicomte se présenta chez Clairbault. Il espérait l'intéresser en sa faveur, obtenir de lui l'adresse de la fugitive, ou tout au moins des renseignements sur l'endroit où elle se rendait.

Cet espoir, il s'y cramponnait avec d'autant plus d'ardeur qu'il venait, le malheureux, de donner, dans le même but, un louis, — son second louis — au cocher qui avait conduit la dame.

Offrande inutile, hélas !

Or, comme ses gants et son dîner de la veille, ses cigares et son déjeuner de tout à l'heure, avaient fondu le troisième et dernier louis, — on devine à quel point devenait intense son désir de causer avec madame de Santelda.

A peine entré dans le fumoir de son libérateur, Lagardiole se sentit en pays hostile. L'indifférence glaciale de Clairbault, l'attitude provocatrice de Roger, lui démontrèrent qu'on ne lui dirait rien.

Cependant la duchesse passée par là, elle s'était confiée à l'un ou à l'autre de ces deux hommes. La preuve, c'est qu'une lettre portant son nom pour suscription traînait sur la cheminée.

— Parbleu ! pensa le vicomte, voilà un billet qui sera peut-être moins réservé que ces messieurs.

Et avec une dextérité de *pick-pockett*, il s'en empara.

Il n'était pas en bas de l'escalier que déjà il en avait parcouru des yeux le contenu.

Un flot de joie lui dilata le cœur. Le hasard l'avait servi au delà de ses espérances. Il savait maintenant où était allée madame de Santelda, et sautant dans une voiture de place, il cria au cocher :

Boulevard de la Chapelle, 109.

Puis, tandis que le fiacre s'ébranlait, il relut plus attentivement la lettre.

Alors l'étrangeté de cette épître le frappa.

Qu'était-ce que ce Pierre Guérard qui, dans un style et avec une orthographe de portefaix, enjoignait presque impérieusement à la duchesse de lui apporter cinq cents francs chez lui, à six heures du matin !

Une phrase éclaira Lagardiole. Cette phrase disait ceci, ou à peu près : « J'ai à vous annoncer une mauvaise nouvelle que votre départ précipité de Paris m'a empêché de vous communiquer, il y a dix-huit mois. »

— Évidemment, murmura le vicomte, Pierre Guérard est mon assassin du pont des Saints-Pères. C'est lui qui m'a détaché son gourdin sur l'occiput pendant que sa femme, — ou sa maîtresse, — accaparait mon attention, et la regrettable nouvelle dont il s'agit doit être la nouvelle de mon sauvetage.

Donc il serait insensé à moi d'aller m'aventurer chez cet individu. De deux choses l'une : ou je ne serai pas reçu ou je tomberai dans un coupe-gorge. Serviteur. Je préfère m'abstenir. Que résoudre alors ? Surveiller la maison où mon adversaire complote contre moi avec son affidé ? Lourde sottise. S'ils me voient, ils prendront l'alarme et bonsoir !... L'un déménage, l'autre retourne à l'étranger...

Bah ! laissons-les s'engourdir dans leur sécurité apparente. Ma belle ennemie croit que j'ai perdu sa piste ; elle se cachera paisiblement dans Paris ou aux environs, et je découvrirai sa retraite en épiant ce Guérard.

Là-dessus, Amaury ordonna au cocher de rebrousser chemin. Sa joie s'était évanouie. L'inquiétude rembrunissait son front.

— Un rude combat va s'engager, — songea-t-il, — un duel à mort. Ma vie, ils ne l'auront pas, je suis sur mes gardes ; mais ce papier qui fait ma force !... Tous les efforts de la duchesse, toute son intelligence, tous ses moyens d'action, elle va les tendre pour m'arracher ce talisman qui la rend mon esclave et qu'elle a déjà essayé de me ravir. Parviendrai-je à le sauvegarder ? Tant que je ne l'aurai pas mis en lieu sûr, loin de moi, dans l'un des lieux que j'habite et où on le cherchera, je ne dormirai pas tranquille. Où l'enfouir ? Entre quelles mains le déposer ? Il me faudrait un ami sincère, honnête, inaccessible aux séductions comme aux menaces, un ami tel qu'il n'en existe pas... L'oiseau rare, enfin, le merle blanc !...

Tout à coup un nom vint aux lèvres d'Amaury.

— Sylvain ! s'écria-t-il. Oui , Sylvain Duclos... c'est cela ! Voilà mon homme. Il est probe, discret, assez obscur pour qu'on ne le soupçonne pas d'être mon confident ; d'ailleurs, je ne le visiterai guère. A propos, où demeure-t-il ?... Pauvre diable, j'ai eu le tort de le négliger. Où ai-je pu fourrer son adresse ?

Lagardiole se fit ramener chez lui. Ayant recommandé au cocher de l'attendre, il descendit à la hâte et reparut au bout d'un quart d'heure, tenant une enveloppe cachetée et un carnet. Sur ce carnet, Sylvain, en personne, avait inscrit ces mots : Hôtel du Quercy, rue Serpente.

Le vicomte y courut. On ne s'y rappelait même pas le nom de Sylvain Duclos. Cependant, après de longs pourparlers et des fouilles non moins longues à travers le livre des locataires, on s'assura enfin que Duclos avait séjourné quinze jours à l'hôtel du Quercy. De là, il avait émigré au boulevard Montparnasse.

Amaury s'y transporta. Deuxième hôtel, deuxième déception. Sylvain avait habité trois mois le boulevard Montparnasse, puis il était allé se loger rue Vieille-du-Temple.

Sans se décourager, Lagardiole remonta en voiture. Le cocher fut moins philosophe. Il manifesta, par signes, une mauvaise humeur non équivoque, et Amaury se disposait à le tancer vertement lorsque soudain, il s'arrêta, les cheveux hérissés, la mine interdite.

Il venait de se remémorer, un peu tard, que ses poches étaient absolument vides.

Comment payerait-il cet homme ; il lui devait deux heures de course et davantage.

— Sylvain me prêtera bien une dizaine de francs, se dit-il.

L'important était de dénicher Sylvain. Rue Vieille-du-Temple, le propriétaire de l'hôtel s'écria :

— M. Sylvain Duclos ! je ne connais que ça. Charmant garçon ! Il a fait commencer le piano à mes filles.

— Et il est ici ?

— Oh ! non, monsieur. Il y a plus d'un an qu'ils nous a quittés. Il demeure actuellement rue de Provence. Du moins, je le suppose.

— Allons rue de Provence, soupira Lagardiole.

La grimace du cocher se corrobora de murmures. Amaury courba le dos et regrimpa, muet, dans le véhicule.

— Ça se gâte ! maugréa-t-il. Quelle rage de locomotion a donc agité cet animal de

Sylvain? Je serais gentil si, après avoir passé en revue tous ses domiciles, on allait m'annoncer qu'il est reparti en Auvergne !

On arriva rue de Provence, et le cocher fit halte devant le numéro indiqué.

XX

Cette fois, il n'était plus question d'hôtel garni. En voyant en face de lui une belle maison à l'extérieur élégant, située au centre d'un quartier riche, Lagardiole se dit :

— Oh ! oh ! monsieur Sylvain est dans ses meubles, à ce qu'il paraît. Les affaires marchent. On pourra lui emprunter cent francs... si on le trouve.

Sous le vestibule, une porte vitrée donnait accès dans une loge spacieuse et bien éclairée. Quand Amaury ouvrit cette porte, il fut saisi à la gorge par des senteurs combinées d'anisette et de ragoût.

Une femme. — ou plutôt une énorme masse de graisse jaune, — essaya vainement de se lever du fauteuil où elle gisait enfoncée.

Vêtue d'une robe de soie puce constellée de taches, un chat sur ses genoux, une bouteille de liqueur à portée de son bras, cette créature se tirait les cartes. Ses cheveux grisonnants étaient lissées avec prétention ; en revanche, ses mains huileuses, surchargées de bagues en similor, n'avaient pas été lavées. Elle tourna vers Amaury deux yeux verdâtres, venimeux, dont la vivacité contrastait avec la flasque inertie de sa figure malsaine, et le vicomte, qui s'y connaissait, murmura intérieurement :

— Voilà une fière coquine.

— Monsieur désire voir l'appartement à louer ! fit-elle avec l'accent visqueux et gras de la Provence.

Amaury recula d'un pas. Cette femme puait l'ail, l'anisette et le vice.

— Non, madame, répliqua-t-il.

— Alors, que demande monsieur ?

— M. Sylvain Duclos.

Le sourire postiche dont s'était affublée la portière en apercevant un jeune homme à tournure de gentleman s'éteignit aussitôt.

Elle prit un air méprisant, et, après un silence :

— Qu'est-ce que vous lui voulez? dit-elle.

En d'autres temps, Lagardiole aurait brutalement relevé cette impertinence. Il n'y fit pas attention. Il était trop heureux d'apprendre que Sylvain n'avait pas déménagé.

— Seriez-vous assez bonne pour m'indiquer à quel étage il demeure?

— Il est sorti, grommela sèchement la concierge.

— Diable ! c'est contrariant. A quelle heure a-t-il l'habitude de rentrer ?

La vieille ne daigna pas répondre. Elle avait fait volte-face et s'était penchée de nouveau sur ses cartes.

La colère s'empara du vicomte. Il serrait déjà les poings, lorsqu'une jeune fille, coiffée en cheveux et balançant à son bras un panier à ouvrage, fit irruption dans la loge en riant aux éclats.

Elle était très modestement mise, mais son joli visage rayonnait de fraîcheur et ses grands yeux, humides de larmes joyeuses, étincelaient comme des diamants noirs.

Sans voir Amaury, qui se tenait par hasard dans le coin le plus obscur de la pièce, elle se laissa tomber sur une chaise et donna un libre cours à son hilarité.

— *Quésaco*? grogna la portière. En voilà un genre ! As-tu bientôt fini de ricaner, grande dinde... Que tu entres ici comme une bombe...

— Excusez, maman... C'est plus fort que moi... Dame, aussi, c'était par trop drôle...

— Quoi ?

— Ce qui vient de m'arriver... Imaginez-vous que ce monsieur... vous savez bien le monsieur qui me suit toujours.

— Après ?

— Aujourd'hui encore je l'ai eu à mes trousses... Car il est insupportable, cet être-là... Je ne puis mettre les pieds dehors sans le rencontrer... il a l'air de sortir de dessous terre. Enfin le voilà qui m'accoste et qui me parle... Moi, comme à mon ordinaire, je ne souffle mot...

— Et tu as tort, interrompit gravement la mère, être polie, ça n'engage à rien. Qu'est-ce qu'il t'a chanté, ce monsieur?

— Des bêtises... Ce qu'ils me chantent tous. Que je suis gentille à croquer, qu'il est toqué de moi... Que si je voulais l'écouter, je n'aurais pas à m'en repentir...

— Est-il vieux ou jeune?

— Ni l'un ni l'autre, je crois. Je l'ai très peu regardé.

— Sotte ! On regarde en dessous. Ça n'engage à rien. Est-il bien couvert?

— Laissez-moi donc finir. Tout en bavardant, il tire une petite boîte de sa poche et il me supplie de l'accepter. Je fais la sourde oreille et je file plus vite, — à son grand regret. Il pèse au moins deux cents kilos, ce bonhomme-là.

— Qu'est-ce qu'il y avait dans cette boîte ?

— Attendez donc. Comme je continuais à me taire, il ouvre la boîte et me la met sous le nez. J'aperçois un bracelet magnifique.

— Un bracelet ? Ça doit être un monsieur bien comme il faut ? J'espère que tu l'as remercié ?

— En plein. Je lui ai dit : — Merci, monsieur, je ne prends jamais de bijoux entre mes repas...

— Quelle grue !

— Et je suis repartie au pas gymnastique tandis que mon Faublas, transpirant à verse, trottinait derrière moi en me criant tout essoufflé : « Mademoiselle ! mademoiselle ! Examinez-le de près... Ça coûte très cher... Je ne suis pas un floueur, allez...»

— Pauvre cher homme !

— Sur ce mot là, voilà le fou rire qui m'empoigne. Ça l'encourage probablement... et zeste !... il glisse le bracelet dans ma corbeille...

— Ah !... *troun de l'air* !... Du coup, tu as perdu ta sévérité, je parie ?

— J'ai perdu patience. Oui, ma foi ! j'ai saisi le bracelet...

— A la bonne heure. Montre voir !

— Et je l'ai jeté au milieu de la rue.

— Malheureuse !...

— Tiens ! fallait-il pas le garder ?

— Pourquoi non ? Ça n'engage à rien.

— Connu, ma petite mère ! on ne me la fait pas, celle-là. Mais voici le plus drôle. La boîte tombe aux pieds d'un gamin qui la ramasse et qui s'en va... Ventre-de-biche !... Si vous aviez vu la tête du monsieur ! Consterné, stupéfait, aplati, indécis, furieux et inquiet : — Apporte ! dit-il au moutard. — Emporte !... criai-je à mon tour... Le gavroche m'obéit et il décampe. Alors, oh ! alors... le monsieur n'y tient plus... il s'élance après le ravisseur ! il vole... il saute, il gambade, laissant choir son chapeau d'un côté, sa canne de l'autre, son lorgnon par ci, ses gants par là... Les passants écarquillent les yeux, les chiens aboient, les voitures s'arrêtent et puis vlan ! tout le monde se met à courir sans savoir de quoi il s'agit... Non, je vivrais cent ans, que je...

Ici la jeune fille suffoquée se renversa sur sa chaise en se tenant les côtes.

— Ris, ris, va... sans cœur ! grogna la vieille d'un ton hargneux. Si tu arrives jamais à quelque chose, toi, je l'irai dire au Très-Saint-Père. C'est bon pour les filles riches, ces manières-là. Mais quand on n'a pas le sou et rien à se ficher sur le dos, à quoi ça mène de décourager les hommes respectables ?

— Voyons, maman, voyons, sapristi ! Je ne puis pourtant pas faire la risette à tous ceux qui me chantent, sur l'air du *Brésilien* : — Voulez-vous... voulez-vous... voulez-vous accepter mon bras ?

— On accepte leurs cadeaux, bêtasse, et il n'en est que ça...

— Oui, joliment. Ils se priveraient de venir ici, peut-être.

— Eh ! bédame, je suis bonne pour les recevoir. Sois tranquille, fillette, ils trouveraient à qui parler.

— Je ne le sais que trop.

— Hein ?

— Suffit. Vous avez beau faire. Je ne mangerai pas de ce pain-là.

— Qu'est-ce que c'est, mamzelle la mijaurée ! vociféra l'ignoble femme. Vous figurez-vous par hasard...

En ce moment, elle aperçut Amaury qui, frisant sa blonde moustache, écoutait et souriait en amateur.

Le teint de la vieille passa du jaune-safran au jaune-soufre. C'était sa façon de rougir.

— Té ! vous êtes encore là, vous ?

— Mon Dieu, oui. Je suis encore là, moi.

— Vous avez de l'aplomb. Puisqu'on vous dit que M. Duclos n'est pas chez lui.

— Monsieur Duclos ? Mais si fait, maman. J'entends d'ici son violon,

— De quoi que tu te mêles, toi ? Fais-moi un peu le plaisir d'aller voir dans ta chambre si j'y suis.

— Ça ne serait pas à souhaiter, murmura la respectueuse enfant.

Et elle bondit, en riant, hors de la loge. Amaury s'empressa de la suivre.

— Je n'ai plus d'espoir qu'en vous, mademoiselle. Voudriez-vous m'indiquer...

— L'appartement de M. Sylvain ? au sixième au-dessus de l'entresol, monsieur, la porte à gauche.

— Miséricorde !... Efin, je m'assoierai en route.

— Monsieur est sans doute un élève de M. Duclos ? demanda la petite en fixant sur le vicomte son grand œil noir curieux.

— Non, mademoiselle. Je suis un de ses amis.

— Vraiment ? Il n'en possède pourtant pas des douzaines. Il n'en a qu'un.

— C'est probablement moi.

— Alors vous êtes monsieur Amaury ?

— Pour vous servir.

— Eh bien ! dit-elle en se croisant les bras d'un air majestueux, vous pouvez vous flatter d'être un fameux lâcheur, vous.

— Un lâcheur ! moi ? répéta Lagardiole surpris autant qu'amusé par le sans-gêne de cette gamine aux allures et au langage de faubourienne.

— Comment ! reprit-elle, vous invitez un beau jour votre ami à déjeuner pour le lendemain, vous le priez de vous attendre et vous venez le chercher au bout de dix-huit mois !... c'est un déjeuner au long cours, cela. Je ne sais pas si les côtelettes doivent être cuites...

— Je constate avec plaisir, mademoiselle, que Sylvain ne m'a pas oublié.

— Il m'a parlé de vous plus de cent fois. Va-t-il être content de vous revoir ! Hier encore, il me...

— Rosette !... hurla du fond de sa loge une voix irritée.

— Allons bon ! ma noble mère s'impatiente. Ça lui déplait que je cause avec vous...

— Dame ! je ne vous ai pas offert de bracelet, moi.

— Et puis, vous êtes lié avec M. Duclos qu'elle déteste, on n'a jamais su pourquoi. Au revoir, monsieur Amaury.

Elle disparut.

— Drôle de petite fille, se dit Lagardiole. Effrontée comme un moineau franc et jolie comme un matin de mai. Friand morceau, en somme.

Et il commença l'ascension des six étages, en réfléchissant à la scène caractéristique dont il venait d'être le témoin.

Qu'une mère désirât spéculer sur la beauté de sa fille, cela ne l'étonnait que médiocrement. Le Parisien heurte à chaque pas des études de mœurs encore plus révoltantes. Ce qui intriguait Amaury, c'était la résistance de Rosette aux infâmes suggestions de sa mère. Trop corrompu pour croire à la vertu d'une fille pauvre, il se demandait la raison de cette honnêteté invraisemblable.

— Serait-elle éprise de Sylvain ? murmura-t-il. Le gaillard ne serait pas à plaindre.

A mesure qu'il montait, des bouffées musicales frappaient plus distinctement son oreille, et quoique peu mélomane de sa nature, il s'arrêta plusieurs fois, attentif et charmé. Jamais il n'avait entendu un instrument émettre des sons d'une pureté aussi harmonieusement idéale. Arrivé au terme de sa course et ne se rappelant plus les indications de Rosette, il hésita entre deux portes placées l'une à droite, l'autre à gauche du palier. Celle de gauche était entr'ouverte. Il la poussa doucement et put contempler le logis de Sylvain.

C'était un étroit cabinet au plafond mansardé, aux murailles tapissées d'un papier à fleurs bleues. L'unique fenêtre donnait sur des jardins dont les parfums embaumaient la chambre. Des meubles d'occasion, quelques photographies de chanteurs et de cantatrices, les bustes en plâtre de Rossini, de Verdi et de Meyerbeer, enfin deux ou trois rayons chargés de trios, de quatuors et de partitions, là se bornaient les richesses intérieures de l'humble artiste.

Il se tenait au milieu de la pièce, debout, en manches de chemise, l'archet d'une main, le violon de l'autre. Amaury eut peine à le reconnaître, tant la bataille de la vie avait déjà fatigué ses traits. Le front s'était dépouillé vers les tempes ; les joues se creusaient, une expression plus mâle affermissait la physionomie. Avec sa moustache rousse et son impériale aiguë, Sylvain ressemblait maintenant à l'un de ces cavaliers nerveux que peignent Van Dyck et Velasquez.

Ivre d'harmonie, les yeux étincelants, les narines gonflées, il jouait et l'inspiration flottait autour de lui comme une atmosphère lumineuse. Tandis que ses doigts couraient et s'allongeaient sur les cordes, un pâle sourire effleurait ses lèvres tremblantes et son âme errait à travers les demeures du beau sans tache et de la félicité sans souillure.

Amaury était resté immobile. Dominé malgré lui, il ressentait ce frisson bizarre que la musique grandiose fait passer dans nos cheveux. Sylvain exécutait une sorte de fantaisie étrange ! — Parmi des accords éclatants et des fusées rieuses, sous une cascatelle de notes cristallines, se déroulait une grande phrase sonore, calme et lente, pleine de tristesse et de langueur. Vainement les arpèges et les trilles moqueurs essayaient de l'étouffer sous leurs ondées bavardes ; le motif mélancolique continuait sa route, paisible dans sa majesté sereine comme un fleuve coulant à pleines rives. Peu à peu sa voix grave s'affaiblit, alla *decrescendo*, se changea en un faible murmure et s'éteignit.

Les deux bras de Sylvain retombèrent le long de son corps.

— Bravo ! dit Lagardiole en entrant.

XXI

— Amaury ! s'écria Sylvain.

Il posa précipitamment le violon sur son lit et accourut, les mains ouvertes, au devant de Lagardiole, qui lui dit :

— Avant tout, pardonne-moi !

— Il y a longtemps que tu es pardonné, repartit en souriant le bon Duclos. J'ai beaucoup réfléchi depuis notre dernière rencontre, et j'ai compris que, dans mon intérêt même, tu avais eu raison de cesser de me voir. Tu es riche, élégant, beau garçon, lancé dans le meilleur monde, — moi, je ne suis qu'une espèce de paysan sans usage. Quelle figure aurais-je faite au milieu de tes brillantes relations ! Ma place n'est point chez toi.

— Oh ! tu me connais donc bien mal, se récria l'autre avec un accent de sincérité parfaite. Crois-tu que notre vieille amitié se soit effacée de ma mémoire ? J'eusse élé si fier de te présenter partout, de te pousser, de te patronner...

— Vrai ?

— Un ami d'enfance, c'est presque un frère. Malheureusement le jour où j'avais promis d'aller te prendre... j'ai dû partir pour un voyage lointain...

— Ah !

— Oui. Une affaire importante m'appelait en... Egypte.

— A l'isthme de Suez, peut-être ?

— Justement. Alors, tu conçois...

— Si je conçois ? Ne vas-tu pas t'excuser ? Ce cher Amaury !... Et moi qui l'accusais ! Car je puis te l'avouer, à présent, j'avais le cœur gros.

— Ingrat !... lorsque mon premier soin, en arrivant à Paris, a été de te chercher !... A propos, dis-moi, est-ce que ta portière a l'habitude d'éconduire toutes les personnes qui te demandent, comme elle a essayé de m'éconduire moi-même ?

— Madame Imbert ? Elle t'a mal accueilli ?

— A peine ai-je eu prononcé ton nom qu'elle m'a tourné le dos. Puis elle a prétendu que tu étais sorti. Entre nous, elle a l'air de t'exécrer, cette femme-là.

— Oui, fit Duclos tristement, et je n'y comprends rien. J'aurai commis encore quelque maladresse, je l'aurai froissée à mon insu.

— Toi, froisser quelqu'un !

— Je suis si gauche, si distrait. Pauvre madame Imbert ! Ah ! c'est bien de moi, cela ! Voilà une digne, une honnête et excellente femme ; je l'estime, je la vénère... et je trouve moyen d'encourir son mécontentement !

Lagardiole, ébahi, regarda Sylvain pour s'assurer qu'il ne plaisantait pas ; mais Sylvain parlait en homme convaincu. C'était toujours le même garçon, simple jusqu'à la naïveté, crédule jusqu'à la faiblesse. Son physique seul avait changé.

Amaury ne s'amusa point à discuter les mérites de madame Imbert. Il pensait à son cocher; il se disait : les frais courent ! et il murmurait à part soi, tout en serrant les mains de son ami :

— Où en est-il ? Vais-je lui emprunter cent francs ou cent sous ?

— Causons de toi, reprit-il. Que fais-tu ? Comment vis-tu ? Es-tu heureux ?

— Mon Dieu, tu sais... je me tire d'affaire. Je copie de la musique, je cours le cachet, je donne des leçons de piano et de flûte. Pour le soir, j'ai un emploi de troisième violon dans un petit théâtre. Enfin, je joins les deux bouts...

— Ta vie doit être horriblement fatigante.

— Ah ! dame, je n'ai guère de loisirs. Aujourd'hui, par extraordinaire, je suis à peu près libre. Deux de mes élèves sont à la campagne, ce qui me procure deux heures de vacances.

— Et tu en profites pour charmer les échos d'alentour ?

— Ah ! ah ! tu m'as entendu.

— Avec un plaisir extrême. De qui donc est cette fantaisie que tu exécutais?

Duclos rougit et balbutia :

— Elle est de moi, mon ami.

— Tu composes ?

— C'est-à-dire... j'improvise... tant bien que mal.

— Mais ce morceau était tout bonnement admirable.

— Oh !... admirable... On voit bien que tu ne t'y connais pas... Cependant... il y a des jours où je m'imagine sentir en moi... comment dirai-je ! un atôme, une étincelle du foyer créateur.

— Tu devrais cultiver cela.

— C'est ce que me répète souvent mon illustre maître. Car tu sauras que si je donne des leçons, j'en prends aussi...d'un professeur du Conservatoire. Oui, j'ai besoin de me perfectionner. Et juge de ma chance ! ce professeur, qui est lui-même un compositeur hors ligne, s'est intéressé à moi. Non-seulement il me prodigue ses enseignements et ses conseils, mais encore il refuse d'en accepter le prix. — Vous me payerez, me dit-il, quand vous serez un violoniste célèbre... et cela ne tardera pas si vous dirigez vos études vers la composition.

— Eh bien !

— Eh bien, mon ami, je ne demanderais pas mieux ; mais il faut vivre, il faut pouvoir attendre l'inspiration et travailler à ses heures, avoir son existence matérielle bien assise, n'être plus bourrelé par des questions de loyer, de nourriture et de vêtements. Il faut, en un mot, avoir du pain sur la planche...

— Pourquoi ne t'es-tu pas adressé à moi dès le début? dit effrontément Amaury. Ma bourse est la tienne...

— Merci, vieux. Oh! je ne doute pas de ton cœur, va. Quant à emprunter une somme d'argent, même à toi mon unique ami, lorsque j'ignore si je serai jamais en mesure de la rendre... non, non, impossible...

— Pauvre sot ! pensa Lagardiole.

Et, de fait, ce vil escroc se considérait comme mille fois supérieur par l'intelligence à l'homme d'honneur dont il méprisait les scrupules.

— Alors, reprit-il, tu as renoncé à conquérir la modeste indépendance qui te serait nécessaire ?

— Nullement. A force d'entasser sou sur sou, je...

— Ce sera long !

— Pas si long que tu le supposes. J'ai déjà dans mon secrétaire un joli commencement de magot.

— Bah !

— D'abord, les trois mille francs que j'ai apportés du pays.

— Hein ! Tu les as encore ?

— Je n'y ai pas touché.

Le vicomte tressaillit. Il lui sembla que la mansarde s'illuminait.

— Enfouir de l'argent au fond d'un tiroir ! fit-il du bout des lèvres. Quelle absurdité ! Au lieu de le placer à gros intérêt.

— Tu es superbe, toi. Est-ce que je m'entends à ces opérations-là.

— Hé ! nigaud, tu n'avais qu'à me les confier, tes mille écus... je leur eusse fait pondre des petits.

— Permets. Je te les ai offerts. Tu m'as affirmé qu'il n'y avait rien à entreprendre avec une pareille niaiserie.

— Rien... rien... C'était une manière de parler. Nous autres, grands industriels, nous appelons rien tout ce qui se chiffre au-dessous de cent mille francs.

— Malepeste ! quelle belle chose que l'industrie ! Ah ! ça, tu dois gagner des billets de mille avec autant de facilité que j'avalerais un verre de limonade ?

— N'exagérons pas. J'ai du tact, de l'expérience, voilà tout. Je devine les bonnes affaires et j'y engage mes fonds. Tiens, pas plus tard que ce matin, je suis entré dans une combinaison qui triplera certainement ma fortune.

— L'eau va toujours à la rivière. Dis donc, Amaury ?...

— Quoi ?

— Si tu m'y fourrais, dans ta combinaison ?

— Hum !... Difficile, cela, mon bon. Cependant, à la rigueur...

— Et, selon toi, — à vue de nez, — quel bénéfice ma rapporteraient-ils, mes trois malheureux mille francs ?

— Mon cher, je ne veux pas te leurrer d'illusions. C'est tout au plus si tu doubleras ton avoir.

— En un an ?

— En un mois.

Sylvain sauta en l'air.

— Comment ! dans un mois, je posséderais six mille francs ?

— Oui.

— Six mille francs ! c'est-à-dire du calme d'esprit pour trois années. Juste le temps de creuser mon trou. C'est sérieux ce que tu me dis là ?

— Très sérieux.

— Et... aucun danger de perdre cet argent ?

— Aucun.

— Amaury, tu vas me faire le plaisir de l'emporter.

— Si cela peut t'être agréable.

— Nom d'un petit bonhomme ! je le crois bien, exclama Duclos, qui s'élança vers son secrétaire et qui en retira trois rouleaux de cinquante louis.

Lagardiole les glissa nonchalamment dans sa poche. Un frémissement de béatitude lui parcourut l'épiderme.

— Passe-moi une plume, dit-il, je vais t'écrire un reçu.

— Tu plaisantes. Un reçu de toi ! Veux-tu bien te taire !

— Laisse-moi au moins t'expliquer le but de l'entreprise. Il s'agit d'une découverte que nous allons exploiter. La compagnie se forme au capital de....

— Au nom du ciel ne m'explique rien. Ma tête n'y résisterait pas. L'industrie ! je ne sais pas ce que c'est, mais ça m'effraye. Je me représente un pêle-mêle de hauts-fourneaux et de géométrie, de houillières et d'algèbre, de locomotives et de plans bariolés ; tout ça se confond et danse et tourbillonne devant mes yeux, au point de me donner la migraine. Epargne-moi.

— Soit, dit le vicomte. Maintenant, autre chose. J'ai un service à te demander.

— A moi !... un service !... s'écria Duclos en battant des mains... Décidément, tu as donc juré de me rendre fou de joie ? Voyons, parle, parle vite.

— Un instant. Réponds d'abord à ceci. Quelqu'un a-t-il ici la mauvaise habitude — ou le droit — de fouiller dans tes meubles, dans tes papiers ?

— Par exemple ! Certes non, personne.

— Tu n'as pas d'amis indiscrets ?... pas de femme de ménage indélicate ?

— Je n'ai d'autre ami que toi et je fais mon ménage moi-même.

— Pas de maîtresse trop curieuse ?

— Oh ! Amaury !

— Bien. Ne te voile pas la face. Je m'informe de cela parce que tout à l'heure, en bas, j'ai aperçu certain museau rose qui m'a produit l'effet d'être au mieux avec toi.

Sylvain, pourpre jusqu'aux oreilles, jeta un cri indigné :

— Mademoiselle Imbert!... Rosette !... Ah ! mon ami, quelle affreuse supposition !... Elle, l'innocence.... la pureté même !

— Très bien, fit Lagardiole sans hésiter, quoiqu'il ne crût pas plus à l'innocence de la fille qu'à l'honorabilité de la mère.

Puis, tirant de son portefeuille l'enveloppe cachetée, il la remit à Sylvain.

— Enferme ça dans le plus secret de tes

tiroirs et promets-moi que nul au monde ne saura jamais que je t'ai confié ce dépôt.

— Je te le jure, balbutia Duclos étonné.

— Ne t'en dessaisis sous aucun prétexte, — même si l'on t'apportait une lettre signée de moi et te le réclamant, car cette lettre serait fausse...

— Sois tranquille, mais...

— A présent, écoute ; si tu apprends tout à coup que j'ai péri de mort violente...

— O mon Dieu !

— Chut !... il est bon de tout prévoir. Si tu apprends, dis-je, que j'ai subitement disparu ou que je suis mort assassiné, tu briseras ces cachets et, dans cette enveloppe, tu trouveras des instructions sur ce qu'il te resterait alors à faire... Est-ce compris ?

— Sans doute, mais...

— Quoiqu'il arrive d'ailleurs, ton argent sera sauvegardé. Je m'arrangerai en conséquence.

— Hé ! je me moque pas mal de mon argent à cette heure !... Amaury, imprudent garçon, dans quel guêpier...

— Pas un mot de plus. Il y a là un secret dont je ne puis disposer.

Sylvain s'affaissa sur une chaise. Ses jambes se dérobaient.

— Ainsi, bégaya-t-il, ce papier maudit...

— Ce papier, interrompit Lagardiole, a failli une fois déjà me coûter la vie. Pour me le voler, on n'a point reculé devant un crime; voilà pourquoi je m'en débarrasse.

— Mais au moins cette précaution éloignera-t-elle de toi tout péril ?

Je l'espère. Quand mes ennemis se seront convaincus que je n'ai ce document ni chez moi, ni sur moi, ils se garderont de m'occire avant de savoir où je l'ai caché. Seulement, je vais être entouré d'espions, et pour peu que je vienne ici, on devinera vite que tu es mon dépositaire. Or, comme, le cas échéant, on essayerait de t'arracher le papier en question par la force ou la ruse, à dater d'aujourd'hui, nous éviterons absolument de nous rencontrer.

— Ah ! parfait !... Ah ! délicieux ! il ne manquait plus cela !

—Pendant que un laps très court, je t'assure. D'ici à quelques semaines, j'aurai triomphé de mes adversaires...

— Ou bien ils t'auront enterré. Voilà pour moi le plus clair de ton histoire... Mon Dieu, mon Dieu ! Et moi qui t'ai empêché de me parler industrie... crainte de la migraine.

— Allons, ne te tourmente pas ainsi. Sois un homme. Rappelle-toi que ma fortune et mon existence vont dépendre de ton sang-froid, de la discrétion.

— Ah ! pauvre cher vieux, n'aie pas peur que je t'oublie ! murmura Sylvain dont la voix tremblait de douleur.

— Sur ce, je me sauve. Adieu.

— Déjà !... ta main, Amaury... Non, tant pis, je t'embrasse...

— Eh bien ! qu'est-ce que tu as ?... Tu pleures...

— Moi !... jamais de la vie, — sanglota Duclos. Pourquoi pleurerais-je ? C'est excessivement drôle, ce que tu m'as raconté-là !

Il s'épongea vigoureusement les yeux et reprit avec amertume :

— On n'a qu'un ami sur la terre... on le voit tous les trente-six du mois, c'est vrai, mais enfin... on se dit : — Il est heureux... il s'amuse... il me reviendra un de ces jours. Ça soutient et ça console... Et puis, va te promener ! Un beau matin, il vous annonce tranquillement qu'on va le massacrer... et il vous souhaite bien le bonsoir... C'est très réjouissant, très réj...

Un sanglot lui coupa la parole.

Quelque bronzé que fût Amaury, ce chagrin le toucha presque. Il éprouva une sorte de remords à considérer l'honnête figure de Sylvain et ses bons yeux noyés de larmes. Excepté cet être excellent, qui donc l'avait aimé ici-bas ? Si loin qu'il remontât dans ses souvenirs d'enfance, il retrouvait auprès de lui cette amitié franche et fidèle, toujours attentive à lui sourire, toujours prête à le défendre, à l'admirer, à se dévouer pour lui.

Et lui, comment récompensait-il tant d'affection ? En dépouillant Duclos, en lui enlevant le morceau de pain sur lequel il avait fondé ses espérances de travail paisible et d'avenir.

Un scrupule fit hésiter Lagardiole; puis il songea aussitôt à sa propre situation, et il renfonça résolûment l'or de son ami dans sa poche.

— Holà ! se dit-il, point de puérilités sentimentales. Avec cet argent habilement manœuvré, je sors de mon ornière et je repince la duchesse... Il sera temps alors de rembourser Sylvain.

Et le vicomte s'en alla, léger comme une plume.

Duclos, appuyé à la rampe, la tête entre ses mains, l'accompagna de ses vœux et de son regard humide.

— Hélas ! hélas !... soupira-t-il, le reverrai-je ?...

— Ça n'est guère probable, dit une voix à son oreille, puisque vous lui avez prêté vos trois mille francs.

Sylvain se redressa et aperçut le pétulant visage de la petite Imbert.

— Comment savez-vous cela, mademoiselle ?... s'écria-t-il stupéfait.

XXII

Parmi les hommes, — aujourd'hui chauves et sérieux, qui furent la jeunesse dorée de 1865, plus d'un se rappelle encore la petite Imbert. Il en existe même auxquels ce nom arrachera un soupir rétrospectif.

Rosette Imbert était un rat. Ses jambes mignonnes appartenaient à l'académie impériale de musique et frétillaient obscurément au dernier plan de la scène, derrière un quadruple escadron de maillots roses et de jupes transparentes.

Nulle lorgnette ne s'aventurant aussi loin, la masse du public ignorait la petite Imbert. Par contre, les habitués des coulisses l'appréciaient à sa juste valeur.

Durant les entr'actes du *Prophète* ou des *Vêpres siciliennes*, on les voyait tous, financiers, journalistes et apprentis diplomates, folâtrer aux environs de cette fillette. Non qu'elle eût rien d'absolument extraordinaire. Elle avait dix-sept ans, l'œil éveillé, le nez au vent, la bouche fraîche et des fossettes un peu partout ; — en un mot, la beauté du diable. Mais ses prunelles mutines possédaient cette expression engageante, ce je ne sais quoi de mystérieusement coquin auquel un homme, fut-il élevé en Laponie, essayerait en vain de résister. Puis, elle aurait fait rire un derviche ; sa gaîté fantasque, le biscornu de ses réparties, le tour original de ses idées formaient un ragoût plein de saveur. Enfin, elle était vertueuse.

Vertueuse, à l'Opéra ?... Oui, authentiquement. Sa vertu sautait aux yeux en même temps que sa pitoyable toilette. Quand il lui était facile d'arriver aux répétitions dans une voiture à huit ressorts, Rosette s'obstinait à chausser d'horribles caoutchoucs. Tandis que la plupart de ses compagnes vivaient émancipées au sein du palissandre, elle occupait stoïquement une mansarde glaciale, à six étages au-dessus de la loge où sa respectable mère tirait le cordon.

— Ma fille est une ingrate ! soupirait quelquefois cette concierge désolée. A mon âge et avec mon catarrhe, qu'est-ce qu'il me faudrait ? Douze cents livres de rentes. Je les aurais déjà si elle y avait consenti.

Ainsi se lamentait la veuve Imbert, forte femme adonnée aux spiritueux. En quoi elle avait tort. La bonne volonté ne manquait point à Rosette. Petite fleur brillante, éclose sur le fumier de Paris elle avait été abreuvée de préceptes malsains et nourrie d'exemples vénéneux.

Non-seulement la veuve Imbert n'était pas veuve, mais il est infiniment probable que le nommé Imbert n'avait jamais existé. En interrogeant ses souvenirs, Rosette se rappelait avoir appelé papa une foule d'individus de toutes nuances qui encombraient le domicile de mademoiselle sa mère, avant que l'âge eût relégué celle-ci dans la solitude d'une loge. Ces pères, aussi nombreux que variés, lui faisaient cirer leurs bottes, l'envoyaient acheter du tabac et lui tiraient les oreilles au retour.

Telle avait été l'éducation première de Rosette.

Plus tard, on lui avait appris en manière de catéchisme que la jeunesse est un capital et la chasteté une très mauvaise plaisanterie, que le bonheur consiste dans une série de robes à cent vingt francs le mètre ; et que le plus saint des devoirs, pour une jeune fille peu fortunée, est de charmer les loisirs d'un ou de plusieurs riches célibataires.

Stylée de la sorte, l'insoucieuse enfant était parfaitement résolue à laisser s'envoler, un jour ou l'autre, son bonnet virginal par-dessus un Moulin-Rouge quelconque. Mais pour le moment elle hésitait.

D'autre part, nul n'avait su lui plaire ; ensuite, chaque fois qu'elle éprouvait des tentations trop vives, quatre mots lui montaient aux lèvres : « Que pensera Sylvain Duclos ? » Et le bonnet indécis retenait son essor.

Il faut bien que l'estime d'un honnête homme soit une denrée de quelque valeur, puisque, sans l'aimer du reste aucunement, Rosette attachait tant de prix à l'opinion de celui-là. Ce n'était pourtant qu'un pauvre diable, niché comme elle sous les ardoises. Une simple cloison séparait leurs deux chambres. Troisième violon dans un théâtre de banlieue, Duclos rentrait tard, ainsi que la danseuse ; ils se rencontraient parfois vers minuit, le bougeoir à la main, au sommet de l'escalier. De là, quelques marivaudages. Sylvain, triste comme un jour de pluie, râpé sur toutes les coutures, gauche à en être gênant, n'offrait guère l'étoffe d'un amoureux. Mais les coquettes ne dédaignent personne : Rosette, par acquit de conscience, agaça le voisin et s'efforça de lui incendier la cervelle ; le voisin prit feu comme un carré d'amadou.

Il avait vingt-sept ans. A cet âge, un Auvergnat bien constitué cultive encore la petite fleur bleue de l'idéal. Dans les yeux délurés de Rosette, le brave garçon s'imagina retrouver la chaste incarnation de ses rêves. Pudique lui même comme la morale en action, il la revêtit, à son image, de candeur et de pureté. La jeune Imbert devint pour lui une madone déclassée, un ange égaré par accident sur les planches.

Ni les mines gouailleuses, ni le babil pimenté de cet ange provisoire ne le dégrisèrent. Ce qu'il adora en elle, ce ne fut pas uniquement sa gentillesse juvénile et la fleur veloutée de ses dix-sept printemps ! ce fut aussi, ce fut surtout l'immaculée blancheur qu'il supposait à son âme.

Le pas léger de Rosette, le frôlement de sa robe dans le corridor, le timbre de sa voix à travers la cloison procuraient à Duclos d'ineffables extases. Il se levait la nuit, pour aller contempler la porte de sa bien-aimée et il couvrait de baisers délirants un vieux petit gant noir qu'elle avait jeté au rebut.

Rosette cependant, par son moral, ressemblait beaucoup plus à un gamin de Paris qu'à la Marguerite de Gœthe. Cette passion muette, concentrée, solennelle, l'étonna d'abord, puis la fit rire. Comme un jeune chat roule un oiseau entre ses griffes, elle se mit à jouer avec le cœur de Sylvain, passant dix fois par jour de la tendresse à l'indifférence, de l'abandon à l'ironie, et ne se doutant point qu'en s'amusant ainsi elle commettait une cruauté abominable.

A ce jeu-là, Duclos devint extrêmement maigre. Ses joues rondes se creusèrent ; son teint prit la nuance du papier mâché. Mais il n'eût pas échangé ses tortures contre un fauteuil à l'Institut. Chaque soir, après une journée d'écrasante fatigue, il s'installait sur le palier, le cœur battant, il guettait le retour de la danseuse.

Dans quelles angoisses, Dieu le sait ! Devinant les séductions dont elle était environnée, il se pétrissait le crâne avec désespoir. On a beau avoir confiance, la jalousie ne se raisonne pas. Il la voyait caquetant et minaudant au milieu de son fringant état-major, et il se rongeait les poings et il se disait d'une voix étranglée :
— Si elle allait ne pas rentrer ce soir !

Puis, lorsqu'il entendait se refermer la porte de la rue, lorsqu'il la sentait, venir, lorsque, tandis qu'elle montait la lueur de sa bougie projetait sur le plafond de grandes ombres tournoyantes, Sylvain Duclos était saisi de repentir. Alors l'enfant apparaissait leste, joyeuse, pimpante, animée, les lèvres débordantes de sourires. C'était un rayon, c'était une aurore. En la retrouvant si gaie dans sa mauvaise petite robe, Sylvain éprouvait pour elle une religieuse reconnaissance, il avait honte de ses doutes et il était tenté de lui en demander pardon à genoux.

Cette admiration naïve, il osa un jour la lui dépeindre, et dans des termes tels, avec des accents si chaleureux et de si nobles élans que Rosette en faillit tomber de son haut.
— Quel type que ce garçon-là ! s'écriat-elle ébahie.

Néanmoins, à dater de ce jour, il lui arriva plus d'une fois de tressaillir en écoutant Sylvain. C'est qu'il lui parlait un langage tout nouveau pour elle, c'est qu'il lui montrait la vie sous un aspect qu'elle n'avait jamais connu. Grâce à lui, des perspectives inconnues se dessinèrent par échappées au fond de sa petite tête folle.

— Il peut donc y avoir, pensait-elle, du respect dans la passion, du désintéressement dans l'amour ? Le devoir, l'honneur, la vertu ne sont donc pas pour tout le monde des mots ridicules ou vides de sens ?

Ainsi s'interrogeait Rosette, et, par intervalles, l'idée d'une existence honnête et régulière traversait vaguement son cœur. Elle regardait Sylvain, elle se disait que celui-là serait assurément la perle des maris, un être facile à rendre heureux et qui aurait le bonheur plein de gratitude.

Baste !... le vent soufflait aussitôt d'un autre côté. Rosette haussait les épaules, Rosette recommençait à rire, mais en dépit d'elle-même, elle tenait à l'estime de Duclos, et elle se détournait du vice par crainte de déchoir aux yeux de ce musicien sans le sou. En un mot, Sylvain l'avait placée sur un piédestal si élevé qu'elle n'osait plus en descendre.

Infortunée veuve Imbert !... Certes, elle était à mille lieues de se douter que l'éclosion de ses douze cents livres de rentes fût retardée par le plus obscur de ses locataires.

D'instinct, pourtant, elle exécrait Duclos. Quoiqu'il payât son terme avec une exactitude chronométrique, elle le traitait de va-nu-pieds à son nez et à sa barbe. Peut-être avait-elle flairé en lui l'honnête homme.

Qu'aurait-ce été si elle eût entendu Sylvain encourager ce qu'elle intitulait la « bégueulerie de sa fille ! »

Heureusement, les coupables étaient à l'abri de son espionnage.

D'ordinaire, assis côte à côte sur la plus haute marche de l'escalier, ils jasaient, ils devisaient, oubliant l'heure, et la nuit et le froid. Derrière eux s'ouvraient leurs deux portes ; Sylvain n'avait qu'à se retourner pour apercevoir le petit lit blanc de Rosette et son humble commode en noyer. Pour rien au monde, croyez-le bien, il n'aurait franchi le seuil de ce gynécée. C'était, à son avis, un sanctuaire que le pas d'un homme eût souillé, profané.

De même, il se fût considéré comme un monstre s'il eût attiré chez lui la jeune fille. Un moment d'oubli, mon Dieu, — une ivresse, un vertige, peuvent nous entraîner si loin ! Inutile d'ajouter que le candide artiste se calomniait en raisonnant de la sorte et qu'il était un million de fois incapable de mettre à mal la savante ingénuité de Rosette.

Vers une heure du matin, chacun rentrait chez soi ; mais la veillée se prolongeait quand même à travers le mur. Rosette demandait une sérénade au voisin. Il décrochait son violon et, suivant que la conversation avait été sombre ou gaie, moqueuse ou sentimentale, selon l'accord qu'elle avait donné à l'humeur de Sylvain, il improvisait tantôt des mélodies rêveuses, tantôt des motifs d'une verve endiablée.

Il composa un soir une tarentelle si pétulante que Rosette, enthousiasmée, se jeta hors de son lit et se mit à danser en chemise.

Une autre fois, il exécuta une fantaisie tellement mélancolique que les larmes coulèrent au long des joues de la jeune fille et qu'il pleura lui-même en s'écoutant.

— Ou je me trompe fort, lui disait-elle parfois, ou vous avez un talent remarquable.

— Si vous m'aimiez, répliquait Duclos, il me semble que j'aurais du génie.

— Etes-vous bien sûr que je ne vous aime pas ? ripostait la coquette.

— Vous ne seriez pas si gaie, soupirait-il. L'amour est comme un vin trop capiteux ; il attriste ceux qu'il enivre.

Pauvre Sylvain !... il en savait quelque chose, lui ! Dévoré par une fièvre à la fois poignante et délicieuse, persuadé que sa tendresse ne serait jamais partagée, il s'efforçait de paraître indifférent, mais en dépit de lui-même, il étalait une physionomie funèbre et des attitudes de saule pleureur. Ses gros yeux suppliants avaient l'air de demander l'aumône. Il voulait être léger, brillant, spirituel, et il ne bégayait que des platitudes. L'amour abêtissait Sylvain.

Pour comble d'infortune, il se sentait grotesque, et cette certitude l'intimidait encore. Rarement il abordait Rosette sans rougir jusqu'à la racine des cheveux ; et comme l'espiègle créature se complaisait à augmenter son trouble, il s'écoulait plusieurs minutes avant que le malheureux eût reconquis un peu de sang-froid.

Ce matin-là, toutefois, il n'en fut pas ainsi.

Bouleversé par les demi-confidences de Lagardiole, Sylvain regarda la danseuse d'un œil presque distrait lorsqu'elle lui apparut immédiatement après le départ du vicomte.

Son imagination frappée lui représentait Amaury cheminant entre deux haies de poignards levés sur lui dans l'ombre ; et il se répétait tout bas cette phrase terrible :

— Souviens-toi que ma vie et ma fortune vont dépendre de ta discrétion.

Soudain, un mot prononcé par la jeune fille le fit bondir.

Il venait de se rappeler le détail que voici : à travers la cloison, le moindre bruit émanant de sa chambre arrivait, net et distinct, dans celle de Rosette.

Et il ne songeait à cela que maintenant !... Et il avait laissé parler Amaury sans l'interrompre !...

Une sueur glacée perla sur son front.

— Mon cher monsieur Duclos, disait Rosette, un bébé de huit jours vous en remontrerait comme prudence. Quoi ! vous n'avez qu'un ami, vous tenez à le voir souvent, et au lieu de lui offrir tout simplement le petit verre de la sympathie et le calumet de l'hospitalité, vous lui prêtez trois mille francs sans reçu !... Mais, violoniste inconsidéré que vous êtes, si ce jeune homme est à la hauteur de son époque, vous ne le rencontrerez plus désormais que dans un monde meilleur...

Sylvain eut un instant de fol espoir. Peut-être Rosette n'avait-elle surpris que la première moitié de sa conversation avec Lagardiole.

— Mademoiselle, fit-il doucement, vous ne connaissez pas Amaury !

— Eh bien ! reprit-elle, admettons que ce ne soit pas un roublard, c'est toujours un mauvais ami.

— Lui !

— Certainement, puisqu'il ne craint pas de vous compromettre en cachant chez vous des papiers dangereux.

Sylvain, accablé, se permit un geste de timide reproche :

— Oh ! balbutia-t-il, vous nous avez écoutés ! Quand il vous était si facile de m'avertir de votre présence !

— Pas si bête ! Je suis curieuse, moi !

— Ainsi... ce secret confié à moi seul !.. nous sommes deux à le...

— Pardon. Nous sommes trois.

— Hein ?... Il y avait quelqu'un dans votre chambre ?

— Oui,

— Qui donc ?

— Ma couturière.

Sylvain dressa vers le ciel deux bras désespérés.

— Oh ! soyez tranquille, elle ne bavardera pas. Elle a bien assez de ses propres affaires sans s'occuper de celles des autres. Pas vrai, madame Guérard ?

Ce disant, Rosette poussa la porte de sa chambre et Sylvain aperçut, auprès de la fenêtre, une jeune femme assise et travaillant.

Elle avait dû être jolie, mais la misère — ou la débauche — avaient flétri ses traits et plombé son teint. Quand elle leva sur Duclos ses yeux gris-bleu, durs et brillants, l'artiste lut sur cette physionomie une telle expression d'impudeur cynique et de raillerie crapuleuse, qu'il recula stupéfait. Avec sa figure couverte de taches de rousseur, ses lèvres épaisses mais vermeilles et ses cheveux d'un blond roux rassemblés en bourrelet au sommet de sa tête, cette créature lui produisit l'effet d'une rôdeuse de barrières.

Il emmena Rosette à l'écart et lui dit tout bas :

— Quelle est cette personne ?... où l'avez-vous connue ?

— Elle m'a été recommandée par une de mes amies de l'Opéra, répondit la danseuse. Pauvre petite femme ! elle est bien intéressante, allez ! Imaginez-vous qu'elle a pour mari un paresseux, un ivrogne qui la bat et la laisse mourir de faim. Les hommes sont des monstres. Aussi quoique je ne sois pas riche, je lui donne mes vieilles robes à rafistoler, histoire de lui faire gagner quelques sous.

Sylvain n'écoutait plus. Une consternation morne l'envahissait.

— D'habitude, poursuivit Rosette, madame Guérard ne travaille pas à domicile. Mais aujourd'hui, comme elle a de l'ouvrage à reporter dans le quartier et qu'elle demeure fort loin, du côté de la Chapelle, je crois, elle m'a demandé la permission de terminer sa besogne ici. Est-ce assez heureux pour vous, cela, gros imprudent ?

— Heureux pour moi ?

— Dame ! si la police vous tracasse vous pourrez nous citer, elle et moi, comme témoins que vous n'avez pas trempé dans le complot.

— Quel complot ?

— Celui de votre ami, parbleu !..... Il conspire, ce joli monsieur-là, je le parierais. L'enveloppe qu'il vous a remise contient sûrement l'ordre et la marche de la chose... avec la liste des conjurés. Ça ne se passe jamais autrement dans les drames.

Là-dessus, Rosette, enchantée de sa perspicacité, tira de sa poche une noix qu'elle fit craquer sous ses dents blanches.

— A présent, reprit-elle, supposez que demain ou après-demain le préfet de police envoie des gens mal mis farfouiller

dans vos tiroirs. On y découvre le papier fatal, on vous arrête, on vous juge et on vous condamne en qualité de complice. Très bien. Alors nous apparaissons, madame Guérard et moi, et nous vous rendons la liberté juste au moment où l'on va vous expédier sur Cayenne, pays peu favorable au développement de l'art musical, — ou bien sur l'échafaud, station plus insalubre encore.

Pendant que babillait Rosette, — Sylvain, pâle et sans voix roulait des yeux égarés.

Il avait peur. Non pour lui-même, le digne garçon, mais pour Lagardiole.

Tout à coup il s'élança dans sa chambre, saisit l'enveloppe cachetée et descendit l'escalier comme un fou, abandonnant Rosette au beau milieu d'une phrase.

— Où va-t-il ! murmura madame Guérard qui avait semblé jusque là très-indifférente à toute cette histoire.

— Il court après son ami pour lui restituer le dépôt, et il a raison. Garder chez soi un papier de ce genre, ce serait dormir sur un baril de poudre.

L'ouvrière fronça le sourcil et se remit à tirer l'aiguille avec une activité fiévreuse. Si Rosette l'eût regardée, elle eût été surprise de la voir blémir et rougir tour à tour.

Mais Rosette se tenait sur le pas de sa porte, épiant le retour de Sylvain.

Au bout d'un quart d'heure, il reparut triste, haletant et en nage.

— L'avez-vous rejoint ? demanda la danseuse.

— Non, mademoiselle.

— Alors, il faut aller chez lui... et vite !

— Hélas ! fit Duclos en se tordant les mains, il a oublié de me dire son adresse.

— Encore !... Ah ça !... c'est donc une manie ?

Sylvain ne répondit pas.

Bourrelé d'inquiétude et de chagrin, il rentra dans sa mansarde et s'y enferma.

Un sourire diabolique errait sur les lèvres de la Guérard.

XXIII

On a souvent besoin d'un plus petit que soi ! fredonnait le vicomte de Lagardiole en quittant son ami Sylvain.

Et, joyeux d'avoir placé en lieu sûr ce qu'il intitulait son talisman, — joyeux surtout d'entendre sonner des louis dans sa poche, il sortit allégrement de la maison.

A cette minute s'arrêtait devant la porte un élégant panier attelé de deux doubles poneys et conduit par une demoiselle au visage aussi agréable que savamment maquillé.

Elle sauta d'un bond sur le trottoir. Cet élan de sylphide révéla aux passants deux jolis pieds montés sur de hauts talons et le bas d'une jambe ronde, chaussée de soie rose.

Fringante et pimpante, la toque sur le nez la demi-voilette rabattue en masque sur une figure poudrée à l'iris, cette irrégulière croisa Lagardiole.

— Clorinde!… s'écria-t-il.

— Amaury!… exclama-t-elle.

Et elle tendit au vicomte, — qui la lui étreignit à l'anglaise, — une main un peu large peut-être, mais étroitement comprimée dans un gant à six boutons.

C'était, on s'en souvient, chez mademoiselle Clorinde que Lagardiole avait passé la nuit précédente en compagnie de Gédéon Frédouille et de plusieurs autres gentilshommes du boulevard.

Mademoiselle Clorinde se disait artiste dramatique, parce que son nom figurait sur l'affiche d'un théâtre à féeries.

En réalité, sa profession consistait à revêtir chaque soir un maillot couleur de chair et à traverser deux ou trois fois la scène au milieu d'une horde de jeunes personnes très court vêtues.

Quelquefois on lui confiait un couplet à chanter; alors, souriant aux têtes chauves de l'orchestre et clignant de l'œil aux gilets dépoitraillés du balcon, elle leur expliquait gentiment, — sur l'air de la *Femme à barbe* ou des *Pompiers de Nanterre*, — qu'elle était la Fée du macadam, ou bien la Reine des vélocipèdes, ou encore l'Ange du Picrate de potasse. Là se bornaient ses travaux artistiques. Sa voix fraîche et fausse donnait la chair de poule aux gens nerveux et leur agaçait les dents comme le bruit d'un bouchon qu'on coupe; mais Clorinde était si blonde et tellement potelée qu'on ne lui gardait pas rancune.

Chose étonnante! ces exercices bizarres étaient rétribués. Clorinde émargeait soixante francs par mois, ce qui, grâce à des prodiges d'économie, lui permettait d'avoir un châlet à Enghien, un somptueux appartement rue Vintimille, trois voitures, six chevaux, huit domestiques, quarante mille francs de diamants et une foule d'obligations de chemins de fer.

Physiquement, c'était une belle fille, mince de taille, large des épaules, au corsage ferme, au teint reposé, à l'œil calme et placide comme celui d'une génisse repue. Sotte et ignare d'ailleurs, elle calculait mieux que défunt Barême. Dans son corps de statue grecque veillait une âme de banquier juif.

Elle exploitait la galanterie comme on exploiterait un fonds de confiseur, ne laissant échapper aucune occasion de lucre et sachant tirer parti de quiconque l'approchait, même de ses adorateurs platoniques. En fait de cadeaux, elle n'acceptait que des objets pouvant être immédiatement convertis en espèces sonnantes. Point de fleurs, point de bonbons, point de ces bibelots coûteux qu'on revend pour rien ; mais de jolis petits bijoux, des pierreries sérieuses ou des valeurs ayant cours à la Bourse.

— A-t-elle de la chance! murmuraient ses jeunes et imprévoyantes amies.

Non, elle avait tout simplement de l'arithmétique. Connaissant la fin réservée aux courtisanes dont la beauté passe, et se souciant peu de tomber, de chute en chute, à l'hôpital et à l'égout, elle faisait sa pelote avec un activité de fourmi. A trente ans, se disait-elle, j'aurai un million et je me retirerai des affaires.

En attendant, elle thésaurisait. Gagner de l'argent était son idée fixe, et cette idée immuable lui tenait lieu d'intelligence, lui inspirait à l'occasion des mots charmants, des sourires enivrés, des câlineries de chatte, des séductions parfois irrésistibles. Aussi la croyait-on ardente et passionnée. Au fond, elle était usée jusqu'à la corde. Pour elle, l'amour était une grimace, le plaisir un labeur, l'homme un porte-monnaie. Elle exécrait ses amants comme l'ouvrier paresseux exècre le patron qui le fait travailler et qui le paye.

Son métier l'ennuyait. Elle en avait assez de Paris et des soupers soi-disant joyeux et des interminables nuits sans sommeil.

Elle rêvait de vivre en bonne bourgeoise dans quelque province écartée, de servir le pain bénit chaque dimanche, de broder des nappes d'autel et de dormir tout son soûl.

— En croirai-je mon pince-nez?… reprit le vicomte de Lagardiole. Vous déjà levée, chère belle?

— Pour une excellente raison, répondit-elle en faisant luire ses dents blanches derrière ses lèvres humides de carmin. Je ne me suis pas couchée.

— On ne s'en douterait guère. Vos joues ont la fraîcheur d'une glace panachée, — vanille et framboise.

— On en mangerait, n'est-ce pas?

— Avec exaltation.

— Gourmand!… Cela n'empêche pas que je suis furieuse…

— Bah!

— Vous vous rappelez qu'hier soir j'avais installé une table de bouillote dans ma chambre?

— Oui, Et quand je suis sorti de chez vous ce matin, la partie finissait.

— Quelle heure était-il alors?

— Cinq heures environ.

— Et il est maintenant ?

— Deux heures de l'après-midi.

— Eh bien ! mon cher, la partie continue.

— Dans votre chambre à coucher ?

— Toujours.

— Profanation !

— Ils sont là quatre enragés qui feraient leur va-tout sur les ruines du monde. Impossible de les éconduire. Je les ai suppliés, injuriés, bousculés, pincés... Rien ne les a émus.

— Il fallait vous mettre au lit tout de même.

— Devant eux !

— Puisque vous teniez à les émouvoir.

— J'ai préféré leur céder la place... après avoir défendu qu'on leur servit la moindre nourriture... Vous comprenez ? La faim...

— Justifie les moyens. C'est juste.

— Mais, à propos de jeu, vous avez dû crânement bâiller chez moi, mon pauvre bon ?

— Par exemple !

— Vous n'avez pas touché à une carte, et quand vous ne taquinez pas la dame de pique, vous, le spleen vous empoigne. Je vous connais, mon bel ami.

— Pas autant que je voudrais, ô Clorinde !

— Du reste, j'ai deviné la cause de votre sagesse.

— Ah ! fit Lagardiole en pâlissant, car il tremblait que l'on n'eût flairé sa pénurie.

— Le baccarat était mesquin, et Votre Excellence ne daigne s'asseoir que lorsqu'il y a cinq ou six mille louis sur la table.

— Ma foi, oui. J'en conviens.

— En ce cas, préparez vos jaunets. Ce plaisir vous sera offert d'aujourd'hui. en huit.

— Vous donnez encore une fête ?

— Ebouriffante. Elle fera du bruit dans Landerneau, je ne vous dis que ça. Pendant un mois, on se relèvera la nuit pour en parler.

— Ah ça ! voyons donc, voyons donc, Clorinde, ma fille, renseignez-moi un peu. Depuis quelques semaines, vous nous promenez de surprises en éblouissements ; vous éclaboussez Paris de votre luxe ; les noces et festins se succèdent chez vous sans interruption, et personne n'a encore entrevu votre... trésorier. Qui est-ce qui paye tout ça ?

— C'est un monsieur qui désire garder l'anonyme.

— Bon ! des mystères avec moi, votre vieil ami ! Je serai discret comme un caillou. Apprenez-moi qui est le nabab, où se cache le Mécène, comment se nomme le Crésus ?

— Il faudrait d'abord le savoir.

— Vous l'ignorez ?

— Complétement.

— Ça doit vous gêner dans le tête-à-tête. Vous appelez donc ce monsieur : Chose ou Machin ?

— Je l'appelle par son nom de baptême.

— Qui est ?

— Gustave...

— ... Ou le mauvais sujet. Ce n'est pas un nom de protecteur sérieux, cela, c'est le titre d'un roman de Paul de Kock. Enfin, va pour Gustave. Pourquoi se dérobe-t-il à notre admiration ?

— Que vous dirai-je ? Il a la rage de l'incognito. C'est sa toquade, à cet homme. Peut-être est-il marié, peut-être craint-il que sa femme ne soit informée de ses fredaines.

— Ainsi, jamais il n'assiste aux divertissements variés dont sa bourse acquitte les frais ?

— Il y assiste toujours , au contraire. Il était hier soir au milieu de vous.

— Pas possible !

— Si, vraiment. Il a joué, dansé, folichonné, soupé, il s'est même grisé, — mais sans sortir de la foule des invités vulgaires.

— Cette modestie est étrange. Quand on est riche et quand on a été distingué par Clorinde, on aime à faire parade de sa maîtresse et de sa fortune.

— Eh bien ! lui, pas du tout, mon cher. Il s'efface, il a peur d'attirer l'attention, et chez moi, il veut absolument avoir l'air d'un de ces individus sans conséquence dont on meuble son salon pour faire nombre.

— Et ça l'amuse, ce rôle-là ?

— Probablement, puisqu'il me force à donner des fêtes toutes plus coûteuses les unes que les autres. Ecoutez le programme de celle de samedi prochain : Grand bal travesti et masqué, soixante musiciens à l'orchestre, buffet extravagant, souper de trois cents couverts, tombola, tableaux vivants, cotillon enragé, baccarat infernal... toutes les herbes de la Saint-Jean, quoi !

— Bigre! en voilà pour dix mille francs nets.

— Vingt mille au bas mot ! dit Clorinde avec un énorme soupir. Rien que dans l'escalier, il y aura pour six mille francs de fleurs... Est-ce assez idiot, hein ! de gaspiller de pareilles sommes sans en retirer même une satisfaction d'amour-propre ? Je disais ce matin à Gustave : — Au lieu de dissiper ces mille louis en quelques heures, vous feriez mieux de m'en acheter du trois pour cent... Savez-vous ce qu'il m'a répondu ? Ma chère amie, je ne tiens nullement à vous enrichir et je tiens beaucoup à me distraire. Contentez-vous des appointements que je suis heureux de vous offrir et souffrez que je me divertisse à ma façon.

— Épatant bonhomme ! Où diable l'avez-vous connu ?

— A mon théâtre, cet hiver. On jouait la *Carotte enchantée*, vous savez cette féerie en quarante-huit tableaux où je remplissais le rôle de...

— La Reine des Salsifis. Je me souviens parfaitement. Vous y étiez admirable.

— Un soir, on m'apporte dans ma loge un écrin et un billet. L'écrin contenait un superbe collier de perles. Le billet était ainsi conçu : «Mademoiselle, cinq mille francs par mois et des égards, ça vous irait-il?... »

— Signé : Gustave.

— Oui. La forme me parut grossière, mais le fond me fit réfléchir. A minuit, dans un cabinet particulier chez Brébant, Gustave m'adressait à peu près ce langage en becquetant des écrevisses à la bordelaise : — Mademoiselle, je suis puissamment riche, et j'ai la formelle intention de me ruiner en votre aimable compagnie. Seulement, gardez-vous de me désigner à qui que ce soit comme l'heureux adjudicataire de vos charmes. Le jour où, par votre faute, le bruit se répandrait que j'ai des bontés pour vous, mon coffre-fort s'éclipserait sur-le-champ de votre horizon.

— Bravo, Gustave !... Amour, insolence et cachotterie, il a tout pour lui, cet animal-là ! Gustave m'intrigue et il me plaît. Vous me montrerez Gustave.

— Etes-vous fou ! Risquer ma position pour vous être agréable ! Ah ! mais non, mon petit.

— Soit. Mon instinct me le fera découvrir. Christophe Colomb a bien découvert l'Amérique.

— Alors, on pourra compter sur vous, samedi ?

— Ça dépend. Qui aurez-vous ?

— En femmes ? Le dessus du panier, naturellement : Irma Trop-de-Zinc, Julia Clobeski, Fleur-du-Mal, Bouquet-d'Orties, Louise-la-Décoiffée, Nini Pincettes...

— Ah ! peu m'importent les femmes, ce sont toujours les mêmes...

— En hommes, il y aura... Gustave d'abord...

— Parbleu ! A tout seigneur, tout honneur.

— Puis, une société premier choix. Des artistes, des financiers, des sportsmen, des crevés, des gens de lettres. Et enfin mes habitués, mes fidèles, le bataillon des joueurs frénétiques : Joncherolles, la Bé-

tonière, lord Oxbridge, le petit Gédéon, Brossac.

— Vous recevez cette espèce ?

— Il est si pratique !

— Eh bien ! c'est convenu. J'irai.

— A samedi, alors.

— Tiens !.... s'écria Lagardiole en voyant Clorinde se diriger vers la maison où demeurait Sylvain Duclos, — vous connaissez quelqu'un là-dedans ?

— Oui, une brave femme qui a été mon habilleuse, lors de mes débuts aux Folies. Et vous ?

— Comment, moi ?

— Ne sortiez-vous pas de là quand je vous ai rencontré?

— Ah ! oui, au fait... Je cherche un appartement et j'étais entré ici sur la foi de cet écriteau. Je n'y ai rien trouvé de convenable. Au revoir, diva !

— Au revoir, très cher.

Le vicomte attendit, pour remonter dans son fiacre, que Clorinde eût disparu sous le vestibule.

— Allons ! se dit-il, la chance tourne ; d'aujourd'hui en huit, ce sera bien le diable si, avec mes trois mille francs, je ne leur râfle pas cinq cents louis. Et maintenant, sus à la duchesse !

XXIV

— Une, deux, trois... proposition honorable. Quatre, cinq, six... d'un homme de poids. Sept, huit, neuf... à la nuit. Dix, onze, douze... par l'intermédiaire d'une femme blonde. Treize, quatorze, quinze... au sujet d'une jeune fille brune. La dame de trèfle est-elle bien une jeune fille brune? Parbleu, oui... c'est Rosette... c'est une chienne de fille...

Ainsi grommelait la veuve Imbert, penchée sur les cartes graisseuses qui lui servaient à interroger l'avenir. Son front jaune distillait une sueur alcoolique. Le chat ronflait. Quant à la bouteille d'anisette, elle avait rendu l'âme.

En ce moment, un froufrou de jupes traversa l'espace. La veuve se retourna, poussa un cri extasié, se dressa les mains jointes et, de sa bouche immense, laissa fuir ces syllabes ravies :

— Madame Clorinde !!!

Puis, elle retomba sur son fauteuil, éblouie, palpitante. Il lui sembla que sa loge était inondée de rayons et que la lune en personne y opérait son entrée.

C'est que, pour cette âme boueuse, Clorinde était l'incarnation de la femme supérieure. Elle l'avait connue toute petite fille ; elle l'avait vue manifester, dès l'âge le plus tendre, ses instincts érotiques et commerciaux ; elle avait étudié les progrès de sa corruption précoce, et bien des fois elle avait murmuré en hochant sa tête vénérable : — Cet enfant-là ira loin !

La prédiction s'était accomplie.

Et maintenant, les yeux baignés de douces larmes, madame Imbert se rappelait le temps où Clorinde, simple repasseuse, âgée de quinze ans, s'attardait déjà chez les messieurs seuls à qui elle reportait du linge le lundi matin, et déposait chaque semaine à la Caisse d'épargne des fonds qui n'étaient pas uniquement dus au blanchissage. Elle se souvenait de l'avoir escortée dans des guinguettes de barrières, et d'y avoir admiré sa tenue. Jamais Clorinde ne s'était galvaudée, jamais elle n'avait écouté les propos de ces jolis danseurs à petites moustaches qui promettent aux femmes plus de beurre que de pain.

Il y avait pourtant là d'étonnants clercs d'huissiers, d'irrésistibles artistes capillaires, de romanesques garçons lampistes qui eussent fait peur elle bien des folies ; mais Clorinde, convaincue qu'elle les aurait ruinés en leur empruntant trois francs cinquante, leur tournait sagement le dos et recherchait de préférence la société des hommes extra-mûrs, en redingotes à la propriétaire. Ceux-là, elle savait comment on les amorce. Au lieu de pimenter son langage, de faire saillir sa hanche et de pailleter sa prunelle, Clorinde — elle s'appelait alors Joséphine — s'asseyait avec une contenance modeste à l'ombre de quelque palmier en zinc ; de là, elle dirigeait des regards effarouchés et profonds vers l'enceinte du bal où, sous la lumière éblouissante du gaz, à travers les folles fanfares des cors et des pistons, ses jeunes compagnes levaient en cadence leurs bottines à la hauteur de leurs sourcils.

Touchés de sa réserve, de respectables particuliers à cheveux gris lui offraient paternellement de la bière et des échaudés ; elle acceptait en rougissant et se laissait reconduire, soit par un excellent père de famille désireux de « rigoler » un brin avec une ouvrière honnête, soit par quelque ancien mercier, curieux sur le tard d'être aimé pour lui-même.

Ainsi s'était écoulée son adolescence. A dix-huit ans, elle était entrée au théâtre. Elle avait débuté dans une de ces pièces dites « à femmes » parce que l'on y étale, aux yeux d'un public idolâtre, plusieurs quintaux de chair féminine. Elle y avait obtenu un étourdissant succès de jambes et d'épaules, et dès lors sa fortune fut assurée.

La veuve Imbert, qui l'avait suivie en qualité d'habilleuse, ne put suffire à classer les déclarations, les billets doux, les bouquets envoyés par centaines à la plantureuse actrice. Clorinde la congédia et suffit à tout. Elle accueillit avec un sourire de marchande la foule des amoureux, tint ses livres en partie quadruple, et trahit à la fois cinq ou six heureux mortels.

Sa froide habileté, sa présence d'esprit et surtout son activité phénoménale plongeaient la veuve dans un enthousiasme délirant. Clorin le devint son idéal; elle en rêvait la nuit ; elle la proposait en exemple à Rosette ; elle se répétait vingt fois par jour : — Ah ! pécaïro ! ah ! triple imbécile que je suis ! Pourquoi, étant jeune, n'ai-je pas imité Clorinde ?

Regrets insensés. Imiter Clorinde n'eût pas été dans les cordes de la veuve. La nature s'y fût opposée doublement.

D'abord, elle avait toujours été horrible; en second lieu, elle aimait trop les militaires.

On ne naît pas impunément sous le soleil du Midi. A vingt ans, ses veines provençales charriaient des flots de lave ; celles de Clorinde n'avaient jamais contenu que de la lymphe. Chez la veuve, le libertinage avait été une passion, pour Clorinde c'était un moyen.

Aussi, désormais édifiée sur le néant des voluptés terrestres, l'ignoble matrone contemplait son adroite cliente comme un fruit-sec de Saint-Cyr contemplerait un maréchal de France, avec surprise et admiration, avec respect et envie. En Clorinde, elle saluait la prostitution triomphante, la honte cousue d'or, le vice à son apothéose, et quand elle la vit entrer dans sa loge, elle se prosterna ou peu s'en fallut.

Clorinde répondit avec une simplicité charmante aux génuflexions de la veuve. Elle la contraignit doucement à se rasseoir, et, même, honneur ineffable ! elle prit place à côté d'elle.

Après quoi, elle se mit à causer de choses indifférentes.

Madame Imbert commença par l'écouter d'un air recueilli, en aspirant de toute la largeur de ses narines les parfums d'ambre, de musc et de poudre de riz qu'exhalait sa visiteuse. Elle supputait intérieurement le prix de sa robe, de ses dentelles et de ses joyaux. En additionnant le tout, elle arrivait à un total énorme, et malgré elle, à chaque instant, elle murmurait à demi-voix ;

— Quel chic! mes enfants, quel chic !... Rien que ses cheveux ont dû lui coûter plus de trois cents francs !... Voilà où mène la bonne conduite...

Peu à peu, cependant, elle s'étonna. Clorinde n'était pas fille à s'être dérangée à la légère. Elle connaissait la valeur du temps ; pour elle, mieux que pour personne, l'axiome américain : *time is money,* avait une signification précise, et si elle daignait visiter son ancienne habilleuse, c'est que nécessairement elle avait quelque délicat service à lui demander. Or, Clorinde continuait à jaser de ceci et de cela sans s'expliquer le moins du monde.

Bien plus, une nuance d'embarras courut parmi ses traits lorsqu'elle rencontra, fixés sur elle comme deux points d'interrogation, les yeux verdâtres de la veuve.

— Oh ! oh !... pensa celle-ci fort intriguée, il y a du nouveau... et du chenu encore ! Il paraît que c'est difficile à dire...

— A propos, accentua nonchalamment l'actrice, que faites-vous de Rosette ?

Madame Imbert tressaillit.

Elle aurait volontiers donné trois sous pour pouvoir, en ce moment, examiner la figure de Clorinde ; mais Clorinde s'était levée et, le lorgnon dans l'œil, elle passait en revue une douzaine de photographies sordides appendues à la muraille et représentant quelques-uns des innombrables pères de Rosette.

La veuve alors poussa un profond soupir et répliqua du ton d'une vertueuse mère qu'indigneraient les déportements de sa fille :

— Hélas ! je n'ai pas lieu de me féliciter de cette enfant. Elle m'abreuve d'amertume et je suis tristement payée des sacrifices que j'ai faits pour son éducation. C'est une mauvaise tête, une petite malheureuse qui m'envoie à Chaillot quand je m'épuise à lui prodiguer d'excellents conseils. Qu'est-ce que je demande, moi, en définitive ? Son bonheur. Il est bien cruel, à mon âge, de voir ses espérances renversées...

Ici la veuve tira son mouchoir et poursuivit en pleurant de l'anisette :

— Je n'avais qu'elle pour soutenir ma décrépitude, j'avais compté sur ses efforts pour me remplumer sur mes vieux jours. Ah ouiche !... sans pitié pour mon catarrhe, sans respect pour mes cheveux blancs, mademoiselle repousse toutes les occasions qu'on lui présente. Elle finira mal, voyez-vous, m'ame Clorinde. Le bon Dieu la punira. Elle épousera n'importe qui en légitime mariage, elle aura des tripotées de mioches et elle fichera la misère dans un grenier...

Clorinde revint s'asseoir auprès de sa vieille complice.

— Allons, allons, chère dame, lui dit-elle, vous vous désespérez trop vite. Rosette est jeune, elle réfléchira, elle comprendra la nécessité de se créer un avenir...

— Elle !... jamais, mon trésor ! Elle n'a ni ordre, ni économie, ni intelligence, ni rien de rien.

— Bon !... des exagérations, à présent !

— Non, mon minet. Pas plus tard que ce matin, elle en a fourni la preuve. Imaginez-vous qu'un monsieur supérieurement ficelé lui a offert un bracelet. Il n'y avait pas d'affront, je suppose.

— Certes, non.

— Eh bien ! ma biche, elle lui a ri au nez et elle a jeté le bracelet dans le ruisseau... Si ça ne fait pas frémir la nature !

— Elle a eu tort, opina gravement Clorinde, car elle a chagriné un galant homme animé des meilleures intentions. Je répondrais de lui, moi.

— Vous le fréquentez ?

— C'est un de mes amis.

— Ah ! ah ! fit allégrement la veuve.

Elle rengaîna son mouchoir de poche et regarda l'actrice en se grattant le menton. Puis les deux coquines sourirent. Elles s'étaient comprises.

— Je me disais aussi, marmota la vieille : il y a quelque anguille sous roche. A présent, je saisis. Causez, causez, ma belle louloute.

XXV

— Ma foi, dit Clorinde, je vais tout uniment vous dévider mon chapelet. Vous agirez ensuite de la façon qui vous conviendra. Le monsieur en question est arrivé chez moi tout à l'heure, pâle et tremblant de désespoir. Il m'a narré sa mésaventure. Jugez de ma surprise en apprenant que sa tigresse est votre mijaurée de fille, et qu'il la suit depuis tantôt deux mois, ni plus ni moins qu'un simple caniche, sans avoir obtenu d'elle autre chose que des rebuffades.

— Où diable l'a-t-il connue ?

— Dans la rue, un matin qu'elle sortait de sa répétition. Du premier coup, mon gaillard a été pincé. Ça n'était d'abord qu'un caprice ; mais les dédains de Rosette ont irrité son amour-propre, et à l'heure qu'il est, le voilà coiffé d'elle jusqu'aux yeux. Il ne dort plus, il mange à peine, il boit pour s'étourdir, et, symptôme beaucoup plus grave, il néglige ses affaires.

— Ah ! il est dans les affaires ?

— Oui. Ne me demandez pas lesquelles, par exemple. Un fait certain, c'est qu'il gagne de l'argent gros comme lui...

— Quel individu est-ce ?

— Soyez tranquille, ce n'est pas un gamin. Trente-huit ans, mais conservé. De l'œil, du cheveu, de la dent ; l'usage du monde et des relations superbes. Enfin, un joli commencement pour Rosette... Avec Brossac, elle serait lancée tout de suite.

— Un nom en ac! Un garçon! merci, mon chou, n'en faut pas.

— Laissez donc, Brossac est Champenois.

— A la bonne heure. Et vous croyez qu'il en tient... solidement?

— Ah! ma chère, si vous l'aviez vu se rouler à mes pieds quand il a su que j'étais liée avec son objet! Les hommes sur le retour, vous savez, ça s'allume difficilement, mais une fois que ça flambe, plus moyen d'éteindre l'incendie. Brossac est chauffé à blanc. On lui ferait faire à présent toutes les bêtises imaginables... et pourtant c'était un dur à cuir, un mâtin qui avait le fil. Personne ne peut se vanter de l'avoir fourré dedans.

— Dites donc, dites donc, ma poule... s'il est aussi malin que ça, méfiance!...

— Puisqu'on vous affirme qu'il a le béguin... un béguin, oh! mais là... soigné! Il ne se connaît plus, cet homme!... Il est capable d'offrir à Rosette les clefs de sa caisse sur un plat d'argent... avec son nom et sa main par-dessus le marché.

— Tu badines?

— Non, foi de Clorinde! Il a complètement perdu la boule... On le traînerait devant M. le maire, il ne reculerait pas...

— On l'y traînera, mille millions!

— Seulement, battez le fer pendant qu'il est chaud, la mère! Le pigeon ne demande qu'à être plumé!... Allez-y gaiement... et vite! Pour peu que l'on tarde un mois, il aura une attaque d'apoplexie foudroyante. Il a le cou très court, ce pauvre Brossac. Je l'examinais ce matin tandis qu'il me suppliait en pleurant d'intercéder pour lui...

— Combien qu'il t'a donné pour ça, mon petit trognon?

— Plaît-il?... fit majestueusement Clorinde.

— Ou, du moins, combien qu'il t'a promis en cas de réussite?

Clorinde se leva d'un air digne.

— Madame Imbert, votre question est déplacée... et elle m'offense.

— Alors, mon rat, je la retire. Je m'informais de la chose parce que je te possède sur le bout de mon index. Tu as trop d'esprit pour travailler à l'œil, toi... Et puis, je n'aurais pas été fâchée de voir jusqu'à quel point il est généreux, ton Grossac.

— D'abord, veuillez cesser de me tutoyer. Ces familiarités-là me déplaisent.

— Suffit, madame, on s'y conformera.

— Quant à la générosité de M. Brossac, un mot va vous en faire juge. Je lui ai parlé de vous...

— Vraiment, mon œillet d'Inde?

— De votre catarrhe, de vos cheveux blancs, de votre situation pécuniaire si pénible et si digne d'intérêt.

— Oh! oui... oh! oui...

— Brossac m'a répondu: Vous comprenez, chère amie, que si mademoiselle Rosette daigne m'accueillir favorablement...

— Il s'exprime bien, cet excellent Grossac!

— Je ne saurais tolérer que madame Imbert continue à tirer un ignoble cordon.... car, enfin, je serais presque son gendre...

— Pourquoi presque? tu le seras de fond en comble, ô Grossac!

— Je compte donc, a-t-il ajouté, lui offrir le lendemain du jour que... le lendemain du jour où...

— Lui offrir quoi, mon chat?

— Primo: dix mille francs comptant.

— Tonnerre de Brest! exclama la veuve enchantée.

— Et secondo: six cents francs de rentes viagères.

Madame Imbert, suffoquée, bondit de joie, ce qui occasionna dans la loge une sorte de tremblement de terre.

— Ah! bigre!... Ah! fichtre!... Ah! saprelotte!... Mon chiffre! mon rêve!... Joséphine, mon poulet, embrasse-moi! Non, qu'est-ce que je dis, pardon, madame Clorinde, le saisissement, l'émotion inséparable d'une première rente.

— Ainsi, ça vous convient?

— Si ça me.... c'est-à-dire que ça me gante, que ça me chausse, que ça me botte jusqu'au front inclusivement...

— Bon; maintenant comment allez-vous décider Rosette?

La veuve demeura bouche béante.

— Rosette!... ah! malheur! je l'avais oubliée...

— Cependant elle est la principale intéressée dans cette affaire...

— Hélas! oui. Voilà le hic!

— Et son consentement est indispensable.

— Elle ne le donnera pas.

— Vous croyez?

— J'en suis sûre.

— Eh bien! dit résolûment Clorinde, nous nous en passerons.

La veuve Imbert pâlit; ses joues molles et jaunes prirent une teinte de cendre et un frisson lui glaça le dos.

— Holà!... balbutia-t-elle, pas de bêtise, fillette!... respect aux mœurs et gare aux gendarmes!

Clorinde haussa les épaules.

— Vieille folle!..Voulez-vous, oui ou non, qu'on vous mette à l'abri du besoin pour le restant de vos jours?

— Sans doute, mais...

— Alors, fiez-vous à moi, et ne craignez rien.

— Permettez... c'est que... la loi est là. Détournement de mineure... excitation à la débauche... Hum ! je ne me soucierais pas d'attirer sur moi l'attention de la justice.

Elle s'en souciait d'autant moins, la veuve Imbert, qu'elle avait derrière elle un passé des plus ténébreux. Sans deviner au juste les projets de Clorinde, elle discernait vaguement qu'il s'agissait de tendre un piége à Rosette afin de la jeter dans les bras de Brossac, et elle ne se dissimulait point le péril de l'entreprise.

Quant à l'action elle-même, quant à cette infamie, quant à cette lâcheté, elle n'en ressentait nullement l'horreur. Il n'y avait en elle ni pitié pour son enfant, ni indignation, ni révolte de conscience. Il y avait la peur du châtiment, voilà tout.

— Ah ça ! reprit Clorinde, est-ce que vous vous figurez par hasard que, de mon côté, j'aie envie de démêler quelque chose avec les tribunaux ? Lorsque je daigne me mêler d'une affaire, ma bonne amie, on peut s'y engager de confiance. Il n'en résulte jamais de désagrément.

— Positif, ça, ma colombe. Vous avez la tête rudement bien organisée.

— Ecoutez-moi. Votre Rosette est une petite niaise ; elle ne sait pas ce qu'elle refuse. Si nous lui parlions de Brossac...

— Elle nous enverra paître carrément.

— Il faut donc l'enrichir malgré elle, la rendre heureuse à son corps défendant, et cela sans nous compromettre.

— Oui, mais le moyen !

— Le voici. D'aujourd'hui en huit, je donne un bal. Arrangeons-nous pour qu'elle y assiste. Seule, elle n'oserait venir, je le sais. Ces rosières-là ont toutes sortes de timidités risibles. C'est pourquoi vous l'accompagnerez.

— Moi !... Et ma loge ?

— Vous prierez une voisine de vous remplacer pour cette fois.

— Et de la toilette ?

— Ne vous inquiétez pas de ça. Je m'en charge. Il s'agit d'ailleurs d'un bal masqué. Sous un ample domino noir, vous serez parfaitement bien... Quant à Rosette, je lui apporterai samedi matin un costume tellement délicieux, qu'elle sautera de plaisir en le voyant et qu'elle ne pourra résister à la tentation de s'en vêtir.

— Très bien ! Et ensuite ?

— Ensuite... c'est tout.

— Comment tout !

— Oui, vous vous promènerez, vous regarderez danser, vous boirez du punch et du champagne, enfin vous vous amuserez comme une petite folle...

— Ça me gênera un peu de me balader au milieu de ce beau monde !... Mais bah ! avec un masque et du champagne...

— Vous finirez par reprendre votre aplomb.

— Espérons-le, ma biche. Et Rosette ?

— Rosette ! Ah ! dame, la première émotion passée, vous pensez bien qu'elle ne restera pas pendue à votre jupe...

— D'autant plus que ça m'embêterait fièrement.

— Il pourra même se faire qu'au moment de partir, vers deux ou trois heures du matin, vous ne la retrouviez plus dans le bal...

— Tiens ! tiens ! tiens !

— Alors, comme vous êtes une femme raisonnable, vous rentrerez tranquillement chez vous et vous dormirez sur vos deux oreilles.

— Voilà où l'histoire s'embrouille, mon canard.

— Attendez donc. Le lendemain, en vous réveillant, vous apercevrez sur votre commode cinq cents louis en or et une inscription de rente de six cents francs. Est-ce clair, cela ?

— Comme de l'eau de roche.

— Eh bien, ne réclamez pas d'autre explication. Et si plus tard Rosette se plaignait, chose que je ne crois pas, d'avoir été enlevée contre son gré par un monsieur quelconque, libre à vous de pousser les hauts cris. Vous n'avez rien su, ni vu ni connu. Vous êtes innocente. Vous ignorez de quoi il retourne ; enfin vous jouissez en paix de votre petit avoir sans que personne ait le droit de vous tourmenter.

— Et allez donc !... exclama la veuve à moitié pâmée de joie. Clorinde, ma cocotte, vous êtes sublime de prudence et de rouerie. Je suis à vous désormais à la vie à la mort !... Seulement il me pousse une idée qui me chicane.

— Laquelle ?

— Si j'invite Rosette de votre part au bal de samedi, elle aura des soupçons, elle devinera un coup monté... C'est triste à dire, mais elle se méfie de moi, la gueuse !

— Je l'inviterai moi-même.

— Ça vaudra mieux.

— Est-elle dans sa chambre, en ce moment ?

— Oui.

— J'y vais.

Suave et légère, Clorinde sortit de la loge.

— Qu'on vienne encore me chanter que les cartes sont menteuses, murmura la veuve Imbert en se frottant les mains. Proposition honorable d'un homme de poids par l'entremise d'une femme blonde au sujet d'une fille brune !... Et ça y est, mes enfants, ça y est en plein ! C'est égal, je ferai brûler un cierge demain à Notre-Dame-de-Lorette.... afin que notre combinaison réussisse. . . . .

. . . .

Nous n'inventons rien.

Tout Parisien de trente ans qui consultera ses souvenirs conviendra, en lisant ces lignes, que nous les avons sténographiées d'après nature. Réalisme brutal, soit! Loin d'en exagérer les détails, nous les avons atténués de notre mieux.

Et qu'on ne nous accuse pas d'immoralité, c'est de parti pris, c'est de propos délibéré que nous avons reproduit cette scène immonde. Quand un pareil sujet se rencontre sous sa plume, le devoir de l'écrivain est de le regarder en face, de le peindre dans sa hideur, de poser son doigt sur la plaie et de crier à qui de droit :

— Ici est la gangrène. Où est votre fer rouge ?

L'immoralité serait de passer outre en détournant la vue, et de murmurer entre deux soupirs hypocrites :

— Ceci n'est pas bon à montrer, taisons-nous.

Toute infamie est bonne à montrer, à dénoncer publiquement, parce que tout citoyen, si humble, si obscur qu'il soit, peut contribuer, dans la mesure de ses forces, à la détruire.

Oui, de tels monstres existent; oui, Paris fourmille de ces êtres dégradés qui n'ont de la femme que le sexe, qui n'ont de la mère que le nom.

Oui, chaque jour, des centaines de drôlesses mettent à l'encan la virginité de leurs filles et l'adjugent au plus fort enchérisseur, sans larmes, sans remords, et, qui pis est, sans nécessité ; car la misère n'a, la plupart du temps, rien à revendiquer dans cette ignominie. On vend ses filles, on vend ses sœurs, on se vend soi-même, au besoin, parce que cela rapporte plus qu'autre chose, parce que le travail est dur et le salaire mince, parce que, de quelque côté que l'on jette les yeux, on voit le vice bien vêtu, bien nourri, bien renté, bien noté...

Contagion de l'exemple, absence du sentiment moral, soif insensée du luxe, hâte fiévreuse de jouir et de briller, voilà ce qui nous ronge et ce qui nous tuera si nous n'y prenons garde. La société parisienne ressemble à un malade qui chante et rit pendant que la pourriture envahit ses extrémités. Il y a péril en la demeure. Indécises entre une religion qui s'en va et une philosophie trop lente à s'affirmer, les masses, dépouillées de leurs croyances et manquant de point d'appui, se raccrochent désespérément aux voluptés grossières. Donnez-leur l'instruction pour contre-poids. Eclairez leur raison, élevez leur esprit, ennoblissez leur conscience. Notre salut à tous est dans ce cri d'aigle de Gœthe expirant : — De la lumière !... de la lumière !... plus de lumière encore !...

XXVI

Le soir de ce même jour, vers huit heures, un homme vêtu d'un vieux paletot gris boutonné jusqu'au cou. et coiffé d'une casquette toute déformée, s'arrêta devant le numéro 109 du boulevard de la Chapelle.

C'était une antique masure, d'aspect lugubre, percée de quelques rares fenêtres aux châssis vermoulus, derrière lesquelles n'apparaissait aucune lueur.

La maison semblait vide; néanmoins la porte basse, déteinte, souillée de boue, n'était pas fermée.

Après un instant d'hésitation, l'homme franchit cette porte, et, non sans avoir sondé le terrain d'un pied timide, il s'engagea dans une allée étroite et infecte qui le conduisit aux marches d'un escalier.

Il le gravit lentement, à tâtons, espérant trouver au premier étage, sinon un concierge, du moins quelqu'un à qui se renseigner. Mais il fut déçu dans son attente. Partout régnaient le silence et l'obscurité. Vainement il frappa aux portes, vainement il éleva la voix pour attirer un locataire quelconque : personne ne se montra et nul ne lui répondit.

En désespoir de cause, il redescendit, sortit de la maison, fit halte au milieu de la chaussée et tira de sa poche une de ces pipes courtes et noires vulgairement appelées « brûle-gueule » qu'il se mit à bourrer d'un air pensif.

Il se demandait évidemment ce qu'il devait faire.

A sa droite et à sa gauche se déroulait le boulevard, morne, désert et sombre. Un brouillard froid montait, voilant de plus en plus la clarté des becs de gaz échelonnés de distance en distance. Il n'y avait de vivant et d'animé que la boutique d'un marchand de vin dont on apercevait, à trente pas de là, le comptoir d'étain reluisant et les rideaux de calicot rouge. Par intervalles éclataient dans le calme de la nuit le chant d'un buveur et le claquement sec des billes de billard.

L'homme frotta une allumette sur sa manche. Durant une seconde, la flamme éclaira sa figure bleue, une vraie face de voyou quadragénaire, usé par le vin bleu, corrodé par l'eau-de-vie.

— Si je m'informais là-dedans ? grommela-t-il en allumant sa pipe.

Il exhala coup sur coup plusieurs bouffées de tabac, indice certain de préoccupation grave ; puis, se décidant soudain, il inclina son lambeau de casquette un peu plus sur son oreille, fourra ses mains dans ses goussets déchirés et s'achemina vers le cabaret, où il entra en se dandinant à la dernière mode du quartier Mouffetard.

Quelques individus en blouse étaient attablés çà et là. Ils se retournèrent pour toiser le nouveau venu et parurent choqués de sa désinvolture extraordinairement crapuleuse. A la suite de cet examen, l'un d'eux haussa les épaules et dit, entre haut et bas, à ses camarades :

— En v'là une sale gouape !

Gouape ou *gouapeur*, dans le langage populaire, est un terme de mépris qui sert à désigner l'ouvrier fainéant, bambocheur et vagabond.

L'homme à la casquette entendit l'injure ; mais, loin d'exciter sa colère, elle flatta probablement son amour-propre, car un vague sourire s'esquissa sur ses lèvres.

Il alla s'asseoir à l'écart, demanda « un demi-setier, » vida d'un trait son verre, et, le dos appuyé à la muraille, la pipe aux dents, l'œil vitreux, il resta immobile.

Certes, dans ce personnage ignoble et abruti, personne ne se fût avisé de reconnaître l'élégant vicomte de Lagardiole.

C'était lui, cependant.

Persuadé qu'une lutte à mort allait s'engager entre lui et madame de Santelda, il avait jugé prudent de prendre l'initiative ; convaincu qu'elle allait une seconde fois détacher contre lui le mystérieux Pierre Guérard, il avait résolu de connaître cet homme, et, si faire se pouvait, de le gagner à son parti.

Déjà, dans la journée, il avait adroitement recueilli des renseignements précieux sur son adversaire. Il savait que Guérard était un chenapan brutal, ivrogne, querelleur, paresseux, qui courait les ateliers sous prétexte de chercher du travail, mais qui, en réalité, ne se souciait pas d'en recevoir.

Sur cette donnée, Amaury avait échafaudé son plan.

Comme il était à craindre que Pierre, ayant jadis tenté d'assassiner le vicomte, ne s'effarouchât à sa vue, Lagardiole, avant de l'aborder, crut nécessaire d'endosser un déguisement.

Il noircit sa blonde moustache et il en abaissa les crocs vainqueurs, qui pendirent alors piteusement de chaque côté de sa bouche ; il colla ses cheveux en accroche-cœurs contre ses tempes ; il se dessina sur les joues des rides et des efflorescences factices ; puis, absolument méconnaissable, il se présenta chez Guérard.

Nous avons dit comment, n'y ayant pas rencontré un être humain, il se rabattit sur le cabaret le plus proche. Il comptait, en causant avec le patron ou avec les consommateurs, apprendre d'eux en quel endroit il aurait chance de découvrir celui qu'il cherchait.

Un quart d'heure s'écoula.

Lagardiole, toujours immobile, réfléchissait à la manière dont il allait entamer l'entretien, lorsque la porte s'entr'ouvrit.

Une grande fille rousse, à la physionomie sensuelle et décidée, avança sa tête à l'intérieur et dit au marchand de vin :

— Pierre est-il venu ce soir ?

— Non, répliqua le boutiquier.

La fille articula un juron et se retira. Mais Amaury l'avait reconnue.

C'était la complice de Guérard, c'était la misérable du pont des Saints-Pères.

Il se leva, jeta quarante sous sur le comptoir, et, sans attendre la monnaie, il s'élança derrière la jeune femme.

Elle marchait d'un pas rapide.

Leste et fredonnant à demi-voix un refrain de barrière, elle longea quelque temps le boulevard, prit à droite, tourna l'angle de quatre ou cinq ruelles obscures et déboucha enfin au milieu d'une rue vivement illuminée.

Cette lumière insolite provenait d'abord d'un édifice sur la façade duquel étincelaient ces mots inscrits en lettres de gaz : *Bal de l'nuit*; puis, de la vitrine d'un rôtisseur dont l'officine, contiguë à la salle de danse, répandait au dehors d'appétissants parfums.

A tout instant, de jeunes faubouriens en vareuse et en casquette de velours sortaient du bastringue, se faisaient envelopper une cuisse d'oie ou un pilon de volaille, et retournaient au bal, escortés par les regards d'une douzaine de galopins qui, trop pauvres pour pénétrer dans ce temple des plaisirs, en contemplaient le seuil avec envie.

On entendait sourdre à travers les murs les sons affaiblis d'un orchestre où dominaient le fifre aigu et la clarinette nasillarde. Il exécutait une polka vieillotte que les mêmes galopins déshérités accompagnaient en sifflant et en battant de la semelle.

La grande fille rousse entra.

Le vicomte s'empressa de la suivre ; mais force lui fut de s'arrêter à un guichet gardé par deux sergents de ville. Là, il donna dix sous, prix spécifié sur l'affiche. Quand il eut accompli cette formalité, la jeune femme avait disparu.

Certain de la rejoindre, Amaury traversa un long couloir bordé à droite et à gauche de cabinets particuliers attenant à la rôtisserie, et il arriva dans la salle de bal.

Et, tout d'un coup, il recula suffoqué, aveuglé, assourdi, abasourdi...

Dans une enceinte immense, oblongue et très mal éclairée, trois cents personnes sautaient frénétiquement en cadence, ébranlant sous leurs piétinements le plancher d'où s'élevait une brume poudreuse.

Autour d'eux se pressait une deuxième cohue composée de spectateurs. Tout ce monde chantait, riait, hurlait, sacrait à la fois, et tourbillonnait sous l'insuffisante clarté des lustres obscurcis par une sorte de buée rougeâtre. Le cliquetis strident des cymbales, les détonations intermittentes de la grosse caisse imprimaient à cette scène un caractère infernal. Il y avait du vertige dans cet entrain, de l'emportement dans cette gaieté lugubre, de la menace dans cette joie sinistre.

La chaleur, le tumulte, une odeur nauséabonde de vin, de sueur, de poussière et de fumée de tabac soulevèrent le cœur d'Amaury. Néanmoins il dompta son malaise. La pensée du but à atteindre raviva son énergie, et, fendant la foule à coups de coude, il se remit en chasse.

Ce fut alors qu'il eut à s'applaudir de s'être grimé comme il l'avait fait. Ceux qui ont un peu pratiqué le théâtre savent à quel point quelques touches de céruse et de bistre peuvent transformer une physionomie. Avec ses yeux énormes dont il avait rougi les paupières, avec son teint cadavérique et sa bouche bestialement agrandie, le visage du vicomte offrait une expression de férocité froide, de cruauté nonchalante à glacer les veines des plus intrépides. Ballotté çà et là par le torrent humain, tantôt brutalement repoussé et tantôt apostrophé dans un langage intraduisible, il n'avait qu'à montrer sa tête d'assassin en rupture de ban pour voir s'ouvrir devant lui le passage.

Et pourtant, les figures patibulaires ne manquaient point parmi l'assistance. Si l'on y apercevait bon nombre d'artisans honnêtes venus là pour se divertir après la fatigue du jour, et reconnaissables à leurs traits mâles et francs, par contre, l'on sentait grouiller autour de soi cette lie oisive, immonde, dépravée, qui croupit dans les bas-fonds des faubourgs et remonte à la surface en temps d'émeute. Gibier de bagne et de prison, paresseux incurables qui ne remuent les bras que pour jouer du couteau, briser les kiosques ou casser les lanternes. Ce soir-là, toutefois, la plupart de ces messieurs remuaient les jambes et dessinaient, sous l'œil austère de l'autorité en

képi, un « chahut » compliqué, mais inoffensif. Les « dames » qui leur faisaient vis-à-vis étaient d'une essence assez mêlée : beaucoup de filles soumises, quelques servantes de cabaret, huit ou dix cuisinières sans place et une foule d'ouvrières dans leur robe d'atelier. Puis, chose horrible! de pauvres enfants de treize à seize ans, déjà perdues, et fières de l'être ou affectant de le paraître, car le vice a sa jactance, lui aussi. Les unes, gangrenées sans rémission, luttant d'impudeur avec les plus vieilles, et, comme elles, ayant les joues flétries, la voix rauque, les yeux éraillés ; d'autres, fraîches encore, rougissant quelquefois, et faisant les dévergondées, s'efforçant d'être grossières, mais ne pouvant se débarrasser d'un restant de candeur.

En somme, ce bal de prolétaires plus ou moins avinés ne différait pas sensiblement des réunions dansantes de la haute cocotterie. A part le luxe du luminaire, la richesse du décor et l'élégance des toilettes, vous eussiez retrouvé ici les mêmes instincts que là-bas. Chez les hommes, même besoin d'ivresse et d'oubli, même excitation sensuelle, même soif des voluptés faciles ; chez les femmes, même bêtise, même argot, même jalousie les unes des autres, mêmes chignons prétentieux, mêmes œillades provocantes, même âpreté au gain et même horreur du travail. Ici ou là-bas, c'était toujours le vice qui régnait en maître ; la seule nuance était que là-bas, paré, parfumé, chatoyant, harmonieux, il énervait moelleusement le corps et l'âme; tandis qu'ici, dépouillé de tout prestige, il révoltait à la fois la vue, l'ouïe, le toucher, l'odorat et le goût.

Amaury ne s'attarda point, on le conçoit, à ces observations philosophiques. Il ne songeait qu'à la fille rousse ; il brûlait de retomber sur sa piste, parce qu'il avait la conviction qu'elle le conduirait droit à Pierre Guérard.

A deux reprises, il sillonna inutilement la multitude et il se disposait à recommencer lorsque, ayant levé la tête, il remarqua au-dessus de lui, à une hauteur de six ou sept pieds, une galerie à balustrade recouverte de velours fané qui se déroulait à l'entour de la salle.

Dans cette espèce de tribune pleine de rumeurs et de fumée, une masse de buveurs assis à des tables de bois peint en vert jouissaient tranquillement du coup d'œil de la danse.

— Elle est peut-être là-haut, se dit le vicomte.

Et il monta.

La galerie était comble. On y circulait encore plus difficilement qu'en bas. Néanmoins Lagardiole parvint à en faire le tour, mais il n'y découvrit pas celle qui le préoccupait.

Découragé, il se dirigea vers l'escalier de sortie.

Soudain, un nom d'homme prononcé à voix haute, entre deux éclats de rire, à quelques pas de lui, le cloua immobile à la même place.

Ce nom était celui de Pierre Guérard.

XXVII

Amaury examina curieusement le groupe d'où était parti le nom qui l'avait fait tressaillir, et voici ce dont il fut témoin :

Autour d'une vaste table encombrée de bocks, de canettes, de bols de punch et de saladiers de vin chaud, cinq ou six personnes des deux sexes riaient bruyamment en écoutant les saillies d'un individu installé au milieu d'elles.

Celui-là était évidemment l'amphitryon.

A la façon dont il se carrait sur sa chaise, à son accent péremptoire et à l'air obséquieux de ses auditeurs, on devinait en lui l'homme qui a de l'argent et qui « régale. »

C'était un assez beau garçon de vingt-cinq ans. Sa figure basse, cauteleuse, creusée par les excès et encadrée de favoris châtains, respirait l'audace ou plutôt l'impudence. Elle présentait surtout le type parisien par excellence, — du bohème populacier, paresseux, insoumis et cascadeur.

Pierre Guérard, car c'était lui, était vêtu avec une recherche aussi somptueuse que ridicule. Il portait un veston noir moucheté de gris, un étroit pantalon jaune à grands carreaux, une cravate d'un vert criard et un gilet de velours cramoisi sur lequel serpentait une grosse chaîne de chrysocale.

Ces vêtements, tout battant neufs, paraissaient gêner considérablement leur propriétaire ; aussi avait-il dénoué sa cravate, déboutonné son gilet et retroussé les parements de ses manches, sans souci de ses mains sales et de sa chemise d'une propreté douteuse.

Soulagé par ces divers sacrifices, Guérard s'étalait dans une attitude de pacha. D'un bras il étreignait la taille de sa voisine de droite, de l'autre il entourait le cou de sa voisine de gauche. Deux fort jolies filles, du reste, quoique sentant d'une lieue leur Saint-Lazare. Ainsi posé, Pierre pérorait avec autorité et éclat, et chacun de ses prétendus bons mots était applaudi à outrance par les honnêtes gens qu'il avait invités à « se rafraîchir. »

— Où ai-je vu ce gaillard-là ? se demanda Lagardiole.

Le visage de Guérard, en effet, ne lui était pas inconnu, mais il ne put se rappeler en quelle circonstance il l'avait déjà rencontré.

— Oui, les enfants ! disait Pierre d'une voix empâtée, ce qui distingue l'homme du quadrupède, c'est l'intelligence. Y a des gens qui n'en ont pas assez. Moi, j'en ai trop. Ça me nuit...

— Pas auprès des dames, hein ? gros monstre ! modula tendrement l'une des bayadères.

Guérard, flatté, lui mit un baiser sur l'œil.

— Honneur aux dames ! fit-il avec émotion. Elles sont le sirop de la vie. Physiquement, je les porte dans mon sein ; moralement, je les méprise.

— Malhonnête ! se récria l'autre odalisque en lui pinçant le bras.

Pierre l'embrassa sur l'œil également.

— Sois calme, Evélina, ma bichette... et toi aussi, Lodoïska, mon gros chien vert. J'ai dit : je les méprise, et je m'explique. Tenez, un exemple : Voici Goblot ici présent... Lève-toi, Goblot.

Goblot, monteur en bronze de son état, se leva étonné.

— Regardez-moi cet animal, reprit Guérard. Il a de l'esprit en masse, mais il est épouvantable à voir... Seriez-vous tentées de l'enlever à sa famille en pleurs ?

— Ah ! mais non... Des nèfles !... s'écrièrent ensemble les deux sirènes.

Goblot, vexé, se rassit.

— Des nèfles ! des nèfles ! grommela-t-il. Faudrait pas tant me cracher dessus. On a fait des malheureuses, dans les temps !...

Et il noya sa confusion dans son verre.

— Autre exemple, articula Guérard. Voici le nommé Barbançon, qui se tient le ventre à force de rire. Lève-toi, Barbançon. Très bien. Examinez-moi cet individu, mesdames. Il est malin comme un singe, mais il est vilain comme un cloporte à la renverse. Feriez-vous des inconséquences pour obtenir son hommage ?

— Plutôt la mort que Barbançon ! exclamèrent les nymphes avec horreur.

Barbançon, plus rouge qu'une tomate, cessa de rire immédiatement et ensevelit sa honte au fond d'une choppe.

— Tandis que moi, poursuivit Guérard d'un air de fatuité protectrice, moi, mes petites chattes, vous me câlinez, vous me dorlottez, vous me bichonnez... Pourquoi ? parce que la nature m'a z'avantagé.... parce que j'ai du galbe.

— Et de la monnaie, ricana Goblot, rancunier.

Seulement, il s'arrangea pour n'être point entendu.

— Ça prouve donc, conclut Pierre, que les qualités du corps vous empoignent d'emblée chez le masculin ; quant aux qualités de l'âme, vous vous en battez complétement la paupière... Pourvu qu'on soye un homme, ça vous suffit. Pas à m'en plaindre, du reste, pour ma part. Depuis l'âge de raison, votre sexe frivole il m'a couronné de ses myrtes les plus chouettes. N'empêche que ma profonde intelligence n'a été pour rien dans mes succès, et ça, voyez-vous, ça m'humilie...

Goblot souleva son verre et dit avec une générosité feinte :

— Je bois aux dames tout de même !

— Aux dames, au clergé, la noblesse... et aux doreurs sur métaux !... appuya Barbançon, qui dévoila ainsi sa position sociale.

— Pour en revenir, reprit l'orateur, j'ai trop d'intelligence, mes petits vieux. Positivement. C'est ce qui m'a toujours perdu. Ainsi, une supposition : j'entre dans un atelier, pas vrai ? Bon. Au bout d'une semaine, je connais tous les trucs, je possède à fond le mécanisme de la chose. Pour lors, ça fait endêver les patrons... sitôt qu'ils s'aperçoivent que j'en sais plus long qu'eux, ils me flanquent dehors, par jalousie... en m'appelant mauvais ouvrier.

— Les patrons, opina sentencieusement Goblot, c'est tous exploiteurs...

— Et, ajouta Barbançon timidement, il n'y a plus de vin dans le saladier.

Mais Pierre, emporté par la chaleur de son débit, ne remarqua point cette plainte touchante.

— Voilà comme quoi, fit-il, ayant commencé vingt-cinq ou trente états, j'ai jamais pu en continuer un seul. Ça finissait par devenir bassinant. Un beau matin j'ai pris ma tête à deux mains et je me suis dit : — Voyons, Pierre, c'est pas tout ça. De quoi que t'as besoin pour être à ton affaire ? Tu as le caractère rigolo : tu aimes les belles femmes, les beaux habits, le bon vin, la bonne nourriture... Eh bien ! ma vieille, tu peux te procurer ça, avec de l'intelligence...

— Et du travail, acheva l'honnête et altéré Barbançon.

— De quoi, de quoi, du travail !... vociféra Pierre, dont l'ivresse croissait de minute en minute. Contraire à ma constitution, le travail ! Défendu par le médecin, le travail ! Bon pour les serins comme toi, le travail !... Moi, intelligent, j'ai trouvé mieux pour m'enrichir.

— Ta parole ?

— J'ai inventé une petite machinette bien simple, bien commode, qui va me rapporter des picaillons à tire-larigot sans que je me décroise les bras.

— Une machinette à quoi ? demanda Goblot envieusement.

— A pièces de cent sous, parbleu !

— De la fausse monnaie, alors ! Merci.

— Eh ! non, bêta. J'ai voulu dire que ma découverte produira de l'argent à volonté.

— A volonté !... Nom d'un pétard ! cria Barbançon ébahi ; n'y aurait-il pas moyen de s'associer ?... Je paye le brevet d'invention...

— Tu t'en ferais mourir, Barbançon, ma cocotte. Je m'associe avec moi tout seul.

— Mais enfin, insista Goblot, ousqu'elle est, ta machinette ?

— Là, fit Pierre en montrant son front. Je l'ai essayée ce matin et elle a fonctionné « aux pommes ». Par suite de quoi j'ai celui de vous rincer le bec.

— Le mien se dessèche nonobstant, objecta Barbançon, — et le saladier aussi.

— Eh bien ! demandez, faites-vous servir... On a de la braise, nom d'un nom ! Faut qu'elle roule... Et quand il n'y en aura plus, il y en aura encore, cria Guérard, qui tira de sa poche une poignée d'or et qui l'éparpilla sur la table. Ça vous fait loucher, ça, les camaraux ! Prends-en une, toi, Lodoïska, on te le permet... Prends-en une aussi, Evélina, et vous les amis, prenez, prenez, prrrenez vos iaunets ! moins cher qu'au bureau, mille milliasses !...

Ce disant, l'ivrogne poussait du doigt, devant chacun de ses conviés, une pièce de 20 francs.

Les deux femmes empochèrent les leurs sans discuter. Barbançon et Goblot se regardèrent du coin de l'œil.

C'étaient de braves ouvriers en goguette. Il ne leur déplaisait pas de gobichonner aux frais d'un tiers ; mais cet argent dont ils ignoraient la source les effrayait.

Goblot, le premier, restitua son napoléon.

— C'est pas pour te refuser, mon Pierre, dit-il avec embarras ; j'aime mieux te demander ce service-là une autre fois. Pour le moment, pas besoin. On a du pain sur la planche et un livret à la Caisse d'épargne.

— Moi, dit résolument Barbançon, j'accepte jamais d'argent sans l'avoir gagné. Manque d'habitude, v'là tout. Ça m'agiterait la nuit... De la boisson, je ne dis pas. Même que le saladier est en train de périr faute d'humidité.

Guérard ramassa son or et interpella un garçon qui passait.

— Holà ! moucheron, ici !... On désire s'arroser la dalle du cou. Apporte-nous tout ce qu'il y a de meilleur dans ta sacrée cassine.

— Sensiblement, soupira Barbançon, qu'un joyeux bichof au Kirsch ne ferait pas mauvais effet dans le paysage.

— Tu as entendu, jeune môme ?... Nous sommes cinq. Un bichof pour dix, suffira... Et que ça ne traîne pas ou je démolis l'établissement...

La sueur coulait du front de Pierre, son teint se marbrait, sa tête vacillait sur ses épaules. Il s'affaissait sous la double influence de la fumée et des spiritueux.

— Ah! vingt bon sang!... quelle soulographie! balbutia-t-il. Et penser que ça va être tous les jours pareil ! On va s'en flanquer des bosses à tout casser ! En avant les rigodons, les réveillons, la boustifaille et les torrents de femmes !

— Oh ! les femmes... pas tant que ça, mon bibi, interrompit Ladoïska la brune. Et la tienne, qu'est-ce qu'elle dirait ?

— La mienne ? Connais pas. Qui ça, la mienne ?

— Héloïse donc, ta légitime.

— Ma légitime ?... As-tu fini !... Plus souvent que je m'aurais étranglé dans les nœuds du conjungo ! C'est pas à mon âge qu'on se noye dans le pot au feu. A Chaillot, Héloïse !

— On vous croyait mariés.

— Mariés ?... Oui, à la détrempe... et ça ne tient plus. D'abord et d'une, elle est déjà mariée, Héloïse... et pour de vrai... par devant M. le maire et M. le curé... ainsi !

— Pas possible !

— Possible tout à fait. Versez-moi du bichoff. Elle est mariée, que je vous réitère, et à un monsieur de la haute, encore... à un gant-jaune, à un de ces bienmis qui se baladent à cheval aux Champs-Elysées, en fumant des cigares à dix-sept francs pièce.

— Tu te fiches de nous...

— Que le nez de Barbançon me serve de cure-dent si je blague... Cette histoire-là, voyez-vous, mes lapins, ça serait un roman à coller dans un journal. Faudra que je la rédige un de ces jours pour l'envoyer à M. Ponson du Terrail.

— Conte-nous la voir.

— En trois mots, je veux bien. Y paraît qu'Héloïse, à dix-huit ans, était un morceau de roi. Pour un beau brin, ça devait être un beau brin. Il y a de ça huit ans, et elle n'est pas encore trop déchirée. Soyons canaille, mais juste. Pour lors, elle était couturière et sous sa fenêtre, chaque matin, elle voyait passer un jeune cornichon, laid comme Goblot et Barbançon réunis, mais mieux habillé, qui lui faisait des yeux blancs en poussant des

soupirs de scieur de long. Versez-moi du bichof.

— Ton récit m'intéresse, dit Evélina la blonde. J'adore les histoires d'amour, moi !

— Le cornichon, reprit Guérard, avait vingt ans et dix mille francs de rentes. Ni père ni mère, du reste. Pas plus de famille que ses pieds ; bref, un vrai mouton à tondre. Héloïse, parlant par respect, était déjà une coureuse finie. Pour mieux empaumer son jobard, elle la lui fit tout le temps à la vertu. Dès qu'elle l'apercevait au tournant de la rue, elle prenait son air de sainte-Nitouche, arrosait ses jacinthes en rougissant et embrassait à la dérobée la croix de sa mère. On aurait juré qu'elle avait acheté le fonds de Jenny l'ouvrière, quoi!

— Connu, murmura Goblot.

Et il entonna d'une voix lamentable :

Voyez, là-haut, cette pauvre fenêtre...

Barbançon, sans perdre une seconde, beugla plaintivement :

Où du printemps se montrent quelques fleurs.

— Assez ! commanda Pierre, vous allez faire pleuvoir. Je continue. Mon jeune concombre qui, d'en bas, reluquait cette comédie, la bouche ouverte, coupa dans le pont avec rapidité. Il crut avoir affaire à la jouvencelle d'Orléans, pour le moins. Cependant il risqua des propositions déshonnêtes. L'autre les repoussa, répandit un double décalitre de larmes et s'écria :

— O ma mère ! Au bout d'un mois, le melon était amoureux à brouter du foin et il conduisait à l'autel son Héloïse couverte de fleurs d'oranger.

— Hein, ma chère, dit Evélina indignée à Lodoïska confondue, y a-t-il des femmes qu'ont du toupet !

— A boire !... cria Pierre. Voilà donc que le soir des noces... mais passons, il y a des dames. Et puis, c'est pas moi, c'est Héloïse qu'il faudrait entendre raconter ça. Ah! cré nom de nom ! Etait-elle farce !... La première fois, j'ai ri pendant six semaines sans désemparer. Enfin, bon, les v'là mariés. D'abord, ça marche comme sur des roulettes. Cornichon jeune, qui adorait son épouse, lui abandonnait les cordons de la bourse et la laissait naviguer à sa fantaisie. Ça l'asticotait bien un peu, c't homme, de l'entendre faire des cuirs et de la voir jouer au bésigue en mille liés avec sa cuisinière, d'autant plus que ses amis débinaient Héloïse et que le grand monde refusait de la recevoir. Conséquemment, il lui présenta un professeur de français qui devait lui apprendre à lire, à écrire et à compter en vingt-quatre leçons, ni plus ni moins qu'à la mutuelle. Ah ben! oui, étudier!... Ça n'entrait pas dans les plans d'Héloïse. Nocer, je ne dis pas. Elle sanglota gentiment, et, *illico*, Cornichon fut dompté. Il mit le professeur à la porte, cria : zut au grand monde, envoya dinguer ses amis et consentit à ce que voulait son amour de petite femme, c'est-à-dire à mener une vie de Polichinelle. Dame! dix mille francs de rente, c'est épais, mais ça se casse tout de même. A eux deux, ils secouèrent si bien leur arbre, qu'à la fin de la troisième année, il n'y restait pas une prune...

XXVIII

Goblot frappa du poing sur la table.

— Deux cent mille balles en trois ans! Tonnerre, elle avait bon appétit, ton Héloïse. Faut croire qu'on lui servait pour son déjeuner des omelettes incrustées de diamants.

— Ou bien, mugit Barbançon, qu'elle buvait de l'eau de Cologne à tous ses repas!

Guérard fondait en eau. Il essuya son front moite aux cheveux d'Evelina et ses mains gluantes sur la figure de Lodoïska.

— J'ai soif! articula-t-il. Si vous voulez la fin de l'anecdote, humectez-moi, sacredié!...

A parler franc, il faisait chaud.

La poussière et la fumée devenaient aveuglantes. En bas, les danseurs se démenaient dans un brouillard presque solide. Quant aux musiciens, ils perdaient le souffle. Les cuivres râlaient, le fifre poussait des cris déchirants, les violons demandaient grâce, la grosse caisse s'était évanouie. Seule, poursuivant sa carrière, la clarinette nasillait des torrents de mélodie sur ses obscurs admirateurs.

Assis à une table voisine de celle de Guérard, le vicomte Amaury de Lagardiole épiait ardemment une occasion de s'introduire dans l'intimité de ce fastueux voyou. Mais la soif inextinguible de Pierre, l'inquiétait.

Avant une demi-heure pensait Amaury, le gredin sera ivre-mort, et je n'en pourrai rien tirer.

Contre toute attente cependant, Guérard se ranima peu à peu. Il est vrai que les deux dames lui prodiguaient leurs soins les plus tendres. La douce Evelina lui tamponnait les tempes avec un mouchoir moins blanc que la blanche hermine, et Lodoïka, aussi ingénieuse que prévoyante, lui procurait de l'air à l'aide d'une de ses bottines dont elle se servait en manière d'éventail.

Enlacés et confondus, ils formaient, à eux trois, un groupe qui ne rappelait que de fort loin celui de M. Carpeaux.

— Attention! grasseya Pierre en reprenant sa pose de beau parleur. Où en étais-je?

Goblot s'assoupissait. Barbançon promenait sa cuillière stupéfaite au fond du saladier déjà tari.

— Censément, répondit Evélina, que ton Héloïse et son pommadin de mari, à force de cascader, ne possédaient plus l'ombre d'un rotin dans leur porte-monnaie.

— Justement. Sans être aussi intelligents que moi, mes chérubins, vous pouvez vous figurer la situation. Elle tournait à l'aigre. Quand il n'y a plus de foin au ratelier, les chevaux se mordent, les chrétiens aussi. Cornichon jeune...

— Ah ça!... interrompit Barbançon, Cornichon jeune, c'est-il son nom de baptême ou son nom de famille, au mari d'Héloïse?

— C'est un sobriquet sans prétention que je lui décerne, vu sa bêtise pommée. Son vrai nom, je l'ai su, mais il ne me revient pas pour le quart d'heure.

— Dommage!... dit Lodoïska.

— D'autant plus dommage. ma perdrix aux choux, que ce nom est abominablement cocasse. Il t'aurait fait rire à verse. Je reprends. Cornichon jeune, rasé comme un ponton et nettoyé comme un verre à bière, s'aperçut un peu tard qu'il avait manipulé une boulette en confiant son patrimoine aux mains rouges d'Héloïse. Il ne mit pas des gants beurre frais pour le lui dire. On échangea des gros mots. Elle l'appela « pané »; il l'intitula « grossière fille du peuple » et lui reprocha de parler le français comme un mérinos américain. Ça mes chéris, c'était la vérité du bon Dieu; mais toutes les fois et quantes vous servez chaud une vérité à votre prochain, il se fâche. Héloïse prit le mors aux dents. Un matin que son noble époux était sorti pour chercher une place, elle empaqueta ses frusques et ses bijoux, décrocha l'argenterie, rinça tous les tiroirs et s'en alla tranquillement, à la bonne franquette.

— Elle a eu raison! glapit Evélina la blonde avec autant d'esprit que de cœur. Son mari était sur la paille... Pourquoi qu'elle aurait moisi à ses côtés?

— Depuis ce jour-là, acheva Guérard, il n'a jamais eu de ses nouvelles, ni elle de lui. V'là l'histoire du mariage d'Héloïse.

— Eh bien! réclama Lodoïska, et la suite?

— Quelle suite ?

— Comment que tu l'as connue ?

— Autre paire de manches, ça. Mais la langue me pèle. Versez-moi du bichof.

— Evaporé, le bichoff !... gémit Barbançon. Faudrait changer de saladier ; celui-là ne vaut rien, il est toujours vide... Pas vrai, Goblot ?

Goblot répondit par un ronflement furtif.

— Garçon, cinq absinthes panachées de bitter !... hurla Guérard. — Et je vas vous narrer la chose, mes poulettes, ajouta-t-il en embrassant ses deux voisines avec mphrase.

Un ricanement sec retentit derrière Lagardiole.

Il se retourna.

Héloïse, la grande fille rousse, était là, debout auprès d'un pilier.

Elle arrivait à l'instant même. Haletante encore, mais immobile, et comme en arrêt, plus pâle qu'une morte, les yeux en feu, la lèvre retroussée par un sourire terrible, elle ressemblait à une lionne prête à mourir.

En la reconnaissant, en remarquant l'expression orageuse de sa physionomie, le vicomte fut vivement contrarié, car il prévit une scène qui allait lui rendre impossible tout entretien avec Guérard.

Cependant ce qu'il venait d'apprendre avait piqué sa curiosité. Il considéra la jeune femme attentivement.

Qu'elle eût jadis inspiré une passion folle à un enfant de vingt ans, cela lui parut admissible à la rigueur, mais que cet enfant, que cet homme du monde eût poussé la folie jusqu'à lui donner son nom, voilà ce qui dépassait l'intellect d'Amaury.

En effet, s'il retrouvait parmi les traits déjà ruinés d'Héloïse les restes d'une beauté incontestable, par contre il se convainquit que cette beauté avait dû être en tous temps massive, effrontée, hardie, et surtout parfaitement vulgaire.

— Quel peut être le malheureux assez abandonné du ciel pour avoir épousé ça ? se demanda-t-il.

Héloïse ne se doutait pas de l'examen dont elle était l'objet. Elle ne voyait, elle n'entendait que Pierre. Ses prunelles ardentes demeuraient braquées sur lui comme deux révolvers. Les bras croisés sur sa poitrine, dévorant sa rage et imposant silence à ses nerfs, elle semblait s'être résolue à écouter.

Personne ne s'aperçut de sa présence. Goblot, réveillé par l'odeur de l'absinthe, rallumait son cigare éteint. Barbançon buvait à petits coups. Evélina et Lodoïska, qui se soupçonnaient mutuellement de vouloir profiter de l'ivresse de l'orateur pour fouiller dans ses poches, se surveillaient l'une l'autre d'un œil sévère.

Quant à Guérard, il était certes à mille lieues de supposer que l'héroïne de son récit fût aussi près.

— Vous pensez bien, mes jolis agneaux, continua-t-il, qu'Héloïse, une fois la bride sur le cou, n'alla pas entendre vêpres à Saint-Thomas-d'Aquin, ni même mademoiselle Patti dans la *Sonnambula*. Elle en avait plein le dos, des amusements distingués. Le comme il faut lui sortait par tous les pores. Et ça se conçoit. Fourrez une anguille dans de l'eau filtrée, elle s'y embête à trois francs l'heure ; montrez-lui un tas de boue, elle s'y replonge avec volupté.

— La patrie, quoi !... fit Goblot.

— C'est pour vous faire comprendre, reprit Guérard, qu'Héloïse, après avoir planté là Cornichon jeune, fréquenta plus souvent les salons du Casino-Cadet que ceux de l'ambassade d'Autriche. Pour quant à moi, la première fois que je l'ai vue, c'était à l'Elysée-Ménilmontant. Et du diable si elle avait l'air d'une ancienne dame patronesse. Ah ! mes amis, elle vous pinçait un cancan à se dévisser la colonne vertébrale !... même que ceux qui la regardaient en avaient les larmes aux yeux. Je lui trouvai du chien ; — de son côté, elle fut subjuguée par ma tournure. Elle me supplia de l'emmener. Moi, j'ai le cœur sensible, j'aime pas voir souffrir les femmes... c'est pourquoi je m'ai rendu à ses feux.

— Canaille ! gronda Héloïse entre ses dents.

Pierre attribua cette aménité à Lodoïska et partit d'un éclat de rire.

— Tu m'invectives, petiote ?... dit-il en lui prenant le menton.

— Moi !... par exemple !

— Si... si... tu m'invectives parce que tu crois que ça va durer encore, hein, jalouse ? As pas peur. C'est fini, réglé, bouclé. On y dit : Flûte !... à Héloïse. Pas plus tard que demain matin, je vas lui défendre de porter le nom de mes aïeux...

— Qu'est-ce qu'elle t'a donc fait, c'te fille ? demanda Barbançon.

— Elle m'a fait, riposta Pierre embarrassé, elle m'a fait... que j'ai dans le nez... v'là ce qu'elle m'a fait. D'ailleurs elle a mauvais genre, ça me dégoûte, et elle n'est plus jeune, ça me compromet. Un bel homme ne doit avoir que de jolies payses. Celle-là court sur ses vingt-sept ans et elle se dégomme à vue d'œil. J'arrête les frais.

— Une femme qui t'a été si fidèle ?

— J'en mettrais pas ma main au feu.

— Mais elle t'aime, elle te l'a prouvé.

— Possible, moi, j'ai jamais pu la sentir.

— Allons donc ! tu est resté trois ans avec elle.

— Par bonté, par bêtise... Dieu de Dieu ! m'a-t-elle assez rasé pendant tout ce temps-là ! Aurait fallu, pour plaire à madame, que je me prive de boire, que je m'habille de loques et que je me nourrisse de croutons. Merci ! Moi, d'abord, j'ai la poitrine délicate. Me faut des douceurs, y m'en faut, n'y a pas !... Des côtelettes de porc frais, du vieux cognac, des cigares à trois sous, de la liqueur des îles, et tout!.. Tant pire pour ceux que ç'a offusque.

— Et puis, — observa Goblot, — à qui qu'est l'argent, au bout du compte ? A celui qui le gagne. Et c'était toi qui le gagnais, naturellement ?

Guérard hésita un peu avant de répondre.

— J'en gagnais des fois beaucoup... D'autres fois, je ne gagnais rien. Mais qué que ça prouve ? Dans un ménage bien organisé, c'est l'homme qui tient la bourse.

— A condition qu'il mettra quelque chose dedans, murmura Barbançon. Et dame !... si c'était jamais ton tour et toujours celui d'Héloïse.

— Avec ça que ça lui rapportait gros, son métier de couturière ! Quarante sous par jour ! Une belle fichaise !

— N'empêche que les fois où le travail chômait, tu mangeais là-dessus, toi ?

— Parbleu !... puisque nous vivions en communauté de corps et de biens.

— Tu n'avais donc pas encore inventé ta machinette à pièces de cent sous ?

— Elle ne marche que depuis ce matin.

— Et c'est depuis ce matin que tu veux quitter Héloïse?

— Un peu, mon neveu. A présent qu'on est riche, on va se payer une bonne amie tout à fait huppée.

Barbançon, qui se disposait à boire, reposa son verre sur la table.

— Eh bien !. dit-il gravement, ça, vois tu, fiston, c'est pas propre.

— De quoi ?... de quoi, pas propre ?

— A présent que t'es riche, m'est avis que tu devrais partager avec elle tes pièces de quarante francs, — rapport aux pièces de quarante sous qu'elle a partagées avec toi lorsque tu étais dans la dèche.

— Comment donc... mais tout de suite, mais je vas prendre l'omnibus pour aller plus vite!... Vieux jobardins, va! Tu voudrais que je m'ôte le pain de la bouche, pas vrai?... que je m'attelle à ce carcan, que je traîne après moi ce crampon pendant le restant de mes jours?... Trop d'intelligence pour ça, moi, mon bonhomme. Héloïse m'a coûté assez cher à nourrir... Je la lâche...

Guérard n'acheva pas.

Sa maîtresse venait de surgir devant lui.

XXIX

Il se fit un silence.

Héloïse était si livide, elle regardait son amant avec des yeux si terribles, que Pierre, un instant dégrisé, se leva, saisit son tabouret, et, tout tremblant, s'abrita derr'ère ce meuble comme derrière un bouclier.

Presque aussitôt cependant, confus d'avoir montré sa frayeur, il vida son verre d'un air crâne. Puis, s'essuyant la bouche au revers de sa manche, il cria d'une voix enrouée :

— Quéque tu viens ficher par ici, toi? m'espionner?... Allons, hue! décanille.... ou gare les gifles !

Par du geste rapide, Héloïse s'empara d'un couteau oublié sur la table.

— Touche-moi, dit-elle entre ses dents serrées, et je te saigne comme un poulet!

Pierre recula jusqu'au mur.

— Ah ! ah ! s'écria-t-elle avec un rire amer, tu ne fais plus le malin, à cette heure! Tu n'as donc plus de hardiesse que tu n'as pas de cœur et de franchise? Va, tu es pire qu'un chien. J'aurais fait pour un chien le demi-quart de ce que j'ai fait pour toi, il m'en aurait de la reconnaissance... Toi, bassement et sournoisement, tu mords la main qui t'a caressé... Rassure-toi, misérable ; si je te méprisais moins, tu porterais déjà de mes marques, mais tu ne mérites même pas que je te plante ce couteau dans le corps.

En parlant de la sorte, Héloïse brandissait son arme avec une véhémence inouïe.

Pierre se tut prudemment. Evelina, terrifiée, se dissimula derrière les vastes épaules de Goblot, et Lodoïska, sous prétexte de rechausser sa bottine, disparut à moitié sous la table.

Seul, Barbançon fit bonne contenance.

— Faut pas jouer avec ça, la petite mère, ça coupe! dit-il doucement à Héloïse.

Elle se laissa enlever le couteau sans résistance, et, toisant Pierre de la tête aux pieds, elle poursuivit :

— Ah ! je t'ai coûté cher !... Ah ! tu m'as nourrie !... Ah ! tu oses soutenir un pareil mensonge après avoir vécu pendant trois ans à mes crochets, scélérat !... feignant !... propre à rien !...

— Ah ! pas de scènes, tu sais !... balbutia Guérard, à qui l'aplomb revenait depuis qu'on avait désarmé sa maîtresse.

Elle se tourna vers les deux ouvriers.

— Ecoutez-moi, vous autres. Il vous a raconté ma vie à sa manière ; à mon tour de vous apprendre ce que c'est que ce bandit. Quand, pour mon malheur, je l'ai rencontré, j'avais des meubles, des bijoux, du linge, de la toilette... il a tout vendu, tout dévoré. Puis il m'a battue parce que je ne pouvais plus l'entretenir. Et alors, moi si paresseuse, si enragée pour le plaisir, je me suis exterminée à coudre jour et nuit. Je me suis privée de tout, même de boire et de manger. Oui, bien des fois, j'ai manqué de pain tandis que ce brigand-là dépensait au café l'argent de mon travail. Qu'est-ce que vous voulez, j'étais folle ! Mon bonheur, c'était de le voir content. S'il me l'avait commandé, j'aurais léché la boue des rues.

— Tu n'aurais fait que ton devoir, ricana Pierre. La femme doit obéissance à son homme... Pas vrai, les anciens ?

Les anciens gardèrent un silence désapprobateur, il n'y avait plus rien à boire. Goblot et Barbançon passaient à l'ennemi.

— Enfin, continua Héloïse en pleurant de rage, — l'an dernier, usé par les orgies, il est tombé malade. Pendant six semaines, je ne l'ai pas quitté d'une minute; j'ai vendu un à un tous mes vêtements pour payer ses drogues, j'ai miné mon tempérament à le veiller, et je lui ai sauvé la vie. Après quoi, je me suis remise à travailler pour lui, à travailler toujours, sans relâche, avec acharnement... Mais bah ! mon pauvre salaire ne suffisait point à défrayer les fantaisies de monsieur. Alors, savez-vous ce qu'il m'a proposé, l'infâme ? Non, vous ne le devineriez jamais. Vous lui serrez la main, vous riez et vous trinquez avec lui parce que vous vous dites : — Pierre, c'est un noceur, une mauvaise tête ; c'est pas un malhonnête homme. Vous vous trompez. Il y a des galériens au bagne qui sont moins vils que lui.

— C'est donc pour ça que tu m'as aimé? prononça railleusement Guérard. Qui se ressemble s'assemble.

Elle ne daigna pas lui répondre.

— Un jour, reprit-elle, il a eu l'audace de me reprocher notre misère. — Si nous crevons de faim, m'a-t-il dit, c'est ta faute. Tu es encore belle, tu pourrais avoir des amants riches, ce qui te permettrait de me graisser la poche...

Barbançon et Goblot échangèrent une grimace de dégoût. Pierre exhala un rire abject.

— Eh bien ! quoi? vociféra-t-il. On est joli garçon ou on ne l'est pas, nom d'une pipe !

Sa raison se noyait de nouveau. L'i-vresse reparaissait plus intense et plus vertigineuse. Sa mâchoire bâillait, ses membres ployaient. Il devenait repoussant à voir.

— Il m'a dit cela, je vous le jure, poursuivit Héloïse, et je ne l'ai pas chassé honteusement, et je ne lui ai pas craché au visage, et j'ai continué à l'aimer comme une idiote... Mais il a compris, lui, que je ne suivrais point ses ignobles conseils, et depuis ce jour-là il m'a prise en haine. Telle est la récompense de mes sacrifices, de mon dévouement. Vous avez entendu les sales injures qu'il débite contre moi et les...

— Bah ! bah ! interrompit le conciliant Barbançon, faites donc pas attention, la bourgeoise. Il est pochard. C'est pas lui qui parle, c'est la boisson.

— Non, il vous a dévoilé le fond de sa pensée. Ivre ou non, chaque fois qu'il a de l'argent, il m'abandonne parce qu'il se figure, l'imbécile, qu'il n'aura plus besoin de moi. Il a de l'or aujourd'hui. Où et à qui l'a-t-il filouté ? Je l'ignore; mais je sais bien que quand il l'aura dépensé jusqu'au dernier centime, il viendra ramper à mes genoux. Et que le tonnerre me brûle si cette fois je lui pardonne !

— Inutile de te démancher comme ça, la biche, riposta Pierre. Sois calme. On s'en moque un peu, de tes genoux. Oui, je te hais, t'as mis le doigt en plein sur la chose. Je te déteste, je t'abomine. T'es pas une femme intelligente, v'là ce qui me déplaît. Un homme qui a autant d'esprit que moi perdrait son avenir en restant avec une dinde de ton espèce. Par ainsi, on te souhaite le bonsoir. Est-ce assez carré? Est-ce assez clair? Oui? alors tu peux filer, t'as ton paquet.

Si accoutumée que fût Héloïse à l'ingratitude et au manque de cœur de ce drôle, elle demeura stupéfaite, suffoquée. Puis une colère furieuse incendia son sang.

— Ah ! s'écria-t-elle, je ne partirai pas avant de t'avoir prouvé que tu es aussi bête que lâche. Tu m'as demandé tout à l'heure ce que j'étais venue faire ici. Je vais te le dire et ce sera ma vengeance. Je t'apportais une fortune.

— Toi !

— Oui, moi. Ecoute. Il y a une personne, une grande dame, qui t'a promis de te compter cinquante mille francs le jour où tu lui remettras certain papier de famille qu'on lui a dérobé, dit-elle, et qu'elle ne peut parvenir à se faire rendre.

— Après?

— Pour t'emparer de ce papier, pour l'arracher à celui qui le possède entre ses mains, tu as, depuis dix-huit mois, tenté l'impossible. Tu as même commis un crime... et je t'ai aidé...

— Un crime !... exclamèrent Goblot et Barbançon.

— Ne gobez donc pas ça, vous autres !... grommela Guérard. Elle invente un tas de blagues pour me démolir...

— Eh bien ! acheva Héloïse, ce papier, je sais où il est. Il me serait aussi facile de m'en saisir que de soulever ce verre.

Le vicomte de Lagardiole étouffa une exclamation de terreur.

Quoi ! ce document précieux qu'il avait caché avec tant de précautions, avec tant de mystère, on savait déjà où le prendre ? Sept ou huit heures à peine s'étaient écoulées depuis qu'il en avait confié la garde à son ami Sylvain, et déjà le dépôt n'était plus en sûreté.

Duclos l'avait donc trahi ?

Une pareille supposition était inadmissible. Elle ne résistait pas à dix secondes d'examen. Amaury la repoussa. Il lui parut évident qu'Héloïse mentait pour inspirer des regrets intéressés à Guérard et pour exciter en lui le désir d'une réconciliation.

Telle fut aussi l'impression de Pierre.

— Pas mal imaginé, le truc, fit-il en haussant les épaules. Mais on n'y mord pas. Cherches-en une autre.

Cette incrédulité exaspéra Héloïse.

— Tu refuses de me croire ? reprit-elle. A ton aise. Il n'en est pas moins vrai que tu perds ce soir cinquante mille francs. Entends-tu bien, mon camarade ? cinquante mille francs qui te passeront sous le nez, dont tu ne toucheras pas un liard et que, moi, je palperai demain, car, dès demain, j'aurai le papier en question. Voilà ce que j'accourais te dire, toute contente et toute heureuse, ne songeant qu'à ta joie, à ton bonheur, tandis que toi, triple sot, tu me méprisais de ton mieux en te soûlant avec des gourgandines...

A ce mot, Evélina et Lodoïska se dressèrent comme deux furies. Tant qu'Héloïse n'avait point semblé s'apercevoir de leur présence, elles avaient été intimidées par son dédain. Attaquées directement, elles se rebiffèrent et vomirent contre l'imprudente une cataracte d'injures à faire reculer de honte le catéchisme poissard.

Ce fut Goblot qui mit le holà.

Goblot avait sur le cœur les railleries de ces deux dames. Elles l'avaient déclaré laid. Il prit sa revanche.

— La paix, tas de gaupes ! cria-t-il rudement. On vous a payées, n'est-ce pas ? Pour lors, tournez-nous les talons ou taisez vos becs, sinon je cogne !

Les deux demoiselles, écumantes de courroux, se réfugièrent sous l'aile protectrice de Guérard.

— Vas-tu nous laisser agonir, toi ! glapit Lodoïska. Si c'est pour ça que tu nous a invitées, merci... une autre fois faudra pas te déranger, tu sais.

— Allons-nous-en, ma chère, fit majestueusement Evélina. Cet individu-là, c'est pas un homme...

Pierre fut blessé dans son amour propre. Il se leva en chancelant.

— Minute !... bégaya-t-il. On n'insulte pas le sexe enchanteur dont auquel j'ai celui d'avoir été choisi pour cavalier.

Puis, marchant d'un pas lourd vers Héloïse, il la regarda dans les yeux d'un air sinistre.

— Toi, d'abord, gronda-t-il sourdement, il y a trop longtemps que tu nous embêtes. Fais-moi le sensible plaisir de t'évaporer.

— Je n'ai pas d'ordres à recevoir de toi, répliqua brusquement la jeune femme.

— Prends garde ! Tu me connais.

— Oui. Mais tes amis ne te connaissent pas encore assez, ricana l'ouvrière éperdue de fureur et de jalousie. Si je te gêne, va-t-en. Moi, je reste. Je veux causer avec eux.

— Pour leur dire ?

— Pour leur dire, primo, que tu es u voleur.

— Un voleur ? rugit Guérard. Répè un peu ce mot-là.

— Oui, un voleur. Un voleur et qui p s est un assass.....

Elle n'eut pas le temps de finir sa phrase. Un effroyable soufflet lui balafra les deux joues à la fois.

Pétrifiée, elle bondit en arrière avec un hurlement de louve. Ses yeux égarés cherchaient une arme.

Soudain elle saisit une pesante canette de cristal et elle la lança d'un bras vigoureux à la tête de son amant.

Il fut atteint au front. Le sang jaillit. Pierre ouvrit les bras, plia les jarrets et s'écroula comme une masse sur le plancher.

Aussitôt éclata un tumulte indescriptible. Les buveurs qui emplissaient la galerie s'étaient retournés aux clameurs perçantes d'Evelina et de Lodoïska : ils accoururent en désordre, se pressant, se bousculant, escaladant les chaises pour mieux voir.

Deux ou trois femmes crièrent au meurtre, tandis que Goblot et Barbançon s'efforçaient de contenir Héloïse qui, folle de rage, voulait se précipiter sur Guérard et le frapper encore.

Tout à coup, d'en bas, une voix envoya cet avertissement.

— Méfiez-vous !... voici la rousse !!

En effet, attirés par ce tapage, les sergents de ville épars dans la salle trouaient la multitude et se dirigeaient, non sans peine, vers la galerie.

Alors les personnes qui connaissaient Héloïse lui chuchotèrent à l'oreille :

— Sauve-toi! sauve-toi vite. On va t'arrêter.

Mais la jeune femme était hors d'état de les entendre. Elle se débattait, en proie à une horrible crise nerveuse.

A ce moment, Lagardiole eut une inspiration.

Ecartant avec vigueur les curieux qui lui masquaient le corps inanimé de Pierre, il se pencha sur lui, interrogea les pulsations de son cœur et s'écria d'un ton bourru :

— Il n'y a pas une minute à perdre... C'est de l'air qu'il lui faut.

Et les badauds de s'exclamer en chœur :

— Oui, oui!... De l'air!...

Amaury chargea le blessé sur ses épaules et, suivi de la plupart des assistants, il gagna l'un des escaliers de sortie en répétant à chaque pas :

— Place!... place pour un homme qui se trouve mal.

Il parvint de la sorte à quitter le bal, protégé dans sa retraite par la foule elle-même qui, étonnée, s'ouvrait sur son passage.

Une fois dehors, il examina son homme à la lueur du gaz dont la façade était illuminée.

Pierre ne donnait aucun signe de vie : il était d'une pâleur mortelle et le sang se coagulait déjà sur son front meurtri.

Cependant Lagardiole dit à ceux qui l'entouraient :

— Ce ne sera rien. Tâchez seulement de me procurer une voiture. Je sais où il demeure et je vais le reconduire.

Une demi-douzaine de gamins s'élancèrent en courant. Trois minutes après, ils ramenèrent un fiacre.

Le vicomte installa Guérard à l'intérieur, monta lui-même sur le siége et dit quelques mots tout bas au cocher.

La voiture partit.

XXX

La blessure de Pierre Guérard n'avait rien de sérieux. C'était une plaie sans conséquence, et elle ne mettait nullement en danger les jours précieux de cet intéressant jeune homme.

Pierre avait eu plus de peur que de mal. Sa pâleur et son immobilité provenaient tout simplement des liquides qu'il avait bus. On le croyait évanoui; en réalité, il était ivre-mort.

Pendant quinze heures, il dormit d'un sommeil de plomb. Quand il se réveilla la gorge sèche, la bouche en feu et la tête brûlante, sa première sensation fut celle d'une soif inextinguible. Il se leva du divan sur lequel on l'avait couché, et, apercevant sur un meuble une carafe d'eau, il la vida aux trois quarts. Après quoi il promena autour de lui ses yeux hébétés et sanguinolents.

Il se trouvait dans une chambre élégante, luxueuse, mais qui, du reste, lui était parfaitement inconnue. Comment était-il venu là? qui l'y avait amené? Voilà ce que sa mémoire refusa de lui apprendre.

Affadi par la migraine et par le mal de cœur, il retomba sur le divan, prit son front entre ses mains, et chercha péniblement à rassembler ses souvenirs. Tandis qu'il se livrait à ce travail, une porte s'ouvrit. Le vicomte de Lagardiole entra souriant et frais comme une rose.

Il avait dépouillé son affreux déguisement de la voille. Ses haillons sordides étaient avantageusement remplacés par une mise pleine de recherche et de bon goût.

Pierre, à sa vue, ressentit une commotion. Il se dressa pour fuir. Le vicomte, d'un geste, l'arrêta.

— Vous me reconnaissez?... demanda-t-il avec lenteur.

Guérard essaya vainement de répondre. Il n'avait plus de salive. En désespoir de cause, il reprit la carafe, acheva de la vider, puis, comme Lagardiole renouvelait sa question, il s'inclina gauchement.

— Ainsi, articula le vicomte, je n'ai pas besoin de vous remémorer à quelle occasion j'ai fait votre aimable connaissance?

— Oh! non, balbutia l'autre. Je me souviens très bien.

— Ah! ah!

— C'est lorsque j'ai eu l'honneur de vendre une clef à monsieur le vicomte.

— Une clef... à moi?

— Certainement. Il y aura de cela deux ans au mois de juillet.

Amaury regarda son interlocuteur et comprit pourquoi ses traits avaient tout d'abord éveillé en lui de vagues réminiscences.

Guérard était ce domestique congédié de l'hôtel de Santelda, ce valet complaisant auquel il avait acheté une clef du jardin, à l'époque où, ne connaissant même pas la duchesse, il avait voulu passer aux yeux de Brossac pour être son amant.

— Par ma foi, dit-il, j'avais oublié ce détail et je n'y faisais pas allusion. Je songeais à cette nuit de décembre où vous m'avez accosté sur le pont des Saints-Pères...

La surprise la plus candide envahit le visage marbré de Guérard. Il dirigea, d'un air niais, ses prunelles vers les moulures dorées du plafond.

— Monsieur le vicomte se trompe, bien sûr... murmura-t-il.

— Allons, s'écria Amaury, ne faites pas l'imbécile. Vous êtes chez moi, nous sommes seuls, personne ne nous écoute, et vous voyez que je vous parle sans colère. A quoi bon nier !

— Mais nier quoi ? grommela Pierre.

Lagardiole fut sur le point de perdre patience ; toutefois il se contint et reprit plus doucement :

— Maître Guérard, j'ai besoin de vous, je ne vous le cache pas. Pour vous transporter ici, j'ai profité de votre assoupissement, parce que, à jeun, vous vous fussiez méfié de moi et vous m'eussiez évité. Méfiance très naturelle, je l'avoue. Quand on a assommé, puis noyé un homme, on admet difficilement qu'il ne vous en garde pas rancune. Et cependant, soyez-en certain, je vous ai pardonné cette peccadille. S'il en était autrement, au lieu de vous amener chez moi et de vous laisser cuver votre bichof sur mon divan, je vous aurais conduit à la préfecture, et vous seriez en prison à l'heure qu'il est.

— En prison ?... jamais de la vie.

— Si fait, mon cher. En prison pour tentative d'assassinat sur ma personne.

— Inconnue à mon cœur, la tentative. Où sont vos preuves ?

— J'en ai. Je puis même produire un témoin.

— Lequel, sans vous commander ?

— Héloïse, votre complice, la vindicative Héloïse avec qui vous avez commis l'imprudence de vous brouiller hier soir.

Pierre se mordit les lèvres.

— Il ne faudrait pas la prier beaucoup, je vous assure, pour la résoudre à vous accuser. Elle vous déteste à présent de telle sorte qu'elle consentirait à être guillotinée pourvu que sa condamnation entraînât la vôtre.

Le vraisemblable de cette hypothèse frappa Guérard.

Il baissa la tête.

— Rassurez-vous, poursuivit Lagardiole. Je n'userai pas de son témoignage. Je n'ai, je vous le répète, aucun ressentiment contre vous.

— En ce cas, bégaya Pierre abasourdi, dans quel but monsieur le vicomte me retient-il ?

— Mais je ne vous retiens pas, mon garçon. Les portes sont ouvertes : quand il vous plaira de partir vous serez libre. Seulement, vous m'accorderez bien, je

l'espère, quelques minutes d'attention ?

Guérard s'inclina, très inquiet, et le vicomte, s'étalant dans un fauteuil, reprit après un silence :

— J'ai une affaire à vous proposer.

Pierre lui lança un coup d'œil en dessous, se gratta la nuque et répliqua d'un ton hésitant :

— Monsieur le vicomte est bien bon, mais les affaires, voyez-vous, c'est trop dangereux. Je m'en retire. L'argent, comme on dit, ne fait pas le bonheur. Mieux vaut manger son pain tout sec et dormir tranquille.

— Ni l'or, ni la grandeur ne nous rendent heureux ! déclama ironiquement Amaury. On se dit cela quand on a des louis dans ses poches. Mais, cher monsieur Guérard, lorsque vous aurez dépensé ceux qui vous restent, — et il ne vous en reste guère, — vous changerez d'avis et vous écrirez de nouveau à la duchesse qui, cette fois, ne vous répondra pas.

— La duchesse !... exclama Guérard en tressaillant.

— Hé ! mon Dieu, oui. Avant-hier soir vous lui avez adressé une lettre très spirituelle...

— Moi !...

— La voici, dit le vicomte en la tirant de sa poche.

Guérard, stupéfait, demeura la bouche béante.

— Dans cette lettre, ajouta Lagardiole, vous demandez familièrement vingt-cinq louis à madame de Santelda et vous lui recommandez de vous les apporter elle-même, chez vous, à six heures du matin. L'heure était un peu indue pour une grande dame. Aussi n'est-elle arrivée au rendez-vous qu'entre huit et neuf...

— Comment savez-vous cela !... s'écria Guérard tout à fait ahuri.

Le vicomte jugea inutile d'élucider cette question. Il continua.

— La duchesse aime à obliger ses amis. Elle vous a donc compté cinq cents francs hier matin, et immédiatement vous les avez écornés en compagnie de mesdames Evélina et Lodoïska.

Pierre n'en pouvait croire ses oreilles.

— Ah ça ! pensa-t-il éperdu, est-ce qu'il serait de la police ?

Le vicomte prit son étui à cigares et y choisit un panatellas dont il coupa le bout avec les dents.

— Là dessus, reprit-il, vous vous êtes monté la tête. Exalté par le succès, vous vous êtes dit : La duchesse a peur de moi. M'ayant payé jadis pour assassiner ce pauvre vicomte, elle craint d'être compromise à ce propos. Donc elle achètera perpétuellement mon silence ; donc ma fortune est faite. Telle est, n'est-ce pas, la petite machinette à pièces de cent sous dont vous entreteniez hier messieurs Goblot et Barbançon ?

Guérard était abruti de stupeur.

— Eh bien, acheva Lagardiole, pardonnez-moi de vous arracher une illusion bien douce, votre raisonnement est faux. En accourant si vite à votre appel, la duchesse a cédé à un premier mouvement de terreur. Mais elle réfléchira ; elle se rappellera que je n'ai déposé aucune plainte au sujet de l'attentat ébauché sur mon humble individu. En conséquence, elle cessera de vous craindre, et voilà votre machinette à tous les diables.

Pierre ne put réprimer un geste de superbe confiance.

— Oui, oui, je sais ! poursuivit le vicomte. Vous croyez avoir d'autres cordes à votre arc. Entre vous et madame de Santelda, il y a de nouvelles conventions. Elle vous a promis monts et merveilles pour m'espionner, me voler ou m'occire ? Soit. Mais, dites-moi, mon bon ami, à présent que vous me connaissez mieux, pensez-vous qu'il vous sera facile de mener à bien l'une ou l'autre de ces trois opérations ? Je suis extrêmement malin, je vous en avertis ; et j'ai pour devise : Qui s'y frotte s'y pique !

En articulant ces mots, Amaury darda sur Guérard un regard clair, féroce, menaçant qui lui donna la chair de poule.

Pierre devint rêveur. Il était dompté, dominé. Il se voyait en présence d'une nature encore plus perverse que la sienne, et il se sentait de moins en moins disposé à entrer en lutte avec un pareil adversaire.

Amaury lui laissa le temps d'envisager la situation ; puis, croisant sa jambe droite sur sa jambe gauche et mâchonnant son cigare, il reprit du même ton de supériorité paisible :

— A votre place, moi, savez-vous ce que je ferais ?

Guérard attacha sur lui un œil interrogateur.

— J'abandonnerais le parti de la duchesse et je passerais, avec armes et bagages, dans le camp du vicomte de Lagardiole.

Pierre se mit à rire.

Il avait prévu cette conclusion et calculé déjà ce qu'il y aurait pour lui d'avantage à servir deux maîtres et à les trahir l'un et l'autre.

Double trahison, double salaire.

— C'est là, demanda-t-il, l'affaire en question ?

— Oui, vous convient-elle ?

— Pourquoi pas, si j'y trouve mon compte.

Lagardiole plongea la main dans son gousset.

— Voici mille francs, prononça-t-il en exhibant un rouleau d'or. Vous pouvez les gagner d'ici à vingt minutes.

Guérard ébloui fit le salut militaire.

— A vos ordres, patron, commandez, je suis prêt.

— Racontez-moi d'abord l'origine de vos relations avec la duchesse.

— Ce ne sera pas long.

— Puis vous me communiquerez ses plans et vous m'apprendrez où elle se cache.

Pierre se rembrunit. Une hésitation tellement visible se répandit sur ses traits qu'Amaury en eut le frisson.

C'est que Lagardiole, en dépit de sa froideur affectée, était dévoré d'angoisses. Son sort allait dépendre du silence ou des révélations de Guérard.

Aussi eut-il peine à contenir sa joie lorsque ce dernier se décida tout d'un coup à parler.

XXXI

— Ce fut, commença-t-il, au mois de juin 1863 que j'entrai chez le duc de Santelda en qualité de domestique. Faut vous dire que j'ai fait tous les états possibles...

— Oui, oui... ne vous interrompez pas.

— La maison était bonne. Bien payé, bien nourri, pas accablé d'ouvrage, je vivais là-dedans comme un coq en pâte. Le duc s'en allait mourant, la duchesse pleurait toutes les larmes de son corps et personne ne songeait à surveiller la valetaille. Ça fit mon malheur. Il y avait un tas de choses qui traînaient dans les appartements ; un beau jour, une méchante bague disparut. Elle ne valait pas cher, je m'y connais, j'ai été bijoutier. N'empêche que l'on poussa les hauts cris et que l'on m'accusa de l'avoir volée. J'eus beau protester de mon innocence, on me régla mon compte. C'est bon. Me voilà sur le pavé, à la recherche d'une position sociale. Je m'adresse à un bureau de placement et je me propose pour n'importe quel emploi. On me dit :

— Voyez chez monsieur le vicomte de Lagardiole, rentier, rue du Helder ; il a besoin d'un valet de chambre. *Illico*, je me présente chez vous et je vous informe que j'ai servi chez monsieur le duc. Aussitôt vous me répondez : « Mon garçon, la place est prise ; mon personnel est au complet. Mais si vous pouvez me procurer une clef du jardin de l'hôtel de Santelda, je vous l'achète quinze cents francs comptant. L'idée me sembla drôle. —

Tiens ! tiens ! tiens ! que je m'écriai à part moi, cette bonne duchesse qui a l'air d'un dragon de vertu !... Elle est forte, celle-là. Paraît qu'elle a des intrigues aussi bien qu'une autre. Du reste, ça ne me regardait pas, et j'acceptai le marché.

— Je sais tout cela, fit impatiemment le vicomte, passons, passons !...

— Au contraire, ne passons pas, car c'est ici le nœud de l'histoire. Pour vous fournir une clef du jardin, aurait fallu que je la chippe. J'osai pas. On avait l'œil sur moi et on m'aurait soupçonné tout de suite. Mais rien ne m'était plus facile que d'en fabriquer une. J'ai été serrurier. Alors, j'en fabriquai deux.

— Pourquoi deux ?

— Une pour vous, une pour moi. J'avais mon plan. Je m'étais dit : — Il y a tant de choses dans l'hôtel que ce serait un meurtre de ne pas les ramasser. Un de ces soirs, je m'introduirai dans la maison et je ferai ma petite recette pendant que tout le monde dormira.

— Malheureux ! un vol avec fausses clés... Ignorez-vous qu'il y va des travaux forcés ?

— Quand on est pris, oui. Je connais mon code, j'ai été clerc d'huissier. Mais j'ai pas été pris...

— Ainsi, vous avez mis ce projet odieux à exécution.

— C'est-à-dire, j'ai essayé. Vous allez voir. Y avait donc trois ou quatre mois que je vous avais vendu cette bienheureuse clef et il ne me restait pas un fifrelin de vos quinze cents francs ; c'était le moment d'opérer la razzia. Par une nuit bien noire, je me glisse dans l'hôtel, je détache sans bruit un carreau à l'une des fenêtres du rez-de-chaussée et je me faufile dans la chambre à coucher du feu duc. Là, je retiens mon souffle et je tends l'oreille. Silence complet. Très bien. J'allume ma lanterne sourde, je fourre dans mes poches cinq ou six bibelots insignifiants qui ne pouvaient être utiles à personne ; puis je m'approche d'un certain meuble en bois de rose où M. le duc avait coutume de serrer ses valeurs. Un meuble magnifique, entre parenthèses. Si la duchesse vous a reçu dans cette chambre-là, vous avez dû le remarquer.

Une faible rougeur monta au front d'Amaury.

— En vérité, maugréa-t-il, je ne devine pas quel rapport ces détails...

— Pardon, excuse, un rapport conséquent. Ce meuble me tirait l'œil. Il était si artistement établi qu'il m'intéressait. J'ai été ébéniste. Tandis que je l'examinais en amateur et que je farfouillais un petit peu sous les serrures, histoire de m'assurer si rien ne traînait au fond des tiroirs, — voilà-t-il pas qu'une lueur subite éclaire l'appartement...

Je me retourne... et qui est-ce que j'aperçois, debout, à l'entrée de la porte ? Madame la duchesse parfaitement éveillée et toute vêtue. A trois heures du matin ! Ça peut s'appeler du guignon. Faut croire que depuis la mort de son mari, elle avait perdu l'habitude de se coucher.

Moi, je me dispose à lui sauter dessus, mais, va te promener ! elle lève le bras et me vise avec un mignon pistolet de chez Devismes. Les armes à feu, je m'en méfie, et pour cause. J'ai été armurier. Ma foi, je n'ai pas fait le brave. Je m'ai mis à deux genoux et je l'ai suppliée d'épargner un ancien serviteur à elle, un pauvre diable poussé au mal par la misère.

Elle restait impitoyable.... elle allait presser la détente. Soudain, je ne sais ce qui m'a traversé la boule, j'ai invoqué votre nom...

— Mon nom... à moi !

— Dame ! je supposais que le nom de son cher et tendre contribuerait à l'adoucir. Ça n'a pas manqué.

— Bah !

— Oui, dans le premier moment : « Tu connais cet homme ! » qu'elle s'est écriée. Pas gênée, hein, la duchesse ? Elle me tutoyait.

— Un peu que je le connais, répliquai-je. C'est moi qui lui ai procuré les moyens de pénétrer ici du vivant de votre époux...

Je croyais bonnement qu'elle allait me remercier. Ah ! ouiche.

— Misérable ! qu'elle a récrié. Et patatras ! la rage l'empoigne de plus belle.

Etonné, je m'aplatis sur le parquet, attendant le coup de la mort. Pas du tout. La duchesse se promenait de long en large, ni plus ni moins que les lionnes du Jardin-des-Plantes. A la fin, elle me dit :

— Veux-tu ta grâce ?

— Parbleu !

— Veux-tu, en outre, gagner cinquante mille francs ?

— Cinquan... Ah ! tonnerre de chien ! Jasez, on vous écoute !

Là-dessus elle me narre que vous êtes son ennemi mortel, que vous lui avez soustrait un papier important et qu'à tout prix il faut que je vous l'arrache. Je lui réponds :

— Ça peut se faire. Où est-il ce papier ?

— Il doit le porter constamment sur lui ; du moins, je le suppose.

— C'est bon. J'inventerai un truc pour dépouiller le jeune homme et je vous apporterai toutes les paperasses cachées dans ses poches. Mais si, par hasard, le chiffon essentiel ne s'y trouvait pas ?

— En ce cas, tu ne toucherais que trois mille francs au lieu de cinquante mille...

— Marché conclu.

Aussitôt elle me rendit la clef des champs et, deux jours plus tard, je vous assommai d'un coup de trique sur le pont des Saints-Pères, en collaboration avec Héloïse que j'avais été forcé de mettre dans la confidence.

— Ainsi, demanda Lagardiole, madame de Santelda vous avait donné l'ordre de m'assassiner ?

— Non, parole d'honneur. Je viens de vous rapporter notre conversation mot pour mot et vous voyez qu'il n'a pas été question de ça.

— Alors pourquoi m'avoir jeté dans la Seine ?

— C'est une idée à Héloïse. Moi, je ne suis coupable que du coup de trique. Fallait bien vous étourdir un brin si on voulait tranquillement retourner vos doublures. Et puis, j'étais sûr de ne pas vous tuer parce que le gourdin, voyez-vous, je le manie en maître ; j'ai été professeur de bâton. Mais Héloïse, en vous regardant gigotter, a eu peur que vous ne la reconnaissiez un jour ou l'autre. Elle m'a conseillé de vous flanquer à l'eau et j'ai eu la faiblesse d'y consentir...

— Vous avez bien tort d'être si faible avec les femmes, mon cher Guérard. Ça finira par vous jouer de vilains tours. Mais continuez, je vous prie.

— Pour lors, la duchesse avait été prévenue que je tâcherais de vous fouiller cette nuit-là, et elle m'attendait sur la place de la Concorde, dans une voiture. Du plus loin qu'elle me voit venir, elle me crie en claquant des dents :

— Le papier, vite le papier !

— Pas plus de papier que dans mon œil, que je lui riposte. Le vicomte n'avait rien du tout sur lui.

— « Comment, rien !

— » Rien de rien. Pas même une carte de visite.

» Paf !... elle devient verte et fait mine de s'évanouir.

» — Rassurez-vous, que je lui observe respectueusement. Avec ou sans papier, ce monsieur-là ne vous embêtera plus. Il est défunt...

Et, comptant la ragaillardir, je lui raconte votre noyade. Monsieur, vous me croirez si vous voulez, elle m'a sauté à la gorge et elle m'a enfoncé ses griffes dans le cou, que j'en aurais pris la fuite, n'eussent été les trois mille francs dont j'espérais le règlement. Par bonheur, le cocher dormait sur son siège ; sans quoi il aurait tout entendu. Enfin, bref, elle se calme, elle m'injurie moins fort, et elle verse des rivières de larmes, en marmottant qu'elle est perdue, qu'on mettra les scellés chez vous, que vos héritiers découvriront pour sûr le papier terrible, et qu'il ne lui reste plus qu'à mourir à son tour...

Ici, Amaury eut un sourire étrange.

— Et interrogea-t-il, cela n'a point piqué votre curiosité, maître Guérard ? Vous ne vous êtes point demandé ce que pouvait être ce papier mystérieux ?

— Sauf erreur ou omission, répliqua Pierre d'un ton fûté, il y a longtemps que je m'en doute. La duchesse a été votre bonne amie, pas vrai ?... Elle vous aura écrit, dans les temps, une lettre dévorante avec emblèmes d'amour, gaudrioles décolletées, cœurs percés d'une flèche et autres. Pour lors, à présent qu'elle est brouillée avec vous, elle voudrait ravoir la chose, rapport à sa famille, à ses amis, au monde et à ce tas de balançoires que les dames de la haute appellent leur réputation...

— C'est cela même, ricana Lagardiole. Vous êtes plein d'intelligence.

— On s'en flatte, murmura Pierre.

Et il poursuivit :

— Nous en étions donc à cette pauvre duchesse, qui se lamentait considérablement. Voyant ça, moi, je lui dis : — Y aurait une chose à faire, ce serait de vous introduire vous-même chez le vicomte avant que la nouvelle de son décès ne se soit répandue, et d'essayer, par un procédé quelconque, de visiter ses différents portefeuilles. L'entreprise sera difficile, dangereuse, mais si vous faites main basse sur le fameux document, vous vous ficherez du reste comme de Colin-Tampon.

Ce conseil la fit réfléchir. L'a-t-elle suivi ? J'en ignore. Toujours est-il qu'elle me solda, séance tenante, la prime de trois mille francs, et qu'elle me congédia d'un geste qui signifiait : Au plaisir de ne jamais vous revoir !

« Quinze jours après, un matin que je flânais sur le boulevard, je me rencontrai nez à nez avec une figure de connaissance. Cette figure, c'était la vôtre, monsieur le vicomte. Vous étiez si alerte et si bien portant qu'il n'y avait pas moyen de vous prendre pour un fantôme. Cependant votre vue me défonça tout d'abord le système et je sentis déhringoler mes jambes. Il me fallut un bon bout de temps pour comprendre qu'on vous avait repêché.

J'en fus bien aise. Oui, sacrebleu, j'en fus ravi, parce que, d'avoir escoffié un chrétien, ça vous pèse rudement lourd sur l'estomac quand on n'en a pas l'habitude. Seulement, dans ma conscience d'honnête homme, je crus de mon devoir d'avertir la duchesse ; je courus à son hôtel ; bonsoir les voisins !.. l'hôtel était vendu et la duchesse avait fui comme une ombre en déclarant qu'elle ne reviendrait pas.

A cet endroit de son récit, Pierre regarda la carafe absolument tarie.

— Le gosier s'enroue, dit-il. Si c'était un effet de la vôtre, on aimerait à se gargariser les ressorts...

Amaury se leva, ouvrit une cave à liqueurs et remplit un verre de rhum que Guérard avala d'un trait.

Il fit claquer sa langue et reprit :

— Dix-huit mois s'écoulent. J'avais oublié cette aventure et je nageais dans une misère des cinq cents diables. La jalousie des patrons s'obstinant à me fermer la porte des ateliers, je m'abaissais, pour gagner mon vermouth quotidien, à une foule d'industries humiliantes. Avant-hier soir, par exemple, je m'étais établi en face des Italiens et je guettais la sortie, espérant récolter quelques sous à ouvrir les portières des voitures et à offrir du feu aux fumeurs.

« Le temps me semblait long. J'avais les goussets vides et le ventre creux. Tout à coup une femme apparaît sous le péristyle, descend les marches du perron et monte en coupé. Je pousse un cri : c'était madame de Santelda.

M'élancer derrière le sapin fut l'affaire d'une seconde. On n'alla pas loin. Au bout de cinq minutes, la voiture entra dans la cour du Grand-Hôtel. La duchesse mit pied à terre. J'aurais pu lui parler, mais je ne savais pas trop comment elle m'aurait reçu ; et puis, j'étais en blouse ; ça aurait attiré l'attention. Je m'en allai chez un marchand de vins de mes amis, qui me fit crédit d'une feuille de papier blanc, et j'écrivis la lettre que vous avez entre les mains.

Vous avez paru étonné que j'aie fixé à six heures du matin l'instant du rendez-vous. La raison en est bien simple. N'ayant pas dîné ce soir-là, je m'étais dit : Plus tôt la duchesse m'apportera de l'argent, plus tôt je déjeunerai demain matin. Quand on est affamé, on s'inquiète peu des convenances.

La lettre écrite, je la portai au Grand-Hôtel. Là, en m'informant adroitement, j'appris que la duchesse habitait Paris depuis deux ou trois semaines et qu'elle était en pourparlers pour l'achat d'une maison sise avenue de l'Impératrice.

— Très bien, pensai-je. Du moment où elle s'installe, c'est qu'elle ignore que M. de Lagardiole est ressuscité ; donc, elle me payera cette nouvelle un bon prix.

Je rentrai chez moi gai comme un pinson. Ma mine épanouie frappa Héloïse ; elle me questionna. J'eus la bêtise de lui avouer que j'avais rencontré la duchesse.

A son tour, elle sauta de joie en s'écriant :

— Bravo ! nous voilà riches ! Il ne s'agit plus que de la faire chanter !

Ces mots : « Nous voilà riches ! » me rembrunirent en me rappelant que je serais forcé de partager avec la gueuse ; ça ne me souriait pas. — Faudrait d'abord découvrir où elle demeure, que je lui dis. — Comment, tu l'ignores ! — En plein. Je l'ai vue passer en voiture, voilà tout. — Tu mens ! — Un démenti !... V'lan ! je lui allonge une torgnole. Elle se fâche, nous nous battons et je la fourre à la porte. Telle est ma recette pour me débrrrasser des amantes qui me gênent.

Et Guérard, sans y avoir été invité, se versa fièrement un deuxième verre de rhum.

Lagardiole avait tressailli. Le nom d'Héloïse venait de lui remettre en mémoire les paroles inquiétantes prononcées la veille par cette femme ; mais pour la seconde fois il les traita de hâbleries. Plus il y songeait, moins il lui paraissait possible qu'Héloïse eût réellement connaissance de l'endroit où il avait caché son dépôt. Néanmoins, il se promit d'aller voir Sylvain et de se tranquilliser à cet égard d'une façon positive.

Guérard reprit :

— A neuf heures, hier matin, la duchesse entra chez moi, pâle, bouleversée, tremblante. Elle savait que vous viviez. Elle vous avait vu. Vous l'aviez poursuivie, menacée... Elle tombe sur une chaise et murmure : — Il est temps de prendre un parti. Si cet état de choses continue, je mourrai ou je deviendrai folle. Coûte que coûte, il faut arracher à cet homme l'arme qu'il veut tourner contre moi !...

Pierre s'arrêta encore. Parvenu au point capital de sa confession, il hésitait à passer outre.

Amaury posa sur la cheminée le rouleau de cinquante louis.

— Et alors ?... interrogea-t-il.

— Alors, — repartit Guérard, électrisé par les reflets du métal, — alors, nous avons délibéré pendant près de trois heures sur les différents moyens à employer pour vous soutirer le papier maudit.

— Et ce moyen, vous l'avez découvert ?

— Pas moi, mais la duchesse. Ah ! quelle femme, monsieur le vicomte ! quelle imagination, quel esprit !... Et comme c'est dommage qu'elle ne soit point de ma classe ! Je l'aurais associée à mes destins; elle en est digne...

— Bref, ce stratagème ?...

— Un chef-d'œuvre, monsieur, une vraie trouvaille. Un plan dont la réussite aurait été infaillible, immanquable. Jugez-en : J'embauchais deux ou trois camarades, de bons *zigues* dans mon genre. Nous nous attachions secrètement à vos pas ; nous inventions un prétexte pour vous attirer dans un lieu désert : puis nous vous tombions sur le casaquin, et, après vous avoir bâillonné d'importance et ficelé comme un saucisson d'Arles, nous vous emballions dans un fiacre que j'aurais conduit moi-même. Car j'ai été cocher...

— Tiens ! tiens !... un enlèvement.

— Juste.

— Et où m'eussiez-vous transporté ?

— A la campagne. La duchesse possède, à ce qu'il paraît, une petite maison aux environs de Saint-Mandé. Cette maison, personne ne l'habite. Elle est isolée, située en pleins champs, bâtie en pierres de taille...

— Compris. Vous m'auriez égorgé là, très commodément.

— Par exemple !... En voilà une idée ! Non, monsieur, non. Nous vous aurions simplement descendu à la cave.

— Comment, à la cave ?

— Mon dieu, oui. Une cave superbe, très noire, très profonde, fermée par une porte en chêne lamée de fer et solide à toute épreuve. On vous aurait là-dedans et, pour commencer, vous n'auriez plus entendu parler de rien pendant quarante-huit heures. Etes-vous jamais resté quarante-huit heures sans manger ni boire ? Ça n'est pas drôle, allez...

— Ah ! ah ! fit Lagardiole en pâlissant malgré lui, je crois que je devine.

Pierre continua :

— Au bout de quarante-huit heures, la duchesse aurait entr'ouvert votre guichet, — la porte a un guichet, — et elle vous aurait dit de sa plus douce voix : — Vous vous ennuyez, monsieur le vicomte ? — Mais, madame, un peu. — Avez-vous faim ? — Beaucoup. — Cela vous ferait-il plaisir de déjeûner ? — Passionnément. — En ce cas, veuillez me restituer l'écrit en question ou bien m'apprendre où je pourrais me le procurer ? Refus de votre part, naturellement. Cric, crac, fermeture du guichet. Nouvel intervalle de vingt-quatre heures ; votre estomac se colle à votre dos ; vous souffrez des tortures abominables ; la famine vous ronge, vous dévore. Alors la duchesse reparaît ; mêmes propositions, mêmes refus et ainsi de suite jusqu'à extinction de chaleur vitale. Mais il y a mille à parler contre un qu'après quatre ou cinq jours de diète, vous auriez restitué tous les écrits du monde en retour d'un pain de quatre livres...

Amaury se leva, la sueur au front. Il frémissait à la pensée du péril qu'il avait

couru. Puis un sourire sarcastique et menaçant vint à sa lèvre.

— J'ai tout dit, prononça Pierre avec dignité. M. le vicomte remarquera qu'en lui dévoilant le pot aux roses, j'ai raté ma fortune.

— N'ayez point de regrets, répondit Lagardiole. Je m'attendais à un guet-apens et j'avais pris mes mesures en conséquence. Le lendemain même de ma disparition, la duchesse eût été arrêtée, mon cher... et vous aussi.

Guérard eut un soubresaut nerveux.

— Et maintenant, ordonna le vicomte, l'adresse de madame de Santelda, vite !... j'hai hâte de la remercier.

XXXII

Qu'était-ce en définitive que cet écrit si vivement disputé à Lagardiole ? Pourquoi le vicomte attachait-il tant de prix à sa possession et quelle influence fatale ce papier pouvait-il avoir sur la destinée de madame de Santelda ?

Nous allons le dire dès à présent afin d'éviter toute obscurité ultérieure.

Remontons de dix-huit mois en arrière et reportons-nous par la pensée à cette nuit de juillet, calme et sereine, que le vicomte a choisie pour se glisser comme un voleur dans le jardin de l'hôtel.

Amaury ne connaît pas la duchesse ; à peine l'a-t-il entrevue une douzaine de fois et néanmoins il veut faire croire à Brossac, son créancier, qu'il est l'amant de cette femme.

Elle est colossalement riche ; son mari est mourant. Si Lagardiole parvient à convaincre l'usurier, celui-ci prendra patience et retardera les poursuites judiciaires dont il menace son débiteur.

Une fois dans le jardin, Amaury s'arrête, étonné de sa propre audace. Il s'agit de passer une demi-heure en ce lieu inconnu ; il s'agit de bien démontrer à Brossac, qui l'attend dehors, la réalité de ce rendez-vous imaginaire.

Amaury s'assied sur un banc. En face de lui, à travers les arbres, il aperçoit la masse noire de l'hôtel. Au rez-de-chaussée seulement deux fenêtres sont éclairées. Là, sans doute, est la chambre du malade.

A moins que ce ne soit celle de la duchesse.

A cette dernière supposition, une idée folle traverse le cerveau du vicomte. Ce flibustier sans foi ni loi rêve un coup de fortune.

N'ayant jamais eu affaire qu'à des femmes de la pire espèce, les jugeant toutes vicieuses et dépravées, il se dit : je suis jeune, beau, élégant, spirituel ; pourquoi la duchesse ne m'aimerait-elle pas, séance tenante ?

Assurons-nous d'abord qu'elle est seule ; puis je me jetterai à ses pieds, je lui déclarerai que je l'adore et que j'ai pénétré ici pour le lui prouver. Une telle hardiesse ne peut lui déplaire. Peut-être criera-t-elle un peu, mais je me fie à mon éloquence pour l'apaiser.

Là-dessus, Amaury se dirigea délibérément vers la maison.

L'une des fenêtres était entr'ouverte ; les deux ventaux, quoique peu écartés l'un de l'autre, ne se touchaient pas...

Lagardiole s'effaça de profil contre la muraille et se pencha sur la vitre.

A travers les rideaux de mousseline brodée, l'intérieur de la chambre lui apparut comme à travers une brume laiteuse. C'était celle du malade. Au fond de la pièce, sur un lit somptueux, reposait le duc agonisant.

Même sous l'étreinte de la mort, son visage sévère, martial, au menton proéminent, aux sourcils noirs et touffus, conservait une mâle énergie. Il sommeillait. Ses cheveux gris, mouillés de sueur, se collaient en mèches luisantes au long de ses joues maigres, et sa poitrine bondissait à de fréquents intervalles, secouée par un spasme convulsif.

Il n'y avait là, pour le veiller, que la duchesse.

A demi vêtue d'une robe claire, à plis amples et traînants, elle se tenait debout auprès de la cheminée. Un de ses bras nus s'appuyait nonchalamment sur le marbre. Une grosse lampe de porcelaine chinoise, coiffée d'un abat-jour, concentrait la clarté sur ses traits.

Blanche et immobile, elle ressemblait à une splendide statue. Nul bruit ne troublait sa méditation. L'on n'entendait que le tic tac de la pendule et le frôlement d'ailes d'un papillon de nuit qui se heurtait aux parois de la lampe.

Un simple coup d'œil sur cet intérieur mortuaire avait suffi à Lagardiole pour comprendre l'absurdité de ses espérances et il se disposait à battre en retraite, lorsqu'un fait singulier le frappa de surprise.

Le duc avait ouvert les yeux et il observait sa femme à la dérobée.

Il la regardait avec une expression tellement farouche, tellement haineuse et menaçante qu'Amaury en eut le frisson. Ce regard était un vrai regard de bête fauve, mais de bête fauve impuissante, muselée, redoutant le dompteur.

— Il a le délire, pensa Lagardiole.

A ce moment, madame de Santalda s'arrachant à sa rêverie, exhala un soupir et se prit à marcher par la chambre d'un air profondément absorbé.

Chaque fois qu'elle faisait face au lit, le duc abaissait ses paupières et feignait de dormir ; chaque fois qu'elle lui tournait le dos, il les relevait et la suivait de ce même regard brillant, féroce, inquisiteur, de ce regard où toute sa vie expirante s'était réfugiée.

Une curiosité bizarre s'empara du vicomte. Sans qu'il sût pourquoi, son cœur battit avec violence. Tout à coup, il fit un pas en arrière et se cacha vivement derrière une grosse touffe de dahlias.

Il était temps.

La duchesse vint s'accouder sur l'appui de la fenêtre.

Elle aspira l'air avec force et tendit son front en feu aux souffles de la nuit. Sa respiration sifflait haletante.

Au bout de quelques secondes, elle balbutia d'un accent saccadé :

— Horrible !... C'est horrible !...

Puis elle enfouit sa figure entre ses mains et la sourde explosion d'un sanglot arriva jusqu'à Lagardiole.

— Décidément, ricana-t-il en lui-même, l'instant eût été mal choisi pour me montrer. Quelle douleur ! quelle tristesse ! Et qui diable aurait cru qu'elle regretterait à ce point un aussi désagréable mari ?

Une horloge du voisinage sonna trois heures.

Madame de Santelda tressaillit. Puis elle contempla le ciel, où l'aube élargissait déjà ses teintes d'opale.

— Allons ! murmura-t-elle d'un ton bref, il faut en finir.

Et elle rentra.

Le vicomte, avec un empressement irrésistible, reprit son poste d'observation.

— Il faut en finir !... répéta-t-il inquiet. Ah çà ! pousserait-elle le désespoir jusqu'à vouloir se tuer ?

Il fut vite rassuré à cet égard.

La duchesse s'approcha d'une veilleuse qui brûlait sur un guéridon, emplit une tasse de tisane et l'apporta au malade. Celui-ci ne fit aucun mouvement. Elle se pencha vers lui. Longtemps elle le considéra en silence, puis d'une voix douce, affectueuse :

— Fernand !... appela-t-elle.

Le duc resta immobile.

La couverture dessinait ses membres de squelette. Ses yeux fermés disparaissaient au fond de leurs orbites. On eût dit un cadavre.

La duchesse se redressa lentement. Une rougeur épaisse montait à ses joues et son front se couvrait de gouttelettes de sueur. Soudain, se détournant de telle sorte que le duc, s'il s'éveillait, ne pût la surprendre, elle tira de son sein un flacon d'une extrême petitesse.

Aussitôt Amaury fut témoin d'une chose épouvantable.

Comme s'il n'eût attendu que ce moment, le moribond s'agita ; ses prunelles vitreuses étincelèrent ; sa tête quitta l'oreiller ; il se souleva péniblement, écarta la couverture, posa ses pieds sur le parquet et, après d'incroyables efforts, se dressa sur ses jambes décharnées...

Sa femme ne pouvait le voir ; elle était tournée du côté de la fenêtre.

Hideux, à moitié nu, frissonnant de fièvre, l'agonisant se traîna vers elle, sans bruit, d'un pas de spectre et, à l'instant même où elle versait dans la tasse le contenu du flacon, il lui saisit le poignet.

Au contact de ces doigts glacés, la duchesse poussa un cri aigu, un cri de folle. La tasse lui tomba des mains et se brisa.

Alors, face à face, aussi livides, aussi effrayants l'un que l'autre, ils se regardèrent.

— Empoisonneuse !... articula le duc.

Terrifiée, elle recula jusqu'à la muraille où elle s'adossa presque évanouie, tandis que le moribond regagnait son lit en chancelant et s'y renversait épuisé.

Le silence qui suivit fut sinistre. Au dehors, le jour grandissait, bleuissant les vitres et mêlait ses teintes grisâtres aux reflets jaunes de la lampe. Les oiseaux à demi réveillés gazouillaient timidement.

Amaury, fasciné par cette scène lugubre, les cheveux hérissés, la langue collée à son palais, demeurait cloué à la même place.

Au bout de quelques minutes, le mourant reprit la parole et désignant avec un rire affreux le flacon dont il était parvenu à s'emparer :

— Voilà donc, murmura-t-il, cette maladie mystérieuse à laquelle nul médecin ne pouvait assigner un nom !

La coupable eut un tressaillement. Le front caché entre ses mains, elle essayait de réunir ses idées confondues par le vertige.

Le duc continua :

— Il y a trois jours que je vous soupçonne, vingt-quatre heures que je vous épie. Et pourtant je doutais encore. Je vous savais perverse, dépravée de naissance, démoralisée d'origine, capable de tout, certes, excepté d'une pareille lâcheté. N'alléguez pas votre haine. Je comprends l'assassin qui frappe et qui tue d'un seul coup. Mais, sourire à sa victime, prolonger savamment son agonie, lui verser la mort goutte à goutte et se repaître de ses tortures en l'entourant d'une tendresse hypocrite... cela est vil, cela est infâme..... Quel monstre êtes-vous donc, et où avez-vous puisé cet horrible courage ?

— Dans mon désespoir, répondit-elle avec violence.

Elle avait relevé la tête. Elle était revenue de son saisissement, et, palpitante, les narines dilatées, les bras croisés sur sa poitrine, elle envisageait maintenant son mari d'un air de bravade.

— Ainsi, balbutia-t-il, écrasé par l'indignation, au lieu d'implorer votre grâce, c'est vous qui accusez ! Ainsi, le criminel c'est moi ! Ainsi, parce que je vous ai empêchée de prostituer mon nom, j'ai mérité la mort ?

Elle répliqua d'une voix sombre :

— Votre mort me délivre. L'esclave qui étouffe au fond de son cachot a bien le droit de reconquérir comme il peut sa liberté.

— Ah ! misérable !... misérable !... râla-t-il d'un timbre étouffé par les atroces douleurs auxquelles il était en proie. Est-ce là ma récompense ! Avez-vous oublié le jour maudit où je vous ramassai dans la misère ?

— Je n'ai rien oublié, dit-elle froidement. J'avais vingt-quatre ans ; j'étais belle et j'étais pauvre... J'avais rêvé, je rêve encore une vie de luxe et d'éclat, une vie pleine de fêtes, d'adorations et d'hommages. Si c'est là ce que vous appelez le mal, eh bien ! oui, je suis née pour le mal ; j'en ai l'instinct, le besoin, la soif... Vous ne l'ignoriez pas en m'épousant.

— J'ignorais du moins les souillures de votre âme. Votre beauté m'avait ébloui. Je vous demandai loyalement, non pas de m'aimer — j'avais trente ans de plus que vous — mais de respecter ma maison et de garder mon honneur intact. Vous me le promîtes. Cependant vous aviez vu, vous, dans ce mariage, qu'un moyen de satisfaire vos aspirations vicieuses. A peine eûtes-vous franchi mon seuil que je commençai à vous connaître. J'avais cru épouser une honnête fille, je m'étais lié à une courtisane.

— Vous mentez ! cria-t-elle, je n'ai jamais failli.

— Matériellement, non. Je ne vous en ai laissé, Dieu merci, ni le temps, ni le pouvoir. Mais six mois après notre union, vous vous compromettiez déjà avec un homme que vous aviez encouragé par vos avances. Je le trouvai à vos genoux, je le provoquai et je le tuai le lendemain. Un autre lui succéda ; il eut le même sort. Que pouvais-je faire désormais ? Fallait-il passer ma vie à croiser le fer avec vos adorateurs ? Ou bien, vous abandonnant à vous-même, devais-je me résoudre à devenir pour tous un objet de risée, de commisération et de mépris ?

— Il fallait gagner mon affection à force de confiance.

— Folie !... il me sembla qu'en ne vous quittant plus, qu'en vous surveillant sans cesse, qu'en élevant une digue entre le monde et vous, je viendrais à bout de vaincre vos instincts déplorables.

— Et vous n'avez réussi qu'à vous rendre odieux, interrompit-elle avec emportement. Vous m'avez cloîtrée, sequestrée, sevrée de tous les plaisirs, vous avez fait de moi une prisonnière. J'aurais pu fuir cent fois, j'aurais pu vous déshonorer. L'ai-je fait? Non. De quoi vous plaignez-vous? Humiliée par vos éternels soupçons, outragée par vos incessants espionnages, je me suis résignée, j'ai accompli strictement mes devoirs, j'ai été pour vous une épouse fidèle, irréprochable. Broyée par le découragement, je me suis efforcée de vous sourire ; dévorée par la haine, je ne vous ai témoigné que soumission et respect. Rien ne vous a fléchi, rien ne vous a touché.

Elle fit une pause et, rejetant ses cheveux en arrière, elle se rapprocha du lit.

Le duc la contemplait avec stupeur.

— Ah! vous me reprochez votre agonie! reprit-elle. Mon supplice, à moi, monsieur le duc, a duré huit ans, huit siècles, pendant lesquels j'ai vu s'évanouir ma jeunesse, se flétrir ma beauté, s'éteindre un à un tous mes rêves de joie d'amour, de bonheur en ce monde. Puis un jour, un jour enfin, je crus entrevoir la délivrance. Une maladie subite vous avait terrassé ; la science vous déclarait perdu... Alors, oui, je l'avoue, l'espoir m'inonda, mais il fut court. Vous revîntes à la vie ; votre convalescence commença ; l'horizon un instant ouvert devant mes yeux se ferma de nouveau. Je songeai avec terreur que j'allais retomber sous votre joug de fer, et, pour la première fois je perdis patience. Il y a cinq jours de cela ; le poison a fait son œuvre... La mort vous réclame ; elle est là; je l'aperçois distinctement sur vos traits contractés. Encore quelques heures, quelques minutes peut-être, je serai libre... Expirez en paix, monsieur le duc. Vous avez été pour moi le pire des tyrans ; je me suis vengée : nous sommes quittes !...

En parlant ainsi, la duchesse se penchait toute pâle sur le chevet du mourant, et son exécrable triomphe communiquait à ses yeux noirs une expression étrangement funeste.

Le duc se tut.

Paralysé par l'étonnement, révolté par l'ingratitude de cette femme qu'il avait aimée d'une tendresse si ombrageuse et si jalouse, il la regardait sans mot dire, les dents serrées, les poings crispés, l'âme combattue entre la colère furieuse et le fol amour qui, malgré tout, l'embrasait encore...

Il la regardait silencieux, oppressé... Et si, à ce moment, il avait surpris sur son visage l'ombre d'un repentir, si elle se fût prosternée devant lui avec des sanglots, il lui aurait pardonné.

Mais la duchesse garda un front d'airain.

Son indifférence cynique, sa froide résolution, son inébranlable ténacité dans le crime, exaspérèrent le duc. Un âpre désir de vengeance l'enveloppa comme un manteau brûlant.

— Ah !... bégaya-t-il en se soulevant sur son coude, loué soit Dieu qui m'a permis de vous démasquer et qui va me permettre de vous punir !...

Elle resta impassible. Que pouvait-elle craindre de ce vieillard exténué, de ce corps prêt à se dissoudre ?

Il devina sa pensée. Un ricanement lugubre déchira ses lèvres plus sèches qu'un parchemin.

— Oui, articula-t-il, vous avez dit vrai. Je suis frappé à mort... Mais vous, duchesse, vous passerez en cour d'assises... Je vais appeler mes serviteurs... Je vais réunir tous les gens de ma maison... vous dénoncer devant eux et vous faire arrêter comme empoisonneuse !

Elle bondit effarée. Puis elle se calma aussitôt, car elle considéra ces mots comme une menace vaine, comme un cri de rage impuissante. Elle croyait connaître le duc ; elle était convaincue que, pour l'honneur de son nom, il emporterait dans la tombe ce secret abominable. Son sang-froid provenait de cette certitude d'impunité.

Mais quand elle vit le moribond s'agiter entre ses draps et, s'appuyant des deux mains sur sa couche, ramper vers le fond de l'alcôve où pendait le cordon de soie d'une sonnette, alors une peur formidable la secoua depuis la plante des pieds jusqu'aux cheveux.

Et tout d'un coup elle se rua sur le duc, elle l'étreignit avec d'horribles transports, elle lui enlaça les bras dans les siens afin de l'empêcher d'atteindre ce cordon d'appel.

L'agonisant essaya de crier ; la voix lui manqua. Il se débattit frénétiquement et ses efforts désespérés, joints aux frissons avant-coureurs de sa fin prochaine, lui donnèrent pour un instant l'avantage. Il réussit à dégager une de ses mains, mais la duchesse la ressaisit sur-le-champ et, tordant le poignet de son mari, folle, éperdue, elle le prit à la gorge.

La lutte recommença, effrayante, affreuse, entrecoupée de halètements rauques et d'imprécations sourdes.

Jusqu'à cette minute, Amaury était demeuré immobile, cramponné à la barre d'appui de la croisée. Il ne put rester le tranquille spectateur de ce combat inégal et infâme...

Entraîné par un élan plus fort que sa volonté, il escalada la fenêtre, sauta dans la chambre et repoussa violemment la duchesse, qui s'abattit à trois pas de là sur ses genoux.

XXXIII

A la vue d'Amaury, à l'aspect de ce témoin inattendu de son crime, madame de Santelda parut foudroyée.

Quel était cet homme ? D'où sortait-il ? Par quel prodige avait-il surgi, aussi prompt que l'éclair, entre elle et son mari ?

Voilà ce qu'elle se demandait, à demi renversée sur le parquet, livide, la face bouleversée, les deux mains noyées dans ses grands cheveux noirs.

Lagardiole ne faisait plus attention à elle. Courbé sur le lit et profondément ému, il s'efforçait de ranimer le moribond.

Mais celui-ci touchait à la minute suprême. L'effroyable lutte l'avait achevé. A moitié cadavre déjà, le nez blanc, les dents découvertes, il exhalait ce souffle rauque et significatif qui ressemble au murmure d'une eau en ébullition.

Amaury lui souleva doucement la tête. Quoique la peau du malheureux duc fût plus froide que la glace, une sueur abondante et visqueuse découlait de ses tempes. Il expirait..,

Cependant il releva ses paupières injectées de sang. Ses yeux ternes, entourés d'un cercle bleuâtre, se fixèrent sur son protecteur inconnu, puis, avec une étrange expression de défiance et d'angoisse, se tournèrent du côté de la duchesse.

Il soupçonnait évidemment ce jeune homme d'être le complice, l'amant de sa femme...

L'attitude effarée de cette dernière lui prouva qu'il se trompait. Alors son regard impérieux et interrogateur, cette fois, s'attacha de nouveau sur Lagardiole.

Le vicomte devina sa question muette.

— Ayez confiance en moi, monsieur, dit-il d'un accent pénétré. Tout à l'heure, je traversais la rue devant votre hôtel ; j'ai cru entendre des cris étouffés et j'ai passé pardessus le mur du jardin. Si je puis vous être utile, disposez de moi.

Le duc referma les yeux et sembla réfléchir. Il n'était pas dupe de ce mensonge.

Aucun cri n'avait été proféré durant la scène qui précède, et puisque le bruit n'avait pas réveillé les nombreux domestiques de la maison, comment avait-il pu frapper l'oreille d'un passant.

Quoiqu'il en fût, le mourant prit une résolution subite. Réunissant toute son énergie et contraignant, à force de volonté, ses muscles à lui obéir, il parvint à glisser ses doigts engourdis sous son traversin, et en retira un papier qu'il tendit au vicomte.

Puis, lui ayant fait signe de se baisser au niveau de ses lèvres, il articula d'une voix à peine perceptible.

— Prenez... et vengez-moi !

Affaissée à l'autre bout de la chambre, la duchesse n'avait rien distingué de ses paroles ; mais le froissement du papier la fit tressaillir. Elle eut une intuition rapide de ce qui venait d'avoir lieu. D'un bond, elle s'élança auprès d'Amaury.

Le vicomte s'était redressé. Il achevait de boutonner sa redingote. Au coup d'œil enflammé de la jeune femme, il répondit par un autre coup d'œil tellement sardonique et inflexible, que la misérable comprit aussitôt qu'elle avait trouvé son maître. Elle se sentit perdue.

A ce moment le duc poussa une clameur étranglée ; ses lèvres blanches se frangèrent d'écume ; ses membres se tordirent, ses prunelles se retournèrent ; soudain tout son corps se détendit d'un seul bloc et s'allongea dans une immobilité rigide.

Il avait cessé de vivre.

Un assez long intervalle s'écoula pendant lequel Amaury sombre, pensif, et ne pouvant détourner sa vue du cadavre, resta debout à côté du lit mortuaire.

Le matin apparaissait radieux. Le chaud soleil d'été teignait en rose la cîme des massifs et poudrait d'or le sable des allées. Un vent doux faisait voltiger les rideaux.

Assise à l'écart, la duchesse regardait droit devant elle, les bras ballants, terrifiée, sans force, anéantie...

Mais quand elle vit le vicomte saisir son chapeau et se diriger vers la porte, elle se leva frémissante, affolée, pour lui barrer le passage.

Et alors l'apostrophant avec une sorte de fureur :

— Vous ne sortirez pas ainsi ! Qui êtes-vous ? De quel droit êtes-vous entré chez moi ? Quels sont vos desseins ?

Lagardiole s'arrêta.

— Qui je suis ?... répliqua-t-il avec un calme sourire, je m'appelle le Châtiment, et je suis l'exécuteur testamentaire de cet homme qui est mort.

Elle le toisa de la tête aux pieds ; puis, haussant les épaules :

— Vous !... fit-elle d'un ton d'indicible mépris.

Sans répondre, le vicomte tira de sa poche l'écrit déposé entre ses mains. Il le déplia, et, d'une voix lente, tranquille, solennelle, il lut ces mots :

« Je meurs empoisonné par la duchesse » de Santelda, ma femme. Je désire qu'elle » soit publiquement jugée suivant la loi et » je souhaite qu'elle soit punie selon son » crime. »

Ces lignes terribles étaient datées de la veille... Le duc, profitant d'une courte absence de sa femme, les avait tracées à la hâte ; au-dessous, sa signature éclatait nette, ferme et vigoureusement accusée.

Dès les premiers mots, la duchesse eut un haut-le-corps et se recula comme elle eût fait au bord d'un goufre... Plus d'espoir !... sa perte était assurée...

Des flammes rouges emplirent son cerveau ; elle n'eut plus qu'une idée fixe : arracher au vicomte, et lacérer, et broyer, et réduire en cendres cette preuve irréfutable de son forfait.

Elle s'élança... Mais Lagardiole riva sur elle son grand œil bleu, clair et inflexible comme l'acier, et elle courba la tête.

Cet homme lui faisait peur ; il exerçait sur tout son être une influence magnétique, surnaturelle.

Forcée d'écouter, elle se mordit les ongles pour s'empêcher de rugir. Chaque syllabe lui retentissait au cœur ainsi qu'un coup de hache. Elle se boucha les oreilles et se prit à tourner sur elle-même en cherchant une arme, un couteau, un poignard à planter dans la poitrine d'Amaury.

Tout ceci dura deux minutes à peine.

La lecture était terminée. Lagardiole replia l'écrit, le serra soigneusement dans son portefeuille, salua et se disposa à sortir.

Alors une réaction complète s'opéra chez la duchesse. Son excitation nerveuse, sa rage, ses velléités sanguinaires, tout ce bouillonnement impétueux s'évanouit pour faire place à une terreur prodigieuse. Elle se jeta la face contre terre, elle baisa les pieds d'Amaury en invoquant sa pitié.

Avec une éloquence émouvante, à travers mille sanglots, elle tenta de se justifier ! elle dépeignit son existence de captive, sa jeunesse sacrifiée, ses sentiments méconnus, ses longs désespoirs et ses mortelles tristesses. Elle raconta comment, après huit années de tortures morales, son âme meurtrie était entrée en révolte et comment, du jour au lendemain, sans en avoir eu ni la conscience ni la préméditation, elle avait roulé dans le crime. Ce crime, elle jura de le racheter si on lui faisait grâce, elle promit de se retirer dans un couvent et de se consacrer à Dieu.

Quelque blasé que fut Lagardiole, il n'était pas de bronze. Il se sentit remué par les accents plaintifs et surtout par la voix charmeresse de cette femme qui se cramponnait à ses vêtements, qui embrassait ses genoux et qui baignait ses mains de larmes amères.

La duchesse, d'ailleurs, au milieu de son désordre, était admirable de beauté. Ses épaules de statue, dont la blancheur luisait entre les déchirures de son corsage mis en lambeaux par le duc expirant, ses cheveux défaits, ses cils humides, sa bouche passionnée plaidaient pour elle d'une façon victorieuse. Le vicomte devint faible, et peu à peu son scepticisme habituel reprit le dessus.

— Au bout du compte, se dit-il, si son mari l'a autant ennuyée qu'elle le prétend, c'est une circonstance atténuante. Et puis, qu'est-ce que tout cela me fait ? De quoi diable vais-je me mêler ? Que gaguerais-je à perdre cette magnifique créature ?

Il portait déjà la main à son portefeuille pour en extraire le papier accusateur, lorsqu'un mot prononcé par la duchesse l'arrêta net.

La suppliante ne s'était point aperçue qu'Amaury inclinait vers l'indulgence. Elle continuait à l'implorer, elle se fouillait le cœur et le cerveau afin d'y découvrir un argument de nature à le persuader. Ne connaissant rien du caractère de ce personnage, redoutant de froisser sa délicatesse, elle hésitait à lui faire des offres positives. Ce fut donc avec une extrême circonspection qu'elle parla de son immense fortune.

Ce mot produisit sur l'imagination d'Amaury l'effet d'une étincelle électrique. Emporté jusqu'alors dans le tourbillon de ce drame et soulevé, pour ainsi dire, au-dessus de lui-même, il retomba d'aplomb dans la réalité.

Le souvenir de ses propres affaires le saisit au collet ; il se remémora ses embarras d'argent, les protêts, les huissiers, la famine, et Brossac qui l'attendait à la porte, et les lettres de change qui ne l'attendraient pas.

Puis, d'un coup d'œil, il mesura le parti qu'il pouvait tirer de la situation actuelle.

Vision dorée, vision éblouissante !

— Et moi qui songeais à m'expatrier en Californie, pensa-t-il. Triple sot ! La Californie, pardieu, elle est ici même, incarnée en la personne de cette charmante femme !

Et aussitôt, avec des paroles affectueuses, rassurantes, enjouées, il releva la duchesse. Il la calma, la consola, la fit asseoir ; puis, du plus beau sang-froid du monde, il lui avoua qu'en effet son silence était à vendre et qu'il ne tenait qu'à elle de l'acheter.

Il lui dit cela crûment, carrément. Pourquoi se serait-il donné la peine de farder ses phrases ? Il avait, certes, toujours ignoré la honte, mais se gêner vis-à-vis de madame de Santelda, lui aurait semblé le comble du grotesque. Elle était un assassin : il n'était, lui, qu'un simple escroc ; — par conséquent, il se jugeait de beaucoup supérieur à elle.

Donc, aussi à l'aise entre ce cadavre raidi et cette femme aux abois qu'il eût pu l'être chez mademoiselle Clorinde, d'un ton poli et posé, il étala naïvement son abjection.

Il n'avait pas achevé que la duchesse poussa un cri de joie.

Mille fois heureuse d'en être quitte à un prix d'argent quelconque, elle se précipita sur le bureau de son mari, l'ouvrit d'un geste fébrile, y puisa des billets de banque à pleines mains et les remit à Lagardiole, qui les engouffra sans compter dans son paletot.

Il y en avait pour quarante ou cinquante mille francs. C'était tout l'argent comptant qui se trouvait dans la maison.

Quand les tiroirs furent à sec, le vicomte dit avec bonhomie.

— Ce léger à-compte me suffit pour le quart d'heure. Ne vous tourmentez pas, madame la duchesse. Je reviendrai d'ici à quelques jours.

Et comme elle lui réclamait le papier fatal :

— Cela, c'est autre chose !... fit-il d'un air moitié sérieux, moitié moqueur. Cet écrit m'a été confié par un mourant ; c'est un dépôt sacré ; il serait sacrilège de m'en dessaisir et je le garde. Mais dormez en repos. Tant que vous consentirez à me rendre de petits services, je n'userai point de cette arme contre vous.

Ayant dit, il disparut, laissant madame de Santelda stupéfaite et déjà édifiée sur l'avenir qu'il lui préparait.

A dater de ce jour, elle n'eut plus une seconde de quiétude, car elle fut complétement à la merci de Lagardiole dont les exigences atteignirent des proportions exorbitantes. En quatre mois, il la dépouilla d'un demi-million. C'était le huitième de sa fortune. D'après ce chiffre, elle fut à même de calculer combien peu lui durerait cette opulence qu'elle avait pourtant payée si cher.

Expiation méritée ! En tuant le duc, elle avait compté s'affranchir et elle se réveillait mieux garrotée qu'auparavant. Pour assouvir ses ardentes convoitises de luxe et d'orgueil, elle avait voulu s'approprier la richesse commune et voilà que son or mal acquis lui échappait.....

La ruine était imminente, certaine. Mais qu'était-ce que la ruine en comparaison de ses autres soucis? Que de frayeurs la bourrelaient ! que de brûlantes insomnies, de palpitations, d'angoisses ! Son sort ne dépendait-il pas de la discrétion du vicomte ? Etait-elle assurée que par imprudence ou par caprice, dans une orgie, parmi les fumées de l'ivresse, il ne divulguerait pas son secret !

Ah ! comme elle regrettait sa victime ! Si elle avait pu la faire revivre, avec quel empressement elle aurait repris le joug autrefois si détesté ! Mais non, c'était à Lagardiole désormais, à ce fripon abject, qu'il lui fallait obéir. Il lui fallait subir sa présence, et cela seul constituait un supplice infernal. En face de cet homme, elle défaillait, son cœur cessait de battre. Il était son démon, son cauchemar... elle avait horreur de lui, non parce qu'il l'opprimait, non parce qu'il la ruinait, mais parce qu'il lui rappelait son crime.

Derrière l'épaule d'Amaury, elle croyait toujours voir ricaner l'ombre du mort.

De cette situation affreuse, on sait comment elle essaya de sortir. Un jour, le hasard la mit en contact avec un bandit, Pierre Guérard. Elle le soudoya pour dévaliser le vicomte, supposant que ce dernier portait sur lui l'écrit dénonciateur. Guérard fit du zèle et outrepassa son mandat en jetant Amaury dans la Seine.

Cette exécution sommaire qu'elle n'avait point ordonnée, mais dont elle était moralement coupable, acheva d'atterrer la duchesse. Elle avait déjà trop d'un spectre sur la conscience. Ce nouveau meurtre l'épouvanta d'autant plus qu'il avait été inutile.

Convaincue cependant de la mort du vicomte, elle parvint à s'introduire chez lui et elle examina tous ses papiers. Recherche vaine. Elle ne sut pas découvrir le document sinistre. Alors son effroi n'eut plus de bornes. Prévoyant que cet écrit se retrouverait tôt ou tard et la placerait sous le coup d'une peine infamante, elle congédia sa maison, vendit ses propriétés, réalisa ses biens et prit la fuite.

Pendant dix-huit mois, elle erra de ville en ville, de contrée en contrée, pâle, silencieuse, évitant les regards, et traînant après soi ses remords et ses craintes. Partout où elle arrivait, son premier soin était de se procurer les journaux de France. Avec quelle trépidation nerveuse elle les ouvrait ! A chaque ligne, elle redoutait de voir flamboyer son nom et s'étaler le monstrueux scandale.

Rien ne justifia ses appréhensions. Rassurée, elle revint à Paris. Elle n'y était pas depuis trois semaines quand elle rencontra Lagardiole.

Ce qui résulta de leur rencontre, nous l'avons raconté au début de ce livre. Reprenons maintenant notre récit pour ne plus l'interrompre qu'au dénouement.

XXXIV

Il était quatre heures de l'après-midi.

Au premier étage d'une maison isolée avoisinant le boulevard des Invalides, madame de Santelda se promenait à pas lents dans une chambre d'aspect misérable.

Il y avait à peine deux jours qu'elle avait rencontré Lagardiole et, depuis trente-six heures déjà, elle était venue, sous un nom d'emprunt, se réfugier en ce quartier désert.

Elle avait loué toute la maison. Comme retraite cachée, cette demeure lui offrait de sérieuses garanties; comme lieu d'habitation, elle était d'une tristesse mortelle. Les meubles, probablement achetés d'occasion, les papiers déteints, les rideaux fanés, les tapis crasseux formaient un singulier cadre pour une femme riche, élégante et sensuelle.

Mais qu'importait à la duchesse ! elle comptait séjourner là si peu de temps... Une semaine peut-être ou deux, tout au plus.

Car elle était à peu près sûre de mettre bientôt Amaury dans l'impuissance de lui nuire.

Elle avait combiné son plan, calculé les mesures à prendre. Le succès lui paraissait immanquable.

Aussi, l'affaissement dans lequel elle était tombée en retrouvant son ennemi debout et bien vivant avait-il fait place à l'énergie.

Habillée, prête à sortir, elle attendait Pierre Guérard pour le conduire à ce pavillon qu'elle possédait non loin de Saint-Mandé. C'est là qu'on devait transporter Lagardiole quand on se serait emparé de lui. Plongé dans un caveau, soumis à la triple torture de l'obscurité, de la solitude et de la faim. il n'y avait point à douter que, pour racheter sa vie, il ne livrât le papier qui le rendait si redoutable.

Or, il fallait bien que Guérard, avant de tenter l'aventure, étudiât le chemin et

connût l'endroit où il amènerait son prisonnier.

Projet hardi ! coup de main périlleux et de nature à faire réfléchir. Pourtant, ce n'était point à cela que songeait la duchesse.

Elle rêvait tout éveillée. Avec un sourire mystérieux, d'une voix lente et faible comme un soupir, elle murmurait une suave cantilène italienne, l'invocation de *Norma*.

Et, les paupières à demi baissées, sous l'influence de cet air magique, elle apercevait à travers une brume lumineuse une chambre claire et gaie, de vieux livres épars, un gros bouquet de violettes, un piano brillant.

Elle entendait vibrer à son oreille une parole timidement émue... Elle baignait son regard dans un beau regard d'adolescent loyal et viril, respectueux et tendre... Elle sentait flotter sur son front une haleine de printemps et d'aurore...

Elle pensait à Roger, l'enfant rêveur, le doux poète. De même qu'un pauvre, — sou par sou, — compterait son mince avoir, elle savourait minute par minute le souvenir des deux heures égrenées auprès du jeune hôte. Heures bénies, halte ensoleillée au plus fort de l'orage, éclaircie radieuse et bleue pendant noire tempête de sa vie.

Elle aimait. L'amour l'avait envahie, enveloppée tout d'un coup. Et à quel moment ! Alors que pourchassée, humiliée, brisée par le remords, pleurant sa jeunesse morte, ses illusions tuées, sa conscience engloutie dans la honte, elle désespérait de l'avenir et du pardon de Dieu !

Maintenant elle espérait, elle croyait, elle aimait. Une flamme subtile amolissait son cœur de glace, le fondait, l'imprégnait d'une tendresse infinie. Sa volonté se détendait dans l'extase. Une joie reconnaissante, presque religieuse mouillait ses yeux. Elle tendait les bras, elle s'écriait passionnément: Roger !... Roger !... comme s'il eût pu l'entendre ; ce nom la faisait tressaillir comme une caresse ; elle ne se lassait pas de le prononcer.

Ah ! certes, elle se jugeait indigne de lui ! Jamais le sentiment de sa dégradation morale ne l'avait autant frappée qu'à cette heure ; jamais elle n'avait autant frémi au souvenir de son crime, car l'amour ennoblit l'âme humaine ; c'est ce qui fait son incomparable grandeur. Certes, elle tremblait à la pensée de mettre sa main sanglante dans les mains pures de Roger. Et cependant elle ne voulait pas renoncer à lui.

Elle se berçait de l'ardente utopie chère aux femmes coupables : la rédemption par l'amour. Fière de découvrir en elle-même des trésors de passion, se sentant capable de tous les dévouements, de tous les héroïsmes, elle se disait : tôt ou tard, je trouverai l'occasion de lui sacrifier ma vie, et ce jour-là je serai purifiée.

Elle ne se demandait pas si Roger l'aimait. N'avait-elle pas lu dans son âme? N'était-elle pas de celles dont l'affection est contagieuse? Et qui donc, mieux qu'elle, aurait pu le charmer et le séduire?

Elle avait trente-quatre ans, dix ans de plus que lui, soit. Mais dans la glace qui, à cet instant, réflétait son visage, elle contemplait, en souriant d'orgueil, sa peau mate, fine et nacrée ses joues délicieusement arrondies, une bouche délicate aux lèvres humides et rouges, des yeux limpides que ne voilait aucune ombre... quelle jeune fille eût osé lutter avec elle d'éclat et de splendeur.

Splendeur éphémère, hélas !... elle ne le savait que trop. Encore quelques années et l'âge allait épaissir sa taille, grossir ses traits, cerner ses yeux, appauvrir sa chevelure admirable... Aussi comptait-elle se hâter. Elle n'avait pas de temps à perdre en coquetteries vaines ; elle aurait rougi de se faire attendre ou de se marchander. Sa résolution était prise. Du jour où Roger lui dirait : Je vous aime!... elle lui répondrait : Je suis à vous.

Ainsi réfléchissait la duchesse. Et c'étaient des rêveries sans fin, dont l'amour brodait les ailes : rêveries pleines de mollesse et de langueur, blanches visions qui s'envolaient par essaims vers un avenir teinté de lueurs roses.

Mais, par un contraste bizarre, plus la pensée de madame de Santelda s'attachait à Roger, plus sa haine grandissait contre Lagardiole.

En effet, cet homme ne la menaçait plus seulement dans son honneur et dans sa vie, il pouvait la perdre dans l'esprit de son amant. Danger terrible auprès duquel s'effaçaient tous les autres ! Oui, le scandale, la prison, l'ignominie d'un jugement public, l'échafaud lui-même l'effrayaient moins que le mépris de Roger.

Il fallait donc en finir avec le vicomte et le plus tôt serait le mieux. Elle consulta la pendule. Quatre heures et demie ! Guérard avait promis d'être là vers trois heures. Pourquoi tarderait-il ?

Une demi heure s'écoula encore, puis la porte s'ouvrit. L'unique servante de madame de Santelda se montra sur le seuil.

C'était une vieille femme du voisinage dont elle avait fait provisoirement sa chambrière.

— Il y a là quelqu'un, dit-elle, qui demande à parler à madame.

— Son nom ?

— Monsieur Pierre Guérard.

— Enfin !... s'écria la duchesse. Qu'il entre !... qu'il entre !

Ce fut Amaury qui entra.

La duchesse bondit en arrière. Un éclair aveuglant passa devant ses yeux. Si Lagardiole ne l'avait soutenue, elle aurait roulé sur le parquet.

Elle se laissa aller sur une chaise où elle resta immobile.

— L'émotion flatteuse dont je me vois l'objet, dit gracieusement Amaury, me démontre que vous vous occupiez de moi, Madame, et j'en éprouve une bien vive satisfaction d'amour-propre. Quelque plaisir cependant que nous permette à tous les deux une entrevue aussi cordialement commencée, je solliciterai de vous la permission de l'abréger autant que possible.

Il posa son chapeau sur la cheminée, prit un siège, s'assit en face de madame de Santelda et poursuivit :

— Allons droit au but. Le nom sous lequel je me suis présenté ici vous indique, n'est-ce pas, la situation? Je sais tout. Cet excellent Guérard a daigné me communiquer votre plan. C'était un chef-d'œuvre, madame la duchesse, un pur chef-d'œuvre, — au point de vue de l'art dramatique surtout...

Il lissa en souriant sa moustache blonde. La duchesse se taisait. Sa figure était livide et marbrée.

— Oui, continua le vicomte, comme cinquième acte de mélodrame, votre scénario était positivement réussi et le décor de la fin eût enlevé tous les suffrages. On voit cela d'ici. Le théâtre représente un noir cachot. Il fait nuit. A la droite du spectateur, quelques futailles vides. A gauche, une botte de paille moisie servant de couche au prisonnier. Porte au fond, percée d'un guichet. Çà et là, groupés dans un pittoresque désordre, s'agitent des rats, des araignées et des limaces. Au lever du rideau, le vicomte de Lagardiole pâle, verdâtre, déguenillé, porteur d'une barbe de trois jours et de bottines veuves de leur vernis, se tord sur sa litière en râlant : « Du pain ! du pain !... Ma fortune pour un croûton de pain ! » Quel tableau ! Vrai, madame la duchesse, vous étiez née pour faire du théâtre, et si jamais vous tombez dans l'indigence, ce genre de littérature pourra vous fournir des ressources certaines.

La duchesse croisa ses bras sur sa poitrine et garda le silence.

— Mais, reprit Lagardiole, vous allez voir à quel point ce qui réussit au théâtre est quelquefois dangereux dans la vie réelle. Supposons, en effet, que je me sois laissé bêtement enlever par votre ami

Pierre Guérard. Me voici dans votre cave, très morfondu et très affamé. Vous apparaissez au guichet, et vous me dites d'une voix solennelle : Tu veux du pain, misérable ! eh bien ! rends-moi d'abord l'autographe de feu mon époux ! A ce discours bien senti, je réponds par un refus catégorique. Sur ce, persuadée qu'un nouveau jeûne de vingt-quatre heures aura raison de ma résistance, vous remontez l'escalier du caveau, et sur la dernière marche de l'escalier, vous rencontrez... qui ? des gendarmes...

Madame de Santelda demeura impassible.

— Des gendarmes ! répéta le vicomte, et je le prouve. Savez-vous ce que j'ai fait hier après vous avoir vue fuir dans le coupé du complaisant M. Clairbault? Je suis rentré chez moi, j'ai pris dans mon secrétaire certaine enveloppe cachetée et j'ai couru la déposer entre les mains d'un de mes amis. Cet ami, en apprenant ma disparition, aurait ouvert l'enveloppe et il y aurait trouvé trois choses : 1° les quatre lignes signées de votre main ; 2° une relation détaillée des faits qui se sont passés en ma présence, à l'hôtel de Santelda, pendant la nuit du 15 juillet 1863 ; et 3° prière d'adresser sur le champ les deux pièces ci-dessus au procureur impérial.

Un spasme arrêta la respiration de la duchesse. Dans l'espace d'une seconde, ses tempes et ses joues furent inondées de sueur.

— Vous voyez donc bien, conclut Amaury, que Pierre Guérard, en vous trahissant, vous a tout bonnement sauvé la vie. Loin de lui garder rancune, vous lui devriez presque une récompense honnête. Quant à moi, chère madame, j'ai aussi quelques droits à votre reconnaissance, car enfin j'aurais pu ne pas vous avertir et vous eussiez continué à jouer à cache-cache et à me tendre de jolis petits traquenards, ce qui vous eût amenée directement en cour d'assises. Renoncez, croyez-moi, à ces espiègleries. Vous êtes prévenue : j'ai pris mes précautions ; je suis plus inviolable qu'un député au Corps législatif. Si vous touchez à un seul cheveu de ma tête, la vôtre tombera.

La duchesse était anéantie.

Les arguments du vicomte lui avaient pénétré dans le cœur comme autant de clous aigus. Elle en mesurait la portée, l'implacable évidence. Oui, cet homme était inviolable, elle le reconnaissait en frissonnant. Et elle était, elle, liée, paralysée, incapable désormais de lutter et de se défendre. Adieu les rêves de liberté, d'impunité, de bonheur !

Adieu le salut, adieu l'amour !

Lagardiole boutonnait son gant avec une aisance parfaite. Après une courte pause, il reprit :

— Arrivons maintenant au principal sujet de ma visite. Je viens à vous, madame la duchesse, non pas en ennemi, mais en parlementaire. Vous plairait-il de suspendre les hostilités ? Un traité de paix serait bien facile à conclure entre nous. Quel est l'objet qui nous divise? Une simple feuille de papier. Je m'obstine à en rester propriétaire et vous prétendez, vous, la conquérir. Eh ! mon Dieu, je ne vous blâme pas. Je comprends le sentiment pieux qui vous pousse à convoiter les dernières lignes tracées par l'homme qui vous fut si cher. C'est pourquoi je suis tout disposé à vous céder cet écrit...

Madame de Santelda se redressa par un mouvement brusque et ses paupières battirent.

— Moyennant un arrangement à l'amiable et définitif, acheva le vicomte.

— Vous raillez, fit-elle d'une voix très basse.

— Je n'ai jamais été plus sérieux de ma vie.

Un rouge vif colora le teint de la duchesse et ses prunelles se ranimèrent au reflet d'un vague espoir.

— Voyons, s'écria-t-elle, expliquez-vous, Que vous faut-il ? Est-ce de l'argent? Vous savez bien qu'à aucune époque je ne vous en ai refusé... Depuis dix-huit mois, vous avez tiré de moi des sommes...

— Insuffisantes, madame la duchesse, des à-compte mesquins...

— Hé ! que ne parliez-vous ?!... Fixez un prix. Quel qu'il soit, je l'accepte. Je suis riche, très riche. Je possède encore...

— Trois millions et demi, accentua Lagardiole.

— Eh bien ! voulez-vous un million ?

— Fi à !... pour qui me prenez-vous !

— Deux millions ?

Amaury fit un signe négatif.

La duchesse le regarda stupéfaite.

— Ah ça ! murmura-t-elle, combien exigez-vous donc ?

— C'est bien simple, prononça doucement le vicomte. Je veux tout.

Elle laissa retomber ses deux bras au long de son corps. Pendant un instant son beau visage exprima mille sensations contradictoires ; puis, de ce tourbillon orageux, se dégagea l'étincelante pensée de son amour et par degrés, dans le sacrifice énorme qu'on réclamait d'elle, dans la perspective de sa ruine totale, elle crut entrevoir une intervention de la providence, une source de miséricorde et de pardon.

Abandonner ces richesses qu'un meurtre lui avait acquises, ne serait-ce pas se laver de ses souillures, expier son passé, racheter sa propre estime et se rapprocher de Roger en devenant plus digne de lui ?

— Soit !... exclama-t-elle avec une sorte de joie enthousiaste. Marché conclu. Débarrassez-moi de cette fortune maudite. Je lui préfère la pauvreté, la misère même...

— Oh !... se récria pudiquement Amaury, vous me jugez bien mal, madame !... Qui vous parle de misère et de pauvreté ? Je veux tout, c'est vrai; mais j'entends ne vous dépouiller de rien.

Elle arrêta sur lui un regard étonné.

— Je ne vous comprends pas, monsieur, balbutia-t-elle.

— Je vais donc être plus clair, dit le vicomte qui se leva. Vous êtes veuve, madame la duchesse. J'ai l'honneur de vous demander votre main.

Ce fut le coup de grâce.

Un rire nerveux déchira les lèvres de la malheureuse. Foudroyée par le dégoût, par la haine, par la terreur, elle plongea sa figure entre ses deux mains sans avoir la force de répondre.

Lagardiole se rassit paisiblement. Tranquille comme le chirurgien qui vient d'opérer un malade, il attendit, en se cuirassant d'indifférence, la tempête de cris, de larmes et d'invectives qui allait fondre sur sa tête.

Il se trompait.

Quand la duchesse découvrit son front pâle, elle avait les yeux secs et l'on y lisait une sombre résolution.

— Et si je vous épouse, demanda-t-elle d'un ton calme, me rendrez-vous cet écrit ?

— Immédiatement après la signature du contrat.

— C'est bien, monsieur, dit-elle. Je serai votre femme.

Amaury n'avait pas compté sur une victoire aussi rapide.

— Quoi ! vous acceptez ! bégaya-t-il tout surpris.

Elle haussa légèrement les épaules et répondit avec amertume.

— Ai-je donc mon libre arbitre ?

— C'est juste. Non, vous ne l'avez pas, répliqua flegmatiquement le vicomte qui avait déjà reconquis son aplomb.

Il pensait à part lui :

— Toi, tu me ménages quelque coup de Jarnac... Mais, ventrebleu ! je te tiendrai la bride haute.

La duchesse à son tour se leva. La fièvre ensanglantait ses pommettes.

— Seulement, dit-elle d'une voix sèche et brisée, il me faut un délai.

— J'allais vous l'offrir.

— Un délai de trois mois, à dater d'aujourd'hui. Est-ce trop !

— Non. C'est le temps strictement nécessaire pour que le monde s'accoutume à l'idée de notre union. Et maintenant que nous voilà d'accord, permettez-moi, madame la duchesse, de vous soumettre deux ou trois conseils...

— Dites des ordres.

— Si le mot vous plaît mieux, je le risque. Vous êtes indécemment logée ici. Ayez l'obligeance de quitter ce bouge dès demain.

— Dès ce soir.

— Je sais que vous avez remarqué un hôtel vacant, avenue de l'Impératrice. Achetez-le.

— Je l'achèterai.

— Vous aimez le luxe et moi aussi. Or, nous recevrons beaucoup cet hiver, et je désire que notre maison soit citée comme une des plus agréables de Paris. Installez-vous donc avec toute la magnificence possible.

— Cela sera fait.

— En attendant, renouez vos anciennes relations. Donnez quelques dîners, quelques fêtes.

— Bien.

— De mon côté, je trouverai moyen de me faire présenter chez vous. Au bout d'une quinzaine, je paraîtrai fort épris ; vous accueillerez mes assiduités avec faveur. Puis je répandrai adroitement le bruit de notre mariage et vous aurez soin de ne pas me démentir. De cette façon, tout marchera le plus naturellement du monde.

— Je vous obéirai de point en point, dit la duchesse froide et impassible. N'avez-vous plus rien à me commander ?

— Il me semble que non, répondit négligemment Amaury en se disposant à se retirer.

Mais, se ravisant soudain :

— A propos, dit-il, avez-vous toujours le même banquier ?

— Oui. Pourquoi ?

— C'est que je me trouve un peu gêné... J'aurais besoin, pour m'aider à franchir ce trimestre...

— De quelle somme ?

— Oh ! mon Dieu, de la moindre des choses. Avancez-moi cent cinquante... ou deux cent mille francs.

La duchesse se plaça devant son pupitre, signa un chèque de deux cent mille francs et le tendit à Lagardiole.

Il le prit en la regardant fixement. Il était intrigué, inquiet. Cette soumission extraordinaire surexcitait sa défiance.

— Si vous le vouliez, cependant, murmura-t-il d'une voix caressante, nous pourrions être d'excellents amis et vous n'auriez pas à vous repentir de ce qui arrive. Je suis, je vous assure, moins mauvais diable que je n'en ai l'air.

Madame de Santelda conserva son immobilité de statue. Pas un muscle de ses traits ne se détendit.

Le vicomte eut un geste insouciant.

— Mais, acheva-t-il, je suis un homme plein de prudence. C'est pourquoi à partir de demain, je vais prendre du poison à tous mes repas, comme Mithridate. Il paraît que le corps s'y habitue à la longue.

Il s'en alla en ricanant. Toutefois il était profondément agité et il se demandait quel nouveau dessein nourrissait contre lui son adversaire.

Or, la duchesse ne nourrissait de desseins que contre elle-même. Elle venait de se faire le serment de se tuer le jour du contrat.

— Mais d'ici-là, se dit-elle avec une ardeur farouche et passionnée; d'ici là, je veux épuiser jusqu'à la lie la part de bonheur qui m'était due sur la terre. D'ici là, je veux aimer, être aimée... je veux vivre!...

FIN DE LA PREMIÈRE PARTIE.

DEUXIÈME PARTIE

I

A dix kilomètres de Paris, entre Sèvres et Viroflay, on rencontre au milieu des bois une toute petite maison de campagne que l'on croirait née d'hier, tant elle est blanche et bien tenue, mais qui, en réalité, compte pour le moins trente années d'existence.

Séparée de la route par une grille dorée, cette jolie retraite apparaît au fond d'un immense jardin très ombreux où toutes les linottes et toutes les fauvettes du département semblent avoir élu domicile.

A leur continuels gazouillis, à leurs frémissements d'ailes, se joint le murmure cristallin d'une eau claire qui circule çà et là, cachée à demi sous les herbes. La maison n'a qu'un étage; mais comme elle est bâtie au sommet d'un coteau, l'on domine du haut de son belvédère un des plus splendides panoramas de France. Des stores aux éclatantes couleurs rompent la monotonie de sa façade, et sous les fenêtres du rez-de-chaussée, de pleines corbeilles de fleurs s'épanouissent, envoyant à l'intérieur du logis leurs parfums timides et doux.

Rien de plus. C'est humble et c'est charmant. De ce coin si modeste, si vulgaire peut-être, il se dégage pour le passant une indicible impression de paix et de fraîcheur. Celui que le hasard a jeté là au sortir de Paris, les oreilles bruissantes, les nerfs crispés, l'âme inquiète, sent ses fibres se détendre comme dans un bain tiède exhalant l'odeur des roses.

Si l'on franchit le seuil de l'habitation, la même simplicité s'y retrouve unie à une parfaite entente du confortable. Ce mot anglais, qui n'a point d'équivalent dans notre langue, a fini par se naturaliser chez nous, mais la chose qu'il exprime y est plus rare. En effet, le Français vit trop au dehors pour se préoccuper beaucoup de son intérieur. Il y entassera par vanité les merveilles de l'art et les raffinements du luxe; il s'inquiétera moins de le rendre attrayant et commode : ce qu'il appelle le confortable, c'est le superflu.

Combien est différente la manière de voir de nos intelligents voisins! Le confortable, pour eux, c'est cet ensemble de riens caressants qui constituent le bien-être matériel; c'est le concours discret de tout ce qui charme le corps, flatte le regard, égare l'esprit, repose la pensée; c'est l'ordre et l'harmonie appliqués aux plus minces détails de la vie journalière; c'est enfin ce que ne peut se procurer le célibataire, cet ilote condamné fatalement à la cheminée qui fume, à la lampe qui file, à la porte qui grince, au vin médiocre, aux courants d'air et aux valets grognons. Là où la femme manque, le confortable est impossible.

Or, il y avait deux femmes dans la petite maison de Chaville ; deux femmes au cœur simple, à l'esprit délicat, à l'imagination tranquille comme le site recueilli qui les entourait. Et ce n'était point pour elles, croyez-le, qu'elles avaient si artistement ouaté ce nid paisible : c'était afin d'y attirer, afin d'y retenir un être chéri dont les trop rares visites formaient l'événement capital de leur existence.

Ce matin là, elles l'attendaient.

Huit ou dix jours s'étaient écoulés depuis les scènes qui précèdent. Le mois de mai venait de s'ouvrir. La journée s'annonçait magnifique et chaude malgré les souffles encore vifs qui couraient parmi les châtaigniers fleuris, les chèvrefeuilles et les lilas.

Revêtues de toilettes printanières, les deux dames parcouraient lentement les allées de leur villa en miniature, sans toutefois s'éloigner de la grille vers laquelle, à chaque minute, elles lançaient des coups d'œil impatients.

Madame Destrel, la plus âgée, avait quarante ou quarante-deux ans, mais on lui en eût donné trente-cinq à peine. Petite, mince et mignonne, elle avait conservé tard cet air de jeunesse qui est pour ainsi dire la récompense d'une vie chaste et d'une âme pure. Sa santé frêle et surtout l'inextinguible regret de la mort de son mari — regret toujours aussi vivace en dépit des années, — communiquaient à sa figure blanche, à ses beaux yeux d'une douceur angélique, une expression habituelle de mélancolie. Enfin ses gestes craintifs et le timbre pénétrant de sa voix trahissaient une nature faible, aimante, sensitive à l'excès.

Auprès d'elle marchait souriante, le cou un peu incliné, l'ombrelle abandonnée sur l'épaule, sans souci des herbes folles qui s'accrochaient aux plis de sa jupe traînante, une adorable jeune fille de dix-huit ans.

Elle n'était point grande et elle paraissait l'être, tant l'harmonie des lignes de sa personne était parfaite. Quoique brune, elle avait la peau d'une transparence extraordinaire. Ses cils longs et fins jetaient une ombre azurée sur son frais visage coloré d'une imperceptible vapeur rose ; et dans son regard loyalement honnête, on lisait la noblesse, la droiture et la sensibilité.

Mais ce qui, par dessus tout, charmait en cette enfant, c'était le naturel de son langage et de ses manières. Rien d'affecté, rien de convenu. Nulle coquetterie dans les ajustements et dans les attitudes. Telle que Dieu l'avait créée, telle on la connaissait sur le champ.

Elle se nommait Constance. Orpheline, élevée par madame Destrel dont elle était la nièce, elle avait dès l'enfance contracte l'habitude de l'appeler sa mère ; et certes jamais ce titre saint ne fut plus complétement justifié. Il suffisait de voir ces deux femmes se sourire pour deviner la tendresse profonde qui les unissait.

Aussi candides l'une que l'autre, ignorant le mal et vivant loin du bruit, elles avaient fini par confondre leurs âmes dans une étroite communion d'idées, de sentiments et de sympathies. Elles aimaient, priaient, souffraient et se réjouissaient ensemble. Elles se comprenaient d'un coup d'œil, elles échangeaient mille impressions dans un serrement de main.

Les lieux que nous habitons, a dit un rêveur, reflètent toujours quelque chose de notre physionomie. Et de fait, n'y avait-il pas une certaine ressemblance entre le caractère ingénu des deux promeneuses et leur calme retraite tout encadrée de verdure tendre, toute embaumée par les riantes promesses du printemps ?

Sur la pelouse qu'elles côtoyaient, un gros chien blanc tacheté de noir était couché. Haletant, la langue pendante, il suivait d'un œil avide chaque mouvement de ses maîtresses, battant l'herbe de sa queue quand elles se rapprochaient de lui ou quand elles lui adressaient un mot. Puis, ainsi qu'elles, il regardait fixement du côté de la grille. Parfois il dressait tout d'un coup les oreilles, tressaillait, s'élançait comme un fou, mais hélas ! c'étaient de fausses alertes, et le pauvre Fox venait se recoucher d'un air confus.

Dans la maison, derrière la porte vitrée, une énorme silhouette se montrait par intervalles. C'était Manette, la servante. Elle accourait empourprée, jetait un regard effaré sur le jardin, s'essuyait désespérément la figure avec son tablier de cuisine et disparaissait éperdue pour reparaître au bout de cinq minutes.

Enfin, là-haut, placé en vigie dans le belvédère, Jacquemin, le vieux domestique chauve, braquait une longue-vue désappointée sur la route...

Tout ce monde était aux abois. Chez madame Destrel, il y avait de l'inquiétude, chez Jacquemin, de l'hébètement ; chez Manette, de la consternation ; chez Fox un commencement d'aliénation mentale. Constance seule, par dépit, feignait une indifférence stoïque.

— Conçoit-on cela, mignonne ? lui disait sa tante avec un soupir. Il nous avait écrit positivement de compter sur lui pour ce matin !

— Et nous avons compté sans notre hôte, répondit Constance. Ce n'est pas la première fois que pareille chose arrive ;

nous n'en mourrons pas, mais cette infortunée Manette en fera une maladie. Voyez-la donc, maman. Elle a l'air de prendre le ciel à témoin que son déjeûner brûle.

En effet, Manette s'était avancée jusque sur le perron et elle agitait ses bras en signe de détresse.

— Je suis sûre qu'elle rêve la fin tragique de Vatel, continua Constance. Un déjeuner si savant, élaboré avec tant d'amour... et dont le menu nous avait coûté huit jours de réflexions austères ! Un déjeuner qui demandait impérieusement à être dégusté avant onze heures et il est midi passé !

— Comment as-tu le cœur de rire ? ce retard n'est pas naturel.

— En tout cas, il n'est guère poli.

— Pourvu qu'il ne soit rien arrivé de fâcheux à ce pauvre enfant.

— Eh ! maman, un pauvre enfant de vingt-quatre ans sait se garer des voitures. Et si le train avait déraillé, nous en serions informées déjà.

— Voyons, apaise-toi... tu t'exaltes, tu te montes la tête...

— Moi ! Point du tout. Je raisonne.

— Alors, tu penses !

— Je pense qu'il faut nous mettre à table.

— Par exemple !

— Certainement. Parce que M. Roger nous oublie, est-ce un motif pour que nous fassions pénitence ?

— Tu serais bien attrapée si je te prenais au mot. Retournons plutôt à la station.

— Ah ! mais non ! je m'y oppose. Nous y sommes allées deux fois en vain. C'est beaucoup trop pour notre dignité.

Ce substantif majestueux fit sourire madame Destrel qui enlaça tendrement la taille de sa nièce.

— Tu as donc de la dignité, toi, quand il s'agit de Roger ?

Constance la baisa au front.

— Moquez-vous de moi, dit-elle. Il n'en est pas moins vrai que vous le gâtez, votre fils, et qu'il finira par vous considérer comme sa très humble servante. S'il a été retenu, pourquoi n'envoie-t-il pas une dépêche ? Et d'ailleurs qu'est-ce qui aurait pu le retenir ? Ce ne sont pas ses occupations, je suppose.

— Tu es injuste. Il travaille avec ardeur.

— Je veux le croire... quoique jusqu'à présent ses travaux... Enfin, soit. Mieux vaudrait qu'il travaillât un peu moins et qu'il remplît un peu plus ses devoirs envers sa mère. Comment ! pour un malheureux petit jour qu'il daigne vous consacrer par semaine, il ne peut même pas être exact !

— Ma chère enfant, les hommes ont mille assujettissements auxquels nous ne comprenons rien, nous autres femmes...

— Oui, la flânerie, le plaisir, les amis !

— En fait d'amis, il n'en a qu'un, M. Clairbault... et celui-là...

— Eh bien ! que ne prend-il exemple de M. Clairbault ? Il ne nous néglige pas, lui, nous le voyons plus souvent que Roger.

— M. Clairbault n'a rien à faire. Il est riche. Roger doit songer à son avenir.

— Où serait-il mieux qu'ici pour y songer ? Personne ne le dérangerait. Est-il donc absolument forcé d'habiter Paris ? Est-ce qu'il puise ses inspirations dans le fracas de la rue et dans le roulement des omnibus ?

— Mais quelle indignation, Constance, quelle colère ! Je ne t'ai jamais vue ainsi, dit madame Destrel en saisissant les deux mains de la jeune fille et en l'attirant à elle.

Et tout en lissant les beaux cheveux de sa nièce, elle l'examinait avec des yeux brillants d'une joie sans mélange. On eût dit que ce fulminant réquisitoire contre Roger, loin de lui déplaire, la flattait secrètement.

Constance soutint le regard amical de sa mère adoptive ; et toutefois, à son insu sans doute, une vive rougeur envahit ses traits charmants.

— C'est que, voyez-vous, maman, répliqua-t-elle, je m'étais fait une si grande fête de cette journée !

— Et moi, donc ! murmura madame Destrel.

— Ils sont si rares, les instants où nous pouvons, comme autrefois, causer avec lui à cœur ouvert, nous mettre de moitié dans ses projets et dans ses espérances !.. Cher frère ! Quand il est là, quand il me plaisante et me taquine, quand sa voix franche retentit autour de nous, vous rajeunissez, bonne mère, et il me semble, à moi, que je n'ai point cessé d'être enfant. J'ai des envies folles de courir et de chanter... Tout s'égaie ici, tout s'illumine. Ah ! s'il savait, l'ingrat, comme on l'aime et comme on le désire !

Madame Destrel lui jeta ses deux bras autour du cou.

— Il le sait, va, ma chérie, balbutia-t-elle.

Des pleurs de ravissement mouillaient ses paupières. Elle ajouta en elle-même :

— Ou, du moins, il le saura !

Puis, ayant consulté sa montre :

— Midi trois quarts ! s'écria-t-elle. Le train de midi est arrivé. Roger sera peut-être ici dans quelques minutes.

Constance secoua sa jolie tête en disant :

— Non, non... c'est bien fini, allez! Ce sera comme dimanche dernier : il ne viendra pas.

Elle n'avait pas achevé que Fox se dressa d'un bond, partit comme une flèche, et, avec des aboiements frénétiques, se mit à sauter au long de la grille, dans l'intention évidente de l'escalader.

En même temps, du haut du belvédère, Jacquemin criait :

— Le voilà ! le voilà !

Ce cri eut pour écho une énergique exclamation de Manette. Constance, plus rouge qu'une cerise, saisit la main de sa tante, et, toutes deux palpitantes de plaisir, coururent à perdre haleine du côté de la route. Manette et Jacquemin ne tardèrent point à les rejoindre.

On entendit sonner un pas rapide, et Roger apparut souriant, le teint animé, l'œil brillant, svelte et beau comme un jeune demi-dieu.

— Bonjour, mère ! s'écria-t-il, en soulevant dans ses bras l'heureuse femme qui le mangeait littéralement de baisers. Bonjour, petite sœur !...

Et il embrassa Constance sur les deux joues.

— Comment vas-tu, mon vieux Jacquemin ? Tu es superbe. Tu n'as plus que trente ans, c'est positif. Une poignée de main, mon ami. Et toi, Manette, quelle mine tu as !... Embrasse-moi aussi, ma grosse fille. Bonjour, Fox, bonjour, mon chien. Ce pauvre Fox ! C'est bon, c'est bon, en voilà assez... A bas, monsieur !

Ainsi parlait Roger, vif et rieur, allant de l'un à l'autre, distribuant à chacun sa part de caresses. Et l'on ne saurait peindre l'extase, l'admiration des êtres excellents suspendus en grappe après lui. C'était à qui se le disputerait. On le dévorait des yeux, on l'accablait de questions vite interrompues. Vous eussiez juré qu'il arrivait d'un voyage au long cours. Pensez donc, on ne l'avait pas vu depuis une semaine.

— Est-il fort, est-il vigoureux, ce cher mignon, disait Manette à son mari. Gageons qu'il a encore grandi depuis la dernière fois. Quel bel homme, hein, Jacquemin ?

— Ah ! dame, oui. Pour un bel homme, c'est un bel homme, répondait l'autre. Tout le portrait de son défunt père...

— Comme tu as chaud, méchant enfant, murmurait madame Destrel en passant son mouchoir sur le front de son fils. Pourquoi viens-tu si tard.

— J'ai manqué le train, maman... Par ma faute, c'est vrai, mais je ne m'en repens pas... Je te raconterai cela tout à l'heure. Ah ça ! j'espère que vous avez déjeûné sans moi.

— Ah ! bien, oui ! sans vous ! exclama Manette. Est-ce que ces dames auraient pu seulement avaler un verre d'eau ?

— Comment ! vous m'avez attendu ! mais c'est insensé, mais vous devez mourir de faim, si j'en juge...

— D'après toi-même, n'est-ce pas ? acheva Constance en riant. Eh bien ! à table, à table !...

Et elle se pendit au bras de son cousin, tandis que l'autre bras de Roger emprisonnait doucement celui de sa mère.

Les deux serviteurs suivirent, chuchotant et s'émerveillant : leur jeune maître était désormais un homme. Ils n'en revenaient pas. Quoi ! ce fier adolescent à la poitrine large, à la voix vibrante, était-il bien leur Roger d'autrefois, ce pauvre petit Roger condamné à mort dès le berceau ? Etait-ce là le bambin chétif qu'ils avaient, durant tant de nuits, veillé, bercé, endormi sur leurs genoux ? Le chérubin souffreteux dont ils avaient tant de fois baisé en pleurant la frêle main brûlante de fièvre ?

Oui, grâce à Dieu, c'était le même. Jacquemin, qui l'eût dit ! Manette, qui l'eut cru !... Il y avait dix ans que durait leur surprise et elle ne devait cesser qu'avec leur vie...

II

Ils étaient maintenant réunis tous les trois, la mère et les enfants, autour de la table de famille. Pour mieux accueillir son visiteur, la petite salle à manger aux boiseries luisantes se donnait des airs presque luxueux. Il y avait de monstrueux bouquets sur les dressoirs et l'argenterie des grands jours étincelait à la lumière.

Se faufilant par les fenêtres largement ouvertes, un rayon curieux accrochait ses dorures aux cristaux et faisait danser l'ombre des feuilles sur la nappe éblouissante. De gros bourdons, ivres de chaleur, se cognaient contre les vitres.

Au dehors, tout était silence et quiétude. Le soleil de midi, tombant d'aplomb sur le jardin, communiquait à la vaste pelouse des scintillements d'émeraude.

Roger ne parlait pas. Il dévorait. Prodigieux spectacle que celui d'un appétit de vingt ans ! Fox lui-même en était ébahi; assis par terre, sa bonne face canine appuyée sur le genou du maître, il le contemplait avec une stupéfaction mêlée de convoitise.

Jacquemin se contenait mieux. Debout, derrière la chaise de Roger, attentif à son moindre geste, la serviette sous le bras, il essayait de rester grave et digne ; mais à chaque plat qui disparaissait, des bouffées d'orgueilleux triomphe se faisaient jour à travers ses rides.

Et pendant ce temps, les deux femmes étaient aux anges. Il eût fallu les entendre babiller à tour de rôle pour amuser leur convive et lui raconter les menus incidents de leur existence si monotone et pourtant si remplie ! Roger souriait, approuvait, lançait de temps à autre une interjection et continuait d'assouvir sa fringale.

Ce qui ne l'empêchait point d'écouter les deux chères voix avec amour. Elles alternaient délicieusement dans son cœur. Elles valaient à son avis la plus suave musique qui ait jamais réjoui les oreilles d'un honnête homme.

A la longue, sa faim terrible s'apaisa. Et tandis que la main blanche de Constance lui versait un café sans pareil, il s'accouda sur la nappe, reposé, content de vivre.

Le bien-être l'inondait. Quelle ombre eût pu voiler son front ? Il était à cet âge où l'on a l'esprit libre et le corps allègre. Dans son avenir pas un nuage, dans son passé pas un regret. Durant un seul jour, ses sens avaient été violemment troublés ; durant une seule nuit, le fantôme d'une femme idéalement belle avait incendié ses rêves.

Puis, les heures s'étaient accumulées, avaient amené de nouvelles impressions ; le travail s'était interposé amenant l'oubli et, de jour en jour plus indistincte, l'image de la duchesse s'amoindrissait déjà, fuyait, s'effaçait peu à peu de sa mémoire.

— Comme on est bien chez soi ! s'écriat-il avec effusion.

Et il promenait des yeux ravis à travers ce calme intérieur, où tout était gai, avenant et de bon goût.

Les deux charmantes créatures s'épanouirent. Roger daignait se déclarer satisfait !... Leurs prunelles l'enveloppèrent littéralement de reconnaissance.

— La splendide journée ! reprit-il. Qu'il fait beau ! qu'il fait bon !... Et que tu es jolie, ma mère !...

— Moi, répliqua-t-elle en riant. Ton compliment se trompe d'adresse. C'est à Constance que tu devrais dire cela.

— Constance ? Bah ! elle est donc jolie, Constance ?

— Regarde-la.

— Venez un peu ici, mademoiselle, dit Roger à sa cousine qui, debout, lui présentait le sucrier.

Et comme, riant et rougissant, elle détournait la tête, il la prit par les deux mains et l'attira vers lui.

— Hum ! fit-il d'un ton doctoral, nous ne sommes point laide, je l'avoue. A la rigueur nous pourrions passer pour assez bien. Pour fort bien même. Que dis-je, fort bien ! Tu es jolie, ma chère. Très jolie, ma foi ? Excessivement jolie.

Entre chacun de ces superlatifs, Roger avait fait une pause ; et à chaque pause, il avait examiné plus sérieusement et de plus près la jeune fille.

Il ne plaisantait pas. Il était positivement étonné.

Elle, confuse, dépitée de ne pouvoir maîtriser son embarras, elle tenta de dégager ses mains. Pendant qu'elle se débattait, sa chevelure se dénoua. Son visage rose disparut à demi sous une profusion de boucles folles.

— Où donc avais-je les yeux ?... balbutia Roger.

— Eh bien ! fillette, s'écria gaiement madame Destrel, tu l'entends ? A l'en croire, tu te révèles à lui pour la première fois.

Constance rajustait ses cheveux à la hâte ; son rire argentin avait des notes émues.

— Je ne sais trop, dit-elle avec une moue malicieuse, si je dois accueillir la surprise de Roger comme un madrigal... ou comme une impertinence...

— Accueille-la comme l'expression franche de ma pensée, petite sœur. Pourquoi n'ai-je jamais, depuis quinze ans, songé à ta figure ? C'est que ton âme est mille fois plus gracieuse encore. Quand on respire un parfum délicieux, s'inquiète-t-on de la forme et de la ciselure du flacon qui le renferme ?

Constance abaissa ses paupières humides. Elle était pâle de bonheur. Trop profondément touchée pour répondre, elle posa timidement sa main tremblante sur l'épaule de Roger.

— Ce n'est pas pour humilier le flacon que je dis cela, au moins, reprit-il d'un accent joyeux. Par Apollon ! si tu te promenais au Bois, dans une calèche du bon faiseur, tu serais citée comme belle parmi les belles. Aussi je veux, lorsque je serai riche, c'est-à-dire l'année prochaine...

— Ah ! interrompit madame Destrel, tu as décidé que l'année prochaine tu serais riche ?

— Colossalement. Ah ça ! je ne vous ai donc pas dit... je ne vous ai donc pas raconté...

— Quoi ?

— Mes bonnes chéries, ma réputation est assurée. Ma fortune aussi. Rien que cela ! déclama-t-il avec emphase. Prêtez-moi l'une et l'autre une attentive oreille !

Alors il leur confia qu'il préparait un

drame, un drame magnifique, dont le plan avait jailli tout armé de son cerveau !

Il le tenait, il en saisissait déjà l'ensemble. C'était vertigineux de profondeur, de passion, d'observation. Le rire y succédait aux larmes et réciproquement. Déjà les caractères se dessinaient. Les personnages venaient bien. Chaque scène porterait coup.

Puis, détail important ! l'œuvre devait avoir une haute signification morale. Elle aurait pour titre : les *Paresseux de Paris*. Roger comptait y mettre en relief quelques-unes de ces individualités oisives et malfaisantes qu'enfante la corruption des grandes capitales, comme la pourriture engendre la vermine : de celles-là qui, par crainte ou par aversion d'un labeur régulier, puisent leurs ressources dans l'inavouable.

Gens de proie qui s'intitulent « bohèmes » et qui ne sont en réalité que des mendiants et des filous ; viveurs dépenaillés qui déjeunent de l'emprunt et dînent de l'escroquerie ; vers luisants d'une heure, chenilles dorées qui broutent la substance du prochain : courtisanes et chevaliers de l'expédient, grecs et proxénètes, hommes de loisir et femmes de plaisir.

En regard de ces personnalités fangeuses, Destrel voulait placer deux types de paresseux par amour : l'un au cœur énergique et bon, mais brisé à son aurore par quelque trahison féminine, découragé désormais, et s'engourdissant dans l'inaction parce qu'il n'a plus souci de l'existence ; l'autre jeune, généreux, loyal et pur, mais s'énervant, s'anéantissant peu à peu dans les flammes d'une passion corrosive.

Tous ces personnages devaient être reliés entre eux par une action puissante ; quant au dénouement, il aurait pour but de démontrer que le travail seul relève, soutient, console, féconde nos âmes, et qu'en dehors du travail, il n'y a de salut ni pour l'homme ni pour la société.

Tel était le drame de Roger ; tel du moins Roger avait l'intention de le faire.

En attendant, il en développait l'idée avec une verve merveilleuse. Constance était enthousiasmée, hors d'elle-même. Elle assistait déjà en esprit à la première représentation du chef-d'œuvre ; elle voyait crouler la salle sous les bravos ; elle entendait retentir le nom de Roger au milieu d'acclamations frénétiques. Un peu plus, elle aurait battu des mains en criant : L'auteur ! l'auteur !

Madame Destrel, non moins émue, élevait cependant pour la forme quelques rares objections. Au fond, elle était par-

faitement convaincue que, lorsqu'il le voudrait bien, tous les dramaturges connus, depuis Shakespeare jusqu'à M. Sardou, ne lui arriveraient point à la cheville. Si elle n'en disait rien, c'était par crainte d'effaroucher sa modestie.

Roger leur confia ensuite que l'œuvre était en voie d'exécution. En trois jours, il avait écrit fiévreusement les deux premiers actes et, au courant de la plume, et, ces deux actes, il n'avait pu résister au désir de les communiquer à Clairbault. Il les lui avait lus le matin même. C'était là, par parenthèse, ce qui lui avait fait manquer le train.

Clairbault, l'illustre Clairbault, était-il, oui ou non, un juge compétent ? Oui. Eh bien ! Clairbault avait déclaré qu'il voyait dans les *Paresseux de Paris* les éléments d'un succès immense. Si Clairbault avait dit cela, c'est qu'il le croyait. Clairbault n'aurait pas menti pour tous les trésors du Pérou.

Les deux femmes s'écrièrent alors que Clairbault était le meilleur des hommes, le plus sûr des amis, un grand cœur et une vaste intelligence. Elles l'avaient toujours pensé, mais elles le pensaient ce jour-là bien davantage.

— A propos, interrompit Roger qui se frappa le front, j'oubliais... vous savez qu'il va venir, Clairbault ?

— Vraiment ?

— Il doit prendre le train de cinq heures à Paris.

— Mais alors, exclama madame Destrel avec effroi, il dînera ici ?

— Sans doute.

— Ah ! mon Dieu !... et tu nous préviens maintenant ! Mais c'est affreux !... Nous n'aurons rien de présentable...

— Laissez donc, n'eussiez-vous à lui offrir qu'un œuf à la coque, il serait enchanté. Car vous l'avez ensorcelé, mon ami Clairbault. Il ne rêve, ne parle que de vous. Votre vue le raccommode avec l'humanité ; il prétend qu'il a besoin de se retremper dans votre compagnie pour ne pas devenir tout à fait misanthrope. En vérité, s'il était plus jeune et moins froid de caractère, je supposerais...

— Quoi donc ?

— Qu'il est épris de Constance.

La jeune fille tressaillit. Une soudaine expression de tristesse se répandit sur ses traits.

— Quelle folie ! répliqua madame Destrel. Il pourrait être son père. N'a-t-il pas vingt ou vingt-deux ans de plus que ta cousine ?

— Je plaisantais, dit Roger. Clairbault est incombustible. Son scepticisme en matière d'amour l'assure contre l'incendie.

— Tout ceci ne me tire point d'embarras! gémit la mère. Quel piteux dîner va-t-il avoir, juste ciel!

— Ne vous tourmentez pas, maman, dit Constance, je me charge de tout.

— Oh ! en ce cas, je me rassure. Va vite, mignonne, et sauve-nous, si tu peux.

Dès que la jeune fille fut sortie, Roger se rapprocha vivement de sa mère, et lui dit en baissant la voix :

— A présent que nous sommes en tête à tête, veux-tu me donner l'explication des lignes mystérieuses que voilà ? Je les ai reçues hier soir et elles m'ont passablement intrigué.

Il lui désignait une petite lettre ainsi conçue :

« Mon cher enfant, je désirerais avoir avec toi une conversation sérieuse. Ne manque pas de venir demain, et surtout ne parle pas de ce billet devant Constance. »

— Tu vois, ajouta-t-il, que j'ai religieusement observé ta recommandation. Mais, dame! il ne faudrait point prolonger mon supplice. La curiosité m'étrangle. De quoi s'agit-il? Quel est ce secret plein d'horreur?

Madame Destrel se prit à rougir et à trembler comme une coupable. Elle s'appuya au bras de son fils, l'emmena au salon, ferma soigneusement la porte et s'assit sur une causeuse.

Après un long silence, elle murmura d'un accent troublé :

— Roger, mon enfant chéri, j'ai une grâce à implorer de toi.

— Une grâce, mère! bégaya le jeune homme surpris par la solennité de ce début.

Il s'agenouilla sur un coussin en face d'elle.

— Toi, me demander une grâce! est-ce que c'est possible? Est-ce que ta volonté n'est pas la mienne ?

Elle plongea ses mains dans les cheveux de son fils, et, le regardant avec une tendresse infinie :

— Il y a un sujet, mon Roger, dont tu m'as bien souvent défendu de t'entretenir. Et cependant, au risque de t'affliger, je dois y revenir aujourd'hui. Ecoute... Je ne suis pas destinée à vivre vieille...

— Mère! mère! supplia Roger en faisant le geste de lui fermer la bouche.

Il reprit avec angoisse ;

— Est-ce que tu souffres? Est-ce que le docteur craint...

— Je ne souffre pas, mon ami, et le docteur assure que je resterai longtemps encore auprès de vous, pourvu que nulle commotion morale ne me frappe avant l'heure. Mais...

— Tu vois bien. A quoi bon alors...

— Laisse-moi achever. Quelle créature terrestre, dis-moi, si humble et si caché qu'elle ait choisi son sort, peut se croire absolument à l'abri de la foudre? Sachons tout prévoir, mon Roger. Qu'un chagrin subit, qu'une joie inattendue m'atteigne, et ce cœur malade se brisera, cessera de battre... Depuis quelque temps, d'ailleurs, je sens que ma santé décline et l'idée de ma fin prochaine ne me quitte plus. Peut-être est-ce un avertissement de Dieu.

Roger voulut de nouveau l'interrompre. Il n'en eut pas la force. Aucun son ne sortit de sa gorge serrée.

Il regarda sa mère. Hélas ! elle ne se trompait pas, la douce résignée. Elle déclinait. Sa blanche figure, souriante et mélancolique, portait les traces d'un mal lent dans ses progrès, implacable dans sa marche.

— La mort ne m'effraye pas, continuait-elle. Il y a tant d'années que je m'y prépare! Seulement, je ne voudrais pas m'endormir avant d'avoir vu mes deux enfants heureux.

Puis, sans transition, elle lui parla de Constance.

Elle lui rappela les vertus et les qualités de cette aimable fille. Elle la lui dépeignit telle qu'elle était, c'est-à-dire bonne et franche, bienfaisante et pieuse, gaie, tendre et fidèle...

Enfin, gagnée par les larmes quoique souriant toujours, elle attira contre son sein la tête blonde de son fils et elle murmura :

— C'est la femme qu'il te faut, mon Roger. Je vous ai élevés l'un pour l'autre. Depuis dix ans, je n'ai eu qu'un but, qu'un désir, qu'une espérance, celle de vous unir, et mon bonheur ne sera complet que lorsque tu m'auras dit : « Mère, j'y consens ! »

III

Roger demeura muet de surprise.

— Me marier !... pensait-il. Déjà !... Déjà m'enfermer dans le cercle étroit du devoir! M'astreindre à une immobilité morose ! Mettre l'éteignoir sur mes riantes fantaisies et la camisole de force à ma liberté! Tourner le dos à ma jeunesse avant même d'en avoir savouré les prémices !...

Il se disait cela, Roger. A vingt ans, nous sommes tous ainsi. C'est la loi de nature. Si chaud que soit le nid, l'oiseau veut essayer ses ailes. En vain la famille nous comble de ses caresses, en vain se presse autour de nous ce doux peuple dont nous sommes le roi, il y a des instants où le toit paternel nous pèse. Il nous semble qu'au dehors se déroule une fête radieuse, et notre poitrine se gonfle en songeant qu'elle égrène sans nous ses rires et ses chansons.

O toit béni, comme on te regrette plus plus tard, alors que vieilli, lassé, désabusé, on se réveille devant un foyer désert! Que sont-ils devenus les cœurs aimants que nous aurions pu fouler aux pieds sans leur arracher une plainte et sans les détacher de nous? La mère est morte; la sœur est partie, mariée au loin; les amis d'enfance sont dispersés. On est seul, à présent, tristement seul au milieu d'étrangers, et l'on se reporte en esprit vers la chère demeure autrefois méconnue. Echange affectueux des impressions, doux projets faits en commun, sourires vrais, étreintes sincères, tout ce qui rapproche, tout ce qui unit, tout ce qui lie est resté là. Nous ne le retrouverons plus ailleurs.

L'hésitation de Roger frappa sa mère. Il la vit pâlir.

Aussitôt, son âme nerveuse, cette âme éolienne qu'une aile de papillon faisait vibrer, mais dont, hélas! les vibrations s'évanouissaient aussi vite qu'elles avaient jailli, son âme fut profondément remuée.

Il se dit qu'après tout la poésie domestique a son charme. Il se rappela le dévouement, l'affection presque surhumaine de ces deux femmes qui vivaient en lui, pour lui, par lui. N'était-il pas leur famille, leur pays, leur joie, leur souci, leur repos et leur agitation? Elles ne demandaient à Dieu de grâces et de bénédictons que pour lui et, rien qu'à regarder dans les yeux, on y lisait ce touchant esclavage de tendresse.

— Où donc serait le bonheur, s'il n'est ici? murmura-t-il.

Et, sylphes familiers du logis, mille bonnes pensées l'enlaçaient de leurs filets invisibles. Elles lui chuchotaient à l'oreille : « Reste avec nous; ne t'en vas plus, Roger. »

— Mais, s'écria-t-il soudain, voudra-t-elle de moi?

Madame Destrel eut un grand soupir de gratitude.

Elle embrassa son fils éperdument; puis, avec ce sourire de fatuité qui n'appartient qu'aux mères :

— Va le lui demander, répondit-elle.

Constance était au jardin. Assise sur un banc, elle travaillait.

Du plus loin qu'il l'aperçut, Roger ralentit le pas. L'émotion le suffoquait. Il voulait se donner le temps de se remettre.

Elle ne le voyait pas venir, car il marchait sans bruit. A mesure qu'il avançait et qu'il la distinguait mieux, des sensations bizarres bouleversaient son être.

Il se sentait gêné, intimidé. Jamais il n'avait éprouvé cela en présence de sa cousine.

Mais était-ce bien sa cousine, cette brune et svelte jeune fille vers laquelle il se dirigeait indécis? Etait-ce bien là cette petite Constance que, jusqu'alors, il n'avait regardée qu'à travers ses souvenirs d'enfant?

Elle lui paraissait transfigurée. Il s'imaginait la contempler pour la première fois.

C'est que les paroles de sa mère avaient subitement dispersé le brouillard qui flottait sur son cœur.

Maintenant, une lueur chaude le pénétrait. Il voyait clair en lui-même. Ce trouble mêlé d'ardeur, ce respect attendri, cet attrait brûlant, mais chaste et sérieux qui l'entraînait à cette heure vers Constance, qu'était-ce, sinon de l'amour?

Oui, de l'amour. Et, chose étrange, cet amour avait toujours existé en lui. Roger le constatait avec étonnement. Il avait aimé Constance comme on respire, — sans s'en apercevoir et s'en douter.

Pour que ses yeux s'ouvrissent, il avait fallu qu'on lui criât :

— Tu l'aimes! Dis un mot : ce trésor de candeur, de jeunesse, de beauté, de pudeur et de vertu est à toi!

A cette pensée, un souffle d'orgueilleuse joie parcourait les veines de Roger.

Constance l'entendit enfin. Il était à deux pas d'elle. Surprise, elle eut un cri d'oiseau effarouché; puis, vitement elle rangea sa robe pour lui faire place.

Il s'assit souriant, un peu pâle.

Le soleil descendait. Sous les hauts marronniers se glissaient des haleines plus fraîches, l'air tiède s'emplissait de bourdonnements, et là-bas, sur la pelouse, Fox poursuivait au grand galop les ombres traînantes des nuages légers qui traversaient le ciel.

Inclinée sur sa broderie, Constance tirait l'aiguille par un mouvement preste, et Roger suivait de l'œil ses doigts mignons.

Elle était ravissante. Un demi-sourire, relevant les coins de sa bouche, donnait à son profil pur une expression de malice enfantine. Le haut du visage disparaissait sous l'ombre de son chapeau de paille; mais l'imperceptible duvet de ses joues frissonnait dans la lumière, et l'on voyait voltiger quelques cheveux très fins sur sa nuque plus blanche que l'ivoire.

— Constance... m'aimes-tu?... balbutia Roger d'une voix qu'il ne reconnut pas lui-même.

Elle se tourna vers lui.

Ses yeux noirs s'arrondissaient ébahis, un peu moqueurs. Jugeant qu'une pareille question ne méritait point de réponse, elle se pencha sur son ouvrage en haussant les épaules par un geste adorable de gentillesse.

— Tu ne m'as pas compris, insista Roger. M'aimes-tu... seulement comme un frère ?

Elle tressaillit. Ses deux mains retombèrent sur ses genoux.

— Je te demande cela, continua-t-il d'un ton de plus en plus tendre, parce que notre mère vient de me confier le grand projet de sa vie...

Elle trembla. Une rougeur vive montait de son cou à son front.

— Ce projet, l'as-tu deviné, chère Constance ?

— Oui, Roger, répondit-elle tout bas.

— Depuis longtemps ?

— Depuis bien des années...

— Et si je te suppliais maintenant de me dire... si tu consens à ce que le rêve se réalise ?

Constance ferma les yeux comme pour voiler son extase. Deux larmes glissèrent lentement au long de ses joues.

— Roger, murmura-t-elle, tu as été le cher compagnon de mes premières joies, l'unique ami de ma jeunesse, et j'ai toujours souhaité de t'appartenir.

Roger réunit les deux petites mains de l'enfant dans les siennes et il y appuya ses lèvres.

— Mais, ajouta-t-elle tout à coup tandis que sa tête se renversait en arrière et que son corps se raidissait sous l'étreinte d'une idée pénible, si tu ne voyais, toi, dans cette union, que le strict accomplissement d'un devoir, si elle devait te coûter un sacrifice, si tu avais dans le cœur un lien à rompre ou un souvenir à effacer. Oh ! alors, je t'en conjure, ami, ne t'engage pas à la légère. Ne nous prépare pas à tous les deux un avenir de regrets. Songes-y bien, Roger, il en est temps encore...

Pourquoi Roger eut-il un frémissement ? Pourquoi une ardente image de femme vint-elle se placer entre Constance et lui ? Le trouble dévorant qu'il avait ressenti en face de la duchesse ne s'était-il donc pas apaisé ?

Un instant il eut la pensée loyale d'avouer à Constance cet amour de quelques heures. Puis il la rejeta comme une puérilité.

Il se sentait hors de péril. La passion l'avait effleuré sans l'atteindre ; il n'en avait vu que l'éclair, et désormais il riait de la foudre.

— Chère âme, dit-il en attirant à lui la jeune fille, il n'y a en moi qu'un souvenir : celui des jours heureux dont tu as parfumé ma vie ; — qu'un désir : être digne de toi ; — qu'une ambition, ta tendresse.

— Elle est à toi ! soupira-t-elle en laissant aller sa tête charmante sur l'épaule de Roger. A toi pour jamais, et rien ne prévaudra sur elle, ni le temps ni la mort !...

Ce qu'ils se dirent encore, lèvre à lèvre et cœur contre cœur, ils se le dirent si bas que nul n'eût pu l'entendre, — et les oiseaux qui se taisaient au-dessus d'eux ne l'ont pas raconté.

Mais dans la blanche maison, derrière le rideau que soulevait sa main tremblante, il y avait une pâle figure qui souriait de bonheur.

La journée s'écoula vite au milieu des plans d'installation, de trousseau, d'acquisitions à faire, car il avait été décidé que le mariage aurait lieu dans un délai très prochain.

Vers le soir, Roger se rappela Clairbault et se fit une fête de sa surprise.

Constance et sa mère, alors, parurent soudainement attristées.

— Cher Roger, dit Constance, accorde-moi une faveur ?

— Laquelle ?

— Permets-moi d'annoncer moi-même notre mariage à M. Clairbault et tâche qu'il n'en soupçonne rien jusqu'au moment où je lui aurai parlé.

— Ah ! petite égoïste ! s'écria-t-il joyeusement, tu veux jouir la première de la stupéfaction de notre ami !... Au fait, pourquoi non ? Venant de toi, la communication lui sera doublement agréable. N'est-ce pas, mère ?

— Oui... peut-être, — dit madame Destrel, qui pressa furtivement la main de sa nièce.

A six heures, le convive attendu arriva, et l'on se mit à table.

Manette s'était surpassée. Elle avait préparé un dîner excellent, un vrai dîner d'archevêque. Clairbault y fit honneur, mais on l'aurait bien embarrassé en lui demandant ce qu'il mangeait. Il n'avait d'yeux et d'attention que pour ses voisines.

Le désir de leur plaire se trahissait dans ses moindres paroles. Au lieu du ton moqueur que d'ordinaire il affectait vis-à-vis des femmes, il prenait en s'adressant à elles un accent plein de déférence, et son attitude exprimait l'estime profonde, le respect sincère qu'elles lui inspiraient !

Du reste, chaque fois que Clairbault franchissait le seuil de la petite maison de Chaville, une transformation complète s'opérait en lui. Ses familiers intimes ne l'eussent pas reconnu.

Dépouillés de leur masque de glace, ses traits tourmentés respiraient une douceur exquise. Sa conversation, habituellement sardonique et toute hérissée de mots à l'emporte-pièce, se faisait gaie sans amertume, spirituelle sans méchanceté. Il causait avec le laisser aller d'un enfant et son imagination si riche, — cette imagination qu'il disait et qu'il croyait morte, — colorait son langage des teintes les plus vives.

Quelle était la raison d'un tel phénomène ?

Elle était simple. Clairbault se sentait compris, apprécié.

Entre ces deux femmes aux manières franches comme leur âme, il redevenait jeune et confiant.

Leurs délicates prévenances le touchaient quelquefois à ce point qu'il en était attendri.

Ce soir-là, surtout, elles le comblèrent. Jamais elles n'avaient déployé pour lui autant de grâce affectueuse. On aurait dit qu'elles avaient quelque chose à se faire pardonner.

Quant à Roger, il jasait et il riait. Son bonheur lui montait à la tête. Il avait peine à le contenir et vingt fois il fut sur le point de laisser fuir son secret.

Clairbault, trop clairvoyant pour ne point remarquer cette allégresse, mais trop bien appris pour interroger Destrel, attendait patiemment la révélation du mystère.

Elle arriva, rapide et foudroyante.

I V

Quand on se leva de table, la nuit tombait.

On avait allumé les lampes. La chaleur était lourde à l'intérieur du logis. Roger ayant proposé une promenade au jardin, les dames s'encapuchonnèrent de leurs capelines et descendirent le perron.

A ce moment, Clairbault crut s'apercevoir qu'elles échangeaient un regard étrange et qu'elles étaient fort pâles.

— Louis, lui cria Roger, offrez donc votre bras à ma cousine. Elle a une confidence à vous faire.

Et il entraîna sa mère en riant.

Clairbault devint blanc comme un spectre. Il venait d'avoir une intuition confuse de la vérité.

Il suivit Constance. Longtemps ils marchèrent côte à côte, oppressés et muets.

Ils arrivèrent ainsi presque au fond du jardin, sous l'ombre épaisse d'un couvert de tilleuls.

Alors la jeune fille s'arrêta.

Et Clairbault, comprenant qu'elle allait parler, s'adossa, les bras croisés, contre un tronc d'arbre.

Pourtant elle se taisait encore. Elle cherchait en elle-même les termes, les expressions à employer pour lui dire ces trois mots si simples :

— J'épouse Roger.

Et, dans le calme profond du soir, on eût entendu retentir les sourdes pulsations de son cœur.

Ah ! c'est qu'elle avait deviné cette âme !... c'est qu'elle n'ignorait pas de quelle mortelle blessure elle allait la meurtrir !

Enfin, réunissant tout son courage, d'une voix que l'émotion étouffait, elle raconta comment, dès l'enfance, elle avait été fiancée à son cousin, comment leur affection mutuelle s'était développée sous les yeux de leur mère et comment celle-ci avait placé sur leur union ses dernières espérances de joie en ce monde.

Clairbault ne fit pas un geste, n'articula pas une syllabe.

Sa haute silhouette se détachait en noir sur le fond gris de l'arbre auquel il s'appuyait ; mais sa figure était noyée dans les ténèbres.

Ah ! pauvre grand esprit déçu, pauvre cœur brisé, quelles ténèbres aussi descendaient en toi-même ! Quel détresse et quel vide immense !

Ainsi, sans que jamais il se fût trahi par une parole ou par un coup d'œil, on avait vu germer et grandir cet amour insensé qu'il ne s'avouait point, qu'il se dissimulait de son mieux.

Souffre et tais-toi ! lui criaient des voix ironiques. Est-ce qu'on devrait aimer quand la jeunesse est partie. Est-ce que la fraîcheur de l'âme ne devrait point se flétrir en même temps que celle du visage !

Constance cependant continuait à lui parler.

Elle lui démontrait doucement à quel point il était estimé, apprécié dans la famille et combien sa présence leur était nécessaire à tous les trois. Elle le suppliait d'être encore leur protecteur et leur guide, à elle et à Roger. Elle l'engageait à se rapprocher d'eux, à vivre auprès d'eux, ajoutant qu'il serait leur frère, qu'il apprendrait à ses enfants à le chérir, et que, quant à elle, après sa mère et Roger, elle n'aurait point de meilleur ami.

Elle lui dit cent autres choses touchantes, en les entourant de toutes les caresses de langage que put lui suggérer sa sensibilité de jeune fille.

Il l'écouta sans l'interrompre. A travers sa douleur, une reconnaissance infinie le

pénétrait. Il admirait l'exquise bonté de
cette enfant qui s'efforçait de le rattacher
à la vie ; il admirait son tact, sa prudence
et jusqu'au soin qu'elle avait pris de l'a-
mener là, loin des yeux, dans une ombre
impénétrable, afin de ménager la pudeur
de son chagrin.

Il comprenait toutes ces nuances délicates et il était tenté de se prosterner devant elle, de baiser le bas de sa robe, de
la bénir avec des sanglots.

Toutefois, lorsqu'elle eut achevé, il lui
serra la main et il murmura simplement :

— Merci. Soyez heureuse.

Elle s'éloigna et il demeura seul, immobile, le regard errant dans l'éther où
s'allumaient les premières étoiles.

Un quart-d'heure après, il reparut au
salon. Sa physionomie était rassérénée. Il
alla droit à son ami, et il le félicita sans
phrases, mais avec un accent chaleureux,
cordial, empreint d'une sincérité incontestable.

Il exprima ensuite à madame Destrel
les vœux qu'il formait pour le bonheur de
ses enfants. Sa voix ne trembla point ;
ses prunelles restèrent limpides et franches. Il avait loyalement accompli son sacrifice.

S'il lui en fut tenu compte, Dieu le sait !
Quand il se retira, emmenant Roger, les
deux femmes avaient les paupières humides. Elles l'accompagnèrent jusqu'à la
grille du jardin. Et, bien des années plus
tard, pendant ses heures d'insomnie,
Clairbault se les représenta encore telles
qu'il les avait vues ce soir-là, enlacées au
seuil de leur maison, lui souriant comme
deux anges consolateurs et le regardant
avec des yeux brillants d'affection tendre
et de mansuétude ineffable.

Durant le court trajet de Chaville à la
gare Montparnasse, il fut parfait pour
Roger. Il s'associa de plein cœur à son
enthousiasme et à ses plans d'avenir. Pas
une fois il ne se montra distrait ou préoccupé ; rien ne dénonça l'effroyable tristesse à laquelle il était en proie. Mais à
Paris, Clairbault s'empara du premier
prétexte pour se séparer de son compagnon. Il avait hâte d'être seul.

Roger revint chez lui à petits pas, pour
mieux savourer sa béatitude. Le nom de
Constance flamboyait dans sa pensée ;
partout il se figurait le voir ; il le voyait
entre les pavés, sur les enseignes, à travers les vitrines et parmi les guirlandes
de feu que dessinaient les candélabres de
gaz rapprochés par la perspective.

Au moment où il passait devant la loge
de son portier, celui-ci l'appela et lui remit une lettre arrivée quelques heures auparavant par la poste.

Il l'ouvrit en montant l'escalier. Puis il
se pencha sur la rampe pour en examiner
la signature.

Alors il devint pourpre.

La lettre contenait ce qui suit :

« Le jour où vous aurez besoin d'un
bras dévoué, loyal, prêt à tout, pensez à
moi, madame, appelez-moi, je viendrai.

» Vous m'avez dit cela, vous en sou-
vient-il encore ?

» Eh bien, j'ai besoin de vous, je pense
à vous, je vous appelle.

» A onze heures, ce soir, une voiture
sera devant votre porte. Si vous le voulez,
si vous n'avez pas oublié votre promesse,
cette voiture vous amènera auprès de

» MARIE. »

Roger s'élança dans sa chambre.
Vingt fois il relut ces lignes. Elles le
bouleversaient. Pourquoi ? il n'eût su le
dire, mais, en se rappelant l'impression
dévorante qu'avait produite sur lui la duchesse, il frémissait et son sang bouillon-
nait comme embrasé.

— Quel être méprisable suis-je donc !
s'écria-t-il éperdu. J'aime Constance pourtant, je le sens bien, j'en suis sûr.

Hélas ! il aimait Constance avec le
cœur, tandis qu'il convoitait la duchesse
de toute la furie de ses sens, de tout l'emportement de sa chair...

Voilà ce dont il ne se rendait pas
compte.

Il regarda la pendule. Elle marquait
onze heures et demie. Il courut à la fenêtre. Les deux lanternes d'une voiture de
maître stationnaient en bas.

Que faire ? Deux courants contradictoires ballottaient sa volonté. Il brûlait et
il redoutait tout ensemble de se retrouver en face de Marie, et cette perplexité
bizarre finit par l'exaspérer jusqu'à la
colère.

— Pardieu ! s'exclama-t-il, je suis d'une
fatuité révoltante. Est-ce qu'elle se soucie
de moi autrement que comme allié ? Est-ce
qu'un seul mot d'amour a été prononcé
entre nous ? Qu'ai-je à craindre ? Ne dirait-on pas que je suis une rosière et que
j'ai peur que l'on n'attente à ma vertu !

Cette idée grotesque le calma. Il se rit
au nez dans la glace.

— D'ailleurs, ajouta-t-il, reculer est impossible. Je lui ai proposé mon aide. Un
homme d'honneur n'a qu'une parole.

En raisonnant ainsi, Roger changeait
de vêtements à la hâte, et machinalement
peut-être, il apportait à sa mise une recherche inaccoutumée.

Minuit sonna comme il prenait ses
gants.

— Singulière heure pour une visite !... fit-il avec un sourire troublé.

Il descendit. A sa vue, le valet assis sur le siége à côté du cocher mit pied à terre et demanda respectueusement s'il avait l'honneur de parler à M. Destrel.

Roger fit un signe affirmatif.

Le valet ouvrit la portière. L'instant d'après, la voiture filait comme une flèche.

A cette minute, Roger eut le pressentiment vague qu'il se précipitait tête baissée vers une aventure dont l'issue pèserait sur sa vie entière.

Puis, de nouveau, il se moqua de lui-même.

Mais vainement il s'entoura de réflexions sérieuses ; vainement il évoqua la pensée de son mariage prochain, chaque tour de roue lui enlevait une parcelle de son énergie, augmentait la fièvre de ses désirs, gravait plus nettement en lui la figure de la duchesse.

Bientôt, à travers les glaces levées, il entrevit à sa droite et à sa gauche, des arbres et de somptueuses villas qu'argentait le clair de lune.

C'était l'avenue de l'Impératrice.

Presque aussitôt, la voiture s'arrêta dans la cour d'un hôtel.

Au bas du perron, une jeune et jolie cameriste semblait attendre. Elle précéda Roger sur un vaste escalier de marbre et lui fit traverser une enfilade d'appartements encombrés d'établis et d'échelles de peintres, car madame de Santelda, installée depuis huit jours à peine, n'occupait encore que trois ou quatre pièces. Le reste de la maison était livré aux tapissiers et aux décorateurs.

Enfin la soubrette introduisit Destrel dans un boudoir éclairé par deux lampes aux verres dépolis. Là, elle lui annonça que sa maîtresse était absente, mais qu'elle ne tarderait point à rentrer.

Roger respira. Ce répit allait lui permettre de reconquérir un peu de sang-froid. Il l'espérait du moins et, brisé par l'émotion, il s'assit sur une causeuse, près de la cheminée où flambait un feu clair.

Illuminant les tentures, la flamme joyeuse faisait reluire aux étagères mille bibelots curieux, mille objets d'art disséminés avec un luxe de haut goût.

Nul écho du dehors. Tapis profonds et sourds, rideaux épais, portières discrètes, siéges larges et bas, tout, dans ce retrait voluptueux, assurait le mystère et le silence.

Un parfum pénétrant, mais furtif, attestait qu'une femme s'était reposée là, et cet arome indéfinissable acheva de griser le poëte.

Soudain, son cœur battit à se rompre.

Derrière la porte bruissait un pas vif et léger.

Il ferma les yeux. Par un dernier effort de conscience, il contraignit son imagination à s'envoler vers Chaville, vers sa mère, vers la petite chambre de Constance qui sans doute, à cette heure, s'endormait en songeant à lui.

Puis une draperie se souleva, une tête souriante apparut, et alors, scrupules, indécisions, remords, appels au devoir, élans vers l'amour chaste, tout cela s'évanouit, tout cela se dispersa en fumée devant une réalité bien autrement saisissante.

La duchesse entra.

Elle arrivait du théâtre ou de soirée : extrêmement décolletée dans une robe de velours noir à traîne majestueuse, un collier de perles au cou, des diamants dans les cheveux, elle étalait sans voile ses admirables bras nus et la splendeur nacrée de ses épaules rondes et polies.

Roger, très pâle, s'inclina.

Elle accourut à lui, radieuse, épanouie, les deux mains tendues comme s'il eût été son ami le plus ancien et le plus cher ; elle l'attira ainsi jusqu'à la causeuse, où ils se blottirent l'un auprès de l'autre ; et, sans cesser de lui tenir les mains, elle le remercia d'être venu, elle s'excusa de l'avoir fait attendre et elle lui exprima sa joie de le revoir.

Joie tumultueuse, évidente. Elle éclatait dans ses gestes, dans le son de sa voix, dans le soulèvement précipité de sa poitrine superbe. Roger surpris et charmé, mais surtout étrangement remué par cet accueil, balbutia quelques phrases inintelligibles. Il était ébloui, stupéfait. Il regardait la duchesse et il ne la reconnaissait pas.

C'est que l'Amour, en la touchant de sa baguette de feu, l'avait rendue cent fois plus séduisante. Incendiée par la passion, brûlée par les désirs, sa beauté s'idéalisait et tournait au chef-d'œuvre. Sa petite tête si fière semblait s'être amincie, sa pâleur nerveuse s'accentuait davantage et la flamme intérieure dont elle était consumée ruisselait en paillettes humides dans ses grands yeux de gitana.

Non moins émue que Roger, elle se mit à parler vite, à tort et à travers, pour dissimuler son trouble. Et lui, se rappelant alors le but de sa visite, il lui demanda naïvement quel péril elle courait et ce qu'il devait faire pour l'en garantir.

Elle répondit en riant qu'elle ne courait aucun péril, qu'elle lui avait tendu un piège, afin de s'assurer s'il aurait de la mémoire et s'il se souviendrait de son serment. Elle se déclara satisfaite de l'épreuve et, en manière de récompense, elle lui octroya ses blanches mains à baiser.

L'entretien prit dès lors une allure extraordinairement tendre. On causa sympathie, confiance, amitié. De l'amour, pas un mot. Cependant leurs esprits arrivaient peu à peu à une température torride. Roger se disait à chaque instant : — Il faut partir... A deux heures du matin il était encore là.

Elle aussi, elle oubliait l'heure. Frissonnante, les prunelles noyées, les nerfs vibrants, elle regardait Roger comme le voyageur altéré regarde une source. Elle buvait ses paroles ; elle aurait voulu boire son âme. Il y avait dans toute son attitude une langueur fascinante, quelque chose de soumis et de provoquant, de craintif et d'audacieux qui signifiait clairement : Je t'appartiens, tu es mon maître !

Le comprit-il ? On ne sait. Mais ce qui lui restait de raison s'engloutit. Le voisinage de cette femme demi-nue, dont il respirait l'haleine, dont l'épiderme tiéde le frôlait, fit monter à son cerveau une ivresse capiteuse. Enfin le délire l'emporta. Saisi de vertige, il se pencha sur elle, et à travers ses épaules de neige, il promena fiévreusement des lèvres convulsives.

Elle eut un faible cri. Une commotion électrique, un spasme rapide la fit trembler de la tête aux pieds.

Roger se méprit à ce tressaillement. Il crut avoir irrité la duchesse. Il se rejeta en arrière ; il recula, demeura terrifié, n'osant plus lever les yeux.

Tout à coup deux bras caressants l'enveloppèrent ; un corps souple, palpitant, se noua autour de lui.

— Mais tu ne vois donc pas que je t'adore !... murmura une voix pâmée.

Il chancela. Une bouche ardente venait de se coller sur la sienne, et il ressentit l'âcre impression d'un baiser cuisant comme une morsure.

V

On dansait, cette nuit-là, chez mademoiselle Clorinde, ancienne blanchisseuse de fin et présentement artiste des Fantaisies-dramatiques.

Une prodigieuse file de voitures longeait son petit hôtel de la rue Vintimille. Toutes les fenêtres flamboyaient.

Quand on avait franchi la porte cochère, l'œil embrassait une vaste cour dallée et vitrée, où s'épanouissaient, dans d'énormes vases du Japon, une quantité d'arbustes et de plantes des tropiques. Ça et là, parmi ce feuillage d'un vert lustré, étaient suspendues des lanternes chinoises dont la soie transparente tamisait une lumière magique et multicolore.

Le perron de quatre marches une fois gravi, on tombait en pleine magnificence. Magnificence trop cossue, il faut bien le dire, et criarde à faire grincer les dents. Partout des dorures. Il y en avait sur les chambranles, sur les meubles et sur les domestiques.

Une double rangée de grands laquais aux livrées éclatantes, à la mine égrillarde et fleurie, s'étendait depuis le péristyle jusqu'aux salons d'attente où quelques valets de chambre des deux sexes débarrassaient les arrivants de leurs pelisses et de leurs manteaux.

Puis, un maître d'hôtel les précédait et les annonçait d'une voix de stentor après avoir ouvert à deux battants les portes d'une immense galerie éblouissante d'or, de glaces, de cristaux et de lumières.

Là, sous des flots de clarté ardente, à travers les mugissements d'un orchestre endiablé, ondulaient deux cents viveurs et une centaine de pécheresses, triées avec soin sur le volet du Paris qui s'amuse.

Au premier abord, l'aspect du bal, quoique superbe, choquait le regard par un étrange disparate. Les femmes étaient seules costumées. Les hommes portaient ce triste frac qu'ils arborent indistinctement pour les solennités mondaines et pour les cérémonies funèbres.

Ce contraste déplaisait. Toutefois, lorsque la vue s'y était accoutumée, on reconnaissait que, loin de nuire au coup d'œil, les habits noirs faisaient ressortir avec plus de relief l'excessive richesses de travestissements féminins.

Il était trois heures environ. La fête avait débuté à minuit et elle commençait seulement à s'animer.

Jusqu'à cette minute, en effet, il y avait régné tant de décence et de réserve que, si toutes les femmes n'eussent été jeunes et jolies, on se serait cru dans le vrai monde. Mais, peu à peu, la glace s'était rompue, grâce aux divertissements ingénieux offerts coup sur coup par l'amphitryonne à ses invités.

C'est ainsi que des tableaux vivants très plastiques et très peu gazés avaient fortement émoustillé les nerfs de ces messieurs. Après quoi une tombola splendide où chacune de ces dames, sans exception, avait gagné un lot de quelque valeur, était venue fort à propos les mettre en joie.

Maintenant on dansait avec frénésie. L'orchestre, caché dans la cage de verre d'une spacieuse serre chaude, derrière une triple palissade d'orangers, exécutait une valse de Strauss, une de ces valses furibondes, vertigineuses dont le rythme entraînerait des statues.

Le parquet brûlait les pieds. Les exhalaisons des fleurs, les parfums de toilettes, l'âcre senteur du punch et du cliquot saturaient l'atmosphère embrasée. L'ivresse du plaisir envahissait tous les cerveaux et déjà les couples tourbillonnaient plus étroitement enlacés qu'il n'eût été nécessaire.

Les hommes s'enhardissaient ; les femmes perdaient peu à peu toute retenue. Plus d'une, littéralement couchée entre les bras qui la guidaient, les yeux allanguis, la bouche entr'ouverte par un sourire lascif, abandonnait sa tête sur l'épaule du cavalier dont la moustache effleurait ses lèvres. D'autres, la taille cambrée, piaffant comme des cavales, se distinguaient par un certain déhanchement tout particulier qui faisait trépigner d'aise la galerie.

C'était du reste afin « d'allumer » ce public qu'elles pimentaient leurs poses et qu'elles débraillaient leurs attitudes. Les affaires sont les affaires. Ces dames n'étaient point là pour s'amuser. Il y avait parmi la foule, de vieux libertins à rajeunir, des provinciaux timides, mais opulents à réduire en servitude. Il y avait aussi beaucoup de nobles étrangers. Nous disons « nobles » par respect des idées reçues.

Pour la Parisienne, tout étranger est noble, alors même qu'il vendrait de la morue à Arkangel ou de la mélasse à Calcutta.

Quoi qu'il en soit, chaque spectateur, étranger ou non, riait, applaudissait, écarquillait des yeux d'ogre flairant de la chair fraîche. Avouons-le d'ailleurs, elles étaient appétissantes au possible, la plupart de ces impures ! Et celles qui, en toilette de ville, n'eussent semblé que passables, paraissaient jolies à croquer dans leurs costumes de fantaisie.

Mais quels costumes énigmatiques ! Bien fin aurait été quiconque, sans avertissement préalable, eût pu leur assigner un nom.

Irma Trop-de-Zinc, par exemple, une forte brune, à la tournure majestueuse et hautaine, était habillée, disait-elle, — ou plutôt était déshabillée — en *Pluie d'automne*. Cette pluie-là, faut-il croire, avait été torrentielle, et, dans son cours impétueux, avait dû emporter le corsage d'Irma, car il n'en restait presque rien. On ne s'en plaignait pas. On constatait même avec plaisir que les plaines blanches, désormais visibles à l'œil nu, n'avaient été ni détrempées ni amollies par l'averse.

Bouquet d'orties, ainsi nommée à cause de l'aménité de son caractère. — Bouquet d'orties, superbe rousse à l'œil noir, au sourire mordant, au profil belliqueux, était vêtue en *Plus mauvais jour de notre histoire*.

Cela se composait d'un bonnet phrygien et d'une tunique de satin rouge s'arrêtant bien au-dessus du genou. Petites guillotines en or aux oreilles, barricades en or pour bracelets, ceinture d'or figurant des piques, des sabres, des obusiers et des baïonnettes. Autour du cou, un collier de rubis façonné en réseau étincelait pareil à des éclaboussures de sang. Les jambes, serrées dans un maillot de soie, étaient absolument révolutionnaires et sans-culottes.

Venait ensuite Fleur-du-Mal, une délicieuse enfant de seize ans, au visage angélique, aux grands yeux bleus frangés de longs cils, à la physionomie suave, virginale, rêveuse. Fleur-du-Mal en était à son neuvième amant ; elle en avait ruiné sept à plate couture et le huitième s'était, par jalousie, brûlé la cervelle dans le boudoir même de cet ange. Elle ne s'en portait pas plus mal, au contraire. Cet accident l'avait lancée.

Aussi rayonnait-elle dans son charmant costume de *Sylphe des Bois*. Deux ailes de papillon frissonnaient sur ses épaules mignonnes, et son corps svelte transparaissait au travers d'un fouillis de gaze d'argent, de dentelles d'Angleterre et de feuillages artistement imités avec des saphirs et des émeraudes. Une couronne de primevères et de muguets encadrait sa tête raphaëlesque. Le tout était parsemé de gouttes de rosée. Chaque goutte avait coûté mille écus. Touchant détail lorsqu'on savait que la mère de Fleur-du-Mal était morte de misère, le mois précédent. Quant à son père, aveugle et paralytique, il jouait de la clarinette sur le pont des Arts.

Nini Pincette, Louise-la-Décoiffée, Julia Globeski, Anna Panthère et cinquante autres demoiselles très haut cotées sur le turf de la galanterie, luttaient entre elles de splendeur et d'excentricité. On apercevait çà et là une vingtaine de dominos. Ce pêle-mêle de couleurs variées miroitait à l'œil et dégageait à chaque mouvement des scintillations de pierreries.

Mais un costume qui dépassait en merveilleux tout ce que l'on peut rêver d'inouï, c'était celui de la maîtresse de la maison.

La blonde et potelée Clorinde était travestie en *Effet de neige*.

Toilette indescriptible, insensée de richesse ; — brouillard flottant, vaporeux, aérien, éblouissant de blancheur, ruisselant de perles entremêlées à la guipure, à l'hermine et au duvet du cygne. Rien que sur sa tête, poudrée à frimas, Clorinde avait pour cent mille francs de diamants. Sa jupe en était inondée. Il avait bien fallu copier les fines raclures du givre, les girandoles et les stalactites de la glace. A son moindre geste, la belle fille semblait secouer une pluie d'étincelles bleues et roses.

Qui est-ce qui avait payé tout cela ?

Voilà ce que bien des gens se demandaient les uns à voix basse, les autres à haute et intelligible voix.

L'amant de Clorinde était un mythe, une abstraction, une utopie. Nul ne le connaissait. Jamais personne ne l'avait rencontré.

On ne savait que deux choses : c'est qu'il s'appelait Gustave et qu'il avait menacé Clorinde de la « lâcher » le jour où elle trahirait son incognito.

Or, une femme intelligente ne s'expose point à être « lâchée » par un monsieur qui a le Pactole dans ses poches et qui, à l'instar de Jupiter, se manifeste sous l'apparence d'une trombe d'or.

On en était donc réduit aux conjectures.

Les bonnes petites camarades de Clorinde prétendaient que Gustave n'existait pas et que leur charmante amie était de la police.

Mais tous les fonds secrets attribués à cette utile institution n'eussent point suffi à défrayer le luxe de l'élégante cabotine.

Deux ou trois boulevardiers irréconciliables supposaient que Gustave devait être une tête couronnée, quelque monarque du Nord en goguette ; et ils stigmatisaient de leurs soupçons tous les Gustaves de l'Almanach de Gotha.

Problème nébuleux !... Insondable mystère qui n'empêchait point les curieux de se presser aux festivals de Gustave, de manger les soupers de Gustave, et même de serrer de fort près la blonde amie de Gustave.

Il était donc trois heures, et le bal arrivait à son apogée.

A ce moment, un musicien de l'orchestre abandonna sournoisement ses collègues, et traversant la salle à pas de loup, se dirigea vers la salle où l'on dansait.

Ce musicien déserteur était Sylvain Duclos.

Ayant appris l'avant-veille que Rosette et sa mère assisteraient au bal de mademoiselle Clorinde, l'amoureux Sylvain avait déployé des prodiges de diplomatie afin de se faire embaucher comme violon parmi les exécutants.

Il y était parvenu, mais il n'y avait rien gagné.

En effet, placé avec ses collaborateurs derrière un rideau d'arbustes et de plantes grimpantes qui lui masquait entièrement la perspective, il n'avait pas une seule fois entrevu le nez retroussé de sa petite amie.

C'est pourquoi, n'y tenant plus, il avait planté là son poste pour venir en tapinois jeter un coup d'œil à travers la fête.

Arrivé au seuil de la galerie, il monta sur un pliant et, dans la brume lumineuse et dorée où la valse déroulait ses anneaux, il promena des yeux investigateurs.

Hélas ! ce fut en vain. Il ne découvrit pas Rosette. Elle dansait probablement dans un autre salon, sans s'inquiéter de son humble voisin et sans se douter du reste qu'il fût aussi prêt d'elle.

Sylvain poussa un gros soupir.

Il envoya un regard d'envie à tous ces beaux jeunes gens libres et riches, qui pouvaient contempler Rosette, lui parler, et même , — ô félicité inénarrable ! lui faire vis-à-vis à l'occasion.

Puis, il redescendit de son tabouret et retourna, le pauvre mercenaire, à son violon et à ses devoirs.

Comme il remontait l'allée sablée conduisant à l'estrade des musiciens, le nom de Rosette, prononcé à mi-voix, le fit tressaillir...

Il s'arrêta.

Deux personnes, séparées de lui par un massif de verdure, étaient assises sur un large divan et causaient, se croyant parfaitement seules.

Sylvain retint son souffle et, entre les interstices du feuillage, il regarda.

L'une de ces personnes était Clorinde ; l'autre, un énorme monsieur bouffi et plein d'importance que Duclos ne connaissait pas.

— Ma chère, disait l'homme en épongeant son visage cramoisi avec un mouchoir de fine batiste, je vous préviens que je ne suis plus maître de moi. L'amour me dévore. Il me calcine, il me corrode... Pour peu que la situation se prolonge, il faudra m'attacher !

— Allons , contenez-vous, affreux satyre, et tâchons de parler sérieusement

— Non, mais c'est qu'elle est délirante, cette petite Rosette. Le costume de page que vous lui avez donné et qu'elle porte avec tant de crânerie, la rend encore plus piquante, plus désirable et... Tenez, tâtez-moi le pouls. Cent vingt pulsations à la minute. Est-ce assez stupide à mon âge !

— Le fait est, Brossac, que vous êtes rudement conservé pour un homme de quarante ans qui a rôti le balai jusqu'au manche... Mais il ne s'agit pas de ça. Dites-moi, tenez-vous absolument à ce que l'affaire ait une conclusion immédiate ?

— Si j'y tiens, sacré mille... pardon. J'y tiens avec rage.

— C'est que ça ne va pas marcher tout seul.

— Pourquoi ? Le plan est arrêté, mes mesures sont prises, la mère consent...

— Elle ne consent plus.

— Qu'est-ce que vous me chantez-là !

— La vérité pure. Je viens de m'entretenir avec la vieille. Elle élève de nouvelles prétentions.

— Ah ! l'immonde sorcière ! que réclame-t-elle encore ? Je lui achète sa fille assez cher, ce me semble. Six cents francs de rentes viagères. C'est un prix convenu... Et dix mille francs comptant qu'elle touchera demain matin.

— Si l'entreprise a réussi, oui. Mais si elle rate ?

— Elle ne ratera point.

— Qui sait ? La petite est très vive, très décidée. Elle ne se laissera peut-être pas enlever sans faire du tapage, et dame !...

— Bah ! bah !... Je suis un homme pratique, j'ai tout prévu. Grâce à la supercherie que je prépare, — lorsque Rosette s'apercevra qu'elle est en mon pouvoir, elle sera déjà hors d'état de m'échapper.

— Supposons pourtant qu'elle vous échappe. Qu'offrirez-vous à la mère comme indemnité ?

— Une indemnité !... Plaisantez-vous ?

— Eh bien ! mon bon, voilà précisément le nœud de l'histoire. La veuve Imbert ne veut, dans aucun cas, s'être dégéranie pour en.

— C'est-à-dire ?

— C'est-à-dire qu'elle exige des arrhes.

— Aujourd'hui ?

— Tout de suite.

— Combien ?

— Cinq mille francs.

— Cinq mille coups de pied quelque part !... hurla Brossac en furie.

— Vous refusez ?

— Radicalement.

— Alors vous renoncez à Rosette ?

Brossac exhala un gémissement lamentable, en maudissant la veuve Imbert.

— Ah ! gronda-t-il, la coquine ! la voleuse ! la vieille rouée !... Elle abuse de mes passions pour me ruiner, m'étrangler, me mettre sur la paille !...

— Fi, mon cher !... prononça Clorinde, vous êtes d'une ladrerie dégoûtante ! Lésiner pour cinq mille malheureux francs !

— Vous êtes superbe, vous ! cinq mille francs sont une somme.

— Pas pour vous, triste rapiat que vous êtes. Vous avez réalisé de tels bénéfices à la dernière liquidation...

— Hum !... parlons-en de mes bénéfices ! Est-ce que je n'ai pas été contraint de les partager avec vous ? Est-ce que je ne vous ai pas compté soixante jolis billets de mille francs, afin d'obtenir votre concours dans cette affaire ?

— Si vous les regrettez, dit majestueusement Clorinde, je suis prête à vous les rendre. Aussi bien vous m'ennuyez à mort avec vos soupirs de geindre. Chaque fois que l'on vous prie d'ouvrir votre portefeuille, on a l'air de vous arracher une dent du fond. Ça me bassine à la fin des fins ?

Ça la bassinait !... La colère faisait remonter aux lèvres de Clorinde les locutions imagées de son adolescence. La blanchisseuse perçait sous l'*effet de neige*.

— Là, là !... ne nous fâchons pas, murmura Brossac subitement radouci.

Elle se croisa violemment les bras. Toutes les plumes de sa toilette se hérissèrent. Vous eussiez dit une colombe enragée.

— Ne croirait-on pas, reprit-elle, que je vous dois de la reconnaissance !... Savez-vous ce que je risue, moi, en retour de cette pitoyable somme ? Ma position et ma liberté, rien que ça !...

— Laissez donc !

— Comment ! laissez donc ! Et si l'on m'implique avec vous dans une accusation de rapt ! La loi est formelle...

— N'ayez pas peur !... Je suis un homme pratique et je...

— Vous êtes un avare. Quand on est aussi pingre que ça, on fourre son argent dans un bas de laine et l'on ne se mêle pas d'enlever les filles.

— Allons, sapristi ! ma toute belle, un peu d'indulgence. J'ai eu tort, là ! J'en conviens.

— Ce n'est pas trop tôt.

— Tenez, voici les cinq chiffons demandés. Portez-les à cette sale guenon de veuve Imbert et conjurez-la de me flanquer la paix. Ah ça ! maintenant, j'ai le champ libre, hein ? Je puis commencer mes petites opérations et emmener Rosette en douceur.

— Pas encore. Ne brusquons rien. Attendez après le souper.

— Bon ! toujours des retards !

— Celui-là est très nécessaire.

— Pourquoi ?

— Dieu ! que les hommes sont bêtes ! Ne comprenez-vous pas que le champagne apprivoise énormément les vertus farouches ? Eh bien ! je placerai à côté de Rosette un de mes amis qui lui remplira son verre tout le temps.

— Splendide !... merveilleuse, l'idée ! Elle va rendre bien plus facile la petite comédie que je rêve. Décidément, Clorinde, il faut que je vous embrasse. Vous êtes une vraie pratique... Je veux dire une femme vraiment pratique. Et cet animal de Gustave que je n'ai pas l'honneur de connaître est un particulier diantrement heureux !

Ici, les deux interlocuteurs baissèrent tellement la voix que Duclos ne les entendit plus.

Tremblant de tous ses membres, il alla s'asseoir à l'écart. Il était anéanti. Ce qu'il venait de découvrir lui produisait l'effet d'un épouvantable cauchemar.

Il pleura. Son innocence, sa naïveté, sa confiance dans l'honnêteté d'autrui sombrèrent à la fois. Le monde lui apparut comme un gouffre d'infamie.

Quoi !... il existait des êtres assez lâches, assez pervers pour compléter la perte d'une pauvre fille !... Et la mère de cette enfant, sa propre mère trempait dans le complot !

Qu'était-ce donc que la société !... Qu'était-ce donc que l'âme humaine?

Tout à coup Sylvain se dressa, et pâle, effaré, il se mit à chercher Rosette afin de l'avertir du danger qu'elle courait.

VI

Bousculant celui-ci, écrasant les pieds de celui-là, déchirant à droite et à gauche les jupes et les dentelles, Sylvain Duclos, livide, hors de lui, ricochait de groupe en groupe, et se frayait un passage à travers le salon.

Nulle part il n'apercevait Rosette. Où était-elle, justes cieux !...

— Faites donc attention !... vociféra un timbre grêle. Je suis fragile !... Un peu plus, vous me réduisiez en miettes...

— Oh !... pardon, mille fois pardon, mon petit ami !... balbutia Sylvain qui crut avoir heurté un bambin de douze ans.

Sylvain se trompait.

Il avait failli renverser Gédéon Frédouille — viveur éculé par les veilles et remisier de son état chez Saint-Gobain, agent de change.

Gédéon Frédouille ne gagnait pas à être vu en frac de soirée. Comme forme et comme épaisseur il ressemblait à un bâton de réglisse noire. Un gilet en cœur trahissait l'étroitesse de sa poitrine pointue. En le regardant, on se demandait avec effroi ce qu'il resterait de lui si on le dépouillait de ses vêtements, et la flasque image d'un lapin vidé vous traversait vaguement la cervelle.

Sylvain poursuivit sa course.

Alors Gédéon rajusta son pince-nez sur son bec de perroquet malade et se tourna en souriant vers deux personnages, l'un très gros, l'autre fort maigre, qui se tenaient à côté de lui.

C'étaient deux clients sérieux, deux acharnés joueurs de Bourse que, depuis quelques jours, il élevait à la brochette.

Car Gédéon était un malin. Sous ses dehors frivoles, il dissimulait une entente approfondie de ses intérêts pécuniaires. Il recherchait le demi-monde, moins pour assouvir son ardeur effrénée de dissipation que pour y raccoler des clients.

Et c'était là, en effet, qu'il avait le plus de chances d'en trouver. Les gens de plaisir sont tous riches ou veulent le paraître. Entre leurs mains, l'or perd sa valeur courante. Les louis ne sont plus des pièces de vingt francs, ce sont des jetons brillants dont il est élégant de se défaire par continuelles poignées. De ce dédain affecté ou réel, il résulte que les viveurs, sans cesse à court de numéraire, sont talonnés sans cesse par le besoin renaissant d'en acquérir.

Aussi, où les rencontre-t-on d'habitude? Dans les villes d'eaux, l'été, autour d'une table de trente-et-quarante. L'hiver, dans les cercles et dans les salons interlopes, risquant sur une carte des milliers de napoléons. Au printemps et à l'automne, dans les champs de courses, pariant que telle ou telle jument arrivera première, et appuyant leurs paris de sommes insensées.

Le jeu, sous toutes ses apparences, constitue la base de leurs distractions, parce que le jeu est le seul moyen, réputé honnête, de s'emparer de l'argent d'autrui sans fatigue et sans travail.

Ces millionnaires besogneux sont donc une proie d'avance acquise à l'agiotage. Et Gédéon, l'un des innombrables croupiers de cet immense tapis-vert que l'on appelle la Bourse, avait un talent tout particulier pour leur tendre l'hameçon.

Débarquait-il de la province un jeune héritier ou bien un veuf capitonné de bank-notes. Frédouille l'avait bientôt flairé. Il le comblait de prévenances, l'amadouait, le circonvenait, se faisait son cornac, son inséparable et commençait par l'acclimater chez les cocottes.

Voilà pourquoi celles-ci choyaient tant Gédéon. Elles l'avaient surnommé leur déterreur de truffes. Chaque fois qu'elles le voyaient en compagnie d'un nouveau visage, elles étaient sûres que ce visage appartenait à un capitaliste récemment déniché par l'intelligent auxiliaire de Saint-Gobain.

Mais comme ce n'était point pour elles qu'avait travaillé Gédéon, il ne leur livrait de son patient qu'un tout petit morceau à dévorer. Pendant un laps plus ou moins court, il escortait en tous lieux le Crésus ; il le pilotait, le conseillait et l'encourageait par son exemple à se plonger dans le tourbillon des plaisirs dispendieux. Puis, lorsque le pauvre diable, déjà fortement entamé, se reprochait d'aller trop vite et parlait d'enrayer :

— N'est-ce que cela ? lui disait Frédouille. Hé ! mon cher, la moindre spéculation à terme bouchera le léger vide opéré dans votre portefeuille. Essayez donc de tripoter un brin. C'est amusant et productif.

L'autre lui donnait un ordre d'achat ou de vente. A dater de cet instant, il était pris dans l'engrenage.

S'il gagnait, l'appât des bénéfices à venir le déterminait à continuer ; s'il perdait, il voulait se rattraper, réparer le désastre. Un beau matin, l'on remarquait son absence à la Bourse, et l'on s'informait de lui à Gédéon, qui répondait en pirouettant :

— Un tel ! il est « raiguisé ».

Voilà tout.

Frédouille , hâtons-nous de le dire , agissait sans préméditation et sans méchanceté. Il ne creusait pas la question ; — il ne se demandait pas ce qu'était devenu le malheureux, il ne cherchait point à savoir si son ex-ami avait roulé du désespoir au déshonneur, et du déshonneur au suicide. Un homme ruiné, une existence engloutie, une famille réduite à la misère et condamnée aux larmes, en quoi cela regardait-il Gédéon ? Etait-ce sa faute ? Pourquoi l'imbécile avait-il joué !

D'ailleurs, s'il fallait s'inquiéter de ces détails mesquins, autant vaudrait tout de suite supprimer la corbeille et licencier les agents de change. Affreux malheur. Qu'adviendrait-il, monsieur, des transactions commerciales et de la prospérité de l'Empire ? On frémit en y songeant.

Donc, tant pis pour les centaines de crétins qui se font annuellement sauter la cervelle en sortant du palais de la Bourse. Gédéon n'avait rien à voir là-dedans. Il exerçait loyalement son métier, il encaissait prodigieusement de courtages, et, pour ce qui est des idées noires, il les abandonnait aux misanthropes.

Ce soir-là surtout, il était content de lui. Deux clients à la fois étaient entrés dans sa nasse. Coup double. Pêche miraculeuse ! Deux clients tout neufs, n'ayant jamais servi, munis de sacs considérables et pas le moins du monde écornés !

Le premier arrivait du Nord. Obèse, lymphatique et calme, il croyait à la hausse.

Le second émergeait du midi. Sec, bouillant et nerveux, il inclinait à la baisse.

Tous deux se détestaient. L'eau et le feu ! Cependant ils s'accordaient sur un

point : ils exigeaient l'un et l'autre des renseignements de Gédéon.

Par ce fait seul que Frédouille était « un jeune homme de la Bourse », ces braves gens paraissaient convaincus qu'il avait le don de prédire les événements à l'instar de Cassandre, et que s'il ne les prédisait pas, c'était de sa part mauvaise volonté pure.

— Voyons, lui disait le client du Nord, voyons, monsieur Frédouille, un peu de franchise. Epanchez-vous , laissez-vous aller. A quel cours la rente sera-t-elle cotée demain ?

Cette étonnante question terrassait le remisier.

Il ne pouvait pas plus y répondre que l'individu qui lance la bille de la roulette, à Bade ou à Spa, ne saurait indiquer préalablement le numéro qui va sortir. Mais s'il essayait de confesser son ignorance, le client du Nord haussait les épaules d'un air méfiant et le client du Midi, l'interrompant tout net, s'écriait d'un ton impérieux :

— Et autrement, qu'est-ce que vous voyez pour demain?

Cela durait depuis trois jours. Une névralgie intense envahissait Frédouille.

Espérant distraire ces êtres bizarres de leur idée fixe, il les avait présentés à Clorinde. Stratagème inutile ! Ses deux clients appartenaient à la grande famille des Fâcheux, genre Rasoir, tribu des Crampons.

Même au sein des voluptés, ils ne quittaient pas leur victime, ils la suivaient pas à pas à travers les salons, dans les galeries, sous les ombrages de la serre, au buffet, partout !...

Et de quart d'heure en quart d'heure, on entendait ces mots grondés par une voix de basse.

— Voyons, monsieur Frédouille, un peu de franchise.

Tandis qu'une deuxième voix glapissait avec le plus pur accent de Bordeaux :

— Et autrement, qu'est-ce que vous voyez pour demain ?

Gédéon haletait. La sueur lui coulait du front.

— Si ça continue, pensa-t-il, je vais tomber du haut mal.

Soudain, au moment où Sylvain Duclos le heurta par mégarde, la violence du choc fit jaillir une inspiration de son esprit.

Le client du Nord venait justement de le saisir par un bouton et commençait la phrase invariable :

— Voyons, monsieur Frédouille, un peu de...

— Chut !... fit Gédéon avec mystère.

— Qu'y a-t-il ?

— Baissez-vous.

Surprise de l'homme du Nord. Il se baissa fort ému. Arrondissant alors ses deux mains en forme de cornet acoustique autour de l'oreille de son client, le remiseur reprit :

— On m'a expédié une dépêche.

— Ah !

— Je suis renseigné.

— Enfin !

— Excellentes nouvelles.

— Parfait !

Là-dessus, Gédéon, tout d'une haleine et en style de télégramme, débita les renseignements que voici :

— Reine de Madagascar accouchée plantureusement. Quatre jumeaux à la clef, — dont deux mâles. Avenir de la dynastie assuré. Allégresse européenne. Forte hausse demain sur le trois.

Radieux, l'homme du nord se redressa et dit :

— Achetez cent vingt mille au coup de cloche.

Gédéon tira son carnet et inscrivit l'ordre en criant comme s'il eût fait partie du parquet :

— Au premier cours, cent vingt mille, je prends ! cent vingt mille au premier cours, envoyez... Booûm !...

Attiré par ces clameurs, le client du Midi accourut l'œil inquiet, la mine sournoise. Cet homme bilieux manquait d'abandon. L'entente cordiale qui semblait régner entre Frédouille et le Nord lui mettait la puce à l'oreille.

— Et autrement ?... grommela-t-il.

— Silence !... fit Gédéon, Baissez-vous ?

— Hein ?

— Moi renseigné.

— Bah !

— Par le télégraphe.

— Fichtre !

— Nouvelles exécrables.

— Parfait !

— La France à deux doigts de sa perte.

— Tant mieux. Les fonds publics vont dégringoler. Que dit-on ?

— Pézenas en état de siége. Onze gendarmes sur pied. Huit chassepots en permanence dans la cour de la mairie. Conflagration probable. Baisse énorme sur le Trois !

— Bon ! Vendez cent vingt mille à l'ouverture !

— Au premier cours, cria Gédéon, cent vingt mille, j'ai ! A qui le paquet ? J'offre cent vingt mille... Booûm !

Le nord et le midi se frottaient les mains chacun de son côté. Frédouille épongea ses tempes.

— Quelle culotte pour l'un des deux ! murmura-t-il ; mais quel courtage pour Bibi ! Deux cent quarante mille d'un trait de crayon ! C'est Saint-Gobain qui va jubiler !

Et ravi de s'être débarrassé pour quelques heures de son assommante clientèle, il replongea son carnet dans sa poche.

Au même instant, l'homme du midi lui enlaça tendrement le bras gauche pendant que l'homme du nord passait mollement le sien son bras droit.

— Permettez !... murmura Gédéon stupéfait. On va commencer le quadrille. J'ai invité une dame et puisque vous voilà renseignés pour demain...

— Sans doute, interrompit le premier d'un ton doux. Mais... autrement, mon bon, qu'est-ce que vous voyez pour après-demain ?

— Oui, appuya le second. Epanchez-vous. Laissez-vous aller, que diantre ! Un peu de franchise...

Gédéon plia sur ses jarrets.

Puis il se dégagea violemment d'entre les mains de ses clients et prit la fuite.

Cependant Sylvain Duclos, effrayé de la singulière disparition de Rosette, avait en vain parcouru tous les appartements du rez-de-chaussée.

Il ne lui restait plus à explorer que le salon de jeu. Il y entra.

Là, régnaient un calme parfait et une obscurité relative. Des lampes à réflecteurs concentraient leur lumière sur une immense table oblongue autour de laquelle étaient assis une trentaine d'hommes à la physionomie froide ou soucieuse. Des piles de napoléons et des liasses de papier soyeux couvraient le tapis. Le silence n'était troublé que par le continuel cliquetis de l'or et par des paroles brèves prononcés à courts intervalles :

— Mille louis. — Banco. — Deux mille louis. — Tenus. — Carte. — Sept. — Neuf. — Quatre mille louis. — Je passe la main.

Ne comprenant rien à ces phrases énigmatiques et vivement impressionné par l'aspect solennel du sanctuaire, Sylvain Duclos s'avança sur la pointe des pieds.

Derrière les joueurs se pressait une foule de jeunes gens debout, muets et attentifs.

Les uns, opulents fils de famille, arrivaient le sourire aux lèvres, risquaient plusieurs milliers de francs et se retiraient, insoucieux du gain ou de la perte.

D'autres, enfants prodigues de la bourgeoisie, échappés pour quelques mois à l'ordre et à la vie tranquille de leur classe, montraient beaucoup moins de philosophie. La gaieté, l'audace, s'épanouissaient aussi sur leur visage ; mais une sorte d'inquiétude vague, en s'y glissant malgré eux, révélait que leur rôle d'homme riche touchait à son dénouement, et qu'il leur faudrait bientôt rentrer dans l'ombre d'où ils étaient sortis.

Deux de nos personnages, Clairbault et Lagardiole, avaient pris place à la table de jeu.

Fort éloignés du reste l'un de l'autre, ils se faisaient remarquer par leurs manières avenantes et courtoises.

Louis Clairbault était venu là pour s'étourdir. Il perdait une somme énorme. Calme d'ailleurs et raillant à froid comme à son ordinaire, il se levait de temps à autre pour boire à pleins verres un porto capiteux dont il avait fait disposer quelques bouteilles derrière lui sur un dressoir.

Mais ce flegme apparent servait de masque à un désespoir morne. Il entendait encore au fond de son cœur résonner la voix de Constance, et ni le vin, ni les âpres émotions du jeu ne parvenaient à ramener un peu de sang sur ses joues.

Lagardiole, au contraire, était franchement joyeux. Il avait la mine fraîche, le teint clair, l'œil brillant d'un homme qni s'est baigné dans l'or, et qui compte prendre de pareils bains tous les jours de sa vie.

Aussi jouait-il loyalement, en grand seigneur. Ses manches, par exception, ne recélaient aucun refait préparé. Il pontait à tort et à travers, affrontant les mises les plus formidables et s'épuisant en efforts si consciencieux pour se ruiner, qu'on lui pardonnait son bonheur inouï.

En effet, la chance qui, au baccarat comme ailleurs, s'attache toujours à quiconque la méprise, saturait littéralement Amaury de ses faveurs. Il n'avait qu'à dire : « banco ! » pour gagner. Les louis, les billets de banque affluaient sous ses doigts, foisonnaient, s'amoncelaient en montagne.

Sylvain Duclos, en apercevant son copin, eut un cri de joie.

Il se glissa auprès de lui et murmura deux mots à son oreille.

VII

Le vicomte se retourna.

— Toi ici ! s'écria-t-il. Toi, vertueux Sylvain !... Comment diable t'es-tu aventuré dans cette galère ?

— Oh !... chuchotta Duclos, je n'y suis pas en qualité d'invité, comme tu penses. Je fais partie de l'orchestre.

— Eh bien ! mais... l'orchestre est là-bas...

— Amaury, au nom du ciel, accorde-moi une minute d'entretien. Je voudrais

te parler... J'ai quelque chose de grave, de très grave à te dire.

Sa voix tremblait. Lagardiole le regarda et fut épouvanté de sa pâleur.

A son tour, il changea de visage. Une terreur subite lui rida le front. Il se leva et, avisant parmi les spectatateurs un jeune homme qu'il connaissait :

— Joncherolles, lui dit-il, ayez donc l'obligeance de vous charger de mon jeu... Et tâchez de perdre, je vous en prie, car, véritablement, je suis honteux de ma veine.

Joncherolles s'assit avec empressement à la place du vicomte. Celui-ci entraîna Sylvain à l'écart.

— Voyons, prononça-t-il rudement, parle... avoue-moi tout. Tu t'es laissé voler, n'est-ce pas ?... On te l'a soustrait ?

— Quoi donc ?

— Le papier que j'ai eu la sottise de te confier en dépôt.

— Le papier !... exclama Sylvain. Par exemple ! non, non, il est toujours chez moi.

Lagardiole respira fortement.

— Morbleu ! grommela-t-il, que c'est bête de faire aux gens des peurs pareilles !

— Rassure-toi, mon ami. Ce malheureux papier m'a, j'en conviens, suscité d'affreuses inquiétudes. Mais à présent, c'est fini. J'ai pris mes précautions. Il est en sûreté, va, et je défie bien n'importe qui de me le dérober.

— Alors, pourquoi me déranges-tu ?

Sylvain s'affaissa sur une banquette et bégaya, en se tordant les mains :

— Amaury, mon cher vieux, je fais appel à ton dévouement, à tes conseils.

— Explique-toi.

— D'abord, as-tu vu Rosette ?

— Qu'est-ce que c'est que ça, Rosette ?

— La fille de ma concierge, cette jeune personne que, l'autre jour, tu...

— Ah ! bon, la petite merveille. On ne s'entretient que d'elle ici. Certainement, je l'ai vue.

— Et tu sais où elle est, ce qu'elle fait en ce moment ?

— Elle est là-haut et elle danse.

— Là-haut !

— Oui, au premier. Ils sont là cinquante ou soixante intimes de la maison qui font bande à part, et comme ils ont accaparé à leur profit les plus jolies filles du bal, mademoiselle Rosette, naturellement, est du nombre. Cette perle aurait été noyée dans la cohue d'en bas. Là-haut, elle brille de tout son lustre... et je te réponds qu'elle s'en donne, du plaisir.

— Pauvre enfant, soupira Duclos.

Et se croisant les bras avec indignation :

— Amaury, reprit-il, le hasard vient de me faire découvrir un complot monstrueux, odieux, infernal !

— Contre elle ?

— Contre son honneur, contre son innocence !

Lagardiole eut un sourire équivoque. L'innocence de mademoiselle Rosette lui paraissait devoir être reléguée dans le pays des contes bleus. Néanmoins il demanda d'un ton de pitié :

— Ah çà ! est-ce que tu l'aimerais, toi, cette gamine ?

— Ah ! balbutia Sylvain, que je l'aime ou non, qu'importe !... Elle ne m'aime pas, elle, et d'ailleurs ce n'est point de cela qu'il s'agit. Ecoute-moi, je t'en conjure. Puis après, tu réfléchiras pour moi, tu me guideras, tu m'indiqueras la marche à suivre ; car, personnellement, je ne suis bon à rien. Mes jambes fléchissent, ma vue se trouble, ma tête se perd.

Là-dessus, avec force doléances et interjections révoltées, il raconta la conversation surprise par lui entre Brossac et Clorinde.

Lagardiole avait la manche large. Ce que Duclos traitait de crime infâme, il ne le considérait, lui, que comme une peccadille.

Toutefois, lorsqu'il eut appris que ce guet-apens était prémédité par le sieur Brossac, son ennemi particulier, il envisagea la question sous un point de vue différent, et, au suprême scandale de Sylvain, il partit d'un grand éclat de rire.

— Quoi ! Brossac amoureux ! exclamat-il. Cet escompteur tranche du Lauzun !... Cette sangsue joue au talon rouge !... Ne pouvant séduire, il enlève !... Par défunt Richelieu, voilà qui est un peu trop pratique, mon gros père, et j'ai bien envie de fourrer des bâtons dans vos roues, ne serait-ce que pour me divertir...

Sylvain contemplait son ami d'un œil hagard.

— Tu connais cet homme ? interrogea-t-il.

— Autant qu'on peut connaître la peste quand on l'a eue.

— Et tu m'aideras à confondre ses projets ?

— Ne crains rien, je me charge de tout.

— Vrai !... Oh ! alors, je me tranquillise. Quel bonheur que je t'aie rencontré ! Sans toi, nous étions perdus. Belle protection pour une jeune fille qu'un niais de ma sorte ! Toi, tu vas la sauver, dis ? Que tu es bon, mon Dieu !...

— Ainsi, tu as confiance en moi ?

— Comme en la Providence.

— Eh bien ! laisse-moi agir. Quoique j'ignore de quelle façon Brossac compte s'y prendre pour emmener malgré elle une fillette qui ne veut pas de lui, je ferai avorter son plan, sois-en sûr.

— Tu as tant d'esprit !

— Maintenant, retourne à ton poste. On a dû y remarquer ton absence...

— Parbleu, oui ! Et le chef d'orchestre va me flanquer un rude galop, mais je m'en moque. Dis-donc, Amaury, si tu avais besoin de moi ?

— Pas avant la fin du souper, puisque c'est à cette minute seulement que ton rival mettra en jeu ses batteries.

— Il l'a dit du moins,

— Bon. D'ici là je veillerai sur Rosette.

— Nous pourrions déjà l'avertir, afin qu'elle se tienne sur ses gardes.

— Y penses-tu ? Effrayer cette enfant, lui gâter le restant de sa nuit ! A quoi bon ? Va-t-en, te dis-je, et reviens ici après le souper. Tu reconduiras l'ange si pur.

— Alors, tu me promets...

— Je te promets qu'elle ne sortira pas sans toi de cette maison. Es-tu content ?... Tu l'escorteras comme un dogue farouche jusqu'au seuil de votre logis commun, jusqu'à la porte de sa chambre. Plus loin même, si elle t'y autorise.

— Oh ! Amaury... Amaury... tu blasphèmes.

— C'est bon, naïf adulte. Va-t-en rougir derrière ton violon. A propos, et la veuve Imbert ? Il faut que je la surveille aussi, celle-là. Où s'est-elle fourrée, cette respectable maman de ton objet ?

— Mon ami, elle doit être au buffet. Je l'y ai aperçue tout à l'heure, et j'ai lieu de croire qu'elle n'en a pas bougé de la nuit.

— Mâtin !... quelle fourchette !... après cela, elles sont toutes ainsi, ces dignes entremetteuses. Pas de cœur et beaucoup d'estomac. Si l'alcool ne les cueillait avant l'âge, elles vivraient cent cinquante ans... Est-elle travestie ?

— Masquée, et elle a un domino noir. Du reste, elle est fort reconnaissable à cause de sa taille.

— Je vois cela d'ici. Un hippopotame en deuil.

— Et puis elle porte un nœud de ruban ponceau sur l'épaule droite.

— Bien. J'aurai l'œil sur ce nœud. A présent, décampe, mon camarade, et arrange-toi pour que l'émotion ne t'inspire pas trop de fausses notes.

Sylvain s'en alla un peu moins triste et Lagardiole, gagnant un escalier dérobé, monta au premier étage de l'hôtel.

Ainsi qu'il l'avait confié à Duclos, on trouvait là un certain salon bleu et or où les intimes de Clorinde s'étaient réfugiés par horreur de la foule.

Réunis d'un commun accord, rideaux baissés et portes closes, une vingtaine de gens d'esprit, quelques artistes et plusieurs aimables personnes choisies avec goût parmi les dames du lac les moins sottes, s'y ébattaient gaiement en très petit comité.

Cette assemblée d'élite, libre de toute contrainte, loin des profanes et des gêneurs, se livrait à ces mille excentricités, amusantes sans prétention, lestes sans grossièreté, qui ne peuvent éclore que dans des cerveaux parisiens.

La conversation côtoyait les limites de l'impossible : les mots pétillaient comme des feux de peloton : la danse offrait en ses figures une saveur de haute fantaisie à foudroyer M. Prudhomme.

Un compositeur illustre tenait le piano; un jeune archéologue fraîchement décoré soufflait dans un cornet à piston, et un caricaturiste célèbre les accompagnait au tambour.

Lorsque Lagardiole entra, le quadrille venait de finir. On se reposait.

Disséminés çà et là par groupes rieurs, les assistants causaient à demi-voix.

Amaury alla s'accouder à la cheminée et devint immédiatement le point de mire d'une foule de coquetteries féminines. Spirituel et beau garçon, généreux comme un voleur quand il avait de l'argent, le vicomte était la coqueluche de ces demoiselles. Aussi fut-il assailli, enlacé, entouré. Mais tout en répondant à leurs agaceries, il chercha des yeux Rosette et se prit à l'examiner.

Elle formait le centre d'un noyau de jeunes gens qui s'évertuaient à la taquiner pour exciter sa verve et auxquels, joyeusement, elle donnait la réplique.

Le travestissement que lui avait offert Clorinde encadrait merveilleusement sa physionomie espiègle. Ce pouvait être un page comme ce pouvait être autre chose.

Toujours est-il que ce costume simple, coquet, ravissant de fraîcheur et collant sur elle de la tête aux pieds, mettait en relief toutes les perfections de sa petite personne.

Un corselet de satin cerise et argent faisait valoir sa taille ronde, tandis qu'un maillot de soie gris-perle dégageait ses jambes nerveuses, son genou charmant et son mollet rebondi.

Posée sur ses épais cheveux noirs, une imperceptible toque de velours cerise à aigrette blanche se penchait effrontément vers l'oreille.

Ses pieds mignons, frétillants et cambrés, jouaient à l'aise dans d'étroites bottines de maroquin.

Vêtue ainsi, le poing sur la hanche, son regard noir étincelant, Rosette se dandinait avec la plus crâne désinvolture. Ses joues potelées rayonnaient d'une gaieté folle et tapageuse. Un franc sourire dévoilait ses quenottes de jeune chien. On sentait surabonder la vie chez cette nature alerte, remuante, affamée de mouvement et de plaisir.

Dès son arrivée au bal, elle avait eu un succès monstre, succès de curiosité surtout. Si jeune, si ardente, environnée de séductions et d'offres tentatrices, elle résistait, elle restait sage et pauvre bravement. Cette vertu invraisemblable la rendait plus attrayante encore. Tout le monde était amoureux d'elle et chacun le lui disait sans façon.

Elle n'en paraissait point étonnée. Habituée de longue date aux adorations et aux hommages, elle se trouvait dans son élément.

Flattée dans son amour-propre de fillette, elle riait, raillait, caquetait et sautillait comme une bergeronnette au soleil.

Amaury, jusqu'à ce moment, ne lui avait guère accordé d'attention. En l'analysant mieux, il fut frappé de sa gentillesse.

— Pardieu ! pensa-t-il, ce serait dommage de laisser croquer un pareil bouton de rose par cette lourde chenille de Brossac.

Il s'aperçut alors que Rosette lui lançait en dessous des œillades assassines et qu'elle le regardait avec un singulier mélange de surprise, de malaise et de dépit.

VIII

C'est que Rosette était piquée au vif.

Amaury ne daignait pas se joindre à son cortége d'adulateurs. Amaury semblait à peine la reconnaître ! Il l'avait saluée au début de la nuit d'un « Bonjour, petite, » prononcé distraitement du bout des lèvres. Après quoi il avait tourné les talons.

Cette froideur humiliait et déconcertait la coquette.

Non qu'elle eût jamais songé au vicomte. Elle le voyait pour la seconde fois et ne le connaissait guère que par les récits enthousiastes de leur ami commun Sylvain Duclos.

Mais elle n'entendait pas qu'un seul homme, dans l'assistance, échappât au pouvoir de ses charmes.

Le vicomte, d'ailleurs, était un cavalier superbe. Recherché, choyé par toutes les femmes, c'eût été pour la petite Imbert un captif glorieux à insérer sur la liste de ses victoires et conquêtes.

Et le mal appris lui refusait cette satisfaction.

Rosette trouvait cela surnaturel.

Stupéfaite, elle épiait à la dérobée ce phénomène d'indifférence. Elle aurait éprouvé un certain plaisir à le griffer ; néanmoins, il lui parut « gentil. » Sa moustache dorée, son regard impertinent, son air hautain et dédaigneux lui plurent et l'irritèrent tout ensemble. Bref, elle était positivement préoccupée, intriguée et même intimidée par l'attitude d'Amaury.

Avec un caractère tel que celui de Rosette, un pareil état de choses ne pouvait durer longtemps.

Elle marcha droit à Lagardiole, elle le saisit par la main et, sans répondre aux exclamations indignées des dames qui bloquaient le vicomte, elle entraîna celui-ci dans un coin.

Puis, se croisant les bras et frappant le parquet de son joli pied :

— A nous deux, monsieur Amaury ? s'écria-t-elle.

— Diable !... fit Lagardiole, est-ce un duel que vous allez me proposer ?

— C'est une explication que j'exige.

— Au sujet de quoi ?

— Au sujet de votre conduite à mon égard.

— Vous aurais-je contrariée à mon insu ?

— Certainement. Pourquoi ne me faites-vous pas la cour ?

Le vicomte demeura ébahi.

— Mais, ma chère enfant, reprit-il après un silence, pourquoi vous la ferais-je ?

— Pour imiter tout le monde.

— J'ai horreur de l'imitation.

— Cependant, monsieur, je suis jolie...

— Croyez-vous ?

— On me l'a, Dieu merci, répété assez souvent.

— Qui ?

— Le bruit public.

— Hum !... ce bruit-là ne dit pas toujours ce qu'il pense.

— Et les miroirs d'alentour ?

— Ce sont de vils flatteurs.

— A ce compte, exclama Rosette en rougissant de courroux, — je suis donc laide ?

— On n'est jamais laide à votre âge. Et puis, entre la laideur et la beauté, il y a un terme moyen. Vous êtes appétissante.

Elle recula, suffoquée.

— Appétissante !... Ah ! vous me faites l'honneur de me déclarer app..

— Oui. Est-ce que cela ne vous suffit pas ?

— Nous sommes loin de compte. Regardez-moi de près.

— Je vous regarde, je vous détaille et je remarque en vous, d'abord, beaucoup de jeunesse...

— Ensuite ?

— Assez de fraîcheur, un peu d'éclat, énormément d'aplomb et trop de bagout, Tel est le total de votre actif. Le tout, bien mélangé, compose une petite fille agréable à l'œil.

— Merci, balbutia-t-elle eu riant.

Toutefois, elle n'était pas absolument satisfaite de l'expertise, et les larmes lui vinrent aux yeux comme si elle avait mordu dans un citron vert.

— Vraiment, ajouta-t-elle, vous pouvez vous vanter d'être difficile, vous !

— Je suis sincère.

— Et, à votre avis, ces messieurs ne le sont pas lorsqu'ils me jurent qu'ils m'adorent ?

— Si fait. Seulement, ce n'est pas votre minois chiffonné qui les séduit.

— Que serait-ce alors, selon vous ?

— Votre réputation de sagesse.

— Bah !

— Vous êtes pour eux le fruit défendu... c'est-à-dire un bonbon rare, une primeur...

— Ah ça ! demanda-t-elle sérieusement, vous ne les aimez donc pas, vous, les primeurs ?

En parlant ainsi, elle avait une si drôle de petite mine inquiète et consternée, qu'Amaury ne put s'empêcher de rire.

— J'en suis aussi friand qu'un autre, répliqua-t-il. Mais je tiens à ma tranquillité d'esprit et j'ai pour système de ne point convoiter ce qui ne saurait être à moi.

— Votre système a tort. Il n'y a que les ambitieux qui réussissent.

— C'est justement à cause de cela que je n'ambitionne point votre amour, Rosette. J'aurais trop peur de l'obtenir.

Elle fronça le sourcil.

— Oh ! continua-t-il, ne m'accusez pas de fatuité ou d'impertinence. Si je tentais de vous plaire, je commettrais une mauvaise action, parce que je plongerais dans le désespoir le seul être qui vous aime réellement, le seul qui mérite réellement d'être aimé par vous.

— Sylvain ? fit-elle d'un ton moqueur.

— Oui, Sylvain, dont vous êtes la vie, la joie et l'unique pensée ; Sylvain qui vous estime et vous respecte ; Sylvain qui se jetterait au feu pour vous épargner un souci.

Rosette considéra le vicomte avec une surprise croissante.

— Alors, dit-elle, c'est votre amitié pour Sylvain qui vous empêche de me faire la cour ?

— Oui.

— Mais je ne l'aime pas, moi, ce pauvre garçon.

— Vous l'aimerez.

— Non, vrai. J'ai essayé dix fois, ça n'a pas voulu venir.

— Tant pis pour vous. Lui seul aurait pu vous sauver.

— Me sauver de quoi ?

— Du sort qui vous attend. Sylvain aurait fait de vous une honnête femme, tandis que ces messieurs ne feront de vous qu'une petite farceuse...

— Reste à savoir si ça serait bien amusant d'être une honnête femme.

— Pourquoi non, puisque vous ne trouvez pas ennuyeux d'être une honnête fille ?

— Oh ! je le suis sans conviction, allez ! c'est plutôt pour embêter maman que pour autre chose.

— Madame votre mère, sauf la vénération que je lui dois, est une abominable coquine. Méfiez-vous d'elle, Rosette. Elle finira par vous tendre quelque piége où vous tomberez malgré vous,

Elle haussa tristement les épaules.

— Ma foi, dit-elle, au petit bonheur ! Si je succombe, il n'y aura pas de ma faute. Je n'ai personne pour me défendre ou pour me protéger...

— Ingrate !... Et Sylvain ?

— Vous me parlez toujours de Sylvain, fit-elle avec impatience. Sylvain n'est pas un homme, c'est un violon. Il mettra sa douleur en musique, et tout sera dit.

— Vous le jugez bien mal. Apprenez, vilaine mignonne, que Sylvain est ici, dans cette maison, et qu'il s'est fait embaucher parmi les musiciens, afin de pouvoir veiller sur vous en cas de péril.

Rosette, loin de paraître attendrie, eut un éclat de rire homérique.

— Me voilà joliment gardée !... s'écriat-elle. Vous représentez-vous ce bon monsieur Duclos assis sur son estrade, l'œil droit rivé à son pupitre, et, de l'œil gauche, me suivant avec sollicitude à travers le bal ?

— Ne vous moquez pas de lui, ma chère. C'est un brave et digne cœur.

— Eh ! mon Dieu, j'en suis convaincue. Par malheur, si j'avais besoin à l'occasion d'un ami déterminé...

— Vous en auriez deux à votre service : lui et moi.

— Vous !...

— Oui.

Elle le regarda bien en face.

— C'est sérieux, ce que vous me racontez là ?

— Très sérieux.

— Eh bien ! ça me fait plaisir. Vous m'allez tout plein, monsieur Amaury. J'ignore pourquoi, par exemple, car au lieu de me débiter des compliments à perte de vue comme les autres, vous m'avez offert quelques vérités un peu dures.

— Cela tient, mon enfant, à ce que je ne veux ni vous tromper, ni vous séduire. Votre petit cœur l'a compris et m'en sait gré sans que vous vous en rendiez compte.

— Vous avez peut-être raison.

— Ainsi vous m'acceptez pour ami ?

— Avec reconnaissance.

— Et vous écouterez mes conseils ?

— Avec recueillement.

— Attention, alors. Je commence.

— Bien. Conseil numéro un, paraissez !

— Une question d'abord. Aimez-vous le vin de Champagne, Rosette ?

— Si je l'aime !... O ciel ! je m'en ferais mourir.

— Vous vous en ferez mourir une autre fois. Aujourd'hui dispensez-vous d'en boire.

— Comment !... à souper, je ne...

— Non, pas une goutte. On placera auprès de vous, à table, un monsieur fort gai qui s'efforcera toutes les cinq minutes de remplir votre verre. Remerciez-le poliment et refusez.

— Ah ! mais, ah ! mais, dites donc, vous appelez ça un conseil ; c'est une pénitence.

— J'ai mes motifs, Rosette. Des motifs graves.

— Graves !... répéta-t-elle étonnée.

Puis, se tapant le front tout à coup :

— J'y suis ! On me monte une farce ! Ces dames comptaient me griser, hein, pour me faire jaboter des bêtises !

— Juste.

— Ah ! les méchantes !... Et comme vous êtes aimable de m'avertir !... Supprimé, le champagne, soyez tranquille. Je ne boirai que de l'eau.

— Parfait. Maintenant, passons au conseil numéro deux. Après le souper, votre mère voudra probablement partir. Ne vous en allez pas seule avec elle. Laissez-vous accompagner par Sylvain.

— Cela coule de source. Puisqu'il demeure dans la même maison que nous, il est naturel qu'il nous accompagne.

— Très naturel. En conséquence, ne sortez pas sans lui. Prenez son bras et ne le quittez point avant d'être rentrée chez vous. Est-ce convenu ?

Rosette devint pâle.

— Vous me dites cela d'un drôle d'air ! balbutia-t-elle.

— Moi ! quelle idée !

— Vous avez découvert quelque chose, bien sûr... Ne niez pas. On me veut du mal.

— Non, non, chère fillette. Calmez-vous et promettez-moi d'exécuter à la lettre ma recommandation.

— Je vous le jure. Mais la peur me galoppe tout de même.

— A quel propos cette crainte, je vous

le demande? Personne ici n'oserait vous manquer ou vous nuire.

— Au fait, murmura-t-elle, je suis bien sotte de me tourmenter, à présent surtout que vous êtes mon ami.

Elle arrêta ses yeux noirs sur ceux de Lagardiole, et reprit d'un accent ému :

— C'est égal. Vous êtes joliment bon de vous intéresser à une pauvre petite sauterelle comme moi. Voulez-vous me donner une poignée de main. monsieur Amaury ?

— Je veux vous embrasser, Rosette.

Et, fraternellement, il lui mit au front un baiser.

A cette minute, le piano fit entendre les premières mesures du quadrille de la *Belle Hélène*, alors en vogue et dans toute sa nouveauté.

— Allons, bon !... dit-elle. Il va falloir que je danse, j'ai promis. Tenez, voilà mon cavalier qui me cherche. Comme c'est contrariant! Moi qui ai envie de pleurer...

— Bah! chassez vos idées noires, petit page, elles n'ont pas le sens commun. Riez, amusez-vous et ne vous préoccupez point du reste.

Elle le remercia par un gentil signe de tête.

— Au revoir donc, mon grand ami.

— Au revoir, Rosinette.

Elle s'éloigna comme à regret, non sans se retourner deux ou trois fois pour lui sourire.

L'instant d'après, elle dansait de tout son cœur, et son frais museau ne conservait plus la trace d'une inquiétude.

— Ah ça, se dit le vicomte, en l'escortant des yeux, je crois, diable m'emporte, que je viens d'avoir un accès de vertu !... Cependant, ne t'y fie pas trop, ô chaste Sylvain, mon larmoyant camarade! Une fois n'est pas coutume... et cette enfant-là est tout bonnement délicieuse.

Il se rapprocha pour la regarder. Mais déjà une haie compacte de spectateurs lui dérobait la vue du quadrille.

Bientôt, de ce cercle de curieux, partirent des exclamations, des rires et des applaudissements frénétiques. On accourut de tous les points du salon. Puis on se pressa, on s'entassa, on grimpa sur les banquettes.

Lagardiole, supposant que l'on acclamait sa protégée, fendit la cohue en ramant des deux coudes. Parvenu au premier rang, il s'arrêta émerveillé.

Ce n'était point Rosette qui excitait l'enthousiasme général, — c'était un monsieur blafard qui lui faisait vis-à-vis.

Ce quidam avait quarante-cinq ans au moins. Des cheveux gris couronnaient sa face pâle entièrement rasée. Calme dans sa cravate blanche, grave derrière ses lunettes à branches d'or, il se livrait à une chorégraphie renouvelée des Chicard, des Brididi et des Clodoche, — mais les dépassant de beaucoup en originalité.

Nulle description ne saurait peindre sa danse composite. Elle tenait tout ensemble de la gigue écossaise, du fandango espagnol, de la bourrée d'Auvergne, du cancan gaulois et de la bamboula des nègres.

Quant au danseur, il avait l'air d'accomplir un apostolat.

Malgré les turbulences de sa pantomime, jamais parfait notaire écrivant sous la dictée d'un moribond ne fut aussi compassé de visage. Et quoiqu'il eût la tête en bas plus souvent que les pieds, sa physionomie demeurait austère et ses lunettes d'or inamovibles.

Qui était ce personnage? D'où sortait-il? Comment se nommait-il?

Mystère !

En vain les assistants s'interrogeaient en s'étreignant les côtes. Aucun habitué de la maison ne se souvenait de l'avoir rencontré auparavant.

Rosette riait aux larmes. Electrisée par les évolutions fantasques de son vis-à-vis, elle se monta peu à peu au même diapason, et à eux deux ils improvisèrent une sorte de ballet tellement bizarre que l'hilarité du public atteignit des proportions convulsives.

Comme ils revenaient en place après la troisième figure, Gédéon Frédouille entra, se faufila au plus épais du groupe et se trouva nez à nez avec l'excentrique inconnu.

Un double cri jaillit de part et d'autre.

— Vous, papa Lepinçoir !!... s'écria Frédouille les deux bras levés vers le ciel. Vous en ces lieux !... Horreur et stupéfaction !... C'est donc la fin du monde !

IX

A la vue de Gédéon qui le contemplait avec une stupeur profonde, l'homme aux lunettes d'or avait fait un soubresaut.

Troublé, interdit, il eut quelque peine à reprendre son aplomb.

— Oui, — balbutia-t-il d'une voix embarrassée. C'est moi. N'allez point croire des choses... Je me suis égaré ici par hasard... par accident.

— Par accident chez Clorinde ! ricana Frédouille. A d'autres. Clorinde est comme une île escarpée et sans bords...

— Je vous assure...

— Fi ! papa Lepinçoir. Vous, un homme marié, un père de famille !

— De grâce, ne m'appelez pas tout haut par mon nom. Je vais vous expliquer... Oh ! mon Dieu ! c'est bien simple... Je désirais depuis longtemps scruter l'existence intime de nos modernes hétaïres. Alors, un ami m'a présenté à la maîtresse de céans...

— Ah ! dit le remisier. Du moment que vos intentions sont pures, je vous absous. Mais dites donc, farceur, est-ce que vous n'avez pas scruté aussi les rafraichissements ? Vos lunettes brillent comme deux lanternes.

Le sieur Lepinçoir promena sur ses lèvres une langue altérée.

— La vie est courte, murmura-t-il. Et la morale ne nous défend point de la semer de quelques fleurs.

— Très bien. Elle me va, votre morale. J'irai la voir. Vous m'indiquerez son adresse.

— Anacréon, œuvres choisies, tome premier, page 8.

— Merci. Ah çà ! comment trouvez-vous cette petite fête ?

— Bien triste, monsieur Gédéon.

— Comment, triste !

Lepinçoir exhala un soupir qui sentait considérablement le punch.

— Je parle au point de vue de la morale, ajouta-t-il. Quel luxe, monsieur Frédouille ! Quel gaspillage ! Quelles profusions insensées ! Avec ce que l'on dépense ici ce soir vous nourririez vingt familles nécessiteuses.

Gédéon lui tapa sur le ventre.

— Assez, papa. Ne me la faites point à l'extinction du paupérisme. Vous êtes trop éméché pour creuser la question.

— Je suis éméché, j'en conviens. Au milieu de cette atmosphère dissolvante, l'âme la mieux trempée s'abâtardit et s'émèche. Que voulez-vous !... l'indignation, le punch, la morale, la chaleur, les lumières...

— Et la danse aussi, polisson ! Vous en pincez donc encore à votre âge ?

— Un regain de jeunesse, monsieur Frédouille. Cette musique est entraînante, je n'ai pas pu résister... Mais pardon, voici la pastourelle... Vous permettez ?....

Et M. Lepinçoir, enlaçant sa danseuse avec un abandon qui l'eût fait immédiatement conduire au poste s'il se fût trouvé là le moindre officier de paix, décrivit au petit trot une courbe aussi savante que fantastique.

Gédéon n'avait point assisté à ses premiers exploits. Il fut saisi d'admiration et de surprise.

— Bigre ! s'écria-t-il, pour un débutant vous vous en tirez comme père et mère.

— Oh ! répliqua modestement M. Lepinçoir, mes débuts datent de la fin du règne de Louis-Philippe. Nous chaloupions ainsi vers l'an de grâce 1845.

— Votre méthode rappelle effectivement l'ancien jeu ; mais elle n'est pas sans valeur. Continuez. Je suis vraiment charmé de ce petit morceau.

— Vous me flattez, Gédéon.

— Non, Lepinçoir. Allez-y, ma vieille. Je vous attends au cavalier seul.

— Nous y sommes, cher ami. Ouvrez l'œil. Je vais avoir l'honneur de soumettre à votre appréciation éclairée un pas de ma composition : le *Charançon méticuleux*.

— Le *Cha...* ?

— ... *rançon méticuleux*. J'ai improvisé cela, il y a vingt-cinq ans, au Prado, et l'on m'a porté en triomphe. Savourez-moi ça, mon cher.

Là-dessus, M. Lepinçoir partit comme s'il eût été piqué d'une tarentule.

D'abord il dessina trois cabrioles dont un clown de profession se fût montré jaloux. Puis, voltigeant à faire croire qu'il allait s'envoler, il inaugura une série de flics-flacs, d'entrechats et de jetés-battus si rapides, si compliqués qu'une émotion respectueuse inonda tous les cœurs.

Il bondissait, planait, tourbillonnait. C'était Vestris, c'était Zéphire !... Les basques de son habit palpitaient comme des ailes. Tantôt il caressait amoureusement du bout de son pied les girandoles du lustre et tantôt, marchant sur les mains, il imitait avec ses tibias les signaux pressés d'un télégraphe.

Et tout en se désarticulant les vertèbres, il interpellait avec un légitime orgueil Gédéon abasourdi :

— Eh bien ! mon bon, que pensez-vous de l'ancien jeu ?... Est-ce perlé ? Est-ce complet ?

— Savoureux ! exquis ! succulent !... exclamait Frédouille en roulant des yeux pâmés.

— Et cet avant-deux plein de nonchaloir, vous plaît-il ?

— Un velours ! un miel ! un beurre !

— Et cet élégant dégagé ?... continua Lepinçoir, qui passa sa jambe par dessus la tête de Rosette. Quel flou ! hein ? quelle morbidesse !

— Ah ! mon ami, que vous dirai-je ? C'est moelleux, c'est tonique et lubréfiant. Il me semble que je bois de l'huile d'olive.

Lepinçoir, exalté par ces éloges, lança son *Charançon méticuleux* à des hauteurs surhumaines. Il dansa sur les genoux, sur les coudes, sur les omoplates, fit la roue sans rien perdre de sa gravité ni de ses lunettes, et termina par un grand écart absolument inédit.

La galerie éclata en bravos. On trépigna. On cria : Bis ! avec délire.

Lepinçoir, d'un air pénétré, posa une main sur son cœur, et de l'autre main envoya des baisers à la ronde. Après quoi il recommença son cavalier seul.

Un véritable artiste ne se fait jamais prier.

Quant à Gédéon, bras ballants et bouche béante, il ressemblait à la statue de l'abrutissement.

— Tu connais ce polichinelle ?... lui demanda Lagardiole, qui était enfin parvenu à le rejoindre.

— Ah ! c'est toi, murmura Frédouille. Au nom du ciel, rends-moi un service.

— Lequel ?

— Donne-moi une pichenette.

— Hein ?

— Sur le nez. J'ai besoin de savoir si je dors ou si je veille, si je rêve ou si je barbotte dans la réalité.

— Es-tu fou ?

— A peu près. Je côtoie l'idiotisme. Amaury, tu me demandes si je connais ce Lepinçoir ?

— Oui.

— Mon ami, j'ai vécu six ans avec lui côte à côte.

— Bon !

— Le mur de sa vie privée s'abaisse chaque jour devant moi. Je m'assieds quotidiennement sur ses pénates. Deux fois par semaine, je dîne chez lui à la fortune du pot. Sa femme m'appelle Gédéon tout court lorsqu'il n'y est pas. Ses enfants ont quelque chose de ma physionomie, et je suis le parrain de son petit dernier. On connaîtrait un homme à moins, je suppose ?

— Eh bien ?

— Eh bien ! non. Je ne connaissais pas Lepinçoir. Il se révèle à moi sous un aspect tellement inattendu que ma raison chavire. Représente-toi un écolier qui aurait nourri pendant six ans une marmotte au fond de son pupitre et qui, tout d'un coup, la verrait se transformer en papillon !

— Trève aux métaphores. Explique-toi.

— Je vais tâcher. Lepinçoir, jusqu'à ce jour, s'était manifesté à ses contemporains sous les espèces d'un bourgeois rangé, puritain et bégueule. Bon père, excellent époux, garde national modèle, il affectait des mœurs d'une rigidité spartiate. Le vulgaire coupait aveuglément dans le pont. Moi-même, ce matin encore, j'aurais juré que cet homme joignait la continence de l'huître à la sobriété du dromadaire.

— Tu me renverses !

— Sonde à présent, si tu le peux, les abimes de mon épatement ! Dois-je reconnaître pour mon Lepinçoir ce monsieur distingué, mais pochardissime, qui se démène avec tant d'expérience au milieu d'un fol essaim de cascadeuses ? Regarde-le. Quel talent ! quelle sûreté de jarrets ! quelle science approfondie de la Tulipe orageuse ! Ça, mon Lepinçoir ! jamais. On me l'a changé.

— Mais qui est-ce ? que fait-il ? quelle est sa profession ?

— Je ne te l'ai pas dit ?

— Non.

— Apprends alors...

— Quoi ?... épanchez-vous, épanchez-vous !... interrompit une voix de basse.

Et une tête effarée se glissa entre celles des deux amis.

Les paroles expirèrent dans la gorge de Gédéon. Son interrupteur était le client du Nord. Le client du Midi n'allait pas tarder à paraître. On ne l'apercevait pas encore, mais on l'entendait bramer au loin :

— Et autrement, monsieur Frédouille, quoi de neuf ?

— Un peu de franchise, morbleu ! reprit l'autre.

Gédéon, consterné, battit l'air de ses mains comme un noyé qui s'enfonce, fit le plongeon dans la foule et s'esquiva.

A cette minute, Clorinde, éblouissante de blancheur, de diamants et de sourires, montra ses épaules dodues dans l'encadrement de la porte et s'écria gaiement :

— Que se passe-t-il donc ici ? En vérité, messieurs, vous êtes des égoïstes... Non contents de vous amuser sans nous, vous nous étourdissez par votre tapage.

Lagardiole alla lui offrir son bras.

— Ma chère, lui dit-il, vous possédez chez vous un phénomène vivant. Venez l'admirer.,. il en vaut la peine.

— De qui parlez-vous ?

— D'un monsieur qui fait des folies de son corps.

— Tiens !... le monde renversé, alors... Ça doit être drôle.

— Venez, la vue n'en coûte rien.

A la demande d'Amaury, les curieux s'écartèrent devant la maîtresse de la maison, et Lepinçoir lui apparut dans toute sa splendeur.

Aussitôt elle poussa un cri, vite étouffé. Le vicomte la sentit tressaillir.

— Lui !... murmura-t-elle. Ah ! le malheureux !... Faut-il qu'il soit gris !

— C'est son excuse, repartit Lagardiole...

Elle se mordit les lèvres, hésita un instant, puis, s'approchant du danseur, elle lui toucha l'épaule du bout de son éventail.

— Est-ce que vous perdez la raison ? lui

dit-elle fort bas. Si c'est ainsi que vous comptez rester inaperçu!... Tous les regards sont sur vous, imprudent !

Lepinçoir, sans discontinuer ses gambades, se retourna d'un bond. Ses yeux nageaient dans une céleste béatitude.

— La paix, tendre Bichette ! répliqua-t-il à haute et intelligible voix. Je me désopile honnêtement, et la morale est sauve. Mais fais nous souper, Clo-Clo, ma fille. J'ai l'estomac dans mes bottes.

Et, probablement pour faire redescendre cet organe à sa place naturelle, il se mit à danser les jambes en l'air.

Un grand silence se fit.

L'assemblée, comme un seul homme, examina Clorinde. Elle se taisait. Le langage de Lepinçoir, quoique empreint d'une étrange familiarité, ne semblait point l'avoir surprise.

— Eh ! pardieu, — accentua Lagardiole, — je m'en doutais. C'est Gustave !...

Clorinde se sauva en pouffant de rire.

— Gustave !... répéta-t-on en chœur. Quoi ! ce serait là Gustave ! Le ténébreux, le fabuleux, le mystérieux Gustave !...

Lepinçoir se redressa sur ses pieds. Ses lunettes frémirent. Il paraissait en proie à une émotion violente.

— Eh bien ! oui, — s'écria-t-il résolument. Je suis lui-même. Tant pis, au bout du fossé la culbute... Et en avant la musique !

— Hurrah pour Gustave !... cria l'assistance.

Et Lepinçoir fut entraîné dans le tourbillon d'un galop général.

X

Tandis que le plus cordial entrain régnait au premier étage et au rez-de-chaussée de l'hôtel de Clorinde, un monstrueux domino noir, orné d'une bouffette de rubans ponceau sur l'épaule, demeurait seul auprès du buffet depuis longtemps abandonné par la foule.

Ce domino cachait les charmes puissants de la veuve Imbert.

Ensevelie sous un ample camail, le capuchon rabattu sur les yeux, la forte femme était assise devant une petite table couverte d'excellentes choses. La barbe de son masque l'ayant gênée, elle en avait retroussé les coins, qui, retenus par une épingle, laissaient à découvert sa bouche incommensurable et les cascades jaunes de son menton poilu.

Accommodée de la sorte, la veuve mas-

tiquait avec énergie. Elle s'en fourrait jusque-là... Ce qu'elle avait déjà dégusté de vins fins, engouffré de sandwichs, absorbé de liqueurs et anéanti de petits-fours eût approvisionné un magasin de comestibles.

Les garçons d'office avaient beau se relayer et former la chaîne pour la servir, ils étaient sur les dents. Le maître d'hôtel épouvanté s'attendait à la voir, d'un moment à l'autre, éclater comme un obus. Vain espoir. Toujours ardente et jamais gavée, la veuve continuait à engloutir pêle-mêle, sans choix, sans ordre, sans préférence, les consommés aux yeux d'or et les glaces napolitaines, le Château-Yquem et le sirop d'oranges, le chocolat fumant et les rondelles de galantine.

Soudain elle fit halte. Sa bouche resta entr'ouverte, quoique pleine. Ses prunelles glauques eurent un éclair.

Clorinde entrait et, mystérieusement, s'approchait d'elle.

— Eh bien ! ange, demanda la veuve d'une voix enrouée par l'émotion et le foie gras, avez-vous réussi ?

— Au delà de mes souhaits.

— Grossac a donné des arrhes ?

— Oui.

— Combien ?

Clorinde lui glissa dans la main deux billets de mille francs. Elle en avait reçu cinq ; mais elle jugea inutile de le dire.

Madame Imbert, d'ailleurs, se déclara enchantée.

— Un amour, décidément, ce Grossac ! exclama-t-elle. Quel gendre j'aurai là !... Douillard et facile à la détente. C'est flatteur pour une mère.

Clorinde lui coupa la parole et lui dit :

— Maintenant, ma bonne, il faut vous en aller.

— Plaît-il?... Après souper, oui. Pas à présent.

— Si fait, à l'instant même et, — autant que possible, — sans attirer l'attention de personne.

— Oh ! mais, bernique ! Ça n'est plus de jeu, ça ! J'ai faim... et je soupe.

— Comment, faim ! Il y a trois heures que vous vous empiffrez...

— C'est-à-dire que je trompe mon estomac. Toutes ces sacrées babioles, ça ne nourrit pas, — ça creuse !

— Voyons, la mère, soyez raisonnable. Il est absolument nécessaire que vous filiez sur-le-champ.

— Non, mon minet. Je me suis informée du menu. On mangera des asperges en branches et du saumon truffé. Faut que j'y goûte ou que je meure.

— Ah ça ! voulez-vous m'écouter, vieille bête ?

— Je vous écoute, Joséphine ! Mais tu ne

me prouveras jamais que je dois m'aller coucher sans souper.

Clorinde devint furieuse.

— Alors, s'écria-t-elle, rendez l'argent et renoncez à vos rentes... Tout va manquer par votre faute.

La veuve se leva, galvanisée.

— Bigre de bigre !... En sommes-nous là ? Minute. J'aime mieux imposer silence à ma gueulardise. Par où c'est-il qu'on s'en va, mon canard ?

Clorinde lui prit le bras, lui fit traverser plusieurs pièces désertes et l'introduisit dans sa chambre à coucher.

Là, se tenait au coin du feu un gros domino noir qui semblait être l'exacte photographie de la veuve Imbert. Même taille, même tournure, même épaulette de rubans ponceau. C'était à s'y méprendre.

Au bruit que firent les deux femmes en entrant, la personne ainsi déguisée ne daigna point tourner la tête. Elle murmura d'un ton bourru et avec un son de voix qui trahissait le sexe masculin :

— A quoi diable pensez-vous, ma chère ? Voilà une heure que je vous attends.

— Patience, patience ! répliqua doucement l'actrice.

— Vous en parlez à votre aise. Nous n'en finirons jamais aujourd'hui. Ah ça ! la vieille drôlesse a-t-elle décampé ?

— Elle part, mon ami.

Mais l'irascible Imbert, devinant que l'épithète s'adressait à elle, campa ses poings sur ses hanches.

— Dites donc, vous, hurla-t-elle, espèce de troun de l'air.

— Chut ! lui souffla Clorinde à l'oreille, c'est Brossac.

Aussitôt la matrone se tut. Pénétrée de respect, elle dessina une vaste révérence que sa complice interrompit brusquement en la poussant par les épaules jusqu'à une porte secrète dissimulée sous de riches tentures.

— Passez par là, et dépêchez-vous, reprit-elle. Au bout de ce cabinet de toilette, vous trouverez un corridor, puis un escalier de service. Bonsoir.

La veuve arrêta Clorinde au moment où celle-ci s'éloignait.

— Un mot seulement, mon trésor.

— Après ?

— Pourquoi ce cher Grossac s'est-il habillé pareil à moi ? J'en ai une légère doutance, mais...

— Rien de plus simple. Vous avez remarqué qu'il est à peu près de la même grandeur et de la même grosseur que vous !

— Oui, soupira la vieille avec admiration. Solide et trapu. Un vrai mâle. J'ai brisé mon avenir, dans les temps, pour des paltoquets moins bien équarris !

— Eh bien ! Rosette sera trompée par la ressemblance... Croyant vous suivre, elle suivra Brossac.

Madame Imbert frappa dans ses mains.

— Ça, dit-elle, c'est excessivement fort ! Pourri d'intelligence, ce Grossac. Mais j'ai peur que son déguisement ne fasse pas longtemps illusion à la petite.

— Pourvu qu'elle ne soupçonne rien avant la porte de la rue, nous ne demandons pas davantage.

— Bah !... Explique-moi l'apologue, mon trognon.

— Supposez Rosette et Brossac dehors.

— Bon.

— Ils chercheront des yeux une voiture. Alors un fiacre s'avancera qui aura l'air du premier locati venu. En réalité, ce fiacre appartient à notre ami, qui se l'est procuré non sans peine.

— Fameux !... Et ensuite ?

— Ils y prendront place l'un et l'autre.

— Et si elle piaille ?

— Le cocher n'entendra pas. C'est le propre valet de chambre de Brossac. Sourd, muet et aveugle, telle est sa consigne.

— Vingt-cinq tonnerres !... Comme c'est monté ! Comme c'est astiqué ! Allons, allons, l'affaire est dans le sac.

— A moins d'anicroche, oui. Sur ce, à votre dodo, maman. Vous vous réveillerez rentière.

— Ah ! s'écria la veuve attendrie, je peux dormir tranquille, à cette heure. Ma fille est casée !...

Clorinde disparut, et la vertueuse mère de Rosette s'engagea, pensive, à travers les détours du corridor.

Arrivée à l'escalier de service, elle ralentit le pas. Des visions culinaires l'obsédaient. Le saumon aux truffes et les asperges en branches lui trottaient par la cervelle.

— Chien de sort ! maugréa-t-elle. Un souper à se licher les doigts jusqu'au coude !... C'est fichant de n'en point tâter.

Elle s'accouda sur la rampe. Peu à peu, sa figure s'épanouit. Elle avait une idée.

Rebroussant chemin, elle se rapprocha de la chambre de Clorinde et colla son oreille à la serrure.

Aucun bruit.

Elle entrouvit la porte...

Plus personne.

Madame Imbert entra sur la pointe des pieds, prit un fauteuil et s'installa devant le feu en grommelant :

— Je m'en vas roupiller un brin. Ici, pas de danger qu'on me voie. Ça sera comme si j'étais partie. Et allez donc !... Je souperai après les autres, voilà tout.

Cinq minutes plus tard, elle ronflait à pleins naseaux.

Pendant ce temps, Brossac transformé en veuve Imbert et masqué hermétiquement, reparaissait au bras de Clorinde, dans la petite salle du buffet.

Il s'assit d'un air languissant à la place occupée tout à l'heure par l'affamée concierge.

— Cette dame a besoin de repos, dit Clorinde aux gens de service. Ne la dérangez pas. Elle est indisposée.

— Je le crois fichtre bien !... ricana le maître d'hôtel à part lui.

Quatre heures du matin sonnaient. Clorinde se hâta de regagner ses salons où la foule commençait à s'éclaircir.

On respirait mieux. Le menu fretin s'étant éclipsé, les gros bonnets du *high life* se retrouvaient en présence. Ni hommes, ni femmes : tous gentlemen et viveuses. La crème de la cocotterie souriait à la fleur des pois du sport. On était en famille, Julia Globeski, travestie en machine à coudre Moyen Age, disait carrément :

— Ça va chauffer !

Ça chauffait déjà... et l'on n'avait point soupé encore ! A en juger par le présent, l'avenir se guillochait de promesses.

Ployées comme des lianes sur les bras de ces messieurs, ces dames imprimaient à leur démarche des ondulations d'un andalou extraordinaire. Dans quelques coins on s'embrassait ; on s'égratignait dans certains autres. Des rires aigus et de petits cris s'échappaient d'entre les embrasures. Le coup-d'œil devenait gai.

Essoufflée par la danse et couchée à demi sur un divan qu'elle emplissait de sa rotondité, Irma Trop-de-Zinc, — l'abondante *Pluie d'Automne*, — lissait de ses deux mains la moustache brune de son valseur. Cette façon de remercier a été omise par la civilité puérile et honnête, chez une femme du monde, elle indique généralement un caractère expansif.

Louise-la-Décoiffée, un gentil *Saulepleureur*, très svelte et très mignon, venait d'égarer son peigne pour la dix-neuvième fois de la nuit. A ceux qu'étonnerait ce guignon persistant, nous avouerons que Louise avait des cheveux authentiques, des cheveux superbes qui lui descendaient à mi-jambes.

Pour la dix-neuvième fois aussi, Anna Panthère, son amie intime venait de se baisser et cherchait le peigne en question sous les meubles. Cette position inclinée permettait aux curieux d'entrevoir un signe noir adorable qu'elle possédait fort bas dans le dos.

Anna et Louise s'étaient associées ; — elles avaient imaginé ce truc, favorable à l'exhibition de leurs avantages respectifs. L'affaire marchait bien et rapportait des dividendes.

Deux banquiers prussiens, — corpulents et ventrus, — les aidaient dans leurs perquisitions, ils s'étaient mis à quatre pattes pour faire rire ces demoiselles. Amour et plaisanterie !... Seulement, ils ne pouvaient plus se relever et ils échangeaient tout bas, en allemand, des paroles pleines d'angoisses.

Plus loin, un jeune attaché d'ambassade, poëte à ses moments perdus, promenait la vaporeuse Fleur-du-Mal, en lui débitant des fadeurs.

O Sylphe des bois, si tu voulais me suivre !... Je connais une forêt ombreuse où nous serions si bien sous la mousse ! Ton nid serait tressé avec un fil de la vierge. On taillerait des écharpes dans un rayon de lune. Le calice embaumé d'une violette te servirait de char et, soulevé par des lucioles aux ailes de feu, tu voyagerais chaque soir, ô sylphe charmant, parmi les brouillards roses du crépuscule.

Elle écoutait, muette et recueillie. Sa tête blonde s'inclinait comme un épi mûr. Quand il eut achevé, elle releva son visage de madone, et, arrêtant sur lui ses yeux bleus chastes et doux, elle murmura d'une voix suave !

— C'est tout ce que tu payes ?... Au prix où est le beurre, ça ne te ruinera pas.

A ce moment, les portes de la salle à manger s'ouvrirent et d'unanimes acclamations saluèrent l'annonce du souper.

XI

Autour d'une table immense, disposée en fer à cheval, étoilée de cinq cents bougies dont les feux s'irradiaient sur les cristaux en reflets brisés,—les pétulantes amies de Clorinde, riant et babillant, venaient de prendre place, chacun au gré de son caprice ou de ses intérêts.

L'aspect du festin était splendide. Gustave, comme toujours, avait magnifiquement fait les choses.

Débordants de fleurs rares, quelques grands surtouts en vermeil soutenaient çà et là des pyramides de fruits prestigieux. Les grenades entr'ouvertes, les fraises, les ananas, les raisins blonds, les pêches empourprées rehaussaient encore par leur éclat naturel les richesses amoncelées dans cette salle somptueuse où les fines ciselures du bronze et la blancheur des marbres scintillaient de toutes parts.

Si l'on se représente, sous ces lueurs et parmi ces étincelle, cinquante ou soixante jeunes femmes, aux costumes provoquants et semés de pierreries, aux yeux de flamme, aux lèvres roses, aux physionomies chaudement animées, on aura une faible idée du coup d'œil.

Chose étrange, aucune de ces vierges folles ne paraissait éblouie. Nées, pour la plupart, dans d'infectes soupentes, nourries de cervelas jusqu'à l'heure cent fois bénie où quelque bienfaisant monsieur les avait déshonorées, elles ne se souvenaient plus des misères et de la charcuterie de leur enfance. Au sein de ce luxe quasi royal, elles étaient aussi à l'aise que si jamais elles n'eussent connu la crêmerie d'en face et la revendeuse d'à côté. On eût dit qu'elles avaient foulé l'hermine au sortir du ventre de leur mère et que leurs petites dents de rongeuses s'étaient aiguisées, dès le berceau, sur de la porcelaine authentique.

Ah ! comme la stupéfaction de Rosette les faisait rire ! Étourdie, énervée, hallucinée par le parfum des fleurs, par le fumet des plats, par les harmonies lointaines de l'orchestre, elle n'avait ni la force de manger, ni de boire. Son étonnement tenait de l'extase. Ses paupières allanguies, saturées de lumière, battaient, s'abaissaient sous la molle fatigue du plaisir. Et lorsque, les relevant à peine, elle contemplait le plafond où des essaims d'amour flottaient à travers le fluide azur d'un ciel tendre, elle s'imaginait être transportée dans un palais d'enchanteurs, au pays des fées, à des millions de lieues de la rue Vintimille; elle croyait planer dans l'étendue et sentir sous ses pieds la ouate diaphane des nuages.

A son oreille cependant, bruissait une voix fort peu poétique. Gédéon Frédouille était son voisin. Dépêtré encore une fois de ses deux clients, le remisier manifestait sa joie par une série de calembours à double détente. C'était lui d'ailleurs que Clorinde avait chargé du soin de griser Rosette. Ne voyant là qu'une innocente plaisanterie, il avait accepté la mission et s'était efforcé de la remplir.

Mais à toutes ses sollicitations, la jeune fille était restée inébranlable ; et l'infortuné Frédouille ayant commis l'imprudence de prêcher beaucoup d'exemple, — c'est-à-dire de humer la mousse qui pétillait à la surface de sa coupe, — commençait à divaguer abominablement.

Parmi les autres convives, la conversation ne tarda point à languir. Il manquait au souper un élément essentiel. A part Gédéon et huit ou dix gandins, le sexe mâle y brillait par son absence.

Tous les hommes sérieux étaient au baccarat. Vainement les avait-on appelés à différentes reprises, ils continuaient à faire défaut et les dames s'en plaignaient.

Clorinde alors se leva, déclarant qu'elle allait chercher les retardataires et qu'elle les ramènerait de gré ou de force.

C'était plus facile à promettre qu'à exécuter.

On s'étouffait dans le salon de jeu. Depuis que la danse avait cessé, chacun entrait là, s'arrêtait, tentait la veine. Ranimée par ce renfort de troupes fraîches, la partie s'élevait à des hauteurs infernales. La fièvre exaltait les têtes, les enjeux devenaient exorbitants.

Lagardiole avait repris son poste ; la chance lui demeurait fidèle. Il avait devant lui cent vingt ou cent trente mille francs de bénéfice.

Clairbault se ruinait de gaieté de cœur et pontait follement. Les deux clients de Gédéon, après avoir vidé leurs poches, signaient des bons sur le Comptoir d'escompte.

Lepinçoir lui-même, l'austère Lepinçoir, se laissait envahir par la contagion. Acclamé désormais sous le vocable de Gustave, reconnu pour le trésorier de Clorinde, il ne dissimulait plus son opulence et se reposait de ses ébats chorégraphiques en couvrant le tapis de papier-joseph...

Il perdait, cela va sans dire. Heureux en amour, malheureux au jeu. Mais cela lui était bien égal. A toute minute, il exhibait à la lumière de nouvelles liasses de dix mille francs. Il en tirait de son habit, de son gilet, de son pantalon, de son portefeuille et de sa tabatière. C'était merveilleux. Vous auriez cru voir une corne d'abondance.

Aussi Clorinde, en arrivant, poussa-t-elle un cri plaintif. Elle se considéra comme frustrée de cet argent dont Gustave se dépouillait avec désinvolture. Esprit mathématique avant tout, elle se disait non sans raison :

— Autant de moins à mon crédit !

Et elle somma les joueurs de lever la séance.

On ne daigna même pas lui répondre.

Elle insista, pria, supplia, se fâcha, s'emporta... Personne ne l'entendit. La foule silencieuse, sombre, haletante, n'avait plus d'yeux que pour les cartes, d'oreilles que pour les bancos, d'égards que pour les banknotes.

Soudain, dans les pièces voisines, éclata un tumulte singulier...

Puis, accourant pêle-mêle, essoufflés, hagards, en désordre, les domestiques de la maison s'élancèrent auprès de leur maîtresse en criant :

— Madame !... madame !... les agents de police !.., le commissaire !...

Si le tableau changea — on se le figure !

Ce que n'avait pu obtenir l'actrice à

force de supplications s'accomplit sur-le-champ au mot de commissaire.

Le jeu cessa. En un clind d'œil, tout le monde fut debout, pâle, inquiet, terrifié.

Clorinde seule conserva un sang-froid plein de noblesse.

— Le commissaire !... dit-elle d'un ton méprisant. Le commissaire chez moi !... Je la trouve mauvaise.

Mauvaise ou non, la nouvelle était véridique.

Les portes s'émaillèrent d'agents de police en bourgeois, et, au milieu d'un profond silence, le commissaire, ceint de son écharpe tricolore, apparut.

— Lequel de vous, messieurs, demanda-t-il, se nomme Gustave Lepinçoir ?

L'on eût entendu filer un ver à soie. Tous les regards cherchèrent le fastueux protecteur de Clorinde.

En vain. Plus de protecteur. Lepinçoir avait disparu, Gustave s'était éclipsé...

Par où, par quel trou de serrure? Par quelle fente de fenêtre? Par quelle fissure de la muraille? Car enfin toutes les issues étaient gardées, surveillées, cernées...

On ne savait.

Le commissaire fit un pas en avant et réitéra sa question d'une voix solennelle.

— Qu'est-ce que c'est?... Que viens-je d'apprendre !... vociféra Gédéon Frédouille qui se précipita comme un boulet au milieu des assistants.

Il avait la serviette à la main, les cheveux hérissés, la bouche pleine. Il reprit d'un accent ému :

— On parle d'arrêter Lepinçoir !... Mon ami, mon collègue, une fleur de probité... lui que sa femme... lui dont ses enfants... c'est impossible. Il y a erreur.

Lagardiole le happa au passage.

— Me diras-tu enfin ce que c'est que ton Lepinçoir ?

— Eh ! parbleu, c'est le caissier de Saint-Gobain, mon patron...

— Aïe ! aïe !... Un caissier. Tout s'explique, murmura le vicomte.

— Mais, s'écria Gédéon, qu'a-t-il fait le pauvre homme? Quel est son prétendu crime ?

Le commissaire avoua sans détour que le sieur Lepinçoir était accusé : 1° de faux nombreux en écriture privée ; et 2° du détournement d'une somme de dix-huit cent mille francs au préjudice de Saint-Gobain, agent de change.

Gédéon recula foudroyé. Prêt à s'évanouir, il s'affaissa entre les bras de son client du midi.

— Et autrement, lui dit ce méridional, — pensez-vous que cette catastrophe influera demain sur la réponse des primes ?

— Laissez-vous aller !..... intervint l'homme du nord. Soyez franc une fois par hasard. Epanchez-vous, monsieur Frédouille.

Pendant ce temps, Lagardiole s'approchait de Clorinde, qui, muette et les lèvres blanches, promenait autour d'elle des yeux consternés.

— Dites donc, chère amie, ricana-t-il tout bas, vous en avez becqueté votre bonne part, vous, des dix-huit cent mille francs de Saint-Gobain...

— Et puis après? répondit-elle sèchement. Je ne rends rien d'abord. Mes économies sont placées. On sera malin si on me fait restituer un sou.

Sur ces entrefaites, un agent de police tira quelque chose de dessous la table. Ce quelque chose était Gustave.

Il se releva tranquillement, épousseta ses genoux, et dit avec résignation :

— Allons ! la farce est jouée. Ça devait finir comme ça. Il faut en prendre son parti.

— Nigaud ! lui souffla le vicomte à l'oreille, — quand on a cueilli deux millions dans la caisse du prochain, on file en Amérique ou ailleurs.

— Pourquoi faire? répliqua Gustave. Il n'y a qu'à Paris que l'on s'amuse. Et, fatuité à part, je me suis amusé à fond... pour mon argent.

— Pour l'argent de cet infortuné Saint-Gobain !... rectifia Gédéon Frédouille. Ah! Lepinçoir, Lepinçoir... Moi qui vous aurais octroyé le bon Dieu sans confession !

— Pauvre diable ! murmura l'indulgent Amaury. Ses fredaines vont lui coûter cher !

— On ne sait pas ! fit Lepinçoir qui eut un demi-sourire. Je serai peut-être acquitté.

— Ça serait fort !

— Cela s'est vu... Avec un bon avocat !...

Et il s'avança vers Clorinde afin de lui faire ses adieux. Mais la sensible fille lui tourna brusquement casaque et sortit en accentuant ce seul mot :

— Canaille !...

Gustave leva les yeux au ciel par dessus ses lunettes.

— Ruinez-vous donc pour les femmes ! soupira-t-il.

Ce fut sa dernière réflexion philosophique. On l'emmena. Derrière lui, quelques personnes timorées s'esquivèrent.

Après quoi, la fête poursuivit son cours. Les joueurs se rassirent et les affamées coururent se remettre à table. Faute d'un moine l'abbaye ne chôme pas.

— Etes-vous comme moi, vicomte?... dit un monsieur sentimental. Quand je passe la soirée quelque part, rien ne me contrarie comme de voir arrêter le maître de la maison.

— Oui, répondit Lagardiole. Ça jette un froid. Messieurs, il y a vingt mille francs à la banque.

XII

Une heure après l'arrestation de Gustave, personne, chez Clorinde, ne se souvenait plus de l'incident.

On achevait de souper. Les joueurs ayant consenti enfin à délaisser leurs cartes , on était au grand complet dans la salle splendide due aux largesses de Lepinçoir et à l'argent de Saint-Gobain.

Versés avec une profusion princière, les vins de prix travaillaient activement les cerveaux. L'orgie allumait son aurore. On la sentait poindre; elle flottait dans l'air chargé de vapeurs moites et d'arômes échauffants.

Les yeux pétillaient ; les fronts s'empourpraient, les langues couraient à bride abattue. Tout le monde parlait à la fois. Mille propos graves ou burlesques se croisaient et se confondaient en un crescendo de clameurs confuses. Le tumulte menaçait de dégénérer en sabbat.

Seul , Louis Clairbault gardait le silence.

Quoiqu'il eût bu effroyablement, sa pensée était froide et lucide. Le coude sur la nappe, le monocle dans l'œil, plus pâle, plus impassible, plus glacé qu'une statue de marbre, il fumait ses éternelles cigarettes en regardant sans le voir le spectacle étalé devant lui.

Spectacle absolument dénué d'imprévu pour ce vétéran de la débauche. Spectacle usé, toujours le même. Et toujours il y revenait, par habitude et par ennui, — comme un abonné de théâtre s'assied chaque soir dans sa stalle.

La pièce, il y avait assisté mille fois; — elle ne l'amusait plus; il en possédait sur le bout du doigt les jeux de scène et les péripéties, le prologue et le dénouement.

Depuis l'éclat de rire fin que provoque la première gorgée de champagne jusqu'au rire appesanti qu'exhalent des lèvres gluantes en se collant aux parois d'un petit verre; depuis l'heure fugitive où l'imagination, fouettée par le vin, ouvre ses ailes, jusqu'à l'heure ignoble où la raison est noyée et où l'animal se vautre, — Clairbault avait étudié les diverses nuances de ce que nous appelons, dans un souper, la « gaieté française. »

Il savait à quoi s'en tenir au sujet de ladite gaîté. Il savait que ces messieurs, au dessert , sous prétexte d'esprit gaulois, brailleraient de dégoûtantes ordures; il savait que leur galanterie courtoise se transformerait peu à peu en stupide concupiscence et leur élégante ébriété en soûlerie bestiale.

Quant aux femmes, il les connaissait mieux encore, et leurs grimaces ne lui en imposaient pas. Il aurait pu prédire, à une minute près, l'instant où ces joues roses deviendraient violacées, où ces voix caressantes prendraient des intonations rauques, où ce langage précieux s'enrichirait au vocabulaire des halles. Il aurait pu d'avance annoncer le moment où telle bouche purpurine hasarderait une équivoque obscène, et où telle autre fredonnerait un refrain scabreux.

Il se disait : Dans un quart-d'heure, Nini Pincette montera sur la table et exécutera la danse des œufs. Nous rirons comme de petites folles. Dans vingt-cinq minutes, Anna Panthère et Louise-la-Décoiffée ne se contenteront plus de montrer l'une son signe et l'autre sa chevelure. Nous nous tiendrons les côtes. Dans une demi-heure, Irma Trop-de-Zinc renversera les candélabres et soufflera les bougies. Alors, la gaieté française n'aura plus de bornes.

Tout cela était prévu, réglé, inévitable. Cela s'était ainsi passé hier, cela se passerait ainsi demain. Rien de moins varié que l'orgie, rien de plus monotone que le désordre. Si notre jeunesse dorée se pénétrait de cet axiome, si elle voulait se convaincre que la débauche est non seulement un mal, mais encore une sottise et une duperie, elle nous préparerait pour la prochaine génération moins de crevés scrofuleux et moins de gandins poitrinaires.

Clairbault n'était ni un sot ni une dupe. Il restait là parce qu'il craignait de se retrouver seul, parce qu'il avait peur du spleen qui l'attendait au retour. Blasé d'ailleurs sur les scènes de la vie prétendue joyeuse, il s'y mêlait en indifférent, sans curiosité comme sans dégoût. Il n'y cherchait que l'oubli. Ce tapage engourdissait sa tristesse, éloignait certains souvenirs.

Railleur et glacial, son regard errait autour de la table, courait de l'une à l'autre de ces figures hébétées déjà par l'ivresse et n'exprimant que de honteux appétits physiques.

Soudain ses yeux se fixèrent. L'étonnement s'y peignit.

Clairbault venait de remarquer Rosette.

Elle dormait. Gédéon Frédouille, renonçant à la griser, lui avait faussé compagnie. Il marivaudait, en un coin du salon, au milieu d'une bande de commères très aptes à lui donner la réplique, et il

— 34 —

leur improvisait des vers ou *transports* rimait avec *reports* et *jaloux* avec « *dont deux sous.* »

Rosette en était à sa première nuit blanche. La fatigue l'avait vaincue. Assise dans un large siége à haut dossier, la tête un peu inclinée vers l'épaule, les mains abandonnées mollement sur les bras du fauteuil, elle reposait, malgré le bruit, d'un sommeil calme et profond comme celui d'un bébé de cinq ans.

Un sourire naïf épanouissait sa lèvre. Son costume de page, en dessinant ses formes juvéniles, accentuait encore ce que sa pose avait de chaste et d'enfantin.

Clairbault, tout surpris, examina ce frais visage, ces longs cils noirs et brillants, ces joues lisses dont l'ovale arrondi offrait les teintes et le duvet de la pêche...

Il se sentit ému, intéressé. Une sorte de pitié presque paternelle lui serra le cœur.

— Celle-ci n'est pas des nôtres, pensat-il. Qui donc l'a introduite dans ce repaire ?

Et voyant rentrer Clorinde qui, depuis un quart d'heure environ s'était absentée, il l'interrogea.

— Vous aimez le fruit nouveau ?... répliqua-t-elle avec un rire cynique. J'en suis fâchée. Il y a un amateur qui s'est levé plus matin que vous, mon brave homme.

Il haussa les épaules.

— Vous avez trop d'imagination, ma chère. Je vous demande simplement qui est cette jeune fille ?

— La vertu même.

— Allons donc !

— Parole sacrée. On en couronne tous les ans à Nanterre qui ont moins de droits qu'elle à la fleur d'oranger.

Clairbault contempla Rosette avec une compassion réelle.

— Si vous dites vrai, reprit-il vivement, il serait odieux de la laisser ici une minute de plus.

— Odieux ?... Comprends pas, fit Clorinde en arrêtant sur lui ses prunelles limpides et bêtes.

Il lui désigna du geste ses amies. Elle les lorgna sans deviner d'abord la pensée de Clairbault.

— Ah ! bon, fit elle enfin. Vous trouvez que ma salle à manger ne ressemble pas précisément à une succursale du Sacré-Cœur. Soyez donc tranquille. Avant huit jours, Rosette sera dans le mouvement et elle en remontrera, comme vice, à la plus rouée...

Clairbault réprima un tressaillement nerveux.

— En attendant, dit-il, emmenez-la. Ce n'est point ici sa place.

Clorinde le regarda d'un air stupéfait.

— Ah ça ! vous êtes épatant, mon cher. Sur quelle herbe avez-vous marché ?...

— Emmenez-la, insista-t-il. Cette enfant tombe de lassitude.

— Eh !... je venais justement la chercher. Sa mère la réclame à cor et à cris.

— Elle a une mère !... Et sa mère la conduit chez vous ?

— Tiens ! pourquoi donc pas ? Excessivement flattée, même, ne vous déplaise...

Clairbault ouvrait la bouche pour riposter. Il se contint.

— Au fait, se dit-il, que m'importe !

Et tournant le dos à Rosette et à Clorinde, il se remit à fumer.

— Drôle de corps ! murmura l'actrice. On ne sait jamais s'il est sérieux ou s'il plaisante.

Elle réveilla Rosette et l'avertit que sa mère était prête à partir.

— Elle ne soupe donc pas, maman ? interrogea la petite en se frottant les yeux. Je ne l'ai point aperçue à table.

— Elle est indisposée.

— Ah ! mon Dieu ! gravement ?

— Non. Je crois, entre nous, qu'elle a stationné un peu trop longtemps au buffet.

— Bien !... voilà ce que je craignais.

— Et vous ne ferez pas mal de lui donner du thé en rentrant.

— Une indigestion ! je l'aurais parié, exclama Rosette. Elle doit être dans un joli état ! Où m'attend-elle ?

— Au vestiaire.

— J'y cours. Adieu, madame Clorinde. Et merci mille fois pour le délicieux costume que vous m'avez prêté... Je vous le renverrai demain.

— Nullement, mon petit ange, répondit Clorinde. Gardez-le en souvenir de moi. J'ai idée qu'il vous portera bonheur.

Rosette sortit à la hâte.

— En voilà une, soupira Clorinde, qui me devra une fière chandelle... et qui probablement me payera d'ingratitude.

Cette femme était convaincue qu'en livrant Rosette à Brossac, elle accomplissait une œuvre pie. La corruption, elle aussi, a sa naïveté.

A peine hors de la salle à manger, la jeune fille rencontra Lagardiole et Sylvain qui la guettaient au passage.

Le vicomte lui prit le bras et enlaça ce bras mignon à celui de Duclos.

— Là ! dit-il gaiement à son ami, es-tu rassuré à présent, poltron !

— Oh ! oui, riposta Sylvain, à présent l'on m'arrachera la vie avant de toucher à un cheveu de mademoiselle.

— Comment ?... Qu'est-ce que cela signifie ? bégaya la petite Imbert interdite.

— Cela signifie, mon joli page, que l'on voulait vous enlever, tout simplement. Hein, c'est flatteur, cela, j'espère ?...

— M'enlever ! répéta-t-elle en se pressant contre Duclos.

— Bon ! ne tremblez donc pas, ajouta le vicomte. On y a sans doute renoncé pour cette nuit. J'ai inspecté la maison, confessé les domestiques. Rien de suspect. Le Brossac a déguerpi depuis trois heures. Tout va bien.

— Brossac ! Ce vieux petit gros qui me poursuit partout ?

— Lui-même. Il comptait débuter aujourd'hui dans le rôle de ravisseur. Réflexion faite, il est allé se coucher, paraît-il. Imitez-le, mon enfant, et dormez en paix.

— Alors, vous croyez qu'il n'y a plus de danger, monsieur Amaury ?

— J'en suis sûr. Mais cramponnez-vous tout de même à Sylvain. On ne pourra vous enlever l'un sans l'autre, et ça diminuera encore les chances de péril.

Il riait. Rosette, rassérénée, le remercia par un regard amical, et Duclos lui serra les mains avec force. Tous deux étaient pénétrés de reconnaissance.

Qu'avait-il fait pourtant de si magnanime ? Quel service leur avait-il rendu ? Ils eussent été en peine de l'expliquer au juste. Mais le vicomte avait un ton si bienveillant, une élégance tellement protectrice et de si nobles allures de bienfaiteur, qu'ils se considéraient comme ses obligés. Ils le quittèrent dans cette persuasion.

— Ah ? fit Rosette, il est décidément bien aimable, votre ami, monsieur Sylvain !

— Amaury ! s'écria l'autre avec exaltation. Mademoiselle, il n'y en a pas deux comme lui sur la terre !

Brossac, pendant ce temps, se donnait au diable dans l'antichambre.

Affublé, par dessus son domino, du tartan de la veuve Imbert, il transpirait sous cette défroque, suffoquait sous son masque et broyait entre ses dents tous les jurons connus depuis les temps les plus reculés jusqu'à nos jours.

Enfin Rosette lui apparut escortée de Sylvain.

XIII

— Ça ne marche donc pas comme sur des roulettes, votre estomac, hein, maman !... dit malicieusement la jeune fille en entrant au vestiaire.

Brossac se souvint de son rôle. Il modula une plainte sourde.

— Allons, allons, du courage. Une tasse de camomille, et il n'y paraîtra plus. Partons. Avez-vous demandé une voiture ?

La fausse Imbert dessina un signe affirmatif.

— A quatre places, pas vrai ?... Parce que M. Duclos nous accompagne.

Et la gamine tira le nez de Sylvain qui, respectueusement, lui présentait son waterproof.

Brossac faillit s'écrouler sur lui-même.

Qu'était-ce que ce Duclos imprévu dont on lui imposait la société ? Il allait tout faire manquer, ce Duclos, tout découvrir ? Et comment se débarrasser de lui ?

Pour l'éloigner, pour refuser sa compagnie sous un prétexte quelconque, il aurait fallu parler. Brossac ne l'osait pas. Il ne possédait, hélas ! ni l'organe mélodieux, ni l'accent provençal de la veuve Imbert.

— Echouer au port !... se dit-il avec rage. Quelle humiliation pour un homme pratique !

Ses jambes se dérobèrent. Il tomba lourdement assis sur une banquette, — aplatissant dans sa chute une pile de chapeaux masculins entassés là pour leur malheur.

A cette vue, Rosette et Sylvain, en dépit de leurs efforts pour rester graves, se tordirent dans les convulsions d'une hilarité folle.

— Est-elle assez paffe ! l'est-elle assez ! chuchota l'étourdie en riant aux larmes.

— Eh bien ! eh bien ! où court-elle ? s'écria Duclos. Qu'est-ce qui lui prend ?

Brossac, illuminé par une inspiration subite, venait de se dresser d'un bond et de s'élancer dehors.

Il faisait jour depuis plus d'une heure. Au milieu de la cour, on apercevait un bon vieux véhicule de remise, à la peinture déteinte et au vernis écaillé.

Vêtu d'un carrick antédiluvien, le cocher se promenait autour de son fiacre et se battait les flancs avec ses bras pour entretenir la circulation du sang.

Ce cocher, parfaitement grimé du reste, n'était autre, on s'en souvient, que le valet de chambre de Brossac.

Celui-ci lui parla rapidement à l'oreille ; puis grimpa dans la voiture en ayant soin de ne pas retrousser son domino. Il ne se souciait point que l'on remarquât ses bottes et le bas de son pantalon. Mais, peu habitué aux vêtements de femme, il s'embarrassa les jambes dans sa jupe et trébucha, si bien que les deux jeunes gens qui débouchaient alors sur le perron, s'empressèrent d'accourir. Cette ascension grotesque acheva de leur faire croire que la veuve Imbert avait grand besoin de repos.

Frissonnante sous le froid de l'aube et engourdie par la fatigue du plaisir, Rosette s'installa auprès de sa mère présumée. Sylvain se plaça sur le strapontin, et tâcha de se rapetisser autant que possible. Le fiacre s'ébranla lentement.

On vante beaucoup les joies du paradis. Sans intention de leur faire du tort, on pourrait affirmer que l'extase des élus est d'une qualité inférieure à celle qu'éprouva Duclos durant le court trajet de la rue Vintimille à la rue de Provence.

Entre ses deux genoux il pressait les genoux de Rosette; il participait à la tiédeur de son corps charmant; il respirait sa douce haleine; il contemplait à loisir sa jolie figure un peu pâlie. Quel océan de béatitudes!

Et rien ne troublait la félicité de Sylvain, car la soi-disant veuve feignait de dormir, et Rosette dormait pour tout de bon. Le digne musicien aurait été ainsi au bout du monde.

On n'alla pas si loin. Le char numéroté fit halte devant le domicile de nos trois personnages.

Duclos, en cavalier galant, sauta le premier sur le trottoir; puis, il se retourna, la bouche en cœur, le bras mollement arrondi et tendu vers ces dames...

Mais, ô surprise! ô consternation! ô effroi!...

Un claquement sec retentit. La portière s'était refermée et la voiture repartait avec une rapidité furibonde.

Sylvain, d'un œil hébété la regarda fuir.

Et, tout d'un coup, instinctivement, comme on court après un chapeau qui s'envole, il se mit à courir après.

Vingt suppositions incohérentes lui bouleversaient la cervelle. Il se disait: — Le cocher fait erreur. Ou bien: Ce misérable est ivre! Ou encore: — Les chevaux ont pris le mors aux dents.

Quoi qu'il en fût, Duclos bondissait plus léger qu'un lièvre. — Ça ne peut pas durer, pensait-il. Les bêtes se lasseront avant moi!

Illusion!... Les chevaux qui emportaient sa bien-aimée n'étaient point des chevaux de fiacre ordinaires. Ils appartenaient à Brossac, ainsi que la voiture et le cocher. Ils avaient été choisis pour la circonstance et galopaient d'un train exceptionnel.

Au bout de dix minutes, Sylvain fut distancé par eux; — au bout d'un quart d'heure, il les perdit de vue...

Néanmoins, il ne s'arrêta pas. Un soupçon terrible avait traversé son âme. Et criant, pleurant, interpellant et menaçant l'homme au carrick, il continua de le poursuivre en gesticulant comme un fou.

Dans le fiacre se déroulait une scène d'un autre genre.

Au moment où Sylvain était descendu devant la maison de la rue de Provence, — Rosette, réveillée à demi par ce temps d'arrêt, avait ouvert les yeux en balbutiant:

— Nous sommes arrivés.

Puis, terrassée par le sommeil, elle s'était rendormie, et, — comme cela souvent a lieu lorsque l'esprit préoccupé s'agite dans un corps dompté par l'assoupissement, — elle avait rêvé qu'elle accomplissait réellement les divers actes auxquels elle se fût livrée en état de veille.

C'est ainsi qu'elle s'était vue, mettant pied à terre, aidant sa mère à quitter la voiture, la soutenant jusqu'à sa loge, la déshabillant, la couchant et lui préparant de la tisane. Ce devoir rempli, elle avait, en songe toujours, regagné sa petite chambre et dépouillé son costume de page.

Ici, le rêve s'était gâté.

Rosette s'imagina que sa porte, assaillie par un agresseur invisible, s'entrebâillait, quoiqu'elle eût donné deux tours à la serrure et poussé le verrou.

Éperdue de frayeur, elle se précipitait sur le battant et pesait dessus de toutes ses forces... Mais l'ennemi inconnu avait raison de sa résistance. Il pénétrait chez elle violemment et elle reconnaissait en cet homme, qui? le hideux Brossac!

Elle voulait appeler: sa gorge ne rendait aucun son. Secouée par l'épouvante, les nerfs surexcités jusqu'au paroxisme, elle se débattit longtemps au milieu de ce cauchemar. Enfin, et pour la seconde fois, elle se réveilla en sursaut.

Son premier souffle fut un soupir de délivrance. Elle était stupéfaite et charmée de se retrouver en voiture, auprès de sa mère, dont le ronflement la ravit.

Mais, sa torpeur s'étant dissipée, elle remarqua l'absence de Duclos. En même temps, à travers les vitres, elle vit filer de grands arbres, des kiosques, des pavillons...

Le fiacre montait au galop l'avenue des Champs Élysées.

Rosette alors se pencha sur le paquet informe qu'elle appelait sa mère.

— Ah ça! s'écria-t-elle, cet homme se trompe. Où nous conduit-il? Regarde donc, maman...

La dormeuse ne bougeait pas. Elle la poussa doucement. Aussitôt elle sentit ses deux mains prises comme dans un étau.

Le capuchon du domino s'abattit, et, débordant de chaque côté du masque de velours noir, Rosette aperçut les favoris roux de Brossac.

Il ne s'agissait plus d'un rêve, cette fois. Plus blanche qu'une morte, elle exhala des cris déchirants et elle essaya de se dégager de l'horrible étreinte. Mais l'autre n'eut pas de peine à la contenir.

Réunissant dans une seule de ses larges mains les deux frêles poignets de la pauvre fille, il les lui garotta au moyen d'un foulard qu'il tenait tout préparé cet effet.

Les clameurs de Rosette redoublèrent. Il ne s'en émut pas. Froidement, méthodiquement, il tira de sa poche un deuxième foulard, et il bâillonna sa victime.

Puis, quand il l'eut replacée, muette, impuissante et presque évanouie, à côté de lui sur les coussins, il lui dit d'un accent affectueux :

— Excusez-moi d'agir de la sorte, ma belle chérie. Mais je suis un homme pratique, voyez-vous, et je connais l'inconvénient des demi-mesures. Apaisez-vous, mon cher amour. Nous serons chez moi dans cinq minutes et vous y crierez tout à votre aise. Je crierai même avec vous, si cela peut vous faire plaisir.

Ayant débité ce discours, Brossac enleva son masque, essuya les grosses gouttes de sueur qui cheminaient au long de ses joues écarlates, abaissa les stores et, avec un abject sourire de luxure, attira l'enfant sur ses genoux.

Le fiacre filait comme une locomotive.

Retournons cependant chez Clorinde et gardons-nous d'explorer la salle où l'on soupe. Le latin, dans les mots, brave l'honnêteté, mais le lecteur français veut être respecté.

De cette salle hermétiquement close s'échappaient des fusées d'éclats de rire, des chansons horripilantes et un bruit continu de vaisselle cassée, quand le vicomte de Lagardiole en sortit, le cigare à la bouche.

Il étouffait dans ce pandémonium. Il avait soif d'air respirable, et il se décidait à battre en retraite.

Comme il traversait le salon précédant la salle à manger, il rejoignit Louis Clairbault qui, lui aussi, se disposait à partir.

Malgré ses dépravations et ses friponneries, le vicomte n'était pas dénué de tout sentiment humain. Il oubliait rarement un service reçu. Or, Clairbault lui avait sauvé la vie, et il lui en conservait une réelle reconnaissance.

Il lui adressa donc un salut très cordial.

— Je me félicite, monsieur, lui dit-il, du hasard qui nous rapproche, car j'ai vainement épié cette nuit un moment favorable pour vous entretenir.

Clairbault ne daigna pas lui rendre son salut. Il répondit d'un ton hautain :

— L'utilité d'une conversation quelconque entre nous, monsieur, ne me paraît aucunement démontrée.

— Pardon, insista en souriant Lagardiole. J'ai à me justifier d'un acte qui vous a indisposé contre moi, — votre attitude me le prouve. L'heure et le lieu sont mal choisis pour une explication, je l'avoue ; mais j'ai eu l'honneur de me présenter plusieurs fois chez vous cette semaine, et, comme vous n'y étiez pas...

— J'y étais, interrompit Clairbault. Seulement, il ne m'a point convenu de vous recevoir.

Amaury eut un tressaillement.

— Puis-je connaître, — demanda-t-il d'un air blessé — le motif de cette exclusion... au moins singulière !

— Dispensez-moi de vous le dire.

— Je vous prie, au contraire, et très instamment, de vouloir bien me le communiquer.

— Alors, ma réponse sera nette. En général, monsieur, je suis assez peu difficile sur le choix de mes relations, et l'on m'a souvent reproché de m'adonner à la mauvaise compagnie. Néanmoins, je me suis fait une loi d'éviter les gens à réputation trop... équivoque.

Lagardiole se mordit la moustache. Ses grands yeux bleus avaient perdu leur expression affable. Ils brillaient d'une colère contenue.

— Je m'étonne, dit-il amèrement, qu'après avoir eu lui-même tant à souffrir de la médisance, M. Clairbault accueille aussi vite des propos calomnieux.

— Eh bien ! repartit Clairbault de plus en plus froid, laissons-les de côté, ces propos. Examinons de près votre délicatese. Un jour, je vous ai admis chez moi ; vous y êtes resté environ dix minutes et vous m'avez soustrait...

— Un papier insignifiant, s'écria Lagardiole. Voilà précisément le fait dont je désire m'excuser. Soyons justes. Cette lettre ne vous appartenait pas, monsieur Clairbault, elle ne vous était point adressée... Pour vous, elle n'avait aucune valeur, tandis que pour moi elle était d'une importance capitale. Ma foi ! je m'en suis emparé sans scrupule, et..

— Et, sans scrupule aussi, vous vous fussiez peut-être une autre fois emparé d'autre chose, accentua Clairbault avec un tranquille mépris. C'est pourquoi je n'ai pas été curieux de renouveler l'épreuve. Il y a dans mon appartement quelques objets auxquels je tiens beaucoup et qu'il me serait désagréable de voir disparaître...

Le vicomte bondit sous cet outrage.

Les traits décomposés, frémissant, horriblement pâle, il fut sur le point de se ruer sur son interlocuteur. Pourtant il se dompta ; puis après une pause assez longue :

— Vous venez de prononcer des paroles imprudentes, monsieur, fit-il d'une voix sourde, des paroles que tout autre que vous aurait expiées déjà. Je me suis souvenu à temps que votre personne m'était sacrée, mais maintenant je ne vous dois plus rien. L'injure grossière dont vous me frappez au visage me délie de toute obligation envers vous. Nous sommes quittes et j'en suis fort aise, — car je n'aurai plus désormais la moindre raison de ménager votre insolent ami...

— A quel ami faites-vous allusion ? interrogea Clairbault étonné.

— A M. Roger Destrel. Je comptais l'épargner par égard pour vous. J'y renonce. M. Destrel me gêne, il mourra.

XIV

Malgré son apparente impassibilité, Clairbault ressentit une commotion intérieure.

Si la menace du vicomte se fût adressée à lui, elle lui aurait fait hausser les épaules ; dirigée contre Roger, qu'il aimait comme un frère, elle l'inquiéta vivement.

— M. Destrel me gêne ; il mourra, s'était écrié Lagardiole.

Et son accent, son geste, son regard, en soulignant ces mots, leur avaient communiqué une portée des plus sérieuses.

Clairbault cependant ne laissa rien voir de son trouble, et avec l'indifférence railleuse qui lui était habituelle, il reprit :

— Vos discours ont un grand mérite, monsieur : la clarté. Mais serait-il indiscret de vous demander à quel propos M. Destrel doit être supprimé par vous de la surface du globe ? Vous ne le connaissez point, que je sache ; vous l'avez à peine entrevu chez moi durant quelques minutes ; il n'a donc pas eu le temps de s'attirer votre haine. Quel est son crime ?

Le vicomte répondit froidement :

— M. Destrel est l'amant d'une femme que j'ai résolu d'épouser.

— Et, fit Clairbault avec un sourire incrédule, le nom de cette femme ?

— Madame de Santelda.

— La duchesse !... Votre mortelle ennemie !... vous l'épousez !...

— Dans trois mois, elle s'appellera la vicomtesse de Lagardiole.

— Alors, pourquoi prétendez-vous que Roger...

— Je ne prétends rien. J'affirme.

— Allons donc ! monsieur, vous êtes fou.

— Monsieur, dit Amaury en consultant sa montre, il est six heures du matin. A minuit et demi, monsieur Destrel est entré chez la duchesse, et j'ai l'entière certitude qu'il y est encore. Concluez.

Les yeux attachés sur Lagardiole, Clairbault s'efforça de deviner sa pensée.

Le vicomte parlait-il sérieusement ? Croyait-il ce qu'il avançait ? Ou bien forgeait-il ce mensonge dans un but connu de lui seul ?

Car, pour Clairbault, cette assertion était un mensonge. Il ne pouvait admettre un instant que Roger, le soir même du jour où il avait sollicité et obtenu la main de sa cousine, se serait parjuré entre les bras d'une autre femme.

Clairbault ne se rappelait que trop bien la joie franche, les paroles enflammées de son ami lorsque ce dernier lui avait la veille, en revenant avec lui de Chaville, confié son jeune et loyal amour pour Constance.

— Mon cher monsieur, dit-il au vicomte, vos espions vous abusent. J'ai quitté M. Destrel hier soir à onze heures, et je sais qu'il est rentré chez lui directement.

— C'est vrai, riposta Lagardiole. Mais il en est ressorti presque aussitôt. Le coupé de madame de Santelda l'attendait devant sa porte. Ce coupé l'a conduit à l'hôtel actuellement occupé par la duchesse, avenue de l'Impératrice, il y est arrivé vers minuit et, comme j'ai eu l'honneur de vous le dire, il doit y être encore ; autrement j'eusse été prévenu.

Ceci était net, précis, formel. Amaury paraissait tellement sûr de son fait qu'une appréhension vague se glissa dans l'esprit de Clairbault et qu'il fut pris du désir d'aller sur-le-champ s'assurer si Destrel avait, oui ou non, passé la nuit dehors.

Toutefois, il reprit avec lenteur :

— En admettant que vos informations soient exactes, je ne saurais deviner à quel titre vous vous mêlez de cette affaire. Madame de Santelda est veuve ; elle est libre d'aimer qui bon lui semble. Vous n'avez pas plus le droit de contrôler ses actions que celles de mon ami, si tant est qu'il soit le héros de l'aventure, — chose que je nierai obstinément jusqu'à preuve du contraire.

— Je vous répète, monsieur, que j'ai l'intention irrévocable d'épouser la duchesse.

— Malgré elle ?

— J'ai son consentement.

— Mais ce consentement a été antérieur à l'intrigue découverte par vous hier soir.

— J'en conviens.

— Et maintenant que vous êtes édifié...

— J'épouserai quand même.

— Ah ! fit Clairbault avec une intonation de suprême dégoût, je commence à comprendre. Ce qui vous tente, c'est la fortune de madame de Santelda.

— Parbleu !

— Et Roger vous gêne, parce que vous lui supposez la même ambition. Eh bien ! rassurez-vous, monsieur. Je vous donne ma parole d'honneur que mon ami n'épousera pas la duchesse.

— Votre parole est inutile. Je suis on ne peut plus rassuré. M. Destrel me gênera d'autant moins longtemps qu'il aura cessé de vivre avant quinze jours d'ici.

Clairbault éclata d'un rire méprisant.

— Ah ça, dit-il, est-ce que, par hasard, vous joindriez l'assassinat aux divers talents de société qui font de vous un gentilhomme si remarquable ?

En fait de persiflage, Amaury ne le cédait à personne. Avec une ironie farouche, il s'inclina.

— Si vous appelez assassin, répondit-il, l'homme adroit qui, en duel, neuf fois sur dix tue ses adversaires, oui, j'accepte volontiers l'épithète. Sur le terrain, moi, monsieur, je ne blesse pas, je tue. C'est un principe qui m'a toujours réussi. On ne laisse point d'ennemis derrière soi.

— Diable ! En ce cas, M. Destrel ferait bien de se commander d'avance un mausolée.

— La précaution serait sage.

— Eh bien, je lui transmettrai ce conseil en même temps que l'annonce de son prochain décès. Cela nous distraira un peu, lui et moi. Les occasions de rire deviennent rares.

— Riez, messieurs, riez pendant que vous le pouvez encore. Il est probable que je vous fournirai bientôt une occasion de pleurer amèrement.

— Nous l'attendrons sans trop de mélancolie, répondit Clairbault.

Et, tournant le dos au vicomte, il s'en alla.

— Je ne lui voulais pas de mal, — murmura Lagardiole. Malheur à lui s'il se met en travers de ma route !

Comme il allait s'éloigner à son tour, il s'aperçut tout à coup que cette scène avait eu un témoin.

C'était la veuve Imbert.

Debout, silencieuse et démasquée, elle se tenait immobile au fond de la salle, dans l'attitude d'une personne frappée d'étonnement.

Elle arrivait de la chambre de Clorinde. Le grand jour l'avait réveillée. Supposant que la fête était finie, elle avait abandonné son fauteuil pour venir glaner quelques bons morceaux parmi les débris du festin.

Aiguillonnée par la gourmandise, elle avait traversé les appartements à pas de loup, et elle était parvenue sans bruit au seuil du salon où discutaient Clairbault et Lagardiole.

De leur entretien, elle n'avait pas écouté une syllabe. Toute son attention s'était immédiatement concentrée sur Clairbault. Tant qu'il fut là, elle ne le quitta point des yeux et elle l'examina sans relâche avec un mélange de satisfaction et d'effroi. Quand il eut disparu, paralysée par la stupeur, elle demeura encore à la même place.

Le vicomte qui se croyait certain d'avoir vu partir la veuve Imbert en même temps que Rosette et Sylvain, s'imagina qu'elle revenait après avoir reconduit la jeune fille.

— Vous revoilà ! ricana-t-il. Ventrebleu ! quelle enragée !

Alors elle s'approcha de lui, et, d'une voix que l'émotion étranglait :

— Son nom, monsieur, je vous en prie ? Le nom de cet homme ?

— De quel homme ? fit Lagardiole très surpris.

— De celui qui sort à l'instant...

— Parlez-vous de Clairbault ?

— Ah ! Clairbault ! exclama-t-elle. C'est donc lui ! Je ne m'étais pas trompée. Louis Clairbault ! En voilà une rencontre ! Ah ! mes enfants, est-il assez changé, le pauvre ! Est-il assez vilain... Pourtant, je l'ai reconnu...

Elle semblait en proie à une agitation profonde. Amaury l'observa du coin de l'œil.

— Vous connaissez Clairbault ? demanda-t-il.

La veuve ne répondit rien... Son esprit était ailleurs. Elle réfléchissait.

— Changé en pas beau, le fringant Louis, — grommelait-elle. Après ça, vous me direz : il a passé de l'eau sous le pont, depuis 48... N'empêche que son papa doit être mort, à c't'heure...

D'un mouvement brusque, elle se tourna vers Lagardiole et s'écria :

— Est-il riche ?

— Clairbault ?... Oui, certes.

— Plus riche... que Grossac ?... interrogea-t-elle avec une certaine anxiété.

— Tiens !... tiens ! pensa le vicomte. Cette excellente mère aurait-elle flairé pour sa fille un nouvel acquéreur ?

— Je vous demande, insista-t-elle, si Clairbault est plus riche que Grossac ?

— Mais, chère dame, Brossac n'est pas riche.

— Bah !

— Non. Il gagne beaucoup d'argent... ou du moins il en vole en masse. Ceci ne s'appelle point avoir de la fortune...

— Et Louis Clairbault?... Combien qu'il a ?...
— Je n'en sais rien.
— A vue de nez !
— Que vous dirai-je?... Un million à lui, peut-être.

La veuve sauta comme une chèvre en délire.

— Un million à lui ! répéta-t-elle. Le papa est défunt, c'est clair. Et moi, troun dé diou bagasse !... j'allais faire une brioche carabinée. Un million à lui ! J'arrête les frais... n'y a pas de bon Dieu !... Où est Clorinde?

Elle trottait de ça, de là, égarée, folle de joie, les doigts noyés dans ses cheveux gris, tournant sur elle-même et se heurtant aux meubles. Sa face, habituellement mate et jaune, s'était empourprée. Un afflux de sang communiquait à son teint des reflets d'incendie.

— Clorinde !... balbutia-t-elle. Me faut la Clorinde Tout de suite. Un million à lui!... Grossac peut se fouiller. Où trouver Clorinde?

— Attendez! fit le vicomte dont la curiosité était fortement en éveil. Je vais l'appeler.

Et entrebâillant la porte de la salle à manger, il adressa un signe à Clorinde qui accourut.

A l'aspect de la veuve, elle tressaillit.

— Quoi !... vous n'avez pas déguerpi, vous!... se récria-t-elle aigrement. Eh bien ? merci... ça va faire du propre !

La vieille la saisit par le bras et l'entraîna dans un coin.

— S'agit pas de tout ça !... chuchotat-elle rapidement. Un million à lui !... Joséphine, trognon de mes rêves, c'est pour vous dire que j'ai réfléchi dans le silence du cabinet. J'envoie à l'ours ce bon Grossac. Annoncez-lui de ma part...

— Chut donc ! pas si haut !... interrompit l'actrice en lui désignant Lagardiole, qui feignait de tambouriner discrètement sur les vitres. Voyons, je ne vous comprends pas. Qu'est-ce que vous me chantez ?...

— Je vous chante, ô mon blanc minet, que je renonce noblement à l'affaire. A preuve que voici les deux mille francs d'arrhes. Reprenez-les et laissez-nous notre innocence...

Clorinde, ébahie, stupéfaite, les deux billets de banque à la main, restait en face de la veuve sans parvenir à rassembler le souffle nécessaire pour articuler un mot.

Madame Imbert devenait écarlate. Les yeux lui sortaient de la tête. Elle marmottait :

— Un million à lui !... Ouf !... j'en aurai un coup de sang, nom de nom ! A présent, où est Rosette? Ousqu'elle est, ma fille chérie, mon petit oiseau bleu adoré... que je l'embrasse... et que je l'emmène. Parce que, sans vous offenser, mame Clorinde, ici, voyez-vous, c'est pas des endroits respectables pour une jeunesse qui a de la vertu à remuer à la pelle. Y a pas mal de traînées chez vous, mon lapin en sucre. Si j'avais su, j'aurais pas amené ma fillette...

Cet accès subit, inattendu, de tendresse et de moralité, acheva de dérouter Clorinde. Les bras lui tombèrent. Elle se disait avec épouvante :

— Plus de doute !... La cervelle a déménagé.

— Allons, bijou, prévenez ma fille, — ajouta l'affectueuse mère. Faudrait pas la fatiguer, et il est tard.

Clorinde réussit enfin à reprendre haleine.

— Votre fille !... dit-elle, Mais, ma bonne, elle est partie... Vous le savez bien.

— Partie !... gronda la matronne entre deux jurons de charretier. Rosette est partie !

— Depuis plus d'une heure.

— Avec Grossac?

— Eh ! mais sans doute.

— Avec Grossac! un gueux, un voleur... qui n'a pas de fortune, tandis que l'autre... Non, non, vous me trompez. Elle n'est pas encore partie.

— Ah ça, puisque c'était convenu.

— Jamais. D'ailleurs, je renonce... J'ai restitué l'argent.

— Taisez-vous donc, il est trop tard.

La rougeur de la veuve Imbert tourna au violet, puis au noir.

— Trop tard? Je suis ruinée, alors, hurla-t-elle en montrant le poing à sa complice. Ah ! coquine, tu me le payeras! Je t'attaquerai devant les tribunaux. Rends-moi ma fille, ou je crie à la garde. Rends-moi ma f...

Elle ne put achever.

Le sang l'étouffa. Foudroyée comme par un coup de massue, elle roula inanimée sur le parquet.

— Ah bon !... ah bien !... murmura Clorinde toute saisie. Si elle crève ici, je serai fraîche ! Il ne manquerait plus que ça pour poser la maison ! Une arrestation et un décès dans la même nuit...

— Sans compter que vous-même, lui dit sévèrement Lagardiole, vous coucherez ce soir à Saint-Lazare.

— Hein !... cria-t-elle effarée.

Et, sous le regard terrifiant du vicomte, elle se sentit frissonner d'épouvante.

XV

Pourquoi la vue de Clairbault avait-elle

changé du tout au tout les ignobles déterminations de la veuve Imbert ?

Amaury ne le devinait pas.

Mais il venait de comprendre le honteux stratagème dont s'était servi Brossac pour emmener la pauvre Rosette, et une sombre fureur l'envahissait.

Sans qu'il s'en fût rendu compte jusqu'alors, cette enfant si originale et si gaie avait fait sur lui une impression fort vive. D'autre part, il détestait Brossac, — et le triomphe probable de cet homme pratique le contrariait à ce point qu'il en grinçait des dents.

— Ma chère, dit-il à Clorinde qui frémissait devant lui, — quand une femme est encore assez jeune pour se vendre en gros ou en détail, elle ne se mêle point de vendre les jeunes filles honnêtes, surtout à leur corps défendant. Vous vous repentirez d'avoir touché à ce métier-là ; il vous rapportera plus de peine que de bénéfice...

— Est-ce que vous auriez le cœur de me dénoncer, Amaury ?... demanda-t-elle, livide et pantelante.

— Cela va dépendre de vous.

— Que dois-je faire ?

— M'apprendre où Brossac a conduit Rosette.

Elle hésita, songeant à la somme très considérable qu'elle avait reçue pour participer au guet-apens et que peut-être elle serait forcée de rendre s'il échouait par sa faute.

— Mais, balbutia-t-elle, je n'en sais rien, moi ?

— Bon, fit Lagardiole en se dirigeant vers la porte. Je vais vous envoyer une personne qui vous rafraîchira la mémoire.

— Quelle personne ?

— Celle qui tout à l'heure est venue si obligeamment chercher Gustave.

Elle tressaillit et lui lança un coup d'œil venimeux.

— Vous savez, vicomte, que vous n'êtes pas drôle. Je vous croyais plus d'esprit que ça.

— Et moi, je vous croyais plus de bon sens.

— Dans quel intérêt vous inquiétez-vous de cette affaire ?

— Dans l'intérêt de mon âme immortelle. J'éprouve le besoin de commettre une action vertueuse. Il est prudent de penser à son salut quelquefois.

— Alors vous vous enrôlez parmi les bénisseurs ?

— Si vous voulez bien le permettre. Au revoir, douce amie.

— Attendez !... exclama-t-elle.

Et se tordant les mains avec rage :

— Brossac a emmené la petite chez lui.

— Renseignement vague. Brossac a plusieurs domiciles. Précisons mieux.

— Eh bien !... à Passy... dans une maison qu'il a récemment achetée.

— L'adresse exacte ?

Elle la lui donna en suffoquant de colère.

— Merci. A présent, il faudrait un médecin pour cette femme. Il me semble qu'elle n'est pas morte.

Il désignait la veuve Imbert qui gisait à deux pas d'eux, la face tuméfiée, la prunelle fixe, les paupières injectées.

— En fait de médecin, dit Clorinde, — nous avons ici Thévenol. Il soupe.

— Avertissez-le.

L'instant d'après, le docteur Thévenol arriva en fredonnant. C'était un de ces jeunes médecins dont les dames raffolent. Joli, poli, accompli en tous points, il offrait à l'admiration publique une adorable barbe d'apôtre et de ravissantes petites menottes d'accoucheur. Rien qu'à les regarder, on ressentait un désir confus d'être en mal d'enfant.

Le docteur avait soupé à fond. Cela se soupçonnait. Une joie scientifique émanait de son teint clair et de ses lèvres fleuries.

Il examina de près la veuve et, avec son cure-dent, se nettoya les gencives.

— Hum ! chantonna-t-il. Epanchement au cerveau... Apoplexie... Parfait, parfait. On en revient.

Dis-moi, Vénus, quel plaisir trouves-tu
A faire ainsi cascader, cascader, casca...

Apportez-moi une cuvette, si j'ose m'exprimer ainsi...

Nous le proclamons de rechef, le docteur avait soupé à fond.

Cela ne l'empêcha point d'extraire de la poche de son habit une adorable trousse en maroquin rouge. Il y choisit des ciseaux d'abord, au moyen desquels il fendit la manche de la veuve depuis le poignet jusqu'à l'épaule ; puis une lancette dont il essuya la lame avec amour.

— Je vous prends tous à témoin, messeigneurs, dit-il à une douzaine de convives qui l'avaient suivi, je vous prends tous à témoins que je me suis levé de table au premier appel !...

Il piqua la veine. Le sang coula lentement et à intervalles inégaux, mais il coula.

Le docteur Thévenol reprit :

— J'attire votre attention sur ce fait, messeigneurs, parce que certains journaux, le *Figaro*, entre autres, — prétendent que nous refusons de nous lever la nuit pour secourir les malades.

Ah ! Figaro, quel plaisir trouves-tu
A faire ainsi cascader, casca...

Quant au sujet, il est hors de danger.
Lagardiole n'en écouta pas davantage. Il
sortit de la maison et sauta dans son coupé
après avoir crié au cocher :

— A Passy, ventre à terre.

L'inquiétude lui brûlait les entrailles et
l'idée que Sylvain était auprès de Rosette
ne le rassurait pas. Il connaissait Duclos,
sa naïveté, sa crédulité, sa confiance ;
Brossac évidemment n'aurait pas eu de
peine à se débarrasser de lui.

La voiture entra dans Passy vers sept
heures du matin. Trois minutes après, elle
fit halte à l'adresse indiquée.

Amaury se trouvait devant une haute
porte cochère peinte en vert-bronze, fraîchement vernie et garnie de cuivres étincelants. Cette porte s'encadrait dans un
grand mur d'une blancheur immaculée. La maison était sise entre cour et
jardin.

— Comment faire pour m'introduire là-
dedans ?... pensa le vicomte en considérant ce mur neuf et cette porte cossue.

A tout hasard, il sonna, persuadé qu'on
ne lui ouvrirait point. Il se trompait. Au
premier tintement de la sonnette, la porte
céda.

Lagardiole aperçut alors une vaste cour
déserte. En face de lui, une élégante habitation bourgeoise étalait sa façade silencieuse et ses volets fermés. Les écuries et
les remises, fermées également, étaient à
droite. A gauche, la loge du concierge.

Le vicomte se dirigea de ce côté.

— Monsieur Brossac ? demanda-t-il à
un personnage grisonnant qui, assis devant un bol de café au lait, dégustait à la
fois son déjeuner et la prose d'un journal
politique.

L'homme daigna lever les yeux.

A l'aspect d'Amaury dont le léger par-
dessus ne cachait pas entièrement la cravate blanche et la tenue de soirée, il
quitta son fauteuil et ôta sa calotte de
velours noir.

— Monsieur Brossac ne demeure pas
ici, monsieur, répondit-il avec beaucoup
de politesse.

Lagardiole s'attendait à cette réplique
ou à quelque chose d'approchant. L'apparence abandonnée du logis lui faisait
craindre que Clorinde ne l'eût trompé.

— On m'avait pourtant affirmé, insist-
t-il, que cette maison lui appartenait.

— Elle lui appartient effectivement,
monsieur. Mais M. Brossac ne l'habite pas.
Son appartement est rue Auber.

— J'en viens... et l'on m'a renvoyé ici.

En risquant son mensonge, Amaury observa le concierge attentivement. Comme

il crut remarquer parmi ses traits une
nuance d'embarras, sa conviction fut
fixée.

— Je ne conçois pas, — disait cependant
l'homme à la calotte, — je ne conçois vraiment pas que l'on ait pu induire
ainsi monsieur en erreur.

— Et moi, ajouta Amaury, je le regrette
d'autant plus que j'apportais à M. Brossac
une nouvelle extrêmement importante.
J'ai couru après lui toute la matinée et,
par un hasard fatal, je ne le rencontre nulle
part. Que diable, quand on est dans les affaires, on s'arrange pour être visible à de
certaines heures...

Lagardiole affectait le ton hâtif et bourru
d'un industriel qui n'a pas une minute à
perdre. Le concierge y fut pris.

— Comme cela, murmura-t-il en hésitant
— monsieur venait pour une affaire... sérieuse ?

Amaury simula un éclat de rire nerveux.

— Sérieuse !... s'écria-t-il. Mais, mon
brave, si je n'ai pas vu votre maître d'ici
à une demi-heure, la moitié de sa fortune
sera compromise.

La figure du portier s'allongea. Il regarda la pointe de ses bottes et se gratta
rêveusement la tête.

— Allons !... reprit le vicomte avec un
soupir, je retourne rue Auber... quoique
ce soit bien inutile ; car maintenant, à
supposer que je mette la main sur Brossac,
il sera trop tard.

En parlant de la sorte, Lagardiole faisait mine de s'en aller. Le concierge lui
posa doucement la main sur la manche et
dit à demi-voix :

— Si monsieur voulait causer avec
M. Stanislas ? Il indiquera peut-être à
monsieur l'endroit où l'on pourrait trouver M. Brossac.

— Qu'est-ce que M. Stanislas ? demanda
le vicomte.

L'autre montra du doigt la maison. Un
grand drôle, bien découplé, traversait en
ce moment le vestibule. Il était vêtu d'une
casaque rouge et portait des guêtres couleur chamois.

— M. Stanislas, — reprit le concierge,
— c'est le cocher de monsieur. Il vient ici
de temps à autre pour voir si rien ne cloche. Monsieur lui accorde sa confiance ;
par conséquent, il doit être informé...

Et arrondissant ses deux mains en forme
de porte-voix, le portier cria :

— Ohé ! monsieur Stanislas !

M. Stanislas se retourna.

Il avait de petits favoris roux, l'air insolent, la pipe à la bouche et les pouces
dans les poches de son gilet.

— Qu'y a-t-il ? fit d'un ton bref ce spécimen des domestiques de mauvaises maisons.

— Un monsieur qui désire avoir la chose de vous parler.

— Eh bien! pourquoi n'avance-t-il pas, ce monsieur?

Il articula ces mots entre ses dents serrées autour du foyer de sa pipe. Puis il lança un long jet de salive. Toute sa personne inspirait l'irritation et le dégoût. L'attitude était impertinente, l'accent grossier, la voix crapuleuse. Quant à la figure, elle appelait irrésistiblement les gifles.

Lagardiole comprit qu'il n'aurait point facilement raison de ce gaillard-là. Néanmoins il franchit la cour et marcha au-devant de lui.

M. Stanislas, sans bouger de place et sans modifier sa contenance, le regarda venir. Enfin il grommela:

— De quoi qu'il s'agit?... Dépêchez-vous. On m'attend. Je suis pressé.

Le vicomte souriait. Il contempla un instant ce valet modèle; puis, du bout de sa canne, il lui enleva délicatement sa casquette qu'il fit voler à dix pas.

Après quoi, d'un revers de la même canne il lui brisa sa pipe entre les lèvres.

— Où diable avez-vous donc servi, mon garçon? lui dit-il en souriant toujours, — et qu'est-ce que c'est que ces manières-là?

Interloqué, interdit, muet de stupéfaction, M. Stanislas dévorait de l'œil cet étranger téméraire. Il se serait bien jeté sur lui; mais Lagardiole mesurait un mètre soixante-quinze de la cime à la base et ses épaules paraissaient être taillées à l'avenant.

M. Stanislas se tint tranquille.

— A présent, lui dit le vicomte, conduisez-moi auprès de votre maître et tâchez d'être poli.

— Mon maître est absent, gronda le valet. On a dû vous le dire.

—Oui. Mais je n'en crois pas un mot. Je sais qu'il est arrivé ici tout à l'heure accompagnant une jeune fille et...

— Ah! vous savez ça? ricana le domestique.

— Oui. Est-ce vrai ou non?

— Tout ce qu'il y a de plus vrai. Une jeune fille brune, seize à dix-sept ans, le nez en l'air et des cils longs comme le doigt. Même qu'il l'appelait Rosette.

— Justement.

— Et elle, continua M. Stanislas, elle appelait mon maître Léon, elle se pendait à son cou, elle l'embrassait tout le temps. Cré nom! de les voir, ça me suscitait des envies folles de me marier.

— Plaît-il?... s'écria Lagardiole aba-

sourdi. C'est faux!... Tu mens, mauvais drôle!

— Pourquoi que je mentirais? A preuve qu'ils roulent maintenant comme deux tourtereaux dans le chemin de fer...

— Partis!... impossible!

— Très possible, au contraire. Ils se sont fait conduire à la gare de Lyon, et ils ont dû prendre le train de six heures trente.

XVI

Immobile sous le vestibule, Amaury écoutait parler le cocher de Brossac en cherchant à deviner sur sa plate figure s'il répétait une leçon étudiée d'avance.

Mais l'accent de M. Stanislas était si bien celui de la franchise que, malgré l'étrangeté de ses assertions, Lagardiole se sentait ébranlé.

Un autre aurait crié à l'invraisemblance; — le vicomte, lui, doutait. Les gens corrompus sont aussi prompts à croire au mal que les honnêtes gens sont peu disposés à l'admettre. Habitué d'ailleurs à considérer les femmes comme de jolies poupées sans cervelle et sans logique, ne s'ébahissant ni de leurs légèretés ni de leurs perfidies, il s'attendait toujours de leur part aux inconséquences les plus monstrueuses.

Que Rosette, que cette petite fille étourdie, frivole, vaniteuse et coquette, dont la vertu, — elle le lui avait avoué elle-même, — n'avait jamais tenu qu'à un fil, se fût en une heure laissée séduire par les promesses du trivial Brossac, — cela ne lui paraissait point surnaturel.

Il ne s'en étonnait pas, mais il éprouvait une sorte de déception singulière, mélangée d'amertume et de dépit.

Cependant M. Stanislas, tout en ramassant les morceaux de sa pipe, riait sous cape, regardait le vicomte à la dérobée et semblait goûter un plaisir vengeur à jouir de sa consternation.

Cette pantomime aurait éclairé Lagardiole s'il l'avait vue. Elle lui échappa, car il ne songeait guère à observer le faquin. Appuyé à la rampe de fer doré qui conduisait aux appartements de Brossac, Amaury se tourmentait la moustache par un geste machinal et nerveux.

A ce moment, un bruit soudain le fit tressaillir.

A l'étage supérieur, on entendit le fracas d'une porte fermée avec violence, des pas précipités, des trépignements, des plaintes sourdes.

Amaury se redressa. Ses yeux dégageaient des éclairs.

— Tu m'as menti, misérable! s'écriat-il.

Et il bondit vers l'escalier.

— On ne passe pas ! dit M. Stanislas qui se jeta devant lui.

D'un formidable coup de poing, Lagardiole lui contusionna la mâchoire. Puis, il franchit l'escalier en trois sauts.

Mais le valet, déjà revenu de son étourdissement, le rejoignit, et, furibond, ivre de colère, la face sanglante et bleue, lui mit la main sur l'épaule.

Le vicomte se retourna blanc comme un linge.

—Tu m'as touché, je crois ! balbutia-t-il.

En même temps, il saisit M. Stanislas à la gorge, donna deux tours à sa cravate et lui infligea une de ces corrections dont l'homme corrigé se souvient jusque dans sa plus extrême vieillesse.

Cette exécution accomplie, il souleva le fidèle serviteur par le fond de sa culotte et le lança plus mort que vif du haut en bas de l'escalier. M. Stanislas en dégringola toutes les marches sur le dos. Arrivé à la dernière, il ne bougea plus.

Le vicomte, alors, sans s'occuper de lui davantage, vola au secours de Rosette.

Guidé par les gémissements plaintifs qui se succédaient à de très-cours intervalles, il traversa plusieurs pièces vides. Chose bizarre, aucune porte n'était fermée. Brossac, n'ayant que deux complices tout aussi intéressés que lui-même à garder le silence et se croyant parfaitement certain de n'être point dérangé dans son œuvre d'infamie, avait négligé les précautions les plus simples.

Lagardiole arriva donc sans obstacle au seuil de la chambre d'où partaient les cris.

Là, il s'arrêta stupéfait.

Puis, un rire fou, un rire formidable, inextinguible lui secoua les côtes.

Ce n'était point Rosette qui se lamentait, c'était Brossac en personne.

Voici pourquoi :

Poursuivie à travers l'appartement, serrée de près par l'homme pratique, la jeune fille haletante, éperdue, avait cherché un refuge dans cette chambre où Amaury venait de la retrouver.

Il y avait là, pour ainsi dire, un musée hippique.

Brossac, qui se vantait d'aimer les chevaux, avait entassé dans ce salon une foule d'objets rappelant les courses. Des gravures de sport couvraient les murailles, tandis que des fouets, des brides, des harnais, tout un attirail d'écurie était disposé çà et là en manière de trophées.

Or, la pauvre petite Rosette, sur le point de tomber entre les griffes du satyre et ne sachant plus à quel saint se vouer, avait résolument décroché une cravache et s'en servait pour tenir en respect son agresseur.

Chaque fois que l'amoureux Brossac ouvrait les bras pour l'étreindre, elle lui cinglait les doigts, ou les jambes, ou même les joues.

Brossac hurlait, mais il ne se calmait pas.

Il était tellement pratique qu'il fût mort sous le fouet plutôt que de renoncer à prendre immédiatement livraison de Rosette. Cette morveuse lui coûtait cher ; il avait payé ce colis ; cette marchandise était sa propriété désormais. Donc, il entendait rentrer dans ses debours, non pas demain, non pas tout à l'heure, — mais à l'instant même.

D'ailleurs il s'était pomponné en conséquence. Un déshabillé galant rehaussait l'obèse prestige de son individu. Il avait arboré une robe de chambre neuve. Il sentait bon. Sa chemise de soie était inondée d'essence bouquet. Ses cheveux roux nageaient dans l'huile antique. Le deuil indécrottable de ses ongles était nuancé de glycérine.

— Avoir fait tant de préparatifs, et m'en retourner bredouille !.... Allons donc ! murmurait-il, vous ne le voudriez pas.

Encore s'il ne s'était mis en frais que de savons et de pommade ! Mais en dehors des factures du parfumeur, il y avait :

Soixante mille francs décernés à Clorinde ;

Trente mille, ou à peu près, promis à la veuve Imbert ;

Et dix mille francs de dépenses diverses.

En tout, cent mille francs.

Payer cent mille francs pour recevoir des coups de cravache, — c'est raide. On s'en procure à meilleur marché.

Telles étaient les réflexions et additions pénibles auxquelles se livrait Brossac, en sautillant sous la badine de Rosette comme un chien savant qui danse la monaco.

— Tout ça, parce que je l'ai déliée, — se disait-il avec rage. Si je ne l'avais pas déliée, je serais « le plus heureux des hommes. »

Et, sans cesse houspillé par l'impitoyable cravache, pourpre de fureur, suffoquant de lubricité, il tournait autour de la chambre en guettant la minute favorable pour désarmer et dévorer sa proie. Il sacrait et il suppliait tour à tour; il insultait Rosette et il lui donnait de tendres noms d'oiseaux; il jurait de lui tordre le cou et il lui offrait un intérêt de sept et demi pour cent dans ses affaires.

Rosette, transie de peur, très pâle et très sérieuse dans son costume cerise et argent, faisait, pour unique réponse, siffler sa houssine.

Et Brossac repartait au galop. Et ce galop rotatoire rappelait à s'y méprendre celui de ces chevaux « dressés en liberté » qui, dans l'enceinte du Cirque, décrivent de grands cercles autour d'un écuyer impassible.

Enfin, Lagardiole apparut.

La cravache tomba des mains de Rosette. Elle s'élança, elle entoura le vicomte de ses bras tremblants, elle se pressa contre lui et elle bégaya d'une voix tremblante :

— Au secours, monsieur Amaury. Sauvez-moi ! emmenez-moi !...

Brossac, immobilisé tout d'un coup, eut l'apparence d'un bloc de pierre. Une pâleur cadavérique chassa les coquelicots de son teint. Sa gorge se contracta comme s'il eût essayé de déglutir quelque chose d'invisible et de résistant.

Hélas ! ce morceau si dur à avaler, c'était la perspective des cent mille francs à passer par profits et pertes.

— Inutile de vous envoyer prendre un bain russe, n'est-ce pas, Brossac ?... lui dit le vicomte. Je suppose que vous vous trouvez assez frictionné comme ça ?

Ces mots exaspérèrent l'escompteur. Il se rua vers une panoplie et s'empara d'un pistolet chargé.

Mais avant qu'il n'eut réussi à l'armer, Lagardiole le lui arracha, et, prompt comme la foudre, lui fit perdre l'équilibre grâce au plus élégant des croc-en-jambes.

— Amour, amour, quand tu nous tiens, on peut bien dire adieu prudence !... soupira le vicomte en plantant son genou dans la poitrine de son ennemi. Comment, gros insensé, vous voulez donc tâter de l'échafaud ? Pas pratique du tout, cela. Contentez-vous d'aller au bagne.

— Au bagne ?... râla Brossac.

— Hé oui ! n'avez-vous pas fait tout ce qu'il fallait pour le conquérir ? Détournement de mineure, rapt, tentative de viol, attentat aux mœurs suivi de violence... le jeu complet, enfin. Et je ne vous cache pas qu'au sortir d'ici, mon intention est d'aller vous dénoncer tout courant.

Brossac heurta le parquet de sa tête livide.

— Brûlez-moi plutôt la cervelle ! murmura-t-il.

Amaury sembla réfléchir à cette proposition.

— Eh bien... non ! fit-il soudain. Je serai clément. Vous m'avez jadis rendu service, mon pauvre bon... Un service d'argent... à cent pour cent par mois. Ce sont là de ces choses qui jamais ne s'oublient. Relevez-vous, Brossac. Je vous accorde douze heures pour fuir vers d'autres climats.

Brossac respira, — et à pleine poitrine, car le genou d'Amaury ne pesait plus sur elle.

— Mais, ajouta Lagardiole, — si, dans douze heures, vous encombrez encore le sol de notre belle patrie... gare aux gendarmes !

— Je partirai, — dit Brossac humblement.

— Bon voyage !

Et le vicomte souriant à Rosette, dont les yeux émerveillés brillaient à chacune de ses paroles comme deux points d'admiration, la prit par la main et l'emmena.

XVII

Même en descendant l'escalier de Brossac, Rosette, quoique frissonnante encore et mal remise de son effroi, enveloppait Amaury d'un regard extasié.

— Beau, spirituel et brave !... pensait-elle.

Et, fière de son libérateur, elle se cramponnait frileusement à lui.

Sous le vestibule, ils rencontrèrent M. Stanislas. Il s'inclina aussi bas que le lui permit son échine endommagée. M. Stanislas, lui aussi, avait appris à vénérer Lagardiole. On a beau dire, la vigueur musculaire a son charme.

— J'espère que vous n'êtes point blessé, mon ami ? demanda le vicomte.

M. Stanislas grimaça un doux sourire.

— Monsieur est bien bon, répliqua-t-il. Les poumons recommencent à fonctionner. Mais c'est le dos qui n'est pas content.

— Tenez, fit Amaury, — voici des compresses.

Il lui donna trois billets de cent francs.

— Et généreux, par-dessus le marché !.. chuchota Rosette.

Toutefois, quand ils furent assis dans le coupé côte à côte, quand la fillette se sentit emportée à travers les fraîcheurs du matin, quand elle se vit décidément à l'abri des immondes atteintes de Brossac, — alors une réaction nerveuse s'opéra en elle et son visage mutin ruissela de pleurs.

— Qu'avez-vous donc, petite Rosette ? interrogea Lagardiole un peu surpris.

— Pardon, murmura-t-elle, eh ! pardon, monsieur Amaury. C'est bête comme tout, ce que je fais là... mais... vrai, je ne puis pas m'en empêcher.

Il lui prit les mains et l'attira délicatement à lui.

— Pleurez, pauvre mignonne, soulagez-vous le cœur. Vous êtes en sûreté maintenant.

Elle appuya son front sur l'épaule du vicomte, et, tout en s'efforçant de rire, elle éclata en sanglots.

— Suis-je sotte ! balbutia-t-elle. Je me battrais volontiers. Au lieu de vous remercier, voilà que je vous ennuie.

— Vous ne m'ennuyez pas, Rosette. Rien de vous ne saurait me déplaire. Je suis votre ami désormais ; c'est une affaire entendue entre nous.

— Oh ? oui, s'écria-t-elle avec effusion. Mon meilleur, mon seul ami !...

Elle ne songeait pas plus à Sylvain que s'il n'eût jamais existé.

Où était-il en ce moment, le malheureux ? Courait-il toujours après la voiture d'où on l'avait expulsé si perfidement ? Mettait-il sur pied la police et la gendarmerie ! S'arrachait-il les cheveux ou bien rugissait-il de désespoir ?

De tout cela, Rosette ne s'inquiétait guère.

Sylvain, pour elle, ne comptait pas dans l'humanité. C'était un être insignifiant, sans conséquence, un de ces animaux domestiques dont on s'amuse ou que l'on frappe, selon l'humeur où l'on se trouve ; un chien fidèle, une de ces bonnes bêtes intelligentes que l'on croit avoir récompensées suffisamment lorsqu'on leur a permis de vous lécher la main.

Rien de plus.

Sa tendresse profonde, sa soumission absolue, ses avis excellents, ses soins, ses attentions de tous les jours, de toutes les heures, de toutes les minutes, — Rosette s'en souvenait à peine ou, si elle s'en souvenait, elle n'y attachait aucun prix.

— Depuis que je suis au monde, — soupira-t-elle avec une conviction parfaite, — personne ne s'est intéressé à moi. Jusqu'à quinze ans, on m'a rudoyée. A partir de quinze ans, l'on m'a traitée comme un jouet. Tous les hommes que j'ai rencontré m'ont dit des mensonges ou de vilaines choses. Les uns essayaient de m'acheter, les autres de me séduire. Vous, monsieur Amaury, vous ne m'avez pas même adressé un compliment... Mais vous vous êtes conduit avec moi comme un frère...

Et Sylvain ?

Encore une fois Sylvain ne comptait pas.

Sylvain était laid, pauvre, timide et gauche. Mal habillé surtout, — faute irrémissible.

Conduisez-vous comme un frère avec les femmes, ayez mille qualités, un cœur d'or et une foule de vertus; mais, au nom du ciel, ayez d'abord un bon bottier, un excellent tailleur et un délicieux fabricant de chemises.

— Sans vous, — continua Rosette, que serait-il advenu de moi ?... Je sentais s'épuiser mes forces. La peur m'enlevait mon énergie. Si vous n'étiez arrivé, j'étais perdue..., oui perdue !... Et après, —

oh ! je vous le jure, monsieur Amaury, aussi vrai que le soleil nous éclaire, — après, j'aurais été me jeter à l'eau.

— Ne pensez plus à tout cela, mon enfant. C'est fini, c'est passé. Demain, cette abominable histoire vous produira l'effet d'un mauvais rêve, et votre gaieté naturelle reprendra le dessus. Seulement, — comme je vous le disais cette nuit, — méfiez vous de votre mère...

— Ma mère !... exclama Rosette.

Et, frémissante, elle se voila les yeux de ses deux mains. On eût dit qu'un fantôme oublié surgissait devant elle.

— C'est une méchante femme, poursuivit le vicomte. Heureusement pour vous, elle est malade en ce moment — très malade même. On l'a saignée tout à l'heure, et il est probable que pendant plusieurs jours elle sera obligée de garder le lit. Vous n'aurez donc pas à craindre les suites de sa colère quand elle verra que vous avez déjoué ses honteux calculs. En outre, elle sera hors d'état de vous tourmenter d'ici à longtemps, Allons, Rosette, bon courage. Tout ira bien.

Mais Rosette conserva son attitude morne, et sa jolie tête se pencha tristement.

— Ma mère, répéta-t-elle.

Et tandis qu'elle prononçait ces mots, l'on aurait pu lire au fond de ses yeux du mépris et du désespoir, de la terreur et de la haine.

Le coupé d'Amaury atteignait déjà le rond-point. Avant dix minutes, on allait arriver rue de Provence.

Et c'était à cela que songeait la jeune fille épouvantée.

Dès le moment où Lagardiole lui avait parlé de sa mère, le souvenir de tout ce que cette femme avait tenté pour l'avilir s'était présenté à son esprit avec une netteté saisissante.

Ce passé, — elle le lui pardonnait. Les injures, les coups, les affreux traitements dont la veuve Imbert avait assombri son enfance, elle ne lui en gardait pas rancune.

Elle ne lui en voulait même point de ses conseils immoraux, de ses efforts constants pour lui faire aimer le vice. Accoutumée de longue date aux ignobles sollicitations de cette mégère, elle avait fini par en rire, en se disant : — Au bout du compte, j'ai mon libre arbitre ; j'agirai comme il me conviendra.

Tant que la veuve s'était bornée à des essais de corruption morale, — Rosette, élevée dans les idées les plus fausses, nourrie des préceptes les plus dangereux, s'était persuadée que sa mère n'avait en vue que son bonheur.

Mais le guet-apens auquel par miracle

elle venait d'échapper lui ouvrait les yeux tout à coup.

Elle reconnut qu'elle n'avait pas de plus grande ennemie que sa mère ; elle trembla de retomber sous l'autorité de cette femme qui, de nouveau, allait lui tendre des embûches, trouverait moyen de la livrer encore... et qui sait ? à Brossac, peut-être !

Alors, éperdue de terreur, elle se précipita entre les bras d'Amaury, et elle cria :

— Non, non!... je vous en conjure....., ne me ramenez pas dans cette maison maudite.

Lagardiole avait suivi toutes ces pensées au vol, à mesure qu'elles se succédaient sur le visage expressif de la pauvre enfant. Il lisait déjà au fond de cette âme aussi couramment qu'il aurait lu dans un livre.

— Eh bien ! où désirez-vous que je vous conduise, Rosette? demanda-t-il à demi-voix.

— Où vous voudrez ! balbutia-t-elle. Mais pas là !,.. pas là !...

Lagardiole était pâle. Sa respiration s'embarrassait. Une flamme subtile envahissait tout son être.

Jamais, au contact d'une femme adorée, il n'avait ressenti le charme, la fascination brûlante que lui faisait éprouver la gracieuse créature appuyée sur son cœur.

— Emmenez-moi où vous voudrez ! avait-elle dit.

Et, suspendue au cou du vicomte, la tête renversée en arrière, les yeux fermés, rose de pudeur et d'amour, elle souriait à travers ses larmes comme un enfant apaisé qui s'endort.

Elle ne craignait, elle ne regrettait plus rien. Elle s'était donnée...

Amaury eut un éblouissement. Il étendit le bras pour faire signe à son cocher de tourner bride et de les ramener chez lui.

Puis, son bras retomba. Ce signe, il s'abstint de le faire.

Une ride profonde s'était creusée sur son front devenu menaçant et soucieux. Il venait de se rappeler la duchesse : il venait de se dire qu'il serait un fou d'associer Rosette à sa vie.

Au trouble qu'elle lui inspirait déjà, il comprit que cette charmante fille, s'il ne la fuyait à l'instant, allait envahir despotiquement sa destinée ; il se dit qu'elle serait un obstacle à sa fortune, une barrière entre lui et l'avenir...

Alors, posant un long baiser parmi les cheveux noirs de Rosette, il murmura d'une voix émue :

— Rosette, mon ange aimé, dans trois mois je me marie...

Par un mouvement brusque, inattendu, plein de violence , elle s'arracha de ses bras et fixa sur lui ses prunelles dilatées.

Il ne put soutenir ce regard. Un désir fou, une soif dévorante de l'amour et des caresses de cette enfant lui monta du cœur au cerveau. Il fut prêt à crier : « Reste ! viens avec moi ! Je n'aime que toi ! Je ne veux pas que tu me quittes !...»

Et , pour échapper à la tentation, il plaça sa main sur ses paupières.

Tout à coup, sur son autre main, deux lèvres frémissantes se collèrent, et il sentit une larme chaude rouler entre ses doigts.

Il rouvrit les yeux en tressaillant.

— Rosette ! s'écria-t-il.

Personne ne lui répondit.

La voiture s'était arrêtée. On était rue de Provence, et Rosette avait disparu.

XVIII

Il nous faut maintenant revenir en arrière et remonter au début de cette nuit pendant laquelle ont eu lieu le bal de Clorinde et l'enlèvement de Rosette.

Vers une heure du matin, c'est-à-dire vers la minute environ où Roger Destrel entrait chez madame de Santelda, une calèche de louage roulait mélancoliquement sur le boulevard de Clichy.

Bien qu'elles allassent au pas, les malheureuses rosses qui traînaient cette voiture découverte étaient trempées de sueur, et paraissaient exténuées. On l'eût été à moins. Depuis le commencement du jour elles circulaient sans relâche, promenant les deux mêmes individus.

Ce couple faisait du bruit comme quatre. C'était un ménage très gai, très tapageur. L'homme et la femme appartenaient évidemment à la classe ouvrière. On le devinait, — non point à leur mise qui était somptueuse et selon les dernières lois de la mode, — mais à leur langage, à leurs allures, et surtout au choix singulier de leurs divertissements.

En effet, résolus à s'amuser coûte que coûte, ils avaient pris place, dès avant midi, sur les coussins râpés du véhicule en question, et il y avait à présent quatorze heures qu'ils voltigeaient, de guinguette en guinguette, sur cette ligne macadamisée qui servait de ceinture à l'ancien Paris que l'on appelait les boulevards de banlieue.

On les avait vus à Charonne, à Ménilmontant, à Belleville, à la Villette. Chantant haut, bavardant fort, faisant des niches à leur cocher, tirant la langue aux passants, riant de tout, de la figure de celle-ci et du nez de cului-là du vol d'une mouche, de la queue d'un chien et de la forme d'une enseigne, ils avaient usé de leurs loisirs à la façon de deux échappés de l'école mutuelle.

Se présentait-il un tir au pistolet, monsieur, immédiatement, essayait son adresse. Rencontrait-on une balançoire aérienne, madame s'y élançait en folâtrant. A plus de vingt reprises, ils s'étaient fait peser l'un et l'autre. Ils avaient cavalcadé à fond de train sur les chevaux de bois. La femme colosse et le phoque civilisateur s'étaient enorgueillis de leur visite. Enfin, ils avaient approfondi les mystères de la quille à Mayeux et les vanités du jen de macarons, où l'on gagne à tout coup..... la considération de la marchande...

Mais leurs préférences les plus assidues s'étaient adressées aux endroits où l'on se rafraîchit et cette longue promenade n'avait été, à vrai dire, qu'un voyage d'exploration chez tous les marchands de vin qui florissent depuis le boulevard de Montreuil jusqu'au boulevard de Courcelles.

Aussitôt qu'un cabaret montrait sa façade rouge ou jaune à l'horizon, vite on faisait halte, on descendait, on trinquait avec le patron et même avec les consommateurs lorsqu'ils daignaient accepter une politesse. Le cocher était de la partie. Jamais il ne remontait sur son siége sans avoir avalé un bock, une demi-tasse ou un canon. Aussi une intimité fort étroite régnait-elle entre ses clients et lui. A cinq heures du soir il comblait déjà monsieur de coups de poing dans le dos et il commençait à tutoyer madame.

De cabaret en cabaret, on était arrivé à La Chapelle. Là, station de deux heures, Monsieur et madame après avoir désigné leur restaurant, avaient dîné en tête-à-tête dans le plus particulier de tous les cabinets. Puis, s'arrachant à ce lieu de délices, ils s'étaient réinstallés, cramoisis comme des pivoines, dans ce qu'ils intitulaient fièrement « leur guimbarde. »

Or, au moment où la dite guimbarde repartait, deux honnêtes citoyens furent obligés de se ranger contre le mur et l'un d'eux, le nommé Barbançon, père de famille et doreur sur métaux, s'écria en se frottant les yeux :

— Dis donc, Goblot, c'est-y que j'ai la berlue ?

Goblot, monteur en bronze, exhala un rire satanique et fatal.

— Non, répliqua-t-il. T'as pas l'ombre d'un hanneton dans la rétine. Le particulier qui se la casse présentement avec

aisance et vélocité, — c'est bien notre ex-ami Pierre Guérard, une fripouille premier numéro dont je retiens des petits pour les exposer sous un globe à seule fin de n'en pas perpétuer l'espèce.

— Censément alors que la bourgeoise...

— La bourgeoise, innocent Barbançon, n'est autre que son Héloïse habituelle.

— J'en tombe du septième au-dessus de l'entresol.

— N'y a pas de quoi. Leur raccommodage, vois-tu, était prévu là, — et là ! dit Goblot, qui montra le ciel d'abord, et ensuite sur propre front mâchuré par la noble poussière du travail.

— Mais c'est de la dérisoire !... vociféra Barbançon. Comment! Après qu'ils se sont conjointement défoncé la figure et l'honneur...

— Barbançon, pas de crucheries ! Apprends pour ta gouverne, que la femme est une créature incohérente et impalpable. Plus plus qu'on la frotte et plus qu'elle s'attache à vous. Elle a ça de commun avec la poudre à gratter.

— Je ne vas pas à l'encontre. Mais...

— Assez !... Ton étonnement humilie le genre humain. Plonge-le dans l'ombre des nuits et offre-moi une chopine.

— N'empêche, soupira Barbançon, qu'ils ont l'air de naviguer dans la mollesse la plus chocnosophe. As-tu vu les frusques d'Héloïse ? En a-t-elle des velours, et tout, sur les estomacs ! Et lui, son chapeau reluit si tellement qu'y aurait pas moyen de le fixer sans lunettes bleues ! Paraît que la machinette à pièces de cent sous fonctionne toujours..... S'il avait voulu pourtant, vingt pétards ! je m'aurais associé.

— Assez ! te dis-je, vieux Barbançon, et fais-moi la volupté conséquente de nettoyer ces regrets frivoles. L'or du crime dont auquel il est taché de sang ne profite jamais à quiconque. Socrate, Voltaire, Talma, Jean Bart et autres anciens diplomates l'ont proclamé dans leurs nombreux écrits.

Terrassé par l'érudition de son ami, Barbançon rentra en lui-même et garda le silence désormais.

Cependant, Pierre Guérard et son Héloïse, effectivement réconciliés depuis peu, continuèrent à se lancer au milieu d'un tourbillon de plaisirs, jusqu'à l'heure où, caboulots et bastringues étant fermés, force leur fut de songer au retour.

C'est à cette minute que nous les retrouvons.

Le temps était doux, la nuit sereine. Héloïse, d'une voix à la fois éteinte et perçante, chantait successivement toutes les romances langoureuses qui lui revenaient en mémoire, passant de l'une à l'autre sans transition.

Pierre, en manches de chemise, mais toujours coiffé de son superbe chapeau, dodelinait de la tête et s'assoupissait peu à peu.

Le cocher, affaissé sur lui-même, le dos arrondi, la pipe aux dents, s'engourdissait aussi dans une vague somnolence. Sa main sur ses coursiers laissait flotter les rênes; mais les pauvres bêtes, à moitié mortes de fatigue, ne semblaient pas lui en savoir le moindre gré.

Dans la voiture, sur la banquette de devant, étaient empilés pêle-mêle deux bouquets fanés, plusieurs douzaines de macarons, quatre bâtons de sucre de pomme, huit oranges, quelques mirlitons, trois pavés de pain d'épices, une crécelle et beaucoup de lanternes vénitiennes.

Sous les pieds de Guérard, un lapin vivant s'agitait au fond d'un panier. Et, gagnées sans doute à quelque loterie en plein vent, des porceleines dorées, ornées de légendes bizarres, cliquetaient dans les creux de la capote renversée.

Chacun de ces objets était une preuve de la munificence de Guérard. A dater de l'instant où la paix avait été conclue, Pierre n'avait cessé d'être aux petits soins pour son Héloïse. Il ne lui refusait rien, il allait au devant de ses caprices. Il la nourrissait des gibelottes les plus succulentes et des tartes aux pommes les plus suaves. Et la magnifique toilette qu'elle portait, c'était lui qui l'avait payée.

Oui, prodige étourdissant! partout il payait pour elle... D'habitude, le contraire avait lieu. D'habitude, Héloïse n'entrevoyait son amant que lorsqu'il était sans le sou. Avait-il de l'argent, il courait aussitôt le dépenser avec d'autres femmes.

A présent, changement à vue! Quoique roulant sur l'or, il ne quittait pas sa maîtresse. Que dis-je!... il était revenu à elle le premier. Doux comme un mouton, tendre comme un pigeon ramier, plus amoureux mille fois qu'à l'aurore de leur liaison illégitime. Il ne savait qu'inventer pour lui plaire. Il l'accablait d'incessantes générosités, et gaiement il dissipait en sa compagnie le restant des vingt-cinq louis de la duchesse et les mille francs de Lagardiole.

Ah! comme elle se sentait heureuse, Héloïse! Et comme elle chantait de bon cœur! Elle aimait ce gredin; elle l'adorait malgré ses défauts, malgré son égoïsme féroce; elle l'idolâtrait en dépit — et peut-être même a cause de ses vices... De le retrouver si affectueux, si charmant, elle en croyait à peine ses yeux et ses oreilles...

Le bonheur l'avait régénérée. Elle était redevenue jolie, et, de son aigre voix de faubourienne, grasséyante et voilée, elle gazouillait les plus beaux air de son répertoire.

— Est-ce que tu dors, mon Pierre? demanda-t-elle en s'interrompant tout d'un coup.

— Non, répondit Guérard. Même que tu én étais à « Riants mensonges, envolez-vous et pour jamais. » Continue.

— Ça ne t'ennuie donc pas, que je chante?

— Au contraire. Ces machines-là où on parle tout le temps d'étoiles, d'anges, de songes, d'azur et d'ailes d'or... Qu'est-ce que tu veux! Ça me remue...

— Vraiment?

— Quand c'est toi qui les roucoules, s'entend. Ah! dame, ça serait une autre, j'y dirais: — Allez vous asseoir. Mais toi, ça me remue, n'y a pas. Parce que, vois-tu, on n'a pas été collé trois ans avec une femme sans que le souvenir impénétrable il vous donne, des fois, quelques picotements dans le nez.

— Pauvre chat!... murmura la jeune femme enchantée par cette poésie de quinzième classe.

Et elle embrassa Guérard éperdument.

A la faveur des ténèbres, Pierre fit une grimace aussi épouvantable que railleuse. Puis, il reprit d'un accent ému:

— Dis donc, Loïse, je pense à une chose.

— A quoi, mon chéri?

— Faudra que je fasse tirer ton portrait chez le photographe; comme ça t'auras beau ne pas ne pas être avec moi, tu y seras tout de même. Je te mettrai sous mon gilet, entre cuir et chair. Pour lors, toutes fois et quantes j'aurai envie de nopcer tout seul, ton portrait me grattera la peau et me criera: « Mais rentre donc, fainéant, rentre donc auprès de ta petite femme! »

Des larmes d'attendrissement mouillèrent les yeux d'Héloïse. Elle serra sur son cœur Guérard, qui se tenait à quatre pour ne point pouffer de rire.

— Mon Dieu! s'écria-t-elle, tu veux donc me rendre folle? Es-tu assez aimable... es-tu assez gentil?...

— Et toi, pensait Guérard à part lui, es-tu assez dinde! es-tu assez oie!... Ma parole d'honneur, n'y a pas de mérite à fourrer dedans une pareille bécasse. Elle est trop bête!

XIX

Le fait est qu'Héloïse manquait absolument de pénétration.

Depuis huit jours que Pierre la mangeait de caresses, elle n'aurait eu qu'à le regarder une seule fois au fond des yeux pour s'apercevoir qu'il jouait un rôle. Les yeux de Pierre le trahissaient à son insu. Si sa jolie figure, maigre et blême, exprimait une affection doucereuse, en revanche son regard avait, à toute minute, des éclairs sournois, haineux et moqueurs.

Mais la pauvre fille était trop éprise pour observer. Et quoiqu'elle eût mille raisons de se défier de Guérard, elle s'enivrait aveuglément de ses protestations hypocrites et de son prétendu regain de tendresse.

Appuyée sur son épaule et lui serrant les mains, elle recueillait une à une les paroles qu'il daignait laisser tomber de ses lèvres. Elle était aussi émue par ces paroles triviales, grotesques même, qu'une intelligence cultivée aurait pu l'être par les plus nobles vers de Lamartine.

Et tandis que, criant sur ses essieux, la calèche délabrée roulait avec lenteur au gré de ses chevaux poussifs, Héloïse, les prunelles noyées, aspirait délicieusement l'air de la nuit et répétait d'un ton timide :

— C'est donc bien vrai, bien vrai, mon Pierre, que tu ne me détestes pas?

— En voilà des idées !... s'écria-t-il. Comment peux-tu me faire une question aussi cocasse?

— C'est que... après tout ce que tu m'as dit, l'autre jour, à ce bal... devant ces vilaines femmes.

— Bon !... est-ce que tu vas encore me juguler avec cette histoire-là? Que t'ai-je dit, voyons? J'étais dans les brindesingues. Si je t'ai un peu agonie, faut m'excuser. Moi, je ne m'en rappelle pas.

— Et les femmes, monsieur? Qui donc les avait invitées à boire avec vous?

— Les femmes... les femmes... Y avait-il des femmes?... Du diable si je les connais, par exemple...

— Alors, tu ne te souviens de rien?

— De rien du tout. J'étais plein comme un boudin. Ce qu'on a fait ou raconté autour de moi... j'en ignore.

— Ainsi notre dispute, mes reproches, mes menaces...

— Ni vu, ni connu, je t'embrouille. Puisque je ne me rappelle même pas de t'avoir aperçue...

— Cependant tu n'as pas oublié que je t'ai jeté une canette à la tête?

— C'est mon front qui ne l'a pas oublié. Pour tant qu'à moi, — zut et zut !... A preuve que le lendemain je suis arrivé chez toi tranquille comme Baptiste, avec mon bobo sur la coloquinte.

— Oui, pauvre loup ! Et tu ne voulais pas me croire coupable de ta blessure.

— Ça, c'est positif.

— Tu as eu l'air si étonné quand je te l'ai appris ! Et tout de suite après, tu as été si bon, si doux, si câlin !... Le repentir m'a saisie... et je t'ai demandé pardon en pleurant.

— Pardon de quoi, ma Loïse?... D'un accès de jalousie toujours flatteur pour les ceusse auxquels il en est la cause !

— Oh! oui, va... j'étais jalouse !... Je les aurais tuées, ces femmes... Et toi aussi.

— Bigre! pas de bêtise, dis donc !... Je comprends à présent pourquoi le lendemain tu me faisais des yeux féroces. De vrais poignards empoisonnés...

— Ah ! dame, c'est parce que d'abord je me suis imaginé que tu revenais chez moi... par intérêt.

Guérard tressaillit. Puis il partit d'un éclat de rire extrêmement bien imité.

— Par intérêt !... Elle est encore bonne, celle-là !... Par intérêt de quoi?... Sans vouloir t'humilier, bichette, tu es panée, dans ce moment-ci, comme du pain et des pommes... Pas vrai, Loïse, que tu es panée ?

Elle eut un sourire malin et répliqua :

— Je ne le serai peut-être pas toujours...

— Possible. Si tu hérites... de ton mari ou d'un autre. En attendant, tu es panée, rafalée, complétement à la côte. Tandis que moi, je nage dans l'opulence de la richesse. Pour lors, où qu'il serait l'intérêt, dis ?

Elle le regarda fixement. Et soudain, convaincue de sa sincérité, elle lui sauta au cou.

— Tiens ! exclama-t-elle, tu es trop mignon. Faut que je t'embrasse encore.

— Embrasse, ma Loïse, embrasse jusqu'à pus soif. Les baisers, c'est ta richesse à toi. Fais-moi z'en part. On ne t'en réclame pas d'autre !

— Ah ! fit-elle, c'est maintenant que je vois que tu m'aimes pour de bon ! Tu en seras récompensé, mon Pierre. Je te ménage une surprise..., mais là une fameuse.

— Bah ! laquelle ?

— Je ne te dis que ça ! Chut ! Attends que nous soyons chez nous.

Guérard écarquilla ses yeux de l'air le plus surpris qu'il put se procurer.

Au fond, il se disait :

— V'lan !... ça y est !... Enfoncée, la petite mère.

Héloïse reprit au bout d'un instant :

— Seulement, promets-moi une chose...

— Pourvu que ça ne soye pas la croix de la Légion d'honneur, — j'y consens.

— Promets-moi de ne jamais te griser lorsque je ne serai pas là pour t'empêcher de dire des bêtises. L'autre jour, tu as raconté devant tout ton monde mes histoires avec mon mari...

— Tu plaisantes ?...

— Non pas. Heureusement tu avais oublié son nom et tu n'as pas pu le prononcer... mais...

— Quand je l'aurais prononcé, où serait le mal ? Ça les aurait fait rire, et puis v'là tout. Un nom à coucher à la porte au mois de janvier !...

— Tais-toi, Pierre. Je ne veux pas qu'on se moque de ce malheureux garçon. Je l'ai trompé, je l'ai ruiné, je l'ai planté là. Il me semble que ça doit suffire.

— Pourquoi qu'il a été si godiche que de se marier avec une ouvrière, ce gandin-là ? Tant pire pour lui. Fallait pas qu'y aille.

— Voyons, c'était un gamin de dix-neuf ans. Il m'adorait; il me croyait sage...

— Un franc gâteux, quoi ! Et laid comme un macaque, d'après ce que tu m'as narré toi-même.

— Il n'était pas beau, certes. Mais gai, amusant au possible. Et si bon enfant !... Pauvre diable ! il ne méritait pas de tomber sur une gueuse de ma sorte.

Guérard affecta une physionomie vexée.

— Dis-donc, interrompit-il brusquement, si tu le regrettes tant que ça, ton ancien singe, tu n'as qu'à me donner son adresse... Je vais t'y conduire...

— Moi, le regretter ! Jamais. Seulement je ne sais pas pourquoi, depuis quelque temps je suis tourmentée, agacée par le sentiment de mes torts envers lui...

— As-tu fini tes manières !

— Pour me faire épouser par lui, j'ai joué une comédie infâme... Ça ne me portera pas bonheur.

— Oh ! là, là... Des remords !... Oùs qu'est mon fusil !... Des remords après huit ans de séparation à l'amiable ! Ça te prend sur le tard, ma poule.

Héloïse secoua la tête comme pour chasser une image importune.

— Voilà deux nuits que je rêve de cet homme, murmura-t-elle. Et toujours le même rêve ! Toujours je me revois à l'église, en blanc, devant le prêtre et auprès de lui... Rêver mariage, c'est signe de mort.

— Signe de mort pour lui, espérons-le. A moins qu'il ne soit déjà claqué.

— Non. Je l'ai rencontré hier sur la place de la Bourse.

— Ah ! C'est donc ça que tu y penses. Il a dû faire une bonne tête.

— Il ne m'a pas vue. Mais qu'il est changé, grands Dieux ! Lui autrefois si frais, si bien portant, il est aujourd'hui courbé en deux, jaune et aussi décharné qu'un squelette.

— Dame ! je conçois ça, dit Guérard en riant aux larmes. Tu lui as ratissé tout son quibus. Il est probable qu'il ne mange pas à sa suffisance.

— Laisse donc ! Il était mis comme un prince, et il montait dans un tilbury à sa livrée.

— Tonnerre !... Est-ce qu'il aurait refait fortune ?

— Je le lui souhaite.

— Oui, mais un instant, Bertrand ? Tâchons de découvrir où il demeure...

— A quoi bon !

— A quoi ?.. A lui envoyer une assignation.

— Es-tu fou ?

— Une assignation en règle... par ministère d'huissier. Afin qu'il te colle une pension alimentaire. Tu y as droit, ma Loïse.

Au moment où la jeune femme allait répondre. la voiture s'arrêta sur les hauteurs de la rue de Clichy. On était devant la porte d'Héloïse. Depuis sa brouille avec Guérard, elle était venue se loger là.

C'était une maison d'assez pauvre apparence. Elle ne possédait point de concierge et chaque locataire, pour y entrer, devait être muni d'un passe-partout.

Guérard paya le cocher. Puis les deux jeunes gens, après s'être chargés de tous les bibelots qui encombraient la voiture, grimpèrent à la lueur d'un rat-de-cave les six étages conduisant à la chambre d'Héloïse.

Une fois arrivé, Pierre s'assit lourdement sur une chaise.

— Ouf !... soupira-t-il, tandis que sa maîtresse allumait sa bougie, je suis moulu. Pas fâché de m'étendre immédiatement dans mes toiles.

— Oh ! bien, s'écria-t-elle gaiement, tu n'est pas au bout de tes peines. Nous allons sortir. Ainsi fais-moi le plaisir de ne pas te déshabiller.

— Hein !... sortir... à une heure et demie du matin ?

Elle se mit à rire d'un air malicieux. Pierre avait la bouche béante. En réalité, il n'était pas étonné le moins du monde.

Héloïse vint se poser sur ses genoux, et, de ses deux mains, lui tapotant la figure :

— Je t'ai promis une surprise, mon chéri.

— Tiens, c'est vrai, au fait... Oùs qu'elle est ta surprise ?

— Dehors, — mais pas bien loin d'ici.

— Et elle s'appelle ?

— Elle s'appelle : Cinquante mille francs.

Pierre fit semblant de bondir.

— Oui, appuya-t-elle radieuse et enchantée, cinquante mille francs que nous allons toucher ensemble, partager et manger ensemble.

Guérard, les yeux brillants d'une ironie féroce, se disait en lui-même :

— Cinquante mille francs, ma belle biche, que je vais toucher tout seul, partager avec moi tout seul et dont tu ne verras pas un fifrelin !

XX

Mais Pierre Guérard était un comédien consommé. L'éclair railleur de son regard s'éteignit vite, et ce fut d'un ton positivement stupéfait qu'il invita Héloïse à s'expliquer.

Alors elle lui raconta comme quoi, huit jours auparavant, tandis qu'elle travaillait chez une jeune fille dont elle était la couturière, elle avait entendu Lagardiole confier à un de ses amis le papier mystérieux que madame de Santelda tenait tant à reconquérir.

A cette nouvelle, — qui en réalité était loin d'en être une pour lui, — Guérard exprima son ébahissement par une pantomime aussi savante que variée.

Bien lui en prit, — car Héloïse l'observait.

Ce n'était point la première fois qu'elle lui parlait de sa découverte. Le jour de leur terrible querelle, lorsque Pierre l'avait honnie et insultée, elle lui en avait touché quelques mots par dépit, par colère, afin de lui inspirer des regrets cuisants.

Ces mots révélateurs, Pierre en avait il perdu la mémoire comme il semblait avoir oublié tout ce qui se rapportait à cette soirée d'ivresse ?

Si Héloïse avait soupçonné qu'il se les rappelait, si elle eût pu croire un seul instant qu'il était revenu à elle, non par amour, mais dans un but intéressé, Guérard l'aurait hachée vivante sans réussir à lui faire articuler une syllabe de plus.

Pierre n'ignorait point cela. Il connaissait le caractère de sa maîtresse et il manœuvra en conséquence.

Aussi, devant son air de candeur, les derniers doutes d'Héloïse s'évanouirent. Heureuse, reconnaissante et complétement dupée, elle acheva son récit ; elle nomma Sylvain Duclos ; elle le désigna comme étant le dépositaire du précieux écrit en échange duquel la duchesse donnerait cinquante mille francs.

Elle ajouta que cet écrit était contenu dans une enveloppe cachetée, sans suscription. Il serait facile de le reconnaître parmi les autres papiers du jeune homme,

aussitôt que l'on serait parvenu à s'introduire chez lui.

Or, pour accomplir ce coup de main, il se présentait une occasion excellente.

Duclos, attaché à l'orchestre d'un bal particulier, allait passer la nuit dehors. Sa concierge était en fête ; — absente également, elle ne rentrerait qu'au matin. L'on avait donc le champ libre et l'heure était venue.

— Mais, objecta Guérard, qui est-ce qui garde la loge ?

— Une locataire de la maison, une vieille femme que je connais.

— Quel prétexte lui donneras-tu pour qu'elle te laisse, au milieu de la nuit, pénétrer dans la maison ?

— Aucun. J'ai une ruse toute prête. La chambre de Sylvain est au sixième. J'y monterai, sois-en sûr, et la vieille n'y verra que du feu.

— C'est pas le tout de monter, faudra y entrer chez ce Duclos !

Héloïse haussa les épaules.

— Est-ce que je t'ai pas prié, il y a huit jours, de me fabriquer deux clefs, d'après certaines empreintes...

— Oui, une grande et une petite ! Je te les ai remises hier.

— Eh bien!... la grande ouvrira la porte de Sylvain, et la petite ouvrira son secrétaire.

Guérard regarda sa maîtresse avec admiration.

— Allons ! s'écria-t-il, te voilà riche!

— C'est-à-dire nous voilà riches tous les deux, — dit-elle. A présent, partons... Mais d'abord charge-toi de ceci.

Elle alla prendre dans une armoire deux bouteilles de vin et quelques objets soigneusement enveloppés dans du papier.

— Cristi!... fit Guérard en les approchant de ses narines. Ça fleure comme baume. On jurerait du pâté. C'en est-y ?

— Filons. Je t'expliquerai ça en route.

Pendant ce temps, la vieille femme que la veuve Imbert avait investie du soin de la remplacer pour une nuit, sommeillait bien tranquillement au fond d'un fauteuil, les pieds sur sa chaufferette.

Un violent coup de sonnette la réveilla. Elle tira le cordon. Presque aussitôt Héloïse montra au seuil de la loge sa tête frisée, ses cheveux blond roux et sa figure picotée de taches de rousseur.

— Bien le bonsoir, madame Gorget, fit-elle gaiement. Pardon de vous déranger.

Debout, élevant d'une main sa lampe et de l'autre formant un abat-jour sur ses yeux, la vieille, non sans défiance, examina sa visiteuse.

Enfin elle reconnut Héloïse qu'elle avait

souvent vue dans la maison en compagnie de Rosette.

— Comment, c'est vous, mon enfant? murmura-t-elle étonnée.

— Oui, mame Gorget, c'est moi et mon mari. Avance donc, Pierre.

Pierre s'avança et salua.

— Eh! bon Dieu! qu'est-ce qui vous amène aussi tard?

— Je vas vous dire, mame Gorget. Faut que vous sachiez que nous avons un peu fait la noce aujourd'hui, mon mari et moi. Dame!... on est jeune, pas vrai, on s'amuse!

— Comme de juste, ma chère enfant. On ne peut pas toujours travailler.

— Ça, c'est bien vrai. Voilà donc que nous arrivons seulement de la campagne... avec une faim de loup... ayant dîné de très bonne heure.

— Madame Gorget se rembrunit et balbutia :

— Vous savez, ma belle, je ne suis pas chez moi, ici. J'aurais quéque chose à vous offrir, ça serait de bon cœur. Mais...

— C'est pas ça, mame Gorget. Tant s'en faut qu'au contraire... Parce que, sous votre respect, Pierre est entré tout à l'heure chez le charcutier, pendant qu'on fermait la boutique. Et il a acheté quelques petites babioles.

— Ah! ah!..... fit madame Gorget en rougissant.

Elle venait de remarquer les paquets mystérieux que Guérard serrait contre son cœur et elle prévoyait un dénouement agréable au discours d'Héloïse.

Celle-ci continua :

— Alors comme pour lors et pour vous en finir, voilà-t-il pas qu'en passant devant votre porte, vu que c'était notre chemin, j'ai pensé à vous et j'ai dit à Pierre :

— Et c'te pauvre mame Gorget qu'est en train de passer une nuit blanche... Est-ce que nous ne ferions pas mieux de lui faire un petit peu société et de la prier de manger un morceau sur le pouce avec nous, au lieu d'aller nous bourrer chez nous comme deux égoïstes?

Madame Gorget, attendrie, essuya furtivement une vieille larme qui obstruait son œil éraillé.

— Sitôt dit, sitôt fait, — acheva Héloïse. Nous sommes donc entrés ici sans façon, à la bonne franquette, et j'espère bien, madame Gorget, que vous ne nous ferez pas l'affront de nous refuser...

— Comme quoi désormais, — appuya Guérard, — j'aurai celui de cultiver votre vénérable connaissance, dont Loïse m'a dépeint les tableaux enchanteurs, rapport à la probité, à la propreté et autres...

Tout en décochant ce madrigal, Pierre étalait sur la table le contenu de ses colis,

en sorte que madame Gorget fut à la fois caressée par les yeux, par le nez et par les oreilles.

— Vous êtes bien honnêtes, monsieur, madame, la compagnie, répliqua-t-elle en soupirant. Donnez-vous donc la peine de vous asseoir. Puisque vous êtes si aimables que de vouloir veiller avec une vieille bonne femme comme moi, je vas vous aveindre des verres et des assiettes. Mais tant qu'à manger, je ne pourrais pas, vrai de vrai.

Madame Gorget ne disait point là le fond de sa pensée. Elle lorgnait les victuailles en dessous, et son regard amoureux trahissait sa convoitise.

Mais elle était persuadée que les lois du bon ton lui ordonnaient de bouder contre son ventre, ou du moins de résister à ses passions le plus longtemps possible. Elle ne répondit qu'après une lutte acharnée.

— C'est une folie!... minauda-t-elle, une pure folie. Manger la nuit, quelle imprudence! Et puis tout ça est bien lourd...

— Comment lourd!... s'écria Guérard. Du pâté, des sardines et du fromage d'Italie! C'est-à-dire que la plume d'un colibri en bas âge, elle serait moins légère.

— C'est égal, insista la vieille en dévorant une tranche énorme de pâté. C'est une folie!... J'ai l'estomac si susceptible. Ça ne passera pas... Ça ne voudra jamais passer...

Cependant, lorsqu'il eut été bien constaté que madame Gorget était une femme aussi distinguée que délicate, elle se rua sur la nourriture avec un entrain ineffable, sans s'inquiéter du passage plus ou moins probable de ses aliments.

Une demi-heure après, il ne restait du souper qu'un lointain souvenir et madame Gorget, qui avait le vin triste, racontait à ses jeunes amis l'histoire de ses treize enfants, tous mâles et tous ayant mal tourné.

Pour couper court à ces évocations lugubres, Guérard lui proposa une partie de piquet. Elle accepta en pleurant.

— C'est ça, dit Héloïse. Jouez. Moi, pendant ce temps-là, je vais faire un petit somme.

Elle traîna le grand fauteuil de la veuve Imbert dans l'ombre, auprès de la porte, et s'y installa. Placée comme elle l'était, elle avait Pierre en face d'elle, tandis que la vieille Gorget lui tournait le dos.

Dès que la partie se fut engagée, elle se leva sans bruit, ouvrit la porte de la loge, se glissa sous le vestibule, et de là, gagna l'escalier dont elle monta rapidement les six étages.

Puis, elle alluma son rat-de-cave et introduisit l'une des fausses clefs dans la serrure de Sylvain.

La clef joua parfaitement. Héloïse entra.

La seconde clef à la main, elle s'élança vers le secrétaire dont la serrure céda aussi facilement que celle de la porte.

Alors Héloïse, quoique ne pouvant se défendre d'un tremblement nerveux, tira tous les tiroirs à la hâte, et sans déranger rien, sans toucher à rien, se mit à chercher la bienheureuse enveloppe plutôt avec le regard qu'avec les doigts.

Au cinquième ou sixième tiroir, l'objet de ses perquisitions lui frappa les yeux. Impossible d'ailleurs de se méprendre. C'était une large enveloppe blanche, carrée, scellée de cinq cachets rouges et ornés d'un L majuscule.

Héloïse, frémissante de joie, enfouit l'enveloppe dans son corsage, renferma soigneusement le secrétaire, puis la porte de la chambre de Sylvain, souffla sa lumière et descendit l'escalier d'un pas sourd.

Au bout de cinq minutes, elle était réinstallée, immobile et les paupières closes, dans son fauteuil.

Mais avant de reprendre son attitude de dormeuse, elle avait eu soin d'adresser à Guérard un signe affirmatif, et Pierre, congestionné par l'émotion du triomphe, était devenu tellement rouge que la Gorget s'en effraya.

La partie justement finissait. Pierre jeta ses cartes.

— C'est la fatigue, maugréa-t-il en se levant. Avec votre permission, madame Gorget, on va se déguiser en cerf. Pourvu que mon épouse consente à se réveiller. Ohé! Loïse, Ohé! ohé! En v'là un sabot!..

Néanmoins, à force de secouer Héloïse, on la réveilla, et les deux jeunes gens prirent congé de l'excellente Gorget qui les reconduisit sous le vestibule en multipliant les révérences et qui poussa derrière eux la porte de la rue.

XXI

Ivres de joie, Héloïse et Pierre reprirent à la hâte le chemin de la rue de Clichy.

Sans échanger une parole, ils couraient à perdre haleine. Au milieu de leur contentement se glissait une appréhension vague et cette anxieuse contraction d'entrailles qui suit les actions mauvaises. Quoique personne ne songeât à les poursuivre, à chaque instant ils regardaient derrière eux, inquiétés par l'écho de leurs propres pas sur les trottoirs sonores.

Ce fut seulement lorsqu'ils se furent enfermés dans la petite chambre d'Héloïse qu'ils osèrent se parler.

— Cré nom!... fit Guérard à voix basse, — voilà ce qu'on peut appeler un coup monté dans la perfection. Pas une anicroche. La mécanique a marché comme sur des roulettes. C'est pas l'embarras, j'ai eu tout de même une fière suée pendant le temps que tu as été hors de la loge. J'avais une peur bleue que la vieille ne tourne la tête et ne s'aperçoive de ton absence. Heureusement elle était trop animée au jeu...

— Donne-moi un verre d'eau, Pierre, interrompit Héloïse d'un ton mourant.

Elle était assise ou plutôt affaissée sur une chaise, et elle tremblait de tous ses membres.

— Eh bien!.. eh bien!.. quéque t'as?.. s'écria Guérard.

— Je dois être pâle, hein?

— Pâle!... Tu es verte, ma fille.

Elle avala d'un trait le verre d'eau. Puis, essuyant la sueur qui lui coulait sur la figure :

— C'est la première fois que je vole, murmura-t-elle. Ça m'a produit un drôle d'effet.

— T'es bête!... Est-ce que c'est voler, ça! Ç'aurait été de l'argent comptant ou bien des valeurs, je ne dis pas... mais un méchant bout de papier...

— N'empêche pas que quand le jeune homme s'apercevra qu'on lui a chipé l'objet, il fera un joli boucan!

— D'abord et d'une, il ne s'en apercevra pas tout de suite. Les clefs ont fonctionné comme des amours, pas vrai?... Pas de désordre, pas de serrure forcée chez lui. Pour lors, ne soupçonnant rien, il se passera des semaines, peut-être des mois avant qu'il ne s'avise de farfouiller dans ses tiroirs...

— Oui, mais il s'en avisera un jour ou l'autre. Et alors, si on nous accuse?

— Qui? La Gorget est là pour affirmer sous les serments les plus fallacieux, que nous n'avons pas démarré de sa loge pendant le demi-quart d'une seconde... Pour nous condamner, faudrait une erreur judiciaire. On n'aurait jamais rien vu de pareil depuis l'affaire Lesurques.

— Enfin, soupira Héloïse, ce qui est fait est fait. Nous sommes riches. Au diable le reste!

— Bien parlé, Loïse. Et maintenant, montre un peu voir le chiffon.

Elle tira de son corsage l'enveloppe toute froissée. Pierre s'inclina dessus avec respect.

— Quand on pense, articula-t-il, que là-dedans sont renfermées pour nous toutes les délices de l'existence somptuaire et joviale! Et qu'au simple aperçu de cette substance légère, madame de Santelda n'aura rien de plus chaud que de cracher cinquante mille noyaux dans notre bassinet réciproque !...

— Sans être trop curieuse, dit Héloïse, j'aimerais assez à savoir ce que c'est que cet écrit qu'elle consent à payer si cher.

— Moi, fit Guérard, je le sais.

— Bah !

— Le vicomte de Lagardiole me l'a confié sous le secret de la tombe. C'est des lettres d'amour. Ne décachète pas, nom d'une guigne ! Ça pourrait asticoter la duchesse... et elle serait capable de nous rabattre quelque chose sur le prix convenu !

— Tu as raison, mon Pierre. Couchonsnous. Aussi bien, il est trois heures, dit la jeune femme en commençant à se déshabiller.

Guérard ôta lentement sa redingote. Il riait et bavardait beaucoup ; mais son œil était fixe et l'expression de sa physionomie trahissait une forte préoccupation intérieure.

— Dis donc, Loïse, — reprit-il au bout de quelques minutes, — si tu veux, voici comment nous pouvons nous arranger.

— Quand ça ?

— Ce matin, donc. Nous allons pioncer jusqu'à dix heures. Ce n'est pas de trop, vu l'heure avancée, hein ?

— Non, sans doute.

— Bon. Pour lors, sur le coup des dix heures et demie, je prends le papier en question et je file avenue de l'Impératrice...

Héloïse dressa la tête et regarda son amant. Il lui tournait le dos. Planté devant la glace, il peignait distraitement sa moustache maigre et ses favoris clairsemés.

— A midi, continua-t-il, je serai rendu ici, avec la monnaie... avec la jolie petite monnaie de c'te bonne duchesse. Toi, pendant ce temps-là, tu nous auras fricoté un déjeuner déliciosissimard. Et alors, zim laïla, zim laïla, en avant la noce !

Malgré la gaîté qu'affectait Guérard, il y avait dans son accent, dans sa contenance, je ne sais quoi d'étrange et de contraint qui frappa sa maitresse, car elle fronça le sourcil et ne se pressa point de répondre.

— Non, dit-elle enfin. J'irai toucher l'argent moi-même.

Il se mordit les lèvres. Puis, éclatant de rire :

— C'te bonne blague !... La duchesse ne te connait pas.

— Qu'importe ?

— Elle n'aura pas de confiance.

— Pourvu qu'on lui rapporte ce qu'elle a demandé, — dit sèchement Héloïse, — c'est tout ce qu'il lui faut, je suppose.

— Oui, mais... pas sûr qu'elle te reçoive. Tandis que moi, vlan !... pas plus tôt arrivé, j'entre au salon comme dans du beurre...

— Je lui ferai dire que je viens de ta part...

On entendit un bruit sec. Pierre avait cassé entre ses doigts le démêloir.

— Comme tu voudras ! fit-il en haussant les épaules.

Et il se prit à siffler entre ses dents. Peu à peu, toutefois, son humeur joyeuse reparut et, tout en se dépouillant de ses habits, il débita mille bourdes pour amuser Héloïse.

Celle-ci, du reste, semblait avoir recouvré son insouciance. Néanmoins, avant de se mettre au lit, elle ramssa sans affectation l'enveloppe laissée en évidence sur la cheminée et elle l'enferma dans une armoire dont elle retira la clef.

Guérard était déjà couché. Un sourire singulier brida ses lèvres.

— Ah !... grommela-t-il, elle se méfie, la drogue !...

L'instant d'après une obscurité complète envahissait la chambre et leurs ronflements se confondaient en un duo harmonieux.

Cependant ils ne dormaient ni l'un ni l'autre ; et Pierre, devinant à la respiration d'Hélosse qu'elle était parfaitement éveillée, s'abstint pendant près de deux heures de faire le moindre mouvement. Tant de persévérance fut récompensée. Le souffle de la jeune femme, plus régulier maintenant et plus naturel, annonça enfin à Guérard qu'elle s'était endormie pour tout de bon.

Il se souleva sur un coude et l'examina durant plusieurs minutes. Elle était réellement plongée dans un profond sommeil.

Pierre, avec précaution, avec lenteur, se laissa glisser hors eu lit et s'habilla en silence. Il faisait grand jour ; mais aucun bruit ne montait encore de la rue solitaire.

Quand il fut prêt, il introduisit ses doigts sous le traversin, à l'endroit même où reposait la tête d'Héloïse. Elle avait caché là, — du moins il croyait l'avoir remarqué, la malencontreuse clef de l'armoire.

Pierre ne s'était pas trompé. La clef effectivement était là ; — seulement elle était dans la main de la dormeuse.

Un blasphème, — formidable quoique muet, lui gonfla la poitrine. Que faire ! S'emparer de la clef quand même, réveiller Héloïse en la lui arrachant ?... Impossible ; — il y aurait des cris, une lutte,

des trépignements, et les voisins prête-
raient l'oreille.

Se recoucher ? Se résigner au partage
de la somme ! Allons donc !... Il voulait
ces cinquante mille francs, il les voulait
pour lui seul...

Une idée sinistre lui sillonna le cerveau... Ses narines se dilatèrent, ses lèvres blanchirent. Il promena des yeux en-
flammés autour de lui. Que cherchait-il ?
Une arme. Il n'en vit point, il secoua la
tête, et l'idée féroce, pour un instant, recula.

Alors, contraignant ses nerfs à l'immobilité, pour la seconde fois il fouilla sous
le traversin, saisit un bout de la clef
entre son pouce et son index, puis s'efforça de l'attirer à lui par secousses in-
sensibles.

Elle vint. Mollement détendus, les doigts
de la dormeuse s'ouvrirent sans résistance.

Pierre refoula un rire frénétique. Il
marcha vers l'armoire. Pas un grain de
sable, pas un carreau ne cria sous ses
pieds. Dix secondes après il tenait l'enveloppe.

Lorsqu'il se retourna pour gagner la
porte, il se trouva face à face avec Héloïse qui, ses cheveux roux épars, en chemise, les bras et les pieds nus, lui dit
avec un sourire amer :

— Où vas tu ?

Elle était livide, certes. Mais moins que
lui.

Pierre ne répondit rien. Sa résolution
était déjà prise. Il fourra l'enveloppe dans
sa poche, puis d'un geste impératif, sauvage, effrayant, il fit signe à sa maîtresse
de s'écarter.

Elle leva railleusement les épaules. Une
légère écume frangeait les coins de sa
bouche.

— Ah ! ricana-t-elle, tu te figures, comme cela, que je vais te laisser partir ?

Il baissa la tête affirmativement.

— Eh bien ! essaye !... Je descends avec
toi, je me cramponne à toi et je te fais arrêter comme voleur au premier détour de
la rue.

Pierre, à son tour, eut un sourire doucereux et cruel. Sa pâleur devint épouvantable. Sans desserrer les dents, il s'a-
vança vers la porte. Il ne tenta point de
l'ouvrir ; Héloïse, pour lui barrer le passage, s'était adossée déjà, les bras en
croix, contre le battant. Mais il donna
deux tours à la serrure, enleva la clef et
l'envoya sous le lit.

— Après quoi, — souriant toujours de
ce hideux sourire de cadavre qui démas-
quait ses gencives, — il saisit à deux
mains le cou d'Héloïse et il le serra comme dans un étau.

Mais la jeune femme était d'une vigueur peu commune. Elle se débarrassa
de lui par un effort surhumain ; et, violette, la face gonflée, les yeux saillants
hors de leurs orbites, elle s'élança d'un
bond vers la fenêtre qu'elle ouvrit violemment.

Là, elle demeura un instant immobile,
pliant sur ses jarrets, aux trois quarts
évanouie et tâchant d'aspirer l'air...

Guérard fit un pas vers elle. Alors elle
se raidit :

— Si tu approches, balbutia-t-elle, je
crie...

Pierre fit un second pas et, à voix basse,
répliqua :

— Si tu cries, tu es morte !

Ils se dévoraient du regard. Leurs yeux
distillaient une haine fauve, implacable,
infernale...

Héloïse reprenait haleine. L'air enfin
arrivait à flots dans ses poumons...

— La lettre ! ordonna-t-elle.

— Jamais.

Elle se retourna, se pencha sur l'appui
de la fenêtre, et, d'une voix faible encore,
mais distincte, elle cria par deux fois :

— A la garde !

Guérard, fou de colère, ivre de terreur,
l'étreignit brutalement dans ses bras.

— Tu me fais mal ! hurla-t-elle.

— Tais-toi, alors !... tais-toi !... Te tai-
ras-tu !

— Ah ! tu as peur, brigand !

— Oui, j'ai peur. Tais-toi ou je t'étrangle !

— Toi ! Eh bien, écoute.

Et se penchant de nouveau, elle cria
rageusement :

— A l'assassin !

Avant qu'elle n'eût achevé, Guérard la
souleva et l'assit sur la barre d'appui, les
jambes pendantes en dehors...

— Pierre ! balbutia la malheureuse.

— Hue donc, rosse ! gronda-t-il.

Et il la lança dans la rue.

On entendit l'horrible son, mat et
flasque à la fois, du corps qui s'écrasait
sur le pavé.

Pierre, les dents claquantes, secoué
comme un fiévreux, s'assura d'un regard
que la rue était absolument déserte.

— N'y a pas de concierge !... bégaya-
t-il d'une voix tellement enrouée qu'elle
n'avait rien d'humain. On ne m'a pas vu
entrer... On ne me verra pas sortir.

Il ramassa la clef qu'il avait jetée sous
le lit, descendit l'escalier au galop et se
rua dehors en évitant d'effleurer des yeux
le corps de sa victime.

Vers cinq heures du matin, quelques
jeunes gens qui sortaient de chez Clorinde, aperçurent un groupe de passants

et de sergents de ville arrêtés dans la rue de Clichy.

Riant et fredonnant, ils s'avancèrent.

Puis ils se turent.

On relevait le cadavre d'une femme, — sanglant et horriblement mutilé.

Quand on l'eut posée sur un brancard, et quand sa figure inondée de cheveux fauves apparut sous le soleil, un cri déchirant retentit, et l'on vit l'un des nouveaux venus défaillir et s'appuyer contre la muraille.

— Héloïse !... exclama-t-il.

— Tu connaissais cette malheureuse ? lui demanda quelqu'un.

Et Gédéon Frédouille répondit :

— C'était ma femme !...

XXII

Madame de Santelda s'était de point en point soumise aux ordres de Lagardiole. Elle avait renoué ses relations d'autrefois; elle recevait, elle revoyait le monde. Les dix-huit mois que soi-disant elle venait de passer dans la retraite afin d'y pleurer son mari, avaient imprimé un nouveau lustre à sa réputation de vertu et de sensibilité. On l'accueillait comme partout on sait accueillir une belle veuve, irréprochable et trois ou quatre fois millionnaire.

Toujours pour obéir au vicomte, elle s'était installée magnifiquement. Son hôtel pouvait être considéré comme l'un des plus somptueux de l'avenue de l'Impératrice. Mais tout y était trop neuf, et ce défaut bourgeois lui enlevait beaucoup de son élégance.

La façade n'avait pas eu le temps de sécher. Les meubles exhalaient une vague odeur de vernis. Les équipages avaient l'air de sortir d'un écrin. Les tentures, à force de fraîcheur, offensaient le regard. Enfin, les domestiques, neufs aussi bien que le reste, faisaient craquer leurs escarpins immaculés sur des tapis intacts et miraient dans des glaces absolument vierges le drap luisant de leur livrée.

C'étaient pour la plupart des personnages de haute distinction. La duchesse, pressée de monter sa maison, s'en était rapportée en cela au zèle de ses amis ; et la noble faubourg avait écrémé pour elle la fine fleur de sa valetaille. On citait les gens de madame de Santelda comme des modèles de bon ton. Ils avaient non-seulement la tenue, ils avaient le tact et le style.

Se connaissant à peine entre eux, — car huit jours ne suffisent point à des gentlemen pour se connaître, — ils se parlaient avec la réserve froidement polie d'hommes bien élevés que l'on a depuis peu présentés les uns aux autres. Ils s'acquittaient sans bruit de leurs fonctions délicates ; vous eussiez dit des fantômes galonnés. A leur gravité lente, à leurs allures solennelles, à leurs façons pleines de condescendance vis-à-vis du vulgaire plébéien, on devinait sur-le-champ qu'ils n'avaient jamais ciré que des bottes aristocratiques et battu que des habits dont le contenu datait de la première croisade.

Au reste, sous leurs manières imposantes, une réelle satisfaction perçait. Ils n'étaient point mécontents de leur sort. Certainement ils avaient dérogé en entrant chez madame de Santelda dont la naissance, affirmait-on, était un tant soit peu entachée de roture. Mais enfin la maison offrait de sérieux avantages.

Nourriture parfaite, vins supérieurs, lits moelleux, gages abondants, rien à faire et pas de contrôle, — quelle sinécure aurait valu celle-là ? Soyons juste. S'il est humiliant de servir une parvenue, il est bien doux, — après quelques années de fainéantise et de grapillage assidu, — d'aller finir ses jours à la campagne au sein d'une aisance aussi enviable que malhonnête.

Tel paraissait être le riant avenir réservé aux dix ou douze majestueux serviteurs des deux sexes éparpillés dans l'hôtel de Santelda. Malheureusement pour la duchesse, il y en avait trois, sur le nombre, à qui cette perspective dorée ne pouvait suffire.

Trois êtres distingués, mais vicieux. A savoir : le deuxième valet de pied, le cocher et la première femme de chambre.

Le deuxième valet de pied avait des mœurs dissolues. Il était jeune et beau. L'orage des passions le fouettait de son aile, et — puisqu'il faut s'expliquer ici clairement — il entretenait des relations coupables avec une ouvreuse de l'Alcazar.

Le cocher, déjà mûr, avait renoncé à la bagatelle. Mais il était joueur. Chaque nuit il perdait des sommes considérables à son cercle, le Larbin's-Club.

Quant à la première femme de chambre, elle avait été déçue par un zouave de la garde. Deux de ces déceptions étaient en nourrice, et tous les mois elle devait expédier un mandat par la poste à l'humble villageoise qui allaitait le double résultat de son erreur.

Ces trois individus, étant donc aussi débouchés qu'on peut l'être lorsque l'on appartient au meilleur monde des domestiques, avaient nécessairement de grands besoins. Leurs dépenses excédaient leurs recettes, et, pour rétablir l'équilibre, ils n'avaient rien trouvé de mieux que de transiger avec leur conscience.

Autrement dit, ils s'étaient vendus au vicomte Amaury de Lagardiole.

Il y a de singulières destinées. Celle de madame de Santelda la condamnait à être espionnée toute sa vie. De même que du vivant de son mari, elle ne put faire un geste ou articuler un mot, sans que ce mot et ce geste ne devinssent à son insu l'objet d'un rapport.

On comprend désormais comment Amaury avait été informé presque immédiatement de la visite de Roger Destrel à la duchesse. Ses affidés subalternes, après l'en avoir averti, lui avaient envoyé d'heure en heure le bulletin de la situation. Au point du jour, un dernier exprès était venu lui annoncer chez Clorinde que la visite durait encore.

C'est pourquoi, entre sept et huit heures du matin, le coupé du vicomte enfila de toute sa vitesse l'avenue de l'Impératrice et fit halte devant la grille de l'hôtel.

Lagardiole mit pied à terre, sonna, et, malgré l'heure indue, malgré la résistance du concierge, noble vieillard trop à cheval sur le savoir-vivre pour permettre une pareille énormité, il se dirigea d'un pas vif vers le corps de logis principal.

Grâce aux intelligences qu'il possédait dans la place, il fut introduit au salon. Mademoiselle Lisbeth accourut l'y rejoindre. Mademoiselle Lisbeth était la jeune personne aux deux déceptions militaires.

— Eh bien ?... lui demanda vivement Amaury.

— Eh bien ! répondit-elle tout bas, il est parti.

— Depuis quand ?

— Depuis plus de deux heures. Je les guettais. J'étais à la fenêtre de ma chambre qui donne sur le jardin. J'ai vu madame traverser la grande pelouse au bras de ce jeune homme. Elle l'aura fait sortir par la petite porte de derrière.

— Bien, murmura Lagardiole.

Il prit une de ses cartes, écrivit au-dessous de son nom le mot : *Urgent*, et pria mademoiselle Lisbeth de porter la carte à sa maîtresse.

— Comment ! se récria la soubrette. Mais c'est impossible, madame la duchesse dort. Je n'oserai jamais prendre sur moi d'entrer chez elle à l'heure qu'il est.

— Allez vite, ma chère, insista Lagardiole. Et veuillez la prévenir que j'attends.

— Monsieur le vicomte ne suppose pas que madame va se lever pour le recevoir ?

— Non. Je ne le suppose pas. J'en suis certain.

La camériste eut un sourire incrédule.

— En tout cas, reprit-elle, je ne veux pas me risquer, moi. Madame la duchesse n'aurait qu'à...

— Mademoiselle, — interrompit dûrement le vicomte, — je n'ai point pour habitude de discuter avec les gens que je paie. J'ordonne et ils obéissent. Faites ce que je vous dis.

Mademoiselle Lisbeth, rouge comme le feu, s'empressa de sortir et le vicomte se promena de long en large.

Il était énervé, agacé, furieux. Il venait de quitter Rosette, il venait de repousser cette charmante enfant qui s'était offerte à lui. Et il l'aimait ! Et à aucune époque de sa vie, il n'avait éprouvé une émotion semblable à celle qui, tout à l'heure, s'était emparée de son âme, lorsque, dans les yeux désolés de Rosette, il avait lu qu'elle l'adorait !

Mais c'était précisément cette émotion poignante qui avait fait peur à Lagardiole. Elle lui avait prouvé à quel point il était épris. Entre lui et Rosette, il ne pouvait être question d'un caprice, d'une amourette de quelques jours ; il se sentait en proie à tous les symptômes d'une passion vraie, d'un attachement sérieux ; et, brusquement, violemment, il y avait coupé court, parce qu'une telle passion, satisfaite et partagée, aurait mis à néant ses espérances, son ambition et sa fortune.

Mais comme il souffrait de ce sacrifice ! et comme il se promettait de le faire payer cher à madame de Santelda !

Au bout de cinq minutes, la camériste reparut et, la figure stupéfaite, lui annonça que sa maîtresse allait venir.

Amaury congédia d'un signe mademoiselle Lisbeth. Après quoi il reprit sa promenade.

Elle ne se prolongea pas longtemps. La duchesse entra. Elle avait rapidement passé une ample robe du matin et rattaché à la hâte ses magnifiques cheveux noirs. Elle souriait. Elle était resplendissante de beauté, de bonheur, d'orgueil contenu.

— Mon Dieu, monsieur, demanda-t-elle d'une voix tranquille et un peu railleuse, quelle est donc l'affaire urgente qui vous amène chez moi aussi matin ? Le jeu vous aurait-il maltraité cette nuit ? Je n'ai pas besoin de vous rappeler que mon banquier est le vôtre ; je m'aperçois que vous vous en êtes souvenu. Quelle somme vous faut-il ?

— Vous êtes mille fois bonne, madame la duchesse, répondit Lagardiole. Le jeu m'a amplement favorisé au contraire ; et d'ici à longtemps je n'aurai point à puiser dans notre fonds commun. Quant à l'affaire qui m'amène, elle est d'une nature tellement particulière, tellement délicate, qu'avant de vous en parler, je réclame en frissonnant toute votre indulgence.

Elle le regarda. Il avait l'œil sarcastique et le sourire mauvais. La duchesse eut une étrange palpitation de cœur.

Amaury, respectueusement, lui avança un siége et reprit :

— S'il ne s'était agi que de moi, madame la duchesse, je ne me fusse certes point permis de vous importuner à une heure aussi ridiculement matinale. Mais il s'agit de vous, de votre repos, de votre sécurité, de votre honneur même... Voilà pourquoi je n'ai point hésité.

— Mon repos, ma sécurité, balbutia la duchesse déjà sur le qui-vive et prévoyant quelque perfidie.

— Du reste, poursuivit le vicomte, j'avais la presque certitude que vous ne dormiez pas encore..

— Comment cela, monsieur ?

— Deux heures ne se sont pas écoulées depuis que j'ai vu sortir de chez vous, par la porte du jardin, monsieur Roger Destrel. Et je sais combien, à la suite d'un premier rendez-vous d'amour, les âmes sensitives comme la vôtre, madame, sont tendrement agitées. Après les longs baisers, les longues rêveries...

Si Lagardiole avait compté sur un coup de théâtre, il s'était trompé du tout au tout.

Madame de Santelda ne manifesta ni surprise, ni honte, ni stupéfaction, ni terreur.

Au nom de Roger, elle avait pâli légèrement. Puis sa physionomie était redevenue si calme et si sereine, que le vicomte se dressa indigné.

— Ainsi, s'écria-t-il, vous ne le niez pas ?

Elle se tourna vers lui, attacha sur ses yeux un regard parfaitement limpide, et, d'un accent paisible et naturel :

— Nier quoi ? monsieur, demanda-t-elle. Que M. Destrel est mon amant ? Pourquoi le nierais-je ? C'est vrai.

Et, après un silence, levant haut la tête, avec un sourire superbe, elle ajouta :

— Le nier !... Dieu m'en garde !

XXIII

Amaury ne s'étonnait pas facilement. Mais l'étrange sincérité de la duchesse confondait à tel point ses notions sur le cœur féminin en général et sur le caractère de sa belle ennemie en particulier, qu'il en demeura pour ainsi dire étourdi.

A moins d'être absolument tarée, il est rare qu'une femme se vante d'avoir un amant. Elle criera peut-être son nom dans un accès de délire ou de fureur, ou de désespoir; en son état normal, rien ne pourra le lui arracher.

La duchesse, au contraire, du ton le plus posé, venait de se reconnaître la maîtresse de Destrel. Il n'y avait, du reste, dans cet aveu — et Amaury le sentait bien — ni impudeur ni effronterie. C'était l'éclair spontané d'un amour sans bornes, sans petitesse et sans alliage, d'un amour jeune, franc, résolu, glorieux de s'affirmer et audacieux jusqu'à la folie.

— Le nier !... Dieu m'en garde ! avait-elle dit fièrement.

Et au timbre vibrant de sa voix, qui sonnait comme un clairon de triomphe, Lagardiole avait compris que désormais nul préjugé, nulle crainte de l'opinion, nulle menace, nul obstacle au monde n'arrêterait l'élan de cette passion déchaînée.

Déjà la duchesse ne se ressemblait plus à elle-même, elle ne tremblait plus devant le vicomte. Il ne retrouvait plus en elle l'esclave qui pâlissait à sa vue, frémissait sous son regard et se courbait à son moindre geste. Vainement avait-il chargé d'ironie ses brillantes et froides prunelles; pensive, elle le regardait, elle lui parlait, elle lui répondait avec une indifférence complète. Elle ne lui témoignait ni défiance, ni rancune, ni mauvais vouloir. A force de dédain, elle en était arrivée, vis-à-vis de lui, presque à de la bienveillance.

C'est que maintenant, pour elle, rien n'avait d'importance ici-bas, rien n'existait à l'exception de Roger. Elle planait au-dessus de la vie réelle. Ses angoisses, ses terreurs, ses hontes, son crime et ses remords, l'amour avait tout consumé. A la place où battait son cœur, il lui semblait avoir un foyer radieux d'où le nom de Roger s'élançait incessamment comme une flamme. Roger, rien que Roger ! Tout le reste était réduit en cendres.

Si pénétrant que fût Lagardiole, il ne pouvait cependant soupçonner ce phénomène. Trop sceptique pour s'élever, même par l'imagination, à de telles hauteurs, il finit par se demander avec inquiétude d'où provenait l'incroyable sérénité de la duchesse. Espérait-elle lui échapper ? Ne se souvenait-elle plus qu'il était l'arbitre de son sort et qu'il n'aurait à prononcer qu'une phrase pour la précipiter aux plus bas degrés de l'infamie !

— Je ne m'attendais guère à tant de franchise de votre part, madame — lui dit-il amèrement, — et je vous en remercie. Mais, avant de vous engager dans cette singulière aventure, peut-être eût-il été prudent à vous de me consulter.

D'un coup d'œil indéfinissable, elle le

toisa de la tête aux pieds ; puis, avec un demi-sourire :

— A quel titre ? murmura-t-elle.

— A titre de futur époux. Il me semble que j'aurais dû avoir, en cette qualité, voix délibérative. Avez-vous, par hasard, oublié que nous nous marions dans trois mois ?

Non, elle ne l'avait pas oublié. Ce souvenir lancinant veillait en elle. C'était, au milieu de son immense extase, comme la vague souffrance d'une blessure engourdie. Elle n'avait que trois mois à vivre. Se tuer en pleine joie, en plein bonheur, s'endormir dans la mort en étreignant Roger ; finir belle, souriante, adorée, tandis que les lèvres de son amant s'appuieraient sur ses paupières, — quel rêve funeste et doux ! Et que de fois il avait sillonné sa pensée.

— Monsieur, prononça-t-elle lentement, nous avons conclu un marché. Je vous ai promis ma main et ma fortune. Je tiendrai ma promesse. Quant à ma personne et à mes sentiments, vous n'avez, je suppose, à vous en préoccuper d'aucune manière.

— C'est une erreur, madame la duchesse, ou vous m'avez mal compris, ou je me suis mal expliqué. Votre fortune ne me suffit pas, je veux la considération du monde, et vous seule peuvez me la donner.

— Moi !

— Oui, madame. Voici que j'ai trent ans, je suis las du plaisir, dégoûté de la bohême. J'éprouve le besoin de devenir quelque chose ou quelqu'un, ne fût-ce qu'un homme honorable. Eh bien ! mon mariage avec vous sera le premier échelon qui me conduira vers l'avenir que j'ambitionne. Votre réputation est intacte ; on vous respecte, on vous estime. Lorsque vous porterez mon nom, lorsque votre main sera dans la mienne, bien des portes qui me sont fermées s'ouvriront devant moi, bien des calomnies qui circulent se tairont ou n'oseront plus se faire jour. Saisissez-vous à présent pourquoi je me préoccupe, non de vos sentiments, je n'ai rien à y voir, mais de votre personne et de vos actes ?

— Non, répliqua-t-elle distraitement.

Elle écoutait à peine. Elle rêvait. Les paroles d'Amaury lui arrivaient par bouffées, comme un insignifiant murmure. Que lui importaient les plans de cet homme, son ambition, ce qu'il pensait et ce qu'il disait !...

— Quoi ! s'écria le vicomte, vous ne voyez pas que mes projets vont dépendre de votre manière d'agir. Si vous vous déconsidérez, si vous bravez l'opinion, si vous vous affichez avec ce jeune homme,

adieu le prestige qui vous entoure, adieu votre auréole de vertu, adieu l'estime et les respects du monde... Vous tombez à plat dans les bas-fonds de la société interlope, — et moi, votre mari, j'y roule avec vous. Voilà ce que je ne veux pas et voilà ce que je suis venu vous dire.

— Qu'exigez-vous alors ? dit la duchesse. Que nous partions ?... Ah ! je ne demande pas mieux. Nous partirons, j'irai m'enfouir avec lui dans quelque campagne bien ignorée, bien solitaire.

— Quelle folie !

— Pourquoi, une folie ? Oh ! ne craignez rien. Je serai ici dans trois mois... pour l'échéance, — ajouta-t-elle avec un rire bizarre. Faites-moi surveiller, si vous avez peur que je m'enfuie. Nous partirons demain.

— Cela ne se peut pas, interrompit le vicomte. Votre présence est nécessaire à Paris. Notre mariage étant un mariage d'inclination, il importe que je me fasse présenter chez vous, que l'on m'y rencontre fréquemment. Vous resterez. Vous donnerez des bals, des dîners et des fêtes. Quant à M. Destrel, n'en parlons plus.

— Je vous comprends, murmura-t-elle. Vous désirez que je me cache, que je mente, que je dissimule comme un opprobre cet amour qui est mon orgueil et que je proclamerais plutôt à la face de l'univers entier ? Soit. Je consens à cette lâcheté, à cette hypocrisie. Etes-vous satisfait !

— Non, madame. Car la moindre imprudence suffirait pour rendre toutes vos précautions inutiles, et vous ne tarderiez pas à en commettre, si j'en juge d'après celle d'hier soir. Envoyer votre voiture et votre cocher à M. Destrel, n'était-ce pas confier votre secret à tout Paris ?

— Si tout Paris le sait, dit-elle avec un geste insoucieux, à quoi bon en faire un mystère ?

— Pourvu que le fait ne se renouvelle pas, reprit le vicomte, le propos répété passera pour une médisance. Votre réputation est si bien établie !

— Voyons, interrompit la duchesse avec impatience, comment désirez-vous que j'agisse ? Puisque vous êtes venu, ditesvous, pour me guider et pour me conseiller, — guidez-moi et conseillez-moi.

— C'est bien simple, repartit Lagardiole. Cessez de voir M. Destrel. Fermez-lui votre porte et si désormais il vous rencontre, n'ayez pas l'air de le reconnaître.

Elle le contempla, surprise et souriante.

— Ah ça ! dit-elle, vous plaisantez...

— Non pas.

— Mais, c'est insensé, ce que vous me conseillez là... Est-ce que c'est praticable !... Est-ce qu'aucune puissance humaine pourrait nous séparer maintenant, Roger et moi ! Lui fermer ma porte... mais elle s'ouvrirait d'elle-même devant lui ! Ne pas le reconnaître !... mais fût-il au milieu de cent personnes, j'irais le prendre par la main !... Cherchez autre chose, monsieur.

— Madame, il faut rompre avec M. Destrel.

— Allons donc.

— Il le faut. Je le veux.

— Jamais.

— Aimez-vous mieux que la rupture vienne de lui !

La duchesse haussa les épaules.

— Ah ! vous êtes bien sûre de lui, n'est-ce pas? ricana le vicomte. Croyez-vous cependant que son amour résisterait aux trois lignes tracées par le duc de Santelda?

La duchesse devint d'une pâleur affreuse. Un cri s'étrangla dans sa gorge.

— Vous commettriez cette infamie !... exclama-t-elle.

— Pardieu !.., Combien de fois dois-je vous répéter que je suis décidé à tout pour atteindre mon but !

Madame de Santelda foudroyée plongea ses deux mains dans ses cheveux.

— Roger !... Roger !... sanglota-t-elle. Affronter la haine, le mépris de Roger...

— Ou ne plus le revoir, ajouta Lagardiole. A votre choix, madame.

Elle se traîna, palpitante, à ses genoux.

— Ayez pitié ! Epargnez-nous ! supplia-t-elle. Prenez toute ma fortune... Ne me laissez pas même un morceau de pain ! Je travaillerai, je mendierai... Mais ne me forcez pas à fuir Roger !

A ce moment, on frappa doucement à la porte.

— On vient, dit Lagardiole à voix basse. Pour Dieu, relevez-vous, madame. Essuyez vos yeux.

Elle obéit. L'instant d'après mademoiselle Lisbeth entra, tenant une lettre.

— Elle est pressée annonça-t-elle, et on attend la réponse.

C'était une lettre malpropre, fripée, graisseuse, mal pliée. La duchesse n'eut pas plustôt jeté un coup d'œil sur l'enveloppe qu'elle tressaillit. Elle avait reconnu l'écriture de Pierre Guérard.

Gênée par le regard inquisiteur d'Amaury, elle se retira au fond de la pièce et lut ces simples mots tracés en caractères extrêmement tremblés :

« J'ai le fameux papier. A vos ordres.

» PIERRE GUÉRARD. »

XXIV

D'abord la duchesse ne comprit pas.

Elle relut dix fois cette ligne sans en pénétrer le sens. Puis, peu à peu, la lumière se fit en elle, et quelle lumière ! Une aurore d'espérance et de joie inouïe.

— J'ai le fameux papier, avait écrit Guérard.

Evidemment il faisait allusion au papier terrible suspendu depuis deux années sur la tête de la duchesse comme un couperet de bourreau ; — à ce papier que dix-huit mois auparavant, elle avait tenté d'arracher violemment à Lagardiole ; — à ce papier dont, à l'instant même encore, le vicomte venait de la menacer dans sa vie et dans son amour.

Et ce papier, Guérard le lui apportait !.. Avait-elle bien lu ? N'était-elle pas le jouet d'un rêve ?

D'abord, dans l'embrasure d'une fenêtre, son front en feu collé sur la vitre froide, — elle essayait de s'apaiser, de composer son visage, d'imposer silence aux bouillonnements torrentueux de son sang.

Un doute, d'ailleurs, glaça bientôt son ivresse. Guérard, une fois déjà, l'avait trahie pour Lagardiole. Peut-être y avait-il là un piège, une comédie concertée d'avance entre ces deux hommes dans un but qu'elle ne devinait pas.

Cette crainte lui rendit sa présence d'esprit. Elle se retourna et demanda, d'un ton très calme à sa femme de chambre :

— Qui est-ce qui vous a remis ce billet ?

— Un jeune homme, madame, une espèce d'ouvrier endimanché.

— Où est-il?

— En bas.

— Introduisez-le dans mon boudoir.

Mademoiselle Lisbeth sortit.

Le vicomte n'avait attaché à cet incident qu'une importance fort secondaire. Persuadé que la lettre était un message amoureux de Destrel, il lorgnait discrètement les splendides tableaux appendus aux murs.

— Me permettez-vous, monsieur, lui dit la duchesse, de vous laisser seul pendant quelques minutes ? Deux mots à écrire et je reviens.

— Ne vous donnez pas cette peine, madame. C'est moi qui vais avoir l'honneur de prendre congé de vous. Notre entretien est terminé. Je vous ai soumis mon ultimatum. A vous d'aviser maintenant.

— Ainsi, monsieur, rien ne peut vous fléchir? Et j'en appellerais en vain à votre pitié, à votre conscience?

— Ma conscience n'est pas en question,

madame. Remarquez, au surplus, que j'accomplis une mission providentielle. Tel que vous me voyez, je suis le doigt de Dieu. Un très petit doigt, je l'avoue, mais enfin un doigt vengeur. Vous avez supprimé le duc pour jouir de sa fortune, et jusqu'à présent cette fortune n'a profité qu'à moi : vous avez voulu être libre par un meurtre, et voilà qu' un second mariage, plus odieux que le premier, va vous garrotter derechef. La peine du talion ! La logique des choses ! Ceci vous prouve que le crime est toujours puni, même ailleurs qu'au théâtre de la Porte-Saint-Martin.

Elle le contemplait avec des yeux flamboyants de haine. Elle songeait à ce Guérard qui l'attendait, elle se rongeait les ongles d'impatience, et pourtant elle n'osait sortir trop vite, de peur d'éveiller par son empressement la défiance d'Amaury.

— Impitoyable ! murmura-t-elle.

— Il le faut, répliqua-t-il en s'inclinant. Je dois l'être, à moins de renoncer à votre main, ce qui est une supposition tout à fait inadmissible. Si je tolérais votre liaison avec M. Roger, elle serait bientôt connue de tout le monde, et je ne pourrais feindre de l'ignorer. Quelle opinion aurait-on de moi en me voyant vous épouser quand même.

— Ah ! vous n'avez jamais aimé.

— C'est ce qui vous trompe ; j'aime et profondément.

— Vous ?

— Cela vous paraît invraisemblable. Je vous produis, n'est-ce pas, l'effet d'une bête féroce ? Mais, madame, les fauves eux-mêmes sont susceptibles de tendresses. Seulement, j'ai sacrifié mon amour à ma raison. Faites comme moi.

— Du moins accordez-moi un délai.

— Aucun. Il faut que ce ravissant M. Destrel soit congédié aujourd'hui.

— C'est bien, fit-elle d'une voix sourde. Mais ne partez pas avant d'avoir reçu ma réponse. Je vais vous la donner sur l'heure.

Il salua et s'assit.

La duchesse quitta lentement le salon ; mais à peine eut-elle refermé la porte qu'elle se prit à courir comme une folle.

Dans le boudoir, elle trouva Pierre qui, pâle, défait, les cheveux collés par mèches sur son front ruisselant d'une sueur glacée, grelottait de tous ses membres.

Depuis la mort d'Héloïse, c'est-à-dire depuis plus de trois heures, l'assassin avait battu le pavé au hasard sans parvenir à reprendre son sang-froid.

— Le papier !... lui cria dès le seuil madame de Santelda. Est-ce vrai ? m'apportez-vous le papier ?

— Le voici, répliqua Guérard.

Elle s'empara de l'enveloppe et son premier mouvement fut d'en rompre les cachets. Soudain elle s'arrêta et blêmit. Elle reculait devant la pensée de voir, de toucher cette feuille sur laquelle le duc avait promené sa main mourante.

D'un geste prompt elle glissa l'enveloppe dans la poche de sa robe. Puis, elle s'affaissa sur un divan, radieuse, haletante, à demi morte de joie.

Une chaleur dévorante empourprait ses joues. Ses yeux scintillaient, sa poitrine se soulevait, et, de ses lèvres entr'ouvertes s'exhalaient de longs halètements de délivrance...

Plus de terreurs ! Plus d'anxiété ! Dans le présent et dans l'avenir, plus une ombre ! Arrière, ce hideux mariage ! Arrière, le suicide ! L'horizon s'ouvrait, le soleil brillait !... Libre, elle était libre, enfin ; libre de respirer, de vivre, d'être heureuse et d'adorer Roger.

— Est-ce possible !... balbutia-t-elle comme en un rêve. Mais par quel miracle ? Où l'avez-vous pris ? Où était-il ? Comment avez-vous fait ?

Alors Guérard docilement raconta de quelle façon il avait appris, que le précieux document était déposé chez un jeune musicien nommé Sylvain Duclos, et la ruse qu'il avait employée pour s'en rendre maître.

Il parla longtemps sans être interrompu. La duchesse ne l'entendait pas. Son esprit flottait dans un tourbillon de pensées étincelantes. Trois fois elle se fit répéter le récit avant d'y comprendre une syllabe. Tout à coup elle se souvint de Lagardiole, et, avec un sourire triomphal, elle s'élança vers la porte.

— Pardon, accentua Guérard, madame la duchesse n'a pas oublié, j'espère...

— Quoi ? fit-elle en tournant la tête.

— Qu'en retour de ce papier, elle m'a promis... cinquante mille francs.

Elle lui saisit le bras.

— Cinquante mille francs ! s'écria-t-elle. A vous qui me restituez mon repos, ma fortune, ma vie... cent fois plus encore ! Vous en aurez cent mille. Attendez-moi ici...

Guérard fit un bond énorme.

— Cent mille !!!... Ah ! cré nom de nom ! Ça n'est pas de refus... Et, ajouta-t-il à part lui quand la duchesse eut disparu, — ça me consolera peut-être un peu d'Héloïse !...

Madame de Santelda rentra au salon la tête haute.

— Eh bien ! madame , prononça négligemment le vicomte , vous avez réfléchi ?

— Oui, monsieur.

— Très bien, dit-il en se levant ; la réflexion est la mère de la sagesse. Vous consentez, par conséquent, à rompre avec M. Destrel ?

— Je refuse.

— Plaît-il ?

— Et je vous engage, en outre, à oublier dès aujourd'hui le chemin de mon hôtel.

Amaury se redressa, la face décomposée.

Il pressentait vaguement que la chance se déclarait contre lui.

— Madame, bégaya-t-il entre ses dents contractées par la rage, dans une heure la déclaration du feu duc sera sous les yeux de votre amant, et dans deux heures...

— Chez le procureur impérial, n'est-ce pas ? acheva-t-elle avec un grand éclat de rire.

Les cheveux d'Amaury se hérissèrent.

— Connaissez-vous ceci ? reprit ironiquement la duchesse.

Et, de loin, en frémissant de plaisir, elle lui montrait l'enveloppe cachetée.

Du premier coup d'œil, Amaury la reconnut. Ses jambes plièrent. Blanc comme un marbre, il articula un juron.

— Sylvain ! Sylvain !... gronda-t-il. Ah ! je te tuerai, misérable !...

— Une autre fois, choisissez mieux votre dépositaire, dit la duchesse. M. Sylvain Duclos, — c'est ainsi que se nomme votre ami, ce me semble ? — M. Sylvain Duclos s'est laissé voler comme dans un bois. Et maintenant, — ordonna-t-elle d'un accent impérieux, — sortez !...

Son doigt tendu désignait la porte. Mais Amaury, furieux, tremblant, l'œil injecté, marcha vers elle...

Alors, elle s'approcha d'un timbre et, prête à sonner, elle ajouta :

— Si vous ne sortez pas, je vais vous faire chasser par mes valets.

Il s'arrêta, pétrifié, la tête basse.

Et presqu'aussitôt, adressant à son ennemie un geste horrible de menace, il se précipita hors du salon.

Un rire âcre et convulsif salua sa déroute. Enivrée, hors d'elle-même, la duchesse alla retrouver Guérard.

Après le châtiment, la récompense ! dit-elle à demi-voix. A nous deux, monsieur Pierre.

Il lissa ses accroche-cœurs, toussa derrière son chapeau, et, minaudant, saluant, il s'avança vers la table devant laquelle madame de Santelda venait de s'asseoir.

Guérard était inquiet. Il n'apercevait autour de lui aucun meuble pouvant receler la somme imposante qu'on lui avait promise.

— Excusez ! murmura-t-il, sommes-nous bien d'accord sur le chiffre ?... J'ai peut-être mal entendu... Madame la comtesse n'a-t-il point parlé de...

— Cent mille francs. Oui, mon ami. Je vais vous signer un bon que vous irez toucher vous-même...

Pierre gonfla en même temps ses joue son thorax et ses narines.

— Un bon !... répéta-t-il extasié. Pour lors, nous sommes des bons !...

La duchesse daigna sourire. Il se jugea pétillant d'esprit.

— Mais d'abord, brûlons ceci ! se dit à elle-même madame de Santelda.

Guérard s'empressa d'allumer une bougie. La duchesse prit l'enveloppe et l'approcha de la flamme ; puis elle se ravisa :

— Il y a là-dedans autre chose que ce papier maudit, pensait-elle en palpant l'épaisseur du léger paquet.

Elle hésita, réfléchit, se consulta. Enfin, surmontant sa répugnance, elle rompit la cire des cinq cachets et déplia, non sans pâlir, les différents papiers contenus dans l'enveloppe...

Un double cri éclata. Cri indigné de la duchesse, cri stupéfait de Pierre Guérard.

Tous ces papiers étaient parfaitement blancs. Pas une ligne, pas un mot, pas une lettre d'écriture ne maculait leur virginité.

— Misérable !... exclama la duchesse.

Et d'un mouvement emporté, elle se leva convaincue qu'elle avait été la dupe d'une supercherie de Pierre.

— De quoi ! de quoi !... balbutia celui-ci. C'est-y ma faute ? J'y suis floué comme vous. Et puis, je n'entre pas dans tout ça, vous savez ! J'ai travaillé comme si y avait eu de l'écrit et j'ai droit aux cent mille tout de même...

— Ah ! vraiment, dit la duchesse en furie.

Elle sonna violemment.

Un immense valet de pied encadra sa haute taille dans la porte.

— Jetez cet homme dehors ! ordonna madame de Santelda.

Et elle quitta la chambre, tandis que Guérard ébahi, stupéfait, écumant comme un épileptique, se débattait entre les bras nerveux du valet sans que sa langue, paralysée par la colère, pût réussir à émettre une imprécation.

XXV

Lorsque Roger Destrel, après avoir quitté la duchesse, se retrouva dans son appartement, il lui sembla qu'il y rentrait après des années d'absence. Il avait tant vécu durant ces quelques heures, il avait traversé un tel monde de sensations, que la journée de la veille lui paraissait appartenir à un passé lointain.

Il ouvrit la fenêtre et aspira l'air par gorgées avides. Le soleil levant blondissait les toits. Roger se plongea dans son grand fauteuil de cuir et ferma les yeux.

Une lassitude molle pesait sur ses paupières. Au sortir de cet ouragan de volupté, ses nerfs vibraient encore, son cerveau bruissait, son cœur mal apaisé battait à coups retentissants.

Au dehors s'éveillaient les rumeurs de la rue. Un oblique rayon coupait en deux la chambre et dorait des myriades d'atomes lumineux. Une odeur de lilas se dégageait des jardins du voisinage. C'était une tiède matinée de printemps, une matinée exactement semblable à celle où la duchesse, éperdue et tremblante, était entrée pour la première fois dans le pauvre logis de Roger.

Quelle impression foudroyante elle lui avait produite! Quel enthousiasme! Il s'était dit alors, — un sourire lui venait en y songeant, — que pour une parole amoureuse de cette créature superbe, il vendrait volontiers son âme à Satan comme un sorcier du moyen âge.

Il y avait de cela dix jours. Maintenant elle était à lui. Roger pouvait à peine y croire. Son bonheur avait été si prompt, si imprévu qu'il en était étourdi et comme ivre.

Avec une exactitude minutieuse, son imagination lui retraçait chaque détail de cette nuit de délire. Elle avait coulé plus rapide qu'une seconde, mais le poëte en conservait l'arrière-goût dévorant. Il se figurait par intervalles que sa maîtresse s'était fondue en lui, tant il se sentait imprégné d'elle, tant son souvenir corrosif l'enveloppait. Pour lui, elle était là encore présente, presque palpable. Il tressaillait dans l'étreinte de ses bras. Il entendait les mots mystérieux que d'une voix d'enfant elle balbutiait avec folie. Il gardait sur ses lèvres le parfum de sa peau et la brûlure de ses baisers.

Cette hallucination dura longtemps. Roger voulut enfin secouer sa fièvre. Il se leva et se prit à marcher à travers la chambre. Tout à coup il s'arrêta. Son œil distrait devint fixe et s'abaissa vers les deux miniatures placées sur la cheminée...

Alors, comme un essaim de vapeurs chassées par le vent, toutes ses visions malsaines s'évanouirent. Son visage se couvrit d'une rougeur ardente. En face de ces deux images candides, un sentiment de honte lui fit courber le front.

Ah! les chastes, les sereines figures! Comme elles respiraient l'ignorance du mal et la pudeur! Comme elles planaient au-dessus de nos fanges! Comme on comprenait, à les voir, que jamais une pensée impure ne les avait effleurées!

Radieuses dans leurs cadres d'or, elles regardaient Roger avec leurs yeux si tendres, si doux, avec ce cher sourire ingénu où se reflétait leur innocence. Elles ne lui reprochaient rien, car elles ne devinaient rien. Pouvaient-elles douter de lui? Ne s'étaient-elles pas endormies confiantes dans sa loyauté, heureuses de ses promesses?

Hélas! il leur avait menti. Et en leur mentant, il les avait lâchement outragées.

Un nuage humide obscurcit ses prunelles.

Il se méprisa. Il éprouva ce qu'éprouverait un homme de cœur après avoir frappé un faible enfant.

Non qu'il ressentît ce que l'on appelle vulgairement des remords. Il était trop de son époque et de son pays pour considérer comme un crime son aventure avec la duchesse.

Mais sa nature droite répugnait à la fourberie, et il avait au plus haut point le respect de la foi jurée. Or, il s'était la veille engagé librement, et le soir même il avait failli à sa parole.

Comment oserait-il à présent les aborder, ces deux femmes? Comment oserait-il franchir le seuil de leur maison, embrasser sa mère, toucher la main de Constance!

Voilà ce qu'il se demandait la sueur au front.

Et sa conscience ne tarda point à lui répondre. Elle lui cria:

— Pas d'hésitation, pas d'hypocrisie! Entre ta maîtresse et ta fiancée, il faut choisir sur l'heure!

Choisir!... Il n'en était même pas besoin.

Sa fiancée, il l'adorait. Sa maîtresse, il ne l'aimait pas.

Non, il ne l'aimait pas, il en était frénétique. Si elle eût été là, devant lui, Roger l'aurait attirée sur sa poitrine avec des transports insensés. La duchesse le fascinait, le remuait d'un mot jusqu'à la moëlle. Elle bouleversait sa chair, elle soulevait son sang, elle irritait et déchaînait le côté sensuel de son être.

Mais elle n'était point là. Et tout ce qu'il y avait de noble et d'excellent en lui s'élançait désespérément vers Constance.

A la fin, il s'assit à son bureau, saisit une plume. Qu'allait-il écrire?

Immobile et se rongeant les lèvres, l'âme indécise et l'intelligence aux abois, il se disait :

— Je vais tout lui avouer. C'est une femme supérieure, un vaste et délicat esprit. Elle me comprendra, me pardonnera. Ce mariage ne peut se rompre, ma mère en mourrait, à quoi bon prolonger une situation impossible ? Pour elle et pour moi, mieux vaut en finir avec ce rêve.

Il trempa sa plume dans l'encre, et péniblement, traça quelques phrases d'adieu. Soudain, il s'interrompit. En se rappelant la tendresse passionnée de cette femme, et à quel point elle l'idolâtrait, et comment elle s'était donnée, il se produisit l'effet d'un monstre d'ingratitude. La cruauté grossière, l'ignoble barbarie de l'action qu'il méditait le prit à la gorge.

— Mais, c'est abject, ce que j'allais faire là ! s'écria-t-il en froissant sa lettre et en broyant sa plume sous son pied. Un palefrenier n'agirait pas ainsi avec une fille des rues !

Il laissa tomber sa tête entre ses mains et se perdit dans un océan de pensées contradictoires.

En ce moment, Clairbault entra sans bruit.

Il arrivait du bal. Son entretien avec Lagardiole avait jeté en lui un lourd ferment d'inquiétude. Bien que n'ajoutant qu'une foi médiocre aux assertions du vicomte, il voulait à tout prix s'éclair à ce sujet.

Pour s'assurer que Roger avait passé la nuit dehors, Clairbault n'aurait eu qu'à interroger le concierge. Mais ce genre d'investigation n'était pas dans son caractère. Il connaissait d'ailleurs la franchise de son ami.

Bien certain que Destrel, quoi qu'il eût fait, lui répondrait sans ambages, il avait résolu de le questionner directement.

Il s'avança donc et lui mit la main sur l'épaule. Roger sursauta. Puis, ayant reconnu Clairbault, il devint livide.

Et presque aussitôt, par un énergique effort de volonté, il contraignit ses traits à revêtir une expression insouciante. La rude honnêteté de Clairbault lui fit peur. Il ignorait qu'un homme de cet âge et de cette intelligence, voyant les choses de très haut, excuse et comprend tout. Dans cet ami sincère, il craignit de trouver un juge impitoyable, et loin de lui avouer sa faute, il l'aggrava en usant de fausseté.

— Ah ! s'écria-t-il avec une gaieté fiévreuse, vous surgissez là, Louis ! J'ai le cerveau en feu ; j'ai besoin de me distraire. Au diable mon drame pour aujourd'hui ! Et partons, — je vous emmène.

Depuis qu'il était né, Roger n'avait jamais menti. Clairbault le savait. Ses yeux rayonnèrent.

— Quoi ! répliqua-t-il, j'interromps votre travail ?

— Non pas. Je l'interromps moi-même. Figurez-vous qu'à onze heures, hier soir je me suis assis à cette table et que je n'en ai pas bougé. Franchement, mon ami je suis rompu.

— Il y paraît. Vous êtes d'une pâleur...

— Ah ! dame, la fatigue... Mais je suis bien content de moi, allez ! J'ai fini mon troisième acte.

— Vraiment ! Lisez-le moi.

— Oh ! que nenni ! L'air est chaud, le soleil brille, il doit faire bon dans les bois... Allons-nous-en, Louis.

— Où donc !

— A Chaville, parbleu ! Nous y arriverons juste pour le déjeuner. Ma mère va être ravie. Elle ne m'attend que ce soir. Mais à présent, vous concevez, j'irai tous les jours là-bas. Et plutôt deux fois qu'une. Il faut que je fasse ma cour à Constance.

Il parlait d'un ton bref, précipité, nerveux, entrecoupé de petits rires sans cause, et tout en parlant il rangeait ses papiers à la hâte afin de cacher sa figure à Clairbault.

Malgré sa finesse, celui-ci fut complètement dupé. Ses doutes s'envolèrent. Il se demanda seulement dans quel but Lagardiole avait pu inventer une histoire aussi absurde que celle qu'il lui avait contée.

— Mais, — fit-il en riant, — je n'ai pas les mêmes raisons que vous, moi, cher ami, pour aller tous les jours à Chaville. J'y ai dîné hier et je me refuse absolument à être indiscret.

— Point de prétextes ! insista Roger. Ma mère vous adore ; vous vous plaisez parmi nous, c'est pourquoi vous allez passer un pantalon blanc et me suivre.

Clairbault essaya de réclamer. Destrel, en riant aux éclats, le poussa dehors par les épaules.

— Allez, dit-il. Je vous rejoins dans une demi-heure. Le temps de m'habiller et je suis à vous.

Quand il eut refermé la porte, Roger tomba sur une chaise et y resta presque évanoui... La sueur, par larges gouttes, ruisselait sur ses tempes. Il se faisait horreur, il invoquait la mort.

Clairbault, cependant, calme et rassuré, redescendait chez lui. Comme il arrivait au deuxième étage, un frou-frou de jupes attira son attention. Une femme montait, il s'effaça contre le mur et elle passa en le frôlant, mais sans le regarder et sans le voir.

Il l'avait vue, lui. Et comme s'il eût été frappé subitement de quelque coup terrible, il restait à la même place, immobile et la suivant du regard.

Elle, pimpante et vive, continuait lestement son ascension.

Parvenue au palier du troisième étage, elle fit halte un instant et appuya en souriant sa main sur son cœur pour en comprimer les palpitations trop rapides.

Puis, ouvrant doucement la porte de Roger, elle entra.

Clairbault poussa une exclamation étouffée.

XXVI

Le corps infléchi sur sa chaise, l'esprit noyé dans une consternation stérile, Roger était resté seul, piteux, allangui, humilié par le sentiment de sa propre faiblesse, plein de mépris pour lui-même et regrettant, avec des larmes de dégoût, le mensonge qu'il venait de faire à Clairbault.

Quant à se tracer pour l'avenir une ligne de conduite, quant à prendre une décision quelconque, Roger en était désormais incapable.

Le péril de sa situation l'avait paralysé; il se sentait dans une impasse sans issue et, comme tous les caractères mous, il s'abattait à plat, au lieu d'essayer d'en sortir.

Avec une persistance monotone, il se répétait comme en un rêve :

— Il faut rompre. Il faut quitter Marie.

La quitter ! Et comment ! Ecrire, serait odieux. Parler, serait cruel. Il écartait également ces deux moyens décisifs.

— Ah ! pensait-il encore, que ne peut-elle me voir, me deviner, comprendre ce que je souffre ! Elle serait généreuse, elle provoquerait d'elle-même une séparation que, moi, je n'aurai jamais la force d'exiger !

Il se disait cela. Sans trêve, il remâchait cette supposition absurde. Il s'efforçait d'y croire...

Et soudain, sur ses yeux brûlants, deux mains fraîches et parfumées se posèrent.

Avant qu'il n'eût fait un geste, la duchesse était là, sur ses genoux, le serrant contre sa poitrine qui bondissait, le contemplant avec ses noires prunelles passionnées au fond desquelles l'âme du malheureux se liquéfiait comme une cire...

Avant qu'il n'eût articulé un mot, elle lui cachetait les lèvres avec le corail vivant de sa bouche, et lui, déjà vaincu, les yeux submergés, les veines incendiées, retombait la tête la première dans son amour capiteux et s'y embourbait plus profondément que le duc de Clarence dans son tonneau de malvoisie.

Elle était, du reste, étourdissante de beauté. Elle n'avait pas vingt-cinq ans. Le bonheur — cette eau de Jouvence dont les gens épris savent seuls, à l'occasion, retrouver la recette — le bonheur la rendait irrésistible.

Elle était mise très-simplement, presque comme une grisette. Mais sa robe d'été, un peu courte, laissait voir des petits pieds si fringants, pinçait une taille si souple et si ronde, collait sur des épaules si fermes et d'un dessin si pur, qu'elle semblait lui donner mille charmes de plus.

Roger avait oublié tout. Hébété d'admiration, abruti de désirs, fou d'orgueil, il la regardait.

Et elle, précieusement, comme un avare recueillerait une pièce d'or, elle recueillait ce regard plein d'étincelles, ce regard brutal à force de convoitise, ce regard qui ressemble, paraît-il, étonnamment à un regard d'amour, puisque les femmes les plus expérimentées s'y trompent.

— Ami, lui disait-elle au milieu d'une avalanche de caresses, je viens te chercher. On étouffe ici. Envolons-nous bien loin. Sauvons-nous où tu voudras, mais quelque part où l'on puisse se cacher et s'aimer à son aise, quelque part où il y ait des feuilles, de l'ombre et des oiseaux.

Roger tressaillit.

En pressant Clairbault de l'accompagner chez sa mère, il n'avait pas eu seulement pour objet de détourner l'attention de son ami par un flux de phrases vaines.

De nécessité absolue, il fallait ce jour-là que Roger se montrât à Chaville.

On l'y attendait; il avait positivement promis d'y aller, et d'ailleurs, au lendemain de ses fiançailles avec Constance, sa place n'était-elle pas auprès d'elle ?

Quelque terrifiante que fût pour lui l'idée de ce voyage, il n'apercevait aucun moyen de l'éluder.

La prudence, le devoir, l'état maladif de sa mère, qui s'impressionnait d'un rien et que son manque de parole eût jetée dans des transes infinies, — tout lui faisait une loi de partir.

Mais il avait voulu mettre un étranger entre lui et ces deux femmes aimantes dont il redoutait la pénétration. Il savait que leur tendresse inquiète aurait bientôt démêlé le trouble affreux auquel il était en proie. N'espérant point le leur dissimuler, il espérait du moins, grâce à la présence d'un tiers, échapper à des questions trop directes.

Il se rappela donc tout à coup que son ami l'attendait.

Un grand effroi le prit. Si Clairbault, las d'attendre, montait, rencontrait chez lui la duchesse... Que lui dire ? inventer un nouveau mensonge ? Il n'y croirait pas...

— Qu'as-tu, demanda-t-elle, étonnée du changement subit de ses traits.

Il fixa sur elle un œil hagard. Sa figure fut celle d'un homme qui va se précipiter volontairement au fond d'un gouffre.

Il ressentait la fantaisie insurmontable, effrénée, de s'abandonner pour la dernière fois, corps et âme, à cette enchanteresse ; il lui sembla que, s'il se rassasiait d'elle jusqu'à la lie, il pourrait ensuite lutter victorieusement contre le vertige dépravé qu'elle lui inspirait.

— Tu as raison, balbutia-t-il. Ici, on étouffe, on se meurt... Fuyons !...

Ils descendirent à la hâte et sautèrent dans le coupé de la duchesse, qui les conduisit à la gare Saint Lazare.

De là, Roger expédia deux télégrammes : l'un à sa mère, l'autre à Clairbault.

A sa mère, il annonça qu'un rendez-vous important avec son éditeur le retenait à Paris, mais que bien certainement il irait l'embrasser le lendemain.

A Clairbault, il parla vaguement d'une affaire subite et imprévue, et il le pria de l'excuser.

Cela fait, il monta en wagon avec la duchesse.

Une heure après, ils arrivèrent à Saint-Germain.

Ils y restèrent cinq jours, dans une chambre d'hôtellerie, volets fermés et portes closes, ne sortant qu'à la nuit tombée, errant au clair de lune à travers l'immense forêt, enlacés, parlant bas, sans autres témoins que les chevreuils effarouchés qui plongeaient à leur vue au plus épais des taillis.

Puis, quand l'aube éclaircissait la coupole céleste, lorsque les hauts troncs noirs devenaient gris et qu'une lueur d'opale glissait sur le velours des mousses, avant que les pinsons ne se fussent éveillés et que les merles n'eussent lancé leur sifflet railleur, — ils regagnaient leur nid, ils rentraient tout emperlés par la rosée, les joues fraîches, les cheveux baignés de vent, exhalant une bonne odeur d'herbe et de feuillée ; ils s'enfermaient à double tour et, jusqu'au soir, on ne les entendait plus.

Ce furent cinq jours et cinq nuits de rêve. Ils les vécurent, emparadisés dans les bras l'un de l'autre. Si des terreurs, si des remords se glissèrent entre leurs baisers, ils les engloutirent parmi des torrents de délices.

Le cinquième jour seulement, Roger se souvint de sa mère. La duchesse, de son côté, eut un frisson en songeant à Lagardiole.

La satiété venait. Elle les rejetait dans la vie.

Roger pensa que deux cœurs, en ce moment, par sa faute, étaient livrés aux plus terribles angoisses. On ne savait ce qu'il était devenu. On le cherchait partout. On le pleurait peut-être !...

La duchesse réfléchit que Lagardiole, à cette heure, devait être instruit de la mystification qu'elle lui avait fait subir et qu'elle avait subie elle-même à propos du papier maudit. Sans doute le vicomte la faisait espionner déjà, était déjà sur ses traces.

Tous deux en même temps ils éprouvèrent le désir de retourner à Paris, — désir étrange, mélangé d'épouvante et de honte.

Ils revinrent. A la gare, ils se séparèrent avec un sourire contraint. Leurs yeux étaient inquiets comme leur âme.

Une anxiété douloureuse poignait surtout Roger. En reprenant à pied le chemin de son logis, il fut obligé plusieurs fois de s'arrêter. La respiration lui manquait. Il pâlit en apercevant sa maison. Sur le point d'y entrer, il hésita. Il craignait d'apprendre un malheur.

Il se dit enfin :

— Il est impossible qu'elles ne se soient point adressées à Clairbault pour avoir de mes nouvelles. Je vais me renseigner auprès de lui.

Il entra. Le concierge, à son aspect, poussa un cri et commença une phrase. Roger interrompit la phrase et le cri en s'informant si Clairbault était chez lui.

— Mais, s'écria le portier, monsieur ignore donc...

— Quoi !

— Que M. Clairbault est en voyage.

— En voyage ! Depuis quand ?

— Depuis cinq jours. Il est parti le même jour que monsieur, deux heures après lui. Je croyais même qu'il avait été le rejoindre.

Ce départ subit, singulier, frappa Roger d'étonnement.

— Il ne vous a pas dit où il allait, interrogea-t-il.

— Nullement.

— Et à ses domestiques ?

— Pas davantage. C'est d'autant plus fâcheux que voici des lettres pour lui. On aurait pu les lui faire parvenir.

Le portier désigna quatre ou cinq lettres éparses sur sa table. Destrel en examina l'adresse. Elles étaient toutes de sa mère. Ce qu'elles contenaient, il ne le devina que trop.

— Ma clef ! fit-il d'une voix brève.

— Ah ! oui, à propos, répartit le concierge. La clef de monsieur est après la porte de monsieur, parce qu'il y a deux dames dans son appartement.

— Deux dames ! bégaya Roger qui devint blême.

— La mère et la sœur de monsieur. Elles sont arrivées ce matin. Elles n'avaient pas l'air très bien portant ; alors j'ai pris la liberté de les introduire.

Destrel s'appuya au mur.

C'était la première fois que sa mère venait à Paris depuis quinze ans. Sa santé frêle s'ébranlait à la moindre fatigue, et tout déplacement lui avait été interdit.

Mais qu'est-ce qui aurait pu la retenir lorsque l'absence prolongée de son fils, son silence inexplicable, sa disparition soudaine donnaient matière aux suppositions les plus sinistres.

Elle était accourue, la pauvre femme. Elle était là, en proie sans doute à une écrasante douleur...

Roger se couvrit le visage de ses deux mains. A quel point il se sentit coupable, avec quelle amertume il se reprocha d'avoir torturé ce tendre cœur, on ne saurait le peindre.

Il se dirigea vers l'escalier, et il le monta lentement, car il lui fallait imaginer une fable quelconque pour justifier son escapade aux yeux de sa cousine et de sa mère.

Si crédules que fussent ces deux anges de pureté, si complète que fût leur sainte confiance en lui, encore était-il besoin de leur alléguer un prétexte valable et une excuse plausible.

Ce prétexte et cette excuse, il ne tarde point à les trouver. Son esprit s'accoutumait au mensonge, et il ne s'en effrayait plus. La démoralisation avait commencé son œuvre.

XXVII

Lorsque Roger entra, sa mère était assise ou plutôt étendue dans le vaste fauteuil qu'il occupait d'habitude pendant ses heures de rêverie paresseuse.

Elle avait les yeux fermés. Des larmes ruisselaient sur ses joues amaigries tandis que, penchée vers elle, Constance s'efforçait de la reconforter avec des paroles de consolation et d'espoir.

Au bruit que fit la porte en s'ouvrant, madame Destrel poussa un cri si faible que son fils en eut l'âme déchirée. Il tomba devant elle à genoux. Elle lui entoura le cou de ses bras. Un sourire radieux illuminait maintenant sa douce figure.

Et néanmoins, ce fut à ce moment surtout que Roger connut l'âcre aiguillon du remords. Sa mère était si changée ! Quand il remarqua les ravages opérés en elle par ces cinq journées d'angoisse, quand il sentit battre à coups désordonnés contre le sien ce cœur malade pour lequel chaque émotion vive était une blessure dangereuse, il se détesta comme un monstre et peu s'en fallut qu'il n'éclatât en sanglots.

Par degrés cependant ils se calmèrent l'un et l'autre. Et, se souvenant de Constance, il lui tendit la main.

Elle se tenait debout derrière le fauteuil de sa mère adoptive. Pâle, silencieuse, sévère, au geste cordial du jeune homme elle répondit par un coup d'œil empreint de hauteur et de fierté.

Il eut un frémissement.

— Sait-elle donc quelque chose ? pensa-t-il. Mais non. Qui le lui aurait dit ?

Toutefois, il n'osa ni insister, ni interroger. Sa main tendue retomba. Et malgré lui, sous le regard étincelant de sa fiancée, il baissa lentement la tête.

Madame Destrel n'avait rien vu de cette scène étrange. Elle caressait les cheveux de son fils. Elle le grondait tendrement, et, d'une voix qui tremblait ainsi que tout son corps fragile, elle lui racontait, en entrecoupant son récit de baisers, ses terreurs et celles de Constance, leurs courses, leurs efforts, leurs mille démarches vaines afin de découvrir ce qu'il était devenu.

— Mais où donc étais-tu, malheureux enfant ! acheva-t-elle.

Une sueur froide baigna les tempes de Roger. La minute était arrivée pour lui ou de reconnaître sa faute ou d'abuser sa mère. Il choisit ce dernier parti.

S'inspirant du brusque départ de Clairbault et prenant pour texte ce voyage auquel du reste il ne comprenait rien, Roger avait préparé un conte assez invraisemblable. Il pensa pourtant que les deux femmes s'en contenteraient. Jamais elles n'avaient douté de sa parole.

— Ainsi, demanda-t-il d'un air étonné, vous n'avez pas reçu ma lettre ?

— Nous avons reçu de toi, il y a cinq jours, une dépêche où tu nous parlais d'un rendez-vous avec ton éditeur, et où tu annonçais ta visite pour le lendemain. Tu as donc un éditeur, maintenant ? Tu ne nous l'avais pas dit.

La question était gênante. Roger évita d'y répondre.

— Ce n'est point à cette dépêche que je fais allusion, répliqua-t-il, mais à une lettre que je vous ai envoyée de Marseille.

— De Marseille ? répéta madame Destrel stupéfaite,

— Oui. Le garçon d'hôtel que j'avais chargé de mettre ce billet à la poste a mal rempli sa commission, je le vois.

— Mais qu'as-tu été faire à Marseille ?

— Voici. Clairbault, le soir même du jour où je vous ai expédié mon télégramme, a été subitement appelé dans le Midi par une affaire de famille qui ne souffrait pas le moindre retard...

— Dans le Midi !... interrompit encore madame Destrel.

— Oui, à Avignon. Tu sais qu'il est d'Avignon, Clairbault ? Eh bien ! c'est là que son affaire l'appelait. Affaire très grave, très sérieuse. Vous l'expliquer, je n'en ai pas le droit... C'est le secret de Clairbault... Toujours est-il qu'il avait besoin d'emmener avec lui une personne sûre, un ami dévoué. Il s'est adressé à moi et nous sommes partis à la hâte.

— Pour Avignon ?

— Pour Avignon, oui.

A mesure que Roger parlait, une expression de surprise douloureuse se répandait progressivement sur les traits de sa mère.

Il ne s'en aperçut point. Absorbé par l'enfantement laborieux de son mensonge, occupé à chercher ses mots et à dissimuler son embarras, il tenait ses yeux attachés sur ses ongles.

— A Marseille seulement, poursuivit-il, j'ai pu disposer de quelques instants pour t'écrire. Il est déplorable que ce billet se soit perdu. Il t'aurait tranquillisée... Enfin, que veux-tu !... Bref, je suis resté quatre jours à Avignon... et dès que ma présence n'y a plus été nécessaire... c'est-à-dire hier soir, j'ai pris l'express et je suis revenu...

Il y eut un silence morne.

— De sorte, balbutia madame Destrel, que tu as quitté M. Clairbault hier soir ?

— Sans doute.

— Et que tu l'as laissé à Avignon ?... ajouta-t-elle avec un son de voix si singulier que Roger leva les yeux.

— Mais... certainement, murmura-t-il.

Un sourire sarcastique effleura les lèvres de Constance. Madame Destrel exhala un profond soupir et pencha son front accablé. Sa physionomie peignait la consternation, l'humiliation, le chagrin.

— Roger, mon pauvre enfant, dit-elle en versant des pleurs, voici la première fois que tu manques de franchise. Ce que tu as fait est donc bien mal, puisque tu cherches à tromper ta mère.

Roger frissonna de la tête aux pieds.

Il les regarda l'une après l'autre et, sans pouvoir deviner comment, il vit bien qu'elles avaient pénétré son mensonge.

Cependant il y persista, espérant vaincre leur incrédulité à force d'audace.

— Moi, te tromper ! bégaya-t-il. Mais je t'assure... je te proteste... Tiens, je vais te prouver sur l'heure...

— Oh !... Roger !... s'écria-t-elle éperdue.

Et de ses doigts glacés elle lui ferma la bouche.

En même temps Constance, sans prononcer un mot, présentait à Roger une lettre grande ouverte.

Il s'en saisit, la parcourut du regard.

Elle était adressée à sa mère, signée de Clairbault, timbrée de Londres, datée de l'avant-veille.

Forcé, disait-il, de partir sans avoir pris congé de madame Destrel et de sa nièce, Clairbault réclamait leur indulgence et les priait de faire agréer ses excuses à Roger absent de chez lui au moment de son départ. Il terminait en annonçant que son voyage en Angleterre aurait une durée probable de quinze jours ou trois semaines.

Roger fut écrasé littéralement.

Il était impossible d'être pris d'une manière plus formelle en flagrant délit de fausseté.

Toutes les flammes de la honte lui montèrent au visage ; et, pareil à une ignoble nausée, le sentiment de sa propre abjection lui souleva le cœur.

Mais ce qui par-dessus tout l'humilia, ce fut d'avoir à rougir devant ces deux nobles femmes qui jusqu'alors l'avaient considéré comme une sorte de demi-dieu. Déchoir dans leur admiration ! Descendre de ce piédestal éblouissant où elles l'avaient placé ! N'être plus pour elles désormais qu'un homme vulgaire !...

Roger supportait difficilement de telles pensées. Son amour-propre souffleté regimbait. Et, chose triste à dire, de sa vanité blessée découlait une rancune sourde, amère, injuste, contre sa mère et contre Constance qui l'avaient laissé s'embourber dans son mensonge sans se boucher les oreilles et sans l'arrêter au premier mot.

— Eh bien ! oui, gronda-t-il, je vous ai menti. Oui, j'ai manqué de bonne foi, de loyauté, de droiture. Oui, je suis un fourbe, un hypocrite... Mais ne vous en prenez qu'à vous et ne me le reprochez pas, car c'est vous qui m'avez rendu tel !

— Nous, grand Dieu !... s'écria la pauvre mère.

Elle joignit les mains, et ses dents se mirent à claquer d'épouvante. La figure contractée de son fils lui faisait peur. Jamais elle ne l'avait vu ainsi. Elle ne le reconnaissait plus.

— Oui, vous. Toutes deux ! continua-t-il en se promenant à grands pas à travers la chambre. Par vos continuelles exigences, vous me forcez à devenir fourbe et vous me rendez grotesque. Comment ! lorsque tous les hommes de mon âge sont depuis des années libres de leurs actes, il faut que moi, minute par minute, je vous détaille l'emploi de mon temps ! Et si je l'oublie une seule fois, on crie à l'ingratitude. Et je ne pourrai m'absenter de Paris sans permission, sous peine d'être poursuivi, relancé, traqué, tambouriné par les rues ou affiché sur les murs comme un objet perdu. Ah ! par Dieu, j'en ai assez, je vous le déclare, de tous vos bourreaux et de toutes vos lisières. Je suis en âge de me conduire, et j'entends marcher seul dorénavant.

— Roger, s'écria Constance, qui n'avait pas encore articulé une syllabe. Roger, au nom du ciel !

Et elle lui désigna sa mère.

Madame Destrel était dans un état de prostration effrayant. Une pâleur croissante l'envahissait, et des spasmes convulsifs secouaient sa poitrine.

— Roger, mon fils ! pardon !... soupira-t-elle les bras étendus vers lui.

Elle implorait son pardon, la sainte créature ! elle, l'offensée, la méconnue ! Elle se serait agenouillée, si elle en avait eu la force.

Roger ne voyait rien, n'entendait rien. Comme un taureau furieux qui enfonce lui-même en piétinant le dard fixé dans sa plaie, il allait, il piétinait, s'irritait, s'enivrant de sa propre rage.

— Avec un peu de bon sens, reprit-il en haussant les épaules, vous eussiez pourtant compris que je désirais me taire, que j'avais de sérieux motifs pour garder le silence et qu'il serait plus sage de ne pas m'interroger. Mais non !... A force de terreurs ridicules, à force de questions indiscrètes, vous m'avez contraint à m'avilir, à me réfugier dans le mensonge... Eh bien ! cette inquisition déguisée me déplaît ; à dater d'aujourd'hui, je veux qu'elle cesse. Je ne suis plus un enfant, je suis un homme.

— Et, qui pis est, un méchant homme !... ajouta Constance indignée. Car vous tuez votre mère.

Il tressaillit. Instinctivement il accourut auprès de la douce malade qui, plus morte que vive, s'empara de sa main et l'approcha de ses lèvres tremblantes.

Cette prière silencieuse, cet appel touchant à la concorde et à la pitié fut inutile. Roger y fit à peine attention. Loin de s'apaiser, son dépit redoublait et se tournait maintenant tout entier contre Constance.

Pourquoi ne le tutoyait-elle plus ? Certes il se reconnaissait coupable envers elle ; — mais qu'elle soupçonnât l'étendue de sa faute, cela lui paraissait inadmissible. Que signifiait alors son attitude froide et fière ? Il en était intimidé, courroucé tout ensemble.

— Roger, prononça-t-elle tristement, le trouble de votre conscience vous égare. Vos reproches sont iniques et insensés. Si, comme vous le dites, vous vous êtes réfugié dans le mensonge, nul ne vous y a poussé que vous-même. On ne vous a point interrogé jusqu'ici.

C'était vrai. Il en convint à part lui et n'en fut que plus humilié.

— On ne vous a point pressé de questions. Il en est une cependant, ajouta-t-elle en devenant très pâle, il en est une que je suis en droit de vous faire et à laquelle je vous conjure de répondre sans détours.

— Constance !... supplia madame Destrel d'une voix éteinte.

— Mère, il le faut ! répliqua-t-elle avec fermeté.

Puis, arrêtant sur Roger un regard qu'il ne lui connaissait pas, un regard jaloux et profond.

— Je voudrais savoir, dit-elle lentement, si cette femme qui est venue vous chercher ici, qui vous a emmené dans sa voiture et avec laquelle vous avez passé cinq jours n'importe où, — est, oui ou non, votre maîtresse ?

Roger recula, chancelant.

De même qu'à la lueur d'un éclair, il entrevit la gravité de sa situation. La minute était décisive. De sa réponse allait dépendre le bonheur ou le malheur de toute sa vie.

Nier eût été puéril. On l'avait vu monter dans la voiture de madame de Santelda, partir avec elle. C'était évidemment par le portier de la maison que Constance et sa mère avaient été renseignées.

Une seule chance de salut s'offrait donc à lui : — avouer et implorer sa grâce.

Et cette grâce, on la lui tenait prête. Il le sentait, il la lisait dans les beaux yeux déjà mouillés de Constance. Et il brûlait de tomber aux genoux de sa cousine, et toute son âme ruisselait vers elle.

Pourtant, chose incroyable ! il arma son visage de froideur et de raillerie. Aveuglé par ce démon intérieur, monstrueux, irrésistible, qui, lorsque nous sommes mécontents de nous-même, nous excite à envenimer nos torts, il riposta sèchement :

— Ainsi, vous vous êtes abaissée jusqu'à l'espionnage ?

Constance, à son tour, recula. Posant ses deux mains sur sa poitrine, avec une expression d'indicible souffrance, elle murmura :

— Vous ne m'avez pas répondu, Roger. Aimez-vous cette femme ?

— Je l'aime, répliqua-t-il.

Constance se redressa livide. Pendant l'espace d'une seconde, ces deux êtres qui s'adoraient se regardèrent face à face avec aversion, comme deux ennemis.

— C'est bien, dit péniblement la jeune fille. Tout est fini entre nous. Partons, ma mère.

Elle s'inclina sur madame Destrel, qu'elle embrassa passionnément pour étouffer ses sanglots.

Et tout d'un coup, se relevant avec une clameur effroyable :

— Ah ! s'écria-t-elle, nous l'avons tuée !...

— Tuée !... hurla Roger à moitié fou. C'est faux !... Tu mens !... N'est-ce pas, mère ?

Il la souleva dans une étreinte désespérée. Mais sa mère demeura muette. Elle était morte.

XXVIII

Par un matin de juillet, deux mois après la scène qui précède, le vicomte de Lagardiole, étendu sur son lit, réfléchissait aux singulières vicissitudes des choses de ce monde.

Il était environ dix heures. Amaury venait de se réveiller.

Le riant soleil qui dardait ses rayons entre les lames de deux hautes persiennes, encore closes, traversait péniblement les rideaux et n'éclairait qu'à demi la chambre. A cette lueur indécise, on eût distingué la silhouette de Lagardiole, immobile et pensif, la tête dans sa main, le coude sur l'oreiller.

Il avait piteuse mine, le beau vicomte. Il relevait de maladie. Le jour même où madame de Santelda s'était débarrassée de lui, une fièvre muqueuse, déterminée sans doute par cette violente secousse morale, l'avait saisi et terrassé.

Maintenant il entrait en convalescence. De sa lutte avec la mort, il était sorti victorieux, mais il y avait usé sa vigueur et son énergie.

Rien ne nous dompte comme ces grandes crises morbides. L'immense déperdition des forces qui en résulte modifie parfois complètement notre caractère et nos idées. Amaury en offrait la preuve.

Convaincu que son précieux dépôt avait été dérobé à Sylvain, persuadé que la duchesse était dorénavant à l'abri de ses atteintes, il en avait pris son parti et ne se creusait nullement le cerveau à chercher des combinaisons nouvelles, comme il n'eût pas manqué de le faire en bonne santé.

Une délicieuse langueur l'envahissait. Il s'abandonnait tout entier au bonheur de se sentir renaître. Il en était à cette période réparatrice où tout effort au cerveau est une fatigue, où l'on ne daigne plus souhaiter, ni vouloir, et où la mère Nature, qui toujours s'évertue à réparer nos avaries, écarte de nous les passions échauffantes pour nous entourer d'images paisibles et d'aspirations champêtres.

Amaury laissait donc filer à vau-l'eau les événements et se laissait emporter lui-même à la dérive. Il était doux comme un agneau, tendre comme un berger de Florian. Il ne songeait plus à tuer personne. Il pardonnait à Sylvain ; il graciait Roger Destrel et il amnistiait d'autant plus la duchesse, qu'il croyait ne pouvoir faire autrement.

La situation d'ailleurs n'était pas absolument mauvaise. Il avait en caisse trois cent mille francs ou à peu près : — deux cent mille francs qu'il avait extorqués à la duchesse et le reste provenant du jeu. Beaucoup de gens se fussent accommodés de cette indigence.

— Bast ! s'écria-t-il en faisant claquer ses doigts, le bruit, le luxe, la pose, la vie à outrance... vanités que tout cela ! J'y ai renoncé et je me range. Mon argent, bien placé, me rapportera de quinze à dix-huit mille francs de rentes. A ce prix-là, je puis me procurer une bonne petite existence bourgeoise, goûter des joies de limonadier en retraite, et me plonger dans des orgies d'employé aux contributions. Et puis, rien ne m'empêche plus d'aimer Rosette... Eh bien ! une chaumière et son cœur.

Là-dessus, Amaury sonna.

Son valet de chambre entra aussitôt apportant sur un grand plateau d'argent les lettres et les journaux du vicomte, une aile de poulet, une bouteille de vieux Bordeaux et un consommé dans une écuelle d'or.

— Oui, continuait à penser Lagardiole tandis que son domestique, après avoir posé le plateau sur un guéridon, ouvrait les doubles rideaux, les fenêtres et les persiennes, — oui, une chaumière avec Rosette. Une chaumière en marbre blanc, à Naples, entre le Vésuve et la mer bleue. Voilà une vraie idée.

Il se dressa sur son séant. L'air et le soleil pénétraient à flots dans sa chambre. Lagardiole huma pendant quelques instants leurs tièdes effluves et un sentiment de bien-être colora son visage amaigri.

Puis, retombant sur son lit avec paresse :

— Il n'est encore venu personne aujourd'hui. Julien ? demanda-t-il.

— Monsieur le vicomte me pardonnera.

— Qui donc ?

— Une dame.

— Jeune ou vieille ?

— Jeune... et très jolie.

— Oh ! oh ! Vous vous êtes informé de son nom, j'espère ?

— Elle a refusé de me le dire. Mais je crois bien avoir reconnu sa figure.

— Bah !... Qui est-ce ?

— Si je ne me trompe, c'est cette personne voilée et vètue de noir qui s'est introduite, il y a dix-huit mois, chez M. le vicomte, et qui a bouleversé tous ses papiers...

Lagardiole bondit entre ses draps.

— La duchesse !... exclama-t-il, impossible. Vous faites erreur. A-t-elle annoncé qu'elle reviendrait ?

—Mais elle est là, répondit le valet de chambre.

— Comment, elle est là ?

— Depuis fort longtemps. Quand elle s'est présentée, ce matin, je lui ai fait observer que monsieur le vicomte sortait de maladie et qu'on ne pouvait le réveiller d'aussi bonne heure. Elle a voulu attendre. Et comme il n'y a rien à voler dans le salon... D'ailleurs, j'ai prié Firmin de la surveiller sans en avoir l'air...

Le vicomte n'écoutait plus. Il s'était élancé hors de son lit, passait son pantalon à pied et endossait à la hâte son coin-de-feu.

La duchesse chez lui !... La duchesse qui n'était plus dans sa dépendance, qui n'avait plus rien à craindre de lui et qui, deux mois auparavant, l'avait chassé cumme un laquais !

Positivement, la chose était invraisemblable.

Elle était vraie, pourtant.

— Vous ! madame, balbutia Lagardiole lorsqu'il se trouva en présence de son ennemio.

Elle s'avança vers lui et, avec le plus franc, le plus cordial de tous les sourires, elle lui tendit la main.

— Il faut bien que je vienne à vous, vilain boudeur, — répliqua-t-elle, — puisque vous vous obstinez à ne point venir à moi.

Lagardiole se frotta les yeux et secoua les oreilles. Il croyait avoir mal vu, mal entendu...

Comment aurait-il pu se douter, en effet, que madame de Santelda n'avait trouvé que du papier blanc dans la fameuse enveloppe. Et comment, de son côté, la duchesse eût-elle pu supposer qu'Amaury n'était pas instruit de cette mystification ?

Depuis deux mois elle vivait au milieu de transes continuelles. Son supplice datait de l'instant même où elle avait si violemment éconduit le vicomte.

D'abord elle s'était dit que cet homme ulcéré allait reparaitre plus menaçant, plus terrible, plus impitoyable que jamais.

Puis, à mesure que les jours s'écoulaient sans que Lagardiole lui donnât signe d'existence, l'inquiétude de la duchesse avait redoublé.

— S'il demeure dans l'ombre, pensait-elle, c'est afin de mieux préparer sa vengeance. Tout ceci finira pour moi par un coup de foudre.

Ce coup de foudre, elle l'attendait d'heure en heure. Que serait-ce ? Une révélation publique de son crime, un éclat scandaleux, la cour d'assises.

Elle ne savait.

Incertitude sinistre ! Angoisse plus douloureuse mille fois que la plus lugubre réalité.

Bientôt tout lui sembla préférable à cet état d'indécision. Elle se résolut à y couper court, à implorer la générosité de son adversaire. Voilà pourquoi elle accourait à lui, l'œil plein de caresses et la main tendue.

Amaury, stupéfait, toucha cette main mignonne comme s'il eût craint de se brûler...

— Vous me tenez rigueur, s'écria-t-elle gaiement. C'est mal. Ma démarche vous prouve que je me repens. Je suis ici pour solliciter le pardon de mes torts.

—Ah ! ça ! rumina le vicomte, est-ce qu'elle devient folle ou bien est-ce que je rêve ?...

Cependant il se garda de montrer son étonnement. Avec une réserve diplomatique, il murmura quelques paroles aussi obligeantes que courtoises.

— Un gentilhomme, termina-t-il, ne s'offense pas des vivacités d'une femme. Si vous avez eu des torts envers moi, madame la duchesse, je n'en découvre aucune trace au fond de ma mémoire.

Ce langage doucereux et tout à fait en dehors des habitudes d'Amaury, acheva d'épouvanter la visiteuse. Elle affecta néanmoins d'être rassurée.

— Puisque vous êtes si bon prince, reprit-elle, je vais vous récompenser par un conseil.

— Il s'inclina.

—Avez-vous lu les fables de Lafontaine, monsieur le vicomte ?

— Dans ma verte jeunesse, oui, madame.

— Vous rappelez-vous la fable de la Poule aux œufs d'or ?

— Imparfaitement.

— Le sujet est celui-ci : un paysan possède une poule qui, chaque matin, lui pond un œuf d'or ; s'imaginant qu'elle a un trésor dans les entrailles, il la tue, l'ouvre et se ruine du coup.

— Ce paysan était un sot dit Amaury.

— Alors pourquoi songez-vous à l'imiter ?

— Moi !...

— Oui. Vous êtes le paysan et je suis la poule.

— Je vous jure, madame la duchesse, que je n'ai jamais nourri de coupables desseins contre votre vie...

— Soit. Mais vous me forcerez un de ces jours à me suicider, ce qui reviendra au même.

— Eh ! bon Dieu, comment serais-je capable, à présent surtout, de vous réduire à une extrémité pareille !

Cet « à présent surtout » échappa totalement à madame de Santelda. Elle poursuivit en pâlissant malgré elle :

— Vous exigez que je sois votre femme, monsieur, et je ne suis pas libre de repousser cette exigence. J'ai commis un crime ; vous en détenez la preuve, je suis donc à votre merci, je suis votre esclave et je dois vous obéir sous peine d'être dénoncée par vous à la justice.

Amaury, au comble de la surprise, eut besoin de toute son énergie pour la dissimuler.

— En sommes-nous là ? pensa-t-il avec une stupeur profonde. Pourtant j'ai vu... j'ai reconnu mon enveloppe entre ses mains.

— Toutefois, continua la duchesse, n'alourdissez pas trop, croyez-moi, les chaînes de ma servitude, car j'ai un infaillible moyen de m'y soustraire. Ce moyen, c'est la mort. Oui, je vous le déclare — et ne prenez point ceci pour une menace vaine — si vous me contraignez à ce mariage ou si vous cherchez à me perdre dans l'estime des gens que j'aime, je me tuerai...

Une joie immense inonda le cœur de Lagardiole. Il se retrouvait, comme auparavant, le maître absolu de cette femme. Par quel prodige ? Il ne le devinait pas, mais il se réservait d'éclaircir le mystère en interrogeant Sylvain.

— Voilà, madame, répliqua-t-il, une déclaration de principes qui m'effrayerait beaucoup si j'y ajoutais foi. Heureusement, elle me laisse tout à fait incrédule.

— Pourquoi ?

— Pour deux raisons. D'abord, une femme jeune, belle, riche et adorée ne se tue pas, quoi qu'il lui arrive. Ensuite, quand on a la ferme intention de se tuer, on n'en avertit personne.

— Ne vous y trompez pas, monsieur, ma résolution est formelle. Je l'ai prise de l'instant où vous m'avez demandé ma main, et depuis lors elle s'est affermie. Je vous la communique aujourd'hui parce que je tiens énormément à l'existence, et parce que j'espère que mes paroles vous feront réfléchir. Votre intérêt bien entendu est que je vive.

— Mon intérêt, madame ?

— Sans doute, tant que je vivrai, ma fortune sera la vôtre. Ma mort au contraire vous ruinera.

— Comme le paysan de la fable.

— Précisément. Eh bien ! accordez-moi une entière indépendance, renoncez à m'épouser, renoncez à me nuire. A ces conditions, la vie me sera possible et, si étrange que soit la situation dans laquelle la fatalité nous a placés l'un vis-à-vis de l'autre, elle sera très-avantageuse pour vous et très-acceptable pour moi.

Lagardiole fronça le sourcil d'un air soucieux.

— A parler franc, reprit-il après un silence, je n'avais jamais envisagé les choses sous ce point de vue. Il est certain que votre suicide jetterait une grande perturbation dans mes affaires... Mais d'une part, j'y crois peu, malgré vos affirmations réitérées...

— Tant pis pour vous, monsieur, interrompit la duchesse d'une voix sombre. La foi vous viendra quand je serai morte.

— Et d'autre part, acheva le vicomte, renoncer au bonheur de m'unir à vous, fouler aux pieds mes espérances d'ambition, mon désir d'honorabilité... diable !... ceci, madame la duchesse, ne saurait se décider sur l'heure. Tout ce que je puis vous promettre, c'est d'examiner sérieusement la question...

— Et j'aurai votre réponse définitive... quand ?

— Ce soir ou demain.

Madame de Santelda s'était attendue à un refus catégorique. Elle se leva radieuse. A travers les derniers mots d'Amaury, elle entrevoyait une faible lueur de salut et elle se retira en caressant les mêmes chimères que le condamné à mort qui vient de signer son pourvoi.

Quant à Lagardiole, il ne fit qu'un saut de son salon à son cabinet de toilette et il commença à s'habiller avec une rapidité fébrile.

— Quel est donc ce mystère ? fredonnait-il entre ses dents. Par Mahomet !... si cet excellent Sylvain a eu l'esprit de conserver mon dépôt intact, je lui voterai autre chose que des remercîments. Il m'a prêté, je crois, mille écus. Eh bien ! morbleu !... je les lui rendrai. Ce sera sa récompense.

XXIX

La veuve Imbert, ainsi que Lagardiole, avait passé dans son lit la majeure portion des deux mois qui venaient de s'écouler. Comme le vicomte, elle avait frôlé la mort de très près, et, comme lui encore, elle en était quitte pour la peur.

Depuis quinze jours on lui permettait de se lever. A part un léger embarras dans la parole, — conséquence inévitable de l'attaque d'apoplexie qui l'avait frappée chez Clorinde, — elle ne conservait aucune trace physique de sa maladie.

Mais soit que les approches du trépas l'eussent imbue d'une terreur salutaire, soit qu'elle eût été, à l'instar de saint Paul, subitement éclairée de la grâce d'en haut, elle s'adonnait maintenant à la dévotion et travaillait avec énergie à se conquérir une stalle réservée dans le royaume du ciel.

Il y avait au fond de son alcôve un godet rempli d'eau bénite. De chaque côté de sa glace, des rameaux bénits s'inclinaient sur un agneau pascal en verre filé. Les tiroirs de sa commode regorgeaient de scapulaires. Des chapelets de diverses nuances et de plusieurs dimensions cliquetaient contre les parois de sa loge. Enfin elle avait acheté un Paroissien tellement complet que l'omnibus de la Bastille n'aurait pu lutter avec lui de plénitude. .

Muni de cet in-folio, elle allait deux fois par jour à confesse. Une seule n'aurait pas suffi ; — sa conscience était beaucoup trop encrassée pour pouvoir être remise à neuf au moyen d'un unique étmage. A la longue cependant elle se nettoya. Et, l'âme enfin récurée, le moral fraîchement rechampi, madame Imbert, avec sérénité, s'engagea dans les austères sentiers de la vertu.

Quelqu'un de bien attrapé, par exemple, ce fut l'éternel ennemi du genre humain. Il avait pris la douce habitude de pénétrer à toute heure du jour et de la nuit dans le for intérieur de la veuve ; il avait là un pied à terre vaste et commode et il s'y considérait comme chez lui.

Quel ne fut pas son étonnement lorsqu'il trouva, un beau matin, la porte close !... Jugeant ce procédé indélicat, le nommé Satan se mit à rôder en sondeur autour de son ancienne victime. Mais la veuve Imbert était désormais inattaquable. Elle buvait de l'eau de la Salette à tous ses repas. Et, cousues dans un sachet,

deux reliques précieuses flottaient sur l'océan de sa poitrine, à savoir : un cor au pied de saint Labre et une dent creuse de l'ange Gabriel.

Dans le quartier, l'on s'entretenait avec admiration de la nouvelle convertie. Le charbonnier d'en face, il est vrai, et l'épicier du coin, qui tous les deux étaient libres-penseurs, ricanaient comme ont coutume de le faire ces continuels adversaires de l'ordre et de la religion. Mais les personnes pieuses étaient véritablement attendries et ne se lassaient point d'aller contempler chaque dimanche, à Notre-Dame-de-Lorette, le spectacle édifiant que leur offrait la veuve Imbert prosternée au pied des autels.

Chose merveilleuse ! l'heureux changement de cette concierge provençale avait gagné jusqu'à ses entrailles de mère. Elle témoignait à Rosette une tendresse inusitée. Son premier mot, dès qu'elle avait repris l'usage de ses sens, avait été pour s'informer de sa fille.

En la revoyant, en apprenant que la pauvrette avait échappé saine et sauve aux embûches de celui qu'elle appelait « l'infâme Grossac », la veuve s'était abandonnée à la joie la plus bruyante et avait répandu des pleines carafes de larmes en pressant la chère enfant sur son cœur.

La chère enfant, — il faut bien l'avouer quoi qu'il nous en coûte, — se montra médiocrement émue de cette inondation maternelle. Aussitôt qu'elle le put, elle s'empressa de s'y soustraire. Le rayon d'en haut n'avait point touché Rosette. Elle ne pratiquait pas le pardon des injures, et comme elle se rappelait fort nettement que sa mère avait trempé dans le complot de Brossac, elle lui gardait une rancune indélébile.

Sa méfiance, d'ailleurs, ne tarda guère à être éveillée de rechef.

A peine la veuve Imbert eût-elle recouvré le libre exercice de sa langue, qu'elle entama devant sa fille une série de discours aussi obscurs qu'inquiétants.

D'abord elle lui laissa entrevoir, d'une manière vague et voilée, que leur situation à toutes les deux allait peut-être s'améliorer dans un avenir prochain.

Puis, devenant de jour en jour plus explicite, elle lui confia, entre autre choses mystérieuses, qu'une personne « très comme il faut » s'intéressait à leur sort. Cette personne était un monsieur. Un monsieur non marié, jeune encore et beaucoup plus riche que « cette canaille de Brossac. »

Enfin elle annonça qu'avant peu, le monsieur en question les honorerait probablement de sa visite.

— Faudra te faire belle, ce jour-là, mon chérubin, disait-elle en caressant le menton de Rosette. Ton destin va dépendre de ce monsieur. Voyons, n'aie pas l'air si rechigné. Il ne s'agit plus de ce que tu crois. C'est en tout bien, tout honneur, cette fois-ci, parole sacrée ! Ainsi tu tâcheras de lui plaire, pas vrai ? Ça t'est si facile quand tu veux !...

Et elle câlinait sa fille, elle l'entourait de flatteries, elle l'incommodait de ses baisers. Jamais avec elle Rosette ne s'était trouvée à pareille fête.

— Et puis, — reprenait quelquefois la veuve, — lorsque tu seras millionnaire, tu te souviendras que je t'ai toujours bien soignée, dis? Promets-le moi. Une bonne mère, vois-tu, mon séraphin, n'y a que ça de respectable au monde. Ça et notre sainte religion, bien entendu. Qui est-ce qui t'a élevée dans les meilleurs principes et nourrie des meilleurs morceaux? C'est moi. Si tu es restée sage, c'est rapport à l'éducation que je t'ai donnée... Faudra le dire à ce monsieur, ma petite fleur du paradis. Ah ! dame, tu sais, la vérité, la franchise avant tout !

A ces exhortations singulières, Rosette ne répondait rien. Froide et muette, elle écoutait le monologue de sa mère; puis elle remontait dans sa petite chambre, et là, le front entre ses deux mains, elle murmurait d'un air sombre :

— Voilà que ça recommence !... Elle m'a encore vendue... ou elle veut me vendre... Mais mon parti est pris... Et je ne l'attendrai pas, son monsieur.

Depuis deux mois, du reste, c'est-à-dire depuis le bal de Clorinde et la tentative avortée de Brossac, Rosette n'était pas reconnaissable.

Elle ne parlait plus, ne chantait plus. Silencieuse et préoccupée, à peine échangeait-elle de loin en loin quelques rares paroles avec son ami Sylvain.

Celui-ci, dans les premiers jours, crut à un caprice de la jeune fille. Il patienta. Des semaines passèrent. Mais le temps ne rendit à Rosette ni son entrain, ni son insouciance d'autrefois.

Au contraire, elle se fit plus taciturne encore. Elle cessa entièrement de causer avec Sylvain, et son goût pour la solitude s'accentua de telle sorte que, sans éviter Duclos, elle finit par laisser échapper, en le rencontrant, des gestes de contrariété nerveuse.

Atterré, suffoqué, stupéfait, le musicien chercha inutilement le motif de cette façon d'agir.

— C'est donc à moi qu'elle en veut ! se récria-t-il avec désespoir. En quoi lui ai-je déplu? Pourquoi me boude-t-elle?

Hélas ! elle ne le boudait pas, elle ne lui en voulait pas. Elle ne faisait point attention à lui, voilà tout, et elle ne s'apercevait même plus qu'il existait.

Mais cette supposition fut oubliée par Sylvain.

— Pourquoi me fuit-elle? répétait-il. Est-ce parce que j'ai, malgré moi, laissé à un autre le mérite de la défendre? Oh ! mon Dieu, ce n'a pas été de ma faute, pourtant. Plût au ciel que j'eusse été haché en morceaux et que je l'eusse sauvée!

A force de se torturer le cerveau, il en vint à s'imaginer que Brossac avait renouvelé sur elle dernièrement ses entreprises; qu'il l'avait insultée, maltraitée peut-être.

Et, frémissant de colère, il s'informa.

Les renseignements qu'il recueillit au dehors lui démontrèrent l'absurdité de cette hypothèse. Aucun incident suspect n'avait traversé l'existence de Rosette. Elle continuait son service à l'Opéra ; elle sortait et rentrait aux heures habituelles; l'emploi de son temps s'expliquait de soi-même... Bref, elle avait une conduite irréprochable.

— Allons, se dit-il, c'est moi décidément qui l'aurai offensée... Je suis sa bête noire... Elle me déteste, elle m'exècre... Mais, mon Dieu !... mon Dieu, que lui ai-je fait?

Duclos était blessé au cœur. Il dévora cependant son chagrin sans se plaindre, et, persuadé que sa vue était désagréable à Rosette, il poussa l'abnégation jusqu'à se cacher lorsqu'elle revenait au logis.

Il se contenta de l'observer, de la suivre et d'écouter le bruit de ses pas, — le tout, furtivement, à la dérobée.

Et peu à peu, il vit s'opérer en elle une transformation inexplicable.

Rosette s'étiolait.

Un cercle de bistre entourait ses yeux. Ses fraîches couleurs avaient disparu, sa gaieté s'était évanouie ; à sa démarche vive avait succédé une lenteur de mauvais augure.

Evidemment elle était en proie à quelque malaise inconnu.

Le chagrin de Duclos devint de l'épouvante. Cette fois il ne put se retenir d'interroger la prétendue malade.

Mais aux mille questions dont il la pressa, elle répondit avec autant de douceur que de fatigue.

— Laissez-moi, monsieur Sylvain, je vous en prie. Je ne souffre pas. Je n'ai rien.

Sylvain eut beau s'arracher les cheveux par poignées ; force lui fut de se payer de cette défaite.

A dater de ce jour, il vécut comme au milieu d'une fournaise. Ahuri, absorbé, il allait et venait au hasard comme un aliéné; il descendait de chez lui sans chapeau, remontait pour le prendre, redescendait sans l'avoir pris. Dans la rue, on le voyait s'arrêter l'œil fixe, le sourcil froncé, en grommelant des phrases décousues. A son théâtre, il manqua dix fois de se faire congédier pour cause de distraction. Et, quant à ses nuits, il les passait toutes sur le palier, l'oreille collée à la porte de sa pauvre petite amie.

Un matin que, broyé de lassitude, il s'était assoupi, la tête appuyée contre la rampe et les pieds sur le paillasson de sa bien-aimée, un bruit léger le réveilla en sursaut.

Il ouvrit les yeux et devint écarlate.

Rosette était devant lui...

Honteux d'avoir été surpris par elle dans une attitude grotesque, craignant surtout de l'avoir mécontentée, il se dressa vivement et se disposait à s'enfuir quand elle lui saisit la main.

Duclos frissonna.

Elle le regardait d'un air attendri, et des larmes montaient lentement à ses paupières.

— Monsieur Sylvain, lui dit-elle d'une voix timide, voulez-vous me rendre un service ?

— Si je le veux !... s'écria-t-il remué jusqu'au fond de l'âme par cette charmante figure anxieuse et pâlie ; si je le veux, mademoiselle ! En doutez-vous ?

Puis, avec un accent de doux reproche :

— Hélas ! mademoiselle Rosette, c'est donc fini tout-à-fait ? Je ne suis donc plus votre ami ?

Elle continuait à le regarder, pensive, distraite.

Après un long silence, elle reprit, comme si seulement alors elle eût compris le sens des paroles de Sylvain :

— C'est vrai. Vous avez le droit de vous plaindre, pauvre garçon... j'ai mal agi envers vous...

— Non ! non !... bégaya-t-il, profondément ému déjà par ce langage affectueux auquel Rosette ne l'avait point accoutumé.

Elle poursuivit avec un sourire navrant :

— Je suis une égoïste.., J'aurais dû voir que ma froideur vous faisait souffrir... et je ne l'ai même pas remarqué, je vous assure.

— Ah ! exclama-t-il, ne vous excusez donc pas !... Que j'aie souffert ou non, qu'est-ce que ça peut faire !... Parlons de vous.

— De moi ? fit-elle d'une voix éteinte.

Elle restait immobile, la tête basse, les yeux vagues et noyés.

Soudain, elle cacha son visage dans la poitrine de Sylvain, et lui jetant ses deux bras autour du cou .

— Sylvain ! sanglota-t-elle, mon bon, mon pauvre Sylvain, je suis bien malheureuse...

XXX

Le mouvement de Rosette avait été si vif, elle s'était jetée par un élan si imprévu entre les bras de Sylvain qu'il en demeura tout saisi.

Emu, bouleversé. il serra sur son cœur l'être charmant qui s'attachait à lui comme pour implorer ses consolations.

— Vous êtes malheureuse, mon enfant, balbutia-t-il tandis que ses lèvres s'égaraient frémissantes parmi les cheveux noirs de la jeune fille. Oui, oui... je m'en étais bien aperçu, allez ?... Mais pourquoi l'êtes-vous ? Voilà ce qu'il faudrait me dire.

— A quoi bon, murmura-t-elle, puisque vous n'y pouvez rien.

— On ne sait pas...

— Non, mon ami. Ni vous, ni personne au monde. Ah ! vous me l'aviez bien prédit !

— Moi !... Je vous avais prédit... que vous seriez malheureuse ?

— Hélas ! oui. Vous souvenez-vous des longues heures que nous avons passées ensemble, assis sur les marches de cet escalier, la nuit, lorsque toute la maison dormait ?

Duclos soupira.

On lui parlait d'un temps de bonheur et d'extase, du temps le plus regretté de sa vie...

Il ne put articuler une syllabe. Mais Rosette, dont la figure restait enfouie dans le sein de son humble confident, dut sentir aux battements plus précipités de son cœur qu'elle venait d'effleurer une question brûlante.

Elle continua tristement :

— Vous me faisiez un peu la cour, à cette époque-là. Vous me demandiez de vous aimer. Et moi, je vous répliquais par malice, par coquetterie : — Etes-vous bien sûr que je ne vous aime pas ?

— Je me souviens !... je me souviens !... bégaya Duclos.

— Et alors, reprit-elle, vous me répondiez en secouant la tête : si vous m'aimiez, Rosette, vous ne seriez pas si gaie. L'amour est comme un vin trop capiteux. Il attriste ceux qu'il enivre... Oui, ce sont là vos propres paroles. Je me les rappelle mot pour mot.

— Et moi aussi Rosette. Eh bien ?

— Eh bien ! mon ami, vous aviez raison. Je le reconnais à cette heure.

Duclos eut un éblouissement. Il tremblait de tous ses membres.

— Est-ce donc à dire ?... commença-t-il.

— Oui, Sylvain. L'amour est venu... Et vous voyez ce qu'il a fait de moi...

Sylvain chancela.

Par un geste d'une douceur, d'une délicatesse infinie, il posa sa main sur le front de la jeune fille, et lentement il lui renversa la tête en arrière, afin de la regarder.

Elle pleurait...

Ses larmes, sa rougeur, ses yeux baissés, l'étreinte convulsive dont elle l'enveloppait, tout pénétra Sylvain d'une lumière triomphatrice.

Et, tout d'un coup, avec un grand cri d'espérance :

— O mon Dieu ! exclama-t-il. Moi qui ne devinais pas !... Moi qui me désolais comme un insensé !... Quoi !... vous m'aimez, vous m'aimez, Rosette !...

Interdite, elle se dégagea brusquement d'entre ses bras.

— Vous !... s'écria-t-elle.

Et un sourire — un pâle reflet de son espièglerie d'autrefois apparut sur ses lèvres.

Duclos resta pétrifié. En un clin d'œil, il venait de mesurer l'étendue de son erreur.

Puis, le ridicule atroce de sa méprise le saisit à la gorge.

Fou de honte et de douleur, il enfonça ses deux mains dans ses cheveux et il recula jusqu'au mur où il s'adossa livide, effrayant à voir.

— Sylvain ! cria Rosette épouvantée.

Mais lui, se raidissant par un effort suprême :

— Chut ! fit-il d'une voix rauque. N'ayez pas peur. C'est fini. Ce n'est rien. On n'en meurt pas...

En parlant ainsi, avec un rire saccadé, il essuyait ses tempes humides.

— Pardon, Sylvain, oh ! pardon !... supplia-t-elle.

— Eh ! chère enfant, qu'ai-je à vous pardonner !...

— Je vous ai fait bien du mal, sans le vouloir...

— Laissez donc... Est-ce votre faute si je me suis trompé à vos paroles, trompé de la façon la plus stupide ?

— Ainsi , pauvre garçon , vous avez cru...

— Oui, dit-il, tandis que son rire funèbre redoublait. Je l'ai cru. Oui, moi qui suis laid, pauvre, déplaisant, niais et grotesque, j'ai cru que je pouvais être aimé d'une adorable créature telle que vous. Il y a des gens qui ne doutent de rien, n'est-pas ?

— Maladroite que je suis ! J'ai eu tort de vous dire...

— Au contraire. J'avais besoin de cette leçon. Plus la secousse a été rude, plus elle me sera salutaire. A présent tout va bien. Mon amour s'est brisé, mais les morceaux en sont bons, soyez tranquille. Je m'en servirai pour vous bâtir une belle et franche amitié, solide, inébranlable. Je serai votre frère, Rosette. Quand il faudra que je me jette au feu pour vous, faites-moi un signe...

— Ah ! pauvre ami ! pauvre cœur blessé !... Si j'avais su...

— Laissez cela, de grâce. Le sujet est épuisé. Causons de vous. Ne m'avez-vous pas demandé tout à l'heure si je voulais vous rendre un service ?

— Oui, mais... maintenant...

— Maintenant ?

— Je n'oserai jamais.

— Quel enfantillage ! C'est maintenant surtout qu'il faut oser. Ça me donnera du courage, de l'énergie...

— Vrai !...

— Certainement. Tenez, de penser que je puis vous être utile, cela me console déjà un peu.

— C'est que, murmura-t-elle en rougissant, je crains de vous froisser encore. Et pourtant, sans vous... sans votre aide, je serais bien embarrassée pour... pour faire parvenir...

— Achevez !... Puisque je vous jure que je ne vous aime plus. Là !... Etes-vous rassurée ?

— Eh bien ! mon ami, connaissez-vous... l'adresse de M. Amaury ?

Sylvain réprima un tressaillement.

— Non, répliqua-t-il. Jamais il ne me l'a dite.

— Comptez-vous le voir bientôt ?

— Bientôt, je l'ignore... Mais il viendra ici, pour sûr, un jour ou l'autre.,

— J'ai préparé une petite lettre pour lui. Consentiriez-vous à la lui remettre la première fois que vous le verrez ?

— Sans aucun doute.

Rosette alla chercher la lettre dans sa chambre et revint.

— La voici, dit-elle.

En prenant le billet, Duclos ne put s'empêcher de pâlir.

— Alors, dit-il presque bas, c'est Amaury que... c'est lui qui...

Rosette fit un geste affirmatif.

— Il est heureux, celui-là !... chuchotta Sylvain dont le gosier se gonflait de sanglots. Tout lui réussit. Après ça, il le mérite... et ce n'est que justice. Amaury vous a sauvé l'honneur... il est bien naturel que vous l'aimiez... Je n'ai pas le droit de lui envier son bonheur...

— Son bonheur !... fit amèrement la

jeune fille. Ah ! il s'en soucie bien, de ce bonheur-là !

— Que dites-vous !

— Je dis, mon pauvre Sylvain, que vous et moi, nous sommes logés tous les deux à la même enseigne. Tous les deux nous aimons quelqu'un qui ne nous aime pas.

— Amaury ne vous aime pas !... C'est impossible.

— C'est tellement possible qu'il se marie.

— Avec une autre ?

— Evidemment.

— Quand cela ?

— Dans trois semaines.

— Allons donc ! qui est-ce qui vous a conté une absurdité pareille.

— Lui-même.

— Et il sait que vous l'aimez ?

— Oui.

— Ah ça !... il est donc fou, idiot, aveugle ?

— Il ne m'aime pas, voilà tout !... soupira Rosette.

Et, après un instant de silence, elle reprit :

— Vous lui remettrez ma lettre, n'est-ce pas ?

— Je vous le promets. Voulez-vous que j'aille m'informer de son adresse chez madame Clorinde ? On doit la savoir, là. Et de cette façon, je pourrais porter tout de suite votre billet à Amaury.

— Non, répondit-elle vivement, non, merci. Mon billet n'a rien de pressé...

Puis un sourire bizarre retroussa les coins de sa bouche, et elle ajouta :

— Il le recevra toujours assez tôt !

Il y eut, dans la manière dont elle prononça cette phrase, quelque chose de singulier qui frappa le musicien et qui le troubla sans qu'il pût s'en rendre compte.

Pendant un instant, il considéra Rosette avec inquiétude. Il brûlait de l'interroger ; il éprouvait un désir ardent, étrange, obstiné de lui demander ce qu'elle avait écrit à Lagardiole.

Cette hardiesse lui manqua. Il se tut.

Quant à Rosette, le front incliné, les yeux fixes et les bras distendus , elle semblait absorbée dans une rêverie profonde.

— Allons, dit-elle soudain. Voici l'heure. Il est temps de nous quitter. Adieu.

— Comment, adieu ? se récria-t-il. Au revoir, plutôt...

— C'est ce que je voulais dire...

— Mais où donc allez-vous, Rosette. Il est encore de bien bonne heure...

— Oh ! répondit-elle, en affectant un air dégagé, je ne vais pas loin, comme vous pensez...

Les syllabes s'étranglaient entre ses dents. Une pâleur de morte envahissait son doux visage. Cependant elle essayait de faire bonne mine à mauvais jeu.

— Maman doit sortir ce matin, continua-t-elle ; et en son absence, vous comprenez, il est nécessaire que je garde la loge...

— Ah ! bon. A ce soir, alors !

— A ce soir.

— Et dorénavant, j'espère que vous ne m'éviterez plus, méchante.

— Non, non... plus jamais.

— Et nous recommencerons dès aujourd'hui nos chères causeries d'il y a deux mois !

— Oui, Sylvain, c'est convenu.

— Au revoir, petite sœur...

Elle avait déjà descendu quelques marches. Elle les remonta lentement, saisit entre ses deux mains la tête du jeune homme, et, le regardant à travers un nuage de pleurs, elle balbutia d'un accent étouffé :

— Adieu, mon noble, mon loyal Sylvain... Adieu, mon ami... Adieu, mon frère...

Puis elle l'embrassa sur les deux joues et elle s'enfuit à la hâte.

Duclos étourdi, attendri, le cœur gonflé da sanglots, rentra d'un pas mal assuré dans sa chambre, s'abattit lourdement sur son lit et, mordant son oreiller, se prit à pleurer à chaudes larmes.

XXXI

Ce matin-là, dès l'aube, la veuve Imbert avait balayé sa loge, fourbi ses chapelets, épousseté l'agneau pascal et posé partout des rideaux blancs.

Les vitres de sa porte, qui d'ordinaire semblaient être picotées de la petite vérole, tant les mouches avaient, sur leur surface, poussé loin l'oubli des convenances, brillaient par exception d'un éclat non pareil. Quant à la maîtresse du logis, elle paraissait elle-même avoir été l'objet d'un nettoyage sérieux.

Ses chairs jaunes luisaient. Ses doigts graisseux dégageaient un vague parfum de savon noir. Elle avait épilé sa moustache et rasé sa barbe avec soin. Pour s'être à ce point débarbouillée, elle qui d'habitude se lavait les mains une fois par mois et la figure une fois par an, il fallait que la veuve eût été furieusement exaltée par l'approche de quelque événement extraordinaire.

Elle avait, d'ailleurs, arboré une toilette somptueuse. Bien qu'elle ne dût sortir que vers midi, dès dix heures elle était déjà sous les armes, le chapeau sur la tête et le parapluie sous le bras. Une impatience visible la rongeait. A toute minute, elle consultait de l'œil la pendule en zinc doré, à sujet symbolique représentant l'Agriculture assise sur une charrue et occupée, selon toute apparence, à déplorer son manque de bras.

— Comment !... tu n'es pas encore habillée, mon archange !... s'écria-t-elle en voyant entrer sa fille.

La veuve Imbert, depuis sa conversion, s'abstenait d'appeler Rosette « mon rat » ou « mon chou. » Elle ne puisait plus ses épithètes dans l'ordre animal et végétal ; — elle les empruntait au magasin d'accessoires du paradis.

— A quoi penses-tu, mon vase d'élection !... Je t'ai cependant prévenue hier soir. Je t'ai dit : Rosette, ma colombe sans souillure, c'est demain le grand jour, c'est demain que ton futur bienfaiteur apprendra que tu respires. J'irai le voir au coup de midi, pas avant, parce que dans la haute ils se lèvent tard. Je le sonderai à fond pour savoir de quoi il est capable en fait de générosité. Et s'il se décide, comme je l'espère, à te flanquer dans la magnificence de la grandeur, je reviendrai ici avec lui, à seule fin qu'il t'examine de près... T'ai-je dit ça, oui ou non, ma tour d'ivoire ?

— Oui, répliqua Rosette d'un air sombre, vous me l'avez dit.

— Pour lors, que je t'ai encore conseillé, mets-toi sur ton trente-six pour faire accueil à ce monsieur. Faudra lui plaire *illico*, à cet homme, c'est important... Te rappelles-tu que je t'ai conseillé ça, ma rose mystique ?

— Oui, je me le rappelle.

— Eh bien ! pourquoi que tu n'as pas mis ta robe neuve ? Je l'ai achetée exprès pour l'occasion et elle m'a coûté les yeux de la tête.

— J'ai bien le temps.

— Pas trop. Je ne m'absenterai pas plus d'une heure, et quand je ramènerai notre individu, je ne...

— Une heure me suffira.

— Bon. Alors tu t'habilleras pendant que je serai dehors ?

— Soit.

— Mais tu as les yeux bien rouges, mon Trône...

— Moi !...

— On croirait que tu as pleuré.

— J'ai mal dormi.

— Ah ! dame... Ça se conçoit... A la veille de rouler carrosse, on est émue. Car tu vas rouler carrosse, ainsi que ta mère idolâtrée, mon ange, à moins que ton monsieur ne se conduise comme le plus cancre des voyous. C'est égal, bassine-toi les paupières avec de l'eau fraiche, mon cèdre du Liban.

Rosette s'assit sans répondre. Elle aussi, elle regardait la pendule. Il lui tardait de voir partir sa mère.

— Dis-donc, fifille, reprit la mère en souriant, ça ne t'intrigue pas un peu, cette histoire-là ?

— Non.

— Tant mieux. Vu que je n'ai pas le droit, pour le moment, de t'éclaircir les brouillards de la chose. Attends que ma démarche ait réussi. Tu seras rudement étonnée après, je t'en réponds. Et tu voudras baiser la trace de mes pas, rapport à la reconnaissance qui est le plus bel apanage d'une âme pure.

La veuve continua longtemps sur ce ton. A mots couverts et dans un style mystérieux, elle essaya d'éblouir sa fille par mille prédictions plus étincelantes les unes que les autres.

Mais ce fut en vain qu'elle s'échauffa, qu'elle se grisa au cliquetis de ses propres espérances, Rosette demeura impassible.

Elle était, du reste, habituée à ce langage. Chaque fois que la veuve avait voulu la précipiter dans le vice, elle lui avait fait entendre à peu près les mêmes paroles. Autrefois, Rosette en riait ; elle les subissait maintenant avec un amer sentiment de lassitude et de dégoût.

Enfin midi sonna.

La veuve Imbert s'élança sur sa fille, la combla de caresses aussi désagréables que touchantes, et s'en alla au pas gymnastique.

A peine eut-elle disparu, que les traits de Rosette se ranimèrent : on eût dit qu'elle se réveillait d'un lourd sommeil. Souriante et pâle, elle alla prendre dans un meuble une feuille de papier, une plume et de l'encre. Après quoi, elle s'assit, et, sans hésiter, elle traça ces mots :

« Adieu, ma mère. A l'existence bril-
» lante que vous me préparez, je préfère
» la mort. Si vous tenez à me revoir,
» allez demain me réclamer à la Mor-
» gue. »

Ces lignes écrites, elle les signa. Puis, laissant le papier sur la table, bien en évidence, elle sortit.

Son pas était ferme, son attitude calme et assurée. Il y avait deux mois qu'elle s'était résolue à mourir.

Cependant, lorsqu'elle toucha le pavé de la rue, elle s'arrêta un instant, comme indécise.

— Si je savais où il demeure, murmura-t-elle, je me cacherais, j'attendrais qu'il passe. Il me serait si doux de l'entrevoir une dernière fois !

Au bord de ses longs cils, une larme tremblait. Elle l'essuya vite.

— Bah ! fit-elle avec insouciance.

Et elle se mit à marcher droit devant elle.

La pauvre fille ne se doutait guère que celui vers lequel s'envolait ce désir était à cette minute même dans la maison qu'elle venait d'abandonner.

En effet, Amaury, une demi-heure auparavant, avait franchi le vestibule sans que ni Rosette ni sa mère l'eussent aperçu.

Talonné par son idée fixe, pressé d'approfondir le mystère qui l'embarrassait, il n'avait nullement songé à entrer dans la loge pour s'informer si Duclos était absent ou non.

Il avait monté l'escalier quatre à quatre et s'était rué chez son ami comme un fou.

Sylvain, assis devant son secrétaire, copiait de la musique. Il avait la figure morne et les yeux éteints.

— Sois le bien venu, Amaury, fit-il d'un ton cordial. Tu arrives on ne peut mieux. Je suis chargé pour toi...

— D'abord, interrompit Lagardiole, haletant et fort essoufflé, laisse-moi te poser une question des plus graves.

— Parle.

— La lettre, l'enveloppe, le papier... mon dépôt enfin ?

— Eh bien ! quoi ?

— Tu l'as toujours ?

— Parbleu !

— Tu en es sûr ?

— Certainement.

— Alors, rends-le moi.

— Avec plaisir.

Sylvain se leva, déplaça son lit qu'il roula au milieu de la chambre, s'agenouilla sur le carreau et souleva une dalle.

Puis, d'une excavation creusée sous cette dalle, il retira la précieuse enveloppe.

Amaury s'en empara et en rompit aussitôt les cachets.

— Rien n'y manque ! s'écria-t-il radieux.

— Cela t'étonne ?

— Non... Si... C'est-à-dire... Mais l'autre, enfin, l'autre ?

— Quelle autre ?

— On t'a volé, n'est-il pas vrai, une enveloppe absolument pareille à celle-ci ?

— Oui. Mais elle ne contenait que du papier blanc, et je l'avais placée dans mon secrétaire tout exprès pour qu'elle me fût volée...

Lagardiole se frappa le front.

— Ah ! exclama-t-il, je crois que je te devine. N'importe... explique-moi...

— Voici. Le jour où tu m'as apporté ceci, on a entendu notre conversation d'un bout à l'autre ; ma chambre n'est séparée que par une cloison de la chambre voisine, et il y avait là quelqu'un dont je me suis défié.

— Une femme, n'est-ce pas ?

— Oui.

— Une ouvrière, une grande fille rousse nommée...

— Madame Guérard ?

— C'est cela. Et alors ?

— Alors, dame! ignorant ton adresse et craignant que tu ne fusses compromis si ce dépôt m'était soustrait, — à tout hasard, j'ai imaginé...

— Sylvain ! cria le vicomte, viens sur mon cœur ! Tu es un grand homme ! que dis-je ? tu es grand comme le monde...

Sylvain haussa les épaules.

— Ose à présent me dire que tu n'as pas d'esprit ? continua Lagardiole. Ta ruse me sauve la vie, elle me sauve... Sais-tu combien elle me sauve ?

— Non.

— Trois millions.

— Peste ! dit Sylvain tranquillement.

— Et à ce propos, ajouta soudain Amaury, je me rappelle une chose qui te concerne.

— Quoi donc !

— Il y a deux mois, tu as remis entre mes mains tes petites économies pour que je les fasse fructifier.

— Ah! tiens, c'est juste. Trois mille francs, je crois ?

— Oui. Trois mille francs que j'avais promis de te doubler en un mois ou six semaines.

— Et tu n'as pas pu y réussir. N'en parlons plus.

— Parlons-en, au contraire. Je ne les ai pas doublés, mon cher ami, mais triplés, tes trois mille francs.

— Bah !

— Et voici neuf jolis billets de mille que j'ai l'extrême satisfaction de t'offrir.

— Comment ! ce serait à moi, tout ça ?

— Complétement à toi. Tu les as gagnés...

— Dans l'industrie, toujours ?

— Toujours.

— Alors, dit froidement Duclos qui jeta les neuf mille francs dans un tiroir, me voilà riche.

— Ça n'a pas l'air de t'enchanter outre mesure, observa Lagardiole très surpris.

— Mon cher, répliqua Sylvain, il y a deux mois, cette fortune subite, — car pour moi, c'est une fortune, — m'eût fait pousser des cris de paon. La joie m'aurait même tourné la tête. Aujourd'hui je t'avoue qu'elle me laisse indifférent.

— Ah ça ! mais... regarde-moi donc en face. Quelle diable de figure est-ce là ? Qu'as-tu, Sylvain ? Que t'est-il arrivé ?

— Il m'est arrivé... de la philosophie. Tiens, — ajouta le jeune musicien en tendant à son ami la lettre de Rosette, — voici un message pour toi.

— De qui ?

— Lis. Tu verras.

Et Sylvain, se sentant pâlir, se courba de nouveau sur la musique qu'il était en train de copier.

Tout à coup, un cri sourd lui fit lever la tête. Ce cri venait d'échapper à Lagardiole qui, blême et bouleversé, achevait la lecture du billet.

XXXII

Pauvre petit billet d'adieu ! Qu'il était humble et peu élégant d'aspect, quoique Rosette se fût prodigieusement appliquée pour l'écrire.

De gros jambages de bébé, une orthographe invraisemblable, des lignes qui tantôt descendaient à la cave et tantôt avec vitesse remontaient au grenier, comme si, à moitié chemin, elles eussent été prises d'un scrupule. Et puis, au beau milieu de la page, un pâté. La plume avait troué la feuille, éclaboussé les mots.

N'importe. Ils étaient éloquents ces mots-là, dans leur simplicité naïve. En les lisant, Amaury avait le frisson, et ses yeux, habituellement froids, moqueurs, plus durs que l'acier, rougissaient, devenaient humides.

La lettre était ainsi conçue :

« Je ne veux pas mourir, monsieur
» Amaury, sans vous avoir encore re-
» mercié de toutes vos bontés pour moi.
» Ce que je vais faire est bien mal, je le
» sais ; mais je m'ennuie trop sur la terre.
» On recommence à me tourmenter : on
» exige absolument que je devienne une
» mauvaise fille et, à présent, ça me se-
» rait impossible. Adieu donc, monsieur
» Amaury. Du plus profond de mon cœur,
» je souhaite que la personne avec qui
» vous allez vous marier vous rende heu-
» reux. Pensez quelquefois à votre petite
» Rosette dont le dernier soupir aura été
» pour vous. »

Sylvain, effrayé de la pâleur de son ami et n'osant, par discrétion, l'interroger, le regardait en silence.

Lagardiole alors, d'une voix étrange, lui dit brusquement :

— Qui est-ce qui t'a remis cela ?

— Rosette.

— Quand ?

— Ce matin, vers sept heures.

Amaury tira sa montre.

— Midi !... gronda-t-il avec désespoir.

Tout est perdu. Où peut-elle être ?... Où la retrouver maintenant !

— Qui, Rosette ?... Elle est en bas, dans la loge. Sa mère est sortie. Elle doit être seule.

— Ah !... chère fille adorée !... murmura le vicomte en se précipitant hors de la chambre.

Duclos courut après lui et le retint par le bras.

— Au nom du ciel, que se passe-t-il ? Que signifie ton trouble ? Tu l'aimes donc ?...

— Eh ! pardieu, oui, je l'aime !... fit Amaury, qui se dégagea violemment. Et si elle est morte, je ne...

— Morte !... répéta Sylvain dans un cri terrible.

Amaury, avec une rapidité furibonde, descendait déjà l'escalier. La loge était grande ouverte. Il y entra d'un bond. Le premier objet qui frappa ses yeux fut la feuille de papier sur laquelle Rosette avait tracé quatre lignes à l'adresse de sa mère.

L'encre n'avait pas eu le temps de sécher.

— Dieu merci ! elle n'est pas loin, pensa Lagardiole.

Il s'élança dehors.

A peine eut-il franchi la porte cochère qu'une indécision cruelle le cloua immobile à la même place. Fallait-il tourner à gauche ou bien à droite ?

Son regard anxieux interrogea la rue d'un bout à l'autre.

C'était une splendide journée de juillet. Le soleil inondait la chaussée. Les trottoirs entraient en fusion, le pavé brûlait ; on respirait une sorte de buée chaude.

Rouges et s'épongeant le crâne, quelques rares passants rasaient les murs du côté de l'ombre, tandis qu'un lourd tonneau d'arrosage, roulant avec lenteur, distribuait de larges gouttes d'eau sur les pantalons de coutil et sur les jupes claires.

Quant à Rosette, le vicomte ne la découvrit nulle part.

Une interjection découragée jaillit de sa poitrine. Soudain son œil se fixa sur un honnête épicier qui, vis-à-vis de lui, fumait au seuil de sa boutique.

En deux enjambées, Amaury fut auprès de cet homme.

— Pardon, lui dit-il avec autant de politesse que le lui permit son état d'agitation fébrile, connaîtriez-vous par hasard mademoiselle Rosette.

— Rosette ? répéta languissamment le boutiquier. La fille de la portière d'en face.

— Oui.

— Je la connais sans la connaître.

— Ne l'avez-vous pas vue passer, tout à l'heure.

— Si fait ! Il n'y a pas dix minutes.

— Par où s'en allait-elle ?

— Par là.

Et le commerçant orienta le tuyau de sa pipe dans la direction de la Chaussée-d'Antin.

Lagardiole partit comme une flèche. Son cœur bondissait à lui faire mal. Au bout de trois cents pas, il ralentit sa course. Un sourire lui vint aux lèvres et un immense apaisement lui rafraîchit le cerveau.

Rosette était devant lui.

Elle venait de s'arrêter et elle achetait à une marchande en plein vent un bouquet de violettes d'un sou. Amaury pouvait distinguer nettement son profil mutin, mais sérieux à cette heure et un peu pâle.

Quand elle eut terminé son achat, elle continua sa route sans se presser, le nez enfoui parmi les petites fleurs odorantes.

— Où donc allez-vous ainsi ? murmura une voix tendre à son oreille.

Elle leva la tête, étouffa un cri. Et sur son teint blanc s'étendit une nouvelle jonchée de neige.

— Ah !... balbutia-t-elle, que j'ai eu peur !

Et, par degrés, une joie pure scintillait au fond de ses prunelles tandis qu'un flot de sang impétueux lui remontait au visage.

Non moins ému qu'elle, Amaury se contenait mieux.

— Vous ne m'avez pas répondu, dit-il, petite Rosette. Où allez vous ?

Eperdue, elle répliqua :

— Nulle part... je ne sais... je me promène...

— Eh bien ?... moi aussi. Voulez-vous que nous nous promenions ensemble ?

— Oh !... non, monsieur Amaury, cela ne serait pas convenable.

— Pourquoi ?

— D'abord... je... je suis trop mal mise.

— Tel n'est pas mon sentiment.

— Et.. si l'on vous rencontrait.

— Qui ?

— Vos amis ?

— Je n'en ai pas, Rosette, dit gaiement le vicomte.

Et il passa le bras de la jeune fille sous le sien.

Avez-vous jamais tenu un oiseau captif entre vos doigts ? N'avez-vous pas été attendri, confondu de surprise par l'incroyable frémissement, par les palpitations brûlantes de la frêle créature ?

Ainsi palpita tout le corps de Rosette, lorsqu'elle sentit son bras mignon suspendu à celui du vicomte.

— Mon Dieu !... bégaya-t-elle. Mais si votre... si cette dame vous voyait ?

— Quelle dame ?

— Votre fiancée.

— Je n'ai pas plus de fiancée que d'amis, mon enfant. Je suis libre comme l'air. Mon mariage est rompu.

Elle s'arrêta tout net.

— Rompu !... fit-elle d'un timbre à peine intelligible. Pour qu'elle raison ?

— Par la raison que je n'aime pas cette femme et que j'en aime une autre...

— Ah !

— Oui, Rosette. A la folie.

Une main sur son cœur, oppressée, inquiète, défaillante, elle attacha sur lui ses yeux noirs pleins d'angoisse et d'espérance.

— Vous ne devinez pas qui ? ajouta-t-il en se penchant vers elle.

L'accent dont il prononça cete phrase éclaira Rosette et lui donna le vertige.

— Attendez, de grâce, plus un mot, interrompit-elle d'un ton suppliant et doux. Pardonnez-moi, monsieur Amaury. La fatigue, la chaleur... Il me semble que je vais me trouver mal.

Et de fait, elle était sur le point de s'évanouir.

Une victoria passait à vide. Amaury d'un geste l'appela. Sa compagne s'y laissa installer sans résistance. A l'exception d'Amaury, le monde entier pour elle avait disparu.

— Où va monsieur ? demanda le cocher.

— Où vous voudrez, répondit Lagardiole, pourvu que ce soit très loin et que la promenade dure longtemps.

Le cocher ne se le fit pas dire deux fois, Il le conduisit au Jardin des Plantes.

S'il est, dans Paris, un lieu solitaire, écarté, ombreux, favorable aux propos d'amour, c'est celui-là. Pendant plus de deux heures, Rosette et Amaury assis sur un banc de pierre, sous l'ombrage impénétrable des marronniers, purent se raconter des millions de choses sans avoir à redouter un œil curieux ou une oreille indiscrète.

— Ah ! le beau jour ! le beau jour !... répétait la jeune fille à demi-voix. Et que c'eût été dommage de mourir ! Remarquez-vous, Amaury, à quel point le bleu du ciel est profond aujourd'hui et combien cet air que l'on respire est tiède et parfumé ! Jamais, j'en suis sûre, le soleil n'a brillé ainsi depuis la création du monde.

— Je le crois comme vous, chère aimée, dit en souriant Amaury. Mais hélas ! dans trois ou quatre mois ce ciel bleu sera d'un gris-sombre, cer air embaumé deviendra glacial, ce vert feuillage tombera en poussière et le soleil s'éteindra...

— Méchant! A quoi bon prévoir les tristesses de si loin ?

— A quoi bon ?... A les éviter, Rosette. Enfuyons-nous d'ici, Je sais un pays doré où notre existence se déroulera comme un rêve entre les flots d'une mer harmonieuse et les splendeurs d'un éternel été. Consentez-vous à me suivre, ma chérie ?

— Oh! toujours et partout !

— Eh bien! venez. Ouvrons nos ailes.

— Quoi ! fit-elle étonnée, nous pourrions partir aujourd'hui ?

— A l'instant même.

— Sans préparatifs, sans bagages ?

— Ce sera bien plus amusant.

— Allons !... s'écria-t-elle enchantée.

Vingt minutes après, ils arrivèrent à la gare de Lyon, et, à cinq heures du soir, ils débarquèrent à Fontainebleau où leur séjour se prolongea toute une semaine.

Ce laps de temps avait été nécessaire à Julien, le valet de chambre de Lagardiole, pour exécuter les ordres que lui avait télégraphiés son maître.

Au bout d'une semaine, Julien apparut à Fontainebleau, escortant une véritable montagne de colis. Ces caisses contenaient, pour la plupart, des vêtements de femme d'une exquise élégance, d'une rare distinction, et parfaitement adaptés à la taille de Rosette.

Le lendemain, les deux amants partirent pour l'Italie.

XXXIII

Le voyage de Louis Clairbault dura plus longtemps qu'il ne l'avait cru. A son arrivée à Paris, on l'informa qu'une vieille femme, prétendant avoir une importante communication à lui faire, s'était présentée chez lui à différentes reprises.

Elle avait beaucoup insisté pour connaître l'époque exacte de son retour, et, comme on n'avait pu la renseigner à cet égard, elle s'était écriée :

— Eh bien ! je reviendrai vingt fois, trente fois s'il le faut.

Du reste, elle s'était obstinément refusée à dire son nom.

Clairbault s'inquiéta peu de l'incident. Il était sous le coup d'un profond chagrin. Ses domestiques venaient de lui apprendre la mort de madame Desirel, et l'impression produite sur lui par cet événement effaçait de son esprit toute autre pensée.

Il professait pour la mère de son ami un culte presque filial. Il vénérait, il admirait cette âme délicate. Mieux que personne, il était digne de la comprendre.

Aussi devina-t-il bien vite sous quelle blessure elle avait succombé.

Les lettres que, dans son inquiétude, elle lui avait écrites, l'apparition inattendue de la pauvre femme à Paris, sa mort subite dans l'appartement de Roger, tout prouvait à Clairbault qu'elle avait découvert l'intrigue de son fils avec madame de Santelda.

Frappée à l'improviste, en plein cœur, elle n'avait pas survécu à la ruine de ses espérances. Le saisissement l'avait tuée.

Quant à Roger, il n'habitait plus la maison. Il était allé se loger ailleurs et, chose singulière, il n'avait laissé ni une ligne, ni un mot pour son ami. Rien. Pas même sa nouvelle adresse.

— Oubli bien excusable, pensa Clairbault avec son indulgence ordinaire. Le malheureux garçon, en sortant d'ici, devait avoir la tête égarée.

Mais un instant de réflexion lui démontra qu'il se trompait.

Un oubli se répare et Roger, depuis deux mois, avait eu largement le loisir de réparer le sien.

Il s'en était abstenu ; donc, son manque d'égards avait été prémédité ; donc, il avait l'intention formelle d'éviter désormais Clairbault.

Pourquoi ? Evidemment pour se dérober à une surveillance incommode.

Clairbault fronça le sourcil et partit pour Chaville. Une appréhension poignante le dominait.

— Puissé-je le trouver là ! se disait-il. A moins qu'il n'ait déjà perdu toute dignité, toute sensibilité, c'est là seulement qu'il doit être.

En formulant ce vœu, Clairbault était sincère. Et pourtant une sorte de satisfaction bizarre pénétrait en lui, malgré lui, avec la vague certitude que son désir ne serait pas exaucé.

C'est qu'il n'existe point ici-bas de désintéressement sans alliage. Si détaché que soit un homme de toute préoccupation personnelle, si absolue qu'il ait rêvé son abnégation, il n'en devient pas moins à de certaines heures l'esclave de sa chair et de son sang.

La passion de Roger pour la duchesse allait mettre à néant ses projets d'union avec Constance ; et Clairbault, à travers les brumes d'un horizon bien éloigné, entrevoyait de souriantes lueurs,..

Lorsque la maisonnette lui apparut, noyée à demi dans les massifs du feuillage, son cœur se prit à battre comme un cœur de vingt ans.

Mais aussitôt il eut honte de cette défaillance ; il se la reprocha sévèrement; il se demanda, non sans ironie, en quoi sa situation, à lui, serait modifiée par une rupture entre les deux jeunes gens ?

Profiterait-il de l'irritation de l'une et des torts de l'autre pour essayer d'obtenir une main qu'on lui avait librement refusée ? Serait-il capable d'une telle bassesse.

Non, certes, car cette seule idée le remplissait d'une mâle indignation. Il refoula donc sa joie sourde, il étouffa ses calculs égoïstes et se fit l'irrévocable serment de ne plus les accueillir.

Puis, sûr de lui-même, il s'approcha de la grille et sonna.

Les aboiements de Fox retentirent. Au sommet du perron, le vieux Jacquemin, vêtu de deuil, se montra. Sa haute taille s'était voûtée ; ses cheveux gris étaient devenus blancs, et quoiqu'il se hâtât, sa démarche paraissait lente et incertaine.

A l'aspect du visiteur, un fugitif rayon éclaira ses yeux éteints. Il ouvrit et, sans parler, avec un soupir expressif, il le regarda en joignant ses deux vieilles mains tremblantes.

— Roger ? interrogea doucement Clairbault.

A ce nom, le visage parcheminé du vieillard se couvrit d'une rougeur vive ; il détourna la tête.

— Mademoiselle est là, balbutia-t-il. Si monsieur le désire, je vais...

Il s'interrompit. Sa voix se brisait. Il s'inclina et se mit à marcher vers la maison que, d'un geste respectueux, il désignait à Clairbault.

Celui-ci savait maintenant ce qu'il avait redouté de savoir.

L'instant d'après, il était au salon et pressait entre ses mains les deux mains de Constance.

— Je vous attendais, mon ami, lui dit-elle simplement.

Ses vêtements noirs semblaient la grandir. Sa beauté avait pris une expression plus altière et plus pure. L'ennui pesant des longues journées solitaires, l'habitude du silence, un désespoir morne et ombrageux avait transformé sa physionomie autrefois si ouverte. Les moindres impressions s'y reflétaient encore, nettes et distinctes, mais comme les caprices de la lumière glissent sur une figure de marbre blanc.

Bien qu'à recevoir Clairbault elle eût éprouvé un plaisir manifeste, cependant elle se tint avec lui sur les limites d'une affectueuse retenue. Il en résulta entre eux un peu de contrainte. Pendant une heure, leur entretien roula exclusivement sur la pauvre morte, tous les deux, ils avaient chérie à un degré presque égal. Clairbault toutefois n'osa solliciter aucun détail au sujet de cette fin foudroyante. Il

aurait fallu prononcer un nom que ni l'un ni l'autre n'avait articulé jusque-là.

Mais à ce soin même qu'il prenait de ne point faire allusion le premier à son cousin, la jeune fille comprit qu'il soupçonnait ou qu'il avait appris quelque chose. Craignant dès lors qu'une plus longue réserve ne lui parût affectée et ne le blessât, elle s'arma de tout son courage. Puis au moment où Clairbault se disposait à partir, elle lui demanda d'un ton calme :

— Avez-vous vu Roger, depuis votre retour ?

— Non, répliqua-t-il en tressaillant. Et je le regrette, car de toute nécessité il faut que je lui parle ?

— Il demeure à présent rue de Ponthieu, dit elle. Je vais vous écrire exactement son adresse.

— Je vous avoue, reprit-il avec hésitation, que je comptais le rencontrer ici...

Constance écrivait. Elle répondit sans lever la tête :

— Oh ! ses visites sont très rares. Et cela se conçoit... Elles n'ont plus de raison d'être.

Après un silence, elle ajouta d'un accent léger, tandis qu'un froid sourire glaçait sa lèvre :

— Vous savez que nous ne nous marions plus.

— Je ne sais rien, fit tristement Clairbault, sinon que vous souffrez... et que je voudrais être assez votre ami pour réclamer une part dans votre souffrance.

Elle arrêta ses yeux sur lui.

Elle avait été remuée par le son vibrant de sa voix ; mais elle le fut bien davantage encore par la fraternelle tendresse qui jaillissait de ses regards. Celui-là, elle le sentit alors avec plus de conviction que jamais, celui-là était un cœur droit, un allié fidèle, le compagnon loyal des bons comme des mauvais jours...

Et tout d'un coup elle se résolut à lui tout dire.

Scrupuleusement, mot pour mot, sans commentaires et sans amertume, elle lui raconta la scène qui, chez Roger, avait eu pour dénouement la mort de leur mère.

Elle lui dépeignit le bruyant désespoir du jeune homme, ses lamentations, ses remords, et comment, dix fois, il s'était évanoui durant le trajet de Paris à Chaville, tandis qu'ils y ramenaient la dépouille de la trépassée.

Une fois dans la maison paternelle, Roger s'était écrié qu'il n'en sortirait plus. Se jetant aux pieds de Constance, il lui jura solennellement qu'il n'aimait, qu'il n'avait aimé qu'elle au monde. Au nom de la morte, il la supplia en sanglotant de pardonner.

Elle pardonna et leur réconciliation fut scellée en face du bien-aimé cadavre.

Pendant quinze jours, ils confondirent leurs larmes et leurs souvenirs ; pendant quinze jours, Roger ne s'éloigna pas une minute de Constance. Jamais il n'avait été plus tendre, plus épris, plus charmant. Il s'était donné pour but de reconquérir cet adorab'e cœur et il y parvint.

Puis, des lettres lui arrivèrent, rares d'abord, pressées ensuite, enfin de plus en plus nombreuses.

Il se cachait pour les lire. Quand il les avait lues, il était sombre, accablé, énervé, distrait, soucieux.

Un matin, il s'absenta. Il était, disait-il, appelé à Paris et n'y resterait que deux heures.

Il ne revint pas.

— Mais, murmura Constance en achevant son récit, huit jours après son dépar, j'ai reçu de lui ce billet singulier.

Et elle tendit à Clairbault une lettre qu'elle tira de son corsage.

Clairbault contemplait la jeune fille avec étonnement.

Elle n'avait pas versé une larme ; elle n'avait pas eu, contre son cousin, un mot de blâme ou de reproche. Sa fierté répugnait aux plaintes... Et pourtant de quelle terrible plaie cette délicate fierté n'avait-elle pas été meurtrie !

— Ah ! comme elle l'aime encore ! pensa Clairbault.

Et il lut à haute voix les lignes que voici :

« Je suis un misérable, sans force,
» sans énergie, sans volonté, un miséra-
» ble indigne de toi, Constance. Oublie-
» moi et méprise-moi, je te rends ta pa-
» role. Mais je t'en conjure à genoux,
» garde en souvenir de moi la maison de
» notre mère. Moi, je n'y rentrerai plus.
» Ma présence la souillerait. Jamais je
» n'en franchirai le seuil... »

— Jamais !... répéta sourdement Constance, pâle comme une statue.

Son front s'inclina sur sa main. Elle souriait d'un sourire navrant et mélancolique.

Clairbault demeurait silencieux.

Soudain, il se leva le front haut, le regard plein de confiance :

— Et moi, dit-il, en froissant la lettre de Roger, moi je vous proteste que, avant vingt-quatre heures, il sera rentré ici, corrigé, repentant et pour toujours guéri de cette horrible femme !

Constance bondit galvanisée :

— Ah !.., bégaya-t-elle prête à défaillir, dites-vous vrai, mon ami.

— Oui, s'écria Clairbault, je puis encore le sauver... Et je le sauverai, de par Dieu !...

XXXIV

Le lendemain matin, à huit heures, Clairbault arriva rue de Ponthieu. Connaissant les habitudes de Roger, il était sûr de le trouver debout.

Néanmoins, lorsque, d'après les indications du concierge, il se fut arrêté au premier étage, il eut besoin de sonner plusieurs fois avant de réussir à se faire entendre. Enfin lui apparut un groom à demi vêtu, l'air maussade et les yeux gros de sommeil.

Ce groom dérouta Clairbault. Il pensa s'être mépris.

— Monsieur Roger Destrel ?... demanda-t-il.

— Monsieur dort, répliqua le valet d'un ton brusque. Repassez à midi. C'est l'heure où il se lève.

Ayant dit, le domestique voulut refermer la porte ; mais Clairbault repoussa le battant d'un air tranquille, prit dans son portefeuille une carte de visite et ordonna au groom de la porter sur le champ à son maître.

Son regard eut sans doute quelque chose de persuasif, car le valet n'hésita plus à l'introduire au salon.

A peine Clairbault eut-il promené ses yeux autour de lui, que sa surprise se mélangea de compassion et de colère.

La nouvelle habitation de Roger ne ressemblait guère à son humble logis de la rue Lafayette. C'était un délicieux appartement de garçon décoré avec une coquetterie excessive. Il y avait là un loyer de cinq ou six mille francs et un mobilier de trente ou quarante mille.

Roger, on le voit, n'avait pas perdu de temps pour escompter la succession de sa mère. Or, le chiffre de cette succession représentait cent cinquante ou cent soixante mille francs. Clairbault le savait et il s'indigna de la folie de Roger.

Il s'en affligea surtout. Ce luxe, en disproportion criante avec la modeste fortune de son ami, lui donnait la mesure de l'état d'affaissement moral dans lequel était tombé le malheureux.

Destrel, en effet, avait brûlé ses vaisseaux.

Rejeté, en dépit de ses remords, de ses serments, de sa volonté même entre les bras de la duchesse, incapable de vaincre la fascination charnelle qu'elle exerçait sur lui, Roger ne luttait plus, ne se débattait plus. Il se laissait emporter par le courant : il s'abandonnait aux flots malsains d'une volupté toujours insatiable quoique toujours assouvie.

Et, au milieu de ce continuel vertige, sa pensée s'engourdissait aussi lourdement que son corps.

Son intelligence se noyait; sa conscience s'accoutumait aux concessions ; peu à peu, sa raison perdait l'exacte notion du bien et du mal.

Le plaisir sensuel était devenu sa loi unique et, s'il s'était délié de ses engagements vis-à-vis de Constance, ç'avait été moins par mépris pour lui-même, — comme il le lui avait hypocritement déclaré, que pour se livrer sans contrôle à tous les excès de sa fantaisie.

La duchesse maintenant disposait de lui à son gré. Elle avait fait de lui son esclave, quelque chose de souple, de docile, de supérieurement dressé. Elle était le but et le mobile de ses moindres actions.

Afin de se rapprocher d'elle, il était venu se loger rue de Ponthieu. Afin de la recevoir quelquefois dans un nid digne de leurs amours, il s'était dépouillé du tiers de son avoir. Afin d'escorter sa calèche au Bois, il avait acheté deux magnifiques chevaux de selle et il les avait payés un prix fou.

Et jusque dans les plus minces détails de sa vie journalière, Roger se ressentait de cette influence corruptrice. Il s'habituait aux profusions inutiles et au sot plaisir de paraître. Il avait trois domestiques, il s'habillait chez les tailleurs en renom, il dépensait un louis pour son dîner, il trouvait charmant de ne jamais savoir au juste combien de pièces d'or il avait glissées le matin dans ses poches.

Puis, durant les courts intervalles de répit que lui accordait son exigeante maîtresse, il s'attifait avec un soin puéril, ou bien il traînait dans les cafés à la mode sa langueur et son désœuvrement. Le cœur muet, le cerveau vidé, l'imagination abêtie, il s'atavernait avec des gandins et il gaspillait en leur stupide compagnie le peu d'argent qui lui restait et le peu d'esprit qu'il se sentait encore.

Voilà où en était Roger. Sans l'avoir vu, sans lui avoir parlé, Clairbault devina tout cela au simple aperçu de son appartement.

— Allons ! dit-il avec résolution, il est temps que j'intervienne. Et fasse Dieu que je n'aie point trop tardé.

Depuis près de vingt minutes, il attendait quand Roger se décida enfin à le rejoindre.

Il entra les bras ouverts, avec de grands éclats de voix et de bruyantes démonstrations d'amitié. Au fond, il était en proie à une contrariété vive.

Comment Clairbault s'était-il procuré son adresse ? Qui la lui avait donnée ? Constance, naturellement. Alors Clairbault savait tout et il allait assaillir son ami de sermons et de reproches.

Cette crainte bourrelait Roger. Il essaya de la dissimuler sous un fébrile bavardage. Mais vainement se tenait-il sur ses gardes : vainement avait-il préparé de belles phrases et une ingénieuse justification, son embarras perçait malgré lui.

Une expression de fatigue inquiète flétrissait sa physionomie autrefois si franche. Il avait le teint jaune, les traits tirés, les yeux battus, les lèvres incolores. Son regard fuyant évitait le regard de Clairbault, et quelques efforts qu'il tentât pour paraître enchanté, la gêne se trahissait dans son maintien et l'ennui dans son attitude.

Il n'eut qu'un seul éclair de sensibilité vraie. Ce fut lorsque Clairbault lui parla de sa mère. Destrel pleura ; mais ses larmes furent vite séchées par l'angoisse que lui causait la présence de son visiteur.

A son suprême étonnement toutefois, celui-ci n'entama aucune question brûlante, ne se permit aucune allusion aux faits que Destrel redoutait si fort de ui voir aborder. Calme et bienveillant, du ton de camaraderie dont il usait d'ordinaire vis-à-vis de Roger, Clairbault se mit à causer de choses indifférentes.

Roger se rassura. Une fois certain que son ami n'allait se poser ni en censeur, ni en moraliste, il se départit peu à peu de sa défiance et bientôt il se sentit complètement à l'aise.

— Ah ça ! s'écria tout à coup Clairbault qui semblait inventorier le salon par un coup d'œil circulaire, vous avez donc monté votre ménage, cher ami ? Mes compliments. Tout ceci est d'un goût, d'une richesse...

— Un peu exagérée, n'est-ce pas? balbutia Destrel. Que voulez-vous ! Puisque l'on ne se meuble qu'une fois dans la vie, le mieux est de le faire convenablement tout de suite. Et puis un mobilier, c'est une valeur... Cela reste...

— Tant mieux. Car le vôtre a dû écorner terriblement votre budget.

— Mais... non, pas trop.

— Enfin !... du moment que votre fortune autorise de telles splendeurs.

— Je vous avoue, interrompit Roger en rougissant, que je me suis installé, moins selon ma fortune présente que selon ma fortune à venir...

— Ah ! ah ! vous comptez sur l'avenir pour boucher le trou ?

— Sur mon travail plutôt.

— Alors, vous travaillez ? Bravo. Où en êtes-vous de votre fameux drame : les Paresseux de Paris ?

— Hélas ! toujours au même point.

— Diable ! vous n'avez pas terminé le quatrième acte ?

— Non. Je vais m'y mettre d'arrache-pied.

— Quand ?

— Un de ces jours.

— Un de ces jours... c'est bien nébuleux. Vous me rappelez un homme que j'ai beaucoup connu, — homme plein de talent, du reste, qui, chaque matin s'écriait : C'est décidé, lundi prochain, je me mets à la besogne et je ponds un chef-d'œuvre...

— Eh bien ?

— Eh bien ! il s'est écrié cela pendant un demi-siècle. A soixante-dix ans, il donnait encore les plus grandes espérances. Il n'a jamais donné autre chose.

— Oh ! je donnerai mieux, moi, soyez tranquille !

— Je le souhaite. Votre drame, d'ailleurs, est superbe comme idée.

— Est-ce réellement votre opinion !

— Vous le savez bien. Seulement il faudrait en piocher les détails, il faudrait le le finir.

— Et, demanda Roger, en supposant que j'obtienne un succès, mais là, un très grand succès...

— Soit, supposons-le.

— Combien estimez-vous que puisse me rapporter ma pièce?

C'était la première fois que Roger, à la question d'art, mêlait une préoccupation d'argent.

— Il pressent déjà sa ruine! pensa Clairbault.

Et, tout haut, il répondit négligemment :

— Dame! cela dépendra du nombre des représentations. Soixante, cent, cent cinquante mille francs peut-être.

Les yeux de Roger étincelaient.

— Bon! murmura-t-il. A la fin du mois, irrévocablement et sans remise, je me replonge dans le travail.

— Pourquoi pas aujourd'hui, Roger :

— Je ne suis pas en train. Vous comprenez, Louis, que la mort de ma pauvre mère...

— En ce cas, prenez de la distraction. Rien ne vous retient à Paris, je pense ?

— Non... rien, bégaya Destrel.

— Alors, changez d'air, faites un voyage. Il n'existe pas de meilleur remède aux idées sombres.

— J'y songerai. Mais à propos de voyage, dit Roger qui avait hâté de détourner la conversation, — depuis quand êtes-vous de retour ?

— Depuis quarante-huit heures.

— Votre départ a été bien subit, bien imprévu.

— Deux heures auparavant, je ne le prévoyais point moi-même.

— J'espère que nul événement fâcheux...

— Oh! non ; il s'agissait tout simplement d'éclaircir un fait qui avait piqué ma curiosité... Mais, parbleu ! j'ai presque envie de vous raconter cette histoire... D'autant plus que vous m'en avez demandé souvent le récit.

— Quoi! cette aventure de votre jeunesse...

— Une aventure !... Dites un roman, mon cher. Le roman de mes premières amours...

— Et votre voyage a eu un rapport quelconque avec...

— Avec ce roman vieillot, oui. Un rapport très-direct. Ecoutez-moi ça, Roger. C'est édifiant et instructif.

Clairbault alluma une cigarette, et Destrel, ravi d'échapper aux explications qu'il continuait à redouter un peu, se renversa dans son fauteuil d'un air attentif.

XXXV

—J'avais dix-neuf ans, commença Clairbault, et je n'étais jamais sorti de ma ville natale.

Triste ville, en vérité! Ville morne, muette, enceinte de hautes murailles à créneaux, flanquée de vieilles tours carrées du sommet desquels on entrevoit les Alpes et leurs neiges. Ville fantôme, drapée dans ses souvenirs comme dans son linceul. En parcourant ses rues étroites et tortueuses, bordées çà et là d'édifices anciens, on se reporte en esprit vers le moyen âge et l'on respire, avec l'air qui passe, la fade mélancolie du passé.

J'avais dix-neuf ans ; je m'ennuyais, j'étais poète. Naïf comme un jeune Savoyard, pur comme le poussin qui émerge de son œuf, je rimais des soupirs à la brise, et je me déclarais désabusé, quoique le moindre regard de femme — fût-ce celui de ma cuisinière — me fît rougir des pieds à la tête.

C'était vers l'an 1846 de Notre-Seigneur. On venait d'apporter à Paris la polka. Mais, nous autres, gens de province, nous retardions de quinze ans sur la civilisation. Dans notre cité-momie, les élégantes portaient encore des manches à gigot, et les jeunes gens lettrés se délayaient l'âme avec les émollientes élégies de Lamartine.

Moi, en ma qualité de désabusé, je posais pour le ricanement convulsif. Musset par conséquent était mon homme. Je le pastichais servilement dans mes vers, et j'étais amoureux de la marquise d'Almaëgui, cette Andalouse dont tous les pianos de France chantaient alors le sein bruni.

Byron aussi était à la mode. Je le pastichais donc également. Mais j'avais beau menacer du poing les étoiles, maudire le genre humain, defier la providence et grincer des dents à la fatalité, au fond j'étais bien l'adolescent le plus doux, le plus sobre, le plus timoré, le plus crédule et le plus virginal du monde.

Je ne connaissais la débauche que de réputation; je n'avais jamais entendu craquer le moindre corset de satin, et quant à la marquise d'Amaëgui, si je l'eusse réellement vue « se tordre dans un baiser de rage et mordre, en criant des mots inconnus,» il est probable que j'eusse pris la fuite avec vélocité, eussé-je dû lui laisser entre les mains ma redingote.

Je n'en possédais pourtant point de rechange. Comme je n'avais pas fini de grandir, le tailleur de la localité avait reçu l'injonction de ne renouveler ma garde-robe que tous les deux ans. Il en résultait que, dans mes strophes enflammées, je bravais la foudre non-seulement avec l'orgueil d'un Titan, mais aussi avec des souliers lacés, des gilets trop étroits et des pantalons trop courts.

Toutefois, j'étais beaucoup moins laid qu'à présent, je vous supplie de le croire. Lorsque je m'habillais devant ma glace, j'avais pour vis-à-vis une figure fraîche et rose, sur laquelle on eût en vain cherché les ravages des passions. Cette lacune me contrariait, je l'avoue... Et qu'y faire? Ayant été jusqu'alors, à mon grand regret, épargné par les passions, je ne pouvais raisonnablement exiger qu'elles me décorassent de leurs ravages...

Le régime hygiénique auquel on m'avait soumis s'y serait d'ailleurs opposé. Hiver comme été, je me levais à cinq heures et je me couchais à huit. Mon père le voulait ainsi. Quand mon père avait décrété quelque chose, il ne restait plus aux gens qu'à s'incliner. Il n'y avait pas d'exemple que quelqu'un lui eût tenu tête. Il inspirait aux siens une vénération mêlée de terreur et il lui suffisait de m'examiner d'une certaine façon pour me figer le sang.

Non que ce fû un méchant homme. C'était un rigoriste. Magistrat austère, il affectait dans sa vie la même rigidité que dans ses fonctions. Sa volonté était immuable, ses principes inflexibles. Dur à lui-même aussi bien qu'aux autres, livré aux pratiques les plus minutieuses d'une dévotion exagérée, il considérait le sourire comme une faute et la gaieté comme un crime.

Autour de lui, on le redoutait fort. Son visage froid, blanc, sec et grave, son geste solennel, sa parole brève écartaient de lui toute familiarité. Il passait pour avoir beaucoup chéri ma mère. Elle était morte jeune et il m'avait élevé sévèrement. M'at-il aimé? Je l'ignore. Sa tendresse en tous cas devait être d'une nature particulière et uniquement basée sur cet axiôme de Salomon : Qui aime bien, châtie bien.

Toujours est-il que, grâce à lui, je n'ai pas eu d'enfance. Quoique sa fortune fût considérable pour la province, il vivait avec une parcimonie mesquine et le plaisir, la distraction étaient chez nous des choses absolument inconnues.

Nous habitions un immense hôtel, humide et sombre comme une cave. Dans ses vastes salles à peine meublées, aux plafonds barrés d'énormes poutres, aux lambris noircis par le temps, le plus léger bruit éveillait des échos lugubres. On y parlait bas malgré soi; l'on y marchait sur la pointe des pieds; l'on s'y serait cru sous les arceaux d'un cloître.

Ah! que de rages sourdes j'ai dévorées là! Que les minutes m'y semblaient interminables dans leur uniformité, odieuses dans leur monotonie! La journée de la veille y était exactement semblable à celle du lendemain. Tout y était marqué, arrêté d'avance. Et jamais de mouvement, jamais d'imprévu! On dormait, priait, mangeait, toussait et se mouchait à heure fixe. Un retard, une infraction à la règle eussent été immédiatement punis.

Je n'avais d'autre consolation que mes vers. Encore étais-je contraint de me cacher pour les écrire. Quant aux œuvres de mon poëte préféré, je les enfouissais sous mes matelas et je les lisais la nuit, à la dérobée, non sans de terribles battements de cœur. Si mon père m'eût surpris, s'il eût trouvé chez moi le précieux volume, il l'eût jeté par la fenêtre et aurait brûlé du sucre dans l'appartement. En fait de poésie, il n'admettait que le poëme de la *Religion*, par Louis Racine. D'ailleurs il me destinait à la magistrature. Un futur magistrat, selon lui, ne devait point lire de ces niaiseries sonores qui corrompent l'âme en l'amollissant.

Je terminais alors ma philosophie. Deux fois par jour je me rendais au lycée, où j'étais externe libre. C'étaient là mes seules promenades, et je me demande encore pourquoi mon père, avec ses idées de surveillance étroite, ne me faisait point accompagner par un domestique.

A la vérité, il savait à quelle heure précise s'achevait le cours, à quelle minute exacte je devais être de retour à la maison. Aussi, pour revenir du lycée, n'osais-je pas flâner en route.

Pour y aller, c'était différent. Je prenais le chemin le plus long, et je marchais sans me presser, traînant le pas, étudiant les passants, baguenaudant aux devantures des boutiques, m'intéressant aux choses les moins dignes d'intérêt, comme les prisonniers pour qui, faute de distraction, tout devient un sujet de curiosité puérile.

Un chat faisant sa toilette, un chien dormant au soleil, un essaim de pigeons picorant au milieu du ruisseau et s'enlevant à mon approche en claquant des ailes, — il ne fallait pas d'avantage pour amuser mes yeux et occuper mon esprit. Mais l'endroit où je stationnais de préférence, c'était devant la vitrine d'un pharmacien qui s'épanouissait dans une petite rue voisine de la nôtre.

Certes, il n'y avait rien de bien attrayant à voir derrière cette vitrine et, d'ailleurs, j'étais blasé depuis longtemps sur le spectacle des différents objets exposés là aux regards du public. L'arrangement n'en variait point. J'avais contemplé cent fois les chapelets de pois à cautères, les grands carrés de pâte de guimauve, la vipère blanchâtre qui se tordait dans de l'esprit-de-vin et, plus haut, entre les deux immenses bocaux vert et rouge, les nombreuses boîtes rondes cachetées de rose, empilées les unes sur les autres et essayant de se donner des airs appétissants.

Cette perspective, pour moi, n'était pas nouvelle. Tous les jours, cependant, et plutôt deux fois qu'une, je m'arrêtais là par une halte machinale, ennuyé, alourdi, stupide, bâillant à me désarticuler la mâchoire. Quelquefois j'échangeais deux ou trois phrases avec le pharmacien.

Nous avions fini par lier connaissance. C'était un vieux bonhomme replet, souriant, coiffé d'une calotte de velours noir. Le ventre en avant, les mains derrière le dos, il se promenait continuellement dans sa boutique en fredonnant d'un air jovial. avait la mine avenante, le teint fleuri. On l'appelait M. Hourdier.

Tout le monde se connaît peu ou prou en province. Le père Hourdier ne tarda point à apprendre mon nom et dès-lors il me témoigna une déférence qu'expliquait la grande honorabilité de mon père et sa situation de fortune.

A dater de ce moment, le bon pharmacien me combla de politesses ; pour ce qui est de moi, isolé comme je l'étais et privé des relations les plus simples, j'en arrivai à me faire une ressource et même un besoin de mon bout de causette quotidienne avec le digne homme.

Un matin, par extraordinaire, je ne le rencontrai point sur le pas de sa porte.

Désappointé, je m'arrêtai néanmoins,

et après avoir caressé d'un coup d'œil distrait les carrés de guimauve, les bocaux, les boîtes et la vipère, j'ébauchais avec nonchalance mon énorme bâillement habituel, lorsque, soudain, je sursautai, rouge comme une pivoine et oubliant de refermer la bouche.

Au fond de la boutique, je venais d'apercevoir le père Hourdier assis dans son comptoir, et, à côté de lui, une jeune personne de seize à dix-sept ans.

Le pharmacien m'adressa de loin un signe amical, et la jeune fille alors, se penchant vers lui, prononça quelques mots à voix basse.

Elle lui demandait sans doute qui j'étais. Au mouvement des lèvres du vieillard, et surtout à l'expression importante de sa physionomie, je compris qu'il lui répondait :

— C'est le fils du riche M. Clairbault.

Elle ramena aussitôt, dans la direction de mon humble individu, des regards émerveillés. Ses yeux étaient noirs, doux, brillants, d'un éclat extraordinaire. Il me sembla qu'ils pénétraient dans ma poitrine et qu'ils s'enfonçaient jusqu'à mon cœur.

Je saluai gauchement et je m'enfuis.

— Qui est-elle ? murmurai-je en courant vers le lycée.

Je me souvins bientôt de quelques paroles du père Hourdier ; paroles qui lui étaient échappées, deux ou trois mois auparavant, un jour que nous causions ensemble.

Il avait une fille. Elle s'appelait Blanche. Elle était dans un pensionnat à Montpellier. Et comme elle devenait une grande demoiselle, il allait incessamment se décider à la reprendre.

Pendant toute la nuit, je ne songeai qu'à Blanche Hourdier.

Je la revis le lendemain, mais quant à me contenter désormais de stationner en dehors de la boutique, j'en étais positivement incapable.

C'est pourquoi je m'affublai sur-le-champ d'une bronchite aiguë et tellement opiniâtre qu'elle nécessitait un continuel achat de jujubes et de boules de gomme chez le père Hourdier.

Toutes mes économies y passèrent. Mais j'eus la stupéfiante joie d'être souvent servi par Blanche elle-même et de pouvoir la regarder à mon aise.

Je ne crois pas qu'il y ait jamais rien existé d'aussi charmant sous le ciel.

Et aujourd'hui que je me rappelle cette figure avec un sentiment, sinon de haine, au moins de complète indifférence, aujourd'hui, après dix-huit ans écoulés, lorsque je ferme les yeux et que je me la représente telle qu'elle était, eh bien !...

malgré moi je suis ému et je l'admire encore.

— Elle vit?... interrogea Roger.

— Oui... Je l'ai rencontrée il y a quelques semaines. Et, par malheur, elle est toujours belle admirablement.

— Par malheur!... fit Roger en riant. Pourquoi? Craignez-vous une rechute?

Clairbault, sans répondre, haussa les épaules. Puis il lança coup sur coup cinq ou six bouffées de fumée.

— Mon histoire vous ennuie-t-elle? reprit-il après un silence.

— Au contraire.

— En ce cas, je continue.

XXXVI

Clairbault alluma une vingt-cinquième cigarette et reprit :

— J'étais donc follement épris de Blanche Hourdier. L'amour avait mis trois secondes à s'emparer violemment de votre serviteur.

Trois secondes, juste! Vous n'êtes point surpris, n'est-ce pas, Roger, de cet envahissement immédiat? Vous avez vingt quatre ans, et les vieux seuls sont incrédules à ces sortes de miracles. Chaque jour, cependant, l'électricité en accomplit bien d'autres sous nos besicles; et qu'est-ce, je vous prie, que l'amour, sinon le choc subit de deux électricités? Mais voilà!... quand nos veines charrient de la limonade, nous oublions qu'elles ont charrié du feu. Passé la cinquantaine, on n'admet plus, ailleurs que dans les romans, ces passions foudroyantes qui vous enveloppent un homme en un clin d'œil.

Les romanciers pourtant sont dans le vrai. Un simple regard de cette fille avait suffi. J'étais sa proie.

C'est que j'avais rencontré en elle la réalisation absolue de mon rêve, l'incarnation vivante de mon idéal. Oui, bien qu'engendré e par un petit pharmacien de province, Blanche me représentait la marquise d'Amaégui en personne. Avec sa beauté orientale, ses yeux d'Arabe, son teint mat et chaud, sa bouche plus fraîche qu'une grenade entr'ouverte, et sa chevelure qui, dénouée, l'aurait inondée comme un manteau de roi, elle semblait jaillir de l'éblouissante ballade, telle que l'avait crée mon poëte favori.

Positivement, mon cher, elle était pâle comme un beau soir d'automne. Et, de par tous les saints de Castille! quoique ses longs sourcils ne fussent point à moi, je m'écriais avec exaltation : Rien que pour toucher sa mantille, je me ferais rompre les os.

Point ne fut besoin d'en venir à cette extrémité. Blanche n'avait pas de mantille. En revanche, elle me vendait éaormément de boules de gomme. Lorsque j'en eus absorbé quatorze kilogrammes, mon amour cessa d'être pour elle un mystère, et elle me confia le sien, un jour que nous étions seuls, entre le mortier à pilon et un grand bocal plein de sangsues.

Joie ineffable! Divines extases d'une inclination partagée! Mais passons, et arrivons à la catastrophe.

Un mercredi matin, comme je venais d'épuiser mes dernières ressources en achats de pâte de réglisse, le père Hourdier me prit par le bras, m'emmena dans son arrière-boutique, ferma soigneusemedt la porte vitrée, et, du ton le plus gracieux, me demanda vers quelle époque à peu près j'avais l'intention d'épouser sa « demoiselle. »

Un nombre illimité de bougies dansa devant mes yeux. Néanmoins, dès que j'eus surmonté ma suffocation, je m'écriai sans détours :

— Mais tout de suite, père Hourdier, tout de suite!

Il m'étreignit sur ses vastes pectoraux.

— Jeune homme, me dit-il, ce cri du cœur vous honore. Il ne vous reste plus qu'à solliciter l'autorisation de monsieur votre père.

Cette phrase m'écrasa.

Je tombai anéanti sur une chaise, et la triste réalité m'apparut.

— Mon père!... balbutiai-je.

— Evidemment, fit le pharmacien. Vous êtes mineur.

— Hélas! dis-je en sanglotant, mon père ne consentira jamais...

— Jamais, n'est-ce pas? répéta tranquillement le sieur Hourdier. C'est bien ce que j'avais pensé.

Il rouvrit la porte vitrée, et me montrant du doigt celle de la rue :

— Inutile de repasser par ici désormais, mon cher monsieur. Votre bronchite est en voie de guérison. Et il existe un chemin beaucoup plus direct pour aller au Lycée.

Je me dressai tout pâle.

— Ne plus la revoir !... exclamai-je d'une voix sombre. Plutôt la mort.

Le pharmacien salua.

— La mort, soit, — prononça-t-il avec mansuétude. Je préfère votre trépas à mon déshonneur.

— Votre... Ô Ciel! qu'osez-vous dire?

— La vérité, monsieur. Vous compromettez ma fille. Vous souillez sa réputation. Vous bavez sur sa robe d'innocence.

— Moi!... moi!... grand Dieu!...

— Vous-même, monsieur. Vos continuelles stations dans mon officine ont révolté la pudeur des voisins. On jase, monsieur, on jase.

On jasait !... Il faut avoir vécu en province pour comprendre l'effroyable perspective que me découvrirent ces deux mots.

— Monsieur Hourdier, exclamai-je pourpre d'une honnête indignation, ceux qui jasent sont des misérables. Ils ne jaseront plus.

— Vous comptez mettre un frein...

— Oui, monsieur Hourdier. Je m'en vais. Périsse mon fatal amour avant la réputation de cet ange ! Adieu, monsieur Hourdier. Je... m'en vais... pour toujours...

Il est vraisemblable que si j'eusse, à cet instant, regardé le pharmacien, sa physionomie m'aurait dévoilé des abîmes d'astuce. Mais je ne pouvais le voir. Ma figure se cachait entre mes mains crispées.

— Allons ! allons ! reprit-il d'un accent radouci et paternel, ne vous désolez pas, monsieur Louis. Chagrin d'amour est chose passagère...

— Non, monsieur Hourdier. Pas le mien.

— Erreur, mon cher garçon. *Errare humanum est.* Eh mon Dieu ! moi aussi, au temps heureux de mon adolescence, j'ai soupiré fréquemment. Moi aussi, jadis, à mes moments perdus, j'ai eu des peines de cœur. Je n'en suis pas mort, remarquez bien. Pourquoi ? Parce que la science, monsieur, m'a consolé. Imitez-moi. Puisez des consolations dans la science...

— J'aimerais mieux, bégayai-je, épouser votre fille.

— Je le crois, noble enfant. Que dis-je ? J'en suis intimement persuadé. Votre âme est belle. Je la connais, je l'ai soumise au scalpel de mon observation. Vous êtes désintéressé, vous, jeune Clairbault. Ce n'est pas comme... Mais silence ! Respectons les décrets de la paternité.

Il se moucha bruyamment, puis tamponna ses paupières avec son mouchoir à carreaux.

— Oui, certes... continua-t-il, après avoir expulsé non sans peine un chat qu'il avait dans son gosier, —évidemment oui, j'eusse préféré que vous épousassiez ma Blanche...

— Oh ! monsieur Hourdier !

— N'insistez pas. C'est impossible. Et pourtant elle est digne de vous. Laissez-moi le proclamer avec orgueil, ma fille est pauvre, mais digne de vous, jeune et intéressant Clairbault. Ah ! que de fois dans le calme des nuits j'ai perpétré ce

rêve ! Ma bénédiction vous attendait... elle était toute prête...

— Est-il possible !

— Je vous la réservais *in petto.* C'est la seule dot que j'aurais pu vous offrir. Qu'importe ! la bénédiction d'un vieillard ne vaut-elle pas mieux que tous les vains trésors de ce monde ?

Il ôta sa calotte de velours, se gratta l'occiput d'un doigt mélancolique, se recoiffa et poursuivit :

— Renonçons à ces chimères. La vie est un songe. Adieu, monsieur Louis, adieu pour jamais... et bien des choses chez vous !

— Vous l'avouerai-je, ami Roger. Je fus touché aux larmes par le discours de ce faux bonhomme. Je ne m'aperçus point de ce que son *speech* avait de grotesque et de forcé. Je tombai à ses genoux et je le conjurai en pleurant de me permettre une dernière entrevue avec Blanche.

Il m'écoutait pensif... Il secouait sa vieille caboche d'un air attendri.

— Imprudente jeunesse ! soupira-t-il enfin. Toujours téméraire ! toujours encline à tergiverser avec le devoir !... Et moi, père faible, père coupable, vais-je donc, — oubliant mon antique énergie...

— Monsieur Hourdier !... suppliai-je.

Il me saisit le bras.

— Jeune Louis, fit-il sur un timbre de basse-taille, me jurez-vous que je n'aurai point à me repentir de ma confiance ?

—Oh ! oui, monsieur Hourdier, je vous le jure.

— Je prends note de ce serment. Allez, jeune Clairbault. Il est, au-dessus de nos têtes, un asile modeste mais ignoré. C'est là que Blanche respire. Quand vous aurez franchi le seuil de ce sanctuaire, souvenez-vous que votre père refusera toujours son consentement et gardez-vous de bercer par de vaines espérances la plaintive ingénuité de ma fille.

Ayant achevé cette période, le père Hourdier, une main en abat-jour sur ses prunelles, rentra dans la boutique, dont la sonnette venait de retentir pour annoncer un client.

Je m'élançai dans la chambre de ma bien-aimée. Elle travaillait auprès de la fenêtre à un ouvrage de broderie.

— Blanche ! lui criai-je, ou plutôt lui râlai-je, nous sommes perdus !

Elle me considéra en souriant. Il est certain que je dus lui paraître extraordinairement bête.

— Vous m'effrayez, repondit-elle de la façon la plus paisible. Que se passe-t-il donc?

— Votre père sait tout.

— Comment, tout ?... Puisqu'il n'y a rien.

— Il a découvert que je vous aime.

— Le mal n'est pas grand.

— Et il m'interdit l'accès de ce sé-jour ?...

La phraséologie pompeuse du père Hourdier m'avait envahi. Je parlais comme ce pharmacien.

Blanche éclata de rire.

— Est-ce là, demanda-t-elle, ce qui vous donne une mine aussi consternée ?

— Ah ! ne riez pas, chère aimée. La minute est solennelle. On m'exile du toit qui vous a vu naître !

— Bah ! qu'est-ce que ça fait !

— Ce que ça fait ?... Mais tu ne comprends donc pas, ô ange...

— Monsieur... interrompit-elle sévèrement.

— Pardon... La douleur m'égare et mon cerveau se corrode. Vous ne comprenez donc pas, ô folle jeune fille, que loin de toi je ne saurais exister ! Ne plus vous approcher jamais, ô ma radieuse étoile, est-il un pire supplice ? Et le damné lui-même en son gouffre de feu...

— Ah ça ! interrompit-elle encore, qui est-ce qui vous oblige à ne plus m'approcher jamais ?

— Le cruel auteur de vos jours. Il me bannit de ces lieux.

— Voilà, en effet, qui est contrariant, dit-elle avec une moue ravissante. Et qu'a-vez-vous résolu, mon pauvre Louis ?

— J'ai résolu de me tuer, répliquai-je dans une attitude que je croyais superbe.

Elle leva les épaules.

— Pourquoi faire, vous tuer ?

— Du moment, ô ma Blanche, que je ne dois plus vous rencontrer ici...

— Eh bien ! rencontrons-nous ailleurs.

— Où ? puissance du ciel.

— Les bons endroits ne manquent pas.

— Hélas ! mais à quel instant du jour ?

— Le soir, par exemple... ou la nuit.

— La nuit !... Dérision !... La nuit on m'enferme comme un vil esclave. Le soir... il me serait plus facile de me transformer en oiseau que de sortir...

— Par la porte, oui, observa-t-elle négligemment ; mais par la fenêtre ?

Je demeurai pétrifié.

Des horizons inouïs se dessinaient devant moi.

— Votre chambre, Louis, n'est-elle pas située au rez-de-chaussée ? reprit-elle.

Une sueur froide baigna mon front. La joie et la peur se disputaient mon imagination en lambeaux. D'un côté, mon père ; de l'autre, l'amour...

Ce fut l'amour qui l'emporta.

— Blanche !... m'écriai-je enthousiasmé. Je vous adore et je vous admire, car votre esprit vaut votre cœur.

Blanche sourit finement...

Il y a cent à parier qu'elle n'en pensait pas autant de moi.

XXXVII

Comme presque toutes les villes de province, la ville dans laquelle a débuté l'aventure que je vous raconte, mon cher Roger, possède un Mail, — c'est-à-dire une promenade publique où personne ne se promène jamais.

En ces temps-là, notre Mail, à nous, était une large avenue, plantée d'arbres énormes, cinq ou six fois séculaires, dont les branchages touffus se rejoignaient, s'entrelaçaient, formant un dôme impénétrable aux rayons du soleil.

Le jour, les flaneurs y étaient rares. A peine y rencontrait-on de loin en loin un vieillard, appuyé sur sa canne ou bien un convalescent à qui son médecin avait recommandé l'exercice.

Mais, après la nuit tombée,—sauf quelque couple d'amoureux serrés l'un contre l'autre, immobiles sur leur banc et ne voyant rien qu'eux-mêmes, — pas une âme ne s'y égarait et l'on était sûr de s'y trouver aussi seul que dans le grand désert du Sahara.

Ce fut là que se continuèrent mes entrevues avec Blanche Hourdier.

J'avais suivi son ingénieux conseil. Chaque soir, je sortais de chez moi par la croisée. Il me fallait d'abord attendre que, dans la maison, toute rumeur se fût éteinte ; puis, nu-pieds, mes souliers à la main, je sautais lestement dans la rue, je filais au long des noires murailles et mon cœur battait si fort que j'en étais étourdi.

Jugez donc ! Au premier étage était le cabinet de mon père ; je devais passer sous ses fenêtres, sans cesse éclairées à quelque heure que ce fût! Je me souviens qu'une fois, très tard, au moment où je m'évadais, je l'aperçus en robe de chambre, accoudé sur l'appui du balcon. Il vit passer une ombre au dessous de lui et se pencha. Heureusement les ténèbres étaient trop épaisses pour qu'il pût me reconnaître.

Comment je ne suis pas mort de peur ce jour-là, je l'ignore.

Je courais éperdument au lieu du rendez-vous ; j'y parvenais enfin. Haletant, couvert de sueur, je remontais le Mail ; mais j'avais beau me presser, toujours Blanche y était arrivée la première.

Elle s'avançait vers moi souriante et tranquille. Son calme étrange m'émerveillait. Pour m'apporter la joie de sa chère présence, ne devait-elle pas, elle aussi, tromper la surveillance de son père ?

Elle s'était procuré, je le savais bien, une double clef du logis. Néanmoins, elle avait un escalier de bois à descendre, la boutique à traverser, la porte à ouvrir sans la faire crier sur ses gonds, l'espionnage des voisins à éviter, une partie de la ville à franchir seule, au milieu de la nuit, mille obstacles, mille terreurs à vaincre !

Cependant, rien ne l'effrayait, rien ne l'embarrassait. Aucune difficulté ne surgissait devant nous qui ne fût sur-le-champ, grâce à elle, aplanie. Et jamais, sur son front, la trace d'une crainte ou le pli d'une inquiétude.

Tant de sang-froid, d'aplomb, d'adresse chez une fille qui ne comptait pas dix-sept ans, il y aurait eu là de quoi faire réfléchir tout autre qu'un gamin de mon âge. Moi, j'étais transporté d'admiration ; je me sentais mesquin à côté d'elle ; j'avais honte de mes épouvantes et de mes angoisses ; je n'avais garde de les lui dire, de peur qu'elle ne les attribuât à la tiédeur de mon amour.

Et je la serrais frénétiquement dans mes bras. Et c'étaient de longs baisers qui nous faisaient pâlir, des soupirs profonds, de frémissantes étreintes. Puis je l'enveloppais dans mon manteau ; elle se blotissait contre mon cœur et restait ainsi, les yeux fermés, sa figure blanche tournée vers moi, la tête renversée en arrière et de ses beaux cheveux parfumant mon épaule.

Ivre d'extase, je la regardais. Par moments, comme deux ailes de flamme, mes lèvres s'abattaient mollement sur ses lèvres froidies. Elle souriait sous ce baiser. Alors j'aspirais son haleine et, au contact de ses petites dents fines, des fourmillements aigus me parcouraient le corps tandis que des nuées roses éblouissaient mes prunelles.

Au-dessus de nous, les étoiles scintillaient parmi les branches. Un grand silence régnait et le vent, sans incliner les ramures, passait par bouffées muettes en réveillant l'âcre senteur des feuilles. Nous demeurions ainsi jusqu'au matin.

Mais quelquefois, au beau milieu de nos ravissements et à la minute même où sa bouche s'attachait à la mienne avec le plus de furie, Blanche avait des brusqueries bizarres.

Tout à coup, sans cause apparente, elle s'arrachait de mes bras, elle se levait et, pâmée à demi, l'œil noyé, chancelante, après m'avoir jeté un regard d'impatient dépit, elle parlait de s'en retourner et j'avais mille peines à la retenir.

Je vous l'ai confessé tout à l'heure, Roger, mon bon ami. A dix-neuf ans, j'étais un ange de sottise et d'innocence. Je ne comprenais rien à ces colères nerveuses ; elles me plongeaient dans le désespoir. Aujourd'hui que je me les explique...

— Vous les lui pardonnez ? Et moi aussi, interrompit Roger en riant. Convenez, Clairbault, qu'elle eût mieux fait d'aller se coucher que de perdre son temps avec un amoureux transi de votre espèce.

— Eh ! morbleu, mon cher, vous imaginez-vous que, de mon côté, j'étais sur des roses ?

— Il n'eût tenu qu'à vous de vous y mettre.

— Que vous dirai-je !... Je l'aimais trop pour ne pas la respecter.

— Et elle trouvait sans doute que vous la respectiez trop pour l'aimer. Voilà bien la logique des femmes...

— De ce tempérament-là, surtout. Mais qu'en pouvais-je savoir ? On ne m'avait point appris cela au lycée où cependant je terminais ma philosophie.

— C'est juste. Continuez, Louis. Cette aimable enfant m'intéresse. Si jeune et déjà tant de vitriol dans le sang ! Cela promettait pour l'avenir.

— Cela promettait ce qu'elle a tenu.

— A propos, Louis, j'aime à supposer que vous avez fini par être son amant un jour ou l'autre !

— Hélas ! oui.

— Son premier amant ?

— Ah ! dame, mon cher, vous m'en demandez là trop long. J'ai lieu de le croire, car enfin elle était bien jeune. Mais vous savez... on n'est jamais bien sûr de ces choses-là.

— Laissez-donc !

— Il n'y a pas de : laissez-donc. Ce qu'il y a de certain, c'est qu'elle en a eu, après moi, une ribambelle et que, pour rien au monde, je ne voudrais être dans la peau de celui qu'elle a maintenant.

— Ma foi ! dit Roger, ni moi non plus. Je plains ce monsieur sans le connaître.

— Vous le connaissez.

— Bah ?

— Parfaitement.

— Son nom ?

— Oh ! pas encore. Ce sera le couronnement de mon histoire. Et j'en poursuis le cours, puisqu'elle vous amuse.

L'automne arriva.

Déjà les pluies avaient interrompu maintes fois nos entrevues. L'hiver était proche et menaçait de nous les interdire bientôt complètement.

Selon ma spirituelle habitude, je commençais à gémir, lorsque Blanche, paisiblement, me dit qu'il n'y avait point lieu de me désoler ; qu'il serait beaucoup plus simple de louer une chambre en ville ; et que même, nous aurions dû y songer plus tôt , attendu que nos rendez-vous en plein air n'avaient pas le sens commun.

Sur ce point, je n'étais pas absolument de son avis. J'accueillis toutefois son idée avec transport et je lui annonçai que, dès le lendemain, j'allais me mettre en quête d'un retrait propice à nos chastes amours.

Le lendemain, en effet, je pris à part un de mes compagnons du lycée, jeune gaillard très déluré de conduite et fort avancé dans la pratique de la vie. Je lui contai que j'avais fait connaissance d'une artisane, — c'est ainsi que là-bas on a coutume d'intituler les grisettes, — et je le priai de me dire si, d'aventure, il ne pourrait pas m'indiquer un local écarté, où d'être heureux en paix on eût la liberté.

— Pardieu ! répliqua-t-il, va-t-en donc aujourd'hui chez la Putoise et présente-toi de ma part. Elle te louera ce qu'elle aura de mieux.

Madame Putois, — ou, comme on l'appelait familièrement : la Putoise, habitait une maison isolée, dans un faubourg. J'avais beaucoup entendu parler d'elle. Elle était très appréciée parmi les étudiants auxquels, à des prix modérés, elle rendait des services de plus d'un genre.

A onze heures, au sortir de mon cours, je me faufilai dans les ruelles honteuses qui conduisaient à son immeuble.

La maison me sauta tout de suite aux yeux. Elle avait une physionomie *sui generis*. Au-dessus de la porte se balançait un écriteau jaune étalant ces mots en grosses lettres noires : *Chambres meublées à louer*.

Je sonnai d'une main tremblante. Madame Putois en personne vint m'ouvrir.

C'était une forte brune de trente-cinq à trente-six ans, haute en couleurs, belle encore, mais d'une beauté luxurieuse et lascive. Elle avait la voix forte, l'œil effronté, la lèvre rouge et estompée par un épais duvet.

Lorsque je lui eus exposé, en balbutiant d'une façon déplorable, l'objet de ma visite, elle sourit, cligna de la paupière, et, promenant sa grosse patte sous mon menton rougissant :

— Il est gentil tout plein, ce pauvre petit !.., fit-elle avec l'accent du Languedoc. Et je ne demande pas mieux que de l'avoir pour locataire, oui ! Viens, mon chérubin. Tu vas choisir. Nous ne manquons pas, pour le moment, de belles chambres !

Elle prit un trousseau de clefs, me fit signe de la suivre et me conduisit de pièce en pièce, bavardant, riant et m'embrassant de force dans tous les coins.

J'étais pourpre, j'étais furieux ; j'avais l'air piteux, honteux, et je n'osais rien dire.

— Ah ! pensais-je, si mon père se doutait... s'il venait à savoir... Cette femme, heureusement, ne connaît pas mon nom.

Elle continuait son exhibition. J'avais passé en revue sept ou huit chambres. Ce n'était pas beau, c'était propre, et que nous fallait-il de plus, à Blanche et à moi ?

Pourtant je ne me décidais à rien. J'ésitais à conclure.

Chaque fois que je m'étais informé du prix d'un de ces logements, je bégayais quelque prétexte pour ne point le louer et pour en voir un autre.

La vérité était que, n'ayant pas le sou, j'aurais voulu deviner si je serais ou non obligé de payer d'avance.

Tout à coup, la Putois, qui m'examinait depuis un instant du coin de l'œil, lança un trousseau de clefs sur une table, s'assit, m'attira sans cérémonie auprès d'elle, et me tapotant sur les deux joues :

— Ah ça, dit-elle, tout ça, c'est des bêtises. Pourquoi n'es-tu pas franc avec moi, mon pauvre petit Clairbault ?

XXXVIII

Je bondis en arrière.

— Vous me connaissez !... demandai-je effaré.

— Je connais toute la ville, répondit en riant la Putoise, Et j'en pourrais conter long, si je voulais, sur une foule de gens qui passent pour des modèles de vertu. Mais je suis discrète, mon garçon, et surtout serviable aux amoureux. On a dû te le dire, hein ?

— Oui, murmurai-je très bas.

— Eh bien ! pas de finasseries. Ouvremoi ton petit cœur à deux battants... Tu n'oses pas ? Je vais t'aider. Nous avons une jolie minette à entretenir chaque soir en particulier, pas vrai ? Et nous cherchons un nid bien caché, bien secret pour y abriter nos amours !

Je baissai les yeux.

— Seulement, continua-t-elle, nous sommes embarrassé parce que nous n'avons pas un radis en poche...

— Madame, répondis-je, pour le moment, oui... je l'avoue... je suis un peu gêné.

— Un peu ! répéta-t-elle en se tordant de rire. Pauvre agneau ! Et si je te loue tout de même, quand payeras-tu cette bonne Putoise ?

— Je pense... je suppose... qu'à la fin du mois...

— Tais-toi donc. A la fin du mois tu seras encore plus pané qu'aujourd'hui. Est-ce que, par hasard, tu espères fléchir l'avarice du père Clairbault? Jamais de la vie. Je l'ai fréquenté, ce vieux pingre, il venait ici dans le temps...

— Mon père !... m'écriai-je abasourdi.

— Ne t'évanouis pas, mignon. Oui, ton papa lui-même. Ah ! il se la coulait douce, va, il y a quinze ou seize ans ! Et il était marié encore ! Et il avait un amour de jolie femme qui pleurait en l'attendant. Les hommes, vois-tu, c'est tous brigands. Tu deviendras comme les autres, coquinasse !

Elle m'embrassa rondement.

— C'est égal ! reprit-elle. Il ne sera pas dit que le fils de ton père sera resté en affront chez moi faute de quelques louis. Amène-la ici, ta minette. Vous aurez la plus belle chambre de mon bazar, et tu me régleras quand tu auras de la monnaie.

— C'est que... balbutiai-je.

— Chut ! Crédit illimité, poulot ! On comptera ensemble dans un an ou dans dix. Es-tu content, polisson ?

Si je l'étais !... J'avais le soleil dans la poitrine. Je m'en allai sautant et gambadant. Crédit ! crédit !... chantais-je à demi-voix. Ce mot, dans ma pensée, résumait plusieurs éternités d'amour sans trouble et de félicités inouïes.

Le soir même, dans la plus belle chambre du « bazar » — ainsi que me l'avait promis mon excellente hôtesse, — nous soupâmes, Blanche et moi, en tête-à-tête. Oui, mon cher, un souper fin ! Une surprise de la Putoise. En fait de crédit, vous voyez, elle n'y allait pas de main morte. Quelle fête, Roger !

Au dehors, la pluie fouettait nos volets; le vent grondait dans la cheminée comme dans un porte-voix. Mais qu'il faisait bon à l'intérieur!

D'épais rideaux masquaient les vitres. La porte était close, les verrous tirés. Un feu clair pétillait dans l'âtre et son reflet joyeux dansait sur les carreaux rouges du parquet, sur la nappe damassée, sur les moelleuses blancheurs du lit. Coiffée d'argent, une fiole de vin de Champagne étincelait sous nos yeux. Jamais nous n'avions bu de ce vin là. Il nous parut joli. Nous vidâmes glorieusement la fiole, rubis sur l'ongle.

Vous comprenez qu'à partir de cette minute il ne fut guère question entre nous des cheveux blancs du père Hourdier ni des foudres de M. Clairbault père. Nous étions seuls, nous nous aimions, nous n'avions pas trente-six ans à nous deux. Les convenances sociales furent oubliées, et ma petite Blanche devint tellement expansive que tout à coup, par miracle, il me poussa beaucoup d'esprit.

Cette nuit-là eut une quantité de lende-mains. Aussi, pour nous, l'hiver s'écoula vite.

La Putoise nous comblait de prévenances. Elle ne me refusait rien. Si coûteuses que fussent mes fantaisies, — et je m'habituais peu à peu à en avoir,—elle s'y soumettait sans discuter. Pas une seule fois, elle ne se plaignit du chiffre grossissant de ses débours ; pas une seule fois, je ne lui demandai où en était ma dette.

L'idée qu'elle me réclamerait un jour de l'argent me traversait bien, de temps en temps, la cervelle ; mais ce quart-d'heure de Rabelais ne devant sonner, selon moi, que dans un avenir très lointain, à une époque où probablement je serais riche, — il me semblait logique de n'y point songer.

J'usai donc largement du crédit que m'avait ouvert la Putoise. Je lui empruntai même de faibles sommes. Elle me les prêta volontiers ; néanmoins elle me fit signer des billets.

— Pour la forme, me dit-elle en riant. Avec toi, mon petit, les précautions sont inutiles. Tu ne voudrais pas me faire perdre, n'est-ce pas ? Et puis, au pis aller, je perdrais quelques centaines de francs, le beau malheur !

Effectivement, la Putoise était au-dessus d'une telle misère. Elle devait réaliser de superbes bénéfices, car elle avait plus d'une corde à son arc. Elle eût même été opulente si elle ne se fût constamment éprise d'individus qui la grugeaient.

Cette aimable et obligeante personne avait pour profession de protéger les amants dans l'embarras. Sa demeure était le rendez-vous de tout ce que la ville recélait de liaisons clandestines et de relations adultères. Elle donnait à jouer et à souper aux étudiants ; elle se chargeait de faire parvenir à leur adresse les messages les plus dangereux et n'avait point sa pareille pour tenter, corrompre et vicier les jeunes filles pauvres et vertueuses.

Ostensiblement, elle était sage-femme.

Au milieu de la nuit, souvent, des cris aigus nous réveillaient...

Ces clameurs lugubres qui montaient, nous ne savions d'où, sillonnaient longuement les ténèbres et nous glaçaient d'un indicible effroi...

Nous nous pressions l'un contre l'autre. J'entendais alors claquer les dents de Blanche qui, la sueur au front, se bouchait les oreilles et cachait sa tête sous le traversin.

Blanche était enceinte.

Son état devenait de jour en jour plus visible. Le moment approchait où il lui serait impossible de le dissimuler.

Par un soir de février, comme je l'attendais au coin du feu, elle se précipita dans la chambre, les cheveux en désordre, l'œil égaré, la figure livide, et elle me dit :

— Mon père a tout deviné, Louis !

Je me dressai si brusquement que je renversai ma chaise.

La Putoise venait d'entrer par hasard dans la pièce voisine. Attirée par ce tapage et par nos exclamations, elle accourut :

— Qu'y a-t-il ?

— Son père sait tout !... répondis-je éperdu.

— Diable ! murmura-t-elle.

— Il me cherche, reprit Blanche. Il a juré de me tuer... Il me tuera. Si je retourne à la maison, je suis morte.

— Reste ici ! m'écriai-je. La Putoise te cachera.

Notre hôtesse secoua la tête.

— Ici !... Mais, mes pauvres enfants, c'est le premier endroit qui sera fouillé, exploré ; si Blanche disparait, le père Hourdier s'adressera pour sûr à la police.

Je me tordais les mains. Blanche et moi, nous nous regardions en pleurant.

— Que faire, alors, que faire !... disais-je.

La Putoise se promenait avec agitation. Soudain, elle s'arrêta.

— Ce qu'il faut faire ?... Je vais vous le dire, moi. Il faut quitter la ville, fuir, vous sauver tous les deux...

— Où ?

— A Paris, pardieu !

— Quand ?

Elle consulta la pendule.

— Il est onze heures. A quatre heures douze, un train passe ici, allant vers Paris. Vous le prendrez.

— Et ensuite ?

— Ensuite ? dit-elle en souriant. Vous demeurerez là-bas bien tranquilles jusqu'au moment où je vous écrirai de revenir.

— Comment ?

— C'est mon secret. Laissez-moi faire. Je me charge d'arranger les choses. Avant huit ou dix jours, vos deux papas vous auront pardonné et il y aura bientôt une belle noce de plus dans la ville.

— Vrai ! criâmes-nous, pâles de crainte et d'espérance.

— Vrai de vrai. Filez, filez ; c'est ce que vous pouvez imaginer de mieux comme plan de conduite.

— Mais de l'argent ?

— Eh ! nigaud, est-ce que je ne suis pas là ?

Je lui sautai au cou.

— Ah ! chère Putoise, vous êtes la meilleure des femmes !

— Je le sais fichtre bien !

Et cinq heures après, la meilleure des femmes après m'avoir glissé un billet de mille francs dans la main, nous emballait dans un wagon de deuxième classe.

A l'instant où le train s'ébranlait, je surpris un regard d'intelligence échangé entre Blanche et la Putoise qui, du trottoir de l'embarcadère, nous envoyait des baisers d'adieu.

Mais la nuit était noire ; les lanternes de gaz ne jetaient qu'une lueur incertaine. Je fus convaincu que je m'étais trompé.

XXXIX

— Eh bien ! non, Roger, je ne m'étais pas trompé le moins du monde.

J'avais bien vu. Oui, en se séparant, ma bien-aimée Blanche et notre vertueuse hôtesse avaient échangé un coup d'œil goguenard.

Elles s'entendaient pour se moquer de moi. J'étais le centre et le but d'une intrigue très simple, mais parfaitement nouée entre le sieur Hourdier, sa fille et la Putoise.

Comment eussé-je soupçonné cela ? Même alors que le train, à toute vapeur, nous emportait vers Paris, Blanche ne paraissait point s'être tranquillisée.

A chaque station, à chaque arrêt de la machine, elle poussait un cri d'épouvante, elle enfouissait sa figure sous les plis du tartan que lui avait prêté madame Putois.

Et si quelque voyageur faisait mine de monter dans notre compartiment, défaillante elle se cramponnait à mon épaule et elle soupirait.

— Je suis perdue... Voici mon père !

Touchante frayeur ! Plus tard, — trop tard malheureusement pour moi, — j'ai appris avec quelle perfection ma jeune adorée jouait au besoin la comédie.

Le père Hourdier ne cherchait point sa fille. Il ne songeait ni à la poursuivre, ni à la tuer. Il savait exactement où elle était, où elle allait, aux bras de qui elle s'enfuyait. Et peut-être, à cette minute, se frottait-il les mains au seuil de son officine.

Que voulez-vous, mon cher ! J'étais un fils unique. Je devais, un jour ou l'autre, hériter d'une jolie fortune. On est père, quoique pharmacien. Le sieur Hourdier, vieux drôle criblé de dettes et secrètement rongé par des vices dispendieux, s'était juré à lui-même que j'épouserais le fruit de ses entrailles.

Il l'avait fait revenir de Montpellier tout exprès pour que j'en devinsse amoureux. Je n'avais eu garde d'y manquer.

Mais j'étais mineur ?... Et autant eût valu compter sur un nouveau déluge universel que sur le consentement de mon père à mon mariage avec mademoiselle Hourdier.

D'autre part, attendre que j'eusse atteint l'âge favorable aux sommations dites » respectueuses ». Dame ! c'était chanceux !...

On m'avait étudié de fond en comble; on me jugeait ardent, impressionnable et bête; à cet égard, j'avais donné des garanties. Il serait à craindre, — si l'on temporisait, — que je ne rencontrasse avant ma majorité quelque petite commère encore plus adroite que Blanche et qu'elle ne jetât sur mon faible cœur un indissoluble grappin.

Dans ces conjonctures, à quoi se décida le sieur Hourdier ? Tout bonnement à forcer la main à mon père.

Il se dit :

— Le vieux Clairbault est un magistrat, un homme moral, un dévot; il a peur du bruit et des cancans, il tient à sa renommée comme à la prunelle de ses yeux. Plaçons-le sous le coup d'un scandale, et, pour s'y soustraire, il passera, s'il le faut, per le trou d'une aiguille.

Aussitôt dit, aussitôt fait. Le pharmacien s'arrangea de manière à obtenir, dans un délai très bref, l'éclosion du scandale demandé.

Mit-il Blanche de moitié dans son plan, lui indiqua-t-il carrément de quelle façon elle devait s'y prendre pour l'aider? lui conseilla-t-il, en un mot, de s'abandonner à moi? Je n'ose le croire. C'est là une supposition tellement ignoble et nauséabonde que je ne veux point l'admettre.

Blanche, d'ailleurs, était fille à comprendre les choses à demi-mot. Elle dut vite s'apercevoir que son père lui lâchait la bride, qu'il fermait complaisamment les yeux sur ses sorties nocturnes et qu'il autorisait ses escapades en les tolérant.

Dès la première nuit, — je l'ai su depuis et de source certaine, — le sieur Hourdier eut connaissance de nos rendez-vous au Mail. Quant à nos entrevues moins innocentes chez la Putoise, elles étaient si peu un mystère pour lui qu'il avait fait de cette femme sa confidente et son alliée. L'argent qu'elle me prêtait venait de lui.

Ainsi donc, il avait travaillé à sa propre honte ; il avait combiné, préparé, facilité la faute de sa fille, prévu jusqu'à sa grossesse, et c'était pour obéir à ses instructions que la Putoise nous avait engagés à partir.

Le pharmacien désirait un éclat. Il l'eut aussi bruyant que possible.

Deux heures après mon départ, un domestique en entrant chez moi vit ma fenêtre ouverte et mon lit non défait.

Informé de ma disparition, ne pouvant lui attribuer aucun motif raisonnable, mon père s'inquiéta. Il me fit chercher. On ne me trouva nulle part et pour cause. En un clin-d'œil, d'un bout de la ville à l'autre, il ne fut question que de moi.

Dans notre maison, tout était en l'air lorsque la Putoise s'y présenta. Elle apportait, disait-elle, des renseignements.

On l'introduisit chez mon père.

Il la reconnut sur-le-champ; car ce qu'elle m'avait un jour donné à entendre était vrai. Avant de devenir un saint homme, l'austère M. Clairbault s'était livré aux écarts d'une jeunesse fougueuse et avait hanté le logis de cette créature.

Aussi s'arma-t-il, en la voyant, de sa physionomie la plus glaciale.

Mais rien ne démontait la Putoise.

Une minutieuse pratique des hommes lui avait enseigné que, la plupart du temps, leur froideur est un masque et leur rigidité une pose. Elle s'assit sans qu'on l'en priât.

Puis, du ton de la familiarité populacière qui lui était habituel, le sourire et la plaisanterie aux lèvres, elle narra ce qu'elle appelait « mes petites farces. »

Le récit fut long.

Mon père l'écouta en silence. De toute cette histoire, il ne croyait pas un mot. Par intervalles il levait les épaules. Ma soumission vis-à-vis de lui, la timidité de mon caractère, l'état de servage dans lequel il m'avait toujours tenu lui revenaient en mémoire. Que l'on m'accusât, moi, d'avoir séduit une jeune fille honnête, de l'avoir rendue mère et de m'être enfui avec elle à Paris, cela en vérité lui paraissait trop fort. Quand la Putoise s'arrêta, il lui dit tranquillement :

— Vous mentez.

Pour unique réponse, elle étala sous ses regards mes lettres de change à son ordre et la note de mes dépenses chez elle depuis cinq mois environ.

Vous devinez si elle l'avait arrondie, cette malheureuse note ! Suivant elle, ma dette se montait à sept ou huit mille francs. Je suis sûr qu'en réalité elle n'avait pas déboursé le quart de la somme.

Mon père resta les yeux fixés sur ce total et sur mes billets. Cette fois, il n'y avait plus à douter, ma signature était là.

Ce qui s'agita devant lui durant les cinq minutes qu'il demeura immobile, personne ne saurait le dire.

Enfin il releva la tête.

Il ne desserra point les dents ; il n'articula pas une syllabe. Il ouvrit son bureau et paya.

Mais lorsque la Putoise , encouragée par ce premier succès et voulant d'avance aplanir la voie à son complice, tenta d'émettre son opinion conciliante à propos de l'affaire Hourdier, mon père la regarda d'un air si menaçant et si farouche qu'elle estima prudent de gagner la porte.

— Ma foi ! se dit-elle, j'ai tiré mon épingle du jeu. Que le pharmacien en tire la sienne comme il pourra.

Dès qu'elle eut décampé, mon père donna ordre que l'on cessât toute perquisition à mon sujet. Puis il reprit le cours méthodique de ses occupations journalières. On aurait juré que nul événement insolite n'avait traversé sa vie.

Vers le soir, on lui annonça la visite du bon M. Hourdier.

Pâle, chancelant, se cognant aux murs, s'empêtrant les jambes dans les chaises, le digne pharmacien entra et débita un magnifique discours ponctué de hoquets et haché de sanglots.

Il parla de son honneur souillé, flétri, foulé aux pieds par un misérable ; de ses cheveux blancs, désormais condamnés à rougir ; de son honneur envolé, de sa fille disparue et de sa pharmacie à l'abandon.

Cela dura cinq quarts d'heure, montre en main.

Comme mon père, très calme, le considérait et n'ouvrait point la bouche, il entama la péroraison, fit un appel plein de solennité à la conscience du magistrat, de l'honnête homme, du père de famille : demanda une réparation, la seule qui pût convenir à son honneur outragé, et décidément prononça le mot de la fin, le mot : mariage.

Puis, il se moucha et se tut.

Mon père, à son tour, prit la parole.

Avec une parfaite tranquillité, il fit voir au pharmacien qu'il n'était point sa dupe et qu'il lisait dans ses cartes.

Après quoi il continua en ces termes ou à peu près.

— A dater d'aujourd'hui, je n'ai rien de commun avec celui que vous intitulez mon fils. Je ne le connais plus. La loi s'oppose à ce que je le deshérite ; mais je vais, de mon vivant, disposer de mes biens, et jamais il n'en touchera un centime. Si maintenant vous tenez à ce que ce triste sire épouse votre fille, patientez. Bientôt il sera majeur et pourra se passer de mon consentement ; jusque-là, je le lui refuse.

Le sieur Hourdier, qui pourtant avait prévu tant de choses, était loin d'avoir prévu cette réponse.

Il fut littéralement pétrifié.

Aussitôt qu'il eut repris ses sens, il se fâcha tout rouge, devint malhonnête et se fit jeter dehors.

Le lendemain, en pleine rue, devant dix personnes, il somma mon père de consentir à mon mariage avec sa fille ou bien de lui payer une indemnité qu'il fixa lui-même à la modeste somme de deux cent mille francs.

Mon père ayant tourné le dos sans répondre, le sieur Hourdier le prit au collet et le traita de filou.

Le pharmacien devenait enragé; on le conduisit au poste. Il y mourut, une heure après, d'un coup de sang.

Pendant ce temps, Blanche et moi, nous nous promenions, à Paris, sur les boulevards et nous attendions gaiement des nouvelles.

XL

Nous étions logés dans un très-modeste hôtel garni du faubourg Montmartre et, comme deux enfants écervelés, nous vivions là sans soucis.

A l'âge que nous avions l'un et l'autre, on croit aveuglément à la réalisation de ce que l'on espère. Nous étions tout à fait convaincus que nos parents, après quelques tiraillements, quelques imprécations et quelques cris, finiraient par tomber d'accord sur la nécessité de notre mariage.

Nous avions foi d'ailleurs en la Putoise. Elle s'était engagée à nous tirer d'embarras ; nous nous reposions sur sa promesse, et quoiqu'elle ne nous donnât point signe de vie, je ne m'en inquiétais nullement.

— C'est une fine mouche, disais-je à Blanche. Ne la tourmentons pas. Elle se remue à notre intention et va nous rappeler un de ces jours.

Là-dessus, nous prenions patience. Nos yeux émerveillés se grisaient aux mille éblouissements de Paris. Affamés de plaisir, nous courions les bals, les spectacles, les restaurants, les promenades, et notre billet de mille francs fondait à vue d'œil.

Cela nous faisait rire. Lorsqu'il n'en resta plus que le quart, j'expédiai une demande de fonds à notre protectrice.

Courrier par courrier, sa réponse nous arriva.

Elle fut écrasante.

Au lieu du consentement de mon père à notre union, la Putoise nous annonçait son refus catégorique.

Elle nous apprenait en outre la mort soudaine du sieur Hourdier.

Quant à l'argent, elle me conseillait d'en gagner au plus vite, attendu que Blanche et moi désormais nous ne devions compter sur l'aide de personne.

Le pharmacien n'avait laissé que des dettes, et mon père avait déclaré hautement qu'il m'abandonnait.

La Putoise terminait en disant que, de son côté, il lui était impossible de me prêter un sou, une faillite l'ayant dépouillée de son mince avoir.

Je regardai Blanche.

Elle était pâle, mais sa physionomie exprimait plus de colère que de douleur. La mort de son père ne semblait point l'affecter outre mesure. J'ai acquis plus tard la certitude qu'elle connaissait déjà cette nouvelle et qu'elle entretenait une correspondance suivie avec la Putoise, dont les missives lui étaient adressées poste restante.

Je la pris dans mes bras ; je voulus la consoler. Elle me repoussa et pour la première fois me fit entendre des paroles amères. Elle me reprocha d'avoir gâté sa vie, de l'avoir séduite, abusée par de fausses espérances.

Hélas ! si l'un de nous avait séduit l'autre, c'était elle et non pas moi. Je m'humiliai pourtant sous ses récriminations, j'en reconnus la justesse, je me maudis et m'accusai. Ma douleur l'exaspéra encore, et, comme je pleurais, elle railla d'un air méprisant ma faiblesse et mon manque d'énergie.

A force de caresses cependant, à force d'amour, je réussis à l'apaiser. Nous pleurâmes ensemble. Mais il fallait aviser, il fallait vivre. Encore quelques jours, et nous allions nous trouver dans le dénuement le plus complet.

— Ecris à ton père, me dit-elle.

Je frémis... Même séparé de lui par deux cents lieues, je tremblais à la pensée d'avoir directement recours à cet homme inflexible. Je savais, — et Blanche le savait aussi, — que l'on n'attendrissait pas mon père. Jamais il ne revenait sur une détermination prise. Il y demeurait inébranlable à ce point que son entêtement, chez nous, avait passé en proverbe.

N'importe. J'écrivis.

En termes repentants et respectueux, je lui fis ma confession sincère. J'avouai que j'avais manqué envers lui de soumission et de franchise. Pour moi-même, je ne sollicitai rien, si ce n'est son pardon. Mais j'implorai sa pitié pour Blanche orpheline, sans ressources, perdue par moi... Je l'implorai surtout pour le pauvre petit enfant qui allait naître, — et tout ce que je pus puiser au fond de mon cœur d'émotion, de larmes, d'éloquence vraie, je le jetai dans ce cri de détresse.

La lettre une fois partie, de terribles transes s'emparèrent de nous. Qu'allait-on me répondre ?

Quinze mortelles journées s'écoulèrent pendant lesquelles je battis le pavé de Paris à la recherche d'un emploi. Mais sans amis, sans relations, que pouvais-je obtenir ? Partout on exigeait de moi des références. On voulait être renseigné sur ma famille, sur ma moralité, sur ma conduite, sur mes antécédents. On parlait de s'informer de moi dans ma ville natale, et voilà précisément ce que je désirais éviter à tout prix.

Le temps fuyait. Nous en étions à nos dernières pièces blanches. Nous ne sortions plus, nous mangions à peine, sans cesse à la fenêtre, nous guettions l'arrivée des facteurs.

Un matin, on frappa à notre porte. J'ouvris. Un homme à casquette galonnée, un employé du chemin de fer de Lyon était là, courbé sous le poids d'une énorme caisse. Il me fit signer sur son livre un reçu du colis, puis se retira.

Savez-vous ce que contenait cette caisse, Roger ? Mes livres, mes papiers, mes hardes et mon linge. Mon père me renvoyait tout cela. Il ne voulait rien garder chez lui de ce qui m'avait appartenu.

De lettre, point ; d'argent, pas davantage.

J'avais encore ma montre ; je la vendis. Blanche se défit de ses pauvres petits bijoux. Puis, un à un, pièce par pièce, mes vêtements, mes livres, mes chemises s'en allèrent chez le brocanteur.

Nous nous étions réfugiés dans la plus humble mansarde de notre hôtel. Nous habitions un étroit cabinet sans air et sans lumière. Blanche s'y étiolait. Sevrée de distractions, privée de soleil, elle devenait sombre, silencieuse, irritable.

Deux ou trois fois elle me dit :

— Laisse-moi retourner là-bas. Je suis pour toi une lourde charge. Quand tu seras seul, il te sera plus facile de sortir de peine.

Mais alors j'avais des désespoirs frénétiques. Egaré par ma passion égoïste, je lui défendais de partir. Je lui jurais que, dussé-je faire la route à pied et mendier le long du chemin, je m'attacherais à elle.

— Quoi ! m'écriais-je, tu veux me quitter quand je n'ai plus que toi au monde ! Est-ce ainsi que tu m'aimes ?

Et c'étaient des sanglots, des plaintes, des supplications auxquelles, de guerre lasse, elle cédait, sans pouvoir entièrement dissimuler la fatigue, l'ennui, le dégoût qu'elle éprouvait maintenant auprès de moi.

Je ne voyais rien. Mon amour grandissait en même temps que notre misère. Et, dévoré de fièvre, je m'exténuais à chercher un moyen d'améliorer cette horrible situation.

J'avais une assez belle écriture; je trouvai à faire quelques copies. Un petit boutiquier me confia le soir ses livres à tenir. Maigres ressources néanmoins que celles-là. C'est tout au plus si elles suffisaient à payer notre loyer et notre luminaire. Et Blanche approchait du terme de sa grossesse! Et la faim, la hideuse faim n'allait pas tarder à nous montrer sa face livide.

Une rage sourde me saisit. J'écrivis une lettre, dix lettres, vingt lettres à mon père. Les unes étaient déchirantes, les autres pleines de menaces. Elles me revinrent toutes, non décachetée s

Un domestique de M. Clairbault daigna y joindre quelques mots de sa main, pour me prévenir que je perdais mon temps et mon encre ; que mon père refusait de recevoir toute lettre venant de moi, et qu'il avait défendu qu'on prononçât mon nom en sa présence.

C'en était fait. Plus d'issue, plus d'espoir possible.

Ce fut, je m'en souviens, par une étincelante soirée de printemps que me parvint cet insolent avis. J'étais assis devant la fenêtre ouverte ; il y avait près d'une heure, qu'affaissé sur moi-même et le front incliné, je roulais dans mon esprit les idées les plus noires, lorsque Blanche, tout à coup, m'entourant de ses bras et appuyant sa joue contre la mienne, me dit à demi-voix :

— Ecoute, Louis, voici déjà longtemps que durent nos souffrances ; elles ne peuvent que s'aggraver davantage, et lorsque notre cher petit enfant sera né, il sera encore plus misérable que nous. Finissons-en. Mourons. Nous nous débattons au milieu d'un mauvais rêve. Hâtons-nous de nous réveiller dans une autre existence...

Je tressaillis.

Bien des fois, moi aussi, j'avais eu cette pensée sinistre. Toujours je l'avais repoussée ; mais ce soir-là, elle brilla devant moi, pareille à un rayon libérateur.

J'étais brisé, désespéré, fou, délirant. J'étreignis Blanche sur ma poitrine et, avec une joie sombre, je répondis :

— Oui, mourons ensemble !

Alors, elle tira un flacon de son sein et me le mettant sous les yeux :

— Je pressentais, me dit-elle, que tôt ou tard nous en arriverions-là. Et j'avais pris mes mesures en conséquence.

— Qu'est cela ? demandai-je.

— De l'opium.

— Cela fait-il souffrir.

— Non. L'on s'endort et l'on ne se réveille plus.

Je l'embrassai au front.

— Alors, m'écriai-je, salut à la délivrance !

Nos préparatifs furent courts.

Chacun de notre côté, nous traçâmes quelques mots pour déclarer que notre mort avait été volontaire.

Blanche versa le poison, par doses égales, dans deux verres et nous le bûmes d'un seul trait.

Puis, après avoir échangé un suprême baiser d'adieu, nous nous étendîmes tout vêtus sur le lit.

Moins de cinq minutes plus tard, je sentis qu'un affaissement immense distendait mes membres ; ma peau se crispa sous un froid de glace ; mes pupilles se contractèrent. Mon pouls, dur, large, fréquent, battait à coups accélérés. Quelques légers tremblements me secouèrent le corps et cessèrent.

Enfin, je tombai dans un vague état de somnolence qui se changea bientôt en un anéantissement profond.

XLI

— Cependant Clairbault, dit Roger en riant, — vous avez survécu à votre suicide puisque, dix-huit ans après, j'ai le plaisir de vous l'entendre raconter.

— Il paraît, — répondit Clairbault, — que j'avais absorbé une dose de poison insuffisante, — ou trop forte, — je ne me rappelle plus au juste. Moyennant soixante-douze heures de léthargie, de convulsions, de vomissements et de délire, moyennant la destruction totale de mon estomac et la perte absolue de ma santé, je me suis tiré à peu près sauf de cette absurde aventure.

— Et votre maîtresse ? En a-t-elle été quitte à aussi bon marché ?

— Blanche ? Ah ça ! mon cher, vous imaginez-vous par hasard que cette fille d'esprit ait goûté à l'horrible drogue que, moi, je m'étais empressé d'avaler comme un sot !

— Quoi !... N'en avait-elle pas bu sa part ?

— Allons donc ! Elle l'avait escamotée, sa part, mon bon ami. Grâce à quel procédé ? Je l'ignore, et Robert-Houdin seul pourrait nous l'apprendre. Toujours est-il que lorsque je revins à moi, je cherchai vainement mon andalouse, elle avait pris son vol vers une autre patrie.

— Ah ! sacrebleu, s'écria Destrel qui se leva tout pâle, voilà ce qu'on appelle une abominable coquine !

— Est-ce votre avis, Roger ?... L'action vous semble-t-elle réellement infâme ?

— Vous me le demandez !...

Clairbault sourit et suivit du regard la fumée bleue de sa cigarette.

— Notez, reprit-il, que c'était un début. Blanche avait alors dix-sept ans. Elle en a aujourd'hui trente-cinq. Jugez du mal qu'elle a pu commettre dans l'intervalle.

— Mais vous, pauvre ami, que devintes-vous, après son lâche départ ?

— Oh ! moi, peu importe ! Figurez-vous une série non interrompue de rages, de désespoirs, de déceptions, de duperies, de luttes et de misères atroces. Telle fut mon existence pendant douze années, au bout desquelles le décès de mon père m'a enrichi subitement.

— Alors, il a fini par vous pardonner ?

— Non pas. Son intention formelle a été, jusqu'à la dernière minute, de me frustrer de ses biens en les dénaturant. Seulement, il a trop tardé. La mort l'a surpris à l'improviste et, un beau matin, je me suis réveillé millionnaire.

— Votre exécrable Blanche l'a-t-elle su ?

— Parbleu !

— Quelle punition pour elle ! Et combien elle a dû regretter sa trahison !

— Erreur. Blanche, mon cher ami, n'a que faire de mon humble million. Elle en possède quatre ou cinq...

— Bah !...

— C'est comme j'ai l'honneur de vous le dire.

— Il n'y a donc pas de justice au ciel ! Car, enfin, le meurtre qu'elle a tenté sur vous était inutile, odieux, sans excuse !

— Permettez. Je l'ennuyais fort. Voilà déjà une excuse. Ensuite je ne lui étais bon à rien. Pourquoi, je vous prie, avait-elle fait semblant de m'aimer ? Afin de conquérir une fortune et une situation. De fortune, il n'y en avait plus à espérer avec moi. Quant à la situation, elle était déplorable. Restait ma personne, et c'était précisément là ce qui gênait le plus cette intelligente jeune fille.

— Elle était libre de vous quitter...

— Je me fusse cramponné à elle comme un naufragé à un mât. Et puis, remarquez bien, j'étais le complice et le témoin de sa première faute. Or, elle désirait faire peau neuve et je l'eusse compromise. Mon amour, loin de lui refaire une virginité, l'aurait empêchée de s'en donner les apparences. Moi disparu, au contraire, elle pouvait essayer de nouveau la

chance, allécher quelque autre innocent par ses airs de candeur et de pureté

— Jolie candeur ! Et son enfant ?

— Ah ! oui, son enfant !... ricana Clairbault qui avait le visage livide. Eh bien ! elle s'est débarrassée de l'enfant comme du père.

— Elle l'a tué ?

— Avant terme, oui.

Destrel, avec horreur, se couvrit les yeux de ses deux mains et murmura :

— Mais c'est donc un monstre que cette femme ?

Clairbault répondit paisiblement :

— C'est un monstre, vous l'avez dit, Roger.

Il y eut un silence.

— Et, fit Destrel, lorsque dernièrement vous l'avez rencontrée, qu'a-t-elle été sa contenance ?

— Elle ne m'a pas vu. Quant à moi, j'ai, à son aspect, été envahi par une curiosité furieuse : celle de connaître le détail de ses faits et gestes depuis le jour de notre séparation.

— Étrange fantaisie !

— N'est-ce pas ?... Je suis donc immédiatement parti pour l'Angleterre.

— Tiens ! pourquoi ?

— Un de mes amis de collège avait aperçu Blanche Hourdier à Londres il y a quelque dix ans. Il m'avait désigné la famille, très honorable du reste, au milieu de laquelle cette femme s'était introduite sous un faux nom. Je sus par conséquent tout de suite où me renseigner sur elle.

— Eh bien ?

— De renseignement en renseignement, de contrée en contrée, d'Angleterre en Allemagne, d'Allemagne en Italie, j'ai remonté pas à pas son passé, comme on remonterait le cours d'un ruisseau fangeux.

— Et vous êtes parvenu à reconstituer sa biographie ?

— Oui.

— Avez-vous découvert chez qui elle s'est réfugiée, après vous avoir empoisonné si mal ?

— Mon cher, elle a eu l'aplomb de retourner dans la petite ville encore toute frémissante de notre scandaleux éclat. La Putoise lui avait envoyé de l'argent et l'attendait. C'est chez elle que Blanche fit, dit-on, une fausse couche. Mais comme la Putoise, accusée d'avortements nombreux et même d'infanticides, a disparu depuis lors pour échapper à la justice, je ne doute pas un instant que ces deux misérables ne se soient entendues et n'aient...

— Assez, Clairbault ! c'est épouvantable.

— Six semaines plus tard, Blanche Hourdier suivait à Rome un commis-voyageur dont elle avait fait la conquête chez l'obligeante madame Putois. Au commis-voyageur succéda un peintre qui l'emmena en Allemagne. Le peintre fut dépossédé par un jeune diplomate autrichien. Bref, pendant quatre ans, cette fille de pharmacien circula de façon très active.

— Et au bout de quatre ans ?

— Au bout de quatre ans, c'est-à-dire en 1852, elle sembla éprouver tout à coup le besoin de se ranger. Soit qu'elle fût lasse de ses amours cosmopolites, soit qu'elle travaillât à l'exécution de quelque plan caché, nous la retrouvons à Londres institutrice.

— Institutrice !...

— Oui, vous représentez-vous Blanche Hourdier surveillant l'éducation de deux charmantes jeunes filles pures comme les anges ? Cela vous paraît invraisemblable, cela est ainsi. S'était-elle forgé des certificats, des lettres de recommandation, je n'en sais rien ; le fait est qu'elle avait subjugué par ses grâces faussement naïves, l'honorable famille dont je vous parlais tout à l'heure.

—En vérité, on croirait lire un roman, s'écria Destrel.

Clairbault continua :

— Elle vécut là trois années. Sa tenue, sa conduite y furent parfaites. Si parfaites qu'un noble vieillard, un grand seigneur étranger, ami intime et familier de la maison, tomba éperdument amoureux de l'institutrice. Il l'épousa.

— En sorte qu'aujourd'hui... interrogea Destrel.

—Aujourd'hui, fit Clairbault d'une voix grave, Blanche Hourdier est veuve, elle est millionnaire et elle s'appelle la duchesse de Santelda.

Roger recula comme s'il eût reçu une balle dans la poitrine.

Puis, il se dressa, le sang aux yeux, les lèvres déjà ouvertes pour lancer un démenti insultant.

Clairbault le regarda en face, et lui mettant sa main sur l'épaule :

— Le dossier complet de cette femme est chez moi, Roger, lui dit-il. Quand vous serez curieux de le connaître, je vous ferai lire des noms, des dates, des documents irréfutables. Mais ces preuves sont inutiles. Rappelez-vous ce jour seulement où la duchesse, pour la première fois, franchit le seuil de votre chambre, et où, par hasard, devant elle, vous avez prononcé mon nom... Rappelez-vous son front couvert de pâleur, ses prunelles fixes, son air de stupéfaction et d'épouvante, c'est vous même, Roger, qui me l'avez dépeint, ce trouble significatif... Et

vous n'ignorez plus à présent quelle en était la cause...

Roger venait de s'abattre, anéanti, sur le divan. Des sanglots de honte, sanglots convulsifs et muets, secouaient ses épaules tandis qu'il incrustait sa figure brûlante dans la soie d'un coussin.

Clairbault le considéra quelque temps en silence. Puis, d'un ton plein de douceur et de pitié :

— Roger, mon cher enfant, je suis chargé d'une commission pour vous. La voici : On vous attend à Chaville !

Roger eut un grand tressaillement, mais il n'osa relever la tête.

Clairbault sortit.

— Allons, se dit-il, en gagnant la rue, je crois que j'ai fait une cure. Si celui-là n'est pas guéri, c'est qu'il préfère la fièvre à la santé, chose inadmissible ! Quand on est averti qu'une liqueur empoisonne, on n'en boit plus, que diable !...

Clairbault se trompait.

L'absinthe est un poison et cependant ceux qu'elle tue y retournent.

Quelques heures après les révélations de son ami, Roger Destrel entrait comme à son ordinaire, chez Marie-Blanche Hourdier, duchesse de Santelda.

XLII

Nous avons abandonné la veuve Imbert au moment où, harnachée de superbes atours, elle sortait de sa loge après avoir embrassé Rosette, à laquelle depuis deux mois elle prophétisait un avenir tissu de moire antique et de voitures à quatre chevaux.

Une fois dehors, elle se mit à marcher d'un bon pas. Elle était gravement préoccupée, la veuve. Elle touchait à une des crises les plus solennelles de sa vie. Aussi jugea-t-elle adroit de faire une halte à Notre-Dame de Lorette et d'y expédier, en manière de placet, un petit bout d'oraison aux deux ou trois saints qu'elle honorait d'une confiance particulière.

Cette précaution prise, elle s'aspergea d'eau bénite et elle se dirigea en grande hâte vers la rue Lafayette.

On la connaissait bien chez Clairbault. Il y avait plusieurs semaines qu'elle venait presque quotidiennement demander aux domestiques si leur maître était de retour. Dès qu'elle se présenta, on l'introduisit au salon.

Clairbault n'était pas chez lui ; mais, curieux de savoir qu'elle était cette vieille femme qui le réclamait avec tant d'acharnement, il avait donné ordre qu'on la fît attendre.

Elle attendit près d'une heure. Le temps, néanmoins, ne lui parut pas long. Elle l'employa sans bruit à essayer l'élasticité des fauteuils, à tâter l'étoffe des rideaux, à évaluer la dorure des cadres, à soupeser les bronzes, à faire résonner sous son doigt les flambeaux et à compter les girandoles du lustre.

— Allons, pensa-t-elle, c'est tout de même cossu, ici. On ne m'a point trompée. Clairbaut doit avoir le sac... Reste à deviner comment il recevra ce que je vais lui dire.

Elle tomba dans une méditation ardue.

A cet instant, derrière la porte, un pas d'homme retentit, et la veuve Imbert jaunit de façon considérable.

— Le voilà ! balbutia-t-elle. N'y a plus à barguigner. Sainte Madeleine Repentie, faites que ça réussisse !

Et baissant chastement les paupières, elle dessina une profonde révérence.

Clairbault entrait.

D'un coup d'œil rapide, il examina sa visiteuse inconnue. Elle avait pris soin de se placer à contre-jour ; cependant il fut désagréablement impressionné à la vue de cette figure huileuse, avachie et hypocrite.

— Que me veut cette sorcière ? se dit-il en lui désignant un siége.

Après une foule de simagrées ayant pour but de démontrer qu'elle avait l'usage du monde, la veuve s'assit languissamment.

— Monsieur doit trouver ça bien drôle ! commença-t-elle avec un doux sourire.

— Quoi donc, madame ?

— Qu'une femme ait la chose de se risquer chez un garçon célibataire et non marié. Mais la raison du motif qui me pousse est si conséquente, que j'ai dû piétiner sur ma réputation, ma vertu et tout, pour venir vous causer dans le mystère du tête-à-tête.

— Madame, répondit seulement Clairbault, soyez sûre que votre vertu sortira intacte de cette épreuve. De quoi s'agit-il et à qui ai-je l'avantage de parler ?

— Je m'appelle madame Imbert, mon cher monsieur, et il y a déjà pas mal de temps que j'habite la rue Provence, oùsque les malheurs de ma situation plaintive et imméritée m'a conduite à manœuvrer un cordon de concierge, dont je n'en rougis pas, comme il y en a, vu ma probité bien connue des locataires et autres.

Cela fut débité tout d'une haleine. La phrase était longue et réveilla le catarrhe endormi de la veuve. Elle eut une quinte. Puis, balançant avec mélancolie son chapeau surchargé de fleurs jaunes, elle reprit sur un ton de fausset :

— Veuve, à quinze ans, d'un ancien brigadier de sergents de ville, mort au champ d'honneur...

— Pardon, interrompit Clairbault, je suis un peu pressé. Si nous arrivions tout de suite au sujet qui vous amène ?

— Au fait, dit-elle résolûment, j'aime autant ça. A quoi que ça sert de tourner autour du pot. Faudrait toujours en venir au point d'importance; pas vrai, mon cher monsieur ? Pour lors, voici l'objet. Une de mes amies, qui, par parenthèse, était née native de votre pays natal, m'a confié à son lit de mort un secret qui vous concerne.

— Moi !

— Oui, vous, monsieur Louis Clairbault. Cette amie — tenez, ça va vous mettre médiatement sur la voie — cette amie, qui, sans reproche, vous a obligé dans le temps jadis, était de son métier... sage-femme.

Clairbault tressaillit et regarda fixement la veuve Imbert.

— Bon, fit-elle, vous y êtes. Pas besoin que je vous la nomme. Eh bien, en 1847, au mois de juin, une jeune fille honnête est venue accoucher secrètement chez mon amie. Elle a mis au monde une enfant du sexe féminin, très bien constituée, qui a été inscrite à la mairie sous le nom de Rosette Hourdier, fille naturelle de Blanche Hourdier et d'un père inconnu.

Clairbault s'était levé comme mû par un ressort. Ses mains tremblaient.

— Ensuite ?... dit-il fièvreusement.

— Ensuite ?... Pas plus tôt rétablie de ses couches, ma satanée Blanche Hourdier, qui, entre nous soit dit, n'était qu'une petite gueuse, chargea mon amie de porter son enfant en nourrice. Elle lui paya un mois d'avance et partit pour l'étranger avec un individu quelconque, en disant qu'elle reviendrait dans quinze jours. On ne l'a jamais revue.

— Et l'enfant ? prononça Clairbault d'une voix rauque.

— L'enfant m'est restée pour compte, répliqua la veuve, sans s'apercevoir qu'elle parlait maintenant à la première personne. Et si je n'avais pas eu l'espoir....

— Vous! cria Clairbault.

Il la saisit par le poignet, l'entraîna auprès d'une fenêtre dont il souleva violemment le rideau, et, considérant avec stupeur ce visage qu'envahissait un embonpoint maladif :

— La Putoise !... murmura-t-il.

— Eh bien, oui, dit-elle, la Putoise. Je ne le nierai pas, puisque vous m'avez reconnue. Mais vous n'y gagnerez rien, mon petit, si vous ne me payez pas mon secret le prix qu'il vaut.

— Quel secret ? Est-ce que ma fille... mon enfant... vivrait ?

— Et si elle vivait, que donneriez-vous à la personne qui l'aurait nourrie, élevée, et qui vous la rendrait aussi pure que le jour où elle est née ?

— Elle vit donc ?... Au nom du ciel, dites... Elle vit, n'est-ce pas ?

— Répondez, d'abord. Que donneriez-vous ?

— Eh, morbleu ! tout ce qu'on me demanderait !

— Ça se dit.

— Fixez votre chiffre, alors.

— Il me semble qu'une inscription de rentes de six mille francs, sur le Grand-Livre.

— Soit.

— Et cinquante mille francs argent...

— Soit encore !

— Vous acceptez ? fit la veuve ébahie.

— Eh ! mille tonnerres, est-ce que je ne donnerais pas ma fortune en ce moment pour embrasser ma fille !... Ma fille !... J'ai une fille !... répétait Clairbault hors de lui. Où est-elle ?

| Chez moi. Elle vous attend...

— Elle sait donc ?...

— Elle ne sait rien, je ne l'ai mise au courant de rien. Ah ! bien oui ! j'avais trop peur que vous ne consentiez pas à la reconnaître !

— Partons ! venez ! s'écria Clairbault, qui ne tenait plus en place.

Puis, remarquant que la Putoise se mouvait assez difficilement, il sonna pour qu'on attelât une voiture.

— Ma foi, ricana la vieille, vous êtes un crâne père, vous, et si j'avais su je ne me serais point fait tant de mauvais sang. Je craignais, en venant ici, que vous ne me receviez comme un chien dans un jeu de quilles. Un enfant qu'on a eu à dix-neuf ans... et qu'on n'a jamais rencontré depuis ! Il y a des gredins capables de...

— Elle s'appelle Rosette, m'avez-vous dit ? interrogea Clairbault.

Il se promenait par la chambre à grands pas et se rongeait les ongles d'impatience en attendant la voiture.

— Oui, elle se nomme Rosette, fit en riant la Putoise. Elle est fraîche comme son nom, gaie comme un oiseau, jolie comme un ange. Vous avez dû la voir, du reste.

— Moi ?

— Oui.

— Où donc ?

— Chez la Clorinde, au bal travesti.

— Comment, vous avez conduit ma fille chez cette femme !

— Et c'est fort heureux pour vous, mon cher monsieur. Car c'est là que je vous ai aperçu, que j'ai su que vous existiez... Je suis certaine que vous y avez remarqué Rosette. Rappelez-vous... un petit page.. un costume cerise et argent.

— C'était elle ? exclama-t-il, c'était ma fille ? Mais alors... elle est ravissante, délicieuse, adorable ! Venez vite, descendons... La voiture doit être prête.

Et, ne pouvant plus se contenir, il entraîna l'énorme femme, qui se disait tout bas :

— Faut-il que j'aie été bête ! J'aurais dû exiger le double ou le triple de ce qu'il me promet...

En moins de dix minutes. le coupé de Clairbault les transporta rue de Provence. Il s'élança comme un fou hors de la voiture et se précipita dans le vestibule en répétant à demi-voix :

— Rosette !... mon enfant !... ma fille !... où es-tu ?

La porte de la loge était ouverte.

Il entra, parcourut la pièce d'un regard et, surpris de n'y voir personne, il revenait sur ses pas, lorsque ses yeux rencontrèrent un papier posé en évidence sur la table.

Au bas de ce papier, en grosses lettres, apparaissait une signature, le nom de Rosette.

Clairbault se pencha et lut :

« Adieu, ma mère. A l'existence brillante que vous me préparez, je préfère la mort. Si vous tenez à me revoir, allez demain me réclamer à la Morgue. »

Quand la veuve Imbert, tout essoufflée, fut parvenue à rejoindre Clairbault, elle le trouva évanoui sur le parquet de la loge.

ÉPILOGUE

I

Franchissons un espace de trois années.

Par une lumineuse après-midi d'avril, en plein carême, — une longue file d'équipages, de coupés, de ducs, de paniers, stationnait rue de la Victoire, aux abords de la salle Herz.

On exécutait là un « concert spirituel. »

Il y avait *great attraction*. Tout ce que le monde musical compte d'amateurs passionnés était venu entendre une symphonie à grand orchestre, attendue depuis quinze jours avec impatience et destinée, — selon l'avis des critiques d'art, — à faire événement.

Le compositeur s'appelait Sylvain Duclos.

Ce nom s'étalait en grosses lettres sur l'affiche. Inconnu six mois auparavant, il avait déjà le privilége de fixer l'attention. C'était une de ces jeunes renommées que Paris improvise parfois en quelques heures. Un opéra représenté au début de l'hiver avait décidé tout d'un coup de la réputation de Sylvain.

Au moment où cinq heures sonnèrent, le perron à double rampe se couvrit de monde. Le concert avait pris fin et la salle se vidait lentement.

En un clin d'œil l'immense cour, déserte tout à l'heure et baignée de soleil, fut envahie par une foule élégante. Des saluts s'échangèrent ; vingt groupes s'arrêtèrent çà et là ; on se communiquait ses impressions ; des paroles enthousiastes se mêlaient au froufrou des jupes et aux rires contenus des jolies femmes.

Duclos avait remporté un nouveau triomphe.

Ce public nerveux et fin qui n'existe qu'à Paris et qui fait de Paris la capitale de l'univers intellectuel, ce public si expert aux choses délicates, soit qu'elles émanent d'une partition, d'un tableau ou d'un livre, ce public venait d'acclamer une fois de plus le talent du jeune compositeur.

Il était là, noyé parmi la multitude.

Souriant et pâle, le corps frémissant d'une émotion sacrée, les mains moites et tremblantes, il allait au hasard, baissant les yeux de peur que son regard humide ne le trahît, et prêtant l'oreille à ce qu'on disait de son œuvre.

Oh ! c'était bien une victoire ! Partout autour de lui son nom retentissait. Victoire splendide, éclatante, vaillamment méritée. Que de fatigues avant de l'obtenir ! Que de labeurs, de fièvres, de nuits sans sommeil, de découragements domptés, de désespoirs vaincus !

Mais enfin, après le travail, la moisson. Avec le plus noble et le plus légitime orgueil, il commençait à recueillir sa récompense. Il était un ami désormais pour ces hommes supérieurs et pour ces femmes intelligentes au milieu desquels il circulait incognito. Il leur avait donné la fleur de son âme et le sang de son cœur ; ils allaient le payer en gloire, et déjà sur son front radieux il sentait courir le premier souffle de la célébrité, pareil à ces haleines charmantes qui annoncent et précèdent l'aurore.

La salle continuait à se désemplir. Dans la cour au contraire, la foule chatoyante et parfumée s'amoncelait de minute en minute. Soudain, sur l'épaule de Duclos s'appuya une petite main gantée.

Il se retourna, poussa un cri...

Un jeune couple, remarquable d'élégance, se tenait derrière lui et le regardait en souriant du plus affectueux de tous les sourires.

— Rosette ! Amaury ! s'écria Sylvain, vous êtes à Paris ?

— D'avant-hier seulement, répliqua Lagardiole. Nous arrivons de Venise, et notre première visite a été pour toi, ou du moins pour tes harmonieux enfants.

— Ce qui veut dire, ajouta Rosette, qu'hier soir nous avons entendu votre opéra et aujourd'hui votre magnifique symphonie.

— Deux chefs-d'œuvre ! prononça le vicomte.

— Oh ! oui, exclama Rosette d'une voix émue, oui, deux chefs-d'œuvre ! Que c'est beau, le talent ! Quelle admirable chose que de pouvoir ainsi remuer et enchanter les âmes ! Je vous l'avais bien prédit, monsieur Sylvain, que vous seriez illustre un jour. Vous en souvenez-vous ?

Il riait, il pleurait, il leur serrait les mains. Aucune parole ne parvenait à se dégager de ses lèvres. En revanche, ses yeux si bons, si francs, lançaient des feux de joie et passionnément enveloppaient, contemplaient, caressaient Amaury et Rosette.

Lagardiole n'était point changé. Il avait toujours sa haute mine insolemment railleuse, sa moustache d'un blond brillant et son monocle incrusté dans l'orbite.

Mais Rosette ! Comme elle était transformée et combien il eût été difficile de reconnaître en elle la tapageuse gamine qui trottait par les rues coiffée en cheveux, son panier à ouvrage sous le bras !

C'était une belle dame, à présent. Elle avait de gros diamants à ses poignets, des perles à ses oreilles. Son paletot de velours marron était bordé de martre zibeline, et certainement une princesse n'eût point porté avec autant de grâce le mignon petit chapeau qui s'inclinait sur sa jolie tête.

Gentille à croquer, cela va sans dire. La santé veloutait son épiderme frais, et le rire, quoique moins fréquemment qu'autrefois, creusait encore ses joues de fossettes. Mais elle avait vingt ans ; elle était femme ; sa beauté s'était épanouie ; l'ovale de son visage mutin s'était allongé ; enfin il y avait au fond de ses yeux, ainsi que dans l'ensemble de sa physionomie, une expression plus sérieuse et même un peu pensive.

Sylvain la trouva ravissante.

Il n'était pas guéri ; loin de là ! Toutefois, il avait si profondément refoulé sa passion sans espoir, qu'il était sûr à présent de n'en rien laisser paraître. Il avait du reste subi lui-même une complète métamorphose. Rosette le vit bien, et tandis que la conversation s'engageait à bâtons rompus entre lui et Lagardiole, elle se prit à l'examiner avec étonnement.

Il ne rougissait plus, il ne balbutiait plus. Il conservait en parlant la calme assurance d'un homme qui a le sentiment exact de ce qu'il vaut. Son maintien, irréprochable d'ailleurs, ne ressemblait à aucun autre. Dans sa mise, dans ses manières et jusque dans son fin sourire, on discernait ce je ne sais quoi de pittoresque qui est le cachet du véritable artiste et que les gens médiocres essayent si vainement d'imiter.

— Il y a trois ans que tu m'as écrit de Naples, disait-il au vicomte. Trois ans ! C'était, je crois, quinze jours après votre fugue imprévue, et je t'avoue que ta lettre m'a soulagé d'un poids terrible. Mais depuis lors, pas un mot ! Pourquoi ?

— Le bonheur est peu bavard, répondit en riant Lagardiole.

— Et ma mère ? interrogea Rosette.

— Elle va bien. Je la visite à de lointains intervalles.

— Vous ne demeurez donc plus rue de Provence ?

— Oh ! non. Voilà deux ans et demi que je me suis logé ailleurs.

— J'espère, dit le vicomte, que tu as suivi mes instructions ?

— Quelles instructions ?

— Je t'ai prié, dans ma dernière lettre, de ne point détromper cette femme au sujet de la prétendue mort de Rosette.

— Oui, murmura celle-ci. Cela était prudent.

— Soyez tranquilles. J'ai gardé religieusement votre secret, et tout me porte à croire que la veuve Imbert s'est consolée.

Amaury haussa les épaules.

— Son chagrin, ricana-t-il, n'a jamais dû te paraître inconsolable.

— A parler franc, répliqua Duclos, elle a toujours évité, dans nos rares entretiens, de prononcer le nom de la... madame.

— Madame !... se récria la jeune fille. Appelez-moi Rosette ou je m'imaginerai que vous n'avez plus d'amitié pour moi...

— A Dieu ne plaise !

— Au surplus « madame » est un titre que je n'ai point le droit d'usurper.

— Comment !... exclama Sylvain... Est-ce que vous n'êtes pas mariés encore ?

— Mais non, fit-elle négligemment, rien ne presse.

— Et puis, dit le vicomte, à quoi bon ? Nous n'avons pas besoin de ça pour nous aimer...

Sylvain chercha les yeux de Rosette. Elle les détourna. Son sourire, à ce moment, était contraint, un peu triste.

Quant au vicomte, il lorgnait çà et là les visages féminins, et sa vue, avec une complaisance évidente, s'arrêtait sur les plus agréables.

Duclos fronça le sourcil.

Tout à coup Amaury s'écria :

— Sylvain, mon cher ami, veux-tu me rendre un service ?

— Parbleu !

— Offre ton bras à Rosette.

— Où donc allez-vous, mon ami ? lui dit-elle étonnée.

— J'aperçois là-bas une personne à laquelle il faut que je dise deux mots.

— Est-ce absolument indispensable ?

— Absolument, oui, ma chère, excusez-moi. Je reviens dans cinq minutes.

Il passa le bras de Rosette sous celui de Duclos et s'éloigna d'un air impatient.

Sa maîtresse le suivit du regard, un léger soupir souleva sa poitrine et Sylvain, qui la considérait avec inquiétude, la vit pâlir d'une façon imperceptible.

Soudain, la main de Rosette se crispa sur sa manche.

— Ah ! fit-elle tout bas, j'en étais sûre ?

— Sûre de quoi, Rosette ?

— Que c'était à une femme qu'il allait parler. Tenez... regardez-le.

Elle lui désigna, d'un signe de tête ironique, la plateforme du perron.

Depuis quelques secondes à peine, une femme fort belle et admirablement mise venait de quitter la salle des concerts et s'était arrêtée là.

Elle semblait attendre quelqu'un : mais, à coup sûr, ce n'était pas le vicomte, car lorsqu'après avoir gravi les marches du perron, il l'aborda, le chapeau à la main, elle eut un haut-le-corps et recula, comme effrayée...

— Voyez-vous !... voyez-vous !... balbutiait Rosette tremblante de colère...

— Quoi, au nom du ciel ?

— Une scène de jalousie, c'est clair... Cette femme est sa maîtresse... Elle le trompe et il la surprend...

— Comme vous arrangez cela ! dit Sylvain stupéfait.

— Le traître ! gronda-t-elle.

— Ah çà perdez-vous la raison, Rosette ? Sa maîtresse !... Vous êtes arrivé avant-hier et vous supposez...

— Eh! que sais-je si elle n'était pas en Italie, cette femme, et s'il ne l'a pas fait revenir en même temps que nous?

— Mais c'est insensé!... Amaury est incapable...

— Incapable! Ah! il s'en est permis bien d'autres depuis trois ans! La fidélité n'est pas au nombre de ses vertus, à votre ami, mon pauvre Sylvain.

Elle riait nerveusement et déchirait par lanières les dentelles de son mouchoir. Duclos lui pressa le bras pour l'inviter à baisser la voix. Puis, d'un ton d'affectueux intérêt :

— Voyons, Rosette, qu'avez-vous? que se passe-t-il?

— Rien, fit-elle d'un accent accablé, sinon qu'Amaury ne m'aime plus.

Et elle attacha un regard farouche sur la duchesse de Santelda.

Rosette était à mille lieues de se douter que cette belle personne qu'elle foudroyait de ses yeux fût sa mère.

II

Sylvain garda le silence.

Qu'aurait-il pu dire? On ne raisonne point avec la jalousie. Rosette d'ailleurs piétinait sur place, mordait ses gants et refusait de l'entendre.

Elle avait d'excellentes raisons pour mettre en doute la fidélité d'Amaury. Depuis que leur roman d'amour n'en était plus à sa préface, le vicomte, il faut bien l'avouer, avait criblé de coups de canif le contrat tacitement passé entre eux deux.

Le sang est beau, en Italie, et les femmes y sont, paraît-il, très démonstratives. Beaucoup de ces dames avaient démontré à Lagardiole qu'un Français, joli garçon, menant un train de prince et semant l'or par charretées, est le bienvenu partout où il se présente.

Or, en matière de galanterie, Lagardiole était de ceux qui ont pour principe de ne jamais résister à l'occasion et à l'herbe tendre.

Il en était résulté que Rosette, trompée dix fois par son amant, n'avait plus en lui la moindre confiance, ne se croyait plus aimée et se désaffectionnait elle-même peu à peu.

Mais, pour l'instant, sa jalousie se buttait à des chimères. Ce n'étaient, certes, point des paroles d'amour qu'échangeaient la duchesse et le vicomte. Il eût suffi d'examiner madame de Santelda pour s'en convaincre.

Elle était blanche d'effroi. Amaury la tenait courbée sous son regard et semblait exercer sur elle la fascination bizarre qu'exerce le serpent sur l'oiseau.

Toutefois, domptant son émotion, elle se contraignit à sourire et, de l'air le plus avenant du monde, elle lui tendit la main.

— Quoi? s'écria-t-elle, vous êtes de retour?

— Comme vous voyez.

— Sans avoir prévenu les gens, sans leur avoir crié gare!...

— J'arrive, madame la duchesse, repartit gracieusement Lagardiole. Veuillez être persuadée que si le temps ne m'avait fait défaut, je vous eusse déjà rendu ma visite.

— A la bonne heure!

— D'autant mieux que je reviens d'Italie tout exprès pour cela.

— Pour me voir?

— Mon Dieu, oui.

— Me voilà toute confuse. Je ne mérite certainement...

— Pardonnez-moi. J'étais inquiet, horriblement inquiet...

— A mon sujet, monsieur le vicomte?

— Au sujet de votre santé. Vous n'ignorez pas à quel point elle m'est précieuse?

— Vous êtes trop bon. Ma santé, grâce au ciel, est très florissante.

— Je le constate avec bonheur. Mais vous savez, lorsqu'on est loin et qu'on ne reçoit pas de nouvelles... Car, sans reproche aucun, chère madame, vous m'avez quelque peu sevré de correspondance...

— Moi!... Par exemple!... Je vous ai expédié, il y a moins de six mois, une lettre...

— Croyez-vous?

— Une lettre... extrêmement chargée.

— Je ne m'en souviens plus.

— Vous avez la mémoire courte. Heureusement, j'ai votre accusé de réception.

— Alors je m'incline. Mais six mois, madame la duchesse, six mois, jugez donc, c'est incommensurable!

— Bah!... vous aviez tant de distractions, là-bas...

— N'importe. Vous me manquiez. Aussi me suis-je décidé, la semaine dernière, à vous écrire.

La duchesse se mordit les lèvres.

— Ma missive vous est parvenue, je pense? fit Lagardiole d'un ton doucereux et goguenard.

— Oui, balbutia-t-elle.

— Et cependant vous n'y avez pas répondu.

— Il est vrai.

— Eh bien! telle est la raison de mon retour subit. J'ai craint que vous ne fussiez malade. Dévoré d'angoisse, je me suis précipité dans le premier train-poste et je suis accouru. Maintenant, voyons, que signifiait votre silence?

— Il signifiait, monsieur le vicomte, que je n'ai plus rien à... à vous dire.

— Pas possible !

— Absolument rien.

— Voilà qui est fâcheux.

— Pourquoi ?

— Parce que nos relations jusqu'ici ont été délicieuses, et que, si votre mutisme se prolonge, elles vont devenir déplorables...

La duchesse jeta autour d'elle un regard anxieux et rapide.

— Monsieur, dit-elle à voix basse, le lieu est mal choisi pour une explication. Venez demain. Nous causerons, et j'espère vous prouver...

— Quoi donc, chère madame ? Qu'auriez-vous à m'expliquer ? Est-ce que nos rapports l'un vis-à-vis de l'autre ne sont pas d'une limpidité, d'une clarté, d'une netteté?...

— Je vous répète, monsieur, qu'un entretien quelconque entre nous, ici, en ce moment, est inutile... dangereux même.

— Dangereux!... Pour qui ?

— Pour vous et pour moi.

— Ah! ah!... Vous n'êtes pas seule, ici ?

— J'attends quelqu'un.

— Cet excellent M. Destrel, je suppose ? Madame de Santelda fit un signe affirmatif.

— Bon ! Je serais charmé de le voir. Il va bien, cet intelligent jeune homme ?

— De grâce, monsieur, retirez-vous ! murmura en frémissant la duchesse. Réfléchissez au scandale d'une discussion, d'une provocation peut-être...

— O ciel ! à quoi songez-vous là ! Nous sommes, je vous assure. trop bien élevés, M. Destrel et moi, pour vous compromettre par des clameurs. S'il y a discussion, elle aura lieu sans bruit.

La duchesse, au comble de l'épouvante, joignit les mains.

— Monsieur, s'écria-t-elle, éloignez-vous, je vous en supplie. M. Destrel est là, tout près, au vestiaire... D'une minute à l'autre, il peut survenir. Il est jaloux, emporté, violent. il est capable de...

— Tiens! tiens! tiens!... Comment! ce cher petit monsieur Roger est devenu méchant? Cet agneau s'est changé en tigre ? Parbleu ! je suis curieux de savoir...

— Monsieur!... par pitié!...

— Eh bien! soit, je m'en vais. Toutefois, ayez d'abord l'obligeance de me donner un renseignement.

— Lequel?

— Afin de l'obtenir de vous, je viens d'absorber trois cents lieues. C'est vous dire s'il me préoccupe...

— Parlez.

— Puis-je compter, pour demain ou après-demain, sur les deux cent mille francs que j'ai eu l'honneur de vous demander récemment, dans une lettre datée de Venise, lettre à laquelle vous n'avez point répondu ?

La duchesse avait prévu cette question. Néanmoins, elle tressaillit, et, quoique déjà très pâle, elle pâlit davantage.

— Non, répliqua-t-elle en hésitant.

Lagardiole se redressa de toute sa hauteur. Un éclair sillonna ses prunelles bleues.

— Non ?... répéta t-il. Vous me les refusez?

— Je ne les ai pas.

— Quelle ravissante plaisanterie !

— Monsieur, articula vivement la duchesse, savez-vous à quel total s'élèvent les différentes sommes que, depuis trois ans, je vous ai envoyées en Italie ?

— Ma foi, non. Je ne compte jamais avec mes amis, chère madame.

— Elles s'élèvent à deux millions et demi.

— Joli chiffre ! dit le vicomte en faisant claquer sa langue. Et puis après ?

— Comment!... après ?

— Oui. En quoi cela vous empêche-t-il de me procurer les deux cent mille francs dont j'ai besoin ?

— Où voulez-vous que je les prenne ?

— Chez votre banquier, pardieu !

— Mon banquier n'a plus un centime à moi.

— Permettez. Lorsque j'ai quitté la France, vous possédiez trois millions et demi...

— Non, monsieur.

— Si fait, chère madame. Or, qui de trois et demi paye deux et demi, reste un. C'est mathématique. Il vous reste — ou plutôt il me reste — un million. La fantaisie me vient de l'entamer.

— Vous êtes fou. Et prenez garde de me pousser à bout par vos exigences.

— Ce que vous appelez «mes exigences» madame, ce sont des droits. Ne me forcez point à les faire valoir. Tout à l'heure vous disiez que j'ai la mémoire courte. Que dirai-je, moi, de la vôtre ? Vous avez perdu bien vite le souvenir de ma générosité !

— Votre générosité, grands dieux !

— Oui, madame. Rappelez-vous les faits. J'avais résolu de vous épouser ; c'était pour moi une question d'avenir. Vous m'avez conjuré de renoncer à ce mariage, qui eût contrarié vos amours, et, par générosité, j'y ai consenti. — Alors, en échange de votre personne, vous avez offert de m'abandonner votre fortune. J'aurais pu vous en dépouiller d'un seul coup; par générosité, je vous l'ai laissée...

— Quelle dérision !... interrompit la duchesse.

— Mais, poursuivit Lagardiole avec un flegme superbe, entendons-nous bien. Je vous l'ai laissée comme un dépôt, non autrement, et il me plaît aujourd'hui de vous en demander compte.

— Eh ! monsieur, vous l'avez dévorée...

— Sauf un million. Où est-il ?

— N'a-t-il pas fallu que je vécusse, moi aussi ?

Lagardiole planta son chapeau sur sa tête.

— C'est-à-dire, — fit-il en se croisant les bras, — que vous avez follement dissipé un capital qui m'appartenait ?

Cela, comme impudence, dépassait tout ce que la duchesse aurait pu rêver de hardi. Elle demeura suffoquée.

— Et vous supposez, continua-t-il, que je me contenterai de cette fin de non-recevoir ? Erreur ! madame la duchesse. A présent, ce n'est plus deux cent mille francs, mais cinq cent mille que j'exige.

Madame de Santelda haussa les épaules. Il la regarda au fond des yeux et ajouta :

— Vous qui oubliez si rapidement les choses, n'oubliez jamais, croyez-moi, que j'ai en poche votre brevet d'empoisonneuse.

— Taisez-vous ! exclama-t-elle.

— Alors, payez-moi.

— O mon Dieu !... mon Dieu !...

— Inutile de déranger la Providence. Je vous ai déjà fait remarquer que je suis son chargé d'affaires.

— Sans pitié ! soupira-t-elle. Cet homme est sans pitié !

— Comme vous le fûtes pour le malheureux duc. Admirez-vous quelquefois la justice divine ? Elle est très forte. Du haut des cieux, sa dernière demeure, c'est votre époux qui doit être content.

La duchesse était plus pâle qu'une mourante.

— C'est bien, fit-elle d'un ton rauque. Laissez-moi. Vous serez payé. Je vendrai mon hôtel.

— Bien ! vendez aussi vos diamants. Je m'installe à Paris, et il est probable qu'avant peu j'aurai recours à vous de rechef.

— Ainsi, c'est à la misère, à la mendicité que vous prétendez me réduire ?

— Bah ! quand on est aussi belle que vous, on retombe toujours sur ses pieds. Au besoin, d'ailleurs, M. Destrel vous nourrira. Il sera votre bâton de vieillesse, et je vous...

A ce moment, une voix calme s'éleva derrière le vicomte.

— Il me semble, monsieur, disait Roger, que vous m'avez fait l'honneur de prononcer mon nom ?

III

Lagardiole fit volte face et se trouva en présence de Roger Destrel.

Roger arrivait. De cette conversation étrange, rien ne lui était parvenu, excepté son propre nom articulé d'un ton railleur par le vicomte.

Mais l'attitude impérieuse de celui-ci et le trouble de madame de Santelda ne lui avaient point échappé.

Il s'avança, l'air hautain, le regard menaçant. Au rebours de la duchesse, en faveur de laquelle le temps semblait s'être arrêté, ces trois années l'avaient cruellement vieilli.

A vingt-sept ans, Roger en paraissait trente-cinq. Sa figure épuisée était blêmie par la fatigue ; un tic nerveux la tiraillait parfois, et faisait jaillir vingt rides au coin de ses paupières.

Supérieurement habillé du reste, il aurait posé avec succès pour une gravure de modes. En fait de renommée, Destrel n'ambitionnait plus que celle d'être un des hommes les plus élégants de Paris, et, grâce à une active collaboration avec son tailleur, il avait atteint ce but si noble et si difficile.

On imitait sa tenue. Les jeunes gâteux, ses amis, proclamaient partout son « chic épatant. » Il portait des cravates inouïes, des gilets pharamineux, des pantalons d'une coupe, d'une nuance, d'une suavité inénarrables. Au Cercle des Mollusques, — dont naturellement il faisait partie, — on se prosternait, pour ainsi dire, devant l'inimitable brio de ses jaquettes.

Voilà où avaient abouti les rêves de gloire et le réel talent de Roger. Très éreinté, fort endetté, la barbe taillée à l'anglaise, les cheveux rares, l'œil creux, la voix éteinte et l'intelligence aussi, Roger était le plus parfait spécimen de ces jolis crevés dont s'enorgueillit notre belle France.

Lagardiole eut peine à le reconnaître et fut tout d'abord si surpris, qu'il oublia de lui répondre. Quant à la duchesse, elle avait saisi le bras de son amant ; — par une pression imperceptible, elle s'efforçait de l'entraîner. Roger résista, demeura immobile.

Tous trois, ils souriaient. De loin, à les voir, on eût juré qu'ils causaient de la pièce en vogue ou du dernier bal de l'Hôtel de Ville.

— Vous me parliez, je crois, monsieur ? dit enfin le vicomte.

— Oui, monsieur. Je m'étonnais de ce hasard qui a fourvoyé mon nom entre vos lèvres.

— Ce n'est point le hasard, monsieur.

— Ah !

— Votre nom s'est faufilé tout seul au milieu de notre entretien, exactement comme vous venez de le faire vous-même...

— Alors, lui et moi, vous nous tenez pour deux indiscrets?

— Ma foi, monsieur, je ne l'aurais pas dit. Mais puisque vous voulez bien vous charger de cette tâche...

— Au risque cependant d'aggraver ma faute, je vais me permettre de vous poser une question.

— Posez, monsieur, cela ne m'engage à rien.

— Que racontiez-vous donc de si terrible à madame, pour qu'elle soit à ce point tremblante et bouleversée ?

— Demandez-le lui, ricana Lagardiole.

— Pardon. C'est de votre bouche même que je désire avoir ce renseignement.

— Vous tombez mal, monsieur.

— Pourquoi ?

— Parce que je ne me sens pas disposé aux confidences.

— Le serez-vous mieux demain matin ?

— Je l'ignore.

— Moi, je l'espère... Car la nuit porte conseil.

— On le prétend.

— Et celle qui va venir vous conseillera certainement quelque chose.

— Le cas échéant, je m'empresserai de vous le faire savoir.

— Ne prenez point cette peine. J'aurai l'honneur de vous envoyer deux de mes amis.

— Je les accueillerai avec plaisir. Voici mon adresse, monsieur.

— Voici la mienne.

Ils échangèrent un salut en même temps que leurs cartes. Puis Destrel s'éloigna lentement avec la duchesse, tandis que Lagardiole allait rejoindre Rosette et Sylvain.

Il trouva sa maîtresse dans un état de fureur indescriptible. Ses yeux noirs ressemblaient à la gueule de deux pistolets et ses joues fermes flambaient pareilles à deux drapeaux rouges.

Dès qu'Amaury, après avoir remercié Duclos, eut repris possession de son bras, elle le lui pinça deux ou trois fois jusqu'au sang.

— Bon ! fit il tranquillement. Voilà ce que je craignais !

— Monstre !... lui dit-elle tout bas avec fureur, coureur !... sournois !... perfide!,. grand lâche que vous êtes !...

— Va toujours, va ! soupira-t-il d'un air résigné. Je sais que ça te soulage...

— Vilain hypocrite !

— Attends. Tu en oublies. Je vais t'aider. Appelle-moi misérable, brigand, scélérat, assassin, faux-monnayeur et mouchard... Là !... Es-tu un peu mieux, maintenant ?

— Je vous déteste ! Je vous exècre !

— Et moi, je t'adore.

— Ce n'est pas vrai.

— Si, parole sacrée ! Sur quoi veux-tu que je te le jure ?... Tiens, sur la chaîne de montre de Sylvain. Ce pauvre Sylvain ! le voilà blanc comme un cierge. Ne t'effraye pas, cher ami. Chez nous, il en est ainsi tout le temps.

— Mais qu'a-t-elle ? fit Duclos ébahi.

— Elle est jalouse, parbleu ! Comprends-tu : j'ai eu l'infamie d'aller saluer cette vieille dame ?

— Vieille?... s'écria Rosette. C'est faux.

— Tu ne l'as pas regardée alors...

— Je ne l'ai que trop bien vue. Elle a trente ans à peine.

— Quarante au moins. Mais on se maquille si artistement aujourd'hui !

— Je vous dis, moi, qu'elle est fort belle.

— Pour son âge, oui. Mathusalem aussi était encore très beau à cent sept ans.

— Il se moque de moi, tenez, Sylvain ! s'écria-t-elle dépitée.

— J'ai cette audace. N'est-il pas ridicule que je ne puisse saluer une douairière sans te voir immédiatement tomber en convulsions ?

— Vous ne m'auriez pas plantée là pour une douairière... Mais enfin, qui est-elle, selon vous ? Voyons, cherchez vite un mensonge ?...

— Elle est notre caissière, Rosette. Au lieu de la maudire, tu devrais l'inonder de tes bénédictions.

— Quoi ! ce serait cette parente...

— Elle-même.

— Qui, en Italie...

— Précisément.

— Vous envoyait de l'argent chaque fois que vous lui en réclamiez ?

— Oui, Rosette. C'est ma tante.

— Bien vrai, bien vrai ?

— Demande plutôt à Sylvain.

Sylvain leva des yeux étonnés sur son ami, qui lui imposa silence d'un coup de coude.

— Conçois-tu à présent, reprit-il, pourquoi je t'ai plantée là, comme tu me le reprochais avec tant de poésie ? Décidément, pouvais-je te présenter à cette noble dame? Elle est à cheval sur les principes, et nous ne sommes guère mariés, toi et moi, que devant l'autel de la nature...

— A qui la faute ? murmura Rosette.

Cependant elle se laissa convaincre.

Tout en discutant, l'on était arrivé à la porte de la rue. Sylvain voulut prendre congé de ses amis, mais la jeune femme s'y opposa.

— Je vous enlève, lui dit-elle tandis qu'il l'aidait à monter en voiture. Vous dînez avec nous.

— Oui, viens, lui chuchota le vicomte à l'oreille, j'ai besoin de toi. Aussitôt après le dîner, tu t'esquiveras sous un prétexte quelconque et tu t'en iras trouver, de ma part, un de mes amis, Gédéon Frédouille, dont je t'indiquerai l'adresse.

— Que lui dirai-je?

— Tu lui diras que je me bats dans quarante-huit heures. Toi et lui, vous serez mes témoins.

— Un duel !...

— Après?... J'en ai eu dix-huit; ce sera le dix-neuvième, voilà tout... N'aie donc pas cette mine consternée, ou Rosette va nous questionner à n'en plus finir.

— Ton adversaire est ce monsieur avec lequel tu causais tout à l'heure?

— Oui. Un ancien compte à régler. Il y a des siècles que je me suis promis de tuer ce garçon-là.

— Et s'il te tue?

— Alors tu me commanderas un convoi de première classe. Mais sois tranquille : c'est moi qui le tuerai.

— Est-ce que tu te crois invulnérable?

— Non. Mais je connais l'escrime et le tir comme tu peux connaître le contrepoint. Malheur à qui me cherche noise !

Pendant ce dialogue rapide, Rosette étalait coquettement ses jupes sur les coussins de la calèche.

— Eh bien ! dit-elle, vous ne montez pas?

— Si fait. Nous voici.

— Dieu! que les hommes sont cachotiers! Que vous racontiez-vous encore, d'un air si mystérieux?

— Ma chère, répliqua Lagardiole, figure-toi que notre ami était en train de me confier sous le sceau du secret...

— Quoi donc.

— Qu'il est éperdument amoureux de ma tante.

* * * * * * * *

Dans un des salons de l'hôtel de Santelda, Roger Destrel et la duchesse étaient assis à une grande distance l'un de l'autre.

Il y avait une heure qu'ils étaient rentrés. Depuis lors, ils n'avaient pas prononcé un mot.

Roger parcourait des yeux un journal. La duchesse, les paupières abaissées vers le tapis qu'elle regardait sans le voir, semblait en proie à une prostration profonde.

Soudain elle se leva.

Chancelante, elle fit quelques pas au hasard. Puis, par un geste désespéré, violent, elle tordit ses bras au-dessus de sa tête, et murmura :

— Cette vie est affreuse !

Roger, sans discontinuer sa lecture, haussa imperceptiblement les épaules.

Il y eut encore un long silence.

Madame de Santelda marchait avec lenteur à travers la chambre. Elle souffrait. La fièvre par instants teignait de pourpre la pâleur de ses joues. Deux ou trois fois, elle se tourna vers son amant; mais la parole expira sur ses lèvres.

C'est que rien, en effet, n'invitait moins à l'expansion que la contenance de Roger; c'est que rien ne saurait peindre l'expression d'indifférence absolue, d'insensibilité glaciale, de torpeur affaissée qui pétrifiait cette physionomie naguère si ardente et si mobile.

La duchesse pourtant fit un effort sur elle-même. Elle s'approcha doucement du fauteuil qu'il occupait, et, s'accoudant sans bruit au dossier, elle bégaya d'une voix basse, brisée, haletante :

— Est-ce que vous comptez vous battre avec cet homme?

Il ne changea point d'attitude. Les yeux fixés sur son journal, d'un ton où se confondaient l'impatience, la fatigue et l'ennui, Roger répliqua :

— Mais sans doute. Quelle question singulière !

Elle contint un gémissement prêt à s'enfuir de sa poitrine. Son visage s'affaissa entre ses mains.

Et tout d'un coup, avec des sanglots convulsifs, elle s'agenouilla devant lui en criant d'un accent étranglé :

— Non, non... je ne le veux pas! Cela ne sera pas... je te le défends !

IV

Roger posa tranquillement son journal et regarda d'un air étonné la duchesse, à demi prosternée devant lui.

— Vous me défendez, — répéta-t-il en appuyant sur les mots ; — vous me défendez de me battre avec M. de Lagardiole?

— Oui. J'ai le droit de m'opposer à ce que vous risquiez votre vie pour moi.

— Pour vous !... fit-il avec un sourire glacé. Si telle est la pensée qui vous tourmente, rassurez-vous. Votre personne, ici, n'est point en cause.

— Pourquoi donc avez-vous provoqué le vicomte?

— Parce qu'il m'a manqué gravement.

— Il n'a rien dit, rien fait que vous

puissiez considérer comme une insulte.

— Pardon. C'est m'insulter que de parler, le chapeau sur la tête et en termes impérieux, à une femme que j'accompagne, — quelle que soit cette femme d'ailleurs.

— Soyez franc, Roger, — insista la duchesse,— qui lui étreignit les deux mains. Vous n'attendiez que l'occasion de chercher une querelle au vicomte. Vous le haïssez.

— Non.

— Vous le haïssez, sachant que je le hais ; — vous voulez me débarrasser de lui, sachant qu'il pèse effroyablement sur mon existence.

— Eh ! madame, fit Roger avec lassitude, — à quel propos épouserais-je un ressentiment dont j'ignore le motif ?

— Me l'avez-vous jamais demandé ?

— Vous m'eussiez répondu par un mensonge. Entre M. de Lagardiole et vous, il y a un secret inavouable et probablement odieux. Je ne suis pas curieux de le connaître.

— Mais vous avez une opinion, Roger, à cet égard, et je l'ai devinée. Vous supposez que cet homme a été mon amant. Eh bien ! par tout ce qu'il y a de plus sacré au monde...

— Ne jurez pas. Qu'importe un amant de plus ou de moins sur le nombre ?

— Oh ! s'écria la duchesse en blêmissant, vous m'outragez, monsieur !

— Moi !... Point. Est-ce vous outrager que de faire allusion à votre passé tel qu'il fut, tel qu'on me l'a dévoilé avec les preuves à l'appui, tel enfin que vous n'avez pas pu le nier vous-même ?

Madame de Santelda pleurait.

— Roger, murmura-t-elle, je croyais, à force d'amour pour vous, avoir racheté ce passé infâme...

— Je ne vous le reproche pas, répliquat-il impassible. Je le constate. Au surplus, depuis trois ans que Clairbault m'a raconté votre biographie, nous sommes, vous et moi, dans une situation si épineuse !...

— Hélas ! pourquoi l'avez-vous acceptée, cette situation ?

— Mais... tout simplement parce que je suis un lâche.

Là-dessus, Roger bâilla et reprit son journal.

La duchesse, qui était restée à genoux, se releva livide, et recommença fiévreusement à marcher par la chambre.

— Vivre ainsi n'est plus possible ! exclama-t-elle tout à coup. Votre mépris me tue !

Il eut un sourire railleur et ajouta entre ses dents :

— A très petit feu !

Elle l'entendit. Pourtant elle n'eut ni indignation, ni colère. Doucement elle revint à lui, et, lui posant la main sur l'épaule :

— Roger, dit-elle, est-ce que la mort ne te paraît pas mille fois préférable aux tortures que nous souffrons l'un et l'autre ?

Destrel redressa la tête, Ses yeux distillaient un sarcasme sanglant.

— Ah ! ah !... ricana-t-il, la scène du suicide à deux ? Mille grâces, je me récuse. Elle a trop mal réussi à Clairbault, il y a vingt ans, pour que je l'essaye à mon tour.

En parlant ainsi, il se levait et saisissait son chapeau.

Cette fois, madame de Santelda fut frappée en plein cœur. Elle chancela ; mais presque aussitôt elle recouvra son énergie.

— C'est bien, prononça-t-elle, je mourrai seule.

— Dans un quart de siècle ?

— Non. Tout de suite.

Roger l'examinait d'un œil moqueur.

— Auriez-vous, par hasard, mis en réserve une seconde fiole de ce poison dont notre ami commun a fait la rude expérience ? Il doit être quelque peu éventé...

— Oh ! prononça-t-elle, j'en ai de meilleur.

Elle tremblait de tous ses membres. L'incrédulité de Destrel, sa cruauté froide l'avaient jetée hors d'elle-même, et elle se sentait envahie par un désir brûlant, amer et très réel de tomber morte à ses pieds.

— Adieu donc, dit-il en la saluant de la main. Et bonne chance !

— Adieu !

Il fit quelques pas vers la porte. Au même instant, il vit dans une glace que la duchesse ouvrait une petite cassolette suspendue à son cou par une mince chaîne d'or.

Roger bondit jusqu'à sa maîtresse, et lui arracha le bijou d'un mouvement si rude, que la chaînette se rompit.

— Ah ça !... s'écria-t-il, — vous avez donc jadis dévalisé toute la pharmacie de monsieur votre père ?

La duchesse venait de se renverser anéantie dans un fauteuil. Roger la considéra un instant en silence, et une expression de pitié court parmi ses traits.

— Bah !... murmura-t-il enfin, c'était peut être une comédie...

Il glissa la cassolette dans sa poche et sortit.

La duchesse demeura pendant près de deux heures dans une sorte d'évanouissement causé par les émotions violentes qu'elle venait de traverser.

Quand elle revint à elle, il faisait nuit.

Surprise de se réveiller au milieu d'une obscurité complète, elle se leva et se dirigea à tâtons du côté de la cheminée. Mais, tandis qu'elle cherchait le cordon de la sonnette et qu'elle s'étonnait de ne le point trouver, le parquet à deux pas d'elle craqua sous la pression d'un pied invisible.

Madame de Santelda tressaillit.

— Qui est là? demanda-t-elle.

Personne ne lui répondit.

Elle resta immobile, la sueur au front, oppressée par une terreur mystérieuse.

Nul bruit ne se faisait entendre.

— Est-ce vous, Roger?..... reprit-elle d'une voix qui grelottait.

Rien. Silence profond.

La duchesse ne percevait plus que le tic-tac de la pendule et le battement de ses propres tempes.

Peu à peu la réflexion redescendit en elle. Quel danger pouvait-elle courir chez elle, à neuf heures du soir et dans une maison pleine de domestiques?

Déjà rassurée, elle continua de palper le mur en cherchant le cordon de la sonnette. Mais tout à coup une idée terrible lui sillonna le cerveau comme un éclair.

Ce cordon qu'elle ne trouvait pas, il fallait donc qu'on l'eût coupé?

Puis, pourquoi autour d'elle ces ténèbres compactes! Les fenêtres du salon où elle était en ce moment donnaient sur l'avenue de l'Impératrice et les reflets des becs de gaz auraient dû frapper les vitres.

Or, tout était noir. Pendant son demisommeil, quelqu'un avait donc poussé les volets matelassés qui se fermaient de l'intérieur.

Une épouvantable folie s'empara de la duchesse.

Elle s'élança dans l'ombre, les bras étendus en avant, et sa bouche s'ouvrit pour livrer passage à un cri d'angoisse.

Mais ce cri, à peine ébauché, s'éteignit.

Deux mains de fer serraient la gorge de la malheureuse femme. Elle perdit connaissance.

Lorsqu'elle rouvrit les yeux, elle était étendue tout le long du tapis, et, penché au-dessus d'elle, un homme en bourgeron bleu la regardait à la lueur d'une lanterne sourde.

Cet homme, hâve et sinistre, venait de lui répandre sur la figure le contenu d'une carafe, sans doute afin de la ranimer plus vite.

Elle reconnut en lui Pierre Guérard.

— Debout! lui dit-il tout bas. Et pas un soupir... ou je vous saigne!

Elle se dressa péniblement, Guérard la saisit par un bras et l'aida à se remettre sur pied.

— Que voulez-vous? murmura-t-elle d'une voix faible comme un souffle.

— De l'argent.

— Il n'y en a pas ici.

— Connu! Mais votre chambre est à côté. Marchez, la petite mère... Ayez pas peur! Personne ne viendra nous déranger. J'ai fermé toutes les portes à double tour et au verrou...

Elle obéit. Une terreur stupéfiante la paralysait. Le bandit fut obligé de la soutenir tandis qu'elle se rendait dans sa chambre à coucher.

— Il y a un secret à votre secrétaire, dit-il, sans quoi j'aurais pas eu la chose de vous déranger. Forcer c'te machine là, ça aurait été trop long. Là, dépêchonsnous, madame la duchesse, voilà le meuble en question.

Muette et glacée, elle s'empressa d'ouvrir tous ses tiroirs et tous ses écrins, Pierre à la hâte engloutissait pêle-mêle au fond de ses poches, l'or, l'argent, les billets, les diamants et les bijoux. Ses deux mains étant occupées, il avait placé entre ses dents un long couteau de chasse fraîchement émoulu.

— Il n'y en aura jamais pour cent mille francs dans tout ça! grommela-t-il. Mais je reviendrai une autre fois. Vous savez que vous m'avez floué de cent mille francs, la duchesse! Vous aviez promis de me payer ça pour l'enveloppe du mystère de la rue de Provence. Me les faudra tôt ou tard, ma poule!

Tout en parlant, il poursuivait sa razzia, mais d'une seule main cette fois, parce que son arme l'eût gêné pour discourir. Quant à la duchesse, un éclair de joie illuminait ses yeux. Elle remarquait que, dans cette chambre, les sonnettes étaient intactes.

Profitant d'une minute où Guérard, agenouillé sur le parquet, fouillait avec acharnement les tiroirs du bas, pleins de parures précieuses, elle s'élança vers un des cordons de soie et le secoua frénétiquement.

Aussitôt on entendit dans la maison des voix qui s'interpellaient et un bruit de pas précipités.

— Ah! chienne, hurla Guérard, je ne te voulais pas de mal... Tant pire!... C'est ta faute.

Et il lui plongea deux fois son couteau dans la gorge.

Dix minutes après, l'assassin était arrêté: mais madame de Santelda était morte.

V

Le lendemain, vers midi, les témoins de Roger vinrent lui rendre compte du résultat de leur mission.

C'étaient deux jeunes gens fort lancés dans le monde du plaisir, et par conséquent fort habitués a ces sortes d'affaires. Ils avaient arrangé les choses pour le mieux.

L'arme choisie était l'épée. Les adversaires devaient se rencontrer le jour suivant, à six heures du matin.

Quant au lieu du combat, l'on avait eu quelque peine à s'entendre à cet égard, et l'on avait longtemps hésité entre la frontière belge et le bois du Vésinet. Mais l'un des témoins de Roger, qui se nommait le baron de Joncherolles et qui était cousin d'Amaury, avait tranché la difficulté en proposant le jardin de son hôtel, situé boulevard Beaujon.

Ce jardin immense, enclos de hautes murailles et complétement à l'abri des regards curieux, était un terrain très convenable. On l'accepta de part et d'autre.

Les conditions étant ainsi réglées, Roger remercia ses amis et demeura seul.

Depuis la veille, il connaissait l'épouvantable mort de madame de Santelda. Il l'avait apprise deux heures après l'événement, et l'impression produite sur son âme — ou plutôt sur ses nerfs — par cette fin terrible le dominait encore.

Impression puérile, égoïste surtout. Roger pleura ; mais il pleura comme l'enfant qui, martyrisant un oiseau, le voit périr entre ses mains.

Une stupeur inquiète l'avait saisi. Qu'allait-il devenir ? Où allait-il traîner désormais sa mauvaise conscience et son désœuvrement ?

Mort fâcheuse !... Il s'était si bien accoutumé à maudire cette femme, à la torturer, à la souffleter de son mépris ! Il aimait tant à se persuader qu'elle exerçait sur lui une influence pernicieuse !

Chaque fois qu'une voix secrète, se révoltant en lui, reprochait à Roger son désordre et sa fainéantise, il avait une excuse toute prête : la duchesse ! Cette goule n'avait-elle pas dévoré sa jeunesse et son talent ? Cette Circé ne tissait-elle pas des travaux magiques à l'entour de son âme ?

Prétexte commode ! Pour les rompre, ces trames de gaz et ces tissus d'araignée, il lui eût suffi d'un quart d'heure d'énergie. Il le savait, mais il ne se l'avouait pas. Et, peu soucieux de renoncer aux jouissances morbides qu'il puisait dans cette liaison, il se rasérénait l'esprit en rejetant sur sa maîtresse la responsabilité de ses fautes.

Quand elle eut disparu, quand il se re-

trouva face à face avec lui-même, c'est-à-dire avec un rêveur impuissant, incapable d'action et plus que jamais disposé à la paresse lâche et à la sensualité molle, alors il comprit que la pauvre femme n'avait eu qu'un seul tort, celui de l'avoir sincèrement, passionnément aimé.

Vivante, elle lui avait pesé comme une chaîne ; — morte, elle lui manqua. Il ressemblait maintenant à un captif évadé, qui, se voyant tout à coup abandonné, seul, au milieu d'un grand espace vide, regretterait sa prison et ne saurait que faire de sa liberté.

Quel but, à présent, donnerait-il à sa vie ? Le travail ? Cent fois, depuis trois ans, il avait essayé en vain de s'y mettre. Son imagination, trop longtemps oisive, s'était rouillée ; l'inspiration le fuyait : les mots ne répondaient plus à son appel et sa plume, autrefois si légère, lui semblait plus lourde à manier qu'une massue.

Puis, de tous les enfantements, celui de la pensée est le plus douloureux, et Roger craignait la douleur. Il était devenu sybarite. La gloire l'attirait toujours, mais la fatigue lui faisait peur. Rester, pendant des mois, courbé sur un manuscrit, extraire à pleines fumées de son cerveau la tendresse, l'émotion, les idées fortes; fondre ces lingots d'or et les étaler en phrases claires sur une feuille de papier blanc, cela est beau, mais cela est pénible.

Il est bien plus aisé, par un brillant soleil, de caracoler à cheval, la moustache cirée, une fleur à la boutonnière, au long des vertes avenues peuplées de jolies femmes...

Seulement, pour se livrer en paix à ce métier facile, un capital est nécessaire, et Roger n'avait plus ni capital, ni capitaux.

Il avait dissipé jusqu'au dernier sou son humble patrimoine, vendu ses chevaux, vendu ses meubles, vendu les bagues de sa mère, vendu la petite maison de Chaville, où elle avait passé tant d'années, et qui était tout imprégnée de son souvenir.

Oui, Destrel avait vendu cette maison sacrée, que pourtant il avait offerte à Constance et qu'elle avait acceptée pour asile.

Qui avait acheté la maison ? Roger n'en savait rien. Où s'était réfugiée la jeune fille ? Il n'avait jamais osé s'en enquérir. D'ailleurs, tout lui était indifférent à l'exception de lui-même.

Cependant, lorsqu'il eut bien réfléchi à sa situation, et lorsqu'il se fut bien convaincu qu'elle était sans issue possible, il prit le parti de ne plus s'en inquiéter du tout.

— A quoi bon me tourmenter? se dit-il. Demain, probablement je serai mort.

La supposition n'avait rien d'exagéré. Il est rare qu'un duel à l'épée ait un dénouement tragique, et avec tout autre que Lagardiole, Roger aurait pu espérer en être quitte moyennant une blessure plus ou moins grave.

Mais le vicomte avait une réputation de spadassin très sinistrement justifiée. Il tuait toujours ses adversaires.

C'est pourquoi Roger jugea prudent de mettre ordre à ses papiers. Mourir d'un coup de lame ne lui déplaisait pas. Ce trépas de gentilhomme avait un côté romanesque qui flattait sa vanité. Une seule chose le tracassait. Destrel avait des dettes, et il lui répugnait de mourir insolvable.

Dans le naufrage si rapide de ses qualités morales, une vertu surnageait encore : la probité. Destrel devait environ dix mille francs. Quitter la vie sans les avoir payés lui brisait l'âme.

Aussi fut-ce avec une tristesse profonde qu'il se mit à ranger ses tiroirs et à classer, par ordre, les fragments de drames, de romans, de comédies et de nouvelles qui les encombraient.

Il y avait là vingt plans, vingt œuvres à l'état d'ébauches. Rien de complet, rien d'achevé. Rien, pas même ce fameux drame des *Paresseux de Paris*, qu'il avait commencé avec tant d'enthousiasme, au temps où Roger avait le cœur enivré de poésie, d'amour et d'espérance...

En tournant ces feuillets, en relisant ces scènes pétillantes d'un talent jeune et naïf, Roger était pâle ; de grosses larmes lui coulaient des yeux à son insu ; son cœur se gonflait comme s'il eût été en présence d'un ami lâchement assassiné...

Que de rêves il avait autrefois échafaudés sur ces pages! Gloire, fortune, honneurs, voilà ce que Clairbault, après avoir écouté leur lecture, avait solennellement prédit à Roger...

Fumées! vaines chimères!... De ces radieuses visions, Roger mort, que resterait-il?

Le drame était inachevé comme le reste ; le cinquième acte manquait. Il eût fallu pour remanier, polir et enflammer les quatre autres le temps qu'il n'avait pas, le talent qu'il n'avait plus et surtout les conseils de Clairbault, sa science du monde, son génie d'observation.

Roger soupira et se disposa à introduire son manuscrit sous enveloppe.

Mais soudain, il se ravisa, roula son drame, prit son chapeau et s'élança dehors.

Il courait chez Clairbault.

Il ne l'avait pas vu depuis près de deux années.

Ce refroidissement dans leurs relations provenait de lui et non de son ami, qui avait tenté l'impossible afin de ramener dans la bonne voie cette intelligence qui s'égarait.

Tant qu'il l'avait pu, Clairbault avait persévéré dans son rôle de sauveteur, ne se rebutant ni des impatiences, ni des amères brusqueries de Roger. Mais le jour où celui-ci, d'un ton hautain, lui avait signifié qu'il se sentait assez grand pour se conduire et qu'il n'éprouvait aucunement le besoin d'un Mentor, Clairbault s'était dispensé de revenir chez l'ingrat.

Il vivait dans une retraite absolue. A dater de l'instant où il avait appris tout à la fois l'existence et la mort de sa fille, Clairbault n'avait plus été le même homme. Rompant avec toutes ses habitudes, il avait renoncé au monde et à la dissipation, ne recevait personne et sortait rarement.

Deux fois par semaine, il se rendait à Chaville. Clairbault avait acheté, sous main, la maison vendue par Destrel, et Constance continuait de l'habiter, sans se douter que cette maison n'appartenait plus à son cousin.

Ils ne s'entretenaient jamais de Roger. Ils l'attendaient. Ni l'un ni l'autre n'avait perdu l'espoir de sa guérison morale. Ils croyaient sincèrement sa passion pour la duchesse aurait un terme, et ils comptaient sur le retour de l'enfant prodigue en lui tenant prêtes des paroles de bienvenue et de pardon.

Et cependant ils s'aimaient. Le cœur de Constance avait fini par s'ouvrir aux nobles et vaillantes qualités de son ami. Elle eût été heureuse de devenir sa femme. Mais, par respect pour la mémoire et les dernières volontés de sa mère adoptive, elle gardait sa main à Roger ; quoiqu'elle ne l'aimât plus, elle était résolue à l'épouser s'il le lui demandait.

Clairbault connaissait sa résolution. Loin de la combattre, il l'avait approuvée. Ces deux âmes généreuses étaient dignes de se comprendre et renfermaient soigneusement, sans lui permettre jamais de se manifester, la tendresse qu'elles éprouvaient l'une pour l'autre.

Aussi, quand Roger lui apparut, Clairbault devint-il affreusement pâle. Il pensa que l'heure du sacrifice avait sonné. La Duchesse étant morte, — le bruit de l'attentat commis sur elle courait en ce moment Paris, — il était tout simple que Destrel revînt au bercail.

Mais les premières paroles qu'il prononça détrompèrent Clairbault et le firent pâlir bien davantage.

— Louis, lui dit Roger, je me bats demain contre M. de Lagardiole. Je ne vous ai point prié d'être mon témoin parce que le duel a pour cause cette malheureuse femme... J'ai pensé que vous refuseriez de m'assister en cette circonstance.

— Vous avez eu tort.

— Soit ! il n'est plus temps de revenir sur ce qui a été fait. Mais je viens solliciter de vous un grand service.

— Parlez.

— Je serai tué demain, c'est incontestable. Or, je dois dix mille francs et je ne voudrais pas voler mes créanciers.

Clairbault ouvrit un tiroir.

— Attendez ! fit Destrel. Ces dix mille francs, Louis, je ne vous les emprunte pas ; ma situation ne serait pas changée : je mourrais votre débiteur...

— Qu'importe ?

— Il m'importe beaucoup. J'ai, d'ailleurs, autre chose à vous proposer. Voici mon drame, mes *Paresseux de Paris*. Achetez-m'en le manuscrit dix mille francs. Vous le finirez, vous le signerez de votre nom, vous le ferez jouer, et s'il vous rapporte plus que cette somme, vous offrirez le surplus de ma part à Constance...

Clairbault demeura un instant muet.

Sa pâleur prit des teintes livides et ses prunelles brillèrent d'un éclat singulier.

On eût dit que l'étrange proposition de Destrel excitait sa colère, et que pourtant il n'avait pas la force de la repousser.

— Eh bien ! demanda Roger, acceptez-vous ?

Il passa sa main sur son front, puis, saisissant le manuscrit comme s'il se fût emparé d'une proie :

— J'accepte ! s'écria-t-il. Voici vos dix mille francs, Roger, et que Dieu vous garde !

VI

A sept heures du matin, le jour suivant, un fiacre roulait avec lenteur au long du boulevard Malesherbes.

Sur le siège, auprès du cocher, s'étalait Gédéon Frédouille, toujours viveur et toujours remiser chez Saint-Cobain, — mais, hélas ! beaucoup plus exténué, voûté, cacochyme et raccorni qu'au début de cette histoire.

Gédéon se cassait à vue d'œil. Il entrait dans sa trente-deuxième année. Pour un crevé consciencieux, c'est la dernière limite de la décrépitude. Sa longévité dépassait toutes les prévisions et frappait d'étonnement les statisticiens et les naturalistes.

A vrai dire, Gédéon se soignait. Sans cesse à la piste des nouvelles découvertes médicales, il s'était appliqué une chaîne électro-gastrique sur l'estomac, du papier balsamo-chimique sur la poitrine, de la pommade musculo-magnétique sur les reins et une infinité de vésicatoires chromo-sympathiques entre les omoplates. Grâce à ces précautions d'hygiène, il portait assez gaillardement son grand âge, et comme la science fait chaque jour des progrès, il ne désespérait pas d'atteindre tout doucement la quarantaine.

Le fiacre s'arrêta devant une des plus somptueuses maisons du boulevard. C'était là que demeurait le vicomte Amaury. Gédéon sauta sur le trottoir comme un jeune homme, sonna et fit ouvrir à deux battants la porte cochère.

La voiture alors s'engagea sous la voûte du vestibule. Quand elle eut fait halte au bas de l'escalier, deux hommes en descendirent.

Le docteur Thévenol, d'abord, ce joli médecin à barbe d'apôtre et à belles petites mains blanches que nous avons vu chez Clorinde, saigner si joyeusement la veuve Imbert.

Puis, Sylvain Duclos, pâle, défait, se soutenant à peine.

Quant à Gédéon, il avait grimpé l'escalier aussi vite que ses rhumatismes le lui permirent. Mais moins de deux minutes après sa disparition, il reparut entouré des domestiques d'Amaury et de quelques locataires de la maison.

A demi vêtu, effaré, gesticulant, tout ce monde dégringola les marches au galop et se groupa pêle-mêle autour de la voiture.

Pendant ce temps, Sylvain, secondé par le docteur Thévenol, attirait hors du fiacre un objet inerte et pesant sur lequel on avait jeté à la hâte deux ou trois pardessus d'été.

Julien, le valet de chambre du vicomte, reçut entre ses bras ce fardeau mystérieux. Comme il fléchissait sous le poids, deux de ses camarades vinrent l'aider.

A ce moment, les pardessus tombèrent, et un frémissement d'horreur parcourut l'assistance.

En effet, cette masse informe n'était rien moins que le vicomte Amaury lui-même. Il n'avait ni son habit, ni son gilet. Sur le plastron de la chemise, une large tache d'un rouge humide se plaquait et jusqu'au dessous de la cravate prolongeait ses éclaboussures.

Au lieu de tuer Destrel, comme il se l'était promis, Lagardiole avait reçu en plein corps l'épée de son adversaire.

Du reste, il ne devait cet accident qu'à sa propre imprudence.

La veille, pour fêter son retour, il avait

offert à quelques bons vivants et à quelques jolies compagnonnes un plantureux souper au café Anglais.

De l'orgie au duel, il n'y avait pas eu d'intervalle

Amaury s'était rendu sur le terrain en chancelant un peu ; si bien que ses témoins le ramenaient chez lui la poitrine trouée, le cœur atteint, l'esprit flottant entre les dernières fumées de l'ivresse et les premières brumes de la mort.

Lorsqu'on le souleva, un rayon de soleil glissa sur son visage.

Alors le sourire railleur qui lui était habituel crispa ses lèvres bleuies.

Cet incorrigible poseur ne voulait point paraître céder à la souffrance.

— Le soleil de Waterloo !... bégaya-t-il. Et il s'évanouit.

On le transporta dans son appartement. Dès qu'on l'eut déposé sur son lit, il reprit ses sens.

Une sueur d'agonie baignait son front livide ; ses prunelles devenaient vitreuses, mais il souriait toujours.

Après lui avoir ôté sa chemise, le docteur Thévenot enleva l'appareil provisoire qu'il avait appliqué sur la blessure ; puis, silencieux et les sourcils froncés, il demeura courbé sur le patient.

Duclos s'était assis à l'écart, la tête entre ses jambes. La vue du sang ne lui valait rien. Il éprouvait le besoin d'avaler quelque chose de tonique.

— Quelle déveine ! hein, monsieur Duclos ? dit-il à Sylvain. Un gaillard qui tire aussi bien que Pons et Gâtechair réunis... se laisser embrocher par une mazette ! Pas de chance !

Sylvain resta muet. Gédéon bâilla. C'était peut-être nerveux, mais il est certain que Frédouille ne s'amusait guère.

Il consulta sa montre, se regarda aux miroirs, tambourinant sans bruit sur les vitres. Cinq minutes s'écoulèrent. Le silence du médecin continuait. Gédéon se déclara in petto à lui-même que ce silence était funèbre et qu'il s'ennuyait considérablement.

Il s'avança sur la pointe des pieds vers le lit.

Lagardiole venait d'avoir encore une défaillance. Ses paupières abaissées se noyaient dans une sorte de buée violette.

— Eh bien ! docteur, fit tout bas Gédéon, est-ce grave ? Que lui prescrivez-vous ? Que lui faut-il ?

— Un prêtre ? murmura le médecin d'une voix presque inintelligible.

— Non, merci, docteur, dit le moribond, dont les yeux se rouvrirent tout à coup. J'ai vécu sans façon, je veux m'en aller sans cérémonie...

Thévenol prit sa canne et son chapeau. Ses lèvres tremblaient.

— Un instant, cher ami, — reprit le blessé avec effort. Combien de minutes me reste-t-il à dépenser ?

Le médecin, sans répondre, marcha vers la porte.

— Allons, docteur, allons !... pour qui me prenez-vous ?

Thévenol s'arrêta et dit :

— Vous avez eu tort d'exiger que l'on vous transportât ici. Je crains que cette imprudence n'ait hâté...

— Mais, docteur, je ne pouvais décemment encombrer de ma dépouille le logis de ce pauvre Joncherolles. Il n'y a rien de gênant comme un monsieur qui vient expirer chez vous. Voyons, combien de minutes ?

— Mon cher Amaury, balbutia le médecin, dans trois quarts d'heure... une heure au plus, je pense que...

— Bon. Me voilà fixé. Votre main, Thévenol, et adieu.

Le médecin sortit. Gédéon aurait donné beaucoup d'argent pour le suivre. Mais, le respect humain !...

— Mon pauvre vieux ! soupirait-il par acquit de conscience. Si jeune, si amusant à table !... Mourir ainsi !... Ah ! c'est !... c'est infect !...

— Ah ça ! qu'est-ce que tu fais là, toi ? dit Amaury.

— Comment ! ce que je fais là !... Je te pleure.

— Va me pleurer chez toi.

— Tu me renvoies ?

— Oui. Tu n'es pas de force à supporter le spectacle d'une agonie. C'est hideux, je t'en préviens.

— Mais...

— Et je sens que je vais commencer mes grimaces.

— Diable ! Eh bien ! adieu, Amaury. Laisse-moi t'embrasser. Sacrebleu ! est-ce assez bête d'être faible comme je le suis. Les larmes m'étouffent.

— Excellent ami ! murmura le mourant d'une voix ironique.

Gédéon se retira en s'appuyant aux murs.

— Sylvain ! prononça doucement Lagardiole.

Sylvain se leva et accourut auprès du lit. Il ne pleurait pas, celui-là ; mais sa physionomie attestait sa douleur et l'attestait d'une façon énergique.

— Allume une bougie, dit le vicomte, et apporte-moi le coffret qui est sur la table.

Sylvain obéit.

Lagardiole prit, au fond du coffret, le papier qu'il tenait du duc de Santelda et le réduisit en cendres.

— Pauvre femme! pensa-t-il, je l'ai trop tourmentée de son vivant pour ne pas épargner la honte à sa mémoire.

Il retomba sur l'oreiller.

— Maintenant, reprit-il, va prévenir Rosette de ce qui arrive... et amène-la-moi... Il est temps.

Mais, avant que Sylvain n'eût fait un pas, la porte s'ouvrit et Rosette, avec impétuosité, bondit auprès de son amant.

— Blessé!... on me dit que tu es blessé!... Est-ce vrai?

— Oui, chère fille...

— Gravement?

— Très gravement!...

— Mon Dieu!...

Elle s'affaissa sur ses genoux. Sa figure, subitement, devint plus blanche que les draps.

Alors le vicomte, dont le regard se voilait, étendit la main et la posa sur les cheveux de sa maîtresse.

— Je suis bien coupable envers toi, chère enfant, fit-il avec tendresse. J'avais juré de te donner mon nom et je n'ai pas tenu mon serment, Rosette, car ce nom...

Il s'interrompit, regarda Sylvain et continua d'une voix tremblante, mais résolue :

— Ce nom n'est pas celui d'un honnête homme.

— Que dis-tu?... s'écria Duclos.

— La vérité. Après moi, vous l'auriez sue tôt ou tard ; mieux vaut que vous l'appreniez de ma bouche...

Rosette venait de se dresser tout debout.

— Après toi, as-tu dit!.., Mais tu vas donc mourir?...

Il ne répondit rien. Elle se pencha sur lui, et, sans doute lisant parmi ses traits l'effrayante réalité, elle sauta en arrière, poussa un cri aigu et roula inanimée entre les bras de Sylvain.

A ce moment, un homme apparut au seuil de la chambre. Là, il s'arrêta comme étonné... Ni le vicomte, ni Sylvain ne l'aperçurent.

C'était Clairbault.

Inquiet sur l'issue du combat, il était allé chez Lestrel. Ne l'ayant pas rencontré et redoutant qu'il ne lui fût arrivé malheur, il venait s'informer de lui à Lagardiole.

L'aspect de cette chambre mortuaire parlait plus haut que tout ce qu'on aurait pu lui dire. Il resta immobile, péniblement impressionné, n'osant plus faire un pas...

— Pauvre Rosette!... soupira le vicomte.

— Rosette!!... répéta Clairbault en lui-même.

Ses yeux, soudain, rencontrèrent la jeune femme évanouie sur la poitrine de Sylvain. Du premier coup d'œil, il la reconnut, cette enfant qu'il n'avait pourtant vue qu'une seule fois chez Clorinde.

Et, fou de joie, anéanti, incapable de proférer un son, il s'appuya, pour ne point tomber, au battant de la porte.

Amaury disait tristement :

— Que deviendra-t-elle après moi?

— Tant que je vivrai, s'écria Duclos, tant que Dieu m'accordera un souffle de vie, j'aimerai, je défendrai, je protégerai Rosette, Amaury, je te le jure... Meurs en paix, mon pauvre ami. Je veillerai sur elle!...

— C'est un soin qui n'appartient qu'à moi, dit Clairbault en s'avançant. Je suis son père !

VII

Vingt-quatre heures après ces événements, un journal, qui par hasard tomba sous les yeux de Constance, lui apprit la triste fin de madame de Santelda.

Aussitôt la noble fille eut une idée généreuse.

Oubliant les torts de son cousin, navrée de l'affreux désespoir où elle le supposait plongé, elle lui écrivit. et, sans faire allusion à la duchesse, en termes affectueux, fraternels, empreints d'une sensibilité délicate, elle lui dit qu'elle le croyait malheureux, qu'elle souffrait de sa douleur et qu'elle le suppliait de venir la rejoindre.

Clairbault, de son côté, obéit à une inspiration semblable.

Il ne pouvait sortir ; il ne pouvait un seul instant s'éloigner de Rosette. La mort d'Amaury l'avait jetée dans une sorte de démence. Quoique retenu à son chevet, quoiqu'en proie aux plus sombres inquiétudes, Clairbault se rappela pourtant que si l'on voulait sauver Roger de lui-même, la circonstance était décisive.

Il lui écrivit donc, lui aussi, et il le pressa vivement de retourner à Chaville.

« On vous y attend, ajoutait-il. Vous n'y trouverez rien de changé. La maison m'appartient, il est vrai, mais votre cousine l'ignore, et, d'ailleurs, j'ai l'intention de la lui offrir le jour de son mariage. Ce sera, si vous le permettez, mon cadeau de noces. Considérez-la, dès à présent, comme étant à vous... »

C'était dire clairement à Roger que Constance consentait à oublier le passé, à renouer les projets rompus par lui. De la part de Clairbault, un tel aveu était héroïque. Il se savait aimé.

Ainsi tous deux, elle et lui, sans s'être

consultés, se rencontraient à la même minute, dans la même pensée de sacrifice.

Au prix de leur propre bonheur, ils se dévouaient à reconstruire celui de l'ingrat.

Dévouement inutile. Roger ne reçut pas leurs lettres.

Il avait, au lendemain du duel, abandonné son logement de la rue de Ponthieu, et il n'avait confié sa nouvelle adresse à personne.

C'est que l'orgueil de Roger dépassait de beaucoup son repentir.

Lorsqu'il eut tué son adversaire, lorsque, contre toute prévision, il se retrouva sain et sauf, mais seul, sans argent et sans appui et sans courage, alors un grand effroi le saisit, et il songea, du fond de sa détresse, aux deux nobles êtres dont il avait si égoïstement méconnu l'affection.

Il songea surtout à Constance.

Délivré des chaînes ardentes de la duchesse, son amour se réveilla aussi jeune et aussi pur qu'autrefois, et avec quelle netteté cuisante ! que là serait pour lui l'apaisement, la réhabilitation, le salut... Il fut sur le point de courir chez Clairbault et de lui crier : — Où est-elle ?

Une réflexion l'arrêta.

Comment serait-il accueilli ? A mesure qu'il se remémorait ses fautes, il les jugeait ineffaçables. Ses amis parviendraient-ils à en perdre le souvenir ? Non. A la confiance aveugle qu'ils avaient en lui, Roger avait fait succéder la défiance. Tout au plus pourraient-ils feindre un oubli complet ; le doute n'en subsisterait pas moins au fond de leurs âmes.

Puis, de quel front oserait-il aborder Constance ? Avoir été presque un dieu pour elle, et reparaître à ses yeux amoindri, humilié, déchu ! Avoir été la gloire, la noblesse, le héros du foyer domestique, et y rentrer furtivement, l'oreille basse, en demandant pardon comme un gamin qui a fait l'école buissonnière !

L'amour-propre de Roger se cabra devant la honte de ce retour.

— Constance me hait, se dit-il rageusement, et Clairbault me méprise. Eh bien ! ils me reverront purifié, acclamé, célèbre... ou ils ne me reverront jamais.

Il alla s'enfouir dans un quartier désert, sur la rive gauche, loin du centre. Il y loua un cabinet meublé, sous les toits, et il se mit à travailler avec une ardeur farouche, ne sortant que la nuit, évitant tout visage humain, ne se permettant ni distraction ni relâche.

Les premières semaines de ce labeur subit furent atroces. Le travail ne voulait plus de lui ; tous les ressorts de son cerveau semblaient frappés d'impuissance.

Il ne pouvait ni penser ni écrire. Il rêvait au lieu de créer. Pendant des journées entières, il demeurait, la plume à la main, immobile en face d'une feuille blanche.

Tantôt plein d'espoir et tantôt rongé par une profonde mélancolie, courageux à tel moment et lâche à tel autre, il mesura enfin les ravages produits sur son intelligence par ces trois fatales années de paresse. Et en comparant ce qu'il était aujourd'hui à ce qu'il aurait pu être si la volonté ne lui eût pas fait défaut, bien des fois il fut envahi par une horrible tentation de se briser le crâne contre les murailles.

Néanmoins, — péniblement, laborieusement, il acheva deux manuscrits. L'un était un roman historique, l'autre une étude des mœurs contemporaines. Genre, style, plan, dialogue, tout différait entre ces deux ouvrages, Roger cherchait sa voie.

— Si j'échoue avec le premier, pensa-t-il, le second me tirera d'affaire.

Il les proposa, comme feuilletons, à deux grands journaux. On le pria de déposer ses romans, on lui promit de les lire, et on le pria de repasser dans quinze jours ou trois semaines.

Il attendit un mois, le cœur bourrelé d'angoisses. D'un oui ou d'un non allait dépendre le sort de toute sa vie. Au bout d'un mois, il courut solliciter ses deux réponses. Ici et là elles furent identiques.

On lui rendit ses rouleaux de papier avec force félicitations. C'était admirablement écrit, très intéressant, superbe...; seulement, le genre qu'il avait choisi ne convenait pas au journal.

— Qu'à cela ne tienne ! s'écria Destrel. J'ai à vous offrir un ouvrage d'un genre tout à fait contraire.

On lui répondit, sans enthousiasme, que, pour peu que cela lui fût agréable, on garderait l'ouvrage en question dans un tiroir ; mais que, quant à être publié, il ne fallait point qu'il y comptât. L'on était encombré, envahi, débordé par la copie. On ne savait plus où la mettre. On en avait sur la planche pour quatre ou cinq années...

Roger remporta ses manuscrits. Une sombre fureur lui dévorait les entrailles. Il était convaincu que les ficelles de ses rouleaux n'avaient même pas été dénouées, et la vérité nous oblige à confesser qu'il ne se trompait pas.

Toutefois il se raidit contre le découragement. Pendant les quatre ou cinq mois qui suivirent, il fit voyager, de rédaction en rédaction, ses malheureux manuscrits sans obtenir qu'on en lût un mot. S'il se fâchait, on s'informait, en souriant, de son nom, et comme ce nom était parfaitement inconnu, l'on reconduisait Destrel jusqu'à la porte, avec tous les égards dus à son obscurité.

Ses quinze cents francs touchaient à leur fin ; l'année qu'il s'était fixée pour délai était révolue ; cependant il luttait encore. Il écrivait jour et nuit, et la fièvre ne le quittait pas.

Aigri par la gêne, par la solitude, par l'abus du travail et par ses déceptions continuelles, il avait contracté une sorte de maladie noire qui lui rendait odieux le monde entier. Il haïssait tous les hommes en général ; mais, — chose bizarre, — celui qu'il exécrait par excellence, c'était son ex-ami Clairbault.

Il ne lui pardonnait point d'avoir acheté son drame. Bien qu'il l'en eût lui-même supplié, il lui semblait aujourd'hui révoltant que Clairbault eût condescendu à ce désir. Il se rappelait son empressement à conclure, il se rappelait la joie singulière qui avait alors illuminé ses yeux, et à force d'y réfléchir, Roger commençait à comprendre le motif honteux de cette joie.

Clairbault, incapable de produire et, selon sa propre expression, « n'ayant plus rien dans le ventre, » avait vu dans ce marché une occasion superbe de réveiller autour de lui l'attention publique.

— Il admirait beaucoup mon drame, ricanait Destrel avec ironie. Je m'explique à présent son admiration : c'était de l'envie, tout simplement. Eh bien ! la voilà satisfaite ! Il va signer mon œuvre et en recueillir la gloire. Quel tas de boue que l'âme humaine.

Ainsi, s'enfonçant chaque jour dans une misanthropie plus sombre, Roger, comme une bête fauve blessée, s'isolait. Le seul souvenir de sa mère trouvait grâce devant lui. Lorsqu'il se sentait fatigué de haïr, il évoquait cette ombre chère, et le calme redescendait dans son imagination irritée.

Un soir, à l'heure du crépuscule, je ne sais quelle fantaisie lui vint tout à coup de revoir la petite maison de Chaville, ne fût-ce que de très loin.

Il passait justement près de la gare Montparnasse ; il monta en wagon ; une demi-heure après, Roger voyait se dessiner en face de lui, parmi les ténèbres, la silhouette des vieux arbres sous lesquels il avait erré tout enfant.

Un flot de larmes lui monta de la gorge aux paupières ; mais ses yeux restèrent arides : ils avaient désappris les pleurs.

Il se rapprocha lentement.

Des lumières brillaient à l'intérieur du logis.

Roger pensa soudain que des étrangers habitaient maintenant la chambre de sa mère, cette chambre où l'on avait déposé son corps avant de le conduire au champ de repos... Il soupira. Un remords aigu venait de lui sangler le cœur.

A ce moment, comme il était à quelques pas de la grille, il s'aperçut qu'on l'avait laissée ouverte, et, entraîné pour ainsi dire par quelque chose d'irrésistible, il entra.

Plus silencieux qu'un fantôme, il glissa sur le sable des allées, gagna le fond du jardin et fut s'asseoir sur ce banc où, côte à côte de Constance, il lui avait juré qu'il l'aimait.

Combien de temps demeura-t-il à cette place, muet, immobile, et l'esprit noyé dans les brumes du passé ?

On ne saurait le dire. Toujours est-il qu'un bruit de pas et de voix l'arracha du fond de ses rêves.

Il tressaillit, et, se rappelant trop tard qu'il s'était introduit chez des gens auxquels il était inconnu, il se leva pour marcher à leur rencontre et pour s'excuser de son mieux.

Mais une bouffée d'air, brusquement, lui apporta quelques paroles distinctes. Il reconnut la voix qui les prononçait. La sueur jaillit de son front, et, tremblant comme une feuille, il se cacha derrière un marronnier.

L'instant d'après, un homme et une femme passèrent si près de lui, que, malgré l'obscurité, il distingua nettement leurs visages. C'étaient Constance et Clairbault. Il causaient presque bas et la jeune fille, appuyée au bras de son ami, lui effleurait parfois l'épaule avec sa chevelure.

Ils s'éloignèrent.

Roger avait déjà tout deviné. Il éclata d'un rire funèbre.

— Allons ! murmura-t-il, ma maison, mon drame et ma fiancée, tout ce que j'avais de plus cher en ce monde est au pouvoir de cet homme... Il est heureux pour moi que je n'aie plus rien à vendre !

Et il s'enfuit en serrant les poings.

VIII

Pendant plusieurs mois encore, Roger lutta contre la mauvaise fortune. Il savait bien qu'il serait englouti et que sa défaite était proche. Mais une rage froide le tenait ; il éprouvait un âcre plaisir à épuiser l'acharnement du sort ; il voulait boire l'expiation jusqu'à la lie.

Il ne croyait plus à rien, et à l'art moins qu'à toute autre chose. Lorsque, du sein de cette foule où il se mourait inconnu, il voyait passer triomphant quelque faiseur littéraire, quelque médiocrité gavée d'argent, de réputation et d'honneurs, il ressentait une pitié railleuse pour ses naïfs compatriotes, et Paris lui apparaissait comme un cloaque de bêtise et d'injustice.

Il n'avait pas trente ans. Des rides sans nombre rayaient son front. Ses cheveux étaient parsemés de fils blancs ; les coins de sa bouche avaient ce pli amer qui est comme le stigmate des attardés et des vaincus...

Comment vivait-il ?... Problème. La plupart du temps, il jeûnait, et si son estomac criait par trop, il l'engourdissait avec de l'absinthe.

Quant à ses deux manuscrits, il continuait, par acquit de conscience, à les mettre en pension, tous les quinze jours, dans un bureau de rédaction quelconque. Il avait commencé par s'adresser aux feuilles les plus répandues, et, progressivement, il descendait aux plus infimes. Non qu'il ût le moindre espoir d'être accueilli; mais il était poussé par une sorte de curiosité goguenarde, et chaque fois qu'il allait reprendre ses malheureux rouleaux, il était le premier à dire en souriant :

— Impossible, n'est-ce pas? vous êtes encombrés. La copie vous inonde? Ce genre ne convient pas à votre journal ?

Un beau matin cependant, Roger eut une grande surprise.

Il avait déposé ses romans au secrétariat d'une revue qui venait d'être fondée. Au bout d'une quinzaine, selon son habitude, il alla nonchalamment les redemander, et ce fut le directeur lui-même qui reçut Destrel.

Celui-ci prononçait déjà sa formule ordinaire :

— Inutile d'y songer, n'est-ce pas? Vous êtes débordés par la copie? Ce genre...

— Pardon, interrompit le directeur. Vos ouvrages me plaisent. Je les prends.

— Tous les deux?

— Tous les deux.

Roger n'en pouvait croire ses oreilles. Il avait bien entendu pourtant. Oui, ce Mécène, cet ami des lettres s'était donné la peine de dérouler les manuscrits et de les lire. Il en était émerveillé.

Mais ce qui le décida surtout à les prendre, c'était la vue des bottes et du chapeau de Roger. Ces bottes et ce chapeau hurlaient d'une lieue la misère.

Un homme de génie qui meurt de faim. quelle aubaine à exploiter pour un industriel intelligent! Celui-là offrit à Roger cent écus de ses deux ouvrages ; ils valaient vingt mille francs au bas mot. Ro-

ger n'avait pas mangé depuis la veille. Il accepta.

Seulement, son dégoût des hommes et de lui-même était arrivé au paroxysme. Rentré chez lui, il jeta au feu pêle-mêle tout ce qu'il possédait de manuscrits commencés. Après quoi, il alluma un cigare, fourra ses mains dans ses poches et sortit.

Durant trois semaines, il se promena, flâna et fit bonne chère, sans plus se préoccuper de l'avenir que le bœuf qui rumine ou la chèvre qui broute.

Comme il regagnait un soir, très tard, son hôtel garni, une voix derrière lui s'écria d'un ton stupéfait :

— Roger !...

Destrel tourna la tête et reconnut Clairbault.

— Roger ! répéta celui-ci en accourant. Enfin ! C'est vous, je vous retrouve.

Destrel touchait déjà le marteau de sa porte. Sans répondre une syllabe, il entra et referma le battant.

Puis, livide, il écouta.

— Aura-t-il l'audace de me suivre? pensa-t-il avec fureur.

Les pas de Clairbault s'éloignèrent.

Deux jours après, Roger, de ses quinze louis, avait dépensé le dernier sou. Il alla ramasser, au fond d'un tiroir, un bijou qu'il considéra en silence.

C'était cette cassolette d'or qu'il avait arrachée d'entre les mains de madame de Santelda le jour où elle avait essayé de se suicider sous ses yeux.

La cassolette contenait cinq ou six grains d'une matière dure et d'un vert foncé.

Destrel les versa dans un verre rempli d'eau, où ils ne tardèrent pas à se dissoudre. Alors, d'un seul trait, il vida le verre.

On était en février. Il faisait un temps clair et doux. Le soleil descendait à l'horizon. Roger ouvrit sa fenêtre et demeura longtemps, les bras croisés, l'œil errant à travers les toits et les fumées de Paris.

Il ne souffrait pas. Il ne ressentait rien qu'un calme immense. Une mélancolie sans amertume montait lentement de son cœur à son cerveau et y réveillait l'inspiration assoupie...

Il y avait sur la table une plume et un cahier de papier blanc que les reflets du soleil couchant teignaient de lueurs roses.

Roger s'assit, laissa tomber son front dans sa main, et, rapidement, traça ses adieux à la vie.

Nous reproduisons ici cette fantaisie étrange, non-seulement parce qu'elle donnera la mesure du talent de Roger, mais aussi parce que, dans sa dernière strophe, se dégage en quelque sorte l'idée morale du livre que nous terminons.

Cela était intitulé : *Les morts vivants*, et voici ce qu'écrivait Roger :

Il est parti joyeux, le matelot.

Mollement incliné sous la brise, le navire file, — et derrière lui bouillonnent de longues volutes d'écume. La voile se gonfle comme une poitrine émue. Le soleil resplendit... Adieu la terre !

Il est parti joyeux. Accoudé sur le bastingage, il caresse du regard les vagues hautes. Ses narines se dilatent ; sa lèvre avec délices aspire la saveur salée de l'Océan ; le hâle bistre son front et bronze sa poitrine.... En avant ! en avant !

Comme il se sent jeune et fort ! Comme il a confiance dans ses muscles d'acier, dans ses rudes poumons, dans ses mains impatientes d'obstacles ! Avec quelle ardeur son imagination franchit les distances et vole par delà l'immensité !

Vive Dieu !... c'est qu'en avant il y a la fortune, la gloire, l'avenir... mieux que tout cela : en avant, il y a l'inconnu...

Et il rêve...

Sous des cieux mille fois plus limpides pendant le jour, plus ruisselants d'étoiles pendant la nuit que ne le furent jamais nos ternes cieux d'Europe, il regarde voler des millions d'oiseaux merveilleux diaprés de pourpre, d'azur et d'émeraude.

Il aborde une plage où courent de petits pieds nus. Des bois chargés de fruits étranges, d'ombres touffues, de senteurs irritantes, font chuchoter leurs feuilles lustrées sur son passage. Au loin, des buffles ensevelis jusqu'aux genoux dans l'herbe drue des savanes tournent vers lui, avec un beuglement plaintif, leurs grands yeux atones et sanglants.

Des cités blanches que blondit un soleil d'or étagent à perte de vue leurs colonnades féeriques. Là, dans des pagodes frangées de clochettes, il respire de bizarres parfums, il écoute de sauvages mélodies, pluie de notes singulières que déchire tout à coup le tonnerre du tam-tam et l'artillerie des cymbales.

Couché sur une peau de tigre, il se fait verser des vins de topaze qui changent le sang en flamme ardente. Il voit passer des palanquins où des femmes couleur d'ambre, aux yeux peints et lascifs, ivres d'opium, énervées de désirs, lui tendent leurs bras cerclés de bracelets.

Rêve enchanté ! il voit des bourses de sequins, des ballots d'épices et d'aromates, des montagnes d'ivoire, des cargaisons de bois d'ébène, des tonnes de poudre d'or. — O richesse ! il n'a qu'à étendre la main pour te saisir !

Et il s'écrie : Demain !... Demain ne viendra-t-il jamais ?

Pauvre fou !

Demain est venu, et, avec lui, celle qu'on n'attend pas.

A moitié du voyage, la Mort, cette railleuse, s'est dressée devant le rêveur, l'a serré dans ses bras de squelette et l'a rejeté, raide et froid, sur le pont.

Maintenant, il dort, un boulet aux pieds, dans la mer profonde. Cette masse énorme, qui le berçait hier, pèse à cette heure sur sa poitrine, qu'elle écrase.

Oh ! la morne région !... Oh ! le pays fabuleux que ses rêveries les plus folles n'avaient point deviné !

Ce sont des montagnes et des précipices, des rochers et des ravins où rampent, combattent et s'entre-dévorent des êtres hideux dont l'homme ignore l'existence. Ce sont des plaines inconnues où le gigantesque Léviathan promène son corps squammeux.

L'onde s'engouffre en gémissant dans des forêts pétrifiées. Le bourdonnement sourd, continu, implacable de l'océan se brise à des ruines titanesques, décombres des cités antédiluviennes, vestiges perdus des races à jamais englouties...

Epaves de soixante siècles, des armes, des pierreries, des sacs d'or, des richesses incalculables jonchent ces solitudes sous-marines ; — et les poissons, par caravanes silencieuses, les frôlent en passant de leurs écailles luisantes.

Le jour traverse péniblement ces montagnes de cristal. Il éclaire d'une lueur verte et indécise le cadavre du marin étendu sur un lit d'algues et de varechs.

Des monstres informes posent leurs mufles visqueux contre son épaule, flairent son visage blêmi, — puis, s'éloignent en soufflant.

Il dort. — Des coquillages se fixent à ses cheveux, à ses beaux cheveux noirs si souvent baisés par une bouche adorée.

Les madrépores ciment ent leurs oou ches calcaires dans les orbites de ses yeux.

Et le corail, — cet arbre mystérieux dont chaque ramure contient une famille, dont chaque fleur est une créature vivante, — le corail se penche curieusement sur sa tête.

Il dort. — Jamais le soleil ne filtre jusqu'à lui ; jamais la chanson des matelots ne lui arrive ; jamais l'ombre svelte des navires qui passent là-haut ne vient effleurer son front.

Sa mère est couchée dans le cimetière du village. Sa fiancée rit au bras d'un jeune époux. — Ses amis ont oublié son nom.

Poëtes, penseurs, artistes... combien de vous, comme lui, sont partis joyeux à la conquête de l'idéal, qui roulent maintenant, cadavres inanimés, dans les profondeurs de l'oubli !

La mort aussi, la mort vous a glacés en chemin, ardents voyageurs ! — la mort morale, mille fois plus terrible que l'autre...

La mort de l'âme ! La mort de l'esprit ! La mort sournoise qui tue par derrière et à petits coups !

Chacune de ses blessures, — c'est une croyance qui se détache, un espoir qui s'anéantit.

C'est d'abord le bruit lugubre que fait la première pelletée de sable en tombant sur le cercueil d'un être aimé.

C'est un ami qui vous trompe.

C'est une femme qui vous trahit.

C'est un avenir assuré qui fond entre vos doigts.

Ce sont les portes qui se ferment devant vous ; — c'est l'ironie accueillant vos plaintes ; — l'indifférence marchant sur les moissons de vos pensées ; — l'art, terrain épuisé, refusant de se féconder sous vos sueurs.

C'est votre orgueil aux prises avec le besoin ; — c'est votre dignité qui s'abaisse à des concessions honteuses.

C'est enfin, — ô misère ! — le doute de vous-même qui s'empare de vous...

Un jour, le Temps vous saisit par les cheveux ; ses doigts y laissent des empreintes de neige. — Déjà les dernières illusions, flammes de Bengale qui colorent en rose les aspérités de la vie, pâlissent et vont s'éteindre...

Pleins d'angoisses, vous regardez autour de vous... Peut-être y reste-t-il un rameau, un seul, auquel vous pouvez vous retenir ?

Rien. — L'isolement au dehors : — au dedans, le vide. Croyances, affections, amour, renommée, talent, génie, de tous ces rêves sacrés de la jeunesse, que demeure-t-il ? Une fumée noire et des débris.

Alors, — ô morts vivants ! ô naufragés du cœur et de l'intelligence ! — vous ne vous débattez plus, vous courbez la tête, l'oubli roule sur vous ses flots de silence... Tout est dit.

Vous tombez lourdement dans les abîmes de la foule. La misère vous étreint dans ses froids agneaux, la débauche souille vos fronts dégradés, la paresse ronge vos nerfs distendus, la faim creuse et décompose vos vivants cadavres, — à moins que le suicide, las de les voir croupir dans la fange, ne les accroche à quelque clou ou ne les brise avec une balle.

Cependant, là-haut, dans les couches supérieures de la société, — inondées par le soleil du travail — passent les flottes pavoisées de vos frères...

A eux ces trésors que vous n'avez pas su atteindre !...

—

Lorsque Roger eut achevé d'écrire ces lignes, il y avait deux heures que le poison était dans ses veines : — et, néanmoins, il n'éprouvait ni engourdissement ni douleur.

— Mais était-ce bien du poison ?... s'écria-t-il tout à coup, bouleversé par un soupçon subit...

En ce moment il entendit heurter à sa porte.

On lui apportait une lettre. Elle était de Clairbault et disait ceci :

« C'est aujourd'hui, mon cher Roger, la première représentation de mon drame. Je vous envoie une stalle et compte que vous viendrez m'applaudir. »

— Son drame !... répéta Roger en foulant aux pieds la lettre.

Il se mit à tourner par la chambre comme un lion blessé ; ses poings frappaient la muraille.

— N'importe !... s'écria-t-il soudain, j'irai, dussé-je mourir dans ma stalle. Oui, au triomphe de cet homme je veux mêler mon râle d'agonie.

Et il descendit l'escalier en courant.

IX

Il était sept heures et demie. L'affiche annonçait pour huit heures le lever du rideau. Il y avait salle comble. Depuis le porterre jusqu'aux cintres, une foule énorme s'entassait.

En haut, foule babillarde et tapageuse. En bas, foule élégante, choisie, délicate, la foule des premières représentations, celle qui, constamment nourrie de primeurs, est par conséquent sceptique et un peu blasée.

Ce soir-là cependant une curiosité impatiente l'agitait. Grâce à des indiscrétions de coulisses, on savait à quel auteur attribuer le drame des Paresseux de Paris, et le nom de Louis Clairbault courait de lèvre en lèvre.

Après huit années, le seul livre qu'il eût écrit demeurait vivant dans toutes les mémoires. On se disait que d'un pareil écrivain il ne pouvait rien sortir d'ordinaire. Sa pièce serait ou exécrable ou sublime. Médiocre, non. Chute ou succès, il fallait s'attendre à quelque chose de retentissant.

La fine fleur du Paris intelligent ou riche était là.

Aux fauteuils, force journalistes, quelques députés, des orateurs, des illustrations militaires, des artistes éminents. Dans les avant-scènes, les étoiles de la galanterie, les héros du sport, les demi-dieux du million.

A l'orchestre, Gédéon Frédouille, peint de frais et orné d'un râtelier neuf, s'épuisait en saluts et en effets de linge. Soutenant des deux mains sa jumelle, ce qui lui permettait d'exhiber deux superbes boutons de manchettes, il promenait çà et là son rayon visuel extrêmement affaibli.

A côté de Gédéon pesait un autre gandin, le baron de Joncherolles, revenu la veille d'Amérique, où il était allé recueillir une succession.

— Mais, mon cher, disait-il à Frédouille, on ne salue pas tant que ça, c'est ridicule... Vous êtes donc l'ami de tout le monde?

— De toutes les jolies femmes, baron? et elles pullulent.

— Alors renseignez-moi sur celle-ci, car je ne suis plus au courant de rien, moi ; j'arrive de chez les sauvages.

— De qui parlez-vous?

— De cette charmante personne en robe gris de perle, là, dans la baignoire de gauche.

— Ça, c'est la petite Imbert...

— Hein?

— Ou, si vous l'aimez mieux, Rosette, l'ancienne passion de ce pauvre Lagardiole, ou, si vous l'aimez mieux, mademoiselle Clairbault, ou, si vous le préférez...

— Clairbault l'a donc reconnue?

— Avec empressement.

— Et ce jeune homme décoré que j'aperçois derrière elle?

— Vous ne connaissez que lui. Ce jeune homme a été, avec moi, le témoin d'Amaury lors du malheureux duel qui a eu lieu dans votre jardin. C'est Sylvain Duclos.

— Le célèbre compositeur?

— Oui. Ah! il va bien, le gaillard. Le voilà lancé. Il gagne un argent de tous les diables, et, quoiqu'il ne prise pas, trois souverains du Nord lui ont déjà décerné des tabatières.

— Il me paraît priser beaucoup mademoiselle Clairbault.

— On ne saurait trop priser sa femme.

— Bah! mariés?

— Depuis six mois, et ils s'adorent. Ceci, mon excellent bon, vous représente une lune de miel des plus savoureuses, car Clairbault a doté sa fille. Il s'est fendu de quatre cent mille, rien que ça.

— Mais le passé, le scabreux passé?

— Sylvain s'en moque et Rosette n'y songe plus. D'abord, ils ne vont jamais dans le monde. Madame Duclos ne se plaît que dans son intérieur, et pour qu'elle ait quitté ce soir le coin de son feu, il a fallu une circonstance exceptionnelle — le drame de son papa! — Du reste, elle est dans un état intéressant. Vous verrez que ce sera une honnête femme.

— Ainsi soit-il! Et sa mère?

— Laquelle? La duchesse?

— Non. La veuve Imbert.

— On lui a fait de petites rentes et on l'a envoyée planter ses choux en Provence, dans le pays qui lui a donné le jour. Elle s'est établie aux environs de Toulon; elle y a épousé un garde-chiourme qui la bat comme plâtre. J'ai eu dernièrement de ses nouvelles par Lepinçoir.

— Qui ça, Lepinçoir?

— L'ancien caissier de Saint-Gobain. Au fait, vous n'avez pas su. Malgré l'éloquence de son avocat, on lui a collé cinq ans de travaux forcés, à ce pauvre bon! Il a fini son temps le mois dernier.

— Et vous osez le recevoir?

— Je lui offre cent sous de temps en temps. Il cherche à se placer à nouveau comme caissier, et, dame !... il a de la peine.

— Je le crois. Que ne prie-t-il Clorinde de le caser?

— Clorinde n'a pas le temps de s'occuper de Lepinçoir. Elle est trop occupée.

— A quoi?

— A ruiner un fabricant de caoutchouc durci qui l'honore de ses faveurs. Quand elle aura dévoré tout le caoutchouc durci de cet imprudent, ses moyens lui permettront de se retirer dans ses terres. Elle a toujours été très pratique, Clorinde.

— A propos, qu'est devenu Brossac?

— Il est devenu fou.

— Laissez donc!

— Parole! Il a rencontré à la Bourse des gens encore plus pratiques que lui ; ils l'ont raiguisé en un tour de main. Il a perdu la tête; on l'a interné à Charenton.

— Que d'événements depuis mon départ! Et, dites-moi, l'assassin de madame de Santelda?...

— Pierre Guérard? Il a perdu la tête également, mais sans métaphore, celui-là. On la lui a tranchée devant moi sur la place de la Roquette.

— Pouah!... vous assistez à de pareils spectacles, vous?...

— Mon cher, je lui devais bien cette politesse. Il avait tué ma femme!

Trois coups frappés derrière la toile interrompirent Gédéon. Chacun s'assit, et le chef d'orchestre brandit son archet.

Tandis que les musiciens exécutaient l'ouverture, un homme extraordinairement pâle apparut au balcon, et prit place dans une stalle numérotée.

C'était Roger Destrel.

Ses yeux avaient un éclat qui ressemblait à celui de la démence. Il chancelait. Ces lumières, ces parfums, ces épaules nues, ces lueurs de diamants, ces milliers de visages lui donnaient le vertige...

— De qui est le drame que l'on va jouer, monsieur? demanda-t-il à son voisin.

— De Louis Clairbault, monsieur. Un lion qui se réveille !... répondit le voisin avec emphase.

Roger partit d'un éclat de rire nerveux.

— Un geai qui se pare des plumes du paon ! fit-il d'une voix haute et claire.

Heureusement, personne ne l'entendit. Un formidable accord, qui jaillissait de l'orchestre, étouffa ses paroles.

Du reste, il les regretta aussitôt.

— J'ai eu tort de venir, pensa-t-il en se labourant la poitrine avec les ongles. Jamais je ne serai maître de moi...

Soudain, il tressaillit. Un frisson de curiosité, d'intérêt, de haine et de douleur lui parcourut l'épiderme.

Le rideau se levait lentement.

A dater de cette minute, Roger, effrayant d'émotion, absorba son être dans l'action qui se déroulait sur la scène. Ces personnages qu'il avait créés, ces phrases qu'il avait méditées, ces entrées, ces sorties, enfin tout ce premier acte, sauf quelques légères modifications introduites par Clairbault, était demeuré tel qu'il l'avait écrit.

Ce n'était qu'une exposition, mais vive, gaie, spirituelle et rapide. Elle plut au public. La toile tomba au bruit de nombreux applaudissements.

Roger alors essuya son front moite et regarda autour de lui. On eût dit qu'il s'éveillait en sursaut. Puis, comme il suffoquait, il alla respirer un peu d'air au foyer.

Il y rencontra plusieurs de ses amis d'autrefois, amis de cafés et de restaurants nocturnes, de beaux jeunes gens stupides et admirablement mis. Aucun d'eux ne daigna le reconnaître. Une glace où il se vit de la tête aux pieds lui en expliqua la raison. Ses vêtements étaient sordides.

— Imbéciles ! murmura Roger, c'est pourtant moi que vous applaudissiez tout à l'heure !

Et il regagna sa place au balcon. Là, une nouvelle torture l'attendait. De vingt côtés à la fois lui arriva le nom de Clairbault chuchoté par des voix louangeuses.

Une épouvantable colère secoua Roger.

— Oh ! gronda-t-il, la mort !... Pourquoi m'oublie-t-elle? pourquoi ne me foudroie-t-elle pas ?...

Et il se reprit à penser que peut-être ce qu'il avait avalé n'était point du poison.

Nulles étreintes, nul malaise. Rien d'anormal en lui. Cette absence complète de souffrance physique l'étonnait et l'inquiétait.

Le second acte commença. L'exposition, cette fois, était terminée. L'action s'engageait. Le drame ouvrait ses ailes.

Bientôt Roger s'aperçut que Clairbault avait transformé la plupart des scènes, supprimé beaucoup de longueurs et imprimé à son dialogue un tour serré, concis, nerveux qui n'existait pas auparavant.

Ce deuxième acte fut emporté d'assaut.

A partir du troisième, Roger ne retrouva plus rien de son travail primitif. Excepté l'idée, le fond du drame, tout était changé, agrandi, ennobli. Les caractères s'étaient accentués ; l'intérêt devenait poignant.

Et, à partir aussi de cette minute, le succès se dessina, s'affermit, alla toujours en augmentant. L'enthousiasme, comme une marée montante, peu à peu envahit les cœurs, enleva les âmes, et, lorsque la toile tomba sur le dernier tableau, il y eut un tel frémissement d'admiration dans la salle, que Roger lui-même ne se sentit gagné par ce transport contagieux.

Il était trop loyal d'ailleurs et trop artiste pour méconnaître à quel point Clairbault avait amélioré son œuvre.

— Ah ! soupira-t-il, le fourbe, qui prétendait n'avoir plus de talent !...

— L'auteur !... l'auteur !... criait-on de toutes parts.

Et les applaudissements se mêlaient aux bravos, les bravos aux trépignements, les trépignements aux cris de délire. Les femmes pleuraient, agitaient leurs mouchoirs.

C'en était trop. Roger voulut s'enfuir ; il ne voulut pas entendre les acclamations qui allaient saluer le nom de Clairbault. Mais vainement il essaya de fendre la foule amoncelée derrière lui ; force lui fut de rester immobile.

Quand le rideau se releva, une pâleur cadavérique lui décomposa le visage.

Au tumulte de tout à l'heure avait succédé un silence complet.

— Messieurs, dit le comédien qui venait de remplir le premier rôle, le drame que nous avons eu l'honneur de représenter devant vous est de monsieur ROGER DESTREL.

Il y eut parmi le public un instant d'hésitation. Ce nom inconnu, qui lui était jeté lorsqu'il en attendait un autre, l'avait surpris et dérouté.

L'hésitation fut courte. Et avec un fracas de tonnerre, d'avalanche et d'ouragan, les mains battirent, les voix crièrent, les cannes heurtèrent le parquet, les pieds heurtèrent les banquettes, la salle entière s'ébranla comme si elle allait s'écrouler.

Roger, debout, l'œil démesurément dilaté, ressemblait à une figure de marbre. La sublime générosité de Clairbault, pareille à une lumière éblouissante, perçait les ténèbres de son cœur.

Tout à coup, avec une énergie subite, il repoussa ses voisins à droite et à gauche, se fraya un passage jusqu'à la porte et s'élança dans le corridor. Il cherchait Clairbault. Il ne se demandait pas où il pourrait le trouver, il suivait l'impulsion de son idée fixe, il marchait droit devant lui.

Vingt personnes qui, l'instant d'avant, ne semblaient pas le connaître, s'emparèrent de lui, l'étreignirent, le félicitèrent, se le passèrent de bras en bras.

Il les repoussa brusquement et continua sa route.

Un directeur de journal qui, le mois précédent, l'avait presque mis à la porte, lui dit :

—Apportez-moi donc vos deux romans, cher monsieur. On vous les payera ce que vous voudrez.

Un éditeur qui, l'avant-veille, lui avait tourné le dos en lui riant au nez, s'écria :

— J'achète le manuscrit de votre pièce. Vous me donnerez, j'espère, la préférence...

Roger, sans répondre, passa outre.

Soudain une petite main saisit la sienne, et il entendit ces mots prononcés à son oreille par une voix émue !

— Roger, mon frère, je veux être la première à saluer ta gloire.

— Constance !... balbutia-t-il.

Et l'attirant sur sa poitrine :

— Ne suis-je donc plus que ton frère ?

— Son fiancé aussi, Roger !... accentua le timbre mâle de Clairbault.

Destrel se retourna, lui jeta ses deux bras autour du cou et se mit à sangloter sur son épaule :

— Louis !... bégaya-t-il, mon noble, mon sublime Louis !... pardon, j'ai douté de vous!

Il se tut. Les larmes l'étouffaient. Clairbault et Constance l'entraînèrent dans le foyer, alors désert, et le firent asseoir entre eux deux...

— Louis, dit-il d'un ton brisé, je vous dois tout !.. Gloire, fortune, amitié, amour, confiance, tout ce dont j'ai douté, tout ce que j'ai foulé aux pieds, tout ce que j'avais perdu par ma faute, vous me le rendez d'un seul coup ! Comment m'acquitterai-je jamais, dites?

Et, comme un enfant fatigué, sans cesser de sourire, il appuya sa tête contre celle de Constance. Ses deux mains étaient entre les mains de Clairbault.

Tout à coup la jeune fille poussa un cri terrible. Le front de son cousin venait de se renverser en arrière.

Roger n'existait plus.

FIN.

Paris. — Imprimerie Dubuisson et Cᵉ, rue Coq-Héron, 5

www.ingramcontent.com/pod-product-compliance
Lightning Source LLC
Chambersburg PA
CBHW061455030726
47503CB00005B/1715